त्र्यम्बकं यजामहे

[पौराणिक उपन्यास]

त्र्यम्बकं यजामहे

महेंद्र मधुकर

राजकमल प्रकाशन

ISBN : 978-93-89577-50-1

मूल्य : ₹695

पहला संस्करण : 2020
तीसरा संस्करण : 2022

प्रकाशक : राजकमल प्रकाशन प्रा. लि.
1-बी, नेताजी सुभाष मार्ग, दरियागंज
नई दिल्ली-110 002
शाखाएँ : अशोक राजपथ, साइंस कॉलेज के सामने, पटना-800 006
पहली मंजिल, दरबारी बिल्डिंग, महात्मा गांधी मार्ग, प्रयागराज-211 001
36 ए, शेक्सपियर सरणी, कोलकाता-700 017
वेबसाइट : www.rajkamalprakashan.com
ई-मेल : info@rajkamalprakashan.com

मुद्रक : बी.के. ऑफसेट
नवीन शाहदरा, दिल्ली-110 032

TRYMBAKAM YAJAMAHE
Mythological novel by Dr. Mahendra Madhukar

शिव चेतना की उस अलौकिक जीवंत
धारा को समर्पित,
जिसने मुझे महीनों जगाए रखा
और जिसका परिणाम यह कृति है।

आमुख

शिव और उनकी महाशक्ति शिवा शुरू से ही मेरे लिए आकर्षण और रहस्य के विषय बने रहे। वेद से लेकर पुराणों तक उनकी कथाएँ रोचक और अद्भुत लगीं। पर मेरे चित्त में बार-बार यह विचार उठता रहा कि भोले भंडारी शिव कितने अद्भुत, कितने करुणामय हैं! वे सूर्य की किरण और नदी जल की तरह सबको सहज ही उपलब्ध हैं। मेरी दृष्टि में शिव ने संसार की पीड़ित, दलित और कुचली हुई आत्माओं को, भूत-प्रेत, पिशाच, वेताल, यक्ष, किन्नर आदि जातियों को अपना गण बनाकर उन्हें उच्चता प्रदान की है, उन्हें प्यार और दुलार देकर अपनाया है और अपने परिवार के सभी सदस्यों के वाहनों को पशु-पक्षियों से जोड़कर उन्हें भी महिमा प्रदान की है। हमारे शिव अनोखे हैं, उनके तीसरे नेत्र में केवल संहार की अग्नि नहीं, करुणा की आर्द्रता भी है। मेरे शिव अपनी प्रिया सती के वियोग में रोते हैं तो वही अश्रु रुद्राक्ष बन जाते हैं।

इसी प्रकार दुर्गा के नौ या दश रूप तथा उनकी अनंत शक्तियों की परिकल्पना स्त्री-जाति की अपार शक्ति और उसकी विविध छवियों को प्रस्तुत करती है। मैंने अपनी कथा में देव जाति से मनुष्य जाति को श्रेष्ठ ठहराया है। स्वार्थी देवताओं से मनुष्य की पीड़ा बड़ी है। पार्वती और शिव के संवादों से तथा नारद द्वारा उठाए गए प्रश्नों से मैंने अपने अन्तर्द्वन्द्व को उकेरने की चेष्टा की है। विषमताओं के बिन्दु पर खड़े शिव को भारतीय सनातन चिन्तन से जोड़ते हुए मैंने शिव और भगवती शिवा की प्रेरणा से ही यह दुस्साहस किया है। मैंने पुराण कथाओं, कालिदास के ग्रंथों और वैदिक सूत्रों का उपयोग करते हुए कुमार कार्तिकेय की पीड़ा पर भी नज़र डाली है। शिव और पार्वती के देवरूप के साथ उनका मानवीय रूप ही मुझे प्रिय लगा है। पुस्तक का शीर्षक 'त्र्यंबकं यजामहे' महा मृत्युंजय मंत्र का पूर्व भाग है जिसका अर्थ है हम त्रिनयन शिव का यजन करते हैं—सम्मान करते हैं।

विचार करने पर लगता है कि भारतीय चिंतन में ब्रह्म की परिकल्पना जन्म, पोषण और संहार के समन्वित रूप में की गई है और उसे ही ब्रह्मा, विष्णु और महेश के रूप में विवेचित किया गया है। जैसे किसी वृक्ष को जानने के लिए पत्र, पुष्प, फल और शाखा को समान रूप से जानना पड़ता है वैसे ही ब्रह्म को सम्पूर्णता

में जानने की आवश्यकता पड़ती है। टुकड़ों में किसी सत्य का अनुभव नहीं होता, सत्य का सार अखंड और समन्वित होता है। ठीक इसी तरह भगवान् शिव का स्वरूप भी अनेक विलक्षण तत्त्वों का विनियोग है।

शिव महादेव हैं, उनमें ऐश्वर्य है, पर वे श्मशानवासी हैं। उनमें देने और छीनने की समान शक्ति है। एक ओर वे समाधिस्थ योगी हैं तो दूसरी ओर अपने प्रलयंकर तांडव से समस्त ब्रह्मांड को अस्त-व्यस्त और हिला देने की क्षमता रखते हैं। उनके तरंगित पदचाप से समुद्र विक्षुब्ध हो उठता है, आकाश में विद्युत्-ताप स्फुरित हो उठता है। जड़-चेतन सभी पदार्थों में हलचल मच जाती है। उनकी नृत्य-मुद्राओं और तृतीय नेत्र की फूटती हुई ज्वाला से विश्व दग्ध और विचलित हो जाता है।

शिव का यह स्वरूप बताता है कि भोग जब अपने चरम पर होता है तो वह मृत्यु का ग्रास होता है, भौतिकता शिखर पर पहुँचकर ढह जाती है। अत: शिव के कारण ही मानो सृष्टि का पुनर्जन्म होता है। नवजीवन प्राप्त करने का अर्थ है एक नया अवसर—स्व को विवृत करने की चेष्टा—अपने वास्तविक स्वरूप को पाने का मंगल मुहूर्त। इसलिए भी शिव समाधि लेते हैं कि आत्मस्थ होकर ही सम्पूर्ण विश्व के कल्याण के विषय में सोचा जा सकता है। हमारी सारी इन्द्रियों के द्वार बाहर की ओर खुले हुए हैं, उन्हें भीतर की ओर भी ले जाने की आवश्यकता है। स्व में सबको समाहित करना ही सच्ची एकचित्तता है। समाधि इसी एकचित्तता का प्रतिरूप है।

पार्वती शिव की महाशक्ति हैं। इन्हीं की क्रियाशक्ति से शिव जाग्रत होते हैं। जैसे किसी पत्थर के टुकड़े में शक्ति तो होती है पर वह शक्ति निर्जीव, जड़ और निश्चेष्ट पड़ी होती है किन्तु वही कुशल हाथों के वेग में घूमती हुई दूर फेंकी जाती है तो लक्ष्य-वेध करती है। पराशक्ति की यह क्रिया आनन्द, सौन्दर्य और आकर्षण से युक्त होती है, इसीलिए इस क्रिया-शक्ति को आह्लादिनी शक्ति भी कहा जाता है। भगवान् राम के लिए सीता, कृष्ण के लिए राधा और शिव के लिए पार्वती ऐसी ही आह्लादिनी शक्तियाँ हैं।

शिव ने भगवती पार्वती को अपने वामांक में विराजित किया है। यही ब्रह्म की परिपूर्णता का रहस्य है। असल में पूर्णता को ही ब्रह्म कहते हैं। भगवती के आदिशक्ति रूप की कल्पना भी दुर्गा, चंडिका जैसी नवदुर्गा या दशदुर्गा के रूप में की गई है। इन्हीं शक्तियों के कारण ब्रह्म बहुविध रूप में प्रकट होता है। हम एक छोटे से फल का दृष्टांत लें। देखने में यह फल छोटा हो सकता है, पर ध्यान से विचार करें तो इस फल में बीज, रस, खाद्य तत्त्व, गन्ध, छिलका, रंग, स्वाद आदि अनेक तत्त्वों का मिश्रण होता है। ऊपरी छिलके को हटाने के बाद ही फल के आस्वादन तक पहुँचा जा सकता है, वैसे ही सम्पूर्ण विश्व का यही प्रपंच है कि आवरण के भीतर ही सत्य छिपा है। यह छिलका ही माया है। उपनिषदों ने स्पष्ट

घोषणा की है कि—'हिरण्मयेन पात्रेण सत्यस्यापिहितं मुखम्'—अर्थात् सत्य का मुख सोने के ढक्कन से ढका हुआ है। यह आवरण ही माया है। इस माया के बल से ही भगवान् अवतार लेते हैं। वेदों का मानना है—'अजायमानो बहुधा विजायते/ मायांतु प्रकृति विधान मायिनं तु महेश्वरम्।' भगवान् की शक्ति के मुख्य पाँच कार्य हैं—प्रलय (तिरोभाव), सृष्टि, स्थिति, संहार और अनुग्रह। इस दृष्टि से साधारण मनुष्य के भीतर जब चित् तत्त्व जागता है तो वह शिव के रूप में और चिति-तत्त्व महाशक्ति के रूप में प्रकट होता है।

शिव-चेतना का अनुभव एक अद्वैत अनुभव है। यह विरोधों में सामंजस्य की प्रवृत्ति है। यों कहें कि विरुद्ध को अनुकूल बनाने की दृष्टि है। हम जानते हैं कि मृत्यु एक बड़ी सच्चाई है पर फिर भी हम अमरत्व की कामना करते हैं। हम तो अमर नहीं हो सकते पर हमारा कर्म हमें अमर कर सकता है। जिसे हम भक्ति कहते हैं वह परमात्मा से चित्त को जोड़ने की प्रक्रिया है। हमारे महान ऋषियों ने तपोवन में बैठकर हजारों वर्षों तक तप: साधना की। उसका एक ही अर्थ था, वह था विचार-क्रांति, जीव मात्र के लिए ऊहापोह, निरन्तर चित्त का मंथन करते हुए आत्मा के नवनीत की खोज।

देवासुर संग्राम के मूल कारण रूप समुद्र-मंथन की परिकल्पना का आधार है—मथो, तभी अमृत मिलेगा। इसी प्रकार कहें कि खोजो, तभी ब्रह्म मिलेगा। ब्रह्म एक संधान का विषय है। शास्त्रों एवं आप्त वचनों के अनुसार वह हममें ही कहीं छिपा हुआ है, हमारे शरीर-घट में ही वह अमृत छलछला रहा है। सब कुछ जानते-बूझते हुए भी हमें उसे ढूँढ़ना है। जैसे, बच्चे लुकाछिपी का खेल खेलते हैं, वैसे ही यह संसार जीवन और ब्रह्म की क्रीड़ा है। वह ब्रह्म हम पर करुणा कर रहा है, इसलिए हमसे खेल रहा है। उपनिषदों में इसे ही 'करुणैवकेलि:' कहा गया है। इसी क्रम में जन्म लेता है आकर्षण और सौन्दर्य का उद्दाम भाव, चित्त को विगलित कर देने वाली भावदशा, इसी से उत्पन्न होती है—भक्ति और इसी की चरम परिणति है—आर्तता, जिसमें भक्ति के साथ भगवान् को भी रोते हुए देखा जा सकता है। मनुष्य जब अपने लिए रोता है तो परमात्मा हँसता है लेकिन जब वह केवल परमात्मा के लिए रोता है तो भगवान् को कैलास के अमल-धवल शृंगों से उतरकर भागना पड़ता है, क्षीरसागर की सुख निद्रा को छोड़कर नंगे पाँव दौड़ना पड़ता है, कमलनाल पर आसीन सरस्वती के वीणा वादन को अनसुना कर स्रष्टा को सृष्टि की सुध लेनी पड़ती है, उस समय विराट् ब्रह्म एक साधारण मनुष्य की पीड़ा से उद्वेलित हो उठता है।

परमात्मा के त्रिगुण रूपों में भगवान् शिव परम अनुरक्त और परम विरक्त देवता हैं। इसलिए ये महादेव हैं, क्योंकि महान वही हो सकता है जो सभी स्थितियों में महान लगे। जो नीचे से ऊपर तक, बाहर से भीतर तक एक समान हो। शिव

का 'कैलास' शिखर मन का प्रतीक है। मन के सर्वोच्च आसन पर शिव-पार्वती विराजते हैं। इस ऊँचाई से पृथ्वी के सामान्य प्राणियों तक उतरने वाला महाभाव ही करुणा है। उनके जटाजूट से उच्छलित होकर प्रवाहित होने वाली गंगा उनकी करुणा का मूर्त रूप है।

शिव अनासक्त योगी हैं। अनासक्त का अर्थ है आसक्तियों के बीच रहते हुए भी उनसे ऊपर होने का सामर्थ्य। 'शिवमहापुराण' में मंत्रयोग, लययोग, हठयोग, राजयोग और शिवयोग की चर्चा हुई है। भक्ति के क्षेत्र में 'पिपीलिका योग' और 'विहंगम योग' की भी चर्चा की जाती है। जैसे चींटी बार-बार वृक्ष पर चढ़ने का प्रयत्न करती, गिरती और अन्ततः ऊपर पहुँच जाती है वैसे ही साधक अपने साधन-पथ की बाधाओं से जूझता हुआ अन्ततः लक्ष्य को पा लेता है, तो वह साधक का 'पिपीलिका योग' होता है। किन्तु इससे भी सरल मार्ग है 'विहंगम योग'। जैसे कोई चिड़िया इस वृक्ष की डाल से उस वृक्ष की डाल पर सहजता से उड़कर पहुँच जाती है वैसे ही भक्त जब चाहे भगवान् को पा सकता है पर यह शिव की कृपा से ही सम्भव होता है। यही कृपा भक्ति कहलाती है।

शिव तो आशुतोष हैं। तुरत-फुरत रीझ जाने वाले, भक्त को तार देने वाले महेश्वर हैं! भक्त नानाविध रूपों में सेवा-तत्पर होता है। बिल्व पत्रों और पुष्पों से उन्हें रिझाता है, उनके चरण पर लोटता है। मीलों नंगे पाँव चलकर, काँवर में गंगाजल भर उनका अभिषेक करता है। वह भोला भक्त मंत्र नहीं जानता, किसी तंत्र या कर्मकांड से परिचित नहीं होता, उसे वैदिक ऋचाएँ नहीं आतीं, वह केवल 'बोल-बम' के सामूहिक उद्घोष से, अपनी प्रीति भरी मनुहार से शिव की समाधि भी तोड़ सकता है। उस भोलानाथ को भक्तों का यही भोला भाव रुचता है। इसीलिए वह तनिक से ताप से पिघल जाने वाले मोम की भाँति तरल है, उसे तनुजा, वित्तजा या मनसा किसी भी सेवा या भक्ति से प्रसन्न किया जा सकता है। वैसे ही अयत्नपूर्वक शिव के साथ एकमेक होने की यह कला है।

हमारे महानायक महादेव शिव के लिए त्र्यम्बकं यजामहे' कहकर उनका पूजन और सम्मान किया गया है। समस्त दिशाएँ उनके वस्त्र हैं, सजल मेघ उनके जटाजूट हैं, आकाश उनका दृप्त भाल, विद्युत् उनका तीसरा नेत्र और पृथ्वी उनकी रंगशाला है, जिसमें निरन्तर अणुओं का नृत्य (dancing atoms) चलता रहता है। शिव ज्ञान के, औषधि के, नृत्य और नाद के, जीवन और मृत्यु के, अमृत और विष के विलक्षण समन्वय हैं। वे महाकाल हैं जो कालपुरुष बनकर व्यक्ति की धमनियों में प्राण बनकर सतत संचरित होते और धड़कते रहते हैं। हमारे संस्कारों से प्रणति-मंत्र फूटता है—'चकार कर्णच्युत पल्लवेन मूर्ध्ना प्रणाम वृषभध्वजाय।'

शिव का स्वरूप उज्ज्वल है। यह उज्ज्वलता उनके दिव्यराग को सूचित करती है। उनके भीतर श्रृंगार का भाव उमड़ रहा है। 'उज्ज्वल नीलमणि' में कहा गया

है—'यत् किंचित् लोके शुचि मेध्यमुज्ज्वलं दर्शनीयं वा तत् श्रृंगारेणोपमीयते।' इस श्रृंगार में पवित्रता, उज्ज्वलता और दर्शनीयता का गुण होता है। जो प्रेमी हो सकता है, वही किसी दूसरे की पीड़ा का अनुभव कर सकता है। अपनी निजता को बड़ा कर देना, जिसके फैलाव में समूची सृष्टि समा जाए शिव ऐसे ही देवता हैं। सती की आत्माहुति के बाद वे दक्ष-यज्ञ का विध्वंस कर डालते हैं। उनका रुद्र रूप समूची दुनिया को मथ देता है मगर कन्धे पर सती का शरीर डाले वे भटकते रहते हैं। उनके भीतर का आक्रोश एक करुण भाव में परिवर्तित होता हुआ दिखाई देता है।

कहा जाता है कि जहाँ-जहाँ सती के अंग गिरे वहाँ-वहाँ आज शक्तिपीठ स्थापित हैं। शक्ति का स्वभाव ही है कि वह विभिन्न रूपात्मक बिखरी हुई दशा में होती है। उसे संयोजित और व्यवस्थित करके ही प्रयोग में लाया जा सकता है। इसलिए उसे क्रिया शक्ति भी कहते हैं। यह चित् शक्ति है, इसलिए भगवान् शिव चिदात्मा हैं। वे चिदानंद स्वरूप हैं। तभी तो शंकराचार्य कह उठते हैं—'चिदानंदरूप: शिवोऽहम् शिवोऽहम्।'

शिव कर्पूर की तरह गौर अर्थात् उज्ज्वल हैं। कर्पूर की कई विशेषताएँ हैं, एक तो उसमें सुगन्ध होती है, दूसरे उसमें हवा में विलीन होने की क्षमता होती है। यह तत्त्व स्थूल से सूक्ष्म होने की कला सिखाता है। कर्पूर का तीसरा गुण है उसके भीतर छिपा दाहक भाव। अग्नि के स्पर्श मात्र से वह धधक उठता है और नीराजन बन जाता है, लेकिन वही कर्पूर एक साथ घृतादि के संयोग से शीतल भी हो जाता है। परस्पर विरुद्ध गुणों के मेल से यह कर्पूर भगवान् शिव के स्वभाव को भी दर्शाता है। ये शिव एक साथ उग्र भी हैं और कोमल भी।

भारतीय धर्मों की यह एक बड़ी विशेषता है कि हम परमात्मा से अनुग्रह चाहते हैं। हम अपना दु:ख, अपने अश्रु, अपने समस्त पाप, ताप और शाप उसके चरणों पर चढ़ा देते हैं। और वह परमात्मा हमारा चिरसंगी बनकर हमारे आँसू पोंछता है, हमें जगाता, सुलाता, हमारी सभी इच्छाएँ पूरी करता है। वही माता है, वही पिता, वही बन्धु, वही सखा, वही विद्या और वही धन—अन्तत: हमारा सर्वस्व बन जाता है। वह हमें शरणागति का पाठ पढ़ाता है। गीता में कृष्ण कहते हैं—'सर्व धर्मान् परित्यज्यमामेकं शरणं व्रज'। यह शरणागति स्व और अहम् का विसर्जन है। अपने स्वरूप को खोकर परमात्म रूप होने का एक अवसर है। मनुष्य की पीड़ा में परमात्मा को भी विचलित करने की शक्ति है। जब हम परमात्मा के समक्ष विगलित भाव से झुकते हैं तो वहाँ भी हमें आत्मीयता का अनुभव होता है। यह करुणा का सूक्ष्म मनोभाव है, जिसके अवतार शिव हैं। वे औढरदानी हैं। थोड़ी-सी पुकार से ही सब दे डालने की इच्छा औढरदानी की होती है। इसलिए शिव करुणा के मूर्त विग्रह हैं, उनका शिवलिंग निरन्तर इस करुणा-जल से स्नात होता रहता है, पर वह पूरी तरह सबसे ऊपर उठा हुआ और निर्लेप भी होता है।

शिव में अलौकिकता और चमत्कार सम्पन्नता है। सम्पूर्ण संसार को मथकर जो प्राप्त होता है वह अमृत-तत्त्व शिव है। जल और मृत्यु के बीच निरन्तर आन्दोलित होने वाला जीवन मथित होता रहता है और अन्ततः सार रूप शिवत्व को प्राप्त करता है। दूसरों का कल्याण करने वाली भावना ही सच्चा शिवत्व है। शिव के अनेक नामों में एक नाम 'संसारवैद्य' है। उनकी दूसरी विशेषता उनके आदिदेव होने से संबद्ध है इसलिए उनका एक नाम 'पितामह' या 'प्रपितामह' भी मिलता है। वे भारतीय आदिम संस्कृति और मिथक के जनक हैं।

शिव महाकाल हैं। मृत्यु और संहार के देवता हैं। भगवान् शिव का महामृत्युंजय मंत्र सर्व दुःख और मृत्यु का नाशक है। इस मंत्र के प्रभाव से ही सभी ग्रहों की बाधाएँ शान्त रहती हैं। शिव की एक नाट्य मुद्रा पर संसार समाप्त हो सकता है। विश्व के कल्याण के लिए कालकूट विष पीने वाले शिव की शोभा सर्पहार से ही हो सकती है। यह अद्‌भुत संयोग है कि विष्णु भी सर्प की शेष शैया पर विश्राम करते हैं और शिव के आभूषण रूप में सर्प विराजते हैं। विष जब व्याप्त होता है तो विष्णु बन जाता है तब वह मारक नहीं कल्याणकारक बन जाता है। शिव के गले का सर्प निर्भयता की शिक्षा देता है। यह इस बात का भी संकेत है कि विष को झेलने के बाद ही अमृतत्त्व की प्राप्ति हो सकती है। सम्भवतः इसीलिए सागर-मंथन की पहली प्राप्ति कालकूट विष है तो अन्तिम प्राप्ति अमृत।

शिव का एक नाम 'सर्पभूषण' भी है। वे मंगल और अमंगल दोनों ही रूपों में सर्वसमर्थ हैं। चूँकि वे संहारकारक हैं इसलिए सर्प उनकी संहार-सामग्री की तरह भी हैं। जैसे नौ ग्रह अपनी परिक्रमा से एक कुंडलाकृति का निर्माण करते हैं वैसे ही सर्पकुंडल भी ग्रहों की गति को रेखांकित करता है। वेदों में इन ग्रह मंडलों के समुदाय को नाग या सर्प के रूप में भी जाना जाता है। विशेषकर शिव के रुद्र रूप में इसकी चर्चा आई है।

शिव नित्य हैं इसलिए उनकी भक्ति भी क्षणिक नहीं हो सकती। भक्ति के प्रवेश द्वार के भीतर जाने वाला फिर वापस नहीं लौट पाता। भक्तों के हृदय को कमल कहा गया है। कमल में रूप, रस, गन्ध, स्पर्श आदि गुण हैं। यह इन्द्रियों के समीकरण का प्रतीक है। जैसे कीचड़ में भी कमल खिल उठता है और उसकी सुगन्ध दूर तक चली जाती है वैसे ही संसार के पंक में लथपथ होकर भी मनुष्य की प्रार्थना की सुगन्ध परमात्मा तक पहुँच जाती है। कमल का खिलना स्व की विवृति—स्व का उद्‌घाटन है।

शिव अपनी इकार रूपा शक्ति के कारण ही परमेश्वर हैं। शिव देव हैं, पर शक्ति के संयोग से वे महादेव हो जाते हैं। शिव के बाएँ आधे भाग में पार्वती सुशोभित हैं, माथे पर आधा चन्द्रमा चमक रहा है। वे शिवा के साथ मिलकर पूर्णत्व प्राप्त करते हैं। शिव स्वीकृति के देवता हैं। उनके लिए सभी ग्राह्य हैं। वहाँ निषेध के लिए

अवकाश नहीं। उनके भक्त ताल-बेताल नाचें या गाएँ, मुँह से बम-बम का स्वर निकालें, गाल बजाएँ, उनके दरबार में सब जायज है। तभी तो महारुद्र महानायक महादेव की स्तुति में कहा गया है—

कर्पूर गौरं करुणावतारं संसार सारं भुजगेन्द्र हारम्।
सदा वसन्तं हृदयारविन्दे भवं भवानी सहितं नमामि॥

शिव अनादि ब्रह्म हैं, घोर हैं, अघोर हैं, नीलकंठ रुद्र हैं, सबके ऊपर वे करुणामय आशुतोष औढरदानी हैं। ऐसे शिव और उनकी महाशक्ति शिवा का लीला-गान करना दुस्तर समुद्र को थाहने जैसा प्रयत्न था। जो भी लिखा गया, वह उनकी कृपा और दैवी संकेत का फल है।

मेरे शिव भूत-प्रेत जैसे दिव्यांग जीवों के शरणदाता और पोषक हैं। वे बहुमुखी, बहुआयामी हैं, गायक, वादक, नर्तक, स्वयंभू, जीव और जन्तुओं के उद्धारक, महावीर, महादेव, अर्द्धनारीश्वर और लोकोपकारक हैं। उनका रोदन-रस ही रुद्राक्ष है। उनकी पार्वती स्त्री-शक्ति और पर्यावरण संरक्षा की प्रतिनिधि है। इस इकार रूपा शक्ति के अभाव में शिव भी शव रूप हो जाते हैं।

महामृत्युंजय त्र्यम्बक शिव मेरे महानायक और महादेव हैं, उन पर केन्द्रित यह पौराणिक महाकाव्यात्मक उपन्यास प्रस्तुत करते हुए मुझे आनन्द और सन्तोष का अनुभव हो रहा है। यह भाव-यात्रा असीम है। कृति की रचना में मैंने गुरुवर डॉ. नामवर सिंह जी को सदैव स्मृति में रखा है, जिन्होंने मुझे निरन्तर प्रेरित और प्रोत्साहित किया है। पुस्तक लिखते समय गीता प्रेस, गोरखपुर के 'कल्याण' के सह सम्पादक मित्रवर डॉ. प्रेम प्रकाश जी लक्कड़ से अनेक परामर्श मिले, तदर्थ मैं अपनी कृतज्ञता ज्ञापित करता हूँ। रचना-क्रम में मैंने वेद, उपनिषद्, पुराण-साहित्य, शैव-दर्शन के साथ-साथ वाल्मीकि रामायण, महाभारत एवं महाकवि कालिदास आदि के ग्रंथों का भी उचित उपयोग किया है, उन सभी ऋषि-कवियों के प्रति मेरी विनम्र प्रणति निवेदित है। इसके अतिरिक्त कवि-कथाकार डॉ. शिवदास पाण्डेय और प्रिय शिष्य और आलोचक डॉ. रेवतीरमण से समय-समय पर विमर्श का अवसर मिला, इसके लिए मैं अपना हार्दिक आभार प्रकट करता हूँ। इस उपन्यास की पांडुलिपि तैयार करने में मेरी धर्मपत्नी सुनीति मिश्र ने अथक श्रम किया है। मेरे पुत्र द्वय शुभेन्दु अमिताभ और अनुपम नीलाभ ने मेरा सतत उत्साह बढ़ाया, रुचि ली और शिव-तत्त्व एवं शैव दर्शन पर निरन्तर विचार-विमर्श किया, मैं सबके प्रति अपना अपार स्नेह व्यक्त करता हूँ।

वसन्त पंचमी
22 जनवरी, 2018

—महेंद्र मधुकर

कथा बहुत पुरानी है, पर नियति और प्रकृति समय-समय पर इसे बार-बार दुहराती है।

तब देवसृष्टि में आनन्द ही आनन्द था। सुख और भोग-विलास की प्रवृत्ति भी अपने चरम पर थी। कल्पवृक्ष सभी इच्छाओं को पूरा करने वाला था, कुछ भी अप्राप्य नहीं, सबको सब कुछ सर्वसुलभ था। देवजाति के भी कई उपखंड थे। यक्ष, गन्धर्व आदि की तरह नागजाति और असुरों का विराट् क्षेत्र था। वहाँ पराक्रमशाली देवताओं और असुरों में सनातन काल से युद्ध चलने लगा। अनेक मन्वन्तरों तक निरन्तर सृष्टि का विकास होता रहा।

फिर एक दिन महाप्रलय के चिह्न दिखाई देने लगे। महाप्रलय सचमुच आ गया था। प्रकृति का भयावह रौद्र रूप प्रकट होने लगा। चारों ओर धारासार जलवृष्टि, जल का अपार उमड़ता पारावार। भयानक कोलाहल और त्रासदायक ध्वनियाँ। टूटते वृक्ष, धसकते पहाड़। किसी विशाल अजगर की तरह समुद्र का किनारे पर फेनिल फणों के पटकने का भयानक दृश्य। देवसृष्टि का ध्वंस हो रहा था। महाप्रलय के उस दृश्य में केवल मृत्यु और अन्धकार का साम्राज्य था। उस समय समुद्र-तल से आती हुई गड़गड़ाहट के नाद के बीच उत्ताल तरंगों में सीधे खड़े होकर बहते हुए महर्षि मार्कण्डेय ने एक तीव्र प्रकाश-पिंड का अनुभव किया जो बहुत दूर से चमक रहा था। वे लहरों की चोट को झेलते हुए उसकी ओर बढ़ने लगे।

महर्षि मार्कण्डेय जन्मजात महान तपस्वी थे। वे ऋषि मृकंडु के पुत्र थे। मृकंडु ने महाकाल वन में शिवलिंग की पूजा कर दीर्घायु प्राप्त करने का वर पाया था। अपने शैशव काल में ही मार्कण्डेय को तप करना प्रिय लगने लगा। पाँच वर्ष की अवस्था में ही किसी सिद्ध पुरुष ने काल-गणना कर यह बताया कि मार्कण्डेय की आयु अब छह माह ही बाकी रह गई है। पर एक दिन सप्तर्षियों ने उन्हें आशीर्वाद देते हुए दीर्घजीवी होने का वर दे दिया। सप्तर्षियों की वाणी मिथ्या न हो, इसलिए ब्रह्मा ने उन्हें अपने समान कल्पान्त के बाद तक अक्षय रहने का वरदान प्रदान किया। मार्कण्डेय ज्ञानी थे, उनकी गणना सर्वज्ञ, पृथ्वी और अग्नि के साथ की गई। उनकी स्थापना थी कि सहस्त्र अश्वमेधों से अधिक महत्त्वपूर्ण सत्य होता है।

विष्णु की उपासना के साथ-साथ मार्कण्डेय ने शिवभक्ति का भी आदर्श उपस्थित किया। अपनी तपस्या के प्रभाव से शिव और विष्णु से महान तेज के साथ-साथ मार्कण्डेय ने दिव्य और अद्‌भुत शक्तियाँ भी प्राप्त कर लीं।

पर, आज की बात कुछ और थी। आज प्रलय-काल में जब सृष्टि का सारा वैभव नष्ट हो रहा था, उस समय मृत्यु का दर्शन करते हुए उन्हें अपनी जीवनी-शक्ति को बचाए रखने का, संयत भाव से स्थिर रखने का, महान विपत्ति काल में बड़े धैर्य से समय के साथ संघर्ष करने के लिए साहस और सामर्थ्य उत्पन्न करना था।

महर्षि मार्कण्डेय शिव और विष्णु का स्मरण करते हुए धीरे-धीरे आगे बढ़ने लगे। सामने ही प्रकाश पिंड लहरा रहा था। उनकी आँखें चौंधिया गईं। वे सोचने लगे—"कहीं सूर्य पृथ्वी पर तो नहीं उतर आया? इतना ताप कैसे फैल रहा है? समुद्र की बड़वाग्नि अग्निज्वाला की तरह ऊपर तो नहीं उठ आई?" मार्कण्डेय का चित्त किंचित् अशान्त हुआ। वे धीरे-धीरे अपने तपोबल से जल की उत्तुंग लहरों पर होते हुए उस दिव्य प्रकाश पिंड तक जा पहुँचे। वहाँ उन्होंने अपने आराध्य महादेव शिव की महाशक्ति भुवनेश्वरी के दिव्य रूप को देखा।

जल-तरंगों के बीच भक्ति के आवेश से मार्कण्डेय का हृदय भी तरंगित होने लगा। उन्होंने स्तुति-मुद्रा में कहा—"मातः! इस प्रलय-काल में आपने सम्पूर्ण जगत् को समेट लिया है। सभी प्रकार के जीवों की आकृतियाँ आपके विग्रह में समा गई हैं। आप ही शिव की सहचरी भुवनेश्वरी हैं। आप ही ललिता, त्रिपुरसुन्दरी, दुर्गा और काली हैं।"

महाशक्ति ने ऋषि मार्कण्डेय की ओर स्निग्ध दृष्टि से देखा। ऋषि के सामने समुद्र की जल-तरंगों पर एक विशाल वटपत्र डोल रहा था और उस पर शेषशायी विष्णु एक शिशु की तरह अपने कर-कमल से अपने ही पाद-पद्मों का अँगूठा अपने मुख-कमल में डालकर चूस रहे थे। विष्णु के इस बाल मुकुंद रूप को देखकर मार्कण्डेय मोहित हो गए। उस बालक के प्रति भुवनेश्वरी की मातृ-करुणा छलक रही थी और समुद्र की लहरें भी मानो वटपत्र को थपकियाँ दे रही थीं।

मार्कण्डेय ने भुवनेश्वरी की वन्दना करते हुए कहा—"आपकी शक्ति से ही सूर्य प्रकाशित है। आप ही नित्य हैं, सनातनी देवी हैं, गायत्री, स्वाहा और स्वधा हैं। आप ही ब्रह्मा, विष्णु और महेश के रूप में जगत् के निर्माण, पालन और संहार की लीला करती हैं।"

भुवनेश्वरी ने शान्त मुद्रा में कहा—"पुत्र मार्कण्डेय! यह सत्य है कि समस्त सृष्टि का संचालन मेरी महाशक्ति के रूप की क्रिया का परिणाम है, पर उसमें शिव का कारण रूप कल्याण-भाव भी निहित है। जब भी नई सृष्टि होती है तो उस समय न सत् होता है, न असत्, न शून्य आकाश, न सात्त्विक, राजसिक, तमोगुणों की स्थिति। परात्पर ब्रह्म ही आत्म रमण करते हुए एक से अनेक होने की कामना

करता है। ऐसे ही समय जब परम पुरुष का मन अकेले नहीं रमा तो उसने चिन्तन किया, कामना की—मैं एक से बहुत हो जाऊँ—"स एकाकी नैव रमते। सोऽचिन्तयत, सोऽकामयत, एकोऽहं बहुस्याम्'। वह परमतत्त्व ही शिव था, नारायण था, ब्रह्मा था। उस परब्रह्म की इच्छा और संकेत मात्र से मनोमय सृष्टि ने आकार ग्रहण किया।"

मार्कण्डेय ने प्रश्न किया—"क्या महाप्रलय केवल विनाश का सूचक होता है?"

"नहीं पुत्र! हर प्रलय के बाद एक नई सृष्टि का आरम्भ होता है। यही प्रश्न नारद ने अपने पिता ब्रह्मा से भी किया था। प्रलय-काल में ब्रह्मलोक में ब्रह्मा निश्चिंत भाव से कमल-दल पर विराजमान हुए किंचित् ईषत् मुस्कान बिखेर रहे थे। उस समय समीप बैठे देवर्षि नारद का वीणा वादन भी अकस्मात् रुक गया था। प्रलय-काल की दशा में पृथ्वी का रोर ब्रह्मलोक तक को जैसे हिला रहा था।

तब अत्यंत विचलित होकर नारद ने पिता ब्रह्मा से पूछा था—"क्या अघटित घट रहा है प्रभो? ऐसा प्रतीत हो रहा है जैसे संसार में बड़ी विपत्ति आ गई है। क्या पृथ्वी जल में डूब जाएगी? क्या इस महाप्रलय में कहीं कुछ नहीं बचेगा?" नारद की ऋषि-वाणी कंपित हो रही थी।

ब्रह्मा की मुद्रा शान्त थी। बोले—"पुत्र! महाप्रलय सृष्टि का स्वाभाविक धर्म है। कल्प के अन्त में प्रलय का महासंहार आरम्भ होता है। चन्द्रमा, सूर्य, वायु सभी लुप्त हो जाते हैं। स्थावर, जंगम सभी प्राणी नष्ट हो जाते हैं। पहले प्रलयकालीन सूर्य का उत्ताप बढ़ जाता है, फिर मेघों की घोर गर्जना, विद्युत् से वृक्षों और वनों में दावाग्नि, उल्कापात से पर्वतों का टूटना, भीषण नाद आदि भयानक स्थितियाँ उत्पन्न हो जाती हैं। पुनः महाप्रलय में, सृष्टि में जल ही जल दिखाई देने लगता है।"

ऋषि मार्कण्डेय की जिज्ञासा बढ़ती जा रही थी। उन्होंने भुवनेश्वरी से प्रश्न किया—"क्या त्रिनयन—त्र्यम्बक शिव ही इस सृष्टि का संहार करते हैं?"

"हाँ पुत्र! हमारे शिव जीवन लेते हैं तो जीवन देते भी हैं। उनकी अपार करुणा से ही सृष्टि के सभी प्राणियों के सम्बन्धों का निर्वाह होता है। जब वे परात्पर ब्रह्म के रूप में आत्म रमण करते हैं तो विश्व को नाम और रूप मिलता है। देव जाति, मनुष्य, असुर, पशु-पक्षी आदि अगणित योनियों का सृजन होता है। दिन-रात, पाप-पुण्य, प्रकाश-अन्धकार और जीवन-मृत्यु के चक्र की व्यवस्था होती है। निष्क्रिय वस्तुएँ भी किसी शक्ति की प्रेरणा से अपना इच्छित आकार ग्रहण करने लगती हैं।"

"मातः! शिव की महाशक्ति को समझना तो अत्यंत कठिन है, पर मुझे इसका ज्ञान हो गया है कि आप शिव की क्रियाशक्ति हैं। हम मनुष्य या अन्य प्राणी आपके महिमावन्त रूप को कैसे समझ सकते हैं? हमारे पास न तो दिव्य दृष्टि है, न यज्ञ-भाग का विशेष बल। आपकी कृपा से ही तो आपको जाना जा सकता है।"

भुवनेश्वरी ने उत्तर दिया—"मैं ही उमा, रमा, ब्रह्माणी हूँ पर एक होकर भी अनेक रूपों में प्रतिभासित हूँ। वत्स! तुम शिव के समीप कैलास पर्वत पर जाओ। वहाँ हिमालय के सुरम्य क्षेत्र में मैं ही सती, मैं ही पार्वती या शिवशक्ति के रूप में सदैव प्रादुर्भूत होती रहूँगी।"

माता के दर्शन से गद्गद ऋषि मार्कण्डेय की आँखों से अश्रु बह रहे थे—"मात:! शिव करुणामय हैं, त्र्यम्बक हैं, महामृत्युंजय हैं। उनकी इसी करुणा से मानवीय भावों की सृष्टि हुई है। मनुष्य में जितने भी सात्त्विक, राजस और तमोगुणी भाव हैं, वे शिव के ही कृपा-प्रसाद हैं। हम जब भी दूसरों के कल्याण की बात सोचते हैं तब हमारे भीतर का शिवत्व प्रकट हो जाता है। यही शिवत्व मानवता है। मैं अपनी तपस्या से शिव और शक्ति के एकत्र अभेद भाव को पाना चाहता हूँ, आप मुझे आशीर्वाद और शक्ति प्रदान करें। मात:! आपका वरदान मुझमें शक्ति का संचार करे, ताकि मैं आपकी दिव्य गाथा को संसार के कल्याण के लिए रच सकूँ।"

"ऐसा ही होगा वत्स! तुम महान पुराण की रचना करोगे और 'दुर्गा सप्तशती' का प्रणयन कर मेरी शक्ति और मेरे कृपा-प्रसाद का गायन करोगे, वैष्णव तथा शाक्त भक्ति के अन्तर को मिटा दोगे, क्योंकि मैं ही काली, मैं ही दुर्गा, उमा, ब्रह्माणी, लक्ष्मी और वैष्णवी हूँ। वत्स! महाप्रलय के बाद अब नए रूप में मानुषी सृष्टि एवं जीव जगत् का पुन: विकास होगा। पहले ब्रह्मा ने मानसी सृष्टि की तथा इच्छा, संकल्प, दर्शन और स्पर्श से सृष्टि का विधान किया था, अब मानवी सृष्टि मैथुनी सृष्टि होगी, पुरुष और नारी के युग्म रूप से यह सृष्टि द्वैत होकर भी अद्वैत ही रहेगी। क्या देवता, क्या मनुष्य और क्या सम्पूर्ण प्राणिजगत् सभी इस नियम के अधीन कार्य करेंगे। पृथ्वी का जीवन यद्यपि क्षणभंगुर होगा, पर वह सुन्दर, आकर्षक और महिमामय होगा। ऐसा भी होगा कि देवता मनुष्य का अवतार लेंगे और मनुष्य भी अपनी क्षमता से देवत्व प्राप्त कर पूजित होंगे। इस नई सृष्टि का यही मंगलमय रूप होगा।"

इस संवाद के बाद महर्षि मार्कण्डेय ने भुवनेश्वरी के चरणों में शीश झुकाया और उत्साहपूर्वक शिव-भूमि कैलास की ओर चल पड़े।

2

कैलास पर्वत पर वायु का मन्द संचरण हो रहा था। सूर्य भी प्रभावान होकर स्वर्णिम किरणें बिखेर रहा था। मानसरोवर की हंसबलाकाएँ कमलनाल खंड मुँह में दबाए दूर-सुदूर से लम्बी यात्रा कर वहाँ आ पहुँची थीं और अब जल-विहार को उद्यत थीं। उस परम शान्त और रमणीय क्षण में शिव को

समाधि लग गई। उनका मन सम्यक् प्रकार से एक विशेष बिन्दु पर स्थिर हो गया। वे यम, नियम, आसन, प्राणायाम, प्रत्याहार, धारणा और ध्यान से होते हुए समाधि के तल पर जा पहुँचे। योग की इस चरम स्थिति में उनके चित्त का निरोध हो गया। वे असम्प्रज्ञात समाधि की दशा में आ गए, जहाँ प्रमाण, विपर्यय, विकल्प, निद्रा और स्मृति जैसी चित्त-वृत्तियों का निरोध वैराग्य और अभ्यास द्वारा पूर्ण होता है। सम्प्रज्ञात सन्धियों में उनका चित्त महायोगी की मुद्रा में अब एक बिन्दु पर टिक गया था। उनकी प्रज्ञा जाग गई थी। इस सबीज समाधि में आज उनका सारा ध्यान आनन्दानुभूत समाधि की ओर था। वे बन्द आँखों से भी सृष्टि के कल्याण की कल्पना कर रहे थे, समस्त प्रकृति ही उनका चिन्तन-क्षेत्र था, समस्त जीव-जन्तु ही उनके विचार के विषय थे। तपश्चरण ही उनकी आत्मिक शक्ति का स्रोत था।

शिव की समाधि में आनन्द का भाव था। सम्पूर्ण प्रकृति और मानव-जगत् के लिए उनके मन में करुणा जाग रही थी। उनके इस तपोनिष्ठ रूप को दिव्य दृष्टि से देखकर ब्रह्मा के मन में चिन्ता जगी। उन्हें लगा कि शिव अपनी आह्लादिनी और क्रिया शक्ति से अलग रहकर अधूरे हैं। उनकी पूर्णता इस बात में है कि उनका विवाह सम्पन्न कराया जाए। उनके मन में अपने मानस-पुत्र दक्ष प्रजापति की पुत्री सती का ध्यान आया, जो महाशक्ति के रूप में प्रकट हुई थी। यद्यपि उनके पुत्र दक्ष प्रजापति हठीले स्वभाव के थे पर ब्रह्मा की स्पष्ट आज्ञा का उल्लंघन करने का साहस उनमें नहीं था।

सृष्टि के विकास-क्रम में ब्रह्मा ने अपने पुत्र दक्ष को प्रजापालन और सृष्टि के विकास का कार्य-भार दिया था। वे आदित्य वर्ग के देवताओं में एक थे। वरुण की तरह उनमें उत्पादन-कार्य-शक्ति और कला का सम्मिश्रण था। अधिकार-मद से दक्ष अत्यंत अहंकारी हो गए थे। सृष्टि के आरम्भिक चरण में अदिति स्त्री-तत्त्व एवं दक्ष पुरुष-तत्त्व के प्रतीक रहे थे। दक्ष बलशाली, बुद्धिशाली, अन्तर्दृष्टि सम्पन्न एवं दृढ़ इच्छाशक्ति वाले के रूप में स्वीकार किए गए थे।

दक्ष का स्वरूप दिव्य था। वे समस्त दैवी गुणों से भी युक्त थे। उनका मुखमंडल तेजोमय आभा से दीप्त था। प्रलंब भुजाएँ और दीर्घ शरीर सर्वत्र प्रकाशमय होता रहता था। उनकी पुत्री सती का सात्त्विक सौन्दर्य सहज ही आकर्षित कर लेता था। अपने कैशोर काल में ही सती ने समस्त कलाओं का ज्ञान प्राप्त कर लिया। उनके शरीर में एक दिव्य आभामंडल था जो चतुर्दिक् प्रकाश बिखेरता था। सती का स्वर अत्यंत मधुर और सम्मोहनकारी था। पिता दक्ष अक्सर उनसे वाद-विवाद करते, प्रकृति की रंजकता, क्षणभंगुरता और सुन्दरता की नित्यता-अनित्यता पर शास्त्रार्थ होता, ब्रह्माजी के सृष्टि विधान की आलोचना भी होती। सती वाक्पटु और प्रवीणा थीं। किसी भी सत्य के प्रति जिज्ञासा का भाव उनमें सदैव जाग्रत रहता था। ब्रह्म की जिज्ञासा उनकी सदैव बड़ी जिज्ञासा थी, उनके 'अथातो ब्रह्म जिज्ञासा' के

प्रश्नों के समक्ष दक्ष भी निरुत्तर हो जाते थे। सती को पर्वतीय प्रदेश से बड़ा मोह था। हिमालय की गगनचुम्बी चोटियों पर चमकती सूर्य की किरणें उनकी चेतना को जागृत कर देती थीं। उन्हें यह ज्ञात था कि उनके पिता दक्ष अहंकारी थे, उनकी आँखों में आत्मविश्वास की जगह आत्माभिमान साफ झलकता था।

दक्षपुत्री सती को पूर्ण स्वतंत्रता प्राप्त थी। वे स्त्री की शक्तियों से परिचित थीं। उस पुरुष प्रधान साम्राज्य में जहाँ ब्रह्म भी पुरुष ही घोषित किया गया था, सती के मन में हठ समा गया था कि स्त्री-चेतना कहीं से भी दुर्बल नहीं, मानापमान का बोध तो होना ही चाहिए, अधिकार-रक्षा तो करनी ही चाहिए। सती जानती थीं कि स्त्री का स्वभाव अन्तर्मुखी होता है, वह जब चाहे कच्छप की तरह अपने अंगों को भीतर समेट सकता है और आघात सहने के लिए अपनी पीठ कड़ी कर लेता है पर सती ने अपनी बहिरिन्द्रियों को खुला रखा था। आँखें खुली हों, श्रवणेन्द्रिय सजग हों, नासिका गन्ध-दुर्गन्ध का अनुभव और भेद कर सकती हो और त्वचा की सहनशीलता ऋतुओं का मर्म समझ सकती हो तो स्त्री का स्वभाव पूर्ण हो सकता है। स्त्री अधूरी है तो सिर्फ इसलिए कि उसने अपनी समस्त शक्तियों का प्रयोग नहीं किया है। वह अभी भी किसी बालुका राशि या मृत्तिका राशि के भीतर पाताल तक गड़े हुए किसी प्राचीन महल की तरह अनुद्घाटित है। कौन पुरुष, कौन सर्वशक्तिमान उसके इस आन्तरिक वैभव का स्वामी होगा? कोई तो अवश्य होगा, यह सोचकर उसके मुख पर लालिमा की लहर दौड़ जाती। वह सहसा-मुस्कुरा उठती ऐसे कि कोई नहीं समझे और चाहे तो समझ भी जाए।

प्रजापति दक्ष अपनी प्राणप्रिय पुत्री सती की वाग्मिता और तर्कशीलता से परिचित थे। सती के मन में सृष्टि-रचना के प्रति सबसे अधिक कौतूहल था। आर्यावर्त की भूमि के विस्तार, हिमालय एवं विन्ध्याचल की गिरिमालाओं के विषय में वे अधिक से अधिक जानना चाहती थीं। ब्रह्म का स्वरूप क्या है, वह सगुण है या निर्गुण निराकार? क्या वह सुलभ है? या सचमुच दुर्लभ! ये प्रश्न किशोरिका सती के मन को मथते रहते थे। एक दिन उसने प्रातः पूजनोत्सव के पश्चात् अपने पिता को एकान्त में मौन बैठे देखा। सती से रहा नहीं गया।

'यहाँ आप चुपचाप बैठे हैं तात! कारण क्या है?' कुछ देर निरुत्तर बैठे रहे दक्ष। अन्ततः बोले—"पुत्रि! मेरे पिताश्री पूज्य भगवान् ब्रह्मा ने मुझे आमंत्रित किया था और आदेश दिया कि अब तुम विवाह योग्य हो गई हो, इसलिए मैं तुम्हारे विवाह में शीघ्रता करूँ।"

सती संकुचित होकर आसन पर बैठ गईं। तभी उनकी माता प्रसूति वहाँ आ गईं। माता-पिता दोनों की मुखमुद्रा पर चिन्ता की रेखाएँ थीं।

दक्ष ने कहा—"पिताश्री की आज्ञा है कि तुम्हारा विवाह मैं कैलासवासी शिव के साथ कर दूँ। बस इसी बात से चित्त उद्विग्न हो रहा है।"

पत्नी प्रसूति बोली—

"पिता ब्रह्मा की आज्ञा मानने को हम विवश हैं। मुझे तो कोई दूसरा मार्ग नहीं सूझता।" सती के लिए यह वार्ता प्रहेलिका जैसी थी। आखिर, क्या उद्देश्य था पिता का? क्यों व्यथित प्रतीत हो रहे हैं वे? सती के मन में अनेक प्रश्नों के साथ अनेक शंकाएँ भी घुमड़ रही थीं।

प्रजापति दक्ष ने कहा—पिता की आज्ञा मानने के लिए मैं विवश अवश्य हूँ प्रसूति। पर मेरा हृदय नहीं मानता। यह शिव न सम्राट् है, न परमात्मा, न कोई ऋषि! यह अर्थहीन, साधनहीन, भूत-प्रेत, पिशाच, डाकिनी, शाकिनी और योगिनियों के झुंड में विचरने वाला एक मनस्वी और स्वच्छंद प्राणी है। शरीर में आभूषण के नाम पर सर्पमालाएँ हैं, तीसरे नेत्रवाला यह क्रोधी सदा एक संहारक मुद्रा में रहता है, यह श्मशान प्रिय है, कैलास के पर्वत-शिखर इसकी निवास-भूमि है। कहाँ तक गिनाऊँ? अपात्रता गुण नहीं है इसलिए उसकी न गणना होती है, न उसमें पात्रता होती है। ऐसे व्यक्ति के हाथों में अपनी प्राणाधिक पुत्री का हाथ मैं कैसे सौंप दूँ? यही चिन्ता मेरे चित्त को रह-रहकर उद्वेलित कर रही है। मैं प्रजापति दक्ष! सृष्टि के रचयिता चतुर्मुख ब्रह्मा का पुत्र! ऐसे मानसिक द्वन्द्व में पड़ा है, यही क्या कम आश्चर्य की बात है?

जब तक माता प्रसूति कुछ कहतीं, सती ने विनीत स्वर में अपनी बात रखी—

"तात! मैंने भी देवर्षि नारद को वीणा वादन करते और शिव का गुणगान करते सुना है। मैंने यह भी सुना है कि शिव तो बड़े करुणामय हैं, उनकी रीझ-खीज दोनों प्रसिद्ध है। सुना है उनमें नदी-जल की तरलता है तो निर्झर का वेगनाद भी—वे समुद्र की तरह उच्छल हैं तो पृथ्वी के अतल तल की तरह शान्त समाधि में उतरने वाले योगी भी! वे नृत्य, वाद्य और गायन में निपुण हैं। उनकी विविधता और उनका बहुरंगी रूप कितना आकर्षक होगा तात? मुझे तो इस राजमहल से कैलास ज्यादा खुला-खुला, मुक्त, बन्धनहीन और अधिक उल्लासमय प्रतीत होगा।"

"पुत्रि! क्या तुम्हें यही रुचता है? क्या तुम्हें असुविधा नहीं होगी? तुम महलों में पालित-पोषित हुई हो। कहाँ यह राजसी सुख और कहाँ वन्य हिमप्रदेश, वन्यजीवों की तरह आचरण करने वाले, विरुद्ध और असभ्य हिमवासी! दोनों बातें एक साथ कैसे सम्भव हैं?"

"तात! विरोध में बड़ा आकर्षण होता है। हम जो चाहते हैं वह हमें मिल ही जाए तो जीवन में आनन्द कहाँ मिलेगा? अपूर्णता ही तो पाने की, तृप्ति की इच्छा को जगाती है। मुझे इतना तो ज्ञान है कि मैं मर्त्यशील हूँ और पृथ्वी पर मनुष्य ही जीवन की विविधता का आनन्द ले सकता है। इसलिए शिव को वर रूप में प्राप्त करने में मुझे कोई आपत्ति नहीं है, न मेरे मन में दुविधा है, न संशय।"

पुत्री की बातों से दक्ष के मन को शान्ति तो मिली पर उन्हें सन्तोष नहीं हुआ।

वे नहीं चाहते थे कि सती का विवाह शिव से हो पर उन्हें प्रतीत हो रहा था कि सती ने मन ही मन शिव को अपना वर चुन लिया है। ऐसी स्थिति में अपनी कन्या के निर्णय का वे खुलकर विरोध भी नहीं कर सकते थे, क्योंकि उनके पिता ब्रह्मा ने आज्ञा दी थी कि शिव और शक्ति के मेल के लिए यह विवाह अत्यावश्यक है। मन मसोसकर उन्होंने पिता ब्रह्मा की आज्ञा को शिरोधार्य किया। उन्होंने तथा माता प्रसूति ने पुत्री को स्नेहालिंगन देकर आशीष दी और शिव-सती के विवाह की तैयारी में सांसारिक रीति के पालन में तत्पर हुए।

3

हमारा जैसा चिन्तन होता है उसके प्रभाव से उसका वातावरण भी निर्मित हो जाता है। एक आज्ञाकारी पुत्र होने के नाते प्रजापति दक्ष ने अपने पिता ब्रह्मा की आज्ञा में हामी तो भर दी थी पर उनका हृदय उधेड़बुन में पड़ा था। वे यह जानते थे कि उनकी पुत्री सती में दैवी अंश तो है, पर ऐसी शक्तियाँ स्वयं ही अपने सहयोगी तत्त्वों को खोज लेती हैं। उसमें किसी अन्य का हस्तक्षेप कैसे हो सकता है? शक्ति और शिव के विवाह की कल्पना उन्हें बड़ी अटपटी लग रही थी। विवाह में संस्कारों और कुल की परम्पराओं का मेल तो होना ही चाहिए। इसीलिए तो लोग वंश और कुल की खोज करते हैं, पर सम्पूर्ण लोकों में यह प्रवाद प्रचलित है कि शिव का न कोई वंश है न कुल, वे कौन हैं? वे क्या हैं? किसी को भी यह सत्य ज्ञात नहीं? वे आर्य हैं या अनार्य? वे मनुष्य हैं या देवयोनि के पात्र?

यक्ष, किन्नर, गन्धर्व, भूत कहीं किसी से तो साम्य होगा फिर सभी ये क्यों कहते हैं कि शिव रहस्यमय हैं, जब कोई बात समझ में नहीं आती तो वह रहस्य ही तो होती है—यह सोचते-सोचते दक्ष भीतर-भीतर व्याकुल हो गए। पिता की आज्ञा और अपनी स्थिति के कारण वे अपने को असहाय अनुभव कर रहे थे। पर जब भी उन्हें स्मरण आता कि मैं दक्ष हूँ, प्रजापति हूँ, मुझ पर भूमंडल और प्रजा के दायित्व हैं, उनका सिर तन जाता, भृकुटियों में बल पड़ जाता, आँखों में अहंकार चमक उठता। मैं इतना शक्तिशाली होकर भी अपने पिता के समक्ष इतना दुर्बल कैसे हो गया—यह सब क्या हमारे वैदिक शास्त्र की सीख के परिणाम हैं? यह अब मुझे निश्चित लग रहा है कि शास्त्र के वचन मनुष्य को दुर्बल बनाते हैं, उसे बन्धनों में जकड़ देते हैं।

दक्ष के मन में यह ऊहापोह चल ही रहा था कि महर्षि भृगु और ऋषि त्वष्टा के आगमन की सूचना मिली। भृगु अत्यंत क्रोधी ऋषि के रूप में प्रसिद्ध थे, उनके

विषय में दक्ष को यह ज्ञात था कि जब एक बार वैकुंठ लोक में भृगु विष्णु से मिलने पहुँचे और मिलने में विलंब हुआ तो यह भृगु ही थे जिन्होंने विष्णु की छाती में लात मारकर अपना पद चिह्न अंकित कर दिया था और जिनके भय के कारण विष्णु को भृगु के चरण सहलाने पड़े थे कि कहीं मेरे कठोर वक्ष पर आघात करने से आपके कोमल चरण में चोट तो नहीं पहुँची। ये भृगु ब्रह्मा, महादेव और अग्नि के भी पुत्र माने जाते हैं, पर प्रमुखता ब्रह्मा की ही है। इस नाते वे मेरे भाई भी तो हैं।

इसी बीच भृगु और त्वष्टा का आगमन हुआ। दक्ष अपने आसन से खड़े हो गए, उन्होंने आदरपूर्वक उचित आसन पर बिठाकर उनका सत्कार किया। उनके बिना कुछ पूछे ही भृगु ने कहा—

"प्रजापति दक्ष! आप चिन्तित प्रतीत हो रहे हैं, और आपकी चिन्ता का कारण भी मैं समझ रहा हूँ।"

त्वष्टा ने जैसे आग में घी डालते हुए कहा—"इनकी चिन्ता का कारण साधारण नहीं है। पिता की आज्ञा से ये द्वन्द्वग्रस्त हैं, इन्हें सती के विवाह की चिन्ता है।" भृगु भी बोले—

"इनकी चिन्ता सकारण है। सभी जानते हैं कि मैं और दुर्वासा क्रोधी ऋषि हैं, यह बात किसी से छिपी नहीं है पर हमारा क्रोध शाप तक सीमित है, वह सृष्टि का विनाश तो नहीं करता? पर महादेव शिव हैं प्रलय का दूसरा नाम। सृष्टि के सम्पूर्ण विनाश का कारण। ऐसे महाकाल से कोमल मनवाली सती का विवाह? इससे बड़ी अविवेकता क्या हो सकती है?"

"किन्तु ऋषिवर! इस द्वन्द्व से छुटकारा पाने का मुझे कोई उपाय भी तो नहीं सूझ रहा है! मेरे पिता ब्रह्मा ने शिव से अपनी इच्छा प्रकट कर दी है, सम्भवतः शिव ने भी अपनी स्वीकृति दे दी है। ऐसी स्थिति में शिव से सीधा विरोध मोल लेना क्या ठीक होगा? मुझे उचित परामर्श देने की कृपा करें।"

"दक्ष! तुम किसी भी प्रकार अपनी अनिच्छा से शिव को परिचित करा दो। देवताओं और ऋषियों के समक्ष उसके विषय में अपमानजनक बातें कहो, ऐसा वातावरण तैयार करो कि शिव स्वयं ही तुमसे और तुम्हारे परिवार से विरत हो जाएँ। इस समय क्रोध से नहीं घृणापूर्वक दुर्नीति से ही तुम इस समस्या का समाधान निकाल सकते हो। तुम सती के विवाह से अस्वीकार मत करो पर तुम अपनी वार्ता और संकेतों से बताते रहो कि यह सम्बन्ध तुम्हें स्वीकार नहीं है।"

"ऋषिवर भृगुदेव! मैं ऐसा ही चाहता हूँ पर आप जानते हैं, मेरी पुत्री सती अत्यंत हठी और स्वच्छंद मनोवृत्ति की है। मेरा अहं उसके संस्कार में हठ बनकर प्रकट हुआ है, मेरी दृढ़ता उसमें निर्णय की शक्ति बन गई है, बस इसी बात से मुझे भय लगता है कि कहीं सती के मन में शिव के प्रति कोई आकर्षण या पूर्वग्रह न हो?"

"दक्ष! तुम अपनी पत्नी प्रसूति के साथ मिलकर सती को समझाओ कि शिव

कौन है, क्या है? वह श्मशानवासी, नृत्य गीत करने वाला, चिता-भस्मलेपी औघड़ है, भूत-प्रेतों का स्वामी, सब प्रकार से हेय है, वह कैसे सती के योग्य हो सकता है?"

"ज्ञानी मुनिवर! मैंने अनेक बार सती के समक्ष शिव की तापस वृत्ति और उसकी हीन चेष्टाओं की चर्चा भी की है पर उसके मुख पर न तो मैंने आश्चर्य का भाव देखा, न घृणा का, वह शान्तिपूर्वक मेरी बातें सुनती रही और अन्त में केवल एक वाक्य कहकर उठकर चली गई कि 'पिताश्री! शिव निर्विकार हैं, दूसरों से भिन्न हैं, इसी मौलिकता और भिन्नता के कारण ही तो शिव में मेरी अनुरक्ति बढ़ गई है।' पुत्री की बातें सुनकर मैं स्तब्ध रह गया। ऐसी स्थिति में आत्मसमर्पण के सिवा मेरे समक्ष अन्य कोई उपाय अब शेष नहीं रहा है।"

"दक्ष! अगर यही नियति है तो उसका कठोर निर्णय मानने के लिए हम सबों को अपने मन को तैयार करना पड़ेगा। मैं जानता हूँ, इस विवाह का परिणाम शुभ नहीं होगा पर प्रकृति के नियम और समय के सामने घुटने टेक देने में ही बुद्धिमानी है। अतः शान्त चित्त से तुम विवाह की तैयारी करो। हम शिव को सम्मान नहीं देंगे केवल ब्रह्मा की आज्ञा का ही पालन करेंगे, यही सोचकर आवश्यक कार्यों और अपने दायित्व का निर्वाह करो।"

यह कहकर ऋषिगणों ने विदा ली पर दक्ष भारी मन से बहुत देर तक अपने आसन पर बैठे सोचते रहे।

4

सती ने अपने प्रकोष्ठ में संगीत विद्या का अपना अभ्यास जैसे ही पूरा किया उसने देखा माता प्रसूति धीर मंथर गति से उसकी ओर चली आ रही हैं, वे बहुत शान्त लग रही थीं पर उनके मुख पर विषाद स्पष्ट झलक रहा था। सती ने उन्हें प्रणाम किया और दोनों एक साथ बैठ गईं। कुछ देर तक माता प्रसूति कुछ नहीं बोलीं, सम्भवतः वे बात करने की कोई कड़ी ढूँढ़ रही थीं। सती ने ही पहले पूछा—

"मातः! आप चिन्तित और उद्विग्न लग रही हैं! कोई विशेष कारण?"

"पुत्रि! तुम्हारे पिताश्री तुम्हारे विवाह की चिन्ता में डूबे रहते हैं, प्रजा का कार्य बाधित हो रहा है। वे कम बोलते हैं। किसी से मिलना पसन्द नहीं कर रहे। उनकी चिन्ता से भीतर ही भीतर मैं भी अत्यंत व्यथित हूँ।"

"मातः! ऐसा विवाह कैसे सुखदायक होगा जो पूरे परिवार को व्यथित कर रहा हो। उनकी चिन्ता का कारण कुछ तो मैं समझती हूँ पर आप मुझे स्पष्ट बताएँ, मुझसे कुछ न छिपाएँ। दुःख प्रकट होते ही हल्का हो जाएगा।"

"पुत्रि! तुम्हारे पिता के मन में शिव किसी कंटक की तरह चुभे हैं, जब तक यह कंटक निकल नहीं जाता, वे इसी तरह विकल रहेंगे। तुम विवाह योग्य हो गई हो, सांसारिक रीति और शास्त्रानुकूल आचरण से परिचित हो। तुम्हारी योग्यता हमें ज्ञात है पर तुम्हारा विवाह भूत-प्रेत और पिशाचों के स्वामी वामाचारी, श्मशान में निवास और नृत्य करने वाले अघोरी शिव से हो, यह तो मैं भी नहीं चाहूँगी और तुम्हारे पिता तो इस विषय में कुछ सोचकर ही दुखी हो जाते हैं। हम इस कटु सत्य को सह नहीं सकते।"

"मातः! विवाह मेरा हो रहा है। पिताश्री ने इसका संकेत मुझे किया था और मैंने उन्हें अपनी रुचि से अवगत करा दिया था। माना कि शिव अघोरी भी हैं, श्मशान प्रिय, चिता-भस्म प्रिय हैं, भूतों के स्वामी हैं पर क्या किसी सत्य का दर्शन इकहरा होना चाहिए? सत्य तभी स्थापित होता है जब वह किसी वस्तु का चतुर्दिक् ज्ञान कर लेता है। हमारी दृष्टि पहले केवल दोष पर ही क्यों जाती है? अगर किसी में श्रद्धा की भावना उत्पन्न हो जाए तो वह श्रद्धा दोषों में भी गुण का आविष्कार कर लेती है—'दोषेषु गुणाविष्करणं नाम श्रद्धा।' श्रद्धा और प्रेम की भावना एक आविष्कार है, जो सभी नहीं कर सकते।"

"तुम्हारी बात सत्य है पुत्रि! किन्तु तुम मत भूलो कि विवाह पुरुष और स्त्री का सम्बन्ध है जो एक नए कुटुम्ब की नींव डालता है। स्त्री अकेले नहीं रहती वह एक वृक्ष की तरह पनपती है, उसकी कई शाखाएँ निकलती हैं, पत्र, पुष्प और फल से लदी वह एक परिपूर्ण मानवी होती है। उसके साथ उसका परिवार, समाज और पूरी पृथ्वी खड़ी होती है। ऐसी स्थिति में जीवन साथी का योगदान महत्त्वपूर्ण होता है। पति में कोई भी कमी हो तो स्त्री उपहास का पात्र भी बन सकती है।"

"मातः! आपकी बात से मैं पूर्ण सहमत नहीं। यह सत्य है कि स्त्री एक वृक्ष की भाँति है पर वह एक स्वतंत्र अस्तित्व है, उसकी अपनी अस्मिता, अपनी पहचान है। मुझे तो शिव में कोई कमी नहीं दिखाई देती, वे ईश्वर हैं, दूसरों से भिन्न हैं, उनमें करुणा है, प्रेम है। इस सत्य को मैं अनदेखा कैसे कर सकती हूँ? सामान्य देवताओं और उनमें सबसे बड़ा अन्तर है कि देवता अमरत्व को पूजते हैं, भजते हैं, चाहते हैं पर शिव मृत्युंजय होकर भी महाकाल हैं, वे काल को वश में रखने वाले जीवन के वास्तविक सत्य का अनुभव कराने वाले देवता हैं, जिसे कोई पसन्द नहीं करता ऐसे जीवों को वे समीप में रखते हैं, श्मशान उनकी नृत्यभूमि है, मृत्यु को भी उत्सव बना लेने वाले इस देवता का वरण करना मेरे लिए सौभाग्य की बात है। इसलिए मातः, आप द्वन्द्वरहित हो जाएँ, पिताश्री को कहें कि वे प्रमुदित भाव से इस संस्कार और यज्ञ को पूरा करें और मुझे शिव के हाथों में प्रीतिपूर्वक समर्पित कर दें।"

माता प्रसूति को सती का उत्तर मिल गया था, उनकी शंका भी दूर हो गई थी।

5

संध्या होते-होते सती ने मन ही मन एक बड़ा निर्णय ले लिया, पर वह बात उसने अपने मन में ही दबाए रखी। उसने अपनी आठों सखियों को बुलाकर गुपचुप मंत्रणा कर ली और उन्हें अपना-अपना कार्यभार सौंप दिया। रात्रि का आरम्भ होते ही सती निर्द्वन्द्व भाव से अपने माता-पिता के पास पहुँची। उसे देखकर माता प्रसूति को थोड़ा आश्चर्य हुआ। उन्होंने पूछा—

"तुम कुछ चिन्ता में लग रही हो सती! क्या कारण है?"

"पिताश्री! और मेरी प्यारी माता! मैंने अपने विवाह का निर्णय तो आपको सुना दिया है पर मेरे मन में एक प्रश्न उठ खड़ा हुआ है। आपके मन में शिव के लिए जो दुविधा, द्वन्द्व और चिन्ता है, उसका बोध मुझे भी है। अब स्वयं मैं सत्य को परखना चाहती हूँ। मुझे अपनी प्रिय सखी प्रियंवदा के निकटवर्ती किसी व्यक्ति से ज्ञात हुआ है कि शिव अपनी समाधि से उठकर गन्धमादन पर्वत पर कुछ दिन एकान्त वास करते हैं और वे वहाँ नृत्य, संगीत और योग का नियमित अभ्यास करते हैं। वहाँ उनके सेवक वृषभराज नन्दी के सिवा और कोई नहीं होता। यही वह उपयुक्त समय है जब मैं उस महायोगी कहे जाने वाले शिव के सामर्थ्य का परिचय पा सकूँ। मैं भी तो देखूँ कि वह शिव कोई बहुरुपिया है या शक्ति-सम्पन्न महापुरुष! यह जानने की मेरी जिज्ञासा अब प्रबल हो उठी है।"

"किन्तु पुत्री, ऐसा कैसे सम्भव है। यह सर्वथा अनुचित कार्य होगा। मैं इसके लिए तुम्हें ऐसा आदेश नहीं दे सकता।" दक्ष की मुद्रा गम्भीर हो गई।

"पिताश्री! मैं आप ही की पुत्री सती हूँ। मैं अपने निर्णय से कभी पीछे नहीं हटती! सत्य कितना भी दारुण क्यों न हो, पर मैं खुली आँखों से उसका साक्षात्कार करना चाहती हूँ। मैंने अपनी अष्ट सखियों को सभी आदेश दे दिए हैं। हम सभी वहाँ गन्धमादन पर्वत पर अपनी कला का अभ्यास करेंगे, विनोद, क्रीड़ा और मनोरंजन से जी बहलाएँगे और सजग होकर इस बात की भी परीक्षा करेंगे कि शिव हैं तो कैसे हैं, क्या वे सचमुच मेरे लिए हैं? आप केवल हम सबों को वहाँ जाने और एकाधिक दिनों तक ठहरने की व्यवस्था करा दें। हम दो दिनों के बाद वहाँ जाएँगे।"

दक्ष और प्रसूति से कुछ उत्तर देते नहीं बना। सती इतना कहकर अपने प्रकोष्ठ की ओर लौट गई थीं। पुत्री का अनुरोध माता-पिता को एक राजाज्ञा की तरह लग रहा था। सती की बातों से कठोर हृदय दक्ष को मर्मान्तक कष्ट हुआ, पर उसे वह सह गए। अपनों के द्वारा दिए गए दुःख को सहना एक बाध्यता है। इस बाध्यता का अनुभव दक्ष को भी हुआ।

गन्धमादन पर सारी व्यवस्था की सूचना मिलते ही मध्याह्न में सती अपनी सखियों के साथ गन्धमादन पर्वत के लिए चल पड़ीं। जहाँ तक समतल भूमि थी

वहाँ तक तो रथ आया था, उसके बाद एक संकीर्ण मार्ग गन्धमादन के शिखर मार्ग तक गया था। उस मार्ग के समीप से एक मोटी धार वाला झरना बह रहा था जिसका जल हवा के झोंकों से उस पथरीली पगडंडी को भी भिगो रहा था। झरने का झर-झर और कल-कल स्वर मुखरित हो रहा था और उस स्वर में सती उस पर्वत के प्रस्तर खंडों पर टिके हुए जल में पैरों की थाप से छप-छप स्वर करती हुई, ताल मिला रही थीं। वातावरण अत्यंत मनोरम था। जहाँ-तहाँ पर्वत के दूहों के बीच से छोटे-बड़े वृक्ष निकल आए थे। अभी-अभी वसन्त ऋतु बीती थी और वृक्षों के पत्ते अब बड़े हो रहे थे। हवा में वे ऐसे हिल रहे थे मानो वे सती पर व्यजन डुलाकर उनका श्रमभार हर रहे हों। धूप में ताप बढ़ गया था। पर अभी भी जहाँ-तहाँ हिमखंड चमक रहे थे। वहाँ जितनी ठंड थी, उतना ही ताप भी था और इसी कारण सती की यात्रा भी सुगम हो गई थी।

गन्धमादन के शिखर-भाग तक पहुँचते ही सभी उल्लसित हो गईं। थोड़े विश्राम के बाद ही सभी शिखर पट्टिका पर बैठ गईं। सती ने अपनी वीणा निकाल ली। इस वीणा को देखते ही प्रियंवदा ने चहककर कहा—"अच्छा, यह वही वीणा है जिसे भगवती सरस्वती ने देवर्षि नारद के हाथों तुम्हें आशीर्वाद स्वरूप भेजा था?"

"हाँ, यह वही दिव्य वीणा है। इसके तार माता सरस्वती के हाथों के स्पर्श से कंपित हो चुके हैं। इस जादूगरनी वीणा का कुछ तो प्रभाव होगा!"

पर सती ने सखी की बातों को अनसुना कर सितार पर अपनी उँगलियाँ फेरीं और तारों को छेड़ दिया। एक अद्भुत रागिनी उठी और पर्वत का समस्त वन-प्रदेश गुंजित हो उठा। वृक्षों के पत्ते थोड़े नुकीले हो गए, मानो वे जानना चाह रहे थे कि ऐसा मधुर स्वर कहाँ से फूटा? दौड़ती हरिणियों के पाँव स्तंभित होकर जहाँ थे, वहीं जड़ हो गए, समस्त प्रकृति श्रुति प्रधान होकर सुनने का यत्न करने लगी।

गन्धमादन के ही समीपस्थ दूसरे क्षेत्र में शिव ने अपनी त्रिकाल संध्या का दूसरा चरण कुछ ही देर पहले पूरा किया था। अकेले उनका मन आज रम नहीं रहा था। तभी एक मधुर संगीत का स्वर उनके कानों से टकराया। वे सोचने लगे कि इस पर्वत और अरण्य से यह कैसा संगीत प्रवाहित हो रहा है? जिसने मेरी चेतना को सम्मोहित और इन्द्रियों को विकल कर दिया है? क्या प्रकृति का यह लास्य नृत्य है? क्या अपनी सम्पूर्ण मादकता के साथ यह गन्धमादन सजीव हो उठा है? मंत्रमुग्ध दशा में जिधर से स्वर आ रहा था उधर वे जाने के लिए उठ खड़े हुए। अपने त्रिशूल और डमरू को उन्होंने वहीं छोड़ दिया और प्रमत्त भाव से चल पड़े। अब संगीत के साथ-साथ सुर में सुर मिलाता एक कोमल स्वर भी सुनाई दे रहा था। शिव ने दूर से ही देखा गन्धमादन के मध्य में एक उत्सव जैसा दृश्य था, एक अनिंद्य सुन्दरी नवयुवती जो राजकन्या की तरह दीख रही थी, वीणा वादन करते हुए

गीत गा रही थी। कुछ सखियाँ अन्य वाद्यों पर साथ-साथ ताल दे रही थीं। उनके रंगमय परिधानों से पर्वत भी सज गया था।

शिव को यह पता भी नहीं चला कि वे कैसे मंत्रविद्ध की भाँति धीरे-धीरे चलते हुए सती के समीप पहुँच गए। अचानक अपने सामने एक विराट् सुदर्शन पुरुष को देखकर सती का गीत-प्रवाह रुक गया। मृगचर्म धारण किए हुए वह सुन्दर युवा एकटक उन्हें ही देखे जा रहा था। सती के कपोलों पर लज्जा की लालिमा दौड़ गई। सामने खड़ा वह दिव्य पुरुष दूसरे सूर्य की तरह दमक रहा था। उसका गौरवपूर्ण, जटाजूट और गले में लिपटा सर्प किंचित् भय भी उत्पन्न कर रहा था।

सती के मन में भाँति-भाँति के विचार उठने लगे—क्या यही हैं शिव? क्या सनातन ब्रह्म मनुष्य के रूप में मेरे सामने खड़ा है? शिव का यह विलक्षण रूप जो मेरे हृदय में था, क्या वही बाहर प्रतिबिम्बित हो रहा है? इनके रूप के आकर्षण में मैं किसी दुस्तर नदी के गहरे आवर्त में धँसती चली जा रही हूँ। अब मुझे प्रतीत हो रहा है, मेरा निर्णय सचमुच उचित था। अगर ये शिव हैं, तो यही मेरे सखा और जीवनसंगी होने के सर्वथा योग्य हैं। यह सोचते हुए सती ने अपने मन को सहेजकर संयत किया और बोली—

"क्या मेरे सामने आप साक्षात् शिव खड़े हैं? यह मेरा दिवा-स्वप्न है या सौभाग्य? क्या कोई ऐसा भी नियम है कि मन जो सोचे वह उसे अविलम्ब मिल जाए?"

शिव ने कहा—"हाँ देवि! मैं ही शिव हूँ। आपके मधुर स्वर के आकर्षण ने मुझे यहाँ आने के लिए विवश कर दिया। आपके रूप-माधुर्य के समक्ष ये वन्य-कुसुम कहाँ ठहर सकते हैं। यह गन्धमादन जैसे आज ही अपने नाम को सार्थक कर रहा है। देवि! क्या मैं आपका परिचय जान सकता हूँ?"

सती बोली—"मैं दक्षकन्या सती हूँ, कलाओं में मेरी रुचि है, और यह भी सत्य है कि आपसे मिलने, आपके दर्शनों का लाभ प्राप्त करने के लिए ही मैं यहाँ आई थी। मुझे आज प्रतीत हो रहा है कि विधाता की सृष्टि ही सुन्दर नहीं है, बल्कि उसके हाथों से लिखा गया लेख उसके द्वारा रची गई भाग्य-लिपि भी अत्यंत सुन्दर है तभी तो मैंने अपने पिता दक्ष की इच्छा के विरुद्ध मन-ही-मन आपको पति-रूप में स्वीकार कर लिया।" इतना कहते-कहते सती भाव-विभोर हो गईं।

शिव और सती के मिलन का उचित अवसर देख प्रियंवदा ने अन्य सभी सखियों को अन्यत्र चलकर क्रीड़ा करने का संकेत किया। सभी सयानी और चतुर सखियाँ आँखों ही आँखों में सती से आज्ञा माँगकर वहाँ से दूर हट गईं। शिव घुटनों के बल सती के समक्ष बैठ गए। आज उनका तीसरा नेत्र बन्द था। उनकी दोनों आँखों की दृष्टि सती के हृदय में प्रवेश कर रही थी। दोनों का हृदय आकुल हो रहा था।

शिव ने कहा—"मुझे नारद जी से पहले ही ज्ञात हो गया था कि ब्रह्मा मेरे विवाह को लेकर चिन्तित हैं। आपके विषय में भी मैंने बहुत कुछ सुन रखा था, पर

जैसे मानसरोवर में स्नान करने वाले व्यक्ति के हाथों में सहसा बहता हुआ सुन्दर रक्तवर्णी कमल आ जाता है, वैसे ही अजस्र भाव से आज मैं आपको अपने हृदय के समीप पा रहा हूँ। आज मुझे ऐसा लग रहा है कि अब तक मैं अधूरा और एकाकी था पर आज मुझे पूर्णता का अनुभव हो रहा है।"

"देव! आप महान हैं, सम्भवत: इसलिए मुझे महिमा प्रदान कर रहे हैं। मैंने आपके विषय में बहुत कुछ बुरा-भला सुना था और मेरा किशोर मन हठ ठान बैठा था कि आपसे किसी भी स्थिति में अवश्य मिलूँगी। मेरा वह पूर्व राग अब अनुराग में बदल रहा है। आपके साथ जो मेरा नाद सम्बन्ध था वह अब बिन्दु सम्बन्ध बन गया है। आपसे मिलकर मैं अपने भाग्य को सराह रही हूँ—"इतना कहकर सती ने जैसे ही शिव की हथेलियों का स्पर्श किया, शिव ने सती को अपनी भुजाओं में भर लिया। वह आलिंगन वैसा ही था जैसे पर्वत से मेघदल लिपटते हैं, जैसे विशाल वृक्षों को हवाएँ हिला देती हैं।

शिव के हृदय में सती के प्रति अपार प्रेम की अनुभूति हो रही थी। उन्होंने अस्फुट स्वर में इतना भर कहा—"प्रिये! मैं तुम्हें सर्वात्मना स्वीकार करता हूँ। तुम्हारे पाणिग्रहण को मैं अपनी परम सिद्धि मानूँगा।"

तभी दूर से सती की सहेलियों का गीत गाते, भागते-दौड़ते आने का स्वर सुनाई पड़ा और शिव भी हर्षित मन से विदा लेकर लौट पड़े।

6

एक दिन नैमिषारण्य के ऋषियों के मध्य नारद शिव-लीला का गायन करते हुए शिव के विलक्षण स्वरूप का परिचय देने लगे। उन्होंने कहा—

"भगवान् धूर्जटि पीड़ितों और दलितों के उद्धारक हैं। सृष्टि का निर्माण और विनाश उनके क्रीड़ा-कौतुक पर चल रहा है। वास्तव में सृष्टि-रचना की मूल-इच्छा एक से अनेक होने की है। ब्रह्म इसी भाव से रमण करता है। सृष्टि के प्रत्येक पदार्थ में उसकी क्रिया-शक्ति का सहयोग है। शिव भी अकेले नहीं हैं। उनकी पृष्ठभूमि में यह समूचा विश्व स्पंदित हो रहा है। पर्वत शृंखलाएँ, निर्झर का निष्यंद झंकृत स्वर, विस्तृत वन राजि, हरीतिमा का प्रसार करते कोटि-कोटि वृक्ष, अनेक जीव-जन्तु, पशु-पक्षी, एक क्षुद्र कीट से लेकर विशाल स्वरूप वाले चर-अचर पदार्थ! और परम शिव के सामने है परिवार, समाज, देश और अखिल मर्त्यलोक, जो निरन्तर बन रहा है, मिट रहा है। उसका परिवर्तन इतनी तीव्रता और सूक्ष्मता से होता है कि कभी उसका क्रमभंग नहीं होता। जैसे समुद्र की एक लहर आती है तो अविलंब पीछे से दूसरी लहर आकर उसकी जगह ले लेती है। इसीलिए जिसे हम सृष्टि कहते

हैं वह एक तारतम्य है, व्यवस्था और अनुशासन है जिसमें जीवन-मृत्यु का चक्र निरन्तर चलता रहता है और यही उसकी नूतनता का रहस्य भी है।

शिव अद्‌भुत हैं, आश्चर्यजनक हैं और अनेक विरोधी ध्रुवों की एकात्मता के प्रतीक हैं। उनके साथ रहने वाला समाज भी अनोखा है। शिव उपेक्षितों, दिव्यांगों, कुरूपों, तिरस्कृतों और हर प्रकार से हीन, विवश आत्माओं के देवता और शरणदाता हैं।

कैलास के शिखर पर अनेक बार भ्रमण करते हुए मैंने भगवान् को अत्यंत कार्य-व्यस्त पाया। वे अपने नागों को अपनी गंगधार से धो-पोंछकर दूध पिला रहे थे, अपने हाथों से माथे पर शोभित तिरछी चन्द्रकला की टपकती अमृतवर्षी किरणों से नागों का श्रृंगार कर रहे थे, सम्भवतः इसी अमृत-वर्षण से उनके नाग अपनी विषाक्तता को जैसे कब के भूल चुके हैं। उसी गंगाजल से उन्होंने अपने प्रिय नन्दी की सींगों पर मिट्टी और बर्फ के चमकते टुकड़ों को साफ कर उसके स्वर्णिम शृंगों को और भी चमका दिया। वे अपने सेवकों की सेवा में तत्पर लग रहे थे। वहीं मैंने देखा कि उनके प्रमुख गण वीरभद्र एवं अन्य असंख्य गण-समुदाय आकर उपस्थित हो गए, सभी उनके पद-स्पर्श के लिए आकुल प्रतीत हो रहे थे।"

मैंने प्रभु से पूछा—

"आपके प्रायः सारे गण अद्‌भुत रस, वीभत्स रस, भयानक, वीर और हास्य की ही कोटि के क्यों प्रतीत होते हैं? वे क्या हैं, यहाँ क्यों हैं? मेरा मन जानने को सदैव उत्सुक रहता है।" शिव ने बताया—

"नारद! ये सब मेरे अंग हैं और मैं इनका अंगी हूँ। मेरी दृष्टि में इनमें न कोई छोटा है, न बड़ा। सब वीर हैं, आनन्दमूर्ति हैं, भयानक हैं, वे कई रसों के मेल से अनोखे स्वाद वाले प्रपानक रस की भाँति हैं। मर्त्यलोक के मनुष्य पाप करते हैं तो उनकी आत्माएँ यत्र-तत्र भटकती हैं, उन अशान्त आत्माओं को कहीं ठौर नहीं मिलता। जिसे शास्त्र कुंभीपाक, रौरव आदि नरकों के रूप में वर्णन करते हैं, वे किसी एक स्थान या लोक में सीमाबद्ध नहीं हैं। वे चलंत हैं, जंगम हैं। भटकी हुई आत्माएँ जलबूँदों के लिए तरसती हैं। जब तक मानव-शरीर जीवित रहा, तृष्णाओं से उत्तेजित होता रहा, मृत्यु के बाद यही तृष्णा अप्राप्त जल की प्यास बन जाती है। प्रेतात्माओं को जल नसीब नहीं होता। श्राद्धादि के समय पितरों को जल देने का विधान इसी कारण है। यह तर्पण उन्हें सुख पहुँचाता है। वे भिन्न-भिन्न योनियों और रूपों में भ्रमित, कुंठित, पीड़ित होकर डोलते रहते हैं। वे सबको देख सकते हैं पर उन्हें कोई नहीं देख सकता, वे अपनी इच्छा से न सोच सकते हैं, न कुछ कर सकते हैं। किसी वस्तु पर उनका अधिकार नहीं होता। वे वाणी विहीन एक छाया की तरह हवा में उड़ते तिनके या धूलकण की तरह कभी यहाँ, कभी वहाँ पहुँचते रहते हैं।"

शिव कहते रहे—

"नारद! प्रेत वह है जो देह से निर्गत होता है। शतपथ ब्राह्मण जैसे ग्रंथ प्रेत के इस स्वरूप की चर्चा करते हैं। ये भूत-प्रेत के रूप में प्रसिद्ध हैं और अशरीरी रूप में घूमते रहते हैं किन्तु जीवधारियों के लिए ये कष्ट प्रदाता बन जाते हैं। नारद! कार्तिक कृष्ण चतुर्दशी की रात्रि में प्रेत चतुर्दशी का विधान लोक में होता है। यदि उस दिन मंगलवार और चित्रा नक्षत्र की युति हो जाए तो यह महान फलदायक है। इसका देवता मैं ही हूँ। इस दिन नदी तट, गृह या मन्दिरों में दीपमालिका भी प्रज्वलित होती है। इन्हीं सूक्ष्म शरीरधारी प्रेतात्माओं को 'भूत' भी कहा जाता है। देवर्षि! पृथ्वी, जल, अग्नि, वायु और आकाश इन पंच तत्त्वों से मानव-शरीर बनता है। इस शरीर में पंच भूतों की माया व्यवस्थित और मर्यादित होती है पर अशरीरी प्रेतात्माओं में आकाश और वायु तत्त्व ही मुख्य रह जाता है, शेष तत्त्व उनके वश में प्राय: नहीं रह जाते। पर किसी जीव का स्वरूप धारण करने पर उनके स्वरूप का आभास हुआ करता है। पराम्बा शक्ति के साधकों में भूत डामरतंत्र जैसे ग्रंथों में जादू-टोने का विधान निर्देशित हुआ है। मैं उन सभी भूतों का स्वामी हूँ जो श्मशान में रहते हैं। मेरे तांडव नृत्य के समय सभी भूत-प्रेत सक्रिय हो जाते हैं और मेरे साथ-साथ विरोधी दैत्यों को पददलित करते रहते हैं। मेरे तांडव निरत होने के समय भगवती पराम्बा भी नृत्य से मेरे साथ सहयोग करती हैं। वैसे तो नारद! इस सम्पूर्ण जगत् को ही 'भूतानि' कहा गया है। भूत-प्रेतों के साथ पिशाच योनि भी इसी कोटि की है। ये पिशाच असुरों के ही एक वर्ग का नाम है। संहिताओं ने उनका सम्बन्ध राक्षसों और असुरों से जोड़ा है। ये सब मनुष्य और उनके पितरों के विरोधी होते हैं। वेदों में उन्हें 'क्रब्याद' अर्थात् कच्चा मांस खाने वाला रक्तपायी बताया गया है। चैत्र कृष्ण चतुर्दशी की पिशाच रात्रि में पिशाच मेरा पूजन करते हैं। निकुंभ नामक राक्षस की यही पूजा-तिथि रही है। पिशाच मोचन जैसे तीर्थ मानवों को इस नरक और योनि से मुक्त कराने से सहायक होते हैं।"

"प्रभो! आप तो दीन-हीनों और महापापियों के भी शरणदाता हैं। दैत्यों और राक्षसों ने भी आपसे वर पाकर अहंकार की उन्मत्तता में सृष्टि में बड़े-बड़े अपराध किए और अन्त में उनका भी वध हुआ। देव! ऐसा क्यों है कि सभी राक्षस अमरत्व पाना और अपराजेय होना चाहते हैं? सभी प्राय: आपके या ब्रह्मा की ही आराधना से वर पाते हैं और आप सर्वज्ञ होते हुए भी वरदान देने के लिए विवश हो जाते हैं। क्या तप में ऐसी चुंबकीय शक्ति होती है कि देवता साधक के आगे विवश हो जाते हैं?"

"मुने! वरदान तपस्वी का अधिकार होता है। तपस्या अगर सकाम यज्ञ-आराधना है तो आवाहित देवता को प्रत्यक्ष होकर वर देना ही पड़ता है। देवता भी मंत्राकर्षण से आबद्ध और विद्ध होते हैं। वे एक प्रकार से परवश हो जाते हैं। तपस्या उग्र कर्म है। वह शरीर और मन दोनों का समवेत यज्ञ है। दैत्यों के वर माँगने की इच्छा मात्र लालसा है—हीन भावों की पूर्ति, जिसके हम कभी अधिकारी नहीं हो सकते उस

वस्तु पर अनायास सम्पूर्णतः अधिकार पाने का सुख उनके मद को चौगुना कर देता है। दैत्य मृत्यु से बचने का उपाय ढूँढ़ते हैं और देवता वरदान के बावजूद दैत्यों की मृत्यु के मौलिक उपाय ढूँढ़ लेते हैं।

दैत्यों की यह एक विशेषता है कि वे भयानक, उग्र, प्रपंची, स्वार्थी और विलासी होते हैं, अधिकार प्रमत्त और परपीड़क होते हैं पर उनका एक मौलिक गुण यह भी है कि जब वे तपस्या करते हैं तो उनमें हठी भाव प्रबल होता है, वे देवताओं से भी अधिक उग्र साधना कर लेते हैं, यही कारण है कि हम त्रिदेवों को उन्हें वर देने को विवश होना पड़ जाता है।"

"महादेव! कई विशेष प्रसंगों और स्थितियों में आपके गणों और सेवकों का वीरतापूर्ण युद्ध-प्रदर्शन, युद्ध-कौशल, आनन्द का उत्सव-समारोह, अमंगल से मंगल का निर्माण हमने देखा है। आपके गण मुझे सदैव असंख्य कोटियों में दिखाई दिए, उनकी गणना सम्भव भी नहीं है। क्या वे सभी आपके साथ होते हैं, सभी कैलास में ही वास करते हैं?"

"प्रिय देवर्षि! मेरे मुख्यगण और सेवक असंख्य अवश्य हैं पर आवश्यकतानुसार अपने स्वरूप-विस्तार की उनमें अतिरिक्त शक्ति है। वे सब मेरी वाम शक्तियाँ हैं, वे मेरे क्रोध, मेरी घृणा, मेरा प्रतिकार, मेरी युद्ध की प्रवृत्तियों में समयानुसार प्रकट हो जाती हैं। मैं तुम्हें क्रमशः संक्षेप में उनका परिचय देने का प्रयत्न करता हूँ। मेरे मुख्य गणेश्वर महाप्रतापी वीरभद्र हैं। साठ हजार की संख्या में रुद्रगण हैं। ये सब मेरे ही स्वरूप के अघोर अंश हैं। रुद्रगणों में मुख्य हैं—पालक, डाकिनी, शाकिनी, भूत-प्रेत, पिशाच, प्रमथ, गुह्यक, कूष्मांड, पर्पट, चटक, ब्रह्मराक्षस, भैरव, क्षेत्रपाल आदि।"

शिव के प्रियगण रिटि और भृंगी अपने हास्य, उपद्रव और उत्पात के लिए विख्यात थे। शिव जब समाधि में लीन होते तो वे और भी निर्भय होकर उच्छृंखल हो जाते थे। वे शिवजी के सर्पों को छेड़ते, उकसाते, इतना उत्तेजित और उग्र कर देते कि वे अपने स्थान से उतर कर नीचे सरक आते और उन पर आक्रामक मुद्रा में झपटते पर सती के वहाँ आते ही उन्हें बड़ी तेजी से चलकर अपना स्थान ग्रहण करना पड़ता। उन्हें स्थानच्युत देखकर सती की भृकुटि टेढ़ी हो जाती और सर्पों की भागदौड़ और दुर्दशा देखकर रिटि और भृंगी उल्लसित होकर हँस पड़ते। ऐसे दृश्यों का आनन्द नन्दी सहित अनेक गण लेते। रिटि और भृंगी का यह व्यवहार समय-समय पर चलता रहता था और प्रायः सभी गण इसके अभ्यासी भी हो गए थे।

शिव ने कहा—

"मुनिवर! मेरे प्रिय गण हैं भृंगी, रिटि, अशनि, भालक और सहस्रक। इनमें भृंगी, रिटि और अशनि विदूषक की तरह आचरण करते हैं। उनका हास्य मुझे भी प्रिय

है। मेरे नागों से तो उनका मानो जन्मजात वैर है, सम्भवत: इसी कारण कार्तिकेय के मयूर उनसे प्रसन्न रहते और सदैव उन्हें अपना नृत्य दिखाते रहते हैं। युद्ध हो या उत्सव मेरे प्रियगण कई प्रकार के वाद्यों का निर्घोष करते हैं, उनमें मुख्य हैं शृंगध्वनि, दुंदुभि, डिंडिम नाद आदि। ये मेरे आत्मीय गण हैं जो स्वरूप से टेढ़े-मेढ़े विचित्र और भयकारक लगते हैं पर उनमें अपार जीवनी शक्ति है, वे नृत्यविशारद, गानविद्या प्रवीण और सदैव उत्साह से भरे रहते हैं। वे अलग-अलग देशों-द्वीपों से पूर्व, पश्चिम, उत्तर, दक्षिण दिशाओं से आकर मेरे ईशान रूप में समाहित हो गए हैं, उनकी तरह जो भी, जहाँ भी, जिस रूप में है मुझे प्रिय है और मैं उन उपेक्षित भक्तों के सदैव अधीन हूँ।"

"प्रिय नारद! भूतगण और कुछ नहीं मानव जाति के ही विकृत रूप कहे गए हैं। अत्यंत प्राचीन काल में चार समूह थे—धर्मकृषि से उत्पन्न धर्मप्रजा, ईश्वर से उत्पन्न ईश्वर प्रजा, कश्यप ऋषि से उत्पन्न काश्यपीय प्रजा और पुलह ऋषि से उत्पन्न पुलह प्रजा। भूत योनि के लोग इसी पुलह प्रजा के अंग थे। कई पुराण तो यहाँ तक कह बैठे हैं कि मेरे लोहित रूप रुद्र ने सती की ही इच्छा मात्र से इन्हें उत्पन्न कर दिया था। इनका स्वरूप बेडौल था, इनके होंठ विकृत, दाँत लम्बे, लम्बे नाखून, खुरदरे पशु के समान केश, पीले रंग का शरीर, और आकार से लघुकाय थे। ये प्राचीन आदिवासी माने गए। ये देवों और असुरों से भी युद्ध करते रहे। ये मेरे स्वरूप रुद्र के अधीन ही रहते आए हैं। भूत गणों में भैरव आदि भी गिने गए हैं। इनके ध्वज पर सर्प, पक्षी या पशु का चित्र अंकित रहता आया है। इन भूत समुदायों की कई देव योनियाँ भी गिनी गई हैं, जैसे—सिद्ध, गन्धर्व, गुह्यक, यक्ष, राक्षस, सर्प, विद्याधर, पिशाच आदि। मेरे प्रमुख आठ गण हैं—शालिनी, यातुधान, वेताल, ब्रह्मराक्षस, भूत, प्रेत, पिशाच एवं प्रमथ। पंचभूतों के रूप में तो पृथ्वी, वायु, जल, आकाश और ज्योति को भी गिना गया है।"

"प्रभो! आप विलक्षण हैं। अत: आपके सभी सेवक और गण भी तो विलक्षण ही होंगे।"

"नारद! इनके अतिरिक्त मेरे प्रिय वृषभराज नन्दी मेरे श्रेष्ठ गणों में पूज्य हैं। ये सदैव मेरे समक्ष होते हैं, ये मुझे देखते रहते हैं, मैं इन्हें देखता रहता हूँ। मेरी इच्छा ही इनका कार्य है, मेरा चिन्तन ही इनका साध्य है। ये सारे संसार की पीड़ा अपने कानों से सुनते हैं और उनकी भावना सीधे मेरे मन तक पहुँच जाती है। इतने तत्पर धर्मनिष्ठ और सत्यनिष्ठ सेवक को पाकर भला कौन धन्य नहीं होगा?"

नारद ने प्रश्न किया—

"देव! आपके प्रिय वाहन नन्दी भी तो आपके प्रमुख गणों में से हैं। उनका जन्म कैसे हुआ, और आपकी सेवा में वे कैसे तत्पर हुए? इसे जानने की मेरी प्रबल इच्छा है।"

"प्रिय नारद! नन्दी मेरे परम प्रिय वाहन हैं। वे नन्दिकेश्वर वृषभराज और ऋषभराज भी कहलाते हैं। वे अपनी सुन्दरता, बुद्धिमत्ता और अपनी महाशक्ति से ही प्रमुख गणेश्वर पद पर प्रतिष्ठित हैं। उनके पिता मुनिश्रेष्ठ शिलाद सन्तानहीन और अन्धे थे। सन्तति की इच्छा से पहले उन्होंने देवराज इन्द्र की आराधना की। अन्धत्व के बाद भी उनकी तपस्या में कोई त्रुटि नहीं हुई। इन्द्र प्रसन्न होकर प्रकट हुए तो शिलाद ने अयोनिज और अमर पुत्र की कामना की।"

इन्द्र ने कहा—

"प्रियवर! यह संसार तो मरणधर्मा है। जिसका जन्म हुआ उसकी मृत्यु भी अनिवार्य है, देखा जाए तो ब्रह्मा भी योनिज ही हैं क्योंकि वे भी अंड और कमलनाल से उद्भूत हुए हैं। वे भी शिव के ही पुत्र कहे गए हैं। परमात्मा की लीला का रहस्यलोक 'बुद्धेस्तु परतः' है। हे शिलाद! समस्त लोकों में अयोनिज तथा मृत्यु रहित पुरुष सर्वथा दुर्लभ है। हाँ, यदि देवाधिदेव महादेव प्रसन्न हो जाएँ तो वे सब कुछ देने में समर्थ हैं।"

शिलाद ने मेरे लिए घोर तपस्या प्रारम्भ की। उस कठोर तप से उनका शरीर वल्मीक से ढक गया, वे मिट्टी की बाँबी के भीतर अस्थिमात्र होकर निश्चल भाव से तपस्या में लीन रहे। उनकी तपस्या से प्रसन्न होकर मुझे प्रकट होना पड़ा। मैंने शिलाद की इच्छा जान ली और कहा, "मैं आपको सर्वज्ञ तथा सर्वशास्त्रविद् विद्वान् पुत्र प्रदान करता हूँ किन्तु शिलाद अयोनिज और मृत्युहीन कामना को लेकर प्रार्थना करते रहे। अन्ततः मैंने कहा, मैं ही नन्दी नाम से तुम्हारे अयोनिज पुत्र के रूप में जन्म लूँगा। एक प्रकार से हे मुने! आप जगत्पिता के भी पिता होंगे।"

शिलाद की यज्ञशाला में नन्दी का प्रादुर्भाव हुआ। वे प्रलयाग्नि की प्रभा से देदीप्यमान हो रहे थे। इनका प्राकट्य होते ही पुष्कर आवर्तक नामक मेघ बरसने लगे, किन्नर-गन्धर्वों का गान आरम्भ हो गया। नन्दी का बालरूप किसी बालसूर्य की तरह चमक रहा था, उनके माथे पर मुकुट, त्रिनेत्र और चार भुजाएँ थीं, हाथों में शूल, गदा और वज्र थे, हीरक की तरह उज्ज्वल दंत-पंक्ति और कानों में हीरक कुंडल जगमगा रहे थे। सभी देवताओं ने उस बाल शिशु की स्तुति की और उसका सहर्ष स्वागत किया।

ऋषि शिलाद गद्गद भाव से बोले—

"हे परमेश्वर! आपको पुत्र रूप में पाकर मैं धन्य हूँ। आपने मुझे आनन्दित किया है, अतः आप नन्दी नाम से जाने जाएँगे।"

मुनिश्रेष्ठ शिलाद की कुटिया में पहुँचते ही नन्दी दिव्य रूप त्यागकर सामान्य मनुष्य रूप में आ गए। मनुष्यों की तरह उनके संस्कारादि सम्पन्न हुए एवं वे ज्ञान की विविध शाखाओं में निष्णात हो गए। उसी काल में दो मुनिश्रेष्ठ शिलाद की कुटी में पधारे। उन्होंने कहा—'यह बालक नन्दी सभी शास्त्रों में पारंगत होगा पर

यह अल्पायु है। मात्र एक वर्ष में इसकी मृत्यु हो जाएगी।' यह सुनते ही पुत्र स्नेह से व्यथित शिलाद करुण स्वर में विलाप करने लगे।

उस दु:ख के समय सबकी आर्त पुकार से द्रवित होकर मैं वहाँ प्रकट हो गया। मैंने कहा—"वत्स नन्दी! तुम्हारी देह लौकिक नहीं दिव्य है। तुम सदा अव्यय और क्षयरहित रहोगे। तुम मेरे प्रिय गणेश्वर होगे, तुम्हारा तेज और बल मेरी ही भाँति होगा। तुम सदा मेरे सम्मुख विराजमान रहोगे, मेरी तरह बलशाली और योगबल से सम्पन्न होओगे। मैंने अपने गले की माला उतारकर नन्दी के कंठ में बाँध दी। उस माला के प्रभाव से नन्दी त्रिनेत्रधारी तथा दस भुजाओं वाले मेरे सदृश बलशाली हो गए। मैंने अपनी जटा में प्रवहमान जलधारा को हाथ में लेकर कहा—'तुम नन्दी के रूप में परिणत हो जाओ। तुम्हारा नाम जटोदकर होगा। मैंने नन्दी को पार्वती के चरणों में डाल दिया। माता पार्वती ने नन्दी का सिर सूँघकर स्नेह दिया।'

वे सब महायोगी भाँति-भाँति के वाद्य बजा रहे थे। भेरी, मृदंग, पणव, आनक, पटह, मुरज, डिंडिम, वेणु, वीणा, दर्दुर आदि अनेक वाद्यों के साथ भाँति-भाँति की ताल ध्वनियाँ करते तथा अपनी प्रसन्नता व्यक्त करते सब वहाँ उपस्थित हो गए।"

वहाँ मैंने सबको सम्बोधित कर कहा—

"आज से यह नन्दी हमारा प्रिय पुत्र है। यह ईश्वर रूप विप्र तुम सबों का नायक तथा सेनानी है। इस महायोगपति के अनुशासन में तुम आज्ञानुवर्ती होकर रहोगे।" सभी गणेश्वरों ने अपूर्व किलकिल नाद किया, प्रसन्न होकर नृत्य किया।

नन्दी सुन्दर प्रभावान रत्नों से मंडित सिंहासन पर आसीन किए गए। उन्हें स्वर्ण दंड लगा चामर, स्वर्णमुकुट, दो स्वच्छ कुंडल, श्रेष्ठ आयुध वज्र, स्वर्ण सूत्र, स्वर्ण हार आदि प्रदान किए गए। उनके अभिषेक के लिए देवताओं के साथ नवब्राह्मणऋषि मरीचि, भृगु, अंगिरा, पुलस्त्य, पुलह, क्रतु, दक्ष, अत्रि और वशिष्ठ भी उपस्थित थे। ब्रह्मा की आज्ञा से मरुतों की पुत्री सुयशा से उनका विवाह हुआ। स्वयं महालक्ष्मी ने उन्हें छत्र मुकुट प्रदान किए।

मेरे परम प्रिय नन्दी मेरे वाहक प्रतिनिधि, धर्मध्वज एवं लोकोपकारक बने। किसी भी व्यक्ति का दु:ख सुनते ही उस प्रार्थना को मुझ तक पहुँचाने के निमित्त बने तथा मेरे मृत्युंजय सेवक और दिव्य वृषभ वाहन के रूप में प्रतिष्ठित हुए।"

नारद बोले—"प्रभो! आपके गण सृष्टि के उपेक्षित वर्ग का प्रतिनिधित्व करते हैं, आप अशरण शरण हैं। आपने ऐसे पीड़ित और दलित समाज को सहचर बनाकर सृष्टि के लिए एक अनुकरणीय आदर्श उपस्थित किया है। सचमुच आपकी प्रीति और करुणा अगाध है।" कहकर नारद शिव के चरणों में लोट गए। भला, करुणावतार शिव की करुणा और महिमा का पार कौन पा सकता था?

7

शिव और सती का विवाह एक यज्ञ की तरह आरम्भ हुआ। अलग-अलग लोकों के प्रतिष्ठित देवगण, प्रचेतागण, इन्द्र, अग्नि, वायु, सभी मरुद्गण, सूर्य, चन्द्र एवं विश्वात्मा विष्णु आदि समस्त देवशक्तियाँ ब्रह्मा के आमंत्रण पर दक्ष के राजमहल में उपस्थित हुईं। स्वायंभुव मनु का राजमहल दिव्य ज्योति पिंडों से जगमगा रहा था। हर्ष और उत्साह भरा कोलाहल सर्वत्र दिख रहा था। ऋषियों का समस्त समुदाय वहाँ उपस्थित था। विशेषकर दक्ष प्रजापति के कृपापात्र दधीचि, भृगु ऋषि आदि अग्रगामी होकर सारे कार्य सम्पादित कर रहे थे। शिव के गणों के सम्मान और सुख-सुविधा के लिए अलग से विशेष व्यवस्था की गई थी।

हमारे प्रभु शिव का विवाह भगवती सती के साथ हो रहा है, इस शुभ समाचार से शिव के समस्त गणों में उल्लास की एक लहर दौड़ गई। वे सहसा मदोन्मत्त हो उठे। न उनका मन वश में था, न शरीर। भूत-प्रेत, पिशाच और डाकिनियों ने भयावह नाद के साथ रोमांचक और उच्छृंखल नृत्य का प्रदर्शन आरम्भ कर दिया। आनन्द के मारे वे कभी एक-दूसरे पर प्रहार करते, कभी गले लगते, कभी उच्च स्वर से नमः शिवाय का गान करते तो कभी आवेग और उत्साह में शिव की चरण-धूलि में लोट-पोट हो जाते। उनकी वेश-भूषा डरावनी थी पर हृदय में भक्ति और समर्पण का तरल भाव था। शिव के समस्त गणों ने सोमरस से लेकर अनेक दिव्य औषधियों से मिश्रित मादक लताओं के रस का पान किया। वे प्रमत्त होकर गा-बजा रहे थे, मिलकर नृत्य कर रहे थे। उनका उत्साह उनके भीतर समा नहीं रहा था।

शिव अपने प्रियपात्र तीव्रगामी वृषभराज नन्दी पर सवार हुए और विष्णु आदि देवों के साथ क्षणभर में दक्ष प्रजापति के प्रासाद में जा पहुँचे। उस समय वहाँ नृत्य-वाद्य और गायन की धूम मची हुई थी। सबको यह भलीभाँति ज्ञात था कि दूल्हा बने भोले शंकर स्वयं नृत्यगीत और वाद्य में प्रवीण हैं, प्रवीण ही नहीं नटराज हैं। वे तांडव, लास्य आदि सभी नाट्य कलाओं के आचार्य हैं। दक्ष के प्रासाद में भाँति-भाँति के वाद्य बज रहे थे। सर्वत्र उत्सव का वातावरण था। इसका अर्थ था आनन्द का अतिरेक। क्षण, उद्धव, उद्धर्ष और मह आदि रूपों में यह उत्सव चल रहा था। सभी अतिथियों का भोजन, वस्त्र, गान, मिलन और भूषण द्वारा सम्मान किया जा रहा था। नीलवर्ण की रंगवाली सती और गौरवर्ण शिव को देखकर विष्णु ने कहा—वर-वधू का यह संयोग भी मेरी तरह ही अद्भुत है क्योंकि मैं नीलवर्ण का हूँ और मेरी महालक्ष्मी गौरवर्ण की हैं।

दक्ष के कन्यादान के पश्चात् शिव और सती का विवाह सम्पन्न हुआ। सती शंकर के साथ नन्दी पर उसी प्रकार से विराजमान हुईं जैसे चन्द्रमा में श्याम कांति

अवस्थित होती है। सदाशिव अपनी भार्या सती के साथ अपने सभी गणों सहित अपने कैलास के भवन में लौट आए।

कैलास पर आनन्द ही आनन्द परिव्याप्त था। शिव ने अपने निवास स्थान कैलास और उसके परिवेश के सौन्दर्य का सती से वर्णन किया। हिमालय की शान्ति, गिरि शिखरों का सौन्दर्य, मानसरोवर के सुन्दर तट, राजहंसों का उड़ना, शाखोट के वृक्षों की शाखाओं का पवन के साथ-साथ नृत्यरत होना, पर्वतेन्द्र कैलास के समीप कुबेर की अलकापुरी में गंगा की स्वच्छ जलधारा और पर्वत कंदराओं में किन्नरियों के गान, ये सब इतने मोहक लगे कि सती ने हिमालय को ही आवास चुनने की स्वीकृति दी। उस शिखर पर वृक्षों का अग्रभाग पुष्पों से लदा था, वहाँ भ्रमर गुंजार कर रहे थे और चक्रवाक, हंस, शुक, सारस और नील ग्रीवा वाले क्रौंच पक्षी का मनोहर शब्द गुंजरित हो रहा था। ऐसे मनोहर वातावरण में सती और शिव का चित्त एकाकार हो गया।

विवाह के उपरान्त कैलास उनकी लीला का केन्द्र था। नन्दीश्वर सहित सभी गणों को स्नेहपूर्वक विदा करके शिव और अपनी प्रिया नवोढ़ा सती के साथ मानुषी लीला के सहभागी बने। दोनों के आनन्द का पार न था। लीलामय नट कुशल शिव ने सती को अपनी लीलाओं से रिझाया। कभी वनपुष्पों की माला बनाई, कभी पुष्प-पराग के अंगराग से उनका शृंगार किया, कभी आभूषण पहनाए, कभी वेणी में पुष्पहार सजाए। हास-परिहास और विहार से कैलास के वनकुंज एक अलौकिक तृप्ति और उन्माद से भर उठे। चन्द्रोदय से सूर्योदय तक सम्मोहन, आकर्षण और स्नेह का अपार पारावार उमड़ता रहा। षड्ऋतुओं के माधुर्य से शिव और सती का संभाषण, अवलोकन, आलाप, हास्य और क्रीड़ा भाव और भी आनन्दमय हो उठा। कभी शिव हिमालय के वनों के पुष्पकुंजों में विचरते तो कभी शिखरों पर क्रीड़ा करते, तो कभी पर्वत की गुहा में आनन्द मनाते। कभी दोनों मानसरोवर के सुरम्य तट पर नृत्य-मुद्रा में नीलकमलों को लीलामय बनाकर घुमाते, कभी कमल पुष्पों के पराग-रस से प्रमत्त भ्रमरों के गुंजार का आनन्द लेते, कभी चक्रवाक, हंस, शुक और क्रौंच पक्षियों के कूजन में सुर में सुर मिलाते। इस प्रकार अनेक प्रीतिपूर्ण देववर्ष बीत गए। जैसे-जैसे समय बीतता गया शिव और सती की प्रीति भी प्रगाढ़ होती गई, रस जैसे रसायन बन गया।

8

गन्धमादन पर्वत। सुरम्य वातावरण। आसपास वृक्षावलियों का हरित वितान। पर्वतों का ऊँचा-नीचा समुदाय उसके समतल

पट्ट पर शिव और सती विनोद-वार्ता में मग्न थे। मध्याह्न की उत्तर वेला ऐसे भी विश्राम के लिए सुखद होती है, उस समय अधलेटे शिव सती के हाथों की रेखाओं को छू रहे थे। धीरे-धीरे उनमें कोमल-भाव भी जग रहे थे।

सती ने पूछ लिया—"प्रभो! मेरे हाथ की रेखाएँ क्या कहती हैं, आप तो सब कुछ जानते हैं। आप भूत, भविष्य, वर्तमान से परे हैं, कुछ तो बताइए, आगे क्या होने वाला है।"

"प्रिये! तुम्हारे हाथ की रेखाओं में तो मुझे सम्पूर्ण ब्रह्मांड की छवि दिखाई पड़ी।"

"लगता है आज आप विनोद की मुद्रा में हैं, भला हाथ की रेखाओं का ब्रह्मांड से क्या सम्बन्ध?"

"देवि! सत्य तो यही है, हाथ ही मनुष्य के कर्म का प्रेरक और प्रतिनिधि हैं। उसकी रेखाएँ कूट भाषा में उसके समस्त जीवन को प्रकाशित कर देती हैं। आपने पूछा, इन रेखाओं का ब्रह्मांड से क्या सम्बन्ध है तो मैं कहूँ कि ऐसा सम्भव है, क्योंकि आप तो ब्रह्मांड के केन्द्र में बैठी हैं, आप ही तो क्रियाशक्ति हैं। मैंने आपके हाथ की रेखाओं में सूर्य, चन्द्र, चक्र, पर्वत, ब्रह्म को व्यक्त करने वाले सभी महत् तत्त्व देखे।"

"तो यह तो बताएँ कि आपने देखा क्या?"

"देवि! आपको ज्ञात है कि मैं द्रष्टा ही तो हूँ। जीव और ब्रह्म अलग नहीं हैं, ये दोनों एक डाल पर बैठी दो चिड़ियों की तरह हैं। ये दो पक्षी सुन्दर पंख वाले हैं, साथ-साथ रहने वाले एक-दूसरे के सखा हैं। वे एक ही वृक्ष पर बैठे हैं, उनमें से एक वृक्ष के फल को बड़े स्वाद से चख रहा है, दूसरा बिना चखे सब कुछ देख रहा है। जीव और परमात्मा ही दो पक्षी हैं, प्रकृति ही वृक्ष है, कर्मफल ही उसका फल है। जीवात्मा को कर्मफल मिलता है और परमात्मा प्रकृति में लिप्त हुए बिना सम्पूर्ण विश्व का द्रष्टा भर होता है। जीव में भोग का भाव है और परमात्मा में द्रष्टा का।"

"प्रभु! ये तो बताएँ मेरा कर्मफल क्या कहता है?"

"देवि! आज तो आपने मुझे सचमुच का ज्योतिषी बना दिया और मुझसे वैसे प्रश्न पूछ रही हैं जैसे किसी भविष्य वक्ता से पूछा जाता है। लगता है यह भी मेरा कर्मफल ही है, जिससे मैं भविष्य वक्ता बनने पर विवश हो गया हूँ। अब मुझे स्पष्ट दीख रहा है कि जब द्वापर युग में कृष्णावतार होगा तब ज्योतिषी बनकर मैं उनकी शिशु-लीला देखने और उन्हें स्पर्श करने के लिए गोकुल में प्रवेश करूँगा और बालकृष्ण के चरणों को स्पर्श कर धन्यता का अनुभव करूँगा।

"देवाधिदेव आप सब कुछ जानते हैं पर न जानने का अभिनय ही तो नाट्य है, और आप तो कुशल नट ठहरे।"

"हाँ प्रिये! मैं नट भी हूँ, नर्तक भी हूँ, तभी तो आपकी विश्वमोहिनी माया की अँगुलियों के संकेत पर नाचने लगता हूँ, यह नृत्य ही मुझे सभी दिशाओं में घुमाता

है। सब ओर देखना सबका अनुभव करना ही तो नृत्य है। एक घुमावदार घेरे में जब नर्तक नाचता है तो मानो सम्पूर्ण विश्व की वह बार-बार परिक्रमा करता है, मैं उसी परिक्रमा का आनन्द लेता हूँ।"

"स्वामी! इसीलिए आप सबसे अद्भुत हैं, विरल हैं, इसीलिए तो आपको रुद्र कहा गया है और रुद्र एक ही होता है। यह सब तो ठीक है पर अभी तक आपने यह नहीं बताया कि मेरे हाथ की रेखाएँ क्या बताती हैं, इन्हें देखकर आपको क्या अनुभव हुआ?"

"प्राणाधिके! आपके हाथ की रेखाओं में मुझे ब्रह्मांड के साथ-साथ पृथ्वी की रचना और उसके नियम भी दिखाई दिए। मुझे आप उस विराट् प्रकृति की तरह दिखाई पड़ीं जिसका हर भाग उसका प्रतिनिधि होता है, जैसे—वृक्ष डालियों, पत्तों, फूलों और फलों का एकत्र रूप है, वैसे ही जीवन के भी अनेक कोण हैं, जब तक उनका सन्तुलन ठीक रहता है, तब तक जीवन गतिशील रहता है। सन्तुलन-बिगड़ने का अर्थ है मृत्यु। देवि! आप सदैव मेरे साथ रहेंगी। ऋतुओं के परिवर्तन की तरह अनेक रूपों, अनेक स्पर्शों, अनेक अनुभवों से आप मुझे भरेंगी। आपकी और मेरी एकात्मता निरन्तर नवीन होती रहेगी।"

"देव! आपकी यह सृष्टि चलायमान है, वह नित्य नूतन हो रही है। जब उसका स्वरूप स्थिर ही नहीं है तो उसका महत्त्व कैसे सिद्ध होगा? पृथ्वी का तो गुण स्थिरता है, भूकंप की दशा में पृथ्वी का स्वरूप बिगड़ जाता है, तेज आँधियों में वृक्ष उखड़ जाते हैं। नदी के जल का बहाव जब तीव्र होता है तो वह सबके लिए भयकारक हो जाता है, इसी प्रकार समुद्र का ज्वार-भाटा भी विनाश ला देता है। तो फिर क्या हम यह मान लें कि पृथ्वी सत्य भी है और असत्य भी, मनुष्य का जीवन आज है, कल नहीं है?"

"हाँ देवि! कुछ सीमा तक यह सत्य है, यह सम्पूर्ण जगत् माया का प्रपंच है। आपका ही भृकुटि-विलास है। आपकी पलकों के नर्तन का यह साथ दे रहा है। आपकी आँखें खुलीं तो सृष्टि फली-फूली और आपने आँखें बन्द कीं तो सब कुछ प्रलय-जल में डूब जाता है।"

"प्रभो! आप तो मृत्युंजय हैं। आप मृत्यु की पीड़ा कैसे समझेंगे। इस मृत्यु की पीड़ा को समझने के लिए मरना भी तो आवश्यक है। दुःख की कल्पना और दुःख के प्रत्यक्ष बोध में बड़ा अन्तर है स्वामी! यदि देवलोक में निवास करने वाले देवता मृत्यु की पीड़ा का मर्म समझ जाएँ तब उनमें मनुष्य जाति के लिए श्रद्धा का भाव उत्पन्न हो जाएगा।"

"आपका कथन सत्य है प्रिये! मानसिक द्वन्द्व भी कभी-कभी मृत्यु के कष्ट की तरह भयावह हो जाता है, पर जब हम देवलोकों के वासी मानुषी लीला में भाग लेते हैं, अथवा पृथ्वी के साथ जब हमारा किसी भी प्रकार का सम्पर्क होता है तो

मृत्यु के दर्शन करने ही पड़ते हैं। इस यातना से कोई भी बच नहीं सकता। हम दोनों इस सत्य से भलीभाँति परिचित हैं, इसलिए अब चिन्तन के साथ-साथ चलें और संसार की चिन्ता करें।"

"देव! एक प्रश्न मेरे मन में बार-बार उठता है कि जिस मर्त्यलोक में निरन्तर कोई-न-कोई घटना घटती रहती है, जो नहीं होना चाहिए वह होता रहता है, जिसकी हम कल्पना भी नहीं कर सकते हमारे देखते-देखते हमारे सामने प्रत्यक्ष हो जाता है। मानव जीवन में ऐसी अघटित घटनाएँ निरन्तर होती रहती हैं। इन अघटित घटनाओं का कारण आपको माना जाता है। शास्त्रों ने तो आपकी इस शक्ति को—'अघटन घटना घटीयसी' कहकर नमन किया है। मैं जानना चाहती हूँ कि जब सृष्टि के सारे कार्य नियमानुसार होने लगते हैं तो फिर अघटित घटनाएँ क्यों घट जाती हैं। अचानक मृत्यु? अचानक संहार क्यों?"

"प्रिये! आपका प्रश्न सृष्टि के कार्य-व्यापार के प्रति एक जिज्ञासा भर है। वास्तव में सब कुछ सुनिश्चित होता है, पर वह इतनी तीव्रता से सामने आता है कि हमें वह अचानक अघटित घटना की तरह मालूम पड़ता है। हम चाहें या ना चाहें, किसी कार्य की गति को रोक नहीं सकते। हवा का बहना, नदी का प्रवाहित होना, शरीर में रक्त का संचार होना, श्वास-प्रश्वास की क्रिया का चलते रहना ये सब कुछ इतने स्वाभाविक रूप में चलते रहते हैं कि हम उसके आदी हो जाते हैं, उसमें पड़ने वाला थोड़ा भी व्यवधान हमें चौंका देता है। सृष्टि की स्वाभाविक प्रक्रिया में जब हमारा जड़ अभ्यास टूटता है तो हम उसे अघटित घटना कह बैठते हैं। इसलिए प्रिये! जीवन की तरह मृत्यु भी सत्य है और उसे भी एक स्वाभाविक घटना की तरह ही देखना चाहिए।"

"देव! हम दोनों आज दार्शनिक की तरह क्यों विचार कर रहे हैं? इस मायामय विश्व में जन्म-मरण का खेल तो चलता ही रहता है। हम दोनों प्रेम और आकर्षण के क्षेत्र से बाहर निकलकर सम्पूर्ण विश्व की ओर क्यों दृष्टिपात कर रहे हैं? मैं तो केवल इतना ही जानती हूँ कि आप मुझमें समाहित हैं और मैं भी सम्पूर्णतया आप में ही लीन हूँ, फिर जगत् की क्षणभंगुरता पर हम विचार क्यों कर रहे हैं? आप तो अनादि ब्रह्म हैं, आप भी—

शिव ने बीच में ही सती की बात काटते हुए कहा—

"देवि! प्रेम का परिपाक भी अद्‌भुत है, वह जब पूर्णकाम हो जाता है तो विश्व की अन्य चिन्ताओं की ओर भी ध्यान जाता है—जैसे घड़ा भर जाए और उसके बाद भी उसमें जल डाला जाए तो वह बाहर छलक जाता है, वैसे ही हम दोनों के चित्त में जो प्रेम का रस है उसमें विश्व का सम्पूर्ण रस सम्मिलित हो जाता है।"

शिव कहते गए—

"आपकी प्रीति के ऋण से मैं कभी मुक्त नहीं हो पाऊँगा। मुझे ज्ञात है कि

आपने अपने माता-पिता के विरोध, उनकी शंका, उनकी चिन्ता और बाधाओं के बाद भी मुझे वर रूप में चुना था। हम दोनों जब संसार में क्रीड़ा कर रहे हैं तो सारे प्रश्नों को भुलाकर उसमें लय होकर ही हमें क्रीड़ा करनी है। अनादि ब्रह्म भी जब सृष्टि के चक्र में भ्रमण और रमण करता है तो वह अपनी सत्ता भूल जाता है, तब वह भी एक सामान्य प्राणी की तरह आचरण करता है। अपनी शक्तियों का स्मरण ही देवत्व की ओर ले जाता है और उसका विस्मरण ही मनुष्य को साधारण दुःखों और त्रिताप से जकड़ लेता है।"

शिव ने सती के प्रति पति और प्रेमी की अपनी भूमिका का अनुभव किया। सती ने उनके हाथों को अपने हाथ में लेकर अपने सिर से स्पर्श कराया और वे अभिभूत हो गईं।

9

प्रीति की परिपक्वता में समय का भान नहीं रह जाता। शिव और सती के मधुर दाम्पत्य में कालावधि की गणना का अवकाश नहीं था। सती का प्रगल्भ मन संसार के सार रूप शिव की मधुर आनन्ददायक और ज्ञानप्रद बातों से तृप्त ही नहीं होता था। भला अमृत भी क्या तृप्ति की वस्तु है? वह तो प्यास को और जगा देती है। शिव के प्रवचनों में इतना माधुर्य था कि असार संसार पर भी की गई बातें रसमय हो जाती थीं, भरे हुए घट की एक बूँद छलक जाए तो उससे घट रिक्त नहीं होता, उसकी पूर्णता कम नहीं होती। शिव इसी पूर्णता के प्रतीक थे जिसमें से पूर्ण निकाल दिया जाए तो भी पूर्ण ही अवशिष्ट रह जाता है।

एक दिन सती ने अपने परमपुरुष, सर्वद्रष्टा, सर्वसाक्षी प्रियतम से पूछा—

"प्रभो! परमतत्त्व का ज्ञान कैसे सम्भव है? वह परमतत्त्व जिसको जान लेने पर भवबन्धन छिन्न हो जाते हैं, माया के पाश टूट जाते हैं।"

शिव ने कहा—

"देवि! परमतत्त्व के ज्ञान से वासनाएँ मिट जाती हैं, ऊपर के समस्त आवरण भंग हो जाते हैं। विज्ञान ही परमतत्त्व है—मैं ब्रह्म हूँ के भाव का जगना ही विज्ञान है। इसे भक्ति द्वारा ही पाया जा सकता है, मेरी यही भक्ति भोग और मोक्ष प्रदान करती है। यह भक्ति सगुण और निर्गुण होती है।

नैष्ठिक और अनैष्ठिक भक्ति के अतिरिक्त नवधा भक्ति सर्वमान्य है—श्रवण, कीर्तन, स्मरण, सेवन, दास्य, अर्चन, वन्दन, सख्य और आत्मसमर्पण ये भक्ति के नौ रूप हैं। इनसे ही ज्ञान प्रकट होता है, मुक्ति दासी बनकर खड़ी हो जाती है। भक्त की रक्षा के लिए मैं सदैव तत्पर रहता हूँ। ज्ञान-विज्ञान के प्रतिनिधि सारे

शास्त्र, तंत्र, मंत्र, योग आदि हैं। छह शास्त्रों के अतिरिक्त वैद्यक, ज्योतिष, सामुद्रिक आदि शास्त्र लोकोपकार में सहायक होते हैं और इन सबों के सहयोग से ही हमारी मानुषी लीला चलती रहती है। कभी-कभी हमारी लीला से संसारी जनों एवं देवताओं को भी तत्त्व-विभ्रम हो जाता है और तत्काल उसका अर्थ समझ में नहीं आता।"

वार्ता के पश्चात् रुद्र सती के साथ अपने महावृषभ नन्दी पर आरूढ़ होकर पृथ्वी पर भ्रमण के लिए उतरे। आकाश और सागर से होते हुए वे दिव्य भारत भूमि के दंडक वन में आ पहुँचे। वहाँ उन्होंने अपने आराध्य श्रीराम को लक्ष्मण सहित हाहाकार और रुदन करते हुए देखा जो रावण द्वारा बलपूर्वक हरण कर ली गई अपनी प्रिय पत्नी सीता की खोज कर रहे थे।

सीता के वियोग में राम अत्यंत विरह कातर होकर वन-वृक्षों, लताओं, पुष्पों, भ्रमरों, पक्षियों, मृगों, पशुओं सबसे पूछते फिर रहे थे क्या तुमने मेरी प्रिया, मेरी अर्द्धांगिनी सीता को देखा है? हा सीते! हा सीते! का हाहाकार जैसे वन-प्रांतरों को हिला रहा था। लताएँ बोल नहीं पा रही थीं, पर वे अपनी पत्तोंवाली डालियाँ झुकाकर मानो दक्षिण दिशा का संकेत कर रही थीं, हरिणियों ने जब देखा कि राम को सीता के जाने के मार्ग का ज्ञान नहीं है तो उन्होंने अपनी उठी हुई पल्लवों वाली बड़ी-बड़ी आँखों से मानो दक्षिण दिशा का संकेत दिया। राम एक सामान्य मानव की तरह विलाप कर रहे थे, उस समय शिव ने ऐसे लीलाधारी राम को गद्‌गद भाव से प्रणाम किया और जय का उद्घोष कर चल पड़े। मोह में डाल देने वाले इस दृश्य से सती का चित्त चंचल हो उठा। उन्होंने पूछा—

"प्रभो! सारे श्रेष्ठ देवगणों के लिए आप ही प्रणम्य हैं पर दंडकारण्य में भटकते-बिलखते ये दो पुरुष कौन हैं जो दुःख से दीन और आर्त दिखाई दे रहे हैं। आप नीलकमल के समान सुदर्शन ज्येष्ठ पुरुष को देखकर प्रसन्नचित्त होकर प्रणाम करने लगे, इससे मेरा संशय बढ़ गया है। स्वामी सेवक को प्रणाम करे यह तो लोकरीति के विरुद्ध है?"

"देवि! मैं तुमसे सत्य निवेदन कर रहा हूँ, इसे मेरा निश्छल भाव समझो। ये दोनों भ्राता राम और लक्ष्मण हैं, ये राजा दशरथ के पुत्र और नारायण के अवतार हैं, दूसरे भ्राता लक्ष्मण शेष के अंश हैं। सृष्टि के कल्याण के लिए पृथ्वी पर इनका आविर्भाव हुआ है।"

शिव की बातों से सती का मन यह जानने के लिए उद्वेलित था कि एक सामान्य मनुष्य के प्रति शिव की इतनी विनम्रता भला क्यों है, उन्हें यह बात पच नहीं पा रही थी। उन्होंने भी अपनी दिव्य दृष्टि से देख लिया था कि राम कातर भाव से रुदन और प्रलाप करते हुए वन-वन भटक रहे हैं। वृक्षों, पशु-पक्षियों से पूछते फिर रहे हैं कि उनकी प्रिय सीता को कौन हर ले गया है? एक साधारण मनुष्य की तरह यह विलाप कैसे विश्वास दिला सकता है कि वे ब्रह्म स्वरूप हैं?

सती के चित्त में शंका और प्रश्न बार-बार उठ रहे थे। सन्देह किसी भी ज्ञान को दो भागों में बाँट देता है। यह संशय और विपर्यय और कुछ नहीं चित्त का उद्वेलन है, मन की विखंडित दशा है। सन्देह का पहला लक्षण है आत्मविश्वास का नष्ट हो जाना, दूसरा लक्षण है किसी भी दूसरे के प्रति अस्वीकार भाव और तीसरा लक्षण है सत्य से अधिक असत्य की ओर झुकाव। इसी नकारात्मकता के कारण सती विचलित हो रही थीं। सती का हृदय इस बात को मानने के लिए तैयार नहीं था कि कोई समर्थ शक्तिशाली और वीरपुरुष भी रो सकता है? यह रुदन-क्रंदन और असहायता का दारुण भाव तो मनुष्य में ही पाया जाता है। देवता या ब्रह्म स्वरूप कोई दिव्य व्यक्ति का दु:ख भी सांस्कृतिक, शिष्ट और गोपन होता है। देवता प्रार्थना कर सकते हैं, स्तोत्र-वाचन कर सकते हैं, वे शिव, विष्णु या ब्रह्मा से निवेदन कर सकते हैं पर वे रो नहीं सकते। शिष्टता अश्रुओं को रोक देती है, उसे सहज भाव से बहने भी नहीं देती। रो तो मनुष्य ही सकता है! क्योंकि वह नाना प्रकार के शारीरिक मानसिक दु:खों को झेलता है, मृत्यु की पीड़ा सहकर वह प्रलाप करने का आदी हो जाता है। इसलिए राम देवता नहीं हो सकते।

इस संकल्प-विकल्प के साथ सती ने शिव से पूछ ही लिया—

"किन्तु प्रभो, मेरा मन इसे स्वीकार नहीं कर पा रहा। सृष्टि के पालनकर्ता परब्रह्म नारायण के स्वरूप को रुदन करते असहाय रूप में देखना मेरी बुद्धि को ग्राह्य नहीं है।"

"देवि! तुम्हें मेरी बातों पर विश्वास नहीं हो रहा हो तो तुम अपनी बुद्धि का उपयोग कर राम की परीक्षा स्वयं कर लो। अपने को भ्रम से दूर कर लेना ही चिन्ता-मुक्ति का उपाय है। तुम जाओ, तब तक मैं वटवृक्ष के नीचे ध्यान में बैठता हूँ।"

सती ने सोचा राम की परीक्षा कैसे सम्भव है? मुझे उनकी भार्या सीता का ही रूप धारण कर उनके पास जाना चाहिए, यदि राम विष्णु हैं तो वे अन्तर्यामी सब कुछ जान लेंगे, यदि वे मुझे नहीं पहचान पाए तो वे साधारण मनुष्य हैं, यह सिद्ध हो जाएगा।

मोहांध सती सीता का रूप धारण कर राम के पास परीक्षा लेने के उद्देश्य से पहुँच गई। सती को सीता के रूप में देखकर नमः शिवाय का जप करते हुए राम ने सब कुछ जानकर सती से पूछा—"माता सती! आपको नमस्कार है, कृपया हमें बताएँ शिव कहाँ हैं, बिना उनके आप आज अकेली इस वन में क्यों आई हैं? आपने अपना रूप त्यागकर यह रूप किसलिए धारण किया? कृपाकर मुझे इसका कारण बताएँ?"

सती यह सुनकर निर्वाक् हो गई। वे इतनी आश्चर्यचकित और स्तब्ध थीं कि उनके मुख से ठीक-ठीक शब्द नहीं निकल पा रहे थे। उन्होंने कहने का प्रयास किया—"हे राम! मैं प्रभु शिव के साथ पृथ्वी पर भ्रमण करते यहाँ तक आई हूँ।

उन्होंने आपके लीलारूप को प्रणाम किया और चले गए पर मेरी मति भ्रष्ट थी कि मेरे मन में आपकी परीक्षा लेने की कुबुद्धि पैदा हो गई। पर अब मेरा संशय दूर हो गया।" सती के मन में शोक और पश्चात्ताप के भाव थे, वे भीतर-भीतर अपनी ही सुलगाई हुई अग्नि में जल रही थीं, उनका तेज नष्ट हो गया था और कुत्सित बुद्धि के कारण वे अत्यंत द्वन्द्वग्रस्त और दुखी हो गई थीं।

शिव के पास लौटकर सती ने उन्हें हृदय से प्रणाम किया, उनके मुख पर विषाद की रेखाएँ स्पष्ट झलक रही थीं। उन्हें निस्तेज और दुखी देखकर शिव ने प्रेमपूर्वक सांत्वना भरे शब्दों में पूछा—

"देवि! आपने श्रीराम की परीक्षा कैसे ली?"

सती ने सिर झुकाए कहा—'मैंने उनकी कोई परीक्षा नहीं ली।' शिव ने ध्यान लगाकर सती का सारा चरित्र और कार्य जान लिया और लोकलीला का पालन करते हुए वेद और धर्म के रक्षक शिव ने हृदय से सती का त्याग कर दिया और वे अपने धाम कैलास को चल दिए। शिव ने मेरा त्याग कर दिया है, यह सोचकर सती के हृदय में बड़ा आघात पहुँचा, वे शोकार्त हो गईं। किन्तु करुणामय प्रभु शिव ने उन्हें पर्याप्त स्नेह देते हुए अनेक मनोरम कथाओं द्वारा उन्हें तुष्टि प्रदान की और उनकी लोक-लीला में पूर्ण सहयोग दिया। तब सती का शोक नष्ट हो गया और उनका चित्त शिव की लीला का सहयोगी बन गया।

शिव प्रिया सती आदर्श पत्नी थीं। यद्यपि उनमें तर्कबुद्धि और आत्मबल पर्याप्त था पर साथ ही आत्मगौरव का भाव उनके मन में निरन्तर हिलोरें मारता रहता था। वे प्रजापति दक्ष की पुत्री और महादेव की प्रिया हैं, यह भाव उन्हें सदैव दिव्यता का बोध कराता रहता था। अपनी दिव्य दृष्टि और शिव की मुखमुद्रा और मन के उद्वेग से वे भलीभाँति समझ गईं कि शिव न केवल उनसे रुष्ट हैं, अपितु उन्होंने मानसिक रूप से उनका त्याग कर दिया है, इस मनोव्यथा और आघात से उनका हृदय आहत था। वे समझ रही थीं कि शिव उनका परिताप दूर करने के लिए अत्यंत मधुरता का व्यवहार करते हैं पर भीतर-भीतर उनके हृदय में एक अग्नि धधक रही है, वे उनका त्याग भी करना चाहते हैं और दूर भी नहीं रहना चाहते। यह कैसी अद्‌भुत प्रीति है? यह द्वन्द्व क्यों? यह दुराव क्यों? एक दिन जब संध्याकाल में सूर्य अस्ताचल की ओर जा रहे थे, उनके मन की पीड़ा प्रकट हो ही गई। बोलीं—"नाथ! आप नियंता हैं, सर्व समर्थ हैं, मैं आपकी अनुगामिनी हूँ। मैं जानती हूँ श्रीराम और सीता के वनवास काल में दंडक वन में मैंने महान भूल की, उन पर सन्देह किया, मेरी मति मारी गई, मैं सीता का रूप धारण कर उनके पास पहुँची, उन्होंने मुझे तुरन्त पहचान लिया, उस समय अपने कपट रूप पर मैं स्वयं लज्जित हो गई। मेरा अपराध-भाव इतना तीव्र हो गया कि मैं अशब्द हो गई। मुझसे भूल तो हो ही चुकी थी। क्या मेरे द्वारा किए गए संशय के प्रायश्चित्त का कोई मार्ग नहीं है? आप तो करुणा-सागर

हैं, आपकी करुणा की एक बूँद मेरे अश्रुजल को धो सकती है, आपका एक स्पर्श मुझे बदल सकता है। इस अपराध के लिए मुझे अपने हृदय से नहीं निकालिए।"

शिव शान्त मुद्रा में बोले—

"देवि! अपराध की क्षमा हो सकती है पर आप मेरी संचालिका शक्ति हैं, शक्ति की ही दिशा भ्रमित हो जाए तो क्रिया का कोई अर्थ नहीं रह जाता। हम लोकजीवन का नाट्य भले करें पर हम संसारियों की तरह दुर्बल चित्त कैसे हो सकते हैं? हमें बड़े कार्य करने हैं, बड़े उत्तरदायित्व का पालन करना है। आपके एक भ्रूनिक्षेप पर सृष्टि में उतार-चढ़ाव आ सकता है। यह सत्य है कि हम अपनी विश्वलीला में रमण करते हैं पर नाट्य करते समय अभिनेता अगर अपना वास्तविक स्वरूप ही भूल जाए तो यह चिन्ता की बात हो जाती है। हमें लीला भी करनी है और अपने स्वरूप का भी ध्यान रखना है। हमारा यह स्वरूप भी स्थितियों के अनुसार परिवर्तित होता चलता है।"

"पर प्रभो, मुझे अपनी भूल का तुरन्त ज्ञान हो गया है, मेरे मन में पछतावा हुआ, मैं रो पड़ी। आपके सामने सत्य बोलने का साहस खो बैठी।"

"सुनो देवि! दृढ़ता ही देवत्व की शक्ति है। मैं आपके बिना एक क्षण भी रह नहीं सकता। क्योंकि आप ही सती हैं, आप ही उमा या पार्वती बनकर मेरे जीवन में प्रवेश करेंगी। आपको अपने कर्तव्यों का सदैव ज्ञान होता रहेगा।"

"आप मुझे स्वीकार तो करेंगे न? क्षमा तो करेंगे न?"

"आप मेरी प्राणवल्लभा हैं। आपके ही द्वारा तो मैं सृष्टिचक्र में अपना योगदान देता हूँ। मैं स्त्री-शक्ति के बिना शून्य हूँ। आप ही इकार रूपा शक्ति हैं जिसके नहीं होने से ही शिव शव बन जाता है।"

"प्रभो! आपके सांत्वना भरे शब्दों ने मुझे जैसे नया जीवन दे दिया है। अब मैं कभी आपके सम्मान और अपने आत्मसम्मान पर कोई आँच नहीं आने दूँगी।"

शिव ने सती का अत्यंत कोमल चित्त से कर-स्पर्श किया, सती उनके हृदय से लग गईं। उनकी आँखों में हर्ष और सन्तुष्टि के अश्रु थे।

10

प्रजापति दक्ष ने अपने पिता ब्रह्मा के आदेश से अपनी पुत्री सती का विवाह शिव से तो कर दिया था पर इस सम्बन्ध के प्रति उनका मन अनुदार और असहनशील था। वे शिव की गरिमा को स्वीकार नहीं करना चाहते थे। उनकी वृत्ति राजसिक थी, वे सृष्टि के विकास के मूल में राजस भाव को महत्त्व देते थे, किन्तु शिव की तापस वृत्ति, उनका वनक्षेत्र उन्हें तनिक भी नहीं भाता था।

शिव की दिगम्बर वेशभूषा, सर्पादि आभूषण, उनके वरद-राज नन्दी से उन्हें चिढ़ थी। वे मानते थे कि देवताओं में आभिजात्य और कुलीनता होनी चाहिए पर शिव का समाधि-योग उन्हें जरा भी नहीं सुहाता था।

एक दिन नैमिषारण्य में ऋषियों की सभा में प्रजापति दक्ष का आगमन हुआ। ऋषियों ने उनकी सादर अभ्यर्थना की। वहाँ उपस्थित देवताओं और महात्माओं ने स्तोत्र वाचन से उनकी स्तुति की, वहाँ शिव का भी पदार्पण हुआ था। पर शिव ने उनकी ओर तनिक भी ध्यान नहीं दिया। इसी बात पर दक्ष उत्तेजित हो गए और क्रोधित मुद्रा में शिव को शाप देकर यज्ञ-भाग से बहिष्कृत कर कहा—

"सभी मेरे चरणों पर शीश झुकाते हैं पर यह शिव सिर ताने बैठा है। भूत-प्रेतों का यह स्वामी दुर्बुद्धि है। हे श्रेष्ठ ब्राह्मणो! मेरी आज्ञा सुनो और इसका पालन करो, आज से मैं इस रुद्र को यज्ञ भाग से बहिष्कृत करता हूँ। यह पूज्य और प्रणम्य न हो, सबको इसका ध्यान रखना होगा।"

दक्ष की बातों से क्रुद्ध शिव के नन्दी ने भावावेश में कहना प्रारम्भ किया—"हमारे प्रभु सम्पूर्ण सृष्टि का कल्याण करने वाले त्यागी और करुणामय हैं, इन्हें तुम यज्ञ से बहिष्कृत करके, मर्यादा का उल्लंघन कर रहे हो। इसका उचित दंड तुम्हें अवश्य मिलेगा।"

शिव ने नन्दी के स्कंध थपथपाए—

"तुम्हें उत्तेजित होने की आवश्यकता नहीं है। मैं किसी भी बाह्य बन्धन या कर्मकांड से बँधा नहीं हूँ, इसलिए मैं सहज रूप से यज्ञ में होकर भी उससे विलग हूँ।"

नन्दी का मन शान्त हो गया। दक्ष अपने राजमहल में लौट तो गए पर उनका हृदय क्रोधावेश से तप्त होता रहा। निकटतम सम्बन्ध के बावजूद उनका हृदय क्रोध और घृणा से उद्वेलित हो रहा था। वे किसी भी रूप में शिव को स्वीकार नहीं कर पा रहे थे।

दक्ष ने आर्यावर्त के उत्तरी भूभाग कनखल में एक वृहस्पति सर्व नामक यज्ञ का वृहत् आयोजन किया। कनखल को उन्होंने विराट् यज्ञभूमि के रूप में इसलिए चुना कि उन्हें ज्ञात था कि यज्ञभूमि पृथ्वी के मध्यभाग में स्थापित होनी चाहिए। इस विषय को लेकर पंडितों में भेद था पर दक्ष का निर्णय अपरिवर्तनीय था। विशाल यज्ञशाला का निर्माण हुआ। सभी प्रमुख देवताओं को निमंत्रण-पत्र प्रेषित किए गए।

कनखल हरिद्वार के समीप पवित्र स्थल है जहाँ गंगा पहाड़ों से उतरकर समतल पर बहती है। कनखल को मुक्ति द्वार कहा गया है। यहाँ कोई खल-दोषी या पापी नहीं रहता, वहाँ गंगा-स्नान से मुक्ति निश्चित मानी गई है। स्कंदपुराण में गंगा के माहात्म्य की, चर्चा के प्रसंग में कहा गया है—'खलः को नाम मुक्तिं वै भजते तत्र मज्जनात्। अतः 'कनखल' तीर्थं नाम्ना चक्रुर्मुश्वराः।' तथा हरिवंश पुराण में भी 'गंगाद्वार कनखलं' कहा गया है। यह भी कहा गया है कि 'स्नात्वा कनखले तीर्थे

पुनर्जन्म न विद्यते।' कनखल का सम्बन्ध कनक अर्थात् सोने से भी रहा होगा या यह भी कहा जा सकता है कि कनक के कारण मनुष्य में खलवृत्ति पैदा हुई हो जिसे फिर पतित पावनी गंगा ने पापमुक्त कर शुद्ध किया होगा।

कनखल के यज्ञ में सभी देवताओं के साथ ऋषियों और महर्षियों का भी आगमन सुनिश्चित हुआ। वशिष्ठ, अगस्त्य, भरद्वाज, गौतम, कश्यप, अत्रि, वामदेव, भृगु, दधीचि, भगवान् व्यास आदि अनेक महर्षियों का आना प्रारम्भ हो गया। सभी देवगण, लोकपाल, विद्याधर, गन्धर्व और किन्नर भी चल पड़े। सत्यलोक से लोकपितामह, ब्रह्माणी, वैकुंठ से विष्णु और लक्ष्मी भी आमंत्रित थे। इन्द्र अपनी सहधर्मिणी इन्द्राणी के साथ, चन्द्रमा रोहिणी के साथ और वरुण देव भी सपत्नीक पधारे। कुबेर पुष्पक विमान पर, वायुदेव मृग के वाहन पर चले आ रहे थे। यज्ञशाला की रचना विश्वकर्मा के कुशल हाथों से हुई थी। अनेक दिव्य भवन अपने श्रेष्ठ अतिथियों की प्रतीक्षा में सज-धज कर तैयार खड़े थे। इसके अतिरिक्त गन्धर्व, किन्नर, यक्ष एवं नागजाति के श्रेष्ठ प्रतिनिधि भी पधारे थे। सर्वत्र चहल-पहल और यज्ञ की ही धूम थी। ऐसा प्रतीत हो रहा था मानो सम्पूर्ण पृथ्वी ही यज्ञशाला हो, सूर्य का तेज अग्निपिंड होकर और आकाश के मेघ-खंड, धूम, ज्योति, जल और वायु के मिश्रण से तैर रहे हों।

दक्ष की यज्ञशाला उनके दिव्य वैभव का भी प्रदर्शन कर रही थी। वहाँ सज्जा में बहुमूल्य वस्तुओं का उपयोग किया गया था। स्वर्ण, हीरक और मौक्तिक के वन्दनवारों से सजी यज्ञशाला में स्वर्ण मंडित झालरें हवा में झूलती हुईं मधुर संगीत पैदा कर रही थीं। सब ओर एक औत्सुक्य और उत्कंठा का भाव था। इस विशाल यज्ञ-समारोह में पृथ्वी और आकाश जैसे एक होने वाले थे, लोग आकाश तक उठने वाली हवन अग्नि की विराट् ज्वाला की कल्पना करके ही रोमांचित हो रहे थे। सब ओर समृद्धि का प्रवाह ऐसा था कि दर्शकों को लग रहा था मानो सोने में सुगन्ध आ गई हो। महिमाशाली यक्ष ने सभी आगत-अतिथियों का यथायोग्य सत्कार कर उन्हें उचित आसन दिया। भृगु आदि ऋषि उस यज्ञ के ऋत्विज थे। अनेक धार्मिक क्रियाओं, मंगलाचरणों, शान्तिपाठ और स्वस्ति वाचन के पश्चात् दक्ष ने यज्ञ का शुभ संकल्प लिया। साथ में उनकी धर्मपत्नी प्रसूति जो वीरिणी के नाम से भी प्रख्यात थीं, भी विराज रही थीं।

तभी महर्षि दधीचि ने यज्ञ में अपने महत्त्व की वृद्धि के कारण दर्पोद्दीप्त दक्ष को सम्बोधित कर कहा? "प्रजापति! इस महान यज्ञ-मंडप में सभी देवेश्वर-महर्षि, लोकपाल आदि पधार चुके हैं पर पिनाकपाणि शिव की कमी खल रही है। जहाँ शिव हैं, वहीं मंगल का विधान होता है। त्रिनयन शिव के सामने पाप-ताप सभी दग्ध हो जाते हैं, उनके दर्शन अब तक हमें क्यों नहीं हुए? वे कहाँ हैं? दक्ष, तुम्हें विष्णु और इन्द्र के साथ उन्हें जाकर सादर यहाँ ले आना चाहिए। उनकी उपस्थिति पुण्यदायक होगी और तुम्हारा यज्ञ भी सफल होगा।"

महर्षि दधीचि के सम्बोधन से दक्ष का उद्धत मन और भी क्रोधाविष्ट और तप्त हो उठा। उत्तर देते समय उनकी वाणी विशृंखलित हो रही थी, स्वर में उच्चारण-दोष आ रहा था। वे बाहर से हँस रहे थे पर उनके भीतर धू-धू कर आग जल रही थी। अपने अपमान से आहत दक्ष ने कहा—यहाँ यज्ञ-मंडप में जब पिताश्री भगवान् ब्रह्मा और सनातन धर्म के मूल भगवान् विष्णु उपस्थित हैं तो अन्य की क्या आवश्यकता है? ये महान ब्रह्मरूप भगवान् हैं जिनमें सम्पूर्ण वेद, यज्ञ कर्म समाहित हैं। अनेक ऋषिगणों की उपस्थिति से यज्ञशाला पर्याप्त पवित्र हो चुकी है, ऐसे में तामसी रुद्र को हम आमंत्रित क्यों करें?

महर्षि दधीचि ने यज्ञ में शुद्ध अन्तःकरण वाले भगवान् महादेव की अनुपस्थिति से क्षुब्ध होकर यज्ञ मंडप का बहिष्कार कर दिया। दक्ष इस घटना से और भी चिढ़कर बोले—इस ब्राह्मण दधीचि को शिव से गाढ़ी प्रीति है इसलिए वे लौट गए। जब यज्ञशाला में भगवान् विष्णु उपस्थित हैं तो किस बात की कमी है, आप यज्ञ का समारम्भ करें। श्रेय कार्य में ऐसे विघ्न आते रहते हैं—'श्रेयांसि बहुविघ्नानि।'

11

महादेव शंकर के साथ सती उस समय गन्धमादन पर्वत पर सखियों के साथ हास-परिहास में निमग्न थीं। सहसा उन्होंने चन्द्रमा को अपनी पत्नी रोहिणी के साथ आकाश-मार्ग से जाते हुए देखा। उन्होंने अपनी एक सखी विजया को रोहिणी से यात्रा का उद्‌देश्य पूछने के लिए भेजा। ज्ञात हुआ सभी प्रजापति दक्ष की यज्ञशाला की ओर जा रहे हैं। यह सुनकर सती स्तब्ध रह गईं। शिव और मुझे उस यज्ञ के लिए आमंत्रण क्यों नहीं मिला? क्या पिताश्री को विस्मरण हो गया? क्या कारण सम्भव है? क्या वे मुझसे रुष्ट हैं? क्या मुझसे कोई अपराध हो गया है? पर मुझे अपने किसी अपराध का स्मरण क्यों नहीं आ रहा? वे इसी ऊहापोह और आतुरता में तीव्र गति से वहाँ चल पड़ीं, जहाँ भगवान् शिव अपने सभी सहयोगियों के साथ वार्तालाप कर रहे थे। वहाँ नन्दी, भृंगी, बाण, महाकाल, महारौद्र, महामुंड, धूम्राक्ष, धूमकेतु एवं अन्य अनेक पार्षद विराजमान थे। सती को सहसा देख शिव चौंक गए, उन्होंने अपनी उत्कंठा दबाते हुए मधुर स्वर में प्रश्न किया—

"प्रिये! अचानक आने का प्रयोजन क्या है?"

"मेरे पिता के घर महान यज्ञ आयोजित है। कनखल में सभी देवगण, लोकपाल, ऋषि-मुनि विराज रहे हैं। केवल मैं और आप अनामंत्रित हैं? क्या यह आश्चर्य और अपमान का विषय नहीं है? हमें वहाँ साथ-साथ अवश्य जाना चाहिए। मैं प्रजापति की पुत्री हूँ, मेरा यह अधिकार बनता है, आप उनके जामाता हैं, आपका

भी यज्ञ में सम्मिलित होना आवश्यक प्रतीत होता है। क्या पिताश्री से भूल हुई है? या यह कोई मेरी भूल का परिणाम है? मैं दुःख, क्षोभ, चिन्ता और अनुताप की अग्नि में जैसे जल रही हूँ। यज्ञ में सम्मिलित हुए बिना मेरे चित्त में कथमपि शान्ति नहीं होगी।"

शिव ने धैर्य और स्थिरता का परिचय देते हुए मीठे वचनों का ही प्रयोग किया—

"देवि! किसी भी यज्ञ में बिना आमंत्रण, अनाहूत जाना अमंगल का कारण होता है। बिना बुलाए जाना अपमान को न्योता देने जैसा है। उचित यही होगा कि हम वहाँ न जाएँ। इसी में सबका कल्याण है।"

पर सती का चित्त आहत और उद्वेलित था। उनकी आँखों से अविरल अश्रुधारा बह रही थी। वे किंकर्तव्यविमूढ़ हो गई थीं। करणीय-अकरणीय का उन्हें जैसे कोई ज्ञान नहीं रह गया था।

प्रजापति दक्ष की विराट् यज्ञशाला पवित्र तीर्थ कनखल की भूमि में सुसज्जित हो गई थी। तोरण द्वार लग गए थे। आम्र पल्लवों के वन्दनवार हवा में हिल रहे थे। वातावरण पवित्र धूप और कर्पूर की गन्ध से सुवासित था। ऋषिगण स्नापित होकर और नित्य पूजाकृत्य पूर्ण कर धीरे-धीरे अपना स्थान ग्रहण कर रहे थे। होता, ऋत्विज पुरोहित आसनस्थ हो गए थे। आहुति, साकल्य सामग्री, बलि और अर्प सबकी व्यवस्था हो चुकी थी। यजुर्वेदीय कर्मकांड और ब्राह्मण ग्रंथों के मुनि स्वस्त्ययन की तैयारी में जुटे थे। यह यज्ञ पृथ्वी से स्वर्ग तक की सोपान-पंक्ति की रचना में मानो प्रवृत्त हो रहा था। यह एक होतात्मक यज्ञ था। जिसमें आहवनीय सामग्रियों का संकलन हो रहा था। तभी दक्ष प्रजापति एक प्रकाश पुंज की तरह, एक चमकदार पुच्छल तारे की तरह यज्ञशाला में प्रविष्ट हुए। उनके गर्वोन्नत शीश पर स्वर्ण मुकुट चमक रहा था। अपने बाएँ हाथ पर उत्तरीय का भाग सँभाले दक्ष सिंह की चाल से चलते हुए यज्ञ-मंडप में पहुँचे। कठोर काष्ठ की तरह उनका हृदय भी मानो हवनीय आम्रकाष्ठ खंड हो गया था, सत्ता और अधिकार मद ही मानो घृतधारा में परिणत हो गए थे और उनका दृप्त अहंकार ही यज्ञाग्नि बनकर सुलग उठने के लिए विकल हो रहा था।

यज्ञशाला में सभी महर्षि और देवगण समुपस्थित हो रहे थे। अगस्त्य, कश्यप, भृगु, अत्रि, वामदेव, दधीचि, व्यास, भारद्वाज, गौतम, पराशर, गर्ग, भार्गव, कंक, वैशम्पायन आदि मुनि सपरिवार दक्ष के यज्ञ में आहूत थे। सबने अपना-अपना स्थान भी ग्रहण कर लिया था। इसके अतिरिक्त दक्ष ने समस्त देवगण, लोकपाल गण तथा अपने पूज्य पिता वेदस्वरूप सृष्टिकर्ता ब्रह्मा को भी आमंत्रित किया था। वैकुंठ लोक से विष्णु अपनी प्रिया लक्ष्मी और समस्त पार्षदों के साथ पधार चुके थे। विश्वकर्मा ने विशाल और दीप्तिमान भवनों का निर्माण किया था। यज्ञ के हविष्य को ग्रहण करने के लिए अग्नि देवता अपने हजारों रूपों के साथ सन्नद्ध थे। नारद

आदि देवर्षि सभी सप्तर्षि परमात्मा का यशोगान कर रहे थे। अठासी हजार ऋषि और चौसठ हजार देवर्षियों का समूह उस यज्ञ का उद्गाता था।

इस प्रकार पूरी तैयारी के साथ दक्ष के यज्ञ का समारम्भ हो गया था। स्वस्तिवाचन और अग्नि आवाहन के साथ मंत्र निर्घोष और स्वाहा-स्वाहा की पवित्र ध्वनि गुंजित हो रही थी। तभी अकस्मात् यज्ञशाला के मुख्यद्वार पर हलचल दिखाई दी। भगवती सती अपनी सहायिकाओं के साथ प्रकट हुई। उनका मुखमंडल तमतमा रहा था, आवेश, क्रोध और आन्तरिक पीड़ा के कारण उनके पाँव सीधे नहीं पड़ रहे थे। नथुनों से दीर्घ श्वास लेती हुई, क्रोधाविष्ट दृष्टि से यज्ञशाला में उपस्थित जन-समुदाय को उन्होंने ऐसे देखा मानो यज्ञ की अग्नि उनकी आँखों में समा गई हो। उन्होंने अपने प्राणवल्लभ शिव का वहाँ न कोई स्थान देखा, न भाग। उन्होंने अत्यंत विचलित होकर अपमान, दुःख और आवेग के साथ अपने पिता दक्ष से प्रश्न किया—

"ऐसा अनर्थ कैसे सम्भव है? मेरे प्राणप्रिय पति का यज्ञभाग कहाँ है? उन्हें इस अधिकार से वंचित क्यों किया गया? ये समस्त देवगण, ब्रह्मा, विष्णु, इन्द्र अग्नि ये सब मौन क्यों बैठे हैं? इनका तेज, इनका सत्य कहाँ लुप्त हो गया? ये मूक प्रस्तर प्रतिमा की तरह निर्वाक् हैं। क्या ईश्वरीय रूप भी इतना स्तब्ध, इतना निर्वाक् होगा? क्या ये प्रस्तर मूर्तियों-से अविचलित बैठे रहेंगे? स्त्री का अपमान, उसके पति का अपमान देखकर भी चुप्पी साधेंगे, यह अनुचित है, पाप है, दोष है। मेरे प्रभु शिव के बिना यह यज्ञ निरर्थक है। सभी वेद, वेदांग, शास्त्र और वाणी के अधिष्ठान मेरे भगवान् शंकर को कोई अज्ञानी कैसे समझ सकता है?

भगवती सती की फटकार पर सम्पूर्ण सभामंडप स्तब्ध था। केवल दक्ष ने शिव के प्रति अपनी संवेदनहीनता बनाए रखी। उन्होंने शिव को अमंगल, अकुलीन और भूत-प्रेतों का स्वामी कहकर वेद विरुद्ध सिद्ध करने का प्रयत्न जारी रखा—

"मैं दुर्बुद्धि अपने पिता ब्रह्मा की बातों में आ गया और अकुलीन, दरिद्र रुद्र को मैंने अपना जामाता बना लिया। मैं अपनी इसी भूल का सुधार और प्रायश्चित्त कर रहा हूँ। 'पुत्रि! तुम यज्ञ मंडप में आ ही गई हो तो इसमें सम्मिलित हो जाओ'।"

महाशक्तिस्वरूपा सती पिता दक्ष से अपने पति की निन्दा सुनकर क्रोध के आवेग से छटपटा उठीं। उनके पास न लौटने का मार्ग बचा था न रहने का विकल्प! दुःख, क्षोभ और क्रोध से पीड़िता सती ने कहा—

"मैं महादेव की निन्दा न सुन सकती हूँ, न सह सकती हूँ। मुझे आत्मसम्मान की तरह अपने पति महादेव का सम्मान भी प्रिय है। मैं इस अमंगल रूप यज्ञ की अग्नि में प्रवेश करूँगी, स्वयं को दग्ध कर दूँगी। सती की मुद्रा अत्यंत कठोर थी।"

उन्होंने शापित मुद्रा में कहा—

"भगवान् शिव के साथ किया गया बैर किसी के लिए फलदायक नहीं होगा। जो भी देवता या मुनिगण इस पापकृत्य के सहभागी हैं उन्हें इसका परिणाम भुगतना

होगा, उन्हें भी पश्चात्ताप की अग्नि में जलना पड़ेगा, मुझे घोर दुःख है कि मैं अपने आराध्य प्रियतम की दाक्षायणी बनकर किसी यज्ञ में सहभागिनी नहीं बन पाऊँगी पर तात! आपके शरीर से उत्पन्न अपने इस शव सदृश शरीर को अग्नि में स्वाहा अवश्य कर दूँगी।"

शिवप्रिया सती भगवान् का स्मरण और चिन्तन करते हुए योगमुद्रा में आ गईं। उन्होंने प्राण और अपान वायु को समान कर उदान वायु को नाभिचक्र से ऊपर उठाकर हृदय में स्थापित कर कंठमार्ग से भृकुटियों के मध्य आज्ञाचक्र में प्रस्थापित कर दिया और यज्ञ की अग्नि में वायु रूप होकर समा गईं। सती के अग्निप्रवेश करते ही हाहाकार मच गया। दिशाएँ स्तब्ध निस्पंद हो गईं। यज्ञमंडप से सम्पूर्ण पृथ्वी तक विचित्र चीत्कार का स्वर भर गया। सर्वत्र दक्ष की निन्दा होने लगी। शिव के सहस्त्रों पार्षद कुपित होकर हाहाकार करते हुए स्वयं को धिक्कारने लग गए। अपने शस्त्रों से दुःख के आवेग में वे स्वयं को भी क्षति पहुँचाने लगे। उस भयंकर स्थिति में आकाशवाणी ने सभी देवताओं को अपनी सुरक्षा के लिए सावधान करते हुए यज्ञ से बाहर निकल जाने का संकेत किया।

महर्षि भृगु ने अपने मंत्रबल से अनेक शिवगणों का संहार कर उन्हें पराजित कर दिया। सभी गण सती के अग्निप्रवेश के दुःखद समाचार के साथ शिव की शरण में पहुँचे। भक्त प्रवर नारद ने भी शिव को सारा वृत्तान्त कह सुनाया।

सती के देहावसान के दुःखद समाचार से शिव एक साथ क्रोधित, दुखी और अश्रुविह्वल हो उठे। उन्होंने अपनी एक जटा उखाड़कर पृथ्वी पर पटक दी। वह जटा भयंकर नाद करती हुई दो भागों में विभक्त हो गई। एक भाग से महापराक्रमी वीरभद्र का ज्योतिर्मय रूप प्रकट हो गया। वीरभद्र प्रलयज्वाल की तरह तप रहे थे, वे धधकती हुई अग्नि की तरह पृथ्वी से आकाशपर्यंत व्याप्त थे। उनके साथ हजार-हजार भुजाओं वाले गणों का समुदाय था। जटा के दूसरे भाग से महाकाली का स्वरूप प्रकट हुआ। जो अनेक प्रेतों की स्वामिनी बनकर उग्र अट्टहास कर रही थीं। महादेव के निःश्वास से ज्वर, सन्निपात जैसी महामारियाँ अचानक फैल गईं।

वीरभद्र का क्रोध माता सती के अवसान की सूचना से भयंकर नाद के रूप में फूट पड़ा—

"मेरे आघात से पर्वतों का अभिमान चूर्ण-विचूर्ण हो जाएगा, मेरा अमर्ष समुद्र का जल सुखा देगा, पृथ्वी चरमरा उठेगी और हे ईशान! आपका आदेश पाते ही मैं सम्पूर्ण ब्रह्मांड को ध्वस्त कर दूँगा। हे प्रभो! आपकी पलकों के चंचल होते ही यह विश्व नष्ट हो जाएगा पर मुझे आपकी लीलाओं का स्मरण है। आपके प्रति भक्ति ही मेरी शक्ति है।"

शिव के त्रिनेत्र से जैसे ज्वाला निकल रही थी—"शीघ्र जाओ वीरभद्र! दक्ष-यज्ञ का विध्वंस कर दो। ब्रह्मा, विष्णु, इन्द्र, यम कोई भी देवता बाधक बनें तो

तुम प्रचंड आक्रमण से उत्तर दो। द्रोहियों को भस्मीभूत कर दो।" यह कहकर शिव अन्त:स्थ होकर मौन हो गए।

वीरभद्र अपने गणों और महाकाली की सहयोगिनी शक्तियों के साथ यज्ञ के विध्वंस के लिए चल पड़े। वे सभी गण महाकाल के प्रतिरूप लग रहे थे, उनमें प्रबल उत्साह ठाठें मार रहा था। वीरभद्र के साथ सिंह, मगर, हाथी, जैसे हजारों प्रकार के पशुदल चल रहे थे। महाकाली के साथ कात्यायनी, ईशानी, चामुंडा, भद्रकाली, वैष्णवी आदि शक्तियाँ नौ दुर्गाएँ और समस्त भूतगण भी तीव्र गति से अपनी विनाशकारी शक्तियों के साथ दुर्दम वेग से चल पड़े।

12

अचानक सब ओर एक भयकारक स्तब्धता और शान्ति छा गई। विराट् यज्ञ-मंडप धूलिसात् हो गया था, वह सज्जारहित प्राणहीन शरीर की तरह निस्तेज पड़ा था। यज्ञाग्नि प्राय: शान्त हो गई थी केवल धूम की कुछ क्षीण रेखाएँ उठ रही थीं। सब ओर बिखरा था क्षार। अनंत लपटें अब समाप्त हो गई थीं, मृत्यु होने पर जैसे शरीर की सारी हलचल शान्त हो जाती है, कुछ वैसा ही वातावरण था। प्रतीत होता था जैसे कोई उच्छृंखल पवन का दुर्दमनीय वेग अभी-अभी वहाँ से निकला था, अथवा मत्त जंगली गयंदों का झुंड सब कुछ पैरों तले रौंदता चला गया था। किसी गण ने महर्षि अरिष्टनेमि, किसी ने कश्यप, अंगिरा, त्रिशाश्व आदि पर प्रहार कर उन्हें घायल कर दिया था। चंड ने पूषा के दाँत उखाड़ लिए, जो शिव के अपमान पर दाँत दिखाकर हँस रहे थे। नन्दी ने ऋषि भृगु को बड़े क्रोध से पृथ्वी पर गिरा दिया और उनकी आँखों पर चोट की जो दक्ष को आँखों से संकेत कर रहे थे। महाप्रतापी मणिभद्र ने भृगु को पटक दिया और उनकी छाती पर प्रहार कर उनकी दाढ़ी नोच ली। दक्ष यज्ञ का विध्वंस करते हुए वीरभद्र हाथ में त्रिशूल नचाते हुए ऐसे लग रहे थे मानो युद्ध-भूमि में संवर्ताग्नि सबको जलाकर क्रोध में भरी खड़ी हो। दक्ष का वह महायज्ञ नष्ट-भ्रष्ट हो गया था। देखते-देखते वीरभद्र ने दक्ष का सिर काटकर यज्ञ की जलती हुई अग्नि में झोंक दिया। दक्ष का मृत शरीर सर्वत्र मचे हुए भयंकर हाहाकार के बीच प्राणहीन पशु की तरह निश्चेष्ट पड़ा था। इसी बीच शिव का भी आगमन हुआ। यज्ञ की अग्नि और शिव की क्रोधाग्नि ने मिलकर वन में लगी हुई दावाग्नि की तरह एक दारुण दृश्य उपस्थित कर दिया था।

ब्रह्मा, विष्णु सभी महान देवगण शिव को मनाने का प्रयत्न कर रहे थे। प्रजा की रक्षा के लिए प्रजापति दक्ष के प्राणों की प्रार्थना कर रहे थे। अन्तत: प्रयत्नपूर्वक एक

बकरे का सिर लाया गया और उसे जोड़कर करुणामय शिव ने दक्ष को जीवनदान दे दिया। चोट खाए लोगों, आघात से हताहत ऋषिगण और सैनिकों का अर्द्धमूर्च्छित दल वहाँ पड़ा था। दक्ष प्रजापति बकरे का सिर धारे जीवित किन्तु हतप्रभ हाथ जोड़े घुटना मोड़कर शिव-कृपा की याचना-मुद्रा में बैठे थे। उनके सिर के साथ उनका अहंकार भी जा चुका था। शिव ने दक्ष को सम्बोधित करते हुए कहा—

"दक्ष! जो प्रजापति होता है वह सबके लिए कल्याणकारी अनुग्रहमय पिता भी होता है। सदय होना ही शासक का लक्षण है। मैं ही त्रिगुणात्मिका माया द्वारा सृष्टि की रचना, उसका पोषण और संहार करके ब्रह्मा, विष्णु और महेश के रूप में प्रकट होता हूँ। ज्ञानी जन मुझे अभिन्न रूप से देखते हैं और अज्ञानियों में मन्दबुद्धि होती है। जैसे मानव-शरीर में हाथ, पाँव और सिर भिन्न नहीं होते वैसे ही भक्त भेदबुद्धि नहीं रखते। अद्वैत बुद्धि से ही मुझे पाया जा सकता है। प्रजापते! मेरे जाने के बाद तुम उत्तम बुद्धि से पुनः प्रयत्नपूर्वक अपना यज्ञ पूर्ण कर लेना पर स्मरण रखना बकरा अज है, वह जब तक मे-मे अर्थात् मेरा-मेरा कहता है तब तक वह पशु होता है, जिस दिन तुम्हारा यह भाव मिट जाएगा उस दिन तुझमें श्रेष्ठ देवत्व का आविर्भाव होगा।"

दक्ष को सम्बोधित कर कुछ क्षण शिव शान्त अपलक भाव से यज्ञशाला के यज्ञमंडप की धूम रेखा को देखते रहे। उनका हृदय विचलित होने लगा। देवाधिदेव महादेव के मन में मानवीय लीला का भाव धीरे-धीरे जाग्रत हो रहा था। वे यज्ञमंडप में घुटनों के बल बैठ गए, उन्होंने यज्ञाग्नि के क्षार में ध्यानपूर्वक देखा, वहाँ सती के दग्ध शरीर की स्थूल छाया उन्हें दिखाई दी। सती ने योगाग्नि को प्रदीप्त कर वायुरूप शरीर को अग्नि कुंड में झोंक दिया था, उनका बाह्य शरीर वायु रूप में भस्मीभूत हो गया था पर आन्तरिक संरचना को शिव के दिव्य नेत्र साफ-साफ देख रहे थे। क्रोध-पीड़ा, व्यग्रता और तुरन्त हाहाकार के साथ उनका तीसरा नेत्र भी खुल गया और तीनों नेत्रों से अश्रु-बिन्दु झरने लगे। यही अश्रु-बिन्दु रुद्र के अश्रु जल से उत्पन्न होने के कारण रुद्राक्ष कहलाए। यह रुद्राक्ष ईश्वर के मनुष्य बनने की लीला का विलास था। तीसरे नेत्र के अश्रु बिन्दु ही एकमुखी रुद्राक्ष कहलाए जो महिमामय होने के साथ-साथ साक्षात् शिव स्वरूप के साक्षी होते हैं।

शिव को अपनी आत्मा की अनुभूति हो रही थी। वे यज्ञ की राख में सती के शेष शरीर को ढूँढ़ने-टटोलने लगे। दक्ष के विनष्ट यज्ञ की अग्नि के अंगारे अब बुझ चले थे, केवल कुछ धूम रेखाएँ उठ रही थीं। भगवती सती का माया शरीर जो वायु रूप था, वह भस्म हो चुका था, केवल उस बिखरी हुई विभूति की राशि में शरीर के दिव्य स्वरूप का आकार प्रतिभासित हो रहा था।

शिव ने यज्ञ की राख को छुआ, उन्हें लगा कि यह राख नहीं, सती के शरीर का ऊष्म स्पर्श है। इस स्पर्श ने उनके तन-मन में सात्त्विकता का संचार कर दिया।

उनकी विकलता इतनी बढ़ गई कि उन्होंने उस यज्ञ के चिता-भस्म को अपने शरीर में लपेट लिया, उसे चूमा, सहलाया, सिर आँखों पर रखा। बड़े प्रेम से शिव दोनों हाथों से मुट्ठी भर-भर के चिता-भस्म को उठाने लगे, अपने सम्पूर्ण शरीर पर वह उस भस्म को बार-बार मलने लगे। अपनी अथाह पीड़ा में यह चिता-भस्म उस समय एक दिव्यौषधि और पीड़ा हरने वाले लेप की तरह उन्हें सुख और शान्ति दे रहा था। उस चिता-भस्म के लेप के भीतर से झाँकती उनकी रक्तिम आँखें समूची पृथ्वी को जैसे लील जाना चाहती थीं। उत्तेजना में वे कंपित और शिथिल गात्र हो रहे थे। उनका बावलापन बढ़ रहा था। उन्होंने अपने विशाल बाहुओं को यज्ञ-कुंड के अन्तिम छोर तक भूमि भाग तक फैला दिया और अपनी दृढ़ भुजाओं में महामाया चित् स्वरूपिणी सती के पार्थिव शरीर को भुजाओं में कसकर पकड़ लिया और सती के शरीर के सारे शेषांश को समेटकर अपने वाम स्कंध पर धारण कर लिया। सती का स्थूल शरीर और झरते चिता-भस्म से शिव का स्वरूप ही बदल गया था। उनकी आँखें जल रही थीं। उनके साथ-साथ अंगार और अश्रुजल का अद्भुत मिश्रण हो रहा था। उनके कन्धे पर सती के पार्थिव शरीर का भाग एक नारी-आकृति के रूप में पड़ा था। परमात्मा शिव को इस पार्थिव रूप में इतनी अनुरक्ति, इतनी प्रगाढ़ अनुरक्ति हो गई कि वे स्वयं भी अपने को पार्थिव रूप में मानने लगे। शिव एक पार्थिव लिंग ब्रह्म की तरह कन्धे पर सती का पार्थिव शरीर उठाए किसी विक्षिप्त योगी की तरह चल पड़े। उन्हें बाहर की कोई सुध नहीं थी। पृथ्वी की किसी भी हलचल से परे, आकाश और अन्तरिक्ष के गतिमान चक्रों से अलग वे स्वयं एक दिव्य नक्षत्र की तरह पृथ्वी-आकाश को नापते-लाँघते चल पड़े। उनका रोम-रोम सुलग रहा था। शरीर में प्राण-वायु एक नाद ब्रह्म की तरह गूँज रही थी। रह गया था केवल एक प्रणव नाद। प्रणय और प्रणव आज दोनों जैसे साकार हो गए थे।

13

शिव की क्रोधाग्नि मुद्रा एक पीड़ादायी रूप में प्रकट हो रही थी। उनका शरीर ही नहीं मन भी आन्तरिक ज्वाला में जल रहा था। प्राणप्रिया सती का शव कन्धे पर लादे विराट् ब्रह्म भटक रहा है, यह भाव समस्त सृष्टि में व्याप्त हो गया। चर-अचर सभी व्याकुल हो उठे। वह क्षोभ पृथ्वी से पाताल तक, नदियों से समुद्र तक, आकाश से अन्तरिक्ष तक चर-अचर सभी प्राणियों को जैसे निर्जीव कर रहा था। वृक्षों के पत्र शुष्क हो गए, फल पृथ्वी पर आ गिरे, पर्वत चरमराकर धराशायी होने लगे, सर्वत्र एक विप्लव और अराजक स्थिति उत्पन्न हो गई। कौन

शान्त करे, इस ज्वलित वह्नि को? परमप्रिय के विछोह से उत्पन्न हृदय-ताप को? ब्रह्मा, विष्णु, इन्द्र, देवर्षि नारद सभी व्याकुल हो उठे। वरुण को प्रतीत हुआ, उसका समुद्र जल सूख क्यों रहा है? वह तो शिव के नयनों का खारा जल बन गया है, अग्नि को भान हुआ वह तापरहित हो गया है, उसका ताप शिव का तापतप्त हृदय बनकर विश्व को झुलसा रहा है, वायु को लगा वह बह नहीं रहा, वह तो शिव की नासिका का उच्छ्वास बनकर निकल रहा है। क्या होगा पृथ्वी का?

सृष्टिकर्ता ब्रह्मा और सृष्टिपालक विष्णु दोनों को अपनी भूल का ज्ञान हो रहा था। यह भूल इसलिए थी कि इन दैवीय महाशक्तियों ने अपने को एक-दूसरे से भिन्न मानने का भ्रम पाला था। आज उन्हें अनुभव हुआ कि एकत्व ही देवत्व है। परम आत्मतत्त्व ही परमात्म-तत्त्व है। केवल देवत्व भी अधूरा है और केवल मनुष्य भी दुर्बल और अशक्त है। मनुष्यत्व में ही देवत्व पलता है। इसी तरह परमात्म-तत्त्व की ये त्रिधा शक्तियाँ जब एकमेक होकर मिलती हैं तो सृष्टि का कार्य सुचारु रूप से चलता है। अत: केवल निर्माण नहीं, केवल पोषण नहीं, केवल संहार नहीं, अलग-अलग होकर ये शक्तियाँ निर्मूल होती हैं पर जब सही समय पर सही ढंग से मिलती हैं तो वे निर्गुण से साकार सृष्टि के रूप में परिणत हो जाती हैं।

सती के चिन्मय शरीर को दक्ष प्रजापति की यज्ञाग्नि में जलते देख शिव ने उसे उठाकर अपने कन्धे पर रख लिया। हा सति! हा प्रिये! कहते हुए उनकी आँखों से निरन्तर अश्रु वर्षण हो रहा था। सती का दग्ध माया शरीर मोह बनकर शिव के काँधे और हृदय पर अवस्थित था। शिव की वेगवान गति से पर्वत धँस रहे थे, उनके शिखर टूट गए थे, नदियों के जल में अवरोध आ गया था, उसमें शिव और शिवप्रिया सती की छाया से जलचर जीव भस्म हो रहे थे। मृत्यु के आघात से जीवन का हर क्षेत्र प्रभावित हो रहा था। सभी देवलोक जड़ीभूत थे, कौन रोके शिव को, कौन मनाए, कौन समझाए? मृत्यु की दारुण स्थिति के बाद जो बचता है क्या वह सँजोकर रखा जा सकता है? जो चलायमान है, वही संसार में टिक सकता है। गति कर सकता है। मृत्यु की निस्पंद स्थिरता का कोई अर्थ नहीं रह जाता। फिर भी सती का शेष शरीर शिव के शरीर पर झूल रहा था।

शिव को सहसा स्मरण हो आया—विवाह के बाद सती ने जब कैलास की भूमि पर महावर से रंजित रक्तिम चरण रखे तो वह शोभा नवोदित सूर्य की लालिमा को लज्जित कर रही थी, सती की मन्द स्मिति से सम्पूर्ण वातावरण मुकुलित हो रहा था। शिव को स्मरण आया वह प्रथम दिन जब मुक्त आकाश के नीचे वृक्षावलियों की छाया में बैठकर उन्होंने अपने हाथों से चुने पुष्पों से सती का शृंगार किया था, उनके हृदय में गन्ध पुलकित हार डाला, कमल पुष्पों के पराग को अंगराग की तरह सजाया, कभी प्रेम विह्वल हो सती के कानों के आभूषण कुंडल को धीरे हिलाया, कभी उतारा, कभी पहनाया। कभी गीत और वाद्य से तो कभी मधुर नृत्य से उन्हें

आकर्षित किया। प्रिय और प्रिया का यह परस्पर प्रेम दिनानुदिन बढ़ता रहा। सती के चंचल सुकुमार चरण कैलास पर्वत के चतुर्दिक् फैले वन प्रदेश की ओर दौड़ पड़ते, कभी वे हरिणों के साथ दौड़ लगातीं, कभी हरिणियाँ उन्हें देखकर रुक जातीं कि मेरे समान नेत्रों वाली यह अपूर्व लावण्यवती कौन है? मयूर उनके कंगन की ताल पर नाचते, वन-वृक्षों के पत्ते फूलों के साथ उन पर झरते तो हरित, रक्त, पीत और नील वर्णों की कांति से सती का मुख दमक उठता। शिव सती के पीछे भागते, पर वे जैसे पवन-दोल पर उड़ जातीं। वन प्रदेश में जैसे सूर्य किरणें लुकाछिपी का खेल खेलती हैं, वैसे ही सती कभी छिपतीं, कभी प्रकट हो जातीं, ऐसा लगता जैसे वन-वृक्षों की लताएँ उनकी सखियों की तरह उनसे क्रीड़ा कर रही थीं, उनके मध्य सती किसी तपस्विनी वनदेवी की तरह शोभाशाली प्रतीत होती थीं। शिव को जैसे-जैसे इसका स्मरण आता, वे दु:ख से व्यथित होकर चीत्कार कर उठते। पृथ्वी इस महानाद की अनुगूँज से थरथरा रही थी।

ब्रह्मा और विष्णु के सामने यही प्रश्न था कि शिव को उनके वास्तविक स्वरूप का कैसे दिग्दर्शन कराया जाए? अपनी ही माया में व्यक्ति कितना विवश होता है, इसके उदाहरण इस समय शिव प्रतीत हो रहे थे। हंसवाहन ब्रह्मा और गरुड़वाहन विष्णु शिव के पीछे-पीछे चल पड़े। विष्णु ने अपने चक्र का स्मरण किया और शिव के कन्धे पर पड़ी मोहरूपा सती के दिव्य शरीर के अंगों को अवसर पाकर काटते गए। कई-कई खंडों में सती के शरीर के भाग भारत-भूमि में जहाँ-जहाँ गिरे वहाँ दिव्य शक्ति पीठ बनते चले गए। इस सम्पूर्ण शक्ति को शिव ही सँभाल सकते थे।

शिव की असहायता और पीड़ा साफ झलक रही थी। मृत्युंजय शिव को पहली बार मृत्यु की पीड़ा का अनुभव हो रहा था। क्या यही है रोदन-रस जिसके लिए मनुष्य-जीवन प्रसिद्ध है? क्या दु:ख ही मनुष्य की पूँजी है। शिव ने सोचा यह मानुषी लीला रुलाने वाली लीला है। वे तीव्र गति से आकाश से अन्तरिक्ष तक, अन्तरिक्ष से पृथ्वी तक अपनी प्रिया सती के खंड-खंड होते दग्ध माया शरीर को काँधे पर डाले बड़े वेग से चल रहे थे।

ब्रह्मा और विष्णु दोनों शिव के पीछे-पीछे चल रहे थे। इस महादेवता का मोहभंग कैसे हो? यह एक विकट प्रश्न था। ब्रह्मा ने कहा—

"विष्णु! हम दोनों इस शिवलीला का अनुसरण तो कर रहे हैं पर आपको बड़ी सावधानी से सती के शरीर के अलग-अलग भागों को धीरे-धीरे काटते जाना है, क्योंकि जब तक यह माया का बन्धन नहीं खुलेगा, तब तक पशुपति स्वयं ही अपने पाश में बँधे रहेंगे।"

"पितामह आप सत्य कह रहे हैं—जहाँ-जहाँ सती का पवित्र अंग पृथ्वी पर गिर रहे हैं भारतवर्ष का वह क्षेत्र अत्यंत पावन सिद्ध होने वाला है। कश्मीर में सती का कंठ देश, ज्वालामुखी में महाजिह्वा, जलंधर में स्तन, बैद्यनाथ में हृदय,

त्रिपुरा में दाहिना पाँव, रामगिरि में योनिदेश, प्रयाग में हाथ ही अँगुलि, वाराणसी में कर्णकुंडल और मुख, कुरुक्षेत्र में गुल्फ, कांची में अस्थि, वृंदावन में केशपाश, अभी तक गिर चुके हैं। जैसे-जैसे शरीर के अन्य भाग पृथ्वी पर गिरेंगे वहाँ भविष्य में शक्तिपीठों की स्थापना होगी।"

"भगवती सती का पुण्य शरीर पृथ्वीवासियों के लिए निश्चय ही उपासना का क्षेत्र बनेगा—मुझे स्पष्ट दीख रहा है कि भारतवर्ष के पवित्र क्षेत्र में कहीं 51, कहीं 52 और कहीं 108 शक्तिपीठ महान तीर्थ के रूप में पूजित होंगे। सती का यह देहदान स्त्रीशक्ति की मर्यादा और उसके स्वाभिमान का प्रतीक होगा। सती का नाम ही स्त्री जाति के सतीत्व का वाचक होगा। शिव की यह सती हर स्त्री में निवास करेगी। उसका यह महातेज कभी कम न होगा। जैसे अपने पिता दक्ष के अहंकार का उत्तर सती ने अपने स्वाभिमान से दिया, वे अपने पति की निन्दा न सह सकीं और उन्होंने स्वयं को भस्म कर दिया।"

"आप ठीक कह रहे हैं विष्णु, जीवन का कोई भी कर्म यज्ञ है और उस यज्ञ की वेदी में जलने वाली स्त्री का नाम ही स्त्री है, वही स्वाहा है, वही स्वधा है, वही वषट्कार है, वही ओम्कार का गूँजता हुआ नाद है। उसके बिना जीवन का कोई भी यज्ञ, कोई भी कर्म सफल नहीं होता।"

14

जैसे बहता हुआ जल विविध आकारों को धारण करने के कारण कभी बिन्दु तो कभी सिन्धु कहलाता है, वैसे ही समस्त देवशक्तियों के मेल से महाशक्ति परा, परात्परा, परमेश्वरी, दक्षकन्या, सती या पर्वतराज हिमालय और मैना की कन्या पार्वती कही गई हैं— जिन्हें हैमवती भी कहा गया है। यही शिव शक्ति हैं और शिव हैं शक्तिमान। पार्वती विश्वेश्वरी और भोग्या हैं, नील लोहित शिव भोक्ता हैं। समस्त देवताओं ने देवकार्य के लिए महाशक्ति से पुनः अवतार लेने की प्रार्थना की। शिव जब सती के वियोग में विलाप करते हुए अक्षयवट के नीचे मूर्च्छित हो गए तो सभी देवताओं ने वहाँ पहुँचकर उन्हें सांत्वना दी। विष्णु के परामर्श पर शिव ने प्रकृति की स्तुति थी। प्रकृति ने प्रकट होकर उत्तर दिया—

"हे शिव! आप मेरे प्राणों से ही प्रिय हैं। आप ही मेरे स्वामी, आप ही पुरुष हैं। मैं हिमालय की पत्नी के गर्भ से जन्म लेकर आपकी पत्नी बनूँगी। आपका हृदय शान्त होगा।"

हिमालय और मेना दोनों ने मुक्ति की प्राप्ति के लिए कठोर तप किया। देवी से आशीर्वाद पाकर मेना ने उन्हें जगद्धात्री नित्य रूप महामाया महानन्दा, प्रज्ञा,

महेश्वरी, शर्वाणी, सत्यपरा आदि अनेक नामों से स्तुति की। जन्म के समय पार्वती तरुण आदित्य की तरह दीपित हो रही थीं। उनके अलौकिक रूप और प्रभामंडल से हिमालय भाव-विह्वल हो उठे। उन्होंने हाथ जोड़कर प्रार्थना की—

"महादेवी! आप अपना वास्तविक परिचय दें, आपका स्वरूप जटाजूट मंडित शिर चतुर्मुखी रूप, त्रिनयन कांति, आठ हाथ, विशाल नेत्र, चन्द्रमा-सा सौन्दर्य और नाना आभूषणों की सज्जा के कारण रहस्यमय है।"

देवी ने कहा—

"मुझे महेश्वर पर आश्रित परमशक्ति समझो। मैं अव्यय, अनंत, सर्व मंगला हूँ।"

उन्होंने हिमालय को दिव्य दृष्टि देकर अपना दिव्य रूप दिखाया। हिमालय ने उस रूप को देखा। वे एक साथ चकित, विस्मय विमुग्ध, भयभीत और आनन्दित हो गए। आनन्द के इस महत् क्षण का अनुभव करते हुए उनकी और मेना की आँखों में अश्रु भर आए।

पार्वती जैसे-जैसे बड़ी होती गईं उनमें बाल्य-क्रीड़ाओं के साथ-साथ तपस्वी संस्कारों का उदय धीरे-धीरे होने लगा। पार्वती को अपने वास्तविक स्वरूप का ज्ञान था, पर वे अपनी सहेलियों के साथ मधुर, मानवीय क्रियाएँ करतीं, कन्दुक क्रीड़ा करतीं, पर्वत के हिमखंडों में आभूषणों को छिपाकर उन्हें खोजने का खेल रचतीं। उन्हें नृत्य और संगीत से बहुत लगाव था। नदियों की लहर की तरह उनकी बाहु-लताएँ झूलती रहतीं। कभी-कभी उनका एक हाथ ऊपर उठ जाता और बहुत देर तक उठा रहता, इसका रहस्य जब उनके पिता हिमालय ने नारद से जानना चाहा तो नारद ने बताया कि पार्वती तो महाशक्ति का अवतार हैं और संसार के प्राणियों को अभयदान देने और उनके कल्याण के लिए उनका हाथ ऊपर उठता रहता है। यह उनके हाथ की वरदायिनी मुद्रा है।

पर्वतराज हिमालय की पुत्री पार्वती की सुकुमार देहयष्टि में सौन्दर्य का प्रवेश हो चला था। उनकी अंग-कांति में दिव्यता की चमक थी, दृष्टि में दृढ़ता थी। ऐसा प्रतीत हो रहा था मानो सृष्टि का सारा सौन्दर्य एकीभूत हो गया हो। हिमालय के आँगन में वे पली-बढ़ी थीं। हिमालय पृथ्वी के मानदंड की तरह सुशोभित था। हिमालय की चोटियों की ऊँचाई तक मेघ पहुँच नहीं पाते थे। वे हिम चट्टानों की ग्रीवा पर झालरों की तरह झूलते रहते थे। आकाशचारी सिद्ध जब वर्षा के वेग से कभी विकल होते तो उन ऊँची चोटियों की शरण लेते जहाँ उस समय धूप खिली रहती थी।

हिमवान और उनकी पत्नी मेना के गर्भ में जब से पार्वती आईं तब से मंगल शकुन होने लग गए थे। जैसे नई मेघ मंडली के गर्जन से विदुर पर्वत के रत्नों में अंकुर फूट जाते हैं और उनके प्रकाश से पर्वतभूमि जगमगा उठती है वैसे ही तेजोमंडल से दीप्त मुख वाली कन्या पार्वती को अंक में लेकर मेना का हृदय आनन्द से भर उठा था। जैसे भ्रमर पंक्तियाँ वसन्त के कुसुमित उद्यानों को छोड़कर आम्र मंजरियों

पर मँडराती रहती हैं वैसे ही पर्वतराज की आँखें मैनाक आदि अनेक सन्तानों के होते हुए भी पार्वती पर ही जा टिकती थीं। जैसे व्याकरण से शुद्ध वाणी को पाकर विद्वान् पवित्र और सुन्दर लगते हैं वैसे ही पार्वती को पाकर हिमवान भी धन्य-धन्य हो रहे थे। पार्वती युवा हो रही थीं। यौवन शरीर की लता का सहज शृंगार है, वह कामदेव का बिना फूलों वाला बाण है। पार्वती के सौन्दर्य की लालिमा से विद्ध चरण चलते समय पग-पग पर जैसे स्थल कमल उगाते चलते थे। उनकी किंकिणी के क्वणन से राजहंस अपनी ताल मिलाते रहते थे। पार्वती का शारीरिक सौन्दर्य क्रमशः उन्नत और सघन हो रहा था। उनके रक्तिम अधरों की मुस्कान ऐसी प्रतीत होती थी मानो स्वच्छ मूँगे के बीच मोती जड़ा हो, उनकी चितवन आँधी में कंपित नील कमलों के समान चंचल थी, उनकी सुन्दर भौंहों की कमान के आगे कामदेव अपने धनुष का अभिमान भूल बैठे थे।

देवर्षि नारद ने हिमवान के समक्ष भविष्यवाणी कर दी थी कि यह कन्या पार्वती भगवान् शिव की अर्द्धांगिनी बनेगी, तभी से पार्वती के किशोरवय से ही पर्वतराज ने पार्वती को तपस्यारत शिव की सेवा में नियुक्त करने का मन बना लिया। पार्वती प्रतिदिन पूजा के लिए फूल चुनतीं, वेदी सँवारतीं, जल-कुश की व्यवस्था करतीं। शिव के मस्तक पर विराजित चन्द्रदेव की शीतल किरणें उनके श्रम का परिहार करती रहती थीं।

पार्वती शिव के समीप थीं। शिव समाधि में होते। बन्द होने पर भी उनके त्रिनेत्रों में अद्भुत सम्मोहन था, एक प्रकाशमय लोक वहाँ अवस्थित था। वे कभी-कभी गंगा के जल बिन्दुओं से उनके चरण पखार लेतीं, शिरोधार्य करतीं। उन्हें प्रतीत होता था शिव मुक्त होकर भी उनमें आबद्ध हैं। सूर्य की भाँति दमकती शिव के बाहुओं और वक्षःस्थल की रोमराजि के मानसिक स्पर्श से उनमें कौतूहल और प्रणय-भाव का अनुभव होता। शिव के गले और बाहुओं में लिपटे सर्प उन्हें देखकर सिर झुका लेते, मानो वे उन्हें पहचान रहे हों, शिव का नन्दी हुंकार भरता उस तपोमय वातावरण में एक सम्मिलित रस की सृष्टि कर रहा था। उसमें तपस्या थी, प्रदाहक तेज की अग्नि थी तो कोमलता, सुन्दरता और स्नेह की रसानुभूति भी थी। पार्वती को शिव विलक्षणताओं के विग्रह की तरह दिखाई देते थे।

पार्वती को वह दिन भी स्मरण था जब वे महाशक्ति रूपा उमा के रूप में आसनस्थ थीं तो सभी देवता प्रणाम की मुद्रा में वहाँ पहुँचकर प्रार्थना कर रहे थे। सबने एक स्वर से उन्हें श्रीशक्ति, पुष्टिरूपा, महत् अव्यक्त रूपिणी और कल्याणरूपिणी के रूप में सम्बोधित किया था। उनकी प्रार्थना में आर्तता का भाव था। सबने उन्हें श्रद्धा, धृति और श्री के रूप में पहचाना, जगत्-प्रपंच को पहचानने वाली शक्ति के रूप में देखा, गायत्री वेदमाता सावित्री और सरस्वती कहा। पार्वती को यह सब स्मरण आ रहा था। हाँ, वे निद्रा, क्षुधा, तृप्ति, तृष्णा, कांति, तुष्टि, पुष्टि रूप में

आनन्ददायिनी महाशक्ति हैं। हाँ, वे शान्ति, धात्री और जगत् की प्राणपोषिणी शाकंभरी हैं, पंचभूतों की तत्त्वस्वरूपा हैं।

पार्वती को विस्मय हो रहा था कि वे और महाशिव जब अभिन्न हैं, वे ही क्रियारूपिणी महाशक्ति हैं, जिनसे शिव परिचालित होते हैं, उनके बिना तो शिव शव हैं, वे ही इकार रूपा महाशक्ति हैं—फिर मेरे प्रभु मुझे क्यों नहीं पहचान पा रहे? क्या मेरी तपश्चर्या में कोई कमी है? क्या मेरा सौन्दर्य उन्हें रिझा नहीं पा रहा? जन्म-जन्मान्तर के इस पवित्र सम्बन्ध को क्या महाशिव भूल गए हैं? या उनकी महान तपश्चर्या ने उन्हें इतना आत्मलीन कर दिया है कि बाह्य विश्व की उन्हें कोई प्रतीति नहीं होती? जैसे पृथ्वी की गहराई में जल हो पर वह दृश्यमान नहीं होता, वैसे ही मेरे प्रभु क्या शरीर धर्म से इतने ऊपर काम रहित, विकार रहित किसी दिव्य स्वरूप में स्थिर हो गए हैं? क्या दिव्यता भी एक प्रकार की जड़ता है, जो बाह्य व्यवहार पर अंकुश लगा देती है?

पार्वती ने अपने अन्तर्मन के उठते प्रश्नों को स्वयं शान्त किया, उन्हें इस बात का सन्तोष था कि वे अपने आराध्य के समीप हैं, बिलकुल समीप जहाँ सालोक्य, सामीप्य, सायुज्य आदि भावों का अनुभव तो उन्हें सदैव हो सकता है।

15

पार्वती को पूर्व जीवन का वृत्तान्त स्मरण था पर उनके प्रभु का चित्त लोक-लीला का संवरण नहीं कर पाया था। चिता में सती का माया शरीर दग्ध हो गया था। पर शिव के दग्ध हृदय में अभी तक लपटें उठ रही थीं। वे विरक्त, वीतराग, कामनाहीन योगी की तरह कभी भटकते, कभी समाधिस्थ हो जाते। शिव इतने अन्तर्मुख हो गए थे कि उन्हें बहिर्मुख करना असम्भवप्राय था। पार्वती सोचतीं—"मैं जगदम्बा, उमा हूँ, दुर्गा हूँ फिर सर्वशक्तिमान होकर इस मानवीय लोक-लीला का पात्र बनकर कार्य कर रही हूँ। प्रभु के लीला-संकेत और भ्रू-संचालन से यह समस्त विश्व स्पंदित हो रहा है। मेरे प्रभु निस्पंद हैं, पर इस विश्व में स्पन्दन हो रहा है। बीज क्रमशः पल्लवित होकर वृक्ष बन रहे हैं, जीव शिशु से युवा, युवा से वृद्ध हो रहा है, यह लीला-प्रपंच सचमुच सुखदायी है, तभी तो परमात्मा को भी मानुषी अवतार लेना पड़ता है, रोना पड़ता है। पार्वती ने सोचा—

"मेरे नटराज शिव का अभिनय इतना जीवंत है कि जब मैं पहाड़ों, गिरि-कंदराओं और सघन वनों में उन्हें रुदन करते देखती हूँ तो मुझे भी रोना आ जाता है। मैं भूल जाती हूँ कि यह भ्रू-विलास है, लीला नर्तन है। पर अभिनय जब सजीव हो तो चित्त अवश होकर हाथ से सरक जाता है। यह मानवी लीला, यह

मानुष लोक अपनी क्षणभंगुरता में ही अद्भुत सुखदायक है। सौ वर्षों की मानुषी आयु में सारे सुख-दुःख, सारे प्रपंच इतनी तीव्रता से घटना-चक्र बनकर घटते हैं मानो विष्णु का चक्र ही गतिमान हो गया हो। ब्रह्माजी के देववर्ष के दीर्घकाल में यह सुख नहीं पाया जा सकता जो इस अल्पकाल में यह जगत् भोग लेता है। इस लोक-लीला-विस्तार के लिए मेरा पार्वती के रूप में यह अवतार अवश्य ही रोचक होगा। जो अघटित सत्य है वह मुझे दृष्टिगत हो रहा है पर उसे जानकर भी अज्ञानी होने का सुख ही मानवीय बन सकता है। मेरे अधीन यह समस्त ब्रह्मांड श्वास ले रहा है। पर मैं नियति के अधीन होने का सुख बटोरने के लिए अब कृतसंकल्प हो गई हूँ।"

भगवती उमा के रूप में पार्वती को प्रतीत हुआ कि ईश्वरीय सत्ता को भुलाकर ही मानवीय जीवन का सुख प्राप्त किया जा सकता है। पर लोक जीवन में तो दुःख ही दुःख, चिन्ता ही चिन्ता, मृत्यु का दंश, माया-मोह, क्रोध, लोभ, काम, असूया आदि षट्रिपुओं का बोलबाला है फिर भी यह रुचिकर क्यों है? इसमें आत्म-स्वरूप का विस्मरण हो जाता है, मनुष्य मायातीत नहीं हो पाता, भाग्य के हाथ का खेल-खिलौना बन जाता है। स्ववश होना और आत्मगुण बनाए रखना देवत्व है पर मानव-जीवन की लोकयात्रा में इसका विस्मरण हो जाता है, मर्त्यलोक का आधार है भ्रम, विकार, दुःख, विरोध और कामनाओं की धू-धू कर जलती अग्नि में विनष्ट होता लघु मानव-जीवन! पर उसका वैशिष्ट्य है क्षणभंगुरता। जो भी है क्षणिक है, जैसे विद्युत के चमकने पर संसार एक क्षण के लिए भासित हो जाता है, कुछ दीखता और कुछ नहीं दीखता, इसी दृश्यमान और अदृश्य अनुभव के बीच मानव-जीवन गतिशील तथा द्वन्द्वमय बना रहता है। इसलिए मुझे भी स्मृति को विस्मृति के रूप में बदलते रहना है और आवश्यकता पड़ने पर सृष्टि की संरक्षा भी करनी है।

नगाधिराज अपनी पुत्री पार्वती को लेकर तपस्यारत शिव की सेवा में उपस्थित हुए। पार्वती काली नाम से भी जानी जाती थीं। उनके रंग में श्यामलता थी पर उसमें अद्भुत कांति थी। जैसे चमकता हुआ नीलम अपनी प्रभा से सहज ही आकृष्ट कर लेता है, वैसे ही काली स्वभाव से कोमल, भाव से शुद्ध और आत्मा से अत्यंत पवित्र थीं। आगे चलकर इन्हीं काली ने अपने स्वरूप को दिव्य गौर बनाने के लिए अपने प्रिय शिव के कर्पूर गौर धवल रूप के समान होने के लिए घोर तप कर अपने शरीर के श्यामल आवरण को उतार दिया था, तब से वे गौरी कहलाईं, उनकी तपःस्थली 'गौरी शंकर पर्वत' के रूप में विख्यात हुई।

शिव ने अपनी सेवा के लिए समुपस्थित पार्वती को देखा। उनकी नीलकमल की पत्रक कांति, शंखग्रीवा, सुन्दर कर्णयुगल और सौन्दर्य के भार से नत पार्वती सौन्दर्य का जीवित प्रतिमान थी। महायोगी शिव ने अपने नेत्र बन्द कर लिए और तीनों गुणों से परे अविनाशी रूप का ध्यान करने लगे।

हिमवान शिव के समक्ष धन्यता का अनुभव कर रहे थे। हे महादेव! मैं प्रतिदिन अपनी पुत्री के साथ आया करूँगा। मुझे आज्ञा प्रदान करें। किन्तु शिव ने उन्हें अकेले आने की आज्ञा दी—

"आपकी कन्या सुन्दर चन्द्रमुखी तन्वी है। तपस्वियों के लिए यह विघ्न स्वरूपा हो सकती है। मैं माया से अलिप्त हूँ। आप स्वयं विज्ञ हैं। मेरा वैराग्य बना रहे, मेरी तपस्या निर्विघ्न हो इसके लिए विषय की मूल रूपा स्त्री से दूरी रखने में ही योगियों का कल्याण है।"

तपस्वी शिव की बातें पार्वती ध्यान से सुन रही थीं। उन्होंने कहा—

"हे योगिन्! आपने मेरे पिता से ऐसा क्यों कह दिया? आपके तप: कर्म की शक्ति ही प्रकृति कहलाती है। जिससे सृष्टि पालन और संहार का कार्य सम्पन्न होता है। आप कौन हैं और सूक्ष्म प्रकृति क्या है, इसका विचार करें। प्रकृति के बिना लिंग रूपी महेश्वर कैसे रह सकते हैं?"

शिव ने उत्तर दिया—

"देवि! मैं प्रकृति से विलग होकर ही शंभु रूप में स्थित हूँ। जो सत् पुरुष होते हैं, वे प्रकृति का संचय नहीं करते, वे लोकाचार से दूर ही रहते हैं।" भगवती बोलीं—

"हे प्रभो! आप तो कह रहे हैं वह भी प्रकृति है, आप उससे विलग नहीं रह सकते। आप जो कहेंगे या करेंगे वह सब प्रकृति का ही विषय होगा। आपका श्रवण, भोजन, दर्शन और कर्म सब प्रकृति के ही कार्य हैं। यदि आप स्वयं को जानते हैं तो आपको तप करने की आवश्यकता ही क्या है? प्रकृष्ट कृति ही प्रकृति है। प्र, कृ, और ति ये तीन अक्षर सत्व, रज, तम के तीन गुणों के वाचक हैं। दुर्ज्ञेया होने के कारण ही दुर्गा प्रकृति को दुर्गा कहा जाता है। प्रकृति ही लक्ष्मी है। यही बुद्धि, विद्या और ज्ञान रूप सरस्वती है। यह वसुंधरा भी प्रकृति का साक्षात् स्वरूप है। प्रकृति के बिना तो सारा जगत् निराधार है। यह समस्त सृष्टि में स्त्रीरूपा शक्ति के रूप में विद्यमान है। अग्नि के साथ वह स्वाहा के रूप में परिव्याप्त है, पितरों के साथ स्वधा के रूप में, वायुदेव के साथ स्वस्ति रूप में, श्रीगणेश के साथ पुष्टि रूप में, यज्ञ के साथ क्षमा रूप में, कामदेव के साथ रति रूप में, सत्य के साथ सती के रूप में, पुण्य के साथ प्रतिष्ठा रूप में, उद्योग के साथ क्रिया रूप में और अधर्म के साथ मिथ्या रूप में ये सब प्रकृति की कलाएँ दिखाई देती हैं। प्रकृति और पुरुष का तादात्म्य सर्वत्र दृष्टिगत होता है, बल्कि प्रकृति पुरुष सत्ता पर प्रबल दीखती है। सत्य तो यही है कि जगज्जननी प्रकृति है और जगत् का पिता पुरुष है। माया, प्रकृति और शक्ति में सब पर्यायवाची होते हैं।

इसलिए हे योगीश्वर! मैं वह प्रकृति हूँ और आप पुरुष हैं। यह सत्य, सर्वथा सत्य है। मेरे बिना आप निरीह हैं। मेरे अनुग्रह से आप सगुण साकार होते हैं। आप जितेन्द्रिय होकर भी प्रकृति के अधीन होकर विविध कर्म करते हैं तब आप निर्विकार

कैसे हो सकते हैं और मुझमें लिप्त कैसे नहीं हैं? यदि आप प्रकृति से परे ही हैं तो मुझसे भय कैसा?"

शिव ने प्रसन्न होकर कहा—

"सुमुखि! आपकी प्रगल्भता और तर्क ने मुझे प्रभावित किया है। आप मेरी सेवा करती रहें, मुझे अब कोई आपत्ति नहीं।" तब काली रूपा पार्वती प्रतिदिन शिव का दर्शन करने लगीं। अपने पिता के बिना भी वे अपनी दो सखियों जया और विजया के साथ भक्ति-भाव से सेवा में तत्पर हो गईं। शिव भी सच्चे योगी थे। नवयौवना सुन्दर पार्वती के सामीप्य के बाद भी उनका मन निर्विकार और अविचलित रहा।

16

त्रिलोक को भयाक्रांत करता हुआ तारकासुर नामक दुष्ट असुर धूमकेतु की तरह उदित हुआ था। उसने देवताओं को पराजित कर उनकी शक्तियाँ छीन लीं। इन्द्रासन, उच्चैःश्रवा और ऐरावत पर अधिकार कर लिया। निस्तेज देवगण ब्रह्मा के पास पहुँचे। वे कुंठित, हतप्रभ और किंकर्तव्यविमूढ़ लग रहे थे। ब्रह्मा को प्रतीति हो गई कि कुछ विशेष है जिससे इन्द्र का वज्र कुंठित, कुबेर की गदाविहीन बाँह ठूँठ की तरह और बारहों आदित्य तेजहीन होकर चित्रलिखित से दिखाई पड़ रहे थे।

ब्रह्मा ने पूछा—

"देवताओ! बताएँ क्या कहने आए हैं? मैं तो सृष्टि का रचयिता हूँ, रक्षक तो आप ही हैं।"

इन्द्र ने कहा—

"आप घट-घट में व्याप्त हैं। कुछ भी आपसे छिपा नहीं है! प्रभो! आपके वरदान से उत्तेजित अभिमानी तारक नामक असुर संसार के नाश के लिए तत्पर हो उठा है। सूर्य, चन्द्र सभी उससे भयभीत हैं, सूर्य का प्रचंड ताप भय के कारण उसके नगर में शीतल हो जाता है, चन्द्रमा शिव के मस्तक पर विराजती अपनी एक कला को छोड़कर अन्य सभी कलाओं से वहाँ चमकने पर बाध्य है, वायु की गति मंथर हो गई है कि कहीं तारकासुर के उद्यान के पुष्प नहीं झर जाएँ। उसने प्रवहमान मन्दाकिनी के स्वर्ण कमल उखाड़कर अपने सरोवरों में सजा लिए हैं और अब मन्दाकिनी का जल केवल दिग्गजों के मद से गँदला होता रहता है। उसने देवताओं का यज्ञ भाग छीन लिया है। उसके बलशाली हाथी पुष्कर और आवर्तक कुल के मेघ दलों से ढूँसा मारने का खेल खेलते हैं।"

ब्रह्मा ने उत्तर दिया—

"आपका दु:ख अवश्य मिटेगा। थोड़े दिनों की प्रतीक्षा शेष है। मैं स्वयं तो अवतार नहीं ले सकता। मैंने तारकासुर को वरदान देकर विष का वृक्ष लगा दिया है। अपने हाथों से लगाए विषवृक्ष को भी काटना कठिन होता है। अगर मैं उसे वरदान नहीं देता तो उसके तपोबल की अग्नि में सृष्टि जल जाती। एक ही मार्ग है। भगवान् शिव समाधि में लीन हैं। शिव की शक्ति को पार्वती ही धारण कर सकती हैं। उन्हीं पार्वती से शंकर जी को पुत्र होगा वही अपने महान पराक्रम से तारकासुर का वध करेगा। आप ऐसा करें कि शिव का समाधि में लीन स्थिर मन चंचल होकर पार्वती के प्रति आकृष्ट हो जाए।" इन्द्र ने यह सुनकर तत्क्षण कामदेव का स्मरण किया और कामदेव अपने सखा वसन्त और पत्नी रति के मोहक भाव के साथ आम्रमंजरियों के पंचबाण कसे सम्मुख उपस्थित हो गया।

कामदेव बोला—

"हे देवेन्द्र! आपने किस कारण मेरा स्मरण किया? ऐसा कौन तपस्वी है, जिसके तप से आपका आसन विचलित हो रहा है? मैं आपका मित्र हूँ। मेरे पास पंच पुष्पबाण हैं, तीन प्रकार वाला मेरा पुष्पमय धनुष है जिसकी प्रत्यंचा भ्रमरों से युक्त है। मैं रंग, सुगन्ध, सौन्दर्य, आकर्षण, आसक्ति और महामोह का पुंज हूँ। मेरी शक्ति है स्त्री का सौन्दर्य, वसन्त मेरा सखा और सुहृद है। चन्द्रमा मेरा मित्र है, शृंगार सेनापति है और हावभाव तथा अपांग चितवन ही मेरे सैनिक हैं। मेरे सभी शस्त्र कोमल हैं पर उनका आघात बड़ा वेधक और मार्मिक है। आपके वज्र जहाँ काम नहीं आएँगे व्रहाँ मेरा बल बड़े-बड़ों को विचलित कर देगा। ब्रह्मा, विष्णु, यहाँ तक कि शिव को भी मैं तपोभ्रष्ट कर सकता हूँ।"

कामदेव के कथन में शिव का नाम आते ही इन्द्र का हृदय उत्फुल्ल हो उठा—

"हे मनोभव! मेरा जो कार्य है वह तुम्हारे ही वश की बात है। यह तो सभी देवताओं के कल्याण का कार्य है। वसन्त तुम्हारा मित्र और सहायक है, उसका नाम मैंने इसलिए नहीं लिया कि पवन को यह नहीं कहा जाता कि जाकर आग की सहायता कर, उसे और भड़का दे। हे मनसिज! तारकासुर के अत्याचार से पृथ्वी कंपित और देवता त्रस्त हैं। उनका विनाश शिव और पार्वती के होने वाले पुत्र के हाथों ही निश्चित है। ब्रह्मा ने यह संकेत किया है कि शिव के प्रज्वलित वीर्य को धारण करने की क्षमता एकमात्र शिवा पार्वती में ही है। मुझे गुप्तचर अप्सराओं से ज्ञात हुआ है कि शिव अभी समाधि में लीन हैं और गिरिराज तनया पार्वती शिव की सेवा में तत्पर हैं। यही अवसर है जब तुम्हारा बाण उपयोगी सिद्ध होगा।"

कामदेव ने उपहार में प्रदत्त माला की तरह देवराज की आज्ञा शिरोधार्य की और वह अपनी प्रिया रति तथा मित्र वसन्त के साथ शिव की तपस्या भंग करने के उद्देश्य से चल पड़ा।

हिमालय का वह प्रदेश जहाँ शिव समाधि में लीन ब्रह्मरूप से विराजमान थे,

उस शून्य प्रदेश में अचानक परिवर्तन होने लग गया। अशोक वृक्ष जो सुन्दरियों के पदाघात से खिल उठता है वह बिना सुन्दरियों के क्वणित रणित पद संचार से ऊपर से नीचे तक पुष्पभार से लहलहा उठा। आम्र मंजरियों के बाण सहसा नुकीले हो गए, पल्लव कुछ पीताभ और कुछ रक्तिम हो गए। पलाश के लाल फूल वनस्थलियों पर वसन्त के नखक्षतो की तरह चमकने लगे। कर्णिकार के फूल सुन्दर थे पर थे सुगन्धहीन। विधाता की चाल ही ऐसी है कि वह किसी भी वस्तु को परिपूर्ण नहीं बनाता, कोई-न-कोई कमी रह जाती है। सब ओर आकर्षण का जादू जग गया। पशु-पक्षी सबके चित्त आन्दोलित होने लगे। वसन्त का प्रभाव शिव के तपःस्थान और औषधि शिखर पर प्रसरित हो गया।

शिव अपने व्याघ्राम्बर पर अविचल आसनस्थ थे। सर्पवल्ली से उनका जटाबंध कसा था, दक्षिण कर्ण पर रुद्राक्ष की माला टिकी थी, मृगछाला से शरीर कसा हुआ था। वे शान्त मेघ, निश्चल सरोवर और निवात निष्कंप दीपशिखा की तरह स्थिर थे।

काम ने एक विकार बनकर सबके चित्त के औत्सुक्य को जगा दिया। जड़ पदार्थों से लेकर चतुर चेतन चित्त वाले प्राणियों का हृदय डोल उठा, वहाँ इच्छाओं का समुद्र हिल्लोलित होने लगा। प्रकृति के सभी कोमल द्रव्य रति भाव को उत्तेजना प्रदान करने लगे, उसी समय पार्वती ने अपनी सखियों के साथ प्रवेश किया। पूजा का थाल रखकर उन्होंने शिव के चरणों में सिर झुकाया। जगदम्बा भगवती की उपस्थिति को सम्मान देने के लिए शिव ने समाधि से जाग्रत होकर देखा। अनिंद्य सौन्दर्य आज अत्यंत सात्त्विक पर प्रभावशाली था। शिव ने आशीष दी कि तुम्हें ऐसा पति मिले जो किसी भी स्त्री को नहीं मिल सका हो। कामदेव को बाण-संधान करने का यही अवसर उपयुक्त लगा। पार्वती ने शिव के गले में मन्दाकिनी के कमलबीजों की माला पहनाई। उसी समय कामदेव ने सम्मोहन बाण अपने धनुष पर चढ़ा लिया। शिव का शान्त हृदय उद्वेलित होने लगा, पार्वती के अंग कदंब की तरह पुलकित थे। शिव ने तत्काल स्वयं को नियंत्रित किया। शिव कारण भी समझ गए।

कामदेव बाण चलाने को पूरी तरह तत्पर दिखा, उसे देखते ही शिव का तीसरा नेत्र अचानक खुला, और अग्नि की भीषण ज्वाला ने कामदेव को पलभर में जलाकर राख कर दिया। शिव के तीसरे नेत्र की ज्वाला धू-धू करती अग्नि की तरह बरसी, वह प्रलयाग्नि प्रतीत हो रही थी, वह घूर्णित अग्निज्वाल सीधा कामदेव को भस्मीभूत कर रहा था। कामदेव की पत्नी रति इस विपत्ति से हतचेत और मूर्च्छित हो गई। वह ऐसे गिरी जैसे किसी वृक्ष पर बिजली टूटकर गिर गई हो।

महादेव शिव अपने चित्त के चापल्य का अनुभव कर दुखी और विस्मित हो गए। उन्होंने अपना संयम बनाए रखा। कामदेव की पत्नी रति के विलाप ने पृथ्वी से स्वर्ग तक हलचल मचा दी। साध्वी रति के दुःख को दूर करने की चेष्टा देवगण करने लग गए। सबकी प्रार्थना के बाद शिव बोले—

"देवताओ! मेरे क्रोध का परिणाम तो बदल नहीं सकता पर रति का कामदेव अनंग रूप से तब तक रहेगा जब तक कृष्ण का धराधाम पर आविर्भाव नहीं हो जाता। कृष्ण-रुक्मिणी के गर्भ से कामदेव ही प्रद्युम्न के रूप में अवतरित होंगे। तब तक काम सबके हृदय में जीवित और सक्रिय रहेगा।" यह सुनकर ब्रह्मादि सभी देवगण रति को सांत्वना देकर अन्तर्धान हो गए। शिव के तीसरे नेत्र से निकली हुई ज्वाला कामदेव को भस्म करने के बाद भी जगत् में अग्नि के चक्रवात की तरह नाचने लगी जिसे शान्त कर ब्रह्मा ने समुद्र के अधिपति वरुण को सौंप दिया। यह ज्वाला बड़वाग्नि बनकर समुद्र के गर्भ में स्थापित हो गई।

17

प्रेम या काम-भाव जब हमें स्वाधिकार प्रमत्त बना देता है तो उसे देवता के रोष से भस्मसात् होना पड़ता है। अन्ततः यही हुआ। शिव का तीसरा नेत्र-पटल खुला और देखते-देखते पार्वती के समक्ष ही कामदेव भस्मीभूत हो गया। सम्पूर्ण सृष्टि में त्राहि-त्राहि मच गई। क्या चित्त में काम का सहज संचार रुक जाएगा? क्या काम अब विकार ही कहलाएगा? शरीर के सौन्दर्य का भला मूल्य क्या रह जाएगा? जो सौन्दर्य प्रिय को रिझा न सके, अपने अनुकूल नहीं बना सके, वह किस काम का? पार्वती ने अपने रूप की निन्दा की। वे सहसा स्तब्धचित्त हो गईं। उनकी प्रश्नाकुल मनोदशा को कोई उत्तर नहीं मिल रहा था। फिर भी उनकी भागवत चेतना का बल कम नहीं हुआ था। 'जिसे मैं अपने रूप से नहीं रिझा सकी उसे कठोर तप से पाऊँगी', यह निश्चय उनकी मुखाकृति पर स्पष्ट झलक रहा था। उनका तप करने का निश्चय भीतर-भीतर दृढ़ होता जा रहा था। तप क्या है? निश्चय की प्रतीति, उग्र कर्म, शरीर की साधना। रूप से इतर आन्तरिक चारुता तक पहुँचने का आग्रह। जैसे मिट्टी की गहराई में जल का सोता छिपा होता है, वैसे ही हमारे हृदय-तल का संसार हमारे बाह्य विश्व से अधिक स्थायी और आकर्षक है। पति निराला हो और प्रेम भी निराला हो तो उसे तप से ही प्राप्त किया जा सकता है। इस संकल्प के साथ पार्वती हिमवान के प्रासाद में लौट आईं।

एक दिन ईश्वरीय प्रेरणा से देवर्षि नारद नगाधिराज हिमालय के पास पहुँचे। उन्होंने गिरितनया पार्वती को भी आशीर्वाद दिया—"हे कालि! तुमने यत्न और श्रद्धापूर्वक भगवान् शंकर की सेवा की, उनकी तपस्या में सहयोग किया। परन्तु उस सेवा में तुम्हारा गर्व भी झलक रहा था। शिव ने तुम्हारे विवाह-प्रस्ताव को अनदेखा कर उसी गर्व को चूर्ण किया है। महेश्वर वीतराग महायोगी हैं। उन्हें पाने का मार्ग है कठोर तप, दृढ़ संकल्प और प्रबल इच्छाशक्ति। तुम 'नमः शिवाय' शिव के इस

पंचाक्षर मंत्र का जप मनोवांछित सिद्धि की अभिलाषा के लिए प्रारम्भ कर दो।" पंचाक्षर महामंत्र को पाकर पार्वती ने श्रद्धापूर्वक देवर्षि को प्रणाम किया, देवर्षि भी अपने पिता ब्रह्मा से मिलने ब्रह्मलोक की ओर प्रस्थान कर गए।

जया और विजया नामक पार्वती की दो सखियों ने पिता हिमवान से पार्वती का संकल्प दुहरा दिया कि वे तपस्या द्वारा शिव को वर रूप में पाना चाहती हैं। माता मेना ने भी पार्वती को समझाने के अनेक यत्न किए—तपस्या करना सीधा और सरल कार्य नहीं, कहाँ तो पार्वती का कोमल शरीर, कहाँ कठोर पंचाग्नियों की झुलसा देने वाली तपन! पर, मेना पुत्री को समझा नहीं पाईं क्योंकि अपनी बात के धनी लोगों का मन और नीचे की ओर प्रवाहित होने वाले जल के वेग को रोकने में भला कौन समर्थ है? माता मेना ने 'उमा' ऐसा मत करो। यह कहकर उसे तपस्या से रोका। इसके बाद उनका नाम ही उमा पड़ गया।

माता-पिता से आदेश लेकर पार्वती हिमालय के गंगावतरण नामक स्थान पर तप के लिए पहुँचीं। वहाँ उस चोटी पर मोरों का झुंड विचर रहा था। कालान्तर में वही शिखर 'गौरी शिखर' नाम से प्रसिद्ध हुआ। इसी तपस्या के बाद पार्वती का रंग समुज्ज्वल और धवल कांति से चमक उठा। पार्वती ने अपने आभूषण उतार दिए थे, उन्होंने उदीयमान सूर्य के रंग वाले लाल वल्कल धारण कर लिए, वेणियों की जगह रूखी जटाओं ने ले ली, कमर में मूँज की तिहरी मेखला करधनी की तरह बँध गई, कोमल हाथों में रुद्राक्ष की कठोर माला आ गई, कुश के अंकुरों को उखाड़ने के कारण उनके हाथों में रक्तिम चिह्न बन गए। महलों की सुरभित शय्या पर विश्राम करने वाली पार्वती रुखड़ी चट्टान पर हाथों के तकिए पर विश्राम करने लगीं। इस कोमलांगी की कठोर तपस्या ने सम्पूर्ण वन का ध्यान आकर्षित कर लिया। उनका तप क्रमशः कठोर होता जा रहा था। ग्रीष्म काल में भी पंचाग्नि में बैठी पार्वती किसी तरल स्वर्ण-खंड सी प्रतीत होती थीं। सूर्य के तीक्ष्ण प्रकाश में और सूर्यबिम्ब की ओर एकटक त्रटक मुद्रा में वे ध्यानस्थ हो जातीं, वे जान गई थीं कि शिव और सूर्य में भी भेद नहीं है। (उभयोरंतरं नास्ति आदित्यस्य शिवस्य च)। वे अयाचित भाव से रहकर निराकांक्ष हो गई थीं। वर्षा का जल उनका पेय था, वृक्षों का फल उनका भोज्य। इसी तरह ऋतु-परिवर्तन होते रहे। हेमंत और शिशिर में जब सर्वत्र हिम ही हिम था वे शीत जल में ध्यानस्थ ही रहतीं। धीरे-धीरे पार्वती ने पर्वत की तरह मन को कठोर साधना की ओर प्रवृत्त किया। उन्होंने वृक्षों से स्वतः झरे हुए पत्तों को भी खाना छोड़ दिया, इस तरह वे 'अपर्णा' कहलाईं। उनके कोमल अंग सूख रहे थे पर हृदय में पंचाक्षर मंत्र का नाद हरीतिमा की सृष्टि कर रहा था।

इसी बीच अकस्मात् एक दिन एक ब्रह्मचारी जिसका मुखमंडल ब्रह्मचर्य के तेज से प्रदीप्त था, मृग की छाल ओढ़े पलाश दंड लिए वह वाक्चतुर जटाधारी उस तपोवन में आया। उसका कांतिमान स्वरूप तपोवन को गरिमा प्रदान कर रहा था।

पार्वती ने उठकर अतिथि-सत्कार और पूजन किया। क्षणिक विश्राम के पश्चात् ही उस तेजस्वी ने बोलना आरम्भ कर दिया—

"देवि! आपके इस तपोवन में यज्ञादि सभी वस्तुएँ सहज प्राप्य तो हैं? आप धर्माचरण और तप के साथ शरीर का भी ध्यान रख रही हैं न? क्योंकि शरीर रक्षा सबसे प्रथम धर्म है।

मैं देख रहा हूँ कि आप कठोर तप करने के साथ-साथ प्रकृति और पर्यावरण की भी पूरी सेवा कर रही हैं। आपके हाथों से सींचे गए पौधे अब मुकुलित-पुष्पित हो रहे हैं। प्रकृति के प्रति आपका यह सन्तान-भाव और वात्सल्य आपकी करुणा को ही दर्शाता है। आपके हाथों से हरिणों के छौने कुश छीनकर कितने प्रेम से खा रहे हैं, वे अवश्य आपके मृगनयनों को देखकर आपको अपना स्वजन ही समझते होंगे। सुन्दरी! यह बात सत्य है कि सुन्दरता में पापवृत्ति नहीं होती, क्योंकि आपका जीवन तप, त्याग और समर्पण का एक उदाहरण हो गया है। आप धर्म की साक्षात् मूर्ति लग रही हैं क्योंकि अर्थ, काम, मोक्ष से आपका क्या लेना-देना? यह सत्य है कि सज्जन व्यक्ति प्रथम भेंट में ही मित्र हो जाते हैं। इसलिए पूछने की ढिठाई तो मैं कर सकता हूँ—आखिर आप उच्च कुलोद्भव हैं, शरीर सुन्दर, धन, यौवन और सौन्दर्य इनमें आप जैसा कोई नहीं। आपका न किसी से बैर है, न विरोध, न पिता के घर में अनादर, इसलिए युवाकाल में वस्त्राभूषण त्यागकर आपके वल्कल धारण करने का क्या रहस्य है?"

जटाधारी ब्रह्मचारी कहता गया—

"मैं यह भी जानना चाहता हूँ कि आप कौन हैं? किसकी पुत्री हैं? इस निर्जन वन में आपका कठिन तप आश्चर्य में डालता है। आप तरुणी और लावण्यवती हैं। आपकी तपस्या का कारण क्या है? क्या आप वेदों की जन्मदात्री सावित्री हैं या सौन्दर्यशील सरस्वती? मैं ठीक-ठीक अनुमान नहीं कर पा रहा।"

पार्वती ने उत्तर दिया—

"साधु पुरुष! मैं न तो सावित्री हूँ, न महालक्ष्मी, न सरस्वती। मैं गिरिराज हिमालय की पुत्री पार्वती हूँ। पूर्व जन्म में मैं दक्ष कन्या सती थी। मेरे पिता ने मेरे पति की निन्दा की इसलिए योग द्वारा मैंने अपना शरीर हवन-कुंड की ज्वाला में होम कर दिया था। मैंने इस जन्म में भी शिव का सान्निध्य तो प्राप्त किया पर कामदेव को भस्म कर वे मुझे छोड़कर चले गए। विप्रवर! मैं अपने प्रियतम प्रभु को पतिरूप में पाने के लिए यह तप कर रही हूँ। यदि मुझे वे नहीं मिले तो मैं अग्नि में प्रवेश कर स्वयं को मिटा देने का साहस रखती हूँ।

"भद्रे! आप अप्राप्य की चाह में वर्तमान जीवन को व्यर्थ नष्ट कर रही हैं। सुन्दर वस्त्राभूषण त्यागकर आपने मृगचर्म और रुद्राक्ष धारण कर रखा है। यह आवश्यक नहीं कि आपकी यह तपस्या फलीभूत ही हो!"

पार्वती की सखी विजया ने जटाधारी ब्राह्मण को टोकते हुए कहा—

"मुनिवर! मेरी सखी पार्वती ने तपस्या आरम्भ करने के पूर्व यहाँ फूल, फल के वृक्षों के जो पौधे लगाए थे उनमें अब फूल, फल आ गए हैं, वे अब बड़े-बड़े विशालकाय वृक्ष बन गए हैं, उनकी उर्वरता देखते ही बनती है। मेरी सखी, प्रकृति-पूजा में विश्वास रखती हैं, यह जल, फल-फूल, गंगा और सम्पूर्ण परिवेश की सुन्दरता को अक्षुण्ण बनाए रखने के लिए कृत संकल्प हैं। मेरी सखी का विश्वास है कि स्वयं की रूप-सज्जा के साथ-साथ सम्पूर्ण प्रकृति की सज्जा, पूर्णता और विकास का ध्यान रखना भी आवश्यक है। मेरी पार्वती तो मानो साक्षात् प्रकृति ही हैं और शिव ही वह परात्पर पुरुष हैं जिनकी वह जन्मों से प्रतीक्षा कर रही हैं।"

ब्रह्मचारी ने कहा—

"आप क्या पाना चाहती हैं, क्योंकि लोग मणि को ढूँढ़ते फिरते हैं, मणि तो किसी को ढूँढ़ने नहीं निकलती? आपके दीर्घ श्वास और निश्वास से प्रतीत होता है कि आप मनोनुकूल वर पाने के लिए यह कठोर व्रत साध रही हैं! मेरे मन में यह भी सन्देह है कि आप जिसे चाहें, वह आपको न मिले, यह भला कैसे सम्भव है? वह कौन कठोर हृदय युवा पुरुष होगा जो आप जैसी कोमलांगी को धूप में तपते-सूखते देखकर भावहीन प्रस्तर की तरह चुप बैठा रहेगा? सूर्य किरणों से झुलसे इस कोमलकांत शरीर को देखकर कौन नहीं रो पड़ेगा? हे गौरी! आप पुन: मुझे यह तो बताएँ वह पुरुष कौन है?"

पार्वती को ऐसा लगा जैसे इस ब्रह्मचारी ने उसके मन की सारी भीतरी बातें जान ली है, वे लज्जा से संकुचित हो गईं। अपनी सखी विजया को उन्होंने संकेत किया। विजया ने कहा—

"हे तपी! मेरी मानिनी सखी पार्वती मन ही मन शिव को अपना वर चुन चुकी हैं और ये उन्हें पाने के लिए ऐसा घोर तप कर रही हैं। योगीश्वर शिव ने शर-संधान किए कामदेव को तो भस्म कर दिया पर कामदेव का वह बाण मेरी सखी के हृदय में ऐसे तिरछे चुभ गया है, वह निकाले नहीं निकल रहा। हमारी प्यारी सखी गौरी को ज्ञात है कि इनके हृदयेश्वर गीत-संगीत और नृत्य के नटराज हैं तो ये महादेवी अपने हृदय-देवता को सुनाने के लिए गीत गातीं, वन के पंछी वाद्य संगीत की तरह मीठी ध्वनि करते, मोरों की केका ध्वनि का क्रेंकार रव गूँजता, अपने प्राणेश्वर को रिझाने के लिए ये लास्य नृत्य करने लगतीं, क्या पता इनकी पदचाप कभी इनके प्रिय शिव को सुनाई दे जाए?"

जटाधारी रुद्र ने हँसते हुए कहा—

"आपकी सखी का वचन मुझे परिहास की तरह लग रहा है। हे देवि! सत्य तो आप ही बता सकती हैं?"

पार्वती ने उत्तर दिया—

"मेरी सखी विजया ने जो भी कहा सत्य है। मैंने परम प्रभु शिव का वरण अपने मन, वचन और कर्म से किया है। उस दुर्लभ को पाने की तीव्र उत्कंठा मेरे मन में जाग चुकी है। यज्ञ की अग्नि से सूखी हुई लकड़ियाँ जब धधक उठती हैं तो वे तब तक शान्त नहीं होतीं जब तक वे पूरी तरह नि:शेष न हो जाएँ।"

"देवि! आप सोचने और निर्णय लेने के लिए पूर्णत: स्वतंत्र हैं पर आपको पात्र-अपात्र का तो ध्यान रखना ही चाहिए। आपके महादेव क्या इस अर्थ में अनोखे हैं कि बैल उनकी सवारी है, चिता का भस्म उनके शरीर पर पुता हुआ है, जटिल जटाओं का जाल उनके माथे पर पड़ा हुआ है, व्याघ्र चर्म ही उनका वस्त्र और हाथी का चर्म उनका उत्तरीय है? वे कपाली हैं, शरीर में सर्प आभूषण बनकर लिपटे हैं, वे कालकूट पीने वाले विषपायी, अभक्ष्य भक्षण करने वाले विरूपाक्ष और महाभयंकर हैं। सम्भवत: इसी कारण आपके पूर्व जन्म के पिता दक्ष ने उनका अपमान किया, उन्हें यज्ञ-भाग से वंचित किया। आप स्वर्ण मुद्रा देकर काँच लेना चाहती हैं, चन्दन के लेप के बदले क्या आपको कीचड़ प्रिय लगता है? महल के बदले आपको वन रुचिकर लग रहा है? आप चन्द्रमुखी हैं और शिव पंचमुख वाले हैं। ऐसे धन-द्रव्यहीन दिगम्बर को पाने की यह बलवती आकांक्षा तो जड़ता ही कही जाएगी। आपकी प्रकृति और शंकर की प्रकृति पूर्णत: विपरीत है, इसमें सामंजस्य कैसे सम्भव है?"

"ब्रह्मचारी ब्राह्मण! तुम्हारी बातें असह्य और क्रोधावेश उत्पन्न करने वाली हैं। मेरे यह महेश्वर शिव लीलामय हैं, नट हैं, क्रीड़ावपु हैं। वे निर्गुण हैं पर सकारण वे सगुण हो जाते हैं, ऐसे में उनके जन्म की छानबीन व्यर्थ है। उनके संसर्ग में ही ब्रह्मा का ब्रह्मत्व और विष्णु का विष्णुत्व है। उनकी सेवा से ही अष्ट सिद्धियाँ और नौ निधियाँ सहज ही प्राप्त हो जाती हैं। उनके शरीर पर लगा चिता-भस्म ही वह विभूति है जिसे देवगण अपने अंगों में प्रसाद स्वरूप ग्रहण करते हैं। वे रुद्र ही मेरे सर्वस्व हैं। मेरे प्राणोपम और मुझे अत्यंत प्रिय हैं।"

सखी विजया ने भी कहना आरम्भ किया—

"हमारी प्यारी उमा का रातों में जाग उठना, औचक चौंकना, कभी प्रलाप करना, कभी शिव की मुद्रा में दिनों-दिनों तक समाधि के अतल तल में डूब जाना, शरीरबाह्य होकर प्राण का प्राणों से मिलन यह अभूतपूर्व दशा हमने देखी है। पता नहीं वह दुर्लभ दुलहा कब हमारी सखी का हाथ थामेगा? कब दोनों ध्रुवतारे को एक साथ टकटकी बाँधकर देखेंगे? हमारी तो प्रतीक्षा करते-करते आँखें जैसे पथरा गईं।"

पार्वती ने संयत स्वर में ब्रह्मचारी को सम्बोधित किया—

"हे ज्ञानी, मनुष्य की अभिलाषा का कोई पार नहीं होता। आपने मेरी सखी से ठीक सुना है। मैं परम शिव को ही वर के रूप में पाना चाहती हूँ।"

"किन्तु जिसने आपकी प्रीति की परवाह नहीं की, आपको ठुकरा दिया, वह

भला आपका वर होने योग्य कैसे हो सकता है? उसके सर्पवेष्टित हाथ आपका पाणिग्रहण कैसे करेंगे? महादेव के कन्धे पर पड़ी हाथी की खाल से प्रस्रवित रक्त क्या आपको प्रिय लगेगा? कहाँ आपके जावक चर्चित चरण और कहाँ उसकी निवास स्थली श्मशान भूमि? बूढ़े बैल की सवारी पर दुल्हन की विदाई? तीन नेत्रों का भयंकर रूप, न जनम का ठिकाना, न कुल-गोत्र का पता, अजन्मा, हर समय समाधि में लीन योगी और कहाँ विवाह का कोमल प्रणय राग। दोनों भिन्न बातें हैं। ऐसा महादेव आपका पति बनने योग्य कदापि नहीं है? भूत-प्रेत गण दूतों की भयावनी आकृतियों से घिरे वातावरण में आपको चैन कैसे मिल पाएगा?"

तपस्वी की उलटी-सीधी बातों से क्रोध के कारण पार्वती की आँखें लाल हो गईं, होंठ फड़कने लगे। बोलीं—"तपस्वी जब आप महादेव को भलीभाँति जानते नहीं तो उनकी निन्दा करने का कोई अधिकार आपको नहीं है। सचमुच, खोटे लोग सदैव खोटी बातें ही करेंगे।" पार्वती में आवेश का भाव भर गया।

"शिव महारुद्र हैं, त्र्यम्बक हैं, मेरे सहायक, निस्पृह, उदारचेता ईश्वर हैं, सारी सम्पत्तियाँ उन्हीं से उत्पन्न होती हैं। वे भले डरावने लगें पर वे कल्याणकारी हैं। उनके शरीर के स्पर्श से राख भी विभूति बन जाती है। उनका नन्दी इन्द्र के ऐरावत से भी महान है। यह नन्दी ही संसार की कृषि-सम्पदा की वृद्धि में सहायक है। आपने उन्हें जैसा सुना हो मैंने तो उन्हें हृदय से माना है, स्वीकार किया है, मेरा मन उन्हीं में रम गया है।"

ब्रह्मचारी कुछ और बोलता पर तभी पार्वती ने सखी से कहा—

"देखो सखी! इस ब्रह्मचारी के होंठ फड़क रहे हैं, यह कुछ और निन्दा के तीखे बाण छोड़ेगा। इसे कह दो, यह अब एक शब्द भी शिव की निन्दा में न कहे क्योंकि बड़ों की निन्दा सुनने वाले भी पाप के भागी होते हैं। मुझे ही यहाँ से उठकर चले जाना चाहिए।"

इतना कहकर पार्वती उठीं और जैसे ही उन्होंने अपना बायाँ पैर आगे बढ़ाया ब्रह्मचारी के रूप में आए शिव साक्षात् अपने वास्तविक स्वरूप में प्रकट हो गए। पार्वती का सारा शरीर थरथराने लगा। रोम-रोम में हर्षण, सात्त्विक और आकुल भाव जग गया। शिव ने उनका हाथ पकड़ लिया। उस समय तीव्र आवेग में भगवती पार्वती का आगे बढ़ने के लिए बढ़ा बायाँ पैर उठा का उठा रह गया, वे न आगे जा सकीं, न पीछे हट सकीं। उनका शरीर प्रकंपित, स्वेदयुक्त हो गया जैसे नदी की बहती धारा के मध्य महापर्वत आ जाए तो नदी का पानी न आगे जाता है, न पीछे लौट पाता है, वह वहीं स्तंभित हो जाता है, वैसे ही पार्वती हर्ष, रोमांच और सात्त्विक भाव से भर गईं।

शिव ने कहा—

"पार्वती! तुमने मुझे आज अपना क्रीतदास बना लिया है। आज से मैं तुम्हारा हूँ। तुमने अपने तप से मुझे वशीभूत कर लिया है।"

शिव के ये प्रेम भरे वचन सुनते ही पार्वती का श्रम-परिहार हो गया। वे तप का सारा क्लेश भूल गईं। उनके मन और तन दोनों स्वस्थ हो गए। कृतकार्य होने के बाद क्लेश से प्राप्त फल पुनर्नवता देता है। सचमुच नया कर जाता है।

18

देवी पार्वती ने जो कठोर कायिक, वाचिक और मानसिक तप पूर्ण किया था अब उसकी फल-प्राप्ति का समय आ गया था। उन्होंने अपनी सखी विजया से शिव को सन्देश भेजा कि यदि वे विवाह के इच्छुक हैं तो उनके पिता हिमालय से उनका हाथ माँगें। शिव ने तथास्तु कहा और पार्वती को जाने की आज्ञा दी। विवाह निवेदन के लिए शिव ने सप्तऋषियों को आहूत किया तो वे तत्क्षण वहाँ समुपस्थित हो गए। अरुन्धती के साथ वशिष्ठ एवं अन्य ऋषिगणों ने शिव की स्तुति की। आकाश गंगा से नहाकर उतरे वे सप्तर्षि ऐसे प्रतीत हो रहे थे मानो देवलोक के कल्पवृक्ष ने संन्यास ले लिया हो। उनकी तप:कांति से सब ओर एक सुवर्णमय प्रकाश प्रसरित हो रहा था। सती अरुन्धती का पातिव्रत्य तप:सिद्धि के लिए विवाह की सफलता का श्रेष्ठ उदाहरण था।

सप्तर्षियों ने प्रश्न किया—"आपने कृपापूर्वक जिस प्रयोजन से हमारा स्मरण किया, प्रभो वह निर्दिष्ट करें।"

शिव बोले—

"हे सप्तर्षि मुनि प्रवरो! मैं परमार्थ साधना से ही सृष्टि की विकासमान प्रक्रिया में सहायता देता हूँ। मेरी अष्टमूर्तियाँ पृथ्वी, जल, अग्नि, वायु, आकाश, सूर्य, चन्द्र और हवनकर्ता—सभी इसके साक्षी हैं। जैसे प्यासे चातकों को स्वाति की जल बूँदें चाहिए, वैसे ही देवताओं को तारकासुर नामक दैत्य से रक्षा के लिए मेरा पुत्र चाहिए। इस कामना-पूर्ति के निमित्त मैं पार्वती को पत्नी रूप में ग्रहण करना चाहता हूँ। आप सब मेरी ओर से हिमालय से विनती करें ताकि दैव की इच्छा पूरी हो। वैवाहिक शिष्टाचार की बातें आप सब और आर्या अरुन्धती से अधिक भला और कौन समझेगा? आप पर्वतराज हिमालय से उनके औषधिप्रस्थ नगर में मिलें और लौटते समय महाकोशी नदी के निर्झर प्रपात के समीप मैं आपकी प्रतीक्षा करता मिलूँगा। हिमालय का औषधिप्रस्थ नगर दिव्य जड़ी-बूटियों के प्रकाश से जगमग था। गन्धमादन पर्वत उस नगर का बाहरी उपवन था, जहाँ कल्पवृक्षों और देवदारु के वनवृक्षों की छाया में विचरते हुए सिद्ध और विद्याधर नींद की झपकी लेना नहीं भूलते थे।

वे सप्तर्षि जब आकाशमार्ग से हिमालय के प्रासाद में उतरे तो ऐसा प्रतीत हुआ जैसे सात सूर्य अपनी परिक्रमा की धुरी छोड़कर पृथ्वी पर उतर आए हों। ऋषियों

ने तुरन्त पहचान लिया कि गेरुआ चट्टानों पर श्वेत हिम मुकुट पहने देवदारु के वृक्षों की लम्बी भुजाओं वाले हिमालय यही हैं।

हिमालय ने भी सप्तर्षियों को पहचान कर उनका विधिवत् सत्कार किया। उनके अचानक आगमन के सुख से वह भी उल्लसित हो रहे थे। ऋषियों की उपस्थिति से ही वहाँ का वातावरण सुखद, सात्त्विक और मंत्रमय हो गया था। सप्तर्षियों में अंगिरा ऋषि वाक्चतुर माने जाते थे। विवाह की प्रस्तावना लेकर वे तत्पर हुए—

"हे नगाधिराज! आपकी ऊँची चोटियों की तरह आपका हृदय भी ऊँचा और उदार है। हम आपके समीप आने का कारण बता रहे हैं। भगवान् शंकर अणिमादि आदि सिद्धियों के स्वामी, जन्म-मृत्यु से परे, शीश पर चन्द्रमा धारे, संसार के कल्याण में सदा तत्पर हैं। शिव ने हमारे द्वारा सन्देश प्रेषित कर अपने लिए आपकी दुलारी कन्या पार्वती को माँगा है? आपकी कन्या श्रद्धा स्वरूपा हैं और शिव विश्वासरूप महादेव! श्रद्धा और विश्वास के इस दिव्य रूप को ही शिव-पार्वती के रूप में संसार सदैव स्मरण करेगा। शिव सृष्टि के पिता और पार्वती जगदम्बा स्वरूपा हैं।"

सप्तर्षि कहते रहे—

"हे हिमवान! शंकर ग्रहीता होने के कारण भिक्षुक हैं, आप कन्यादान देने के कारण दाता हैं और देवी पार्वती भिक्षा हैं, इससे उत्तम और क्या बात हो सकती है? हे महाभाग! यह दिव्य कन्या देवताओं के कार्य-सम्पादन के लिए ही उत्पन्न हुई हैं। इनका अवतार ही शिव के लिए हुआ है। इसने रुद्र को पाने के लिए घोर तप किया है और रुद्र ने अपनी स्वीकृति दे दी है, इसे प्रीतिपूर्वक अंगीकार किया है।"

सप्तर्षिगण जब शिव और पार्वती के विवाह के सम्बन्ध का प्रस्ताव रख रहे थे तो पार्वती वहाँ सिर झुकाए मौन बैठी थीं। यह ऐसा मौन था जो सम्मति का लक्षण होता है। हिमालय ने इस सम्बन्ध की स्वीकृति के लिए अपनी पत्नी मेना की ओर देखा। मेना ने भी अपनी सहमति जताई।

हिमालय ने अपनी कन्या पार्वती को समीप बुलाया। और कहा—

"पुत्री ही गृहस्थ जीवन का परम फल है, यही आँखों का करुणाजल है जिससे जीवन पूर्ण होता है। पुत्रि! आज ही गृहस्थ जीवन का परम फल हमें प्राप्त होने जा रहा है।"

सप्तर्षियों ने पार्वती को आशीर्वाद दिया। तीन दिनों के बाद ही विवाह की तिथि निश्चित हुई। मेना पुत्री के विवाह की तिथि सुनिश्चित होते ही प्रसन्न हो गईं। विवाह निश्चित होने की प्रसन्नता और पुत्री के विछोह के दुःख से उनकी आँखों से अश्रु बहने लगे। वे हँस भी रही थीं और रो भी रही थीं। सप्तर्षियों ने कोशी के निर्झर प्रपात पर आकर शिवजी को यह सुखद समाचार सुनाया और अन्तरिक्ष की ओर प्रस्थान किया। तीन दिनों के बाद ही विवाह है, यह शुभ समाचार भी शिव के लिए भारी पड़ रहा था। प्रिया की स्मृति में एक-एक पल काटना उनके लिए दूभर

हो गया था। साक्षात् परमपिता परमात्मा को आज लग रहा था कि मनुष्य-लीला कितनी दुष्कर है, उस पर प्रीति-भाव में प्रिया-मिलन के औत्सुक्य में एक-एक क्षण बिताना सचमुच कितना कठिन है!

19

सचमुच पुत्री का विवाह सबसे बड़ा यज्ञ है। नगाधिराज हिमालय का हृदय गद्गद और उल्लासपूर्ण था। पुत्री कुल की मर्यादा होती है, उस पर पार्वती जैसी तप:पूत कन्या जो सम्भवत: भगवान् शिव के लिए ही बनी है। हिमालय ने देश-देशान्तर और त्रिलोक के अखिल देवी-देवताओं, यज्ञ-पुरुषों, यक्ष-गन्धर्व-किन्नर एवं सभी पूज्यजनों को लग्न-पत्रिका प्रेषित करनी आरम्भ की। मात्र तीन दिनों बाद ही पार्वती वरानुगामिनी हो जाएगी, उसका पाणिग्रहण संस्कार हो जाएगा, यह सोचकर ही उनकी आँखें भर आतीं। कभी-कभी किसी लग्न-पत्रिका के लिखे हस्तलेख भी उस अश्रु-जल की बूँदों से अस्पष्ट हो जाते, पर हिमालय का उत्साह हर क्षण वर्द्धमान था।

हिमालय ने पर्वत बन्धुओं में प्रथमत: मेरुपर्वत को सपरिवार आमंत्रित किया। कुल पुरोहित ऋषि गर्ग ने लग्न पत्रिका लिखी। उनके विश्वस्त सेवकों ने कैलास पर जाकर शिव को तिलक लगाया और लग्न-पत्रिका सादर भेंट की। शिव अपने आन्तरिक आनन्द को छिपा नहीं पा रहे थे। इधर हिमालय कुल की स्त्रियाँ मंगलाचार गीत, वाद्य और पार्वती के संस्कार, उबटन श्रृंगार में लग गईं।

हिमालय ने अपने सभी अचल पर्वत मित्रों को सपरिवार चल रूप में आमंत्रित किया, सब देवस्वरूप पर्वत सुन्दर श्रृंगार से सुशोभित होकर पार्वती के शुभ विवाह में पधारने लगे। देवालय पर्वत रत्नों और आभूषणों से अलंकृत होकर आए। शोभाशाली मन्दराचल अपने विराट् स्वरूप और अनेक उपहारों के साथ पहुँचे। उदयाचल और अस्ताचल पर्वत भी आनन्दित मुद्रा में भेंट सामग्रियों के साथ पधारे। हिमालय के निकटतम मित्र गन्धमादन भी अपने समस्त कुटुम्ब को लेकर आए। करवीर और पर्वत श्रेष्ठ महेन्द्र भी पीछे नहीं रहे।

इस विवाह के आयोजन में नद-नदियाँ भी पीछे नहीं रहीं। सोनभद्र आदि नदी प्रसन्न प्रवाह के साथ पधारीं। गोदावरी, यमुना, और वेणिकादि नदियाँ दिव्य रूप धारण कर आईं। भगवती गंगा ने भी दिव्य रूप धारण किया, उनका उज्ज्वल सौन्दर्य वेश अतिशय आकर्षक और प्रभामंडित था। रुद्र कन्या नर्मदा भी प्रीति स्निग्ध होकर पहुँच गईं। इतने प्रकार के दिव्य अतिथियों से हिमालय का भवन दिव्य प्रभापुंज से भर गया, द्वादश आदित्यों से भी अधिक प्रकाश से हिमालय का क्षेत्र जगमगा उठा।

शिव-पार्वती के विवाह का आयोजन त्रिलोक के लिए आनन्ददायक था। हिमालय का उत्तरी क्षेत्र देवताओं, अन्य देव जातियों, ऋषि-मुनियों या शिवगणों एवं सब प्रकार के प्राणियों के समूहों से इतना भर गया कि कहते हैं, पृथ्वी का सन्तुलन ही बिगड़ गया। पृथ्वी का उत्तरी भाग झुक गया और दक्षिण भाग हल्का होकर ऊपर उठ गया। उस भार को समान और सन्तुलित करने के लिए महर्षि अगस्त्य का चयन हुआ, जब महर्षि अगस्त्य दक्षिण दिशा में गए तब उनके तपोबल के प्रभाव से पृथ्वी सन्तुलित हो सकी। सचमुच शिव और पार्वती का विवाह—पृथ्वी को सन्तुलन प्रदान करने के लिए ही तो था!

हिमालय के कन्यापक्ष के निवासी नगर-सज्जा में जुट गए। स्वयं भगवान् विश्वकर्मा ने दिव्य विवाह-मंडप की रचना की। हिमालय के भवन में कदली स्तंभ और आम्र पल्लवों के वन्दनवार से हरीतिमा आ गई। मंगल द्रव्यों और सुगन्धित बूटियों से हिमालय महँ-महँ कर उठा। कस्तूरी मृग चारों ओर चौकड़ी भरते अपने नाभि अंड की कस्तूरिका गन्ध को हवा में इस तरह बाँट रहे थे जैसे कोई उदार दानी, अपना धन अपना सर्वस्व लुटाता है। विशाल विवाह-मंडप निर्मित हुआ, वेदिका सजी, आसन रंग-बिरंगे कुमकुम द्रव्यों और प्रलेपनों तथा शुभ चिह्नों से सज्जित और सुवासित हो रहा था। विश्वकर्मा ने अपनी दिव्य कला के प्रदर्शन में कोई कसर नहीं छोड़ी। कलाचातुरी से स्थावर चित्र जंगम प्रतीत हो रहे थे। कहाँ जल है, कहाँ स्थल यह निर्णय करना कठिन था, कृत्रिम पशु-पक्षी, नृत्यरत रमणियाँ, ढोलवादन और मृदंग वादन करते पुरुषों की मूर्तियाँ बिलकुल सजीव प्रतीत हो रही थीं। उन्हें छूकर ही जाना जा सकता था कि वे चल हैं या अचल?

हाथ में धनुष धारण किए प्रहरी मुद्रा में द्वारपाल सजीव प्रतीत हो रहे थे। कला के दिव्य प्रतिमान वास्तविकता का भ्रम उत्पन्न करने में समर्थ थे। विश्वकर्मा ने सभी दर्शकों के मन को मोहने में कोई कमी नहीं की।

महान देव शिल्पी विश्वकर्मा ने देवताओं और समस्त अतिथियों के विश्राम के लिए निवास-स्थलों की रचना की, अनेक कला-मंच सृजित किए, ब्रह्मा के लिए नूतन सत्यलोक, विष्णु के लिए नवीन वैकुंठ लोक की सृष्टि कर डाली जो अद्भुत और आश्चर्यजनक थी। छोटे-से-छोटे और बड़े-से-बड़े का ध्यान रखा गया। यहाँ तक कि सेवकों और सहायकों के निवास के लिए चित्ताकर्षक ठहराव की व्यवस्था हुई। शिव के सहयोगी वीरभद्र से लेकर भूत-प्रेत, पिशाच सभी कोटि के शिवगणों के लिए यथायोग्य व्यवस्था की गई। सब कुछ सुव्यवस्थित, परिपूर्ण था, सभी समान थे, जो शिव के प्रिय थे वे हिमालय के भी प्रीति के पात्र हो गए।

हिमालय द्वारा देश-देशान्तर, द्वीप-महाद्वीप के चक्रवर्ती राजाओं, देवताओं, शिव के परम स्नेही ब्रह्मा और विष्णु समस्त महादेवियों और देवियों, लोकपालों, क्षेत्रपालों, ऋषियों, महर्षिगणों, देवर्षिनारद और सप्तर्षि गणों को लग्न पत्रिका प्रेषित

की जा चुकी थी। विवाह का समय अत्यंत समीप था। शिव और पार्वती के मन में एकात्म मिलन के आनन्द की कल्पना हिलोरें ले रही थीं। अन्तर्निहित प्रेम एक विकलता के रूप में परिलक्षित होने लग गया था। ठीक उसके दूसरी ओर माता मेना और पिता हिमालय को पार्वती के विवाह के बाद बिछुड़ने का दुःख भी हृदय को पीड़ा पहुँचा रहा था। कभी तो वे प्रसन्न हो जाते, कभी बरबस आँखें अश्रु बोझिल हो जातीं, कभी शून्यभाव से मौन होकर बैठ रहते, कभी कातरता से आर्द्र हो जाते। भावों के इस अन्तःव्यापार में ही उनका चित्त डूबा हुआ था।

हिमालय का वन प्रान्त और नगर प्रदेश अपूर्व पुष्प सज्जा से सुवासित हो रहे थे। मार्ग में कल्पवृक्ष के सुवासित पुष्प खिले थे, नगर के द्वारों पर सोने के वन्दनवार टँगे थे, उनके मध्य में आम्रपल्लवों का पवित्र बन्धन कसा हुआ था। ब्राह्म मुहूर्त के उत्तरा फाल्गुनी नक्षत्र में परिवार की महिलाएँ पार्वती का शृंगार करने लगीं। दूर्वांकुरों और सरसों के पीले दानों से सज्जा की गई। सुगन्धित तेल-संस्कार और स्नान-घर में नीलमणि के काष्ठ-आसन पर बिठाकर मंगल स्नान की विधि पूरी की गई। स्वर्ण के घड़ों के जल की पीताभ छाया से पार्वती का शरीर और भी चमक उठा। सखियों ने विवाह के सौभाग्य वस्त्र पहनाए और उन्हें मणि-स्तंभों पर तने-चँदोवे के नीचे बनी विवाह-वेदी पर बिठाया गया। पार्वती का सहज और अनविद्ध मोती-सा द्युतिमान सौन्दर्य आँखों को चकाचौंध में डाल रहा था। अगर और चन्दन की धूम राशि से उनके केश का संस्कार हुआ, दूर्वावेष्टित पीले-लाल महुए के फूलों की माला उनके जूड़े में लपेटी गई, उनकी आँखें, उनका सुन्दर मुख, कोमल भुजाएँ पुष्ट शरीर सब ऐसे प्रतीत हो रहे थे जैसे विधाता ने बड़े मनोयोग से उन्हें गढ़ा हो, शरीर के जिस अंग-प्रदेश में जितना जो चाहिए था उतना ही विनिवेष्टित था—'यथा प्रदेशं विनिवेशितेन'।

20

हिमवान की सुलक्षणा कन्या देवी पार्वती का मोहक शृंगार सखियों द्वारा हो रहा था। उनके कानों में सुन्दर कर्ण-फूल हिल रहे थे। शृंगार करने वाली एक सखी ने उनकी नील कमल-सी कृष्णवर्णी आँखों में काजल आँजा और मंगल शृंगार की विधि पूर्ण की। पार्वती अपने शृंगार को दर्पण में देखकर स्वयं मुग्ध हो गईं, कब उनके प्रभु शिव उन्हें देखेंगे और कब यह शृंगार सफल होगा? माता मेना ने पुत्री पार्वती के मस्तक पर मंगल तिलक लगाया। आनन्द से उनकी आँखें भर आईं। ठीक से देख न सकने के कारण पार्वती के हाथ के कंगन को वे अन्यत्र पहनाने लगीं, उनकी सहायिका ने यह दशा देख कंगन को उचित स्थान पर

पहनाया। पार्वती ने माता के साथ कुल देवताओं को प्रणाम किया।

नगाधिराज हिमालय अतिथियों के स्वागत में तत्पर थे, उन्होंने सभी बारातियों का स्वागत किया। ब्रह्मा, विष्णु, इन्द्रादि देवता वर बने शिव के आगे-आगे चल रहे थे। उस शोभायात्रा के साथ शंख, भेरी, पटह, आनक और गोमुख जैसे मंगलवाद्य बज रहे थे। बारात की शोभायात्रा में शिव के समस्त गण भूत, प्रेत, पिशाच भी नाचते-कूदते पीछे-पीछे चल रहे थे। गायक मंगलगीत गा रहे थे, नर्तक-नर्तकियों का दल भावभरा नृत्य करता चल रहा था। अरुन्धती, अनसूया, सावित्री तथा षोडश मातृकाओं से घिरी लक्ष्मी भी उस शोभाशाली यात्रा में चल रही थीं। सभी देवों ने अपना-अपना कार्य सँभाल रखा था। अन्त:पुर में शिव यज्ञ-मंडप में पधारे, वहाँ अन्तर्वेदी पर पार्वती सुन्दर आभूषणों से अलंकृत होकर विराजमान थीं। हिमालय ने सबका सत्कार किया। उन्होंने शिव से कहा—'हे तात! आप अपने गोत्र का नाम बताएँ और अपने कुल का विशेष परिचय दें।'

शिव ने इस प्रश्न का कोई उत्तर नहीं दिया। देवर्षि नारद सहसा हँस पड़े और वीणा वादन करने लगे। हिमालय ने कहा—नारद जी। अभी वीणा वादन का उपयुक्त समय नहीं है। यह तो वैवाहिक रीतियों का पालन हो रहा है। नारद बोले—गिरिराज! आपने शिवजी से कुल-गोत्र का परिचय पूछा है, पर इनका कुल-गोत्र तो नाद ही है। वे न किसी कुल में उत्पन्न हुए हैं, न किसी कुल से इनका सम्बन्ध है। ये तो सभी गोत्रों के सूत्रधार, अजन्मा और नाद में प्रतिष्ठित हैं। इन्हें पहचानिए, यही नादब्रह्म हैं, ओंकार स्वरूप हैं, साक्षात् प्रणव हैं। किसी कुल-गोत्र से हीन होने के कारण ही अकुलीन कहे जाते हैं। आपके ये जामाता गोत्ररहित स्वयंभू परमात्म तत्त्व हैं। आपकी पुण्यवती कन्या पार्वती साक्षात् शिवा जगद्धात्री हैं। ये शिव-पार्वती इस सृष्टि के आधार-स्तंभ हैं। फिर भी लोकाचार की दृष्टि से यदि यह प्रश्न आवश्यक है तो हमारे भोले भंडारी दूल्हे से पुन: प्रश्न कर ही लें।

नगाधिराज ने सब समझते हुए भी लोकाचार के पालन के लिए शिव से प्रश्न किया—'आपके पिता कौन हैं?'

शिव बोले—ब्रह्माजी मेरे पिता हैं।

पुन: हिमालय का प्रश्न था—आपके पितामह कौन हैं?

उत्तर मिला—भगवान् विष्णु।

पुन: हिमालय ने पूछा—और प्रपितामह के बारे में बताए, वे कौन हैं?

शिव ने मुस्कुराते हुए उत्तर दिया—तात! सो तो सबके प्रपितामह हम ही हैं।

यह सुनते ही यज्ञ मंडप में अट्टहास और आनन्द का भाव वितरित हो गया। गम्भीर वातावरण सहसा उत्फुल्ल हो गया जैसे शरद ऋतु में मेघहीन आकाश स्वच्छ हो जाता है।

भगवान् शिव को अपने दिव्य स्वरूप का सहसा स्मरण हो आया। उन्होंने

अपने शरीर की ओर देखा। तत्क्षण उनका मंगलमूर्ति का सात्त्विक रूप राजस रूप में परिवर्तित हो गया। शरीर पर लपेटी हुई चिता की भस्म उज्ज्वल अंगराग में बदल गई, कपाल गले के स्वर्णाभूषण बन गए, हाथी का चर्म सुन्दर रेशमी वस्त्र में बदल गया। माथे पर चमकता नेत्र हरताल का सुन्दर तिलक हो गया, बाँहों पर झूलते हुए सर्प हीरक आभूषण हो गए, उनमें नागमणियाँ स्पष्ट चमकती हुई दिखाई पड़ रही थीं। चन्द्रमा की कला चूड़ामणि बन गई थी। हिमालय के औषधिप्रस्थ नगर की स्त्रियाँ उनके रूप-सौन्दर्य को देखकर मुग्ध हो रही थीं, जैसे पुष्प पर भ्रमर लुब्ध होते हैं, वैसे ही नगर महिलाएँ शिव के रूप-रस का पान करती रहीं।

शिव को विवाह-मंडप में पार्वती के समीप ले जाया गया। चन्द्रमा-सी सुन्दर पार्वती का मुख देखकर शंकर के नेत्र-कुमुद खिल गए, उनका मन स्वच्छ जल की तरह सात्त्विक और शीतल हो गया। शिव और पार्वती के नेत्र थोड़ी-थोड़ी देर पर परस्पर टकरा रहे थे। शिव की आँखों से पार्वती की आँखों तक जैसे सुकुमार हरित आम्र-पल्लवों का वन्दनवार टँग गया था। मुख्य पुरोहित ने पार्वती का हाथ आगे बढ़ाकर शिव के हाथ पर रखा। पाणिग्रहण करते ही शिव का सारा शरीर जैसे झनझना उठा, रोमांच और स्वेद के सात्त्विक भावों से दूल्हा और दुल्हन की समान दशा हो रही थी। शिव और पार्वती का यह रोमाकुलित शरीर और परस्पर समर्पित मन का ही स्मरण संसार भर के दम्पतियों के लिए सौभाग्य सूचक बन जाता है, उन्हीं शिव-पार्वती का विवाह-मंडप में पाणिग्रहण-संस्कार हो रहा था। जगदम्बा पार्वती और परमपिता शिव ने प्रज्वलित अग्नि के फेरे पूरे किए। अग्नि में धान के खीलों का हवन हुआ और उस होम के सुगन्धित धूम को पार्वती ने पुरोहित के निर्देश पर सूँघा। यज्ञाग्नि धूम से पार्वती के मुखमंडल पर लालिमा छा गई थी, आँखों में लगा अंजन फैल गया था, बँधी हुई केश राशि ढीली पड़ गई थी, पर हृदय के आह्लाद से वर्षा में भीगी हुई पृथ्वी की तरह उनका हृदय आप्लावित हो रहा था। उन्होंने ध्रुवतारे को देखा जो अग्नि के साथ इस चिरंतन सम्बन्ध का साक्षी बन रहा था। सांसारिक कर्मकांड पूर्ण करके पुरोहित ने विवाह कर्म पूरा किया। ब्रह्मा ने वर-वधू को ईषत् मुस्कान के साथ लीलाभाव से आशीर्वाद दिया। परिवार और नगर की वधुओं ने मंगल पीले अक्षतों से उन्हें आशीष दी। सभी देवियाँ एक स्वर से वधू के लिए शुभभाव का उच्चारण करने लगीं।

इन्द्रादि देवताओं ने उचित अवसर समझकर शिव से प्रार्थना की कि अब आपका शुभ विवाह सम्पन्न हो गया, अब तो आप कामदेव को जीवित कर दें, वह अनंग होकर भी सृष्टि के कार्य-व्यापार में सहयोगी बने। शिव ने तथास्तु कहकर कामदेव के पंचबाणों का स्मरण किया। उन्हें अनुभव हुआ कि काम भी सृष्टि का पुरुषार्थ है, मानव एवं सम्पूर्ण जीव-सत्ता के विकास के लिए अत्यंत आवश्यक है। देवताओं ने काम के पुनर्जीवन को शिव-पार्वती के विवाह का सर्वोत्तम उपहार

समझकर ग्रहण किया। उनका विश्वास अब दृढ़ हो गया कि शिव-पार्वती के पुत्र से तारकासुर का विनाश होकर रहेगा, अपने इष्ट कार्य की सिद्धि से वे सभी प्रसन्नमना अपने-अपने स्थान के लिए विदा हुए।

नारद वीणावादन करते हुए वैकुंठ लोक में पहुँचे। अभी-अभी ध्यानरथ विष्णु का ध्यान टूटा था। और वे सजग हुए थे। नारद जी के मन में एक प्रश्न बार-बार उठता था कि ये त्रिदेव ब्रह्मा-विष्णु और महेश बार-बार या तो ध्यानस्थ हो जाते हैं या समाधि में लीन हो जाते हैं। यह समाधि भी चिरकाल तक चलती है। भगवान् शंकर के तीन नेत्र हैं। तीसरा नेत्र प्राय: बन्द ही रहता है, वह सृष्टि के संहार के समय या किसी दैत्य के विनाशार्थ महत कार्य या लोक-कल्याण के लिए खुलता और दृष्टिमात्र से भस्मीभूत कर देता है। शेष दोनों आँखों को बन्द कर वे दीर्घकाल तक अतल समाधि में डूब जाते हैं। कमलासन पर विराजमान पिता ब्रह्मा भी अपने चतुरानन की आठ आँखों को बन्द कर आत्मस्थ हो जाते हैं। पर उनका सृष्टि कार्य तो रुकता नहीं। निद्रा या समाधि में सृष्टि-प्रक्रिया कैसे चलती है? रहे भगवान् विष्णु वे भी शेषशायी हैं, चातुर्मास तक विश्राम में रहने का उनका स्वभाव है। मधु-कैटभ नामक दो राक्षस उनका वध करने के लिए उद्यत थे और वे निश्चिन्तमना शयन कर रहे थे। उनकी मोहनिद्रा नहीं टूटी तो पिता ब्रह्माजी ने ही भगवती दुर्गा का स्मरण किया और महामाया से प्रार्थना की कि वे भगवान् विष्णु को जाग्रत और संकल्पवान कर दें क्योंकि तभी मधु-कैटभ जैसे दुरात्मा राक्षसों का विनाश सम्भव होगा—"महाविद्या महामाया महामेधा महास्मृति:/महामोहा च भवती महादेवी महासुरी/ प्रकृतिस्त्वं च सर्वस्य गुण त्रय विभाविनी॥"

ब्रह्मा बोले—

"तात! महाशक्ति चिदाम्बा भी तो निद्रा रूप से संस्थित है—'या देवी सर्वभूतेषु निद्रारूपेण संस्थिता। नमस्तस्यै नमस्तस्यै नमस्तस्यै नमो नम:।' पुत्र, जिसे तुम निद्रा समझ रहे हो वह निद्रा आलस्य या मात्र विश्राम नहीं है, वह देह और मन की एक संचित अवस्था है जिसमें हम बाह्य जगत् से ऊपर उठकर शून्य हो जाते हैं, हमारा अन्तर्मन सक्रिय हो जाता है। महाविष्णु या महादेव सोते नहीं अपितु समाधि में भी क्रियाशील रहते हैं। सृष्टि भी वैचारिक रचना का उदाहरण है। हमारे भीतर जो घटित होता है वही बाह्य जगत् में बिम्बित और दृश्यमान होता है। हमारे ये देव सुखासन में नहीं विष के आसन पर बैठते हैं। यह विष संसार का विष है, जन्म-मरण और जीवन की दारुण ज्वाला ही सर्प विष की तरह हमें आक्रान्त और मूर्च्छित करती रहती है। सर्प ही शिव के आभूषण बन जाते हैं। ऋग्वेद में यही शिव रुद्र के रूप में वर्णित हुए हैं। उसमें रुद्र सांसारिक जीवों को न मारें 'मा नो महानतमुत' ऐसा कहा गया है। हमारे ये रुद्र या शंकर 'भुजंगाभरण' के रूप में प्रख्यात हैं। योगीजन भी तो सर्प के समान वायुभक्षण द्वारा प्राणधारण करते और पर्वतों की गुहाओं में

निवास करते हैं। ऐसे 'विविक्त सेवी' 'योगीजनों' को शिव मानो सर्प की तरह अंगों का भूषण बना लेते हैं।"

ब्रह्मा ने फिर कहा—शिव अद्वैत हैं, कल्याण और आनन्द के मूल कारण स्वरूप हैं—ये सारे शब्द एक ही अर्थ के वाचक हैं—'शिवं च मोक्षे क्षेमे च महादेव सुखे।' वेदों ने भी अद्वैत शिव तत्त्व को प्रमुखता दी है।

शिव और पार्वती विश्वास और श्रद्धा के प्रतीक हैं। विश्वास का आधार हैं बालसुलभ चित्त की सहज कोमलता, छल-छद्म और बौद्धिकता की तर्कशक्ति से भिन्न एक निश्छल चित्त की एकाग्रता। विश्वास में सन्देह नहीं होता। युक्ति या तर्क से इसे पाया नहीं जा सकता। यह विश्वास सत्य के ऊपर प्रतिष्ठित होने से पवित्र होता है। पार्वती शिव की सहधर्मिणी महाशक्ति हैं। यही शक्ति उमा हैं। 'ह्री: श्री: कीर्ति: द्युति: पुष्टिरूपा लक्ष्मी सरस्वती'—उमा श्री है, कीर्ति है, द्युति है, पुष्टि है और सरस्वती एवं लक्ष्मी स्वरूपा है। यह उमा या पार्वती श्रद्धा स्वरूपिणी हैं। वत्स! श्रद्धा का अर्थ ही है—'दोषेषु गुणाविष्करणं नाम श्रद्धा'—दोषों में गुण का आविष्कार।

तप:पूत पार्वती का सबसे बड़ा गुण है उनकी आविष्कारक शक्ति। लोक और संसार में शिव को दोषयुक्त देखा गया, उन्हें दिगम्बर, श्मशानवासी चिता-भस्मलेपक, सर्पवेष्टित, नीलकंठ विषपायी, सृष्टिसंहारक, भूत-प्रेत पिशाच जैसे उपेक्षित, लोक से अनादृत वर्ग का स्वामी कहा गया, पर पार्वती ने उनके अन्तर्भूत ईश्वरत्व को पहचाना। उन्हें पाने के लिए हठ और कठोर तप किया और अन्तत: उन्हें प्राप्त कर ही लिया। इस श्रद्धा से ही विश्वास दृढ़ हुआ है अर्थात् पार्वती के तप:तेज से—प्रेम से ही शिव का शिवत्व सार्थक हुआ है।

21

परम प्रभु शिव ने सभी देवताओं के अनुरोध और कामप्रिया रति के रुदन से करुणामय होकर कामदेव को जीवनदान दिया। शिव की अमृत दृष्टि पड़ते ही कामदेव अपने सुन्दर शरीर और रूपवेश चिह्नों के साथ प्रकट हो गए। उनके हाथों में पुष्पबाण सजा था और एक मनोहर सुगन्ध से सम्पूर्ण वातावरण अत्यंत मोहक हो गया। पति के साथ प्रिया रति ने शिव को प्रणाम किया। कामदेव ने अपने पूर्वकृत अपराधों के लिए क्षमा माँगी। सभी देवगणों के साथ कामदेव भी वहीं स्थित हो गए। विवाह के बाद लोकाचार के कृत्य पूरे कर शिव विश्राम भवन की ओर प्रस्थित हुए।

वह समय अपूर्व आनन्द और महोत्सव का था, वहाँ सभी चार प्रकार के वाद्य बजने लगे। वे चार वाद्य थे—तत, आनद्ध, सुषिर और घन। 'तत' में वीणा और

सितार परिगणित थे, जिसमें तार का विस्तार होता है। चमड़े से कसे गए वाद्य को आनद्ध कहते हैं, ढोल, मृदंग, नगाड़े आदि इसी के अन्तर्गत हैं, जिस वाद्य में छिद्र हो और हवा भरकर स्वर निकले वह सुषिर वाद्य वंशी, शंख कोटि के हैं। कांसे के झाँझ आदि वाद्य घन कहे जाते हैं। बारात में पधारे देवगणों को सुमधुर भोजन कराया गया। स्त्रियों के मंगल गीतों से वातावरण पवित्र और संगीतमय हो गया। माता मेना ने पार्वती को सुविज्ञ ऋषि पत्नियों द्वारा पातिव्रत्य और लोकाचार के उपदेश सुनाए। पातिव्रत्य आदि लोक-रीतियों के पालन में देवगण भी मर्त्य मानव की तरह आचरण कर रहे थे। मर्त्य और अमरत्व का यह अद्‌भुत समन्वय था। पुत्री की विदाई की वही पीड़ा और अश्रु-वर्षण यह सिद्ध कर रहा था कि दुःख की आँच में प्रीति का पाक परिपक्व होता है, करुणा के अश्रुजल में मानवधर्म का अनुभव किया जा सकता है। शंकर परब्रह्म हैं, फिर भी उन्हें लोकयात्रा करते समय सामान्य जीवन के नियमों का पालन करना आवश्यक हो जाता है। लोकाचार देवता और मनुष्य का अन्तर मिटा देते हैं, और उसे उसके वास्तविक रूप में प्रकट कर देते हैं।

महादैत्य तारकासुर के वध की भूमिका रची जा रही थी। शिव विवाहोपरान्त प्रिया पार्वती के साथ कैलास आ गए। शिव और शिवा का पावन विहार होने वाला है, इसलिए निर्जन प्रदेश में रति सुख प्रदान करने वाली चन्दन चर्चित कोमल पुष्प शय्या का निर्माण हुआ। सुखभोग की समस्त सामग्री वहाँ एकत्र थी। बहुत समय तक लीलामय शिव भाँति-भाँति की रोचक क्रीड़ाएँ करते, पार्वती का चित्त चुराते एक-दूसरे के स्पर्श मात्र से स्नेहमूर्च्छा में डूबते-उतराते रहे। इधर तारकासुर का भय कालसर्प की तरह देवताओं को अपनी गेंडुली में कसे जा रहा था। उनके चित्त में भय इतना व्याप्त हो गया कि वे प्रार्थना के शब्द भी ठीक-ठीक उच्चरित नहीं कर पा रहे थे। वे मौन, दुखी, दीन थे, दुःख और चिन्ता के वेग ने उनके मन को तप्त, स्तंभित और व्याकुल कर दिया था।

करुणामय शिव देवलोक की पीड़ा समझते थे। वे पार्वती के शरीर-सोपान से उनकी आत्मा तक पहुँच चुके थे। जैसे गंगा समुद्र में समाहित होकर वहाँ से लौटने का नाम नहीं लेती वैसे ही पार्वती का मन भी पूर्णतया शिव में समाहित हो गया था। शृंगार की विविध क्रीड़ाएँ, भावोत्तेजना की रंग प्रक्रियाएँ लीला-विलास कौतूहल, संभ्रम, हाव-भाव, विच्छित्ति और बिब्बोक आदि अनेक रूपों में शिव-पार्वती का यह अलौकिक प्रेम दिनानुदिन प्रगाढ़ और प्रौढ़ होता रहा। शिव और शिवा परस्पर एक-दूसरे को निहारते, मुग्ध होते और साथ-साथ बाह्य प्रकृति के सौन्दर्य का भी रस लेते। प्रीति का स्वरूप सीमित नहीं होता, वह जैसे-जैसे प्रगाढ़ होता है, उसमें व्यापकता आती जाती है।

शिव-पार्वती ने सूर्य किरणों का रंगमय वितान भी देखा, इन्द्रधनुष का सप्तरंगी सौन्दर्य अवलोकित किया, साल वृक्षों की गन्ध को आघ्रात किया, बनैले सूअरों

के भागते झुंड को अधखाए कमल नाल को मुँह में दबाए देखा, मयूर पुच्छ की चन्द्रिका में स्वर्णिम चन्द्रिका देखी, दूर ऋषियों के आश्रम के पास चरती हुई दुधैले थनोंवाली गायें देखी, ऋषियों के यज्ञकुंड से उठती धूमराशि अग्नि के प्रदाह का प्रमाण दे रही थी, संध्या होने पर भी कमलों ने अपना शतदल बन्द नहीं किया था, क्या पता कोई भ्रमर भूले-भटके उनके अंक में आ जाए? वे तेजस्वी सूर्य का नमन कर रहे थे, यह जब उदित होता है तो प्रकाश छा जाता है और डूबता है तो पूरा आकाश अन्धकार में डूबकर निद्रालस हो उठता है।

दूर से ही ऋषियों को अपनी पर्णकुटी के समीप संध्याकाल में संध्यावन्दन करते देख शिव ने भी संध्यावन्दन किया। प्रेम और अनुराग के बीच, शृंगार और माधुर्य के बीच शिव का संध्यावन्दन उनके दिव्य भाव और अभ्यास को व्यक्त कर रहा था। वह शृंगार भी क्या जो व्यक्ति को धर्मच्युत कर दे? पर्वतों के शिखरों पर चन्द्रमा का प्रकाश फैल रहा था पर नीचे घाटियों में अँधेरा था, यह इस बात का संकेत था कि गुण ऊँचाई की ओर ले जाता है और दोष निम्नगामी कर देता है। वृक्षों के पत्तों की ओर से छनती हुई चन्द्रकला शिव को ऐसी लगी मानो पृथ्वी पर पेड़ों से झरे हुए फूल एकत्र हो गए हों। गन्धमादन पर्वत का वह क्रीड़ा-स्थल सौन्दर्य, प्रेम और माधुर्य से भर गया था। शिव-पार्वती की मानुषी लीला में आसुरी शक्तियों के नाश के लिए पुत्र-कामना का मंगल आवाहन था। दक्षिण पवन मन्द गति से बह रहा था। शृंगार और माधुर्य का वह अनुभव कल्याणकारी लोकरक्षा के संकल्प के रूप में प्रकट होने जा रहा था।

22

दो महाशक्तियों के मिलन से तीसरी महाशक्ति का आविर्भाव होता है। विवाहोपरान्त शिव और पार्वती का महामिलन एक आध्यात्मिक घटना थी। देवताओं के संयोजन, निवेदन और प्रार्थना पर शिव और पार्वती का विवाह सम्पन्न हुआ था। इस विवाह का एक सार्थक उद्देश्य था—पार्वती के होने वाले वीर पुत्र के द्वारा महादैत्य तारकासुर का वध।

तारकासुर की दैत्य शक्ति ने सम्पूर्ण त्रिलोक को हिला दिया था, देवता भयभीत और किंकर्तव्यविमूढ़ थे। वे वर्षों से इसी शुभ घड़ी की प्रतीक्षा कर रहे थे कि शिव के शरीर-तेज और माता पार्वती के महामिलन से कुमार का आविर्भाव हो जो तारकासुर का वध कर सके। किन्तु पार्वती के स्नेहपाश में शिव आबद्ध, मुग्ध और मोहाविष्ट थे। देवताओं की प्रेरणा से अग्नि को शिव का समाचार लेने भेजा गया। अग्नि कबूतर वेश में शिव और पार्वती के एकान्त क्षणों में चक्कर काट रहा

था। शिव ने अग्नि के कपट वेश को समझ लिया। अग्नि ने देवताओं के कार्य का स्मरण दिलाया, क्षमा माँगी और विनम्र भाव से प्रार्थना की। शिव-पार्वती के साथ क्रीड़ा निरत थे। वे ऊर्ध्व रेतस् थे पर उन्हें देवताओं का कार्य स्मरण में आया और उनके मन में पुत्र उत्पन्न करने की इच्छा हुई, तत्क्षण शंकर के ऊर्ध्व रेतस् रहने वाले महाज्वाल की तरह तपता अग्नि पिंड विघूर्णित चिनगारियों के साथ वीर्य रूप में अधो रेतस् होकर अन्त में निकल पड़ा, उसे शिव ने अग्नि को दिया। उसे ग्रहण करते ही, अग्नि का उज्ज्वल शरीर एकदम धुँधला वाष्पमय हो गया। किन्तु प्रिय के साथ संलिप्त माता पार्वती के सुख में बाधा पड़ी तो उन्होंने अग्नि को शापित किया कि पवित्र-अपवित्र सभी वस्तुएँ अग्नि का खाद्य होंगी, अग्नि कुष्ठग्रस्त और सदा धूमाच्छादित रहेंगे। शिव ने पार्वती के क्रोध का मार्जन किया, पार्वती का भी सौभाग्य-भाव जग गया और वे प्रसन्न हो गईं। शिव-पार्वती जब बाहर निकले तो पवन ने अपने वेग से आकाशगंगा के जल की फुहार के छींटों से शिव-पार्वती का श्रम परिहार किया। शिव-पार्वती हाथों में हाथ डाले कैलास पर पहुँचे तो उनके भृंगी ने हास्य मुद्राओं से उनका मनोरंजन किया, कालिका ने कपाल माला से सज्जित होकर अपना भयानक नृत्य दिखाया। पार्वती मन ही मन अपने ही स्वरूप का दर्शन कर रही थीं। वे अपनी ही लीलाओं से मोहित और प्रसन्न हो रही थीं।

भगवान् शिव का प्रज्वलित वीर्य लेकर अग्नि चल पड़े, उनका शरीर बेढंगा, भद्दा और दाहक अग्नि ज्वाला में जल-भुन रहा था, देवताओं ने अनेक प्रार्थना-वाक्यों से उनकी महिमा का बखान किया और उन्हें प्रेरित किया कि वे गंगाजल की धारा में जाते ही इस तीव्र अग्नि से मुक्ति पा जाएँगे। देवराज इन्द्र ने समझाया कि भगवती गंगा भी तो शिव की जलीय मूर्ति हैं वे इस तेजोमय वीर्य को धारण कर लेंगी। अग्नि मोक्षदायिनी त्रितापहारिणी गंगा के तट पर पहुँचे। गंगा की उछलती प्रसन्न लहरें मानो उन्हें आने का आमंत्रण दे रही थीं। अग्नि देव ने गंगा में स्नान किया, स्नान से उन्हें बहुत सुख मिला। गंगा की ऊँची तरंगों ने शिव का अमोघ वीर्य आत्मसात् कर लिया और तब अग्निदेव के शरीर में गंगाजल के अमृत स्पर्श से बड़ी शान्ति मिली। वे सुखपूर्वक शीतल होकर अपने स्थान चले गए। पर गंगाजल में शिव का वह असह्य वीर्य भीषण अग्नि के प्रलय कालीन ताप की तरह प्रज्वलित हो उठा। गंगा के जीव-जन्तु ताप-तप्त होकर बाहर निकलने का उद्योग करने लगे। गंगाजल इस प्रकार तप्त हो गया मानो सहस्रों सूर्य उसके भीतर प्रविष्ट कर गए हों। उसी समय छहों कृत्तिकाएँ स्नान के लिए गंगा तीर पर आईं।

गंगा की प्रबल तरंगें आकाश तक उठकर मानो स्वर्ग में निवासी देवताओं को भी आमंत्रण दे रही थीं कि "आओ, यहीं है अमृत जल, यहीं मिलेगा तुम्हें अमृत स्पर्श! माता गंगा का दुग्ध फेनिल ज्वार। यहीं तुम्हें दर्शन, मज्जन और पान का सुख प्राप्त होगा। तीर पर बिखरे फूल, दूब, अक्षत और फल तुम्हारी पूजन सामग्री बन

जाएँगे। बालुका राशि का कोई भी टीला शिवलिंग की तरह मेरी जलधार से सदैव स्नात मिलेगा। मेरे तट पर कुश के आसनों पर पद्मासन में स्थिर ऋषि-मुनि तुम्हें शान्त और स्थिर रहने का ज्ञान देंगे, तुम्हारी अधीरता कम होगी, भय दूर होगा।"

छहों कृत्तिकाएँ पूजनीय थीं। पृथ्वी पर कार्तिक पूर्णिमा के दिन उनके लिए कृत्तिका व्रत की उपासना होती थी। सुवर्ण, रजत, रत्न, नवनीत तथा आटे की छह कृत्तिकाओं का पूजन किया जाता था। ये मूर्तियाँ चन्दन चर्चित होने के साथ आलक्तक तथा केसर की रूप-गन्ध से भी सज्जित होकर सदैव ऐसी दिव्य जाती नामक पुष्पों से पूजित होती थीं। ऐसी दिव्य कृत्तिकाओं ने गंगाजल से स्नान किया। उसी समय शंकर जी का अचूक वीर्य निकलकर उन कृत्तिकाओं के शरीर में प्रविष्ट हो गया। उसकी असह्य अग्नि कृत्तिकाओं के उदर में गर्भ बनकर स्थापित हो गई। वे बुद्धिमती कृत्तिकाएँ लोकलाज के भय से उस अनिच्छित गर्भ को धारण किए रहीं और अन्तत: वह्नि-सा प्रज्वलित गर्भ सरपत के जंगल में छोड़कर अपने गृह लौट गईं। सरकंडों के उस वन में छह मुखवाले महान शक्तिशाली कार्तिकेय का जन्म हुआ। वह तिथि मार्गशीर्ष मास के शुक्ल पक्ष की षष्ठी तिथि थी जब शिवपुत्र कार्तिकेय का पृथ्वी पर अवतरण हुआ। भगवती गंगा ने उसे अमृत दुग्ध पान कराया, छहों कृत्तिकाओं ने भी उसे अपना स्तन्य वात्सल्य दिया, अग्नि भी ममतावश पितृसुख की कामना से हर्षातिरेक से भरे थे।

कुमार के प्रादुर्भाव का सुसमाचार दिग्दिगंत में फैल गया। देवर्षि नारद ने शिव को सुन्दर पुत्र जन्म का समाचार सुनाया। माता पार्वती का स्नेह अश्रुजल और वक्ष में छलक आए दुग्ध से प्रकट हो रहा था। शिव-पार्वती पुत्र प्रेम से विह्वल होकर गंगा के समीप पहुँचे। छह मुख वाले अपने षडानन पुत्र को देखकर उन्हें परम तृप्ति का अनुभव हुआ। सम्पूर्ण कैलास में आनन्दोत्सव मनाने की तैयारी शुरू हुई। वहाँ भवनों और गिरि, शिखरों पर पताकाएँ फहराने लगीं। बिल्व पत्रों के तोरण द्वार सजने लगे। भाँति-भाँति के वितानों से हिमालय पर्वत की शोभा बढ़ गई। गिरि कंदराओं में बहने वाला पवन संगीतमय हो गया।

उस पुण्य क्षण में सभी देवता ऋषि, गन्धर्व कुमार, यक्ष, चारण, सिद्ध सर्प, अप्सराएँ सब गंगा तट पर सुशोभित शिव के पुत्र के दर्शनार्थ उपस्थित हो गए। वह बालक अत्यंत तेजोमय और सुवर्ण की भाँति कांतिमान था। अंगों में अत्यंत मनोहारिणी शोभा थी। सूर्य के समान तेजस्वी गंगा कुमार का सभी देवताओं ने वन्दन किया। नाना प्रकार के वाद्य बजने लगे। उस अभ्युदय काल में ऋषिगण शान्तिपाठ करने लगे। उसी समय भगवान् शिव पार्वती के साथ वहाँ पहुँचे। अपने वृषभ नन्दी की पीठ से उतरकर उन्होंने वात्सल्य भरी कोमल दृष्टि से बालक को देखा। पार्वती ने तीव्रता से आगे बढ़कर बालक को हृदय से लगा लिया। शिव ने देवताओं से कहा—"यही देव सेनापति कार्तिकेय हैं, जो सृष्टि के भय का नाशकर तारकासुर

जैसे क्रूर राक्षसों का वध करेंगे। यह बालक विजयी, प्रतापी और महान शक्तियों से सम्पन्न होगा। यही होगा सृष्टि का उद्धारक, यही होगा देवगणों की चिन्ता को सदा-सदा के लिए मिटा देने वाली महौषधि।" शिव ने उसे आत्मस्वरूप के रूप में स्नेहविह्वल हो अंगीकार किया।

23

सृष्टिकर्ता चतुर्मुख ब्रह्मा सर्वज्ञ परमेश्वर स्वरूप हैं। उन्हें शिव की कथा में स्वाभाविक भक्ति और रुचि थी। नारद शिव के पुत्र का सम्पूर्ण समाचार जानने को उत्सुक थे। जिनकी जिज्ञासा पर ब्रह्मा ने कहा—

"शिव के तेजस्वी पुत्र को देखकर सभी कृतार्थ थे। उस समय महर्षि विश्वामित्र परिभ्रमण करते वहाँ आ पहुँचे। उन्होंने वेदोक्त रीति से उस बालक के सभी संस्कार पूरे किए। उन्होंने बालक का नामकरण स्कंद एवं द्वितीय नाम कार्तिकेय रखा। स्कंद शब्द का अर्थ है—सुन्दर अथवा उछलकर चलने वाला अथवा राक्षसों का शोषण करने वाला (स्कन्दते उत्पलु गच्छति स्कंदति शोषयति दैत्यान्)। स्कंद का द्वितीय नाम कुमार अथवा कार्तिकेय पड़ा।

नारद ने प्रश्न किया—

"वे कुमार क्यों कहलाए? क्या वे आजीवन ब्रह्मचारी रहे?"

ब्रह्मा बोले—

"स्कंद देव सेना के नेता एवं सेनापति बने। सनातन ब्रह्मचारी रहने के कारण वे कुमार कहलाए। आलंकारिक दृष्टि से देवसेना को ही उनकी पत्नी कहा गया। वे युद्धवीर और युद्ध कुशल रहे। उनके जन्म का उद्‌देश्य ही दैत्यों का संहार था। स्कंद का स्वरूप भी मनोहर है। वे एक सिर अथवा छह सिर वाले माने गए हैं। इसी क्रम से उनके दो हाथ अथवा बारह हाथ कहे गए हैं।

प्रिय नारद! उनके हाथों में धनुष-बाण, खड्ग, शक्ति, वज्र और पशु हैं। उनकी शक्ति उनका अमोघ अस्त्र है। यह अस्त्र शत्रु का वध करके पुनः वापस आ जाता है। स्कंद का वाहन मयूर है और उनका ध्वज चिह्न मुर्गा है। अग्नि द्वारा प्रदत्त यह ध्वज प्रलयाग्नि के समान रक्तिम वर्ण का है। भारतभूमि में स्कंद कई देवरूपों और नामों से अभिहित होते हैं जैसे मुरुगन (बालक), रोय्यान (रक्तवर्ण) आदि। उन्हें कुमार कार्तिकेय, गुह, रुद्रसूनु, सुब्रह्मण्यम्, महासेन, सेनापति, शक्तिधर, सिद्धसेन, गंगापुत्र, सरयू, तारकजित्, षड्‌मुख, षडानन, पावकि आदि नामों से भी जाना गया है। स्कंद तपस्या, ब्रह्मचर्य और योगशक्ति के द्वारा संरक्षित ऊर्ध्वरेतस् महाशक्ति के प्रतीक हैं। आश्विन शुक्ल पक्ष की षष्ठी स्कंद षष्ठी कही जाती है। इसी प्रकार

कार्तिक शुक्ल षष्ठी भी महत्त्वपूर्ण मानी गई है। चैत्र, भाद्र, आश्विन, कार्तिक, मार्गशीर्ष मासों की षष्ठी तिथियों का भी बड़ा माहात्म्य है।

पुत्र नारद! देव सेनानी स्कंद और कोई नहीं चन्द्रमा को मस्तक पर धारण करने वाले शिव का देवताओं की सेना की रक्षा के लिए सूर्य से अधिक जो तेज अग्नि के मुख में संचित हुआ था, उसी का दूसरा नाम है। स्कंद में सूर्य का प्रचंड तेज है तो बाल-चन्द्रमा की शीतल मनोहारी कांति भी। वे मानो सूर्य और चन्द्रमा की कांति के मूर्तिमान स्वरूप हैं, वे अति आदित्य हैं। उनका तेज सूर्य से भी बढ़कर है। स्कंद का एक अन्य नाम 'अग्निभुः' (अग्नि से उत्पन्न) है। उन्हें 'पावक' भी कहा गया है। स्कंद या कार्तिकेय के अन्य नाम शरजन्मा, शरवणभव आदि भी हैं। इन्द्र की सेना का सेनापति होने से इन्हें सेनानी और कृत्तिकाओं से उत्पन्न होने के कारण कार्तिकेय कहा जाता है। वे सचमुच युद्ध के देवता हैं। उनकी पत्नी का नाम कौमारी, सेना या देवसेना कहा गया है पर यह अर्थवाद या भक्तों, पुराणकारों की कलात्मक सोच ही प्रतीत होती है। मुख्यतः वे कुमार ही कहे जाते हैं। उनके मयूर का नाम पारवनि है। ये 'क्रौंच दारण' कहे जाते हैं क्योंकि इन्होंने क्रौंच पर्वत को विदीर्ण किया था।

नारद! माता पार्वती का पुत्र-प्रेम अनेक रूपों में प्रकट होता था। पुत्र-प्रेम के अधीन माता थिरकते मयूर के झड़ते हुए मोर पंख को अपने कानों में सजा लेती थीं। जो प्रीति के पात्र होते हैं उनकी सारी क्रियाएँ रोचक, अनुकूल और अनुकरणीय लगती हैं। माता पार्वती चमकती रेखाओं के चक्रवाले नीलपंख को कमल की पंखुड़ी के साथ ग्रहण करती थीं। मयूर की सफेद आँखें शिव के माथे पर स्थित चन्द्रमा की किरणों से और भी चमचमाती रहतीं हैं। तुमसे अधिक क्या कहूँ, स्वामी कार्तिकेय युद्ध, विद्रोह और पराक्रम के तेजोमय प्रतीक देवसेनानी हैं।

पिताश्री! कुमार कार्तिकेय पर बाल्यावस्था से ही देवताओं की सेना का उत्तरदायित्व आ पड़ा, फिर एक साथ माता-पिता के वात्सल्य और प्रीति के साथ इतने महान उत्तरदायित्व का संवहन उन्होंने कैसे किया होगा?

"सत्य है, पुत्र! पर जो महापराक्रमी और ईश्वरांश होते हैं, उनकी हर क्रिया अद्‌भुत होती है। जन्म के बाद ही कार्तिकेय माता-पिता, नन्दी, वीरभद्र आदि सबके प्रियपात्र बन गए! उन्होंने अपना वाहन मयूर को चुना। उनका मयूर 'पारवनि' शक्तिशाली सुन्दर, नील देह कांति वाला और पृथ्वी से आकाश तक विराट् वपुधारी था। उसके भय से नाग अपने विष का प्रयोग करना भूल गए थे। शिव के गले एवं मस्तक पर बैठे फणिधर को जैसे चाहते कार्तिकेय नचाते, घुमाते, क्रीड़ा करते थे। वहाँ सर्प और मयूर अपनी जन्मजात शत्रुता भूल गए। मयूर से दृष्टि मिलते ही सर्प अपना स्थान ग्रहण कर लेते और यह भी प्रदर्शित करते कि वे प्रभु शिव की शरण में हैं, उनके अंग से लिपटे हैं, उनका इस जगत् में भला कौन क्या बिगाड़ सकता है?"

"हे पिता! हे विधाता! सारा जगत् तारकासुर के भय से आक्रांत दुखी विवश और असहाय हो रहा था, ऐसी दारुण स्थिति में कुमार कार्तिकेय ने कैसे उसका वध किया? बाल्यावस्था में ही देव सेनापति का गौरव, यह कितनी महान घटना रही होगी?"

"ईश्वर सर्व समर्थ है पुत्र! यह मेरे ही वरदान के कारण घटित हुआ। हर दैत्य या हर तपस्वी जो नैमित्तिक यज्ञ करता है या सकाम भाव से किसी वरदान की लालसा से कठिन, कठोर और उग्र तप करता है, वह किसी न किसी प्रकार अपनी दबी हुई इच्छाओं का ही पोषण चाहता है। भक्त अपनी तपस्या का परम फल परमात्मा की प्रियता या मोक्ष की इच्छा के रूप में पाना चाहता है पर दैत्य-दानव भी भोग-लालसा में देवताओं से तनिक भी पीछे नहीं हैं। देवता भी शरीर के वश में कामनाओं की पूर्ति की चिन्ता में दिन-रात घुलते रहते हैं। निष्क्रिय तपस्या से देव और दैत्य दोनों मनोनुकूल वर पाकर अनुद्यमी और बैठे-बैठे स्थिर सुख पाने के लोभी हो जाते हैं।

देवराज इन्द्र के साथ सभी प्रमुख देवगण देव सेनापति कुमार कार्तिकेय के अभिनन्दन के लिए कैलास पहुँचे। तारकासुर जैसे महादैत्य के साथ संग्राम निश्चित हो गया था। योद्धा के वेश में कुमार का सुदृढ़ शरीर और भी आकर्षक लग रहा था। शिव और पार्वती अपलक देखते हुए पुत्र-प्रेम से आह्लादित और युद्ध के गम्भीर संकट से भी परिचित थे। माता ने कुमार को हृदय से लगाकर उसका तेजोमय मस्तक चूमा, पिता शिव ने सिर सूँघकर अपनी समस्त शक्तियाँ पुत्र के शरीर और मन में संक्रान्त कर दीं। शिव जानते थे कि युद्ध केवल शरीर से नहीं, बुद्धि से भी लड़ा जाता है। अतः मन-मस्तिष्क और शरीर की शक्तियों का एक बिन्दु पर समस्थिति में होना आवश्यक है।

माता-पिता से आज्ञा लेकर नन्दी एवं अन्य गणाधिपों और गणों की ओर प्रसन्नता भरी दृष्टि डालकर कुमार इन्द्रादि देवताओं के साथ लक्ष्य की ओर चल पड़े, उस समय वे लक्ष्यवेध के लिए कमान से छूटे हुए बाण की तरह चले।

आकाश मार्ग से चलते हुए इन्द्र ने अन्तरिक्ष में स्वर्ग गंगा मन्दाकिनी के दर्शन किए जिसके स्वर्ण कमलों को तारकासुर ने रौंद डाला था, उनकी अमरावती की अट्टालिकाएँ तारकासुर के प्रमत्त हाथियों के दंत प्रहार से स्थान-स्थान पर टूट-फूट गई थीं, नन्दनवन उजाड़ सौन्दर्यहीन किसी विधवा की तरह निश्चेष्ट लग रहा था। और आगे चलकर महर्षि कश्यप और देवमाता अदिति का आशीर्वाद कुमार को प्राप्त हुआ। सभी देव उत्फुल्ल थे, वे अपनी आसन्न विजय का अनुभव कर रहे थे। इस विजय की कल्पना से वे स्वयं को अत्यंत उत्साहित और शक्तिशाली अनुभव करने लगे।

24

महादैत्य

तारकासुर के साथ इन्द्रादि देवगणों का यह युद्ध इस अर्थ में अपूर्व था कि यह पूर्व घटित देवासुर संग्राम का स्मरण दिला रहा था। युद्ध और संघर्ष जीवन के विकास चक्र की स्वाभाविक गति हैं। संघर्ष का क्षेत्र प्राय: सीमित होता है। या तो वह व्यक्ति के मनोलोक की उपज है या अपने परिवेश से खिन्न, सामाजिक सम्बन्धों की कटुता के कारण उसके संघर्ष का आरम्भ होता है। यह संघर्ष प्राय: जिजीविषा या जीने की तीव्र इच्छा के मार्ग में आए व्यवधान को दूर करने के प्रयत्न करने के कारण होता है, परन्तु युद्ध क्रोध और असहनशीलता का विस्फोट है। युद्ध की घोषणा विचार करने वाली, शुभ और अप्रिय का निर्णय करने वाली विवेक-बुद्धि के विघटित हो जाने के कारण है। दैत्यों की महत्त्वाकांक्षा और भोगेच्छा ही स्वर्ग-प्राप्ति और उस पर शासन करने की प्रवृत्ति को सहस्रों वर्षों से उकसाती रही है। तारकासुर की भी प्रबल महत्त्वाकांक्षा ने कठिन तप द्वारा ब्रह्मा का वरदान लेकर त्रिलोक पर अधिकार प्राप्त करने की बलवती इच्छा पैदा कर दी और उसने देव जाति को पददलित कर उन्हें स्वर्ग से बाहर पलायन करने पर विवश कर दिया। आज पुन: देवशक्ति संघशक्ति के रूप में एकत्र हुई। शिव के दहकते तेज से कुमार कार्तिकेय का जन्म हुआ और उस महावीर की अध्यक्षता में देव-दानव युद्ध का आरम्भ होने जा रहा था। उस समय देवताओं ने आकाशवाणी द्वारा यह जान लिया कि कुमार के सेनापतित्व में वे अवश्य विजयी होंगे। यह सुखद समाचार उनके भीतर नए बल का सृजन कर रहा था।

महीसागर संगम पर सभी देवता कुमार कार्तिकेय के नेतृत्व में वहाँ पहुँचे जहाँ असुरों की अपार सेना के साथ तारक भी रणोद्यत खड़ा था। दोनों की सेना जैसे ही एक-दूसरे के समक्ष आईं, युद्ध की घोषणा के लिए प्रलयकालीन गर्जन करते मेघदलों की भाँति रण दुन्दुभियाँ एवं अन्य कर्कश वाद्य बजने प्रारम्भ हो गए। असुरों की विशाल सेना अपने पाद-प्रहार से पृथ्वी को प्रकंपित और भयंकर गर्जन-तर्जन कर देवों के मन में भी अज्ञात भय का भाव भरने लगी। पर देवों का बल कम नहीं हुआ। वे एक साथ जीवन और हार-जीत का मोह त्याग अपने सेनापति के साथ असुरों से युद्ध करने को उतावले हो रहे थे। देवराज के अनुरोध पर इन्द्र के ऐरावत पर कुमार विराजमान थे। उनका अग्निस्फीत मुख दारुण भय की सृष्टि कर रहा था।

उस समय अनेक प्रकार के युद्ध वाद्य, दुन्दुभि, भेरी, झर्झरी, मृदंग आदि बजने लगे। गन्धर्व भी विजय गान गाने लगे। कुमार ने इन्द्र को अपने ऐरावत पर ही आसीन रहने को कहा और स्वयं दूसरे वाहन पर बैठे। उनके सिर पर प्रचेता के द्वारा प्रदत्त अनेक रत्न जटित महाकान्तिमान छत्र चन्द्रकिरणों के समान चमक रहा था। देवताओं

और दानवों ने अपनी-अपनी व्यूह रचना की। यह युद्ध कायरों के लिए भयंकर और वीरों के लिए एक चुनौती की तरह खड़ा था। दोनों ओर की सेना में चारणों के उत्तेजक और वीरता के स्तुतिगान गूँज उठे। जैसे श्रावण और भाद्र का वर्षाजल अपने वेग से गगनचुंबी पहाड़ों को आर्द्र कर देता है वैसे ही अपनी भयानक हँसी से तारकासुर देवताओं को भयभीत करने लगा। उसके धुआँधार बाण देवताओं को आहत करने लगे। देवताओं के छोड़े गए बाणों को तारकासुर ने बड़ी स्फूर्ति और वेग से उसी तरह काट डाला जैसे सूखी घास को अग्नि क्षण मात्र में भस्म कर देती है। उस दैत्यराज ने ऐसे भयानक बाण छोड़े जो देवों के शरीर को मायावी सर्पों की तरह जकड़ते जा रहे थे। सब अपने प्राणों की सुरक्षा के लिए कुमार के पास दौड़े। कुमार ने जैसे ही दृष्टिपात किया बाणों के वे नागपाश तुरन्त छिन्न-भिन्न हो गए। यह विनाशकारी युद्ध और भी भयानक होता जा रहा था। युद्ध में दितिपुत्र दैत्यराज तारक इन्द्र के साथ संह्राद नामक दैत्य अग्नि के साथ, यमराज दंभ के साथ, वरुण बल के साथ, सुवीर वायु के साथ एवं अन्य प्रतियोगी वीर भट अपने योग्य वीरों के साथ घमासान युद्ध लड़ रहे थे। यह द्वन्द्व युद्ध पराक्रम, शौर्य, छल, प्रपंच और प्राणघातक आक्रमणों से भरा था। देव-दानव प्रतिस्पर्धा के भाव से एक-दूसरे को मारने की इच्छा से अपना-अपना पराक्रम दिखा रहे थे और इसी कारण वे दुर्जेय भी प्रतीत हो रहे थे। पूरी रणभूमि घायलों और मृतकों के रक्त-प्रवाह से सनी थी और वीभत्स के साथ-साथ भयानक भी लग रही थी।

तारकासुर का आक्रमण और भी दुर्दम होता जा रहा था, उसने शक्ति के अस्त्र द्वारा इन्द्र पर प्रहार किया, जिससे इन्द्र हाथी से गिरकर मूर्च्छित हो गए। देवगण और लोकपाल भी पराजित होकर यत्र-तत्र पलायन करने लगे।

असुरों की गर्जना बढ़ती जा रही थी। उनके आक्रमण के तुमुल वेग से देवताओं के पाँव उखड़ रहे थे। शिव के क्रोध से उत्पन्न वीरभद्र ने देवगणों को पीछे कर सामने आकर तारकासुर से युद्ध किया। वे सभी योद्धा एक-दूसरे पर त्रिशूल, ऋष्टि, पाश, खड्ग, परशु एवं पट्टिश जैसे भयावह अस्त्रों से प्रहार कर रहे थे।

युद्ध के इस भीषण काल में ब्रह्मा ने कार्तिकेय को उनके दिव्य स्वरूप का स्मरण दिलाते हुए कहा—

"हे गुह! हे शिव-पार्वती के प्रिय पुत्र! आपने देखा कि यह तारकासुर देवों के लिए अजेय है। स्वयं भगवान् विष्णु ने भी इससे युद्ध किया। उनका सुदर्शन चक्र, उनका सारंग धनुष, एक रोमांचकारी और भयंकर युद्ध बनकर रह गया। भगवान् विष्णु ने बड़े वेग से उस पर गदा से प्रहार किया पर उस महाबली तारक ने अपने त्रिशिख से उसके टुकड़े-टुकड़े कर दिए। उनके सारंग धनुष से चलाए गए बाणों का भी उस महा असुर ने भेदन कर दिया। उसकी शक्ति के प्रहार से विष्णु भी मूर्च्छित हो गए।"

युद्ध भयंकर उन्माद के साथ चल रहा था। इस घमासान युद्ध में देवगण दावानल से दग्ध वृक्ष की तरह धराशायी हो रहे थे। वीरभद्र ने अत्यंत क्रोधावेश में तारकासुर पर त्रिशूल से आघात किया, तारकासुर उस चोट से सहसा पृथ्वी पर गिरा और क्षणभर की मूर्च्छा के बाद ही दुबारा उठ खड़ा हुआ और शक्ति से उसने वीरभद्र पर प्रहार किया। भगवान् शिव के प्रिय सेवक वीरभद्र ने भी उस पर त्रिशूल से चोट की। प्रथम गणों के साथ युद्ध में तारकासुर की सेना परास्त होकर भागने लगी। अपनी सेना को भागते देख तारकासुर ने अपनी दस हजार भुजाएँ प्रकट कर लीं और सिंह पर सवार होकर भीषण गर्जना कर, युद्धभूमि में विकट रूप के साथ प्रकट हुआ। वह शिव के अनेक गणों का संहार करने लगा, ऐसा लग रहा था मानो वह समस्त सृष्टि को नष्ट कर देगा, उसकी मुद्रा भयानक थी और उसके शस्त्रों के वार निरन्तर तीखे होते जा रहे थे।

कुमार कार्तिकेय के साथ तारकासुर का युद्ध दो अपराजेय शक्तियों की टकराहट की तरह था। वे दोनों दो ज्वलित उल्कापिंडों की तरह एक-दूसरे पर झपट रहे थे। कुमार ने तारकासुर पर गहरा आघात किया। उस समय दिशाएँ स्तब्ध हो गई थीं, वायु की गति भी मन्द पड़ गई थी, सूर्य का प्रकाश भी धूमिल हो गया, पर्वतों के साथ समस्त वनभूमि डगमगाने लगी थी। हिमालय, मेरु, श्वेतकूट, दर्दुर महाशैल, मलयगिरि, मैनाक, विन्ध्याचल, लोकालोक पर्वत, मानसोत्तर पर्वत, कैलास, मन्दराचल, माल्यवान, गन्धमादन, उदयाचल, अस्ताचल, महेन्द्र गिरि ये सभी पर्वत कुमार कार्तिकेय के स्नेह और उनकी कल्याण-कामना से विचलित हो उठे। सम्पूर्ण प्रकृति का एक ही आवाहन था, जैसे भी हो तारकासुर का वध हो, पृथ्वी पर शान्ति हो, देवता, मनुष्य और सभी जीव शान्ति से जिएँ, वृक्ष लताएँ, वनस्पतियाँ, औषधियाँ सब शान्ति पाएँ और यह शान्ति तभी मिल सकती थी जब इस दुराचारी तारकासुर का नाश हो।

25

शक्ति की अधिकता और प्रमत्तता से अहंकार का जन्म होता है और वही विनाश का कारण भी होता है। ब्रह्मा बोले—"हे वत्स कार्तिकेय, बल जब कुमार्गगामी होता है तब उसकी कोई सीमा नहीं रहती। पतनोन्मुख व्यक्ति में बड़ी तीव्रता होती है। विष्णु ने सुदर्शन चक्र से भी उस दैत्य पर आक्रमण किया पर उस आघात से आहत होकर पृथ्वी पर तो गिर गया पर पुनः उठकर उसने सुदर्शन चक्र को भी काट दिया। उनका यह द्वन्द्व-युद्ध चाहे जब तक जितनी देर तक चले पर उससे तारकासुर की कोई क्षति नहीं हो पाएगी। यह सब मेरे द्वारा दिए गए वरदानों

का दुष्परिणाम है। मेरे वरदान के फलस्वरूप शिवपुत्र आप ही उस पापी का वध कर सकते हैं। इसलिए शीघ्रता कीजिए और इस दुरात्मा को मारकर त्रिलोक को सुख पहुँचाइए।"

ब्रह्मा की बातों का मर्म समझकर कुमार कार्तिकेय उस महा असुर के वध का दृढ़ निश्चय कर विमान से उतरकर पैदल ही दौड़ पड़े। उनके हाथों में उल्का की तरह शक्ति नामक अस्त्र प्रज्वलित था, उनका वेग प्रचंड था पर साथ ही वीरता भी थी, उनमें अपार क्रोध था पर जगत् को ताप से मुक्त करने वाली शान्ति भी थी, वे अप्रमेय और महान धैर्यशाली भी दिख रहे थे।

तारकासुर ने देवताओं को धिक्कारते हुए कहा, तुम स्वयं निर्वीर्य हो गए हो, तुममें युद्ध का तनिक भी बल शेष नहीं है तभी तो तुमने एक छोटे बालक को युद्ध में सेनापति बनाकर मेरे सामने खड़ा कर दिया है। यह कहकर उसने विष्णु आदि समस्त देवताओं को कुवचन कहना प्रारम्भ किया, दुर्बुद्धि के कारण वह अकथ्य को भी कहे जा रहा था, इस निन्दाकर्म के कारण उसका समस्त पुण्य नष्ट हो गया। पुण्य क्षय से वह पूरी तरह जर्जर और तेजहीन हो गया। दैत्यराज को पूरे वेग से आते देखकर सभी देवता और लोकपाल रणोद्यत होकर एकत्र हो गए। तारकासुर ने अपने सारथी को आज्ञा दी कि "तुम शिवपुत्र कार्तिकेय के पास ले चलो। मैं भी तो देखूँ उसमें कितना बल है? उसे किस बात का अभिमान है? मुझसे बड़ा बलशाली इस त्रिलोक में भला और कौन है? और मेरे समक्ष युद्ध करने के लिए, देवताओं का सेनापति एक क्षुद्र बालक?" वह अहंकार और उत्तेजना से भयानक अट्टहास करने लगा, बोलते समय क्रोधातिरेक से उसकी वाणी लड़खड़ा रही थी, उसका शरीर आवेग से अपने वश में नहीं था। उसका रथ बहुत लम्बा-चौड़ा कई योजन तक फैला था। उसके पार्श्व और पृष्ठ भाग में बड़े-बड़े आरे लगे हुए थे जो चलते समय आसपास ही नहीं दूर तक शत्रुओं को चीरते जाते थे। उसका रथ प्रलय के बादलों की तरह उड़ रहा था, चारों ओर रक्त ही रक्त, लाल धूसर रक्तिम नदी से सारा रणक्षेत्र भर गया था, उस समय ऐसा प्रतीत हो रहा था, मानो हिमालय जैसा बड़ा गिरिराज किसी तीव्र आँधी में उड़ा आ रहा हो। देवताओं की सेना उसके रथ के चक्र के वेग में पिसती और कटती जा रही थी और वह असुर अट्टहास कर रहा था। तारकासुर कार्तिकेय के पास जा पहुँचा। कार्तिकेय भी युद्ध के लिए उद्यत और अधीर हो रहे थे।

तारक ने कार्तिकेय को सम्बोधित कर कहा—

"शंकर पुत्र कुमार! कहाँ तुम्हारा बालक वय और छोटी बालकोचित्त भुजाएँ और कहाँ ये दुर्वह अस्त्र-शस्त्र? ये तुम्हारे हाथों में शोभा नहीं पाते। तुम अपने माता-पिता के इकलौते पुत्र हो, मेरे तीखे बाण तुम्हें बेध देंगे। जानबूझकर मृत्यु को निमंत्रित करने का दुस्साहस भला क्यों कर रहे हो? यहाँ से भाग जाओ, अपने प्राण बचाओ। जाकर अपनी माता के आँचल में, और पिता शिव की गोद में बैठकर छिप जाओ।

वही तुम्हारी त्राणभूमि है। युद्ध करने वाले वीर अपनी लाभ-हानि के बारे में अवश्य सोचते हैं। इन्द्रादि देवताओं का साथ छोड़ो। देवता किसके होते हैं? वे स्वार्थवश ही तुम्हें बहला-फुसला रहे हैं। उनके विनाश के साथ तुम भी नष्ट हो जाओगे।"

कार्तिकेय का सारा शरीर तारकासुर की बातों से जल उठा। वे फूत्कार की मुद्रा में आ गए, उनके होंठ जल रहे थे, उनकी आँखें लाल हो गईं। वे बोले—"दैत्यराज तारक! अभिमान ने तुम्हें अन्धा बना दिया है। तुम यदि अपनी प्राण-रक्षा चाहते हो तो भूमि पर लेटकर क्षमा माँगो। नहीं तो तुम्हारी ललकार का उत्तर मैं देना जानता हूँ। मैं तुम्हारी भुजाओं को विदीर्ण कर दूँगा, शस्त्र उठाओ, युद्ध के लिए तत्पर हो जाओ।"

तारकासुर ने अपने भयंकर बाणों को धनुष पर चढ़ाया, उसके बाण शत गुणित होकर निकल रहे थे। जैसे प्रज्वलित अग्नि से बहुत सारी चिनगारियाँ छूटती हैं। तारकासुर के बाणों को क्षणमात्र में हँसते हुए कुमार कार्तिकेय ने काट डाला। उस समय कार्तिकेय सूर्य की तरह दीप्त हो रहे थे। कुमार को अत्यंत शक्तिशाली और दुर्जेय पाकर तारकासुर ने मायाविद्या का सहारा लिया। उसने भयंकर आँधी उठाने वाला वायव्य बाण चलाया, उसके वेग से सभी दिशाएँ धूल से भर गईं। सबके समक्ष अन्धकार छा गया, सूर्य भी छिप गया। देवताओं की उज्ज्वल छाया उस आँधी में ऐसे उड़ी जैसे मेघ धूमिल आकाश में चिड़ियों की पंक्ति कहीं भटक गई हो। उस वायव्य अस्त्र ने देवसेना को अस्त-व्यस्त और जहाँ-तहाँ उड़ाकर मसल दिया। देवसेना के हाथी, घोड़े सभी के सभी धराशायी हो गए। देवताओं की सेना को इस प्रकार नष्ट-भ्रष्ट होते देखकर कुमार ने भी कुछ शस्त्र-संधान किए कि अन्धड़ का वेग अचानक समाप्त हो गया। देवताओं की सेना इस प्रकार पूर्ववत् हो गई जैसे कुछ हुआ ही न हो। तारकासुर ने अत्यंत क्रुद्ध होकर अग्निबाण चलाया। उस समय सर्वत्र धूमराशि फैल गई। घना अन्धकार छा गया और फिर देखते-देखते अग्नि की इतनी तरल ज्वाला फैली कि सब कुछ को भस्म करने में वह समर्थ थी। प्रलयकाल की विनाशकारी अग्नि की तरह वह सर्वत्र फैलती जा रही थी, ठीक वैसे ही जैसे दावाग्नि महावन को जलाकर भस्मीभूत कर देती है। कुमार ने मुस्कुराते हुए वारुणास्त्र का प्रहार किया, उसके प्रभाव से सारी कृत्रिम धूम घटाएँ उड़ गईं और धारासार वृष्टि से सर्वत्र जल ही जल फैल गया।

कुमार कार्तिकेय ने खेल-खेल में तारकासुर के अस्त्र-शस्त्र, धनुषबाण एक-एक कर काट डाले। वह दैत्यराज हाथों में तलवार लेकर कुमार पर आघात करने के लिए टूट पड़ा तब कार्तिकेय ने उस पर अपने अमोघ भयंकर भाले से चोट की। भाले की वह शक्ति तारक के हृदय में आघात करती हुई घुस गई और उसका प्राणान्त हो गया। तारक असुर किसी बड़े पहाड़ की तरह ध्वस्त होकर गिर पड़ा। इन्द्रादि देवता प्रसन्न हो गए, उनकी आँखों में हर्ष के अश्रु छलक आए। उधर पराजित दैत्य जहाँ-तहाँ पाताल की शरण में भागने और छिपने लगे। शिवपुत्र भगवान् कार्तिकेय

पर सुरगंगा का मंगल स्पर्श हुआ, नन्दनवन के पारिजात पुष्प फिर से खिल गए और धान के लावे की तरह कुमार का मंगल अभिषेक करने लगे। यह पुष्प-वर्षा देवत्व की विजय और पशुत्व या दानवत्व की पराजय की मानो घोषणा कर रही थी।

देवताओं, ऋषियों सबने समवेत स्वर से कुमार कार्तिकेय की अभ्यर्थना की और स्तोत्र वाचन किया। विजय की वह तिथि मार्गशीर्ष की चम्पा षष्ठी थी जिसे स्कंद षष्ठी भी कहा गया। शिव-पार्वती के प्रिय पुत्र स्कंद जो स्वरूप, विचार और आचरण से अति सुन्दर थे इसलिए वे स्कंद कहलाए। वीरता को जन्मार्जित संस्कार के रूप में प्रतिष्ठा कुमार कार्तिकेय द्वारा ही प्राप्त हुई। कुमार के विजयगीत किन्नरियाँ गाने लगीं। सभी दिशाओं में हर्ष व्याप्त हो गया। सर्वत्र जय और नमः शब्द गुंजित होने लगा। भगवान् शिव और पार्वती के रणक्षेत्र में आ जाने से देवताओं में उत्साह का नूतन संचार हो गया। ब्रह्मा, विष्णु आदि सभी की वैदिक स्तुतियों से एक महोत्सव का दृश्य उपस्थित हो गया। भगवान् रुद्र जगन्माता पार्वती और कुमार के साथ कैलास पर्वत की ओर प्रस्थित हो गए।

26

त्रिलोक का परिभ्रमण करते हुए नारद के जिज्ञासु मन में शिव और उनके सम्पूर्ण परिवार के विषय में अधिक से अधिक और गूढ़ से गूढ़ बातों को जानने की इच्छा हो रही थी। वे अपने प्रश्नों के समाधान के लिए पुनः ब्रह्माजी के पास पहुँच गए।

नारद ने प्रार्थना की—"हे ज्ञाननिधे! मैंने आपसे भगवान् कुमार कार्तिकेय का अमृतोपम चरित जान लिया है, अब मैं ज्येष्ठ भ्राता भगवान् गणेश का भी दिव्य चरित्र श्रवण करना चाहता हूँ। वे मंगल विधान के देवता हैं, उनका स्मरण सभी अमंगलों को दूर कर देता है।"

ब्रह्मा प्रसन्नचित्त हो गए। "वत्स! भगवान् गणेश अग्रपूज्य हैं। वे सनातन और अनादि देवता है, साक्षात् ब्रह्म स्वरूप हैं। यह प्रसिद्ध है कि कालान्तर में शनि की क्रूर दृष्टि से उनका शिरश्छेदन हो गया और उस पर हाथी का सिर जोड़ दिया गया। श्वेत कल्प में गणेश की अन्य कथा कही-सुनी गई है। सृष्टि के कार्य-व्यापार और उसकी रचना के मूल में हमें त्रिदेव भिन्न भले दिखाई दें पर हमारा मूल स्वरूप एक और अभिन्न है। शिव सगुण भी हैं और निर्गुण भी। उनके लीला-कौतुक से यह ब्रह्मांड सृजित भी हो रहा है और विनष्ट भी। नारद! गणेश पार्वती की ही शरीर-रचना और मनोरचना हैं। उनका प्रसंग अत्यंत रोचक है।" ब्रह्मा के कथन का सार इस प्रकार था—

विवाह के पश्चात् शिव-पार्वती सुखपूर्वक कैलास में निवास कर रहे थे। शिव के सहस्त्रों आज्ञाकारीगण थे पर उनका स्वरूप और कार्य-शैली भिन्न थी। पार्वती अपने निजी कक्ष के बाह्य भाग में द्वार पर शान्त चित्त, धीर-गम्भीर और आज्ञाकारी सेवक चाहती थीं। पराम्बा पार्वती के नित्य नैमित्तिक कार्यों में कोई विघ्न न पड़े इसलिए एक विघ्नहर्ता, संरक्षक सहायक की आवश्यकता थी। ऐसा कई बार हुआ कि द्वार पर नियुक्त कभी नन्दी तो कभी कोई अन्य परात्पर शिव को आने से न रोक सका और पार्वती के एकान्त में बाधा पड़ी। एक दिन क्रीड़ा और विनोद करते-करते स्नान पूर्व उबटन लगाने के बाद पार्वती ने शरीर के मैल को हटाना शुरू किया। हल्दी उबटन का लेप धीरे-धीरे शरीर से निकालकर पृथ्वी पर संगृहीत होता गया। उस हल्दी उबटन के अवशिष्ट तत्त्व को पार्वती ने पंचतत्त्वों में परिवर्तित कर दिया और अचानक एक पुरुष की मूर्ति निर्मित हो गई। अपने शरीर के मैल से एक सुन्दर सुलक्षण शक्तिशाली व्यक्तित्व वाले पुरुष बालक को देखकर पार्वती ने कहा—

"वत्स, तुम मेरी रचना हो, मेरे पुत्र हो। तुम मेरे अत्यंत प्रिय हो गए हो। आज से मैं तुम्हारा नामकरण 'गणेश' कर रही हूँ।"

उस सुपुरुष गणेश ने कहा—"आपके दिए गए हर आदेश का मैं पालन करूँगा। आप आदेश तो दें।" "पुत्र! आज से तुम मेरे द्वार रक्षक हो, पुत्र हो, मेरे अग्रज हो। मेरी आज्ञा के बिना कोई भी मेरे निवास या कक्ष में हठपूर्वक प्रवेश न करने पाए।"

माता पार्वती द्वारा प्रदत्त शस्त्र लेकर गणेश द्वार-रक्षक बनकर अडिग खड़े हो गए। एक दिन जब पार्वती सखियों के साथ अन्त:पुर में स्नान में निमग्न थीं, अचानक शिव का वहाँ पदार्पण हुआ। भगवान् गणेश्वर शिव को नहीं पहचानते थे, उन्होंने टोका—"देव! माता की आज्ञा के बिना आप भीतर प्रवेश नहीं कर सकते। इस समय यहाँ से जाएँ।" यह कहकर गणेश द्वार पर रोकने की मुद्रा में खड़े हो गए।

शिव को महान आश्चर्य हुआ। मेरे ही कक्ष में मुझे जाने से रोकने वाला यह कौन जड़मति है जो ऐसी दुर्बुद्धिपूर्ण बातें कर रहा है। बोले—"तुम मुझे नहीं जानते बालक! मैं शिव हूँ, कोई अन्य व्यक्ति नहीं।" पर गणेश नहीं माने। उन्होंने अवरोध नहीं हटाया। पुनः शिव ने कहा—"वत्स, मैं पार्वती का पति शिव हूँ और यह मेरा ही निवास है। तुम मुझे मना नहीं कर सकते।"

पर गणेश नहीं माने। उन्होंने शिव को रोककर बचाव के लिए आघात करना आरम्भ कर दिया। शिव क्रोध और दु:ख से भरे वापस आ गए। पर शिव के गणों को क्रोध आ गया। यह कौन मूर्ख अपनी मृत्यु को आमंत्रण दे रहा है? भगवान् के साथ यह दुर्व्यवहार, यह उपेक्षा देखकर शिवगण अत्यंत क्रोधित हो गए। उन्होंने एकसाथ मिलकर बालक गणेश को घेर लिया और अस्त्र-शस्त्रों से आक्रमण कर दिया। गणेश ने अपना परिघ उठाया तो उसके तीव्र प्रहार से गणदूत इधर-उधर भागने लगे, कई घायल हो गए, कई चोट न सह सकने के कारण मूर्च्छित हो गए। भगवती

पार्वती ने जैसे ही यह समाचार सुना वे क्रोध में भर गईं। उनके नेत्रों से ज्वालाएँ प्रकट हुईं। उनका स्वरूप भयंकर था, उनके मुख से अग्नि की लपटें निकल रही थीं। शिवगणों के चलाए हुए अस्त्र-शस्त्रों को वे महाशक्तियाँ अपने रौद्र मुख में डालकर पीस रही थीं। उनके केश खुले थे, कृष्णवर्णी वे शक्तियाँ अपना रौद्र रूप प्रकट कर रही थीं। इस आक्रामक युद्ध में गणेश का परिघ एक नर्तमान महाशक्ति की तरह देव सैनिकों और शिवगणों का उच्छेद कर रहा था। जैसे पूर्व काल में मन्दराचल ने क्षीरसागर का मंथन किया था। वैसे ही अकेले गणेश ने इस दुर्धर्ष देव सेना को मथ डाला। आकाशमार्गी ऋषिगण और अप्सराएँ इस युद्ध को देखकर आश्चर्य प्रकट कर रही थीं। यह संग्राम प्रकृति के लिए भयावह था। भाँति-भाँति के अपशकुन हो रहे थे। समुद्र भीषण वेग से तरंगित हो रहा था, पृथ्वी रह-रह कर कंपित हो रही थी। जब दो महाशक्तियों में युद्ध होता है तो उसका प्रभाव स्थान विशेष में ही नहीं काल विशेष में भी होता है, वह दो व्यक्तियों और युद्धरत सेनानियों पर ही नहीं सम्पूर्ण परिवेश पर भी पड़ता है। बालक वीर है तो क्या? उसके दुस्साहस का अन्त होना ही चाहिए। सब कुछ जानकर शिव का महारुद्र रूप जाग्रत हो उठा। यह युद्ध भी ब्रह्म की महाशक्तियों की जैसे क्रीड़ा थी। इस युद्ध-क्रीड़ा में भगवान् विष्णु भी सम्मिलित हो गए। गणपति ने मन ही मन अपने संस्कार और शीलवश विष्णु को नमन किया और पुनः भीषण युद्ध होने लगा। आघात पर आघात और शस्त्र से रक्षा की विधि अपनाते हुए दोनों युद्धकला दिखला रहे थे। विष्णु ने कहा—"भगवान् महेश्वर! यह बालक दुर्द्धर्ष पराक्रमी है, इसे बातों में उलझाकर इसका वध सम्भव है।" गणपति के परिघ के भयानक प्रहार को शिव भी नहीं झेल सके, इस आघात की प्रतिक्रिया में उन्होंने त्रिशूल के प्रहार से गणेश का शिरश्छेद कर दिया।

देवर्षि नारद से गणपति के वध की सूचना मिलते ही पार्वती का पुत्र-प्रेम आर्तनाद के रूप में जाग उठा। वे क्रोध-विह्वल, अश्रु-विह्वल और अत्यंत पीड़ित हो गईं। उनका हृदय काँप रहा था, होंठ फड़क रहे थे, मुख क्रोध के अतिरेक से प्रचंड ज्वाला की तरह धधक रहा था। "देवताओं और गणों ने मिलकर मेरे पुत्र का वध कर दिया। मैं उनका नाश करूँगी, प्रलय का जल-प्लावन होगा, मैं समूची सृष्टि को निगल लूँगी।" उनके समक्ष स्मरणमात्र से ज्वाल गर्भा महाशक्तियाँ प्रकट हो गईं।

शिवा ने उन्हें आदेश दिया—"जो भी युद्धकामी देवगण आदि हैं, उन्हें अपने तीखे दाँतों से चबा डालो, आपके अस्त्र-शस्त्रों से यह पृथ्वी रक्तरंजित हो जानी चाहिए। अग्नि में जैसे तृण भस्म हो जाते हैं वैसे ही वे महाशक्तियाँ संहार-कार्य में लग गईं। वहाँ कराली, कुब्जका, खंका, लंबशीर्षा आदि भयानक शक्तियों के वेग के समक्ष कोई नहीं ठहर सका।

भगवती पार्वती के क्रोध के समक्ष जाने का साहस कोई नहीं जुटा पा रहा था। देवता, दिक्पाल, यक्ष, किन्नर, गन्धर्व, मुनि, विष्णु, ब्रह्मा और भगवान् शंकर भी

इस कार्य के लिए चिन्ता में पड़ गए। उस समय पार्वती का तेज अत्यंत दाहक था। उसी समय नारद का शुभागमन वहाँ हुआ। सबको लगा देवर्षि अगर जगदम्बा को मनाएँ तो उनका क्रोध सम्भवतः शान्त हो सकता है!

देवर्षि बोले—"माता अम्बे! आप कृपा करके प्रसन्न हों, शान्त हों। यह सारा त्रिलोक आपकी क्रोधाग्नि में जल रहा है। देवता, ऋषि सबने एक स्वर से इस अपराध के लिए क्षमा-याचना की। यह सुनकर भगवती चंडिका का उफनता हुआ क्रोधावेग तनिक शान्त हुआ। उन्होंने कहा—शूलपाणि मेरे पुत्र को जीवित करें और सभी देवगणों के बीच मेरा यह पुत्र गणपति प्रथम पूज्य हो तो सृष्टि का संहार नहीं होगा। लोक में शान्ति तभी होगी जब वह गणाध्यक्ष बनें। इसे महिमा मिले, पिता शिव का स्नेह मिले, तभी मेरा हृदय शान्त होगा।"

शिव ने संसार के कल्याण की चिन्ता की और देवगणों को निर्देश दिया कि सभी उत्तर दिशा में जाएँ। वहाँ सर्वप्रथम जो मिले उसका सिर ले आएँ। देवगण अन्वेषण में जुट गए। उन्हें सर्वप्रथम एकदाँत वाला हाथी मिला उसका सिर लेकर गणेश के शरीर में जोड़ दिया गया। शिव का तेज वैदिक मंत्रों की ध्वनियों के साथ बालक गणेश के शरीर में संक्रांत हुआ और अभिमंत्रित जल के स्पर्श होते ही गणेश चेतनायुक्त होकर जाग्रत हो उठ बैठे। हाथी के मुख वाले गणेश की शोभा और भी द्विगुणित हो गई थी। वे सुभग, सुन्दर लाल वर्ण के प्रतीत हो रहे थे, उनकी मनोहर आकृति अत्यंत लीलामय और आकर्षक लग रही थी। सब उन्हें स्पर्श कर आनन्द का अनुभव कर रहे थे। भगवती पार्वती पुत्र गणेश को जीवित देखकर फूली न समाईं। उन्होंने गणेश को हृदय से लगाकर स्नेह दिया। उसके दिव्य भाल को चूमा। अर्घ्य, आचमन और स्नान के बाद उन्हें सुन्दर पीताम्बर पहनाया। माथे पर चमकीला स्वर्ण मुकुट जिसमें अनेक रक्तिम, नीलवर्ण, हरित वर्ण के रत्न जड़े थे, पहनाया। उनके सुदृढ़ स्कंध पर उत्तरीय डाला। उन्हें दिव्य आसन पर बिठाकर अक्षत और पुष्पादि से उनका मंगलवाचन किया। भगवान् गणेश ने भी दिव्य स्वरूप धारण किया। उनके गजमुख पर श्रृंगार की रेखाएँ शोभा पा रही थीं, द्वितीया का चन्द्रमा मस्तक पर सुशोभित था, वह उनसे क्रीड़ा करने को उद्यत लग रहा था। माता पार्वती ने मोदक और फल-फूलों का नैवेद्य उनके समक्ष रखा। धूप गन्ध से सुवासित कर्पूर और घृताक्त वर्तिका से उनकी आरती उतारी। माता की आँखों से प्रसन्नता के आवेग से अश्रु प्रवाह हो रहा था। गणेश ने अपनी उँगलियों से माता के अश्रु पोंछे पर वे अश्रु कहाँ मानते? वे बार-बार निकल रहे थे। पार्वती का उद्रेक और भावावेग रोके नहीं रुक रहा था। ये प्रसन्नता, सुख-सन्तोष के अश्रु थे और त्रिभुवन-विजय की तरह सुखदायक थे।

माता पार्वती का हृदय आनन्द के मारे फूला नहीं समा रहा था। उनके शरीर के लेप्य मंडन हरिद्रा चूर्णादि से निर्मित उनका गणेश पुनर्जीवित हो गया था। अब वह देवाधिदेव महादेव और माता के आशीर्वाद से अग्रदूत, देवताओं में श्रेष्ठ,

विघ्न विदारक हो गया था। समस्त त्रिलोक में क्षणभर में यह सुसमाचार फैल गया कि भगवान् गणपति का मुख गजराज का है, वह मधुर और स्नेहाकर्षक है। जिस बालक को देखकर स्पर्श करने की इच्छा उत्पन्न हो जाए तो वह उसकी सात्त्विकता, आकर्षण-शक्ति और उसके प्रभामंडल का प्रभाव ही तो है! जो भी गणपति को देख रहा था वह उसकी मानस पूजा में निमग्न था। आँखों से उनका रूप देखकर मुग्ध होता, पलकों से उनके चरणों का स्पर्श करता, उत्तर में गणपति भी अपना प्रमुदित मनोभाव व्यक्त करते, उस समय दृश्य और द्रष्टा दोनों ही मानो एक हो गए थे।

27

नैमिषारण्य में ऋषियों का एक वृहत् समुदाय उपस्थित था। लोमश ऋषि वक्ता पीठ पर विराजमान थे। ऋषियों ने प्रश्न किया—"ऋषिवर! हमें शिव की पवित्र निवास-स्थली कैलास के सम्बन्ध में बताएँ।" लोमश ऋषि ने कैलास की चर्चा करते हुए कहा—

"शिव की निवास भूमि कैलास हिमालय के सर्वाधिक पवित्र शिखर के रूप में प्रतिष्ठित है। कैलास की छवि विराट् शिवलिंग की आकृति के समान है, यह पर्वतों के मध्य एक षोड्श दल कमल के मध्य में स्थित है। शास्त्रकारों ने शिव की पवित्रभूमि कैलास को 'क' अर्थात् जल में जिसका लास्य या लसन हो कहा है। कैलास को केलियों के समूह : कैल के साथ वहाँ आस या निवास किया जाता है (केलीनां समूहः कैलम् कैलेनास्यते अत्र)। इसी पर्वत पर शिव-पार्वती निवास करते हैं और वहाँ उनके समस्त गण भी रहते हैं। सुमेरु पर्वत के पूर्व में जठर और देवकूट हैं, पश्चिम में पवन और पारियात्र तथा दक्षिण में कैलास और करवीर पर्वत अवस्थित हैं। इसीलिए शिव कैलासनाथ भी कहलाते हैं। कुबेर की राजधानी अलकापुरी इसी कैलास की द्रोणी में बनी हुई है जो दिव्य दृष्टि से ही देखी जा सकती है। कुबेर उत्तर दिशा के स्वामी माने गए हैं और अलका को वसुंधरा, वसुस्थली और प्रभा भी कहा गया है। अलका का एक नाम 'वस्वोकसारापुरी' भी है। इसके विषय में प्रसिद्ध है—'अलति भूषयति इति अलका'। इसी प्रकार कैलास को शास्त्रों में गण पर्वत, रजताद्रि, स्फटिकाद्रि भी कहा गया है।"

अन्य ऋषियों ने पुनः प्रश्न किया—"हिमालय स्वयं देव स्वरूप हैं, उनके विषय में भी बताने की कृपा करें।"

'अस्युत्तरस्यां दिशि देवतात्मा हिमालयो नाम नगाधिराजः' कहकर हिमालय का स्मरण देवात्मा के रूप में किया गया है। इसी हिमगिरि की तनया माता पार्वती हैं। देवात्मा हिमालय ने देवभूमि भारतवर्ष को दो महान शक्तियाँ भेंट की हैं—एक है,

पर्वतराज पुत्री पार्वती और दूसरी है पुण्यसलिला गंगा। ये दोनों शिव की प्राणाधिक प्रिया हैं। गंगा शिव की जटाओं में निवास करती हैं, इसलिए जटिल हैं और पार्वती अंक में शोभित होने के कारण मधुर हैं। गंगा वेगमयी हैं और पार्वती शान्त और स्निग्ध। एक में चटुलता और चपलता है और दूसरे में सौभाग्य का निर्विकार तेज और दिव्य प्रशान्ति। भगवान् शिव ने अपनी जटिल जटाओं में स्वर्ग से उतरी गंगा को ऐसा लपेट लिया कि वह वहीं की होकर रह गईं। इसलिए गंगा का मार्ग जटामार्ग है। उसके प्रवाह में आड़ी-तिरछी रेखाएँ हैं। शिव के अग्निगर्भ तेज को और उनके प्रदीप्त तीसरे नेत्र को माथे पर शोभित चन्द्रमा और गंगा के शीतल जल दोनों शान्त रखते हैं। गंगा शिव के माथे पर विराजती हैं, जिसके कारण माता पार्वती की भौंहें सदा तनी रहती हैं और उस पर गंगा अपने फेन की मुस्कुराहट फेंकती हैं। शिव के मस्तक पर स्थित बाल-चन्द्रमा के साथ क्रीड़ा करती हुई तरंग रूपी हाथों से शिव के जटाजूट को पकड़ लेती हैं। महाशिव के तीसरे नेत्र में ज्वाला और दग्धता है, वे त्रिनयन हैं, उन्हें त्र्यम्बक भी कहा जाता है। त्रिनयन शिव के मस्तक पर विराजित हैं इस कारण उनको 'निटिलेक्षण' भी कहा जाता है। 'भस्मीकृत चेतने मकर केतने।' शिव को तीन आँखों के कारण 'अयुग्म' या 'विषम नेत्र' भी कहा जाता है। यह तीसरी आँख क्रोधाग्नि से प्रदीप्त है। वे करुणा और क्रोध के विग्रह हैं। उनकी यह तीसरी आँख क्रोध से अग्नि में नील लोहित रंग की हो जाती है।"

नारद ने पूछा—"ऋषिवर! शिव की क्रीड़ा-भूमि कैलास के आध्यात्मिक रूप पर प्रकाश डालने की कृपा करें तथा बताएँ कि शास्त्रों में उसका वर्णन कैसे किया गया है?"

"सुनो नारद! नटराज शिव की निवास-भूमि और लीला-भूमि महाकैलास रही है। इसके अतिरिक्त एक भू-कैलास भी है जहाँ शिव के गण और भक्त ही पहुँच सकते हैं। नारद! यह कैलास मनःलोक है, शास्त्रों ने इसके दिव्य ऐश्वर्य का लोकातीत वर्णन किया है जिसमें अपार वैभव, अनंत-असीम आनन्द है। उसी अपूर्वता की चमत्कारपूर्ण कल्पना ऋषियों ने इस प्रकार की है कि कई लाख योजन की विस्तृत स्वर्णभूमि और लाख योजन ऊँचा शिव का स्थान है। वही महाकैलास है, उसके चारों ओर पचास हजार के योजन के विस्तार में और बीस हजार योजन ऊँची रजतभूमि का घेरा है। उसकी आठों दिशाओं में मणियों के आठ फाटक हैं। पूर्व द्वार के अधिपति महात्मा विघ्नेश्वर हैं, अग्निकोण के महागण भृगीरिटि है और दक्षिण के पालक महाकाल नैऋत्य के द्वारपाल वीरभद्र हैं। पश्चिम द्वार के पालक शिव कन्या महाशास्ता हैं। वायव्य कोण में संकट मोचिनी दुर्गा हैं। उत्तर दिशा के द्वारपाल सुब्रह्मणयम् पर शिव हैं तथा ईशान कोण के रक्षक शैलादि गण नायक हैं। इन लोकों में अगणित अनुचर हैं। यह नगरी पचास हजार योजन तक विस्तृत है। उनमें दस हजार योजन ऊँचे सौ अरब शिखर हैं जो मूँगे से बने और सब

ओर से घिरे हैं। उनके भीतर बीस हजार योजन ऊँचे दस अरब और भी शिखर हैं जो पद्मराग मणियों से निर्मित हैं। उनके भीतर तीस हजार योजन और ऊँचा एक करोड़ एक वैदूर्यमय शिखर हैं जो सब ओर से सुरक्षित हैं। महाकैलास के द्वार के बाहर की भूमि दस हजार योजन विस्तृत है तथा भीतर की भूमि चालीस हजार योजन तक फैली है। इस भूमि में शिव के मुक्तिकामी भक्त रहते हैं। इस दिव्य भूमि में सब कुछ प्राप्त है। यह दिव्य स्थान कल्पवृक्षों के वन और कामधेनुओं तथा चिन्तामणियों से पूरित है। इन सबों में गन्धर्वपूजक यक्ष, किन्नर आदि निवास करते हैं। अनेक प्रकार की मणियों के अनेक शिखर हैं, जहाँ अनेक ब्रह्मा, अनेक विष्णु विराजते और शिव का ध्यान करते हैं। और ऊँचाई पर महाशिव और गौरी कार्तिकेय और गणेश का निवास है। यह धाम "अन्त:पुरी" के रूप में प्रसिद्ध है। अलौकिक विशाल महल के दिव्य आसन पर परा शक्ति के साथ शिव विराजमान हैं। महाकैलास की भाँति भू-कैलास की भी चर्चा प्राप्त होती है। साम्ब सदाशिव का महाकैलास एक महत् और दिव्य कल्पना के रूप में प्रतिष्ठित है। स्वर्गलोक, वैकुंठ लोक आदि की भाँति शिवलोक को भी परम और दिव्य माना गया है जहाँ सबके बीच रहकर भी शिव असंग हैं। वे भोग और भूमि से ऊपर उठकर नित्य निवास के रूप में महाकैलास को चुनते हैं।"

"तो कैलास केवल पृथ्वी का भू-खंड नहीं वह एक आध्यात्मिक मनोमय जगत् भी है जहाँ सब कुछ महान, विराट् और दिव्य है, इसीलिए वह भव्य भी है और मनोरम भी।"

"हाँ, नारद! तुम्हारा, मेरा सबका मनोलोक कैलास बन सकता है, जिसमें दिव्यता है, ऐश्वर्य ही ऐश्वर्य है। इसी उच्च भाव-दशा में शिव-पार्वती का चिन्तन, भजन, मनन या यजन किया जा सकता है। जो दिव्य को भजेगा वह निश्चय ही दिव्य हो जाएगा और कह उठेगा 'शिवोऽहम्' 'शिवोऽहम्' मैं शिव हूँ, मुझमें शिव हैं, मैं ही शिव हूँ। नारद! मस्तिष्क में चेतना का आना और जाना एक प्रकार की क्रीड़ा है—नाट्य और खेल है। मस्तिष्क के केन्द्र में ही कैलास, अलकापुरी, नन्दनवन, चैत्ररथ वन या नन्दन कानन हैं। ये सब मस्तिष्क के अतिमानस के ही विभिन्न प्रदेश के नाम हैं। वेदों में यही मस्तिष्क कुंभ, कलश और द्रोण कहा गया है, यह अमृत घट उलटकर हमारे भीतर इस प्रकार स्थापित है कि इससे अमृत की बूँदे झरती रहती हैं। यह अमृत देवताओं को अमरत्व प्रदान करता है और यही असुरों के लिए सुरा मात्र रह जाता है। कैलास का मानसरोवर भी एक विराट् अमृत कुंभ की भाँति है जहाँ अमृत रूप कमल खिले रहते हैं और हंस की भाँति योगी उसका आनन्द लेते हैं। इस मनोलोक में ही कैलास में आनन्द भाव का अनुभव किया जा सकता है।"

इस सुखद संवाद के बाद नारद लोमश ऋषि को श्रद्धापूर्वक प्रणाम करके शिव-भाव में तन्मय हो गए।

28

ब्रह्मा और उनके मानस पुत्र देवर्षि नारद में एक विशिष्ट अन्तर था, ब्रह्मा सर्वज्ञ थे, वे मानसी सृष्टि और दृष्टि के अधिष्ठाता थे। महान तप और सर्वज्ञता की शक्ति नारद को भी प्राप्त थी पर वे परिभ्रमण को ही तप मानते थे। देव जाति, ऋषिगण, दैत्यगण और मानव जाति तक उनकी समान पैठ थी। वे जानते थे कि सर्वज्ञता से ज्ञान तो मिलता है, अन्तर्यामी अन्तर तक पैठ सकता है पर बाहरी विश्व को बाहरी इन्द्रियों से देखना-समझना अधिक कल्याणकारी और लाभदायक है। फिर भी नारद पिता ब्रह्मा के समीप जाकर निरन्तर तत्त्वज्ञान के लिए आग्रह करते रहते थे। आज भी वे प्रात:काल संध्यावन्दन और भगवत् पूजन से निवृत्त होकर ब्रह्मा से संवाद करने आ पहुँचे। ज्ञान का यह उपनिषद् उनका नियमित अभ्यास बन गया था।

नारद ने पूछा—"देव! भगवान् गणपति माता पार्वती और शिव के पुत्र हैं, वे दोनों के महातेज से भासित होते रहते हैं, वे भी शिव की भाँति ओंकार के प्रतीक हैं, उनके विषय में मैं और भी जानना चाहता हूँ।"

ब्रह्मा बोले—"पुत्र! गणपति भी शिव की भाँति प्रकृति और पुरुष से परे ब्रह्म स्वरूप हैं। उनकी महिमा कभी कम नहीं होती, इसलिए वे अच्युत कहलाए। गणपति के अथर्वशीर्ष में उन्हें मूलाधार चन्द्र के ऊपर त्रिगुणमयी कुंडलिनी में स्थित माना गया है—'त्वं मूलाधार स्थितोऽसि नित्यम्। त्वं शक्ति त्रयात्मक:। त्वां योगिनो ध्यायन्ति नित्यम्।' षट्चक्रों में व्याप्त रहने वाली चिन्मयी नादशक्ति महान गणपति का स्वरूप है। ओंकार रूप भी उनका वाचक है। गणेश का स्वरूप सुन्दर है, वे रक्तवर्ण के हैं। लालरंग का ही अंगराग, वस्त्र और पुष्प से युक्त लम्बोदर, मस्तक पर चन्द्राकार मुकुट है, त्रिनेत्रधारी, छोटे-छोटे हाथ-पैर वाले, शुण्ड के अग्रभाग में बिजौरा नींबू दबाए, हस्त के अग्रभाग में पाश अंकुश, दत्त और वरदायिनी मुद्रा वाले हैं। मुख गज रूप है और सर्प के ही आभूषण से सुसज्जित कमलासन पर अवस्थित हैं। ऐसे विघ्न विनाशक सबके लिए कल्याणकारक हैं। उनके प्रमुख द्वादश नाम अति प्रसिद्ध हैं—सुमुख, एकदंत, कपिल, गणकर्ण, लम्बोदर, विकट, विघ्ननाशक, विनायक, धूम्रकेतु, गणाध्यक्ष, भालचन्द्र और गजानन।"

"पिताश्री! पृथ्वी के ज्ञानियों और सन्तों ने गणेश के ओंकार स्वरूप का भव्य चित्रण किया है। अखिल वेद ही गणेश की सुन्दर मूर्ति है और वेद के अक्षर उनका निर्दोष शरीर है, स्मृतियाँ उनके अवयव हैं और अर्थ की सुन्दरता उनके लावण्य की द्युति है। अठारहों पुराण उनके मणिभूषण, प्रमेयरत्न और पद-रचना कुंदन हैं। उत्तम पद लालित्य उनका रंगमय शरीर जिसमें शास्त्रों का उज्ज्वल ताना-बाना है, काव्य और नाटक रुनझुन कटि की क्षुद्र घंटियों का मंजुल स्वर हैं, ऋषियों की बुद्धि ही

मानो उनकी मेखला है, षड्दर्शन ही मानो उनकी छह भुजाएँ हैं, मतवाद ही उनके शस्त्र हैं, तर्कशास्त्र परशु है, न्यायशास्त्र अंकुश और उपनिषद् रसमय मोदक है। परशुराम के फरसे से टूटे वे 'एकदंत' ऐसे लगते हैं मानो वार्तिककार के व्याख्यान से खंडित बौद्ध मत हो। गणेश का वरद कर कमल सांख्य सिद्धान्त सत्यकार्यवाद का सूचक है और उनका अभयकर धर्म की प्रतिष्ठा सिद्ध करता है। निर्मल विवेक ही उनका शुण्ड है, उत्तम संवाद शुभ्रवर्ण दंत और ज्ञानदृष्टि सूक्ष्म नेत्र है, पूर्व और उत्तर ग्मोमांसाएँ ही उनके दोनों गजकर्ण हैं, ज्ञानामृत ही मद है और ज्ञानी मुनि उनके सेवक भ्रमर स्वरूप हैं। द्वैत और अद्वैत दो निकुम्भ हैं और दोनों जहाँ मिलते हैं, वही उनका मस्तक है। वेद और उपनिषद् उस गजमस्तक पर रखे मुकुट के गन्धपुष्प सदृश हैं, अकार आपके दोनों चरण, उकार विशाल उदर और मकार मस्तक का महामंडल है। इन तीनों से ही गणेश आदि बीज ओंकार हैं—प्रणव हैं।"

नैमिषारण्य में अपने आसन पर विराजमान महर्षि लोमश ने एक दिन नारद से गणेश के दिव्य स्वरूप और गजानन रूप के रहस्य की चर्चा करते हुए कहा—"गणपति के स्वरूप की अन्य कथाएँ भी है। वस्तुतः भगवान् शिव के परिवार में गणेश अनादि देवता हैं। वे एकदंत, चतुर्बाहु, रक्तवर्ण, लम्बोदर, शूर्पकर्ण एवं रक्तवस्त्रधारी हैं। उनके चारों हाथों में पाश, अंकुश दंत और वरमुद्रा है। उनके ध्वज में मूषक का चिह्न है। वे रक्तवर्ण के पुष्पों से सुपूजित हैं। वे स्वस्ति रूप और प्रणव रूप हैं। उनके कपिल वर्ण में नील और पीतवर्ण की आभा फैलती रहती है। उनका बालरूप अत्यंत सुन्दर, सुगठित शरीर वाला था। उस दिव्य शिशु को देखने एक दिन शनिदेव आए। शनि को यह शाप था कि जिसे वे देखेंगे उसका सिर धड़ से पृथक् हो जाएगा। माता पार्वती ने बार-बार शनि से अपने प्रिय पुत्र को देखने के लिए आग्रह किया। शनि ने अपनी अनिष्टकारक दृष्टि का संकेत भी किया पर माता आग्रह करती ही रहीं। शनि ने जैसे ही गणेश को देखा गणेश का सिर धड़ से अलग हो गया। सर्वत्र हाहाकार मच गया। भगवान् विष्णु पुष्पभद्रा नदी के वन से एक गज शिशु का मस्तक काटकर ले आए और गणेश के मस्तक के रूप में उसे प्रस्थापित कर दिया। तब से गणेश 'गजानन' कहलाए। गणेश का सिर हाथी के समान बड़ा इसलिए है कि वह बुद्धिमत्ता और गम्भीरता का प्रतीक है। अपने आयुधों से भी वे दंडनायक के रूप में दृष्टिगत होते हैं। वे विद्या और बुद्धि के आधार हैं, विघ्ननाशक हैं, ऋद्धि-सिद्धि प्रदाता हैं। भगवान् गणपति आरम्भ से ही ऋग्वेद, शुक्ल यजुर्वेद के अश्वमेध अध्याय और महाभारत में वर्णित हैं।"

लोमश ऋषि कहते गए—"गणेश का प्रसिद्ध वाहन मूषक है जो भगवती वसुंधरा ने उन्हें प्रदान किया था। ब्रह्मवैवर्त पुराण में सिंह और मयूर को भी गणेश का वाहन माना गया है। कृतयुग में गणेश का वाहन सिंह है, उनकी दस भुजाएँ हैं, तेजस्वी, विशालकाय और वरदाता हैं। त्रेता में उनका वाहन मयूर है, वे छह भुजा

वाले हैं, उनका वर्ण श्वेत और 'मयूरेश्वर' नाम से प्रसिद्ध हैं। द्वापर में गणेश का वर्ण लाल है, वाहन मूषिक है। उनकी भुजाएँ चार हैं, वे देवता और मनुष्यों द्वारा पूजित गजानन हैं। कलियुग में उनका धूम्रवर्ण है, वे घोड़े पर आसीन हैं, उनके दो हाथ हैं और म्लेच्छों तथा दैत्यों का विनाश करते हैं। वे धूम्रकेतु नाम से पूजित हैं।"

गणेश और षडानन में बाल्यकाल से ही अद्‌भुत प्रीति थी, उनकी पारस्परिक क्रीड़ा से माता पार्वती का भी चित्त प्रमुदित रहता था। उनमें कभी क्रोध, कभी आवेश, कभी एक-दूसरे की निन्दा तो कभी एक-दूसरे पर असीम स्नेह जैसी अद्‌भुत क्रीड़ाएँ चलती रहती थीं। कभी गणेश कार्तिकेय के विरुद्ध माता से शिकायत करते कि कुमार ने अपने हाथों से मेरे कर्ण उमेठ दिए हैं तो कभी कार्तिकेय यह दोषारोपण करते कि मातः देखो! गणपति ने अपनी सूँड़ से मेरी आँखें गिन डालीं।

गणेश के अग्रपूज्य घोषित होने के बाद माता पार्वती का चित्त तनिक शान्त हुआ। उनके हृदय में वात्सल्य का अमृत लहराता रहता था। उन्हें जब अपने अंबिका और जगन्माता स्वरूप का स्मरण आता तो वे सोचतीं यह सारी सृष्टि मेरी सन्तान है। केवल देवता ही नहीं, मनुष्य, किन्नर, गन्धर्व, यक्ष ही नहीं समस्त वनों के वृक्षपुंज, लताएँ, पुष्प, फल, पल्लव, नदी-नद, निर्झर, सागर सब जैसे मेरे ही दुग्ध से पालित पुत्र जैसे हैं।

माता पार्वती ने एक अशोक वृक्ष के अंकुर को पुत्रवत् पालना आरम्भ किया। कई ऋषिगण देवगण आए, उन्हें लगा देव और मानव जाति की सप्राण सत्ता की रक्षा, अभय और कल्याण की अधिक आवश्यकता है, उसमें जड़-वृक्षों को इतना ममत्व देना, उन्हें पुत्र का स्नेह देना कहाँ तक उचित है? पर माता के मातृत्व पर भला क्या कोई अंकुश लग सकता है? क्या अलकनन्दा के तीव्र प्रवाह को प्रस्तर के छोटे-छोटे ढोंके रोक सकते हैं? पार्वती ने उनकी बातों को अनसुना कर दिया। वे पौधों का संरक्षण और वृक्षों के लालन-पालन में रुचि लेती रहीं। वे मानती थीं कि मनुष्य प्रकृति का शोषक नहीं परिपोषक है। वन विस्तार की हरीतिमा ही पृथ्वी का रंग विन्यास है, फूल और फल ही उसकी उत्कृष्ट विभूतियाँ हैं। उन्होंने देवताओं और ऋषियों को बताया कि "एक पुत्र दस सरोवरों के समान होता है, तथा एक वृक्ष दस पुत्रों के समान। यही मेरी लोक स्नेह की मर्यादा है। जिसके लिए वृक्ष भी पुत्र से अधिक प्रिय हैं। इसीलिए मेरे प्रभु भगवान् शिव के गण भी मुझे पुत्र के समान ही प्रिय हैं। इन गणों में वृषभराज नन्दी और वीरभद्र आदि हमारे विशेष प्रियपात्र हैं।"

हिमालय के फैले चतुर्दिक् वनों में भाँति-भाँति के वृक्ष थे, वृक्षों की यह शृंखला माता पार्वती को अत्यंत प्रिय थी। पार्वती उन वृक्षों को प्रिय पुत्र कार्तिकेय की तरह स्नेह देती थीं। देवदारु के विशाल वृक्षों को भगवान् शंकर अपने पुत्र के समान ही मानते थे, क्योंकि स्वयं पार्वती ने अपने स्वर्ण घट रूपी स्तनों के रस से सींच-सींच कर उन्हें बड़ा किया था। कहते हैं, एक बार एक जंगली हाथी आकर इससे

रगड़कर अपनी कनपटी खुजलाने लगा, इससे उसकी थोड़ी छाल छिल गई। इतने भर से ही पार्वती को इतना शोक हुआ, जैसे दैत्यों के बाणों से घायल कार्तिकेय को देखकर हुआ था।

29

माता पार्वती ने गणपति की आज विशेष सज्जा की थी। उनका रूप—मन और नेत्र दोनों को आनन्द दे रहा था। उनके चरणों की उँगलियों के नखों की अरुणाभा के आगे रक्त-कमल का केसर भी महत्त्वहीन हो गया था। शरीर पर लाल रंग के वस्त्र के सामने सांध्यकालीन सूर्यमंडल का रक्तिम प्रकाश फीका पड़ गया था। उनके कटि-सूत्र की प्रभा ने सुमेरु पर्वत के शिखर की सुषमा चुरा ली थी। उनके चारों सुन्दर हाथों में खड्ग, खेट, धनुष और शक्ति जैसे आयुध सुशोभित थे। उनकी सुन्दर नासिका और मुख-कमल की कांति ने पूर्णिमा के चन्द्रमा को भी प्रभाहीन कर दिया था। उनके मनोहर नेत्र कमल रातदिन विकसित रहते थे। उनका मस्तक चमकीले मुकुट से अत्यंत प्रभावान था। उनके उत्तरीय के आगे जगमग असंख्य ताराओं से शोभित आकाश भी हीन लग रहा था। उनका एकदंत रूप वाराह भगवान् की दाढ़ से भी अधिक दिव्य था। उनकी सूँड़ अमरावती के ऐरावत आदि दिग्गजों के मन में भी भय उत्पन्न कर देती थी।

जैसे भगवान् शिव वृषभध्वज हैं वैसे ही गणपति मूषक चिह्न की ध्वजा धारण करने वाले हैं। ईश्वर अपने आश्रितों, सेवकों, सहायकों और भक्तों को भी अपनी ध्वजा में सादर स्थान देकर उन्हें सिर आँखों पर बिठाता है। माता भवानी जानती थीं कि गणपति सृष्टि के आदि देवता हैं, प्रकृति और पुरुष से परे हैं, तभी तो माता ने अग्रपूजा का अधिकार उन्हें प्रदान किया था। तभी तो ऋषियों ने भी उनकी वन्दना करते हुए एक स्वर में कहा था—हम उन गणनायक की वन्दना करते हैं जिन्होंने अपने शरीर को विविध रत्नों से अलंकृत किया है, अद्‌भुत माला धारण की है, जो स्वेच्छा से अनेक रूपों में स्वयं को व्यक्त करते हैं। हम उन गणनायक की वन्दना करते हैं, जिनका मुख हाथी के मुख के समान है, जो महोदर हैं, महाकाल हैं, सर्वदेवों में श्रेष्ठ हैं, सुन्दर कर्णों से विभूषित हैं तथा पाश और अंकुश धारण करने वाले हमारे इष्ट गणपति हैं।

पार्वती पुत्र गणेश की सज्जा पूरी करके उठी ही थीं कि भगवान् शिव वहाँ अन्तःपुर में पधार गए। शिव भी अपने पुत्र की शोभा-श्री से मुग्ध हुए बिना नहीं रह सके। दर्पण में जैसे कोई अपनी प्रतिच्छवि देखकर प्रसन्न और मुग्ध होता है, वही दशा शिव की थी, अपनी ही आत्मा का अवलोकन करना उन्हें प्रिय लग रहा

था—'आत्मा वै जायते पुत्र:'। श्री गणेश के चरणों में झंकृत मंजीर उन्हें महालक्ष्मी से मिला था। गणेश की नृत्य भंगिमा शिव की तरह आकर्षक थी, उनके चरण बजते हुए नूपुरों से सदा गुंजित रहते थे। शिव ने देखा गणेश के चरणों में नूपुर रुनझुन बज रहे हैं और पैंजनी की सतत झनकार हो रही है। घुँघरुओं से दोनों चरण सुशोभित हैं। उनकी कमर में पीताम्बर है। सन्तों ने उनके कटिप्रदेश, उदर नाभि, कमल तथा श्रृंगार पर ध्यान दिया। गणपति की तोंद पर सर्प का पट्टा पड़ा है, वह तोंद थलथलाती रहती है, साँप का फन फड़कता है, वह फुफकारता है, उसका फन डोलता है, उसकी जीभ लपलपाती है, नाभिकमल पर कुंडलित बैठकर वह निर्निमेष देखता रहता है। शिव ने उसका नाम 'लम्बोदर' इसलिए रख दिया था कि वे बहुत देर तक माता पार्वती का दूध पीते रहते थे, वह भी इसलिए कि कहीं भैया कार्तिकेय भी न आकर दूध पीने लग जाएँ। गणपति का यह ईर्ष्या भाव भी बाल सुलभ चापल्य के कारण मोहक था।

शिव और शिवा गणपति की रूप-सज्जा और चरण-कमलों के नूपुर की झंकार का आनन्द ले रहे थे। शिव ने पार्वती से कहा—"देखो प्रिये, गणेश का कंचन कटिसूत्र कितना झिलमिल और रत्नप्रभा मंडित है, उनके लम्बोदर पर सर्पों का वेष्टन और भी दर्शनीय है। अखिल जीव सत्ता के प्रति प्रेम ही तो ईश्वरीय करुणा है। गणेश के गले का प्रलंब गुंजाहार बार-बार सर्प के फणों को झकझोर देता है, उसके कारण सर्प की फुफकार किसी 'हुं फट्' की ध्वनि की तरह गुंजित हो रही है। उनके हाथों को देखो, कितने आकर्षक, शक्तिशाली और भाँति-भाँति के अलंकारों से सज्जित तथा विविध आयुधों से युक्त हैं। उनकी अभय मुद्रा विघ्नहारी एवं दु:खहारी है। उनके गंडस्थल के मद की गन्ध से सुगन्ध मोहित लोलुप भ्रमर भी गुंजार कर रहे हैं, उनका शुण्ड सरल और मुड़ा हुआ कितना लचीला है, वे सभी विद्याओं के स्वामी अपनी छोटी-छोटी आँखों से हमें देखकर निरन्तर हमारा वात्सल्य जगा रहे हैं, उनके लंबित कर्ण फड़फड़ा रहे हैं, माथे पर दमकता हुआ कांतिमान मुकुट झिलमिला रहा है। उनके कुंडलों में जटित नीलम की चमक नीलवर्णी मेघच्छटा को भी मात दे रही है। उनके दृढ़ उज्ज्वल दाँत में सोने के कड़े वेष्टित हैं जिस पर स्वर्ण पत्रों की महीन झालरें चमक रही हैं। गणेश अपनी सूँड़ में जल भरकर विनोदवश किसी को भी जल से नहला देते हैं, उनके समक्ष चाहे ब्रह्मा हों या विष्णु या स्वयं मैं या उनके स्नेही भ्राता कुमार कार्तिकेय। गणेश की सूँड़ जब दक्षिणाभिमुख मुड़ी होती है तो तमिल भाषा में उसे 'वलम्बुरि' और बाईं ओर मुड़ी रहने पर 'इडम्बुरि' कहा जाता है। गणेश का एकदंत रूप एकोन्मुखी है, यह सबको एक समान भाव से देखने की प्रवृत्ति है। हमारे गणेश चारुकर्ण विभूषित हैं। देवि! त्रिपुरासुर के वध के पूर्व मैंने गणपति के 'पंचमुख विनायक' रूप की पूजा की थी, उस समय वे दश भुजाओं और विविध आयुधों से युक्त थे। वास्तव में गणेश का तर्कशास्त्र ही उनका

परशु है। उनके हाथ में एक साथ यह फरसा (परशु) कमल और अंकुश शोभित हैं। उनका यह अंकुश ही तो पाप-ताप विदारक है। हमारे ये विघ्नराज मोदकों से प्रसन्न हो जाते हैं। गणपति शब्द ब्रह्म का ऊँकार रूप है और हाथ में शोभित मोदक परम मधुर अद्वैत वेदान्त का ही मानो रूपक है। गणेश का वाहन मूषक है, विराट् गणेश का मूषक भी विराट् रूप ही है, इसलिए वे 'आखुवाहन' नाम से भी प्रसिद्ध हैं। वसुन्धरा ने उन्हें यह मूषक प्रदान किया था। हमारे गणेश सबके रक्षक हैं—

मुदा करात्तमोदकं सदा विमुक्ति साधकं
कलाधरावतंसकं विलासि लोक रक्षकम्।
अनायकैक नायकं विनाशि तेभ दैत्यकं
नताशु भाशुनाशकं नमामि तं विनायकम्॥

उस विनायक को नमन है जो आनन्दपूर्वक अपने हाथ में मोदक धारण किए बैठे हैं, जो सदा मुक्ति प्रदाता हैं, चन्द्रमा जिनके शिर का भूषण है, जो प्रेमी भक्तों के रक्षक हैं, जिनका कोई स्वामी नहीं, जो सबके एकमात्र प्रभु हैं, जो गजासुर के विनाशक हैं एवं जो प्रणत जनों के अशुभ को शीघ्र नष्ट कर देते हैं। इस प्रकार पृथ्वी के महान साधकों ने गणपति के सुन्दर स्वरूप और आख्यान का वर्णन किया है।"

30

बालक गणेश लीलावपुधारी और अत्यंत चंचल थे। वे अपने पिता शिव की गोद में दाईं ओर बैठते तो बाईं ओर कुमार कार्तिकेय आसन चुन लेते। बैठने में भी दोनों प्रतिस्पर्धी हो जाते। कभी गणेश शिव के मस्तक पर शोभित चन्द्रकला को कमल नाल की तरह खींचने का प्रयास करते, कभी उन्हें शिव के तृतीय नेत्र की ज्वाला की आँच लग जाती तो जटाओं से बहती गंगा का जल पीने को उठते तो कुमार कार्तिकेय जटाजूट से लिपटे सर्प को छेड़ देते, उनकी सहायता के लिए उनका वाहन मयूर भी लपकता, इस क्रीड़ा से सर्प भी भयभीत हो जाता और गणेश तथा कार्तिकेय भी डर जाते। इन सबों की एक साथ भयभीत होने वाली मुद्रा से शिव और पार्वती दोनों खिलखिलाकर हँस पड़ते थे।

एक बार देवताओं ने अमृत से सिचिंत एक मधुर मोदक लाकर माता पार्वती को भेंट किया। उस एक मोदक को पाने के लिए गणेश और कार्तिकेय दोनों मचल उठे। तब माता ने कहा—"मेरा जो पुत्र धर्मकृत्यों में प्रथम रहेगा, उसे ही मैं यह मोदक दूँगी।

यह सुनते ही बड़ी चपलता से कुमार मयूर पर सवार हो त्रिलोक यात्रा पर

निकल पड़े, और सभी मुख्य महत् तीर्थों में स्थान-पूजन कर बड़ी त्वरा से लौट पड़े। इधर गणपति अपने तुंदिल शरीर को लेकर कहाँ-कहाँ भागते? उन्होंने माता-पिता की श्रद्धापूर्वक पूजा की और स्तुति मुद्रा में खड़े हो गए। उसी समय कुमार का भी आगमन हो गया था, पर माता-पिता ने माता-पिता की सेवा और श्रद्धा को ही समस्त तीर्थों से श्रेष्ठ माना और मोदक गणपति के हाथ में दे दिया। तब से मोदक गणपति का प्रिय भोज्य बन गया। गणेश मोद या आनन्द देने वाले हैं, इसलिए मोदक प्रिय भी हैं।

माता पार्वती अपने दोनों पुत्रों पर समान स्नेह रखती थीं, वे इस प्रकार दोनों पुत्रों को गोद में लेतीं जैसे वे गंगाजल से भरे दो छलकते कलश हों, दोनों पुत्रों की हँसी उच्छल जलधार-सी छलक जाती थी। गणेश और कार्तिकेय स्पर्धा करते, प्रतियोगिता करते, कभी कोई जीतता, कभी कोई हारता। यह देखकर शिव और शिवा का रोम-रोम पुलकित हो जाता था। वे दोनों पुत्र ऐसे प्रतीत होते थे मानो पूर्णिमा की रात्रि में दो चन्द्रमा चमक रहे हों। मातृत्व और वात्सल्य का प्रवाह पार्वती के हृदय में ऐसा उमड़ता कि उनका अंचल मातृ दुग्ध-धार से भींग उठता। वे जब दोनों को गोद में उठा लेती थीं तो लगता था मानो सोने के सुमेरु पर्वत पर उत्पन्न होने वाली सुनहरी लता में स्वर्ण के दो फल निकल आए हों या आकाश गंगा की धार में युगपत् रक्त कमल खिल उठे हों, उन्होंने अति स्नेह से अपने दोनों पुत्रों को आशीष देते हुए उनके सिर ऐसे सूँघे मानो वे नन्दनवन के खिले पारिजात पुष्प हों या कल्पवृक्ष की छाया में शीतल चन्दन गन्ध से उठता हुआ ज्वार हो। यह अनुभव माता-पिता को एक साथ होता, दोनों के वात्सल्य से दोनों पुत्र पोषित हो रहे थे। जैसे उदित चन्द्रमा को देखकर समुद्र में ज्वार आ जाता है वैसे ही अपने पुत्रों को देखकर शिव और शिवा का हृदय उमड़ने लगता था। शिव जब अपने पुत्रों में से किसी को भी गोद में उठाते तो उन्हें लगता कि अमृत वर्षा में वे स्नान कर रहे हों, एक अपूर्व और अमृत आनन्द का अनुभव वे करने लगते थे। जैसे शुक्ल पक्ष की प्रतिपदा का चन्द्रमा बढ़ते हुए पूर्णिमा की ज्योति प्राप्त कर लेता है, जैसे मुक्त आकाश में सूर्य और भी व्यापक और भी प्रचंड और गतिमान होकर चारों दिशाओं तक अपने प्रकाश को व्याप्त कर लेता है वैसे ही गणपति और कुमार दोनों दिन प्रतिदिन वर्द्धमान ही हो रहे थे, बुद्धि और ज्ञान के भंडार होते जा रहे थे, विद्या, बुद्धि, बल और तेज सब में दोनों ही अग्रगण्य हो गए।

कुमार कार्तिकेय में दृढ़ता और कठोरता के साथ दृढ़ निश्चय का तेज था। व्यक्तित्व सन्तुलित था, अनुशासन और गति में उनका विश्वास था, बाल्यकाल में महाप्रतापी दैत्य तारकासुर का वध करने के कारण उनका आत्मविश्वास शतगुणित हो गया था। उनकी अपेक्षा गणपति में क्रीड़ा और लीलाभाव अधिक था। गजानन में हाथी की भाँति एवं एक मातंग की भाँति अद्‌भुत मस्ती, अद्‌भुत सरसता थी,

खेलना उन्हें प्रिय था, लीला उनकी प्रवृत्ति थी, हाथी भी मस्त साँड़ों की तरह पर्वत से उत्खात केलि करता है, अपने मस्तक के वज्र प्रहार से पर्वत पर ढूँसा मारता है, उसे तोड़ता और झकझोर देता है। माता-पिता के आगे चुहल, विनोद और खेल का भाव उनमें जन्मकाल से ही प्रबल था। कुमार कार्तिकेय माता गौरी से गणेश के कृत्यों का उलाहना देते कि उनकी लम्बी सूँड़ का लाभ उन्हें सदैव मिल जाता है और अपने मोदक का भाग मुझे खाने को नहीं देते, वे देने का दिखावा तो करते हैं पर जब मैं लेने का प्रयत्न करता हूँ तो वे गेंद की तरह मोदक को ऊपर उछाल देते हैं और अपनी लम्बी सूँड़ से पकड़कर स्वयं खा जाते हैं।

ब्रह्मा, विष्णु, महेश इन तीनों देवताओं ने बालक गणेश को अग्रपूजा का अधिकारी बनाकर आशीर्वाद दिया और स्वीकार किया कि उनकी ही भाँति भगवान् गणेश भी मौलिक देवता हैं, विघ्ननाशक हैं और सर्ववांछापूरक हैं। सभी देवताओं से पूर्व गणेश की ही पूजा होनी चाहिए। सभी देवों ने मिलकर गणेश का पूजन किया। शिव ने वर देते हुए कहा—"गणाधिपति! तुम भाद्रपद मास में कृष्ण पक्ष की चतुर्थी तिथि को चन्द्रोदय वेला में उत्पन्न हुए हो, रात्रि के प्रथम प्रहर में भवानी के चित्त में तुम्हारा स्वरूप आविर्भूत हुआ है, अत: वह पवित्र दिन तुम्हारे व्रत का दिन होगा। तुम सिन्दूर, चन्दन, तंडुल, केतकी पुष्प से पूजित होगे और सब प्रकार की सिद्धि के प्रदाता बनोगे।"

31

मानसरोवर के शीतल जल में हंसों की पंक्तियाँ तैर रही थीं। सूर्य-किरणों के जगमग प्रकाश में मानसरोवर का जल भी स्वच्छ स्फटिक की तरह चमक रहा था। शिव, पार्वती और अपने परिवार के साथ वहाँ जलक्रीड़ा के लिए पहुँच गए थे। मानसरोवर का उच्छल जल तरंगित हो रहा था। इसके जल के स्पर्श से शिव का मन पूरी तरह शान्त हो गया था। वे बन्द आँखों से मानसरोवर की शीतलता का आनन्द ले रहे थे। उन्होंने पार्वती को लक्षित कर कहा—

"हम बार-बार मानसरोवर के जल से पवित्र होते हैं, इससे चेतना शुद्ध होती है क्योंकि यह भी विधाता की मानसी सृष्टि की देन है। मुझे इस स्थान से इसलिए भी अनुराग है कि देवी सती का दाहिना हाथ यहीं गिरा था। इस मानस तीर्थ में आकर बड़ी शान्ति मिलती है। यह मानसरोवर कैलास के करुणाजल की तरह प्रवाहित हो रहा है।"

पार्वती ने श्रद्धापूर्वक सिर झुकाया और वे अपने पुत्रों के स्नान के वृहत् कार्यक्रम

को पूरा करने लगीं। गणेश और कार्तिकेय कभी एक दूसरे पर जल उछाल रहे थे, कभी मानसरोवर के तट पर हिमखंडों से एक-दूसरे पर मीठा आघात कर रहे थे। जब तक षडानन स्कंद अपने बारहों हाथों से एक साथ जल उछालते तब तक गणेश अपनी सूँड़ में जल भरकर उनके हाथों के जल को बिखरा देते। उनके महाप्रतापी सूँड़ का प्रभाव ऐसा था कि उसमें भरा हुआ जल कार्तिकेय के छहों मुखों और बारहों हाथों को जलधारा में डुबो देता था। कुछ ऐसी ही स्थिति दोनों के वाहनों की भी थी। गणेश का मूषक महाकार रूप में दिखाई दे रहा था। वह किसी छोटे पर्वत की तरह मानसरोवर में खड़ा होकर किलोल कर रहा था। गणेश ने उसकी पीठ थपथपाई, उसे स्नेहपूर्वक स्पर्श किया। आज यह पहला अवसर था, जब कार्तिकेय का वाहन मयूर उड़कर मूषकराज की पीठ पर बैठ गया और उसने अपना मधुर नृत्य दिखलाना आरम्भ किया—उस समय मानसरोवर के ऊपर मेघों के दल भी घूम रहे थे। उसकी धुएँ जैसी गन्ध सम्पूर्ण वातावरण को यज्ञ-धूम की तरह पवित्र कर रही थी। बीच-बीच में सूर्य की किरणें जब नाचते हुए मयूर के पंखों पर पड़तीं तब वहाँ सैकड़ों इन्द्रधनुष चमक उठते। इस आवेग के क्षण में नन्दी सबसे अधिक उत्साहित थे। शिव ने अनुशासन के लिए उनके हाथों में जो स्वर्ण दंड दिया था, उस स्वर्ण दंड को वे मानसरोवर के जल में घुमा-घुमाकर नचा रहे थे। ऐसा प्रतीत हो रहा था मानो समुद्र मंथन की तरह मानसरोवर का भी मंथन हो रहा हो और इस मंथन, नृत्य और आवेग का एक ही परिणाम निकलने वाला था, वह परिणाम था शिव और पार्वती के प्रति सम्पूर्ण समर्पण का पवित्र प्रसाद।

शिव भी जलक्रीड़ा का आनन्द ले रहे थे। पार्वती के हाथों से छूटे हुए तीव्र जल कणों से उनके जटाजूट खुलकर उनके विशाल कन्धों पर छितरा गए थे। वे ऐसे लग रहे थे मानो आकाश में छितराए हुए मेघ हवा में कंपित हो रहे हों। सम्पूर्ण मानसरोवर इतनी ऊँचाई पर अवस्थित था कि सम्पूर्ण आकाश मेघमय हो उठा था। इस जलक्रीड़ा में बड़ी असुविधा शिव के शरीर पर विराजित सर्पों को हो रही थी। उनके विष की ज्वाला एकदम शान्त हो गई थी। उनके यज्ञोपवीत के रूप में सर्पराज वासुकि, वक्षस्थल पर सर्पराज कम्बल अश्वतर, कर्णाभूषण के स्थान पर कर्कोटक नामक विषधारी सर्प, भुजाओं में लिपटा पुलह और शंख नामक सर्प और पाँवों की मेखला में पद्म नामक सर्प सुशोभित थे जो सबके सब आज मन्दाकिनी के पवित्र जल में स्नान कर अपने फणों को हिला-हिलाकर जलभार को हल्का कर रहे थे। इन सर्पबन्धुओं की देखा-देखी शिव की सेवा में रहने वाले अन्य अनेक विषधारी सर्प यह सुनकर भागे-दौड़े मानसरोवर के तट चले आए जहाँ शिव जलक्रीड़ा कर रहे थे। उन प्रमुख सर्पों में तक्षक, कुलिक, दंभ, कराल और भीषण आदि मुख्य थे। ये सभी सर्प विष्णु के वाहन गरुड़ के भय से संत्रस्त होकर शिव की शरण में आए थे। शिव ने उन्हें आश्रय देकर अपने अंगों में लपेटकर उन्हें अंगभूषण बना लिया था।

मानसरोवर की जलक्रीड़ा में शिव की जटामंडित केशराशि आकाश तक खुलकर फैल गई थी, उनके केश व्योम तक फैले थे इसीलिए तो वे 'व्योमकेश' कहे गए। सम्पूर्ण विस्तृत आकाश ही उनकी जटा बन गया था, केशों का समूह ही जटा है और आकाश भी वायु से व्याप्त है।

विष्णु जब भी शिव से मिलते थे विश्राम के बाद वे शिव के साथ मानसरोवर में जलक्रीड़ा के लिए पहुँच जाते। जल या नार में शयन करने वाले नारायण को भी जलक्रीड़ा अत्यंत प्रिय थी। विष्णु ने भी मत्स्य अवतार, कच्छप अवतार आदि रूपों से जल में निवास करने और सृष्टि की रक्षा में वहीं से प्रवृत्त होने का प्रयत्न किया था। जलक्रीड़ा ही तो प्रलय को भी भूतभावन शिव के लिए क्रीड़ा बना देती है।

32

वसन्त ऋतु का आरम्भ हो गया था। पर्वतों पर वृक्षों में फूल खिलने को तैयार हो रहे थे, हवा ने भी अपनी गति बदल दी थी। ऋतु में ठंड थी पर उसमें सूर्य का ताप भी था। जैसे वृक्षों में नए पत्ते निकलते हैं, वैसे ही शिव के मन में कोमल भावनाएँ जग रही थीं। बहुत दिनों के बाद समाधि टूटने पर उनकी आँखें पार्वती को ढूँढ़ रही थीं। उनके मन में ये इच्छा हुई कि आज पार्वती सोलहों श्रृंगार की सज्जा करें। उनके अंग-प्रत्यंग में अलग-अलग स्वर्ण मणियों के आभूषण सजें। गौरवर्ण की गौरी नख से शिख तक श्रृंगार के मंडन-द्रव्यों से उद्भासित होकर आएँ। थोड़ी ही देर बाद उन्होंने पार्वती को अत्यंत सुसज्जित रूप में आते हुए देखा तो उन्हें घोर आश्चर्य हुआ। उनके मन की बात पार्वती तक कैसे पहुँच गई? इस प्रश्न के उत्तर में वे स्वयं मुस्कुरा पड़े। पार्वती केवल उनकी प्रिया नहीं, जगदम्बा भी तो हैं। वे सब कुछ जानती हैं। स्त्री-जाति सबसे अधिक संकेत विद्या को समझती है। वह पुरुष की शरीर-भाषा और मन की भाषा को सरलतापूर्वक पढ़ लेती है। उसके सामने तो महान से महान पुरुष भी एक शिशु ही दिखाई देता है। वह कठोरता में प्रवेश कर कोमलता ढूँढ़ लेती है। क्रोध का उत्तर धीरज से और उग्रता का उत्तर शान्ति से देना जानती है।

"मुझे अनुमान था कि आप समाधि से बाहर आ गए हैं। जब तक आप तैयार होंगे तब तक मैं आपके ध्यान, योग और नैवेद्य की व्यवस्था करूँगी। शिव को जलक्रीड़ा बहुत पसन्द थी, पर आज उन्होंने बहुत समय नहीं लगाया, वे अतिशीघ्र अपनी प्रिया के पास पहुँचना चाहते थे। उन्होंने अपनी ओर देखा। आज उनका मन उतावला क्यों है, क्या यह वसन्त ऋतु का प्रभाव है या कामदेव ने पंचबाण अपने

कानों तक तान लिए हैं? मेरे अभयदान देने के बाद उसे मुझसे किसी प्रकार का भय भी नहीं रहा। निर्भयता का भाव ही तो काम को उन्मुक्त बनाता है। शिव स्नान के पश्चात् अपने आसन पर स्थिर भाव से बैठ गए। उन्हें स्मरण आया कि उन्होंने विवाह के समय इच्छा मात्र से अपनी वेशभूषा बदल ली थी। आज भी विचार करते ही उन्होंने व्याघ्रधर्म को हटाकर अत्यंत कोमल पीताम्बर का धौतवस्त्र धारण कर लिया। उनके शरीर पर झूलने वाले सर्प उतरकर यत्र-तत्र चले गए। उनके जटाजूट खुल गए थे और उनमें गंगाजल की चमकती हुई बूँदें उनके मन की तरलता को सूचित कर रही थीं, ऐसा प्रतीत हो रहा था जैसे हिम पिघल रहा हो और छोटे-छोटे झरनों के रूप में नीचे बहने के लिए व्यग्र हो रहा हो। पीत रंग का ही एक कोमल उत्तरीय उन्होंने अपने कन्धे पर डाला, उनके मुख की श्वेत आभा में यह पीला रंग उनकी कांति को और बढ़ा रहा था। तभी पार्वती प्रसाद का थाल लिए हुए आ पहुँचीं। उन्होंने बड़े प्रेम से शिव की ओर निहारा, उस दृष्टि में आकर्षण और विश्वास था। शिव ने हाथ पकड़कर पार्वती को अपने समीप बिठाया। पार्वती उनके उलझे हुए बालों को सुलझाने लगीं। शिव बोले—"आप स्त्री हैं कुछ न कुछ करते रहना आपका स्वभाव बन गया है।"

"आप पुरुष हैं तो कुछ-न-कुछ सोचते रहना आपका स्वभाव है। जब आप विचार से ही सृष्टि में उथल-पुथल पैदा कर सकते हैं तो सृष्टि के संहारक होने की उपाधि क्यों लेते हैं? यह कार्य तो आपके द्वारा विचार से ही किया जा सकता है। जब आपकी इच्छामात्र से प्रलय आ सकता है तो तांडव करने की आवश्यकता क्या है?"

"आपका तर्क सुन्दर है, पर देवि! आपको ज्ञात है कि सतयुग की आरम्भिक स्थिति में इच्छामात्र से ही सृष्टि होती रही, पर जब मनुष्य की सृष्टि हुई तब उसमें क्रिया करनी पड़ी। अत: जब उसका विनाश होगा तब उसके लिए क्रिया करनी पड़ेगी। प्रिये! जब मैंने अभी आपकी उँगलियों का स्पर्श किया तो उसमें केवल इच्छा नहीं थी, उसमें शरीर और मन दोनों की साझीदारी थी। पुरुष और स्त्री के शरीर जब मिलते हैं तो वहाँ मन और प्राण की एकता भी आवश्यक होती है। जैसे-जैसे यह प्रेम की साधना परिपक्व होती है दोनों के हर अंग एक-दूसरे के अंग से जुड़ते हैं। आँखें आँखों का स्पर्श करती हैं, नासिका की प्राणवायु से श्वास-प्रश्वास का मेल होता है, उँगलियाँ उँगलियों से बातें करती हैं। शरीर के भीतर बहते हुए रक्त की थाप दूसरे के शरीर के भीतर प्रवाहित रक्त पर चोट करती है। यही अन्तरंगता है। प्रेम मर्म को जब स्पर्श करता है, तब उसकी सारी ग्रंथियाँ उसी प्रकार खुल जाती हैं, जैसे कमलदल की पंखुड़ियाँ खुल जाती हैं। इसलिए केवल एक-दूसरे में समाहित होने का नाम प्रेम नहीं है, उस दशा में अवस्थिति ठहराव का नाम प्रेम है। और देवि! स्मरण रखें, यह स्थिरता, यह अवस्थिति, यह ठहराव किसी समाधि से कम नहीं होता।"

शिव कहते रहे—"प्रिय पार्वती! आपका दिव्य स्वरूप महाकालिका का है। संसार मुझे श्मशानवासी कहता है, वास्तविक बात तो यह है कि महाकाली को श्मशान प्यारा है। अतः प्रिये! मैंने अपने हृदय को ही श्मशान बना लिया है, यहाँ आप श्यामा रूप में अनादि और अनंत नृत्य करती रहें। इस हृदय में दिन-रात चिता प्रज्वलित रहती है। आपको रिझाने के लिए मैंने सारे शरीर में चिता-भस्म लपेट लिया है। मेरे इस मृत्युंजय महाकाल के हृदय में आप नृत्य करती हुई प्रवेश करें और मैं आँखें बन्द किए समाधि सुख में आपके स्वरूप का अनुभव करता रहूँ।"

पार्वती ने देखा महारुद्र आज परिवर्तित लग रहे हैं। न तो उनमें क्रोध है, न वैराग्य और न दीख रहा है गहरा मौन जो समाधि टूटने के बाद दिखाई देता है। आज उनके मुख पर मुस्कान की छटा है—क्या यह वसन्त ऋतु की मादकता का प्रभाव है। जिसने महारुद्र के अंगार को शीतल बना दिया है। उन्होंने शिव से पूछ ही लिया—"आर्य! मैंने आपमें बड़ा परिवर्तन लक्षित किया। क्या यह कामदेव के सखा वसन्त का प्रभाव है या आप किसी मधुर स्मृति में लीन हैं?"

"प्रिये! निश्चय ही आज वसन्त मुझे उत्सव की तरह प्रतीत हो रहा है। आम्र मंजरियों के भार से झुकी हुई शाखा शोभा के भार से झुकी हुई कोई नायिका ही लग रही है। कर्णिकार, अशोक और मल्लिका के फूल मानो तुम्हारा आवाहन कर रहे हैं—आओ मुझे कानों और अलकों में सजा लो। वृक्षों की शीतल छाया भी मानो काम के ताप को बढ़ा रही है। सब ओर सुगन्ध का एक जादुई सम्मोहन बिखरा पड़ा है। मानसरोवर के कमल-पुष्पों पर भौंरों की कतार जैसे आपकी भौंहों के प्रसार की तरह दिखाई दे रही हैं। देखो पार्वती! वृक्षों में नए कोंपल निकल आए हैं। उनमें मूँगे की तरह खिले लाल फूल अधरों की कान्ति की तरह मुझे प्रिय लग रहे हैं। वृक्षों के हिलते हुए पत्ते जैसे अपनी उँगलियाँ मोड़कर बुला रहे हैं कि हमारे पास आओ, इस बढ़ते हुए सौन्दर्य में डूबो और उतराओ। इन पत्तों के हिलने से मन का चंचल हो जाना स्वाभाविक है। पलास के खिले हुए लाल फूलों से पूरी पृथ्वी रक्तिम आभा का वस्त्र पहने नववधू की तरह सज गई है। दूर पर्वतों के ओर-छोर पर फूलों से लदे हुए वृक्ष खड़े हैं जो संकेत करते हैं, समीप रहो। यह लाल पुष्प आपकी हथेलियों की लालिमा से व्यर्थ की स्पर्धा कर रहा है। गौरि! आपका थोड़ा-सा झुकना भी मुझे स्वर्ण कमल की स्मृति दिला देता है। ये वन और उपवन के सभी पदार्थ जैसे काम को जगाने वाले रसायन की तरह बन गए हैं। पलास के फूल ही धनुष बन गए हैं और आम्र मंजरियों के बाण चल रहे हैं। यह वसन्त ऐसा सखा है जो सोए को जगा देता है। मिलन के माधुर्य का अनुभव करा देता है।"

"हाँ प्रिय! समाधि के बाद जब साधक की आँखें खुलती हैं तभी तो उसे वसन्त दिखाई देता है। आम्र के बौर, भ्रमर, कोकिल और लाल, हरी, पीली, वृक्षावलियाँ उसे मोहित करती हैं। आप जब समाधि में होते हैं तो आप मुझे अत्यंत सुन्दर लगते

हैं पर जब आप समाधि से बाहर आते हैं तब आप सुन्दरतम हो जाते हैं।"

"पार्वति! ऋतुओं का यह चक्र देवों और प्राणियों को एक सन्देश देता है कि बदलाव प्रकृति का नियम है। हम जो हैं, वही नहीं रह सकते। अतः हमें निरन्तर अपने स्वरूप का अनुभव करते रहना है, माँजते-चमकाते रहना है, उज्ज्वलता की शर्त है मार्जन और परिष्कार। यही अभ्यास किसी को भी उच्चता और देवत्व की ओर ले जाने में सहायक होता है।"

शिव और शिवा का यह प्रेम इन्द्रियातीत अनुभव के रूप में व्यक्त हो रहा था!

33

हिमगिरि के धवल शिखर के समतल भाग में भगवती पार्वती ने मन्दाकिनी में स्नान कर अपनी केशराशि को समेटकर जटाजूट की तरह लपेटा। उनके मुख पर मन्दाकिनी के शीतल जलकण अभी भी चमक रहे थे। उनका रक्तिम वस्त्र सूर्य की प्रभा से और भी दीप्त हो रहा था। उनके गले में रुद्राक्ष की माला थी। बाजूबन्द के स्थान पर भी रुद्राक्ष बँधा था। कन्धे पर पीत उत्तरीय हवा में दोलायित था। वे शान्त भाव से शिलाखंड पर आसनस्थ हो गईं। उनकी ध्यान मुद्रा और दोनों हाथों की उँगलियों की ज्ञानमुद्रा इस बात की द्योतक थी कि वे समाधि या किसी गम्भीर ध्यान में डूबने ही वाली हैं। उनकी इस मुद्रा को देखते ही पवन की तीव्र गति एक स्थिरता में बदल गई, वृक्षों पर कोलाहल करते पक्षियों का स्वर भी किंचित् मौन हो गया, पेड़ों के पत्तों की सरसराहट कम हो गई। वे ध्यानस्थ हो ही रही थीं कि उन्हें जगजननी की जय और भोलेनाथ भगवान् शिव की जयकार का स्वर सुनाई दिया। उन्हें प्रतीत हुआ कि सम्भवतः ऋषिगणों या देवों का समूह अवश्य उधर ही आ रहा है। सबसे आगे दौड़ते हुए वृषभराज नन्दी ने आकर सूचना दी—"देवलोक से इन्द्रादि देवतागणों का एक प्रतिनिधि मंडल सेवा में उपस्थित है और वह महादेवी का दर्शन करना चाहता है।" माता की स्वीकृति मिलते ही सभी देवताओं और ऋषियों ने आकर प्रणिपात किया।

सभी देवताओं ने एक स्वर से कहा—"हे देवि! हमारी उत्कंठा चरम पर है। हम यह तो जानते हैं कि आप शिवा पार्वती हैं। हमारे परमेश्वर शिव की शक्ति शिवा, उनकी अर्द्धांगिनी हैं। पर फिर भी हमारे मन में सदैव यह प्रश्न गूँजता रहता है कि 'आप हैं कौन?' आपका वास्तविक स्वरूप क्या है? क्या हम आपके दिव्य स्वरूप का पार पा सके हैं? यही जिज्ञासा हमें यहाँ तक खींच लाई है। हम आज तक भगवान् शिव और आपसे दैत्यों से रक्षा करने की प्रार्थना करने आते रहे। हमसे आगे हमारा स्वार्थ सदैव हमारे आगे रहा पर आज हम आत्मोद्धार के लिए तथा

अपने वास्तविक कल्याण के लिए आपके अप्रमेय अगम स्वरूप को जानना चाहते हैं। कृपया आप ही हमें बताएँ, तभी हमें शान्ति मिल सकेगी और हमारे अनुत्तरित प्रश्नों का समाधान होगा।"

भगवती ने कहा—"मैं ब्रह्म स्वरूपा हूँ। मुझसे ही यह सद् रूप और असद् रूप जगत् उत्पन्न हुआ है। मैं आनन्द भी हूँ, अनानन्द भी। विज्ञान भी हूँ, अविज्ञान भी। ब्रह्म भी हूँ, अब्रह्म भी। यह प्रपंच रूप सम्पूर्ण जगत् मेरा ही स्वरूप विस्तार है। वेद-अवेद, विद्या-अविद्या, अजा-अनजा, निम्न भाग में उच्च भाग में सर्वत्र मेरी ही गति है। मैं ही रुद्र, वसु, आदित्य, विश्व देव के रूप में संचरित होती हूँ। सृष्टि का पोषण कार्य भी मेरा ही दायित्व है। मैं ही यज्ञ स्वरूपा, धनदात्री और समस्त दैवी सम्पत्ति की स्वामिनी हूँ।"

यह सुनकर समस्त देवगणों और ऋषिगणों ने परम तृप्ति का अनुभव किया। उन्होंने यति भाव से कहा, देवी को नमस्कार है। हमारी कल्याणकर्ता को नमस्कार है। अग्नि के वर्ण-सी प्रज्वलित, ज्ञान से प्रदीप्त हम आप महादुर्गा को प्रणाम करते हैं, हम आपकी शरण में हैं। आपने असुरों का विनाश कर सदैव हमारी रक्षा की है। आप ही विष्णुशक्ति, स्कंदमाता शिव शक्ति, सरस्वती रूपा, ब्रह्मशक्ति हैं, देवमाता अदिति और दक्षकन्या सती हैं, हम आपको प्रणाम करते हैं। आप ब्रह्म विद्या हैं, और श्री विद्या रूपा हैं। आप ही सर्व तात्त्विक महात्रिपुर सुन्दरी हैं, जो अपने चरण तल के स्पर्श से भोग और मोक्ष दोनों प्रदान करती हैं। अष्टवसु, एकादश रुद्र, द्वादश आदित्यों का समूह और ब्रह्म विष्णु रुद्र रूपिणी, कला काष्ठादि काल रूपिणी महामाया हैं, हम आपको प्रणाम करते हैं। एकाक्षर शक्ति ही का हम ध्यान करते हैं जो देवी प्रणव है, भगवान् शिव के प्रणव रूप ओंकार की तरह यह हमें अद्वैत की भूमिका में ले जाता है। आप चित् स्वरूपिणी महासरस्वती हैं, आप ही सद्रूपिणी महालक्ष्मी हैं और आनन्दरूपिणी महाकाली हैं—आपका यही रूप 'ऐं ह्रीं क्लीं चामुंडायै विच्चे' के नवार्ण मंत्र में व्यक्त हुआ है जो हमें ब्रह्मविद्या प्रदान करता है। आप हृदयकमल में रहती हैं, नवोदित सूर्य की तरह प्रभावान, पाश और अंकुश धारण करने वाली हैं, मनोहर रूपवाली, वरद अभयमुद्रा धारण करती हैं। हम आपको ही भजते हैं।

आपका स्वरूप ब्रह्मादिक भी नहीं जानते इसलिए आप अज्ञेया हैं, आपका अन्त नहीं मिलता, इसलिए आप अनंता हैं, आपका लक्ष्य नहीं दीखता इसलिए अलक्ष्या हैं, आप स्वतः समुद्भूत हैं इसलिए अजा हैं, आप अकेली ही सर्वत्र व्याप्त हैं, इसलिए एका हैं और आप अकेली ही सम्पूर्ण विश्व में प्रतिभासित हैं इसलिए नैका या अनेका कही गई हैं। आपकी इस चिन्मयातीत और शून्य साक्षिणी रूप-शक्ति को हम सभी संसार सागर से तारने वाली दुर्गा के रूप में जान गए हैं, और प्रणत भाव से हम आपको नमस्कार करते हैं।

34

फाल्गुन कृष्ण चतुर्दशी का सूर्योदय एक नई आभा और ऊष्मा लेकर उदित हुआ था। सब ओर मानो लालिमा का ज्वार था। वृक्षों की हरीतिमा और उनके खिले वन्यपुष्प अत्यंत शोभाशाली लग रहे थे। सबको ज्ञात था, आज महाशिवरात्रि है। माता पार्वती और परमेश्वर शिव के विवाह की तिथि। उसी विवाह की अनंत वर्षग्रंथि का पावन दिन। वृषभराज नन्दी के साथ वीरभद्र एवं अन्य प्रमथगणों ने ब्राह्ममुहूर्त में ही मन्दाकिनी के उच्छल जल-प्रवाह में छलाँग लगाकर जी-भर स्नान किया। उनके ओंकार नाद से मन्दाकिनी और भी तरंगित हो रही थी।

पार्वती ने भी पुण्यतोया गंगा में स्नान किया। सखी विजया ने पुष्पगुच्छों से उनका शृंगार किया, उनकी दीर्घ केशराशि को समेटकर उन्हें रक्तपुष्पों और सुगन्धित आम्र मंजरियों से सँवारा। मानसरोवर के ताजा खिले स्वर्णिम रंग वाले कमलों के कर्णफूल बनाए। पीतवस्त्र पहनाकर रंग-बिरंगे आच्छादनों से अलंकृत किया। कुमार कार्तिकेय के वाहन मयूर के नील पंखों को जूड़े में सजाया। स्वर्ण मौक्तिक और नीलम के हार पहनाए। पार्वती के गले में चमकते हुए नीलम की नील कांति ऐसी प्रतीत हो रही थी मानो वह भगवान् शिव के गले के कालकूट विष की नीलिमा से स्पर्धा कर रही हो। विजया, जया एवं अन्य सखियों के हास-परिहास और विनोद के बीच यह प्रसाधन-कार्य चलता रहा। माता पार्वती के सौन्दर्य की शोभा का प्रकाश चतुर्दिक् व्याप्त हो रहा था। उनके वाहन सिंह की कठोर मुद्रा कोमल और विनीत हो गई थी, वह उनके चरणों के पास बैठा माता के मुग्ध करने वाले स्वरूप का दर्शन कर अपनी पशुता भूल गया था। उसके अयाल हवा में हिल रहे थे। पीठ पर रत्न खचित अत्यंत कोमल स्वर्ण वर्ण का आसन बिछा हुआ था। जिस पर माता सदैव विराजती थीं। नन्दी की प्रसन्नता का पार नहीं था। वह ठुमक-ठुमक कर अपनी प्रसन्नता व्यक्त कर रहा था। माता की श्यामल केशराशि की दो-चार लटें बँधी होने के बाद भी हवा में उड़ रही थीं, उन्हें देखकर मयूर मेघघटा के भ्रम में अपने पंख खोले नृत्य दिखा रहा था मानो वह यह कहना चाहता था कि देखो, सौन्दर्य और नदी का रूप जब बँधा होता है तो वह और भी सुन्दर हो जाते हैं। गणेश का मूषक हाथ बाँधे दो पाँवों पर खड़े होकर बार-बार अभ्यर्थना कर रहा था। तभी वहाँ कुमार कार्तिकेय और गणपति भी आ गए। सबने माता को प्रणाम किया और आशीष ली। भगवती के मुख पर मुस्कान खेल रही थी, उनका उल्लास बार-बार किसी राजप्रासाद के फव्वारे से उठते जल की तरह छलक रहा था। विजया ने पार्वती के हाथों में कंकण पहनाए, कमर में करधनी बाँधी, पाँवों में किंकिणी सजाई। तभी हलचल और कोलाहल सुनकर शिव के शरीर पर निवास करने वाले सर्प धीरे से

उतरकर वहाँ आ गए। अभी उनकी भी इच्छा हो रही थी कि वे माता पार्वती के जूड़े में लिपट जाएँ। स्वर्णाभूषणों के बदले माता की भुजाओं में बँधे रहें। वे केवल जीभ लपलपाते आज्ञाकारी मुद्रा में फण काढ़े खड़े इस आनन्दित करने वाले दृश्य को देखते रहे। उन्हें इस बात का भी ध्यान था कि भगवान् शिव के योग और ध्यान के समाप्त होते ही उन्हें अपना-अपना स्थान ग्रहण कर लेना है।

तभी सखी विजया ने कौतुक से पूछा—"भगवति! आपकी प्रसन्न मुद्रा से हम सभी आनन्द भाव में निमग्न हो जाते हैं। पर मुझे ज्ञात है कि आप महाशक्ति हैं, आपने अनेक महादैत्यों का विनाश किया है। आपका क्रोध, आपका भीषण अमर्ष दैत्यों के लिए प्रलयंकारी सिद्ध हुआ है। आप हमारे पूज्य शिव की ही तो प्रिया हैं। आप उनसे किस बात में कम हैं? देवि! आपका तीसरा नेत्र आपकी पराशक्ति का परिचायक है। वह जब खुलता है तो संसार के समयपूर्व ही विनाश की आशंका हो जाती है। देवि! आपमें भयंकर क्रोध अवश्य है पर उसमें उन्माद नहीं है, आपकी अग्नि में तेज का ताप है, आप में जितनी शीतलता है, उतनी ही दाहकता भी, आपके अनेक रूप हैं, अनेक नाम हैं, अनेक कृत्य हैं, आप परब्रह्म की साक्षात् लीलामूर्ति हैं। आप हमारे आनन्द के इन क्षणों को सार्थक बनाएँ और बताएँ कि आपके विविध रूपों का रहस्य क्या है?"

पार्वती बोलीं—"इस हिम पर्वत पर मैं तुम लोगों के पास मातृमुद्रा में बैठी हूँ, मेरा ममत्व और वात्सल्य ही मेरे मातृत्व का परिचायक है पर तुम सब जानी-सुनी कथा को ठीक उसी प्रकार पुनः सुनना चाहती हो जैसे किसी क्षुधातुर को बार-बार भोजन की आवश्यकता पड़ती है। तृषा शान्त करने के लिए शीतल जल की आवश्यकता होती है, जैसे रूप सौन्दर्य हमें मुग्ध तो करता है पर तृप्त नहीं करता, वैसे ही ईश्वरीय लीलाओं का पुनः-पुनः रसास्वादन करना जीव का स्वभाव है। वेद, उपनिषद् एवं पुराणों की रचना इसलिए हुई कि कथा की मन्दाकिनी के जल-प्रवाह में श्रद्धालु जन बार-बार डुबकी लगाएँ। तुम लोगों की इच्छा देखकर मैं अपने उन स्वरूपों का संकेत करूँगी जो गुह्य हैं, लीलामय हैं और जो निरन्तर काल-प्रवाह में किसी-न-किसी रूप में घटित होते रहते हैं। हाँ, यह भी स्मरण रखो कि पुरुष सत्ता या स्त्री-सत्ता इस दृश्य मानवी संसार का लक्षण है। ब्रह्म न पुरुष रूपाकार है, न स्त्री रूपाकार। वह न केवल ब्रह्मा, विष्णु और महेश या ब्रह्माणी, रमा और उमा के रूप में सीमित है, वह अद्वय है, वह मनस्वी, इच्छाधारी निष्कल है, वही शिव हैं, वही मैं हूँ। अन्तर केवल इतना है कि मेरे आराध्य योगी, तपस्वी, ध्यानी, समाधिलीन ब्रह्म, सृष्टि रक्षक और सृष्टि-संहारक रूप में अधिक लोक-प्रसिद्ध हैं, वे अप्रतिम योद्धा हैं, दैत्यों का विनाश उनका कार्य कारण रूप शरीर है।

मैं स्त्री जाति का प्रतिनिधित्व करती हूँ। इस भारतवर्ष में स्त्रीत्व अपने आप में एक अवतार है जिसमें लोक कल्याण, प्रीति, स्नेह और वात्सल्य का अमृत बीज

रूप से वर्तमान रहता है। स्त्री ही सृष्टि का अमृत कोश है, जिससे ब्रह्मा का कार्य सुचारु रूप से अग्रसर होता है। मैं इसी मातृभाव की वाहिका हूँ, मैं विश्व को बताती हूँ कि मेरे हृदय में केवल दुग्धधारा का छल-छल प्रवाह ही नहीं है, मैं शक्ति और साहस का चैतन्य विग्रह हूँ। मैं अकेली नहीं, समस्त देवशक्तियों का एकत्र वृहत् पुंज हूँ। मैं ही दुर्गा, मैं ही भवानी, मैं ही श्मशानवासिनी महाकाली, भद्रकाली और कालरात्रि हूँ। मैं ही अपने शिव की संहारिका रुद्र शक्ति बनकर दुर्दान्त शत्रुओं, दैत्यों और सभी असुरों पर टूट पड़ती हूँ। जैसे धनुष पर चढ़ा हुआ बाण लक्ष्य को वेध देता है, उसी प्रकार मैं शत्रु के सैन्य दल को विदीर्ण कर देती हूँ।"

विजया ने कहा—"देवि! मुझे और जया को आपकी सखी होने का सौभाग्य प्राप्त हुआ है। हम लोग बाल्यकाल से साथ हैं, आपकी सहचरी हैं, हम आपके साथ तिल-तिल बड़ी हुई हैं। पूर्वजन्म के सती रूप की समस्त कथाएँ हमें आपने सुनाई हैं, आपके दैवी स्वरूप को हमने तबसे जाना है। शिवजी को वर के रूप में प्राप्त करने की आपकी उग्र तपस्या की हम साक्षिणी रही हैं, पर हमें भी आपके अन्तरंग दिव्य स्वरूप का ज्ञान नहीं है।"

जया ने कहा—"देवि! सूर्य के तेज को बहुत समीप से देखा नहीं जा सकता, वस्त्र तो शरीर से लगा रहता है पर वह जड़ होता है, उसे कुछ बोध नहीं होता। आप उमा हैं—प्रकाश रूपा उमा हैं, माता मेना ने कठोर तप के लिए आपको रोका था, यही उमा नाम का आशय था। आपकी तपस्या अत्यंत कठोर थी। उसमें श्रम था, कष्ट सहने की क्षमता थी। ताप तप्त होकर ध्यान को केन्द्रित करना था। मुझे स्मरण है, आपने मुख्यतः तीन तरह के तप का अभ्यास किया था, वे थे तपस्, यज्ञ और ध्यान। यह तपस् भी तीन प्रकार का था—मानसिक, वाचिक और शारीरिक। इसके अतिरिक्त आपने नियम-पालन एवं शुद्धाचरण के साथ उपवास किया था, आपने अन्ततः पत्ते भी खाने छोड़ दिए थे और इस प्रकार आप 'अपर्णा' कहलाईं। आपने उपभोग्य सभी पदार्थों का त्याग करके शरीर और मन को दृढ़तापूर्वक सन्तुलित कर समाधि की अवस्था में स्थिर रखा। यह आपका शारीरिक तप था। आपके शरीर से अद्भुत तेज प्रकाशित हो रहा था, वह ब्रह्मतेज भी था और शास्त्र तेज भी। आपका वाचिक तप था वेदशास्त्र का पाठ, सत्य एवं प्रिय कल्याणकारी वाणी का प्रयोग। प्रफुल्लता, ऋजुता, मौन और समस्त कामनाओं का निग्रह आपका मानसिक तप था।"

विजया बोलीं—"देवि! आपके अनेक नाम और रूप हैं। विवाह पूर्व आपके नामों, यथा—उमा, पार्वती, गिरितनया, गिरिजा आदि से हम तो परिचित हैं पर भगवान् शिव के सान्निध्य में आपके हजार नामों की लोकप्रसिद्ध गणना है। हम आपके मुख से आपके कुछ प्रिय नाम रूपों को जानना चाहती हैं। आप स्वयं बताएँ तो हमारा मनोभीष्ट पूरा हो जाएगा।"

पार्वती ने उत्तर दिया—

"प्रिय विजये! सच पूछो तो मेरा स्वरूप अति रहस्यमय और गूढ़ है। मैं ही महामाया हूँ, मेरा ही चिद्-विलास यह विश्व है। मेरे ही संकेत पर जन्म-मरण, सृष्टि-प्रलय और निरन्तर क्षण-क्षण परिवर्तन के कार्य हो रहे हैं। मैंने परिवर्तन को सृष्टि की एक नैसर्गिक प्रक्रिया के रूप में जोड़ दिया है, इसीलिए यह नूतन लगती है। विनाश और निर्माण की यह प्रक्रिया इतनी सूक्ष्म है कि दिन और रात की तरह यह सहज ग्राह्य हो जाती है। प्रिय सखि, देवी, महादेवी, पार्वती, हैमवती आदि नाम तो लोक प्रचलित हैं ही। शिव की शिवा के रूप में मेरे दो रूप हैं—कोमल और भयंकर। कोमल रूप में मैं उमा, गौरी, पार्वती, जगन्माता, हैमवती, भवानी आदि नामों से जानी जाती हूँ। लोक जीवन में स्त्रियाँ मेरे इन्हीं सौभाग्यसूचक नामों का स्मरण-कीर्तन करती हैं और अपने वैवाहिक जीवन के लिए मेरे शिव, मेरे भोले भंडारी के साथ मुझे देखकर सौभाग्य-कामना करती हैं। मेरा दूसरा रूप भयंकर है। प्रलयंकर शिव की अर्द्धांगिनी होने के कारण ये रूप भी मेरे लिए प्रिय और रुचिकर है। भू-भार को हल्का करने का दायित्व भी तो मुझ पर आ पड़ा है, मैं अपने प्रिय के कार्य में सहयोगिनी ही तो हूँ। मेरे अन्य रूप हैं—दुर्गा, काली, श्यामा, चंडी, भैरवी, चंडिका आदि। मेरे दुर्गा, काली और भैरवी आदि रूपों की उपासना में वामाचार की अनेक क्रियाओं और तंत्र-शास्त्र के विधानों का प्रयोग होता है, अनेक स्थानों पर पशुबलि भी दी जाती है जो जनमानस का अपना स्वच्छंद भाव है। भला क्या कोई माता अपनी तुष्टि के लिए जीव-हिंसा करना पसन्द करेगी? यह भक्ति का उन्माद है, जिह्वा का लौल्य, लालसा और स्वाद की मिथ्या तृप्ति का प्रयत्न है। वामाचार के नाम पर ढोंग, दिखावा और हिंसा के द्वारा जनमानस को अभिभूत करने, उसे स्तब्ध और विजड़ित करने का हिंसक प्रयास है।

मेरे दुर्गा रूप के दस हाथ हैं जिनमें मैं विविध शस्त्रास्त्र धारण करती हूँ। मेरा स्वरूप सुकोमल, परम सुन्दर, स्वर्ण वर्णी है और मैं सिंह पर विराजमान हूँ। महामाया के रूप में सम्पूर्ण विश्व मेरे आकर्षण से मोहित और आबद्ध है। भक्तों और साधकों ने मेरे नाम रूप की अनेक कोटियाँ निर्धारित कर रखी हैं, वे सबकी सब मुझे प्रिय भी हैं। मैं दुर्गा, दशभुजा, सिंहवाहिनी, महिषमर्दिनी, जगद्धात्री, काली, मुक्तकेशी, तारा, छिन्नमस्ता और जगद्गौरी हूँ। ऋषि मार्कण्डेय की 'दुर्गा सप्तशती' में मैं 'नवदुर्गा' के रूप में पूजित हुई हूँ। मेरे नवदुर्गा रूप हैं—शैलपुत्री, ब्रह्मचारिणी, चन्द्रघंटा, कूष्मांडा, स्कंदमाता, कात्यायनी, कालरात्रि, महागौरी, और सिद्धिदात्री। मेरे पति ने भी मुझे कई स्नेहास्पद नाम दिए हैं, जैसे—बाभ्रवी, महेश्वरी, भगवती, मृडा, मृडानी, रुद्राणी, शर्वाणी, शिवा, त्र्यम्बकी, ईशानी, ईश्वरी, कालंजरी, कपालिनी, कौशिकी आदि। मैं पृथ्वी से उत्पन्न हूँ, इसलिए मेरा नाम कुजा है, दक्षपुत्री हूँ इसलिए दक्षजा हूँ। शास्त्रों ने मेरे हजारों नाम गिनाए हैं, सबका केवल आन्तरिक अनुभव ही किया जा सकता है।

यह ध्यान में रखो विजये! कि ब्रह्म जब कर्म के नियमों से बाधित नहीं है तो वह अवश्य निष्क्रिय होगा, तभी तो उसे निस्पंद भी कहा गया हे और जब ईश्वर निष्क्रिय होगा तो उसकी पत्नी ही उसकी शक्ति होगी। मूलत: मैं महाशक्ति दुर्गा ही हूँ जो दुर्गति और दुर्भाग्य से जीवों की रक्षा करती हूँ, असुरों का संहार करती और स्त्री-शक्ति की प्रतिष्ठा करती हूँ।"

अभी पार्वती और विजया का संलाप चल ही रहा था कि शिव अपनी प्रिया पार्वती की खोज करते वहाँ पहुँच गए। उन्होंने विहँसते हुए कहा—

"आपकी मुँह बोली सखी आपके कार्यों का लेखा-जोखा जानना चाह रही है। सब कुछ-न-कुछ जानना चाहते हैं। प्रिये! सचमुच ज्ञान सबसे बड़ी पिपासा है, वह पिपासा कभी तुष्ट नहीं होती। मैंने अपनी दिव्य-दृष्टि से देख भी लिया और सुन भी लिया कि आप अपने सम्बन्ध में सखी को कुछ बता रही हैं। नाम और रूप के भेद की बात तो छोड़िए, यह तो बताइए जब हम अभिन्न और अद्वय स्थिति में अर्द्धनारीश्वर रूप में होते हैं तो क्या हमारा बाह्य नाम और परिचय लुप्त नहीं हो जाता? तरंग जब समुद्र में समा जाए तो वह नामशेष हो जाती है। आप मुझमें और जब मैं आप में समाहित हो जाते हैं तो फिर कोई भिन्नता कहाँ रह जाती है। हाँ, आपने जो बताया वह संसारी जीवों की भक्ति की सुविधा के लिए है, क्योंकि मनुष्य की एक सीमा है, वह उसके आगे जाने पर उलझ जाता है। ज्ञान उलझाए तो ठीक भी है पर भक्ति में उलझन? यह भला किसे रुचेगा? देख रहा हूँ मेरा पूरा परिवार यहाँ एकत्र होकर आपकी मधुर वाणी और कीर्ति-लीला का रसपान कर रहा है। यह रसपान तो मैं ध्यान में बैठे-बैठे स्वयं कर रहा था पर मुझे लगा हम जिसके बारे में सुन रहे हैं, वार्ता कर रहे हैं, उसके सगुण-साकार स्वरूप के सामने इसमें अनुभव का आनन्द ही अलग है। सम्भवत: इसीलिए हमारे निर्गुण-निराकार रूप की अपेक्षा सनातन धर्म ने हमारे सगुण स्वरूप को अधिक महत्त्व दिया है। सामने हमारी पूज्य मूर्ति हो तो हमारी सम्पूर्ण चेतना ही बदल जाती है। हम होते हैं और बिलकुल हमारी तरह हमारी ईश्वरीय मूर्ति सामने प्रतिष्ठित होती है। हम उससे एकाकार होते हैं। उसके साथ प्रफुल्लित होते हैं, उसके वियोग में रुदन करते हैं, उसके मिल जाने पर आनन्द विह्वल हो जाते हैं। हमारे हास्य और रुदन दोनों समान हैं। दोनों ही स्थितियों में अश्रु निकलते हैं। यह रुदन भक्ति का प्रथम सोपान है जो हमें अन्तिम सोपान आनन्द भाव तक पहुँचा देता है।"

शिव कहते रहे—

"देवि! रुद्राक्ष मुझे इसलिए भी प्रिय है कि यह मेरी आँख का मोती है—अश्रु है, जो मेरी प्रिया सती के वियोग में मेरी आँखों से बह निकला था। इसी अश्रुस्नान से व्यक्ति के हृदय में भक्ति का जन्म होता है।

देवि! यह भी सत्य है कि मैंने देवों और मनुष्यों के कल्याण के लिए त्रिपुरासुर

का वध करने के लिए एक सहस्त्र वर्ष तपस्या की तथा अघोरास्त्र का चिन्तन किया, उस समय भी मेरी आँखों से जो अश्रु बिन्दु गिरे इनसे ही महान रुद्राक्ष के वृक्षों की उत्पत्ति हुई।" पुन: शिव ने विनोद और आनन्दमुद्रा में कहा—"देखो प्रिये! कुमार कार्तिकेय के वाहन मयूर को देखो। यह आनन्द से जब नृत्य करता है तो उस नृत्य से उसकी आँखों से अश्रुजल निकलता है, उसे पीकर ही मयूरी गर्भ धारण करती है।"

अब बारी कुमार कार्तिकेय की थी—"पिताश्री! माता पार्वती का हम नामानुसंधान कर रहे थे, उनके दिव्य रूपों के विषय में हमारी उत्कंठा तीव्र हो रही थी, तभी आपका भी शुभागमन हो गया। आप सर्वज्ञ हैं। माता की समस्त लीलाओं का हमें आप ज्ञान कराएँ। इनकी शत्रुमर्दिनी शक्ति और दैत्यों के विनाश की रोचक कथा हम आपके ही श्रीमुख से सुनना चाहेंगे। हमारे आग्रह पर आज द्वादश आदित्य आदि अनेक देवगण पधार रहे हैं, अन्य देवगण भी आने के लिए तत्पर हैं।"

पर्वत के उस विशाल खंड पर उत्सुक भाव से बैठे प्रमुखगण, माता पार्वती की सखियाँ, महावृषभ नन्दी, सर्प समूह जो भगवान् शिव को देखते ही पुन: उनके अंगों में यथास्थान शोभित हो गए थे, सब माता की शक्तिलीला के रहस्य को जानने और भगवान् शिव की मोदमयी अमृतवाणी को सुनने के लिए एकाग्रचित्त होकर बैठ गए। बाहर का वातावरण भी निस्तब्ध और शान्त हो गया। पवन भी स्थिर, वृक्षावलियाँ भी ध्यानस्थ और एकचित्त होकर माता की कथा सुनने के लिए समुत्सुक हो गईं।

35

शिव ने सम्बोधित किया—

"हमारे प्रिय देवगण! अभी हम जिस पवित्र कथा के लोक में प्रवेश पाने वाले हैं वह पार्वती के दुर्गा स्वरूप की गाथा है। यह पार्वती दिव्य महाशक्ति हैं, जिनके विविध रूप हमें आह्लादित और चमत्कृत करते रहते हैं। ये ही अन्नपूर्णा हैं, कात्यायनी, जगद्धात्री और ललिताम्बा हैं, काली, तारा, बगला, षोडशी, त्रिपुरा, दुर्गा आदि इन्हीं के रूप हैं। ये नर भी हैं, नारी भी, पिता भी हैं, माता भी, यही सर्वस्व हैं। परमात्म रूप महाशक्ति का यह सारा जगत् उन्हीं का लीला-प्रसाद है, ये ही सनातन और अविनाशी तत्त्व है, इसमें सन्देह नहीं। पार्वती का दुर्गा रूप अतिशय आकर्षक, सुन्दर और तेजस्वी है। वे तीन नेत्रोंवाली हैं, उनकी अंग-कांति विद्युत सदृश है। सिंह स्कंध पर विराजित वे भयंकर प्रतीत होती हैं। उनके हाथ में तलवार, ढाल, बाण, धनुष, पाश और तर्जनी मुद्रा है। उनका स्वरूप अग्निमय है तथा उनके मस्तक पर चन्द्रमुकुट शोभायमान हैं। उनके दिव्य चरित्र का वर्णन ऋषि

मार्कण्डेय ने 'दुर्गासप्तशती' के रूप में किया है जिसमें उनके मनोहारी रूप और असुरों के नाश का वर्णन है।

दुर्गा रूपा पार्वती की प्रथम कथा मेधा ऋषि के आश्रम में पराजित राजा सुरथ और संसार के नाना दु:खों से पलायन करने की इच्छा वाले समाधि वैश्य से आरम्भ होती है जहाँ वे महाकाली के स्वरूप में पूजित हुई हैं। महाकाली रूप में इनकी दस भुजाएँ हैं जिनमें वे खड्ग, चक्र, गदा, बाण, धनुष, परिघ, शूल, भुशुण्डि, कपाल और शंख धारण करती हैं, उनके तीन नेत्र हैं और सर्वांग दिव्य आभूषणों से मंडित हैं। नीलमणि-सी देह कांति है और वे दशमुख और दस पैरोंवाली हैं। सूर्य के पुत्र सावर्णि आठवें मनु थे। स्वारोचिष नामक मन्वन्तर में सुरथ नामक राजा का शासन था किन्तु वे शत्रुओं से परास्त हो गए। उनकी शक्ति नष्ट हो गई। उनका प्रभुत्व जाता रहा। एक दिन घोड़े पर सवार होकर वे अकेले घने वन की ओर निकल गए। वहाँ उन्हें मेधा ऋषि का आश्रम तपोवन सदृश दिखाई पड़ा, वहाँ राजा को आत्मिक शान्ति मिली। वहाँ राज्य की चिन्ता, अपनी दुरवस्था और साम्राज्य तथा सम्पत्ति से मोहाविष्ट राजा सुरथ अत्यंत चिन्तातुर थे। उसी समय एक समाधि नामक वैश्य से उनकी भेंट हुई। वह वैश्य भी अपने परिवार से सन्तप्त और दुखी होकर वन में चला आया था पर उसका चित्त अपने स्त्री-पुत्रों की चिन्ता में ही लगा था।

मेधा ऋषि के समक्ष दोनों ने अपने मन की पीड़ा रखी थी। मेधा ऋषि ने बताया कि मनुष्य, पशु, पक्षी सभी समझदार होते हैं। लोभ और मोह से प्रेरित जीवों तथा महामाया के प्रभाव से ज्ञानी व्यक्तियों का भी मन चंचल और मोहवश सम्मोहित हो जाता है। मेधा ऋषि ने महामाया की दिव्य शक्तियों का वर्णन करते हुए उन्हें नित्य, अजन्मा कहा और देवकार्य की सिद्धि के लिए लोक में उनके अवतार लेने की आवश्यकता बताई। ऋषि ने प्रलय काल में शेष शय्या पर निद्रा में लेटे विष्णु और उनके कानों के मैल से उत्पन्न दो महाभयंकर मधु और कैटभ नामक असुरों की कथा सुनाई। विष्णु के नाभिकमल पर स्थित ब्रह्मा ने योग निद्रा रूप महामाया का स्तवन किया। उन्हें स्वाहा, स्वधा व षट्कार कहा। समस्त स्वर, समस्त नाद उसी महामाया के रूप हैं। प्रणव में वही गूँज रही हैं। वही संध्या सावित्री और परा जननी हैं। वे ही जगत् के लिए सृष्टि रूपा, स्थिति रूपा और कल्पांत में संहार रूपा हैं। वे ही महामोह रूपा, महादेवी, महासुरी, कालरात्रि, महारात्रि, मोहरात्रि, दारुण रात्रि, ईश्वरी और बोध स्वरूपा बुद्धि हैं। वे ही लज्जा, पुष्टि, तुष्टि, शान्ति और क्षमा हैं। ब्रह्मा ने विष्णु को जगाने की प्रार्थना की। विष्णु योगनिद्रा से जगे और उन्होंने मधु-कैटभ नामक दैत्यों को अपनी जाँघ पर रखकर चक्र से उनका सिर काट दिया।"

वीरभद्र ने प्रश्न किया—"प्रभो! महामाया योगनिद्रा की उत्पत्ति का रहस्य क्या है?"

शिव बोले—"तुम्हारा प्रश्न उचित है वीरभद्र! विष्णु की योगनिद्रा संकेत करती

है कि जैसे माता के गर्भ में शिशु पराश्रित, निद्रालस और असहाय होता है वैसे ही संसार में सभी जीव एक मोहनिद्रा में पड़े हैं, वे अपने पाश स्वयं गढ़ते हैं और पीड़ित होने पर उससे मुक्त भी होना चाहते हैं। सब कुछ नष्ट हो जाने पर भी माया नहीं छूटती। विश्व के प्रपंच में सब अपने मूल स्वरूप को भूल जाते हैं। भगवती महामाया मनुष्य और सभी प्राणियों को जागृति का सन्देश देती हैं। अपने ऊपर पड़े हुए बन्धनों को काट डालना ही वास्तविक जागरण है। मधु-कैटभ इसी महामोह के प्रतीक हैं।" वीरभद्र ने सन्तुष्ट भाव से प्रणाम अर्पित किया और अगली कथा के श्रवण के लिए सभी पुनः उत्सुक हो गए।

तभी नन्दी ने पूछा—"प्रभो! सप्तशती के प्रथम अध्याय से क्या परिणाम निकलता है, कृपया इसका संकेत करें।"

"वत्स! मेधा ऋषि, राजा सुरथ और समाधि वैश्य यह पौराणिक कथा के तीन पक्ष हैं—एक है संसार की पीड़ा से त्रस्त मनुष्य का वन की ओर भागना। यह वृत्ति निराशा से पैदा होती है। पूजा, प्रार्थना, उपवास या तपस्या के पीछे अगर कोई सांसारिक कामना है तो उसका महत्त्व घट जाता है। जीवन से पलायन करना सही मार्ग नहीं है।

इस अध्याय का दूसरा खंड है माया-मोह और धन की लिप्सा जिसका समाधान ऋषि ने यह कहकर किया है कि पशु-पक्षी सभी मोह से घिरे हैं। जब तक यह आसक्ति समाप्त नहीं होगी तब तक मनुष्य को मुक्ति नहीं मिल सकती।

कथा का तीसरा खंड है ब्रह्मा द्वारा विष्णु की मोहनिद्रा को तोड़ने के लिए महामाया से की गई प्रार्थना। यह मोह ही माया है जिसके कारण हमारी आँखों पर पर्दा पड़ जाता है और हम सत्य को देख नहीं पाते। महामाया की कृपा से ही विष्णु मधु और कैटभ जैसे राक्षसों का विनाश करते हैं। ये राक्षस विष्णु के कानों के मैल से पैदा हो गए थे, तो हमारे भीतर की मलिनता ही राक्षसी वृत्ति का रूप लेती है जिसका नाश भी हमें ही करना पड़ता है। इस कार्य में महाशक्ति सद्बुद्धि देकर हमारी सहायता करती हैं।"

कथा-प्रवाह चल रहा था। वहाँ पर्वत खंड पर हिमालय की चमकदार चोटियाँ उज्ज्वल श्वेत रंगों की मानो वृष्टि कर रही थीं। वहाँ वीरभद्र आदि गणों का भी समुदाय उपस्थित था, उसमें बारह आदित्य, दस, विश्वेदेव, आठ वसु, उनचास मरुतगण और रुद्र के ग्यारह रूप उपस्थित थे। अंश और अंशी का वहाँ अद्भुत संगम था। शिव स्वरूप देवगण भी आज शिव के चतुर्दिक् बैठे थे, जैसे समुद्र में विविध नदियों का स्रोत एकत्र होकर मिल जाता है, वैसे ही सभी शिव रूप हो गए थे और उनकी अमृतवाणी बड़े मनोयोग से सुन रहे थे।

द्वादश आदित्य समूह ने प्रश्न किया—" 'महामाया' के इस दिव्य स्वरूप का प्रथम अनुभव सभी देवताओं के लिए कैसा रहा प्रभो?"

शिव ने उत्तर दिया—"प्रिय द्वादश आदित्यगण! मुझमें और आप में अन्तर नहीं है। केवल ज्ञान और अनुभव के लिए भेद-बुद्धि कभी-कभी आवश्यक हो जाती है। माता दुर्गा के मध्यम चरित्र में द्वितीय, तृतीय और चतुर्थ अध्याय का संयोजन हुआ है। द्वितीय में देवों के तेज से देवी के आविर्भाव और दुर्दान्त असुर महिषासुर की सेना के वध की कथा है। महालक्ष्मी के स्तवन में कहा गया है कि वे कमल के आसन पर स्थित हैं, उनका प्रसन्न मुख शान्ति प्रदायक है। उनके हाथों में अक्ष माला, फरसा, गदा, बाण, वज्र, पद्म, धनुष, कुंडिका, दंड, शक्ति, खड्ग, ढोल, शंख, घंटा, मधुपात्र, शूल, पाश और चक्र हैं। भगवती का यह वैष्णवी रूप है जो उनके तीन रूपों की अभिन्नता का द्योतक है।

प्रिय गणो! देवता और दानवों का संग्राम अनादि काल से चल रहा है। ये हृदय की परस्पर विरोधी दो वृत्तियों, पाप-पुण्य, निर्माण-विनाश आदि के ही प्रतीक हैं। इस युद्ध में देवता राक्षसों से सदैव पराजित होते आए हैं, फिर वे ब्रह्मा, विष्णु या मेरा स्तवन कर अपने इष्ट कार्य में सिद्धि प्राप्त करते हैं। देवताओं का दोष है भोग-लालसा की अतिवादी प्रवृत्ति और दानवों का दोष है—निर्दयता, स्वार्थपरता, अधिकार प्रमत्तता। इनके संघर्ष का यह मूल कारण है।"

36

शिव ने पुनः कहना प्रारम्भ किया—

"इस बार भी देवों और असुरों के संग्राम में देवता पराजित हुए और महिषासुर इन्द्रासन पर बैठ गया। सभी देवता हम त्रिदेवों के पास पहुँचे। अपनी पराजय और वेदना का समाचार उन्होंने कह सुनाया। महिषासुर द्वारा स्वर्ग से सभी देवता निष्कासित हो गए। यह सुनकर त्रिदेव भी पर-पीड़ा से विचलित हो गए। हमारी क्रोधाग्नि से एक महान पर्वताकार ज्वाला फूट पड़ी जो सभी दिशाओं में व्याप्त हो गई। वह अतुलनीय तेज एकत्र होकर एक नारी के स्वरूप में परिणत हो गया। उसके प्रकाश और प्रभाव से त्रिलोक जगमगा उठा। मेरी मुखाग्नि के तेज से उस महादेवी का मुख प्रकट हुआ। यमराज के तेज से शिर में केशराशि उत्पन्न हुई, विष्णु के तेज से भुजाएँ, चन्द्रमा के तेज से स्तनमंडल, इन्द्र के तेज से कटिप्रदेश, वरुण के तेज से जंघा और पिंडली, पृथ्वी के तेज से नितम्ब भाग प्रकट हुआ। ब्रह्मा के तेज से युगल चरण बने, सूर्य का तेज उँगलियों में परिवर्तित हो गया। वसुओं के तेज से हाथों की उँगलियाँ, कुबेर के तेज से नासिका, प्रजापति के तेज से दंत पंक्तियाँ, अग्नि के तेज से तीनों नयन प्रकट हुए। संध्या के तेज से भौंहें, वायु के वेग से कान और सभी देवताओं के तेज से उनकी अंग कांति निखरती

गई। वह कल्याणमयी देवी अपनी समस्त विभूतियों के साथ महाकार और अत्यंत सुन्दर स्वरूप में आविर्भूत हो गईं। इस स्वरूप के दर्शन लाभ से देवता, प्रसन्नता और सन्तोष का अनुभव करने लगे। मैंने अपने शूल में से एक शूल देवी को अर्पित किया, विष्णु ने अपने चक्र से नवीन चक्र उत्पन्न कर प्रदान किया, वरुण ने शंख, अग्नि ने शक्ति, वायु ने धनुष और तीरों से भरे दो निषंग प्रदान किए। देवराज इन्द्र ने अपने वज्र से नया वज्र, ऐरावत हाथी से उतारकर एक दिव्य घंटा, यमराज ने दंड, वरुण ने पाश, प्रजापति ने स्फटिक की माला तथा ब्रह्मा ने कमंडल भेंट किया। सूर्य ने देवी के समस्त रोमकूपों में अपनी ज्वलंत किरणें भर दी। काल ने उन्हें ढाल और तलवार दी। क्षीर समुद्र ने हार और कभी जीर्ण न होने वाले दो दिव्य वस्त्र दिए, साथ ही चूड़ामणि, कुंडल, कड़े, उज्ज्वल अर्द्धचन्द्र, सभी बाहुओं के लिए केयूर, दोनों चरणों के लिए नूपुर, गले की हँसली और सभी उँगलियों में रत्नजटित अँगूठियाँ दीं, विश्वकर्मा ने फरसा, अनेक अस्त्र और कवच प्रदान किए, अम्लान मालाएँ दी। समुद्र ने सुन्दर कमल पुष्प दिया। हिमालय ने उनके वाहन के लिए सिंह और विविध रत्न दिए, कुबेर ने मधुभरा पान पात्र दिया, नागराज शेष ने बहुमणियों से विभूषित नागहार प्रदान किया।

सभी देवताओं ने अपनी शक्ति और अपने तेज के अनुसार महादेवी को विविध सामग्रियाँ, रत्नमाल और आभूषण देकर उनकी अभ्यर्थना की। देवों ने गम्भीर स्वरों में गर्जना की, उनका वह नाद द्यावा पृथ्वी गूँज उठा। असुरों के दिल दहल गए, पर्वतों में दरारें पड़ गई, हिम पर्वत की चोटियों से हिमस्खलन होने लगा, समुद्र ज्वार भाटा के रूप में अपना प्रकंपन प्रकट करने लगा। सबने एक स्वर से भवानी के लिए जयध्वनि की। दैत्य भी इस नाद से संत्रस्त हुए पर वे शीघ्र ही युद्ध के लिए सज्जित हो गए। महिषासुर की विशाल सेना ने उन्हें घेरने का प्रयास किया। देवी का रत्नमुकुट आकाश में अपना प्रकाश बिखेर रहा था। उनके चरणों के भार से पृथ्वी धँस रही थी। उनके धनुष की टंकार से आकाश और पाताल क्षुब्ध हो गए।

महिषासुर के सेनानायक चिक्षुर और चामर नामक दैत्य अपनी विशाल सैन्यवाहिनी के साथ आक्रमण करने लगे। महाहनु, असिलोमा, वाष्कल, परिवारित नामक राक्षसगण भी अपनी सेना के साथ आ जुटे। विडाल नामक दैत्य अपने असंख्य योद्धाओं के साथ देवी पर बाणों की वर्षा करने लगा। महिषासुर ने भी उस युद्ध में तोमर, भिंदिपाल, शक्ति, मूसल, खड्ग आदि भयानक अस्त्रों के साथ आक्रमण कर दिया। देवी ने अत्यंत क्रोध में रण-क्रीड़ा करते हुए अपने अस्त्र-शस्त्रों से असुरों की सेना को छिन्न-भिन्न कर दिया। देवी का वाहन सिंह अपने अयालों को हिला-हिलाकर दैत्य सेना को नष्ट करने लगा। माता अम्बिका के नि:श्वास से भी गण प्रकट होते गए और उन्होंने असुर सेना को मार गिराया। देवी के तीक्ष्ण

प्रहार से दैत्य सेना विनष्ट होने लगी, उनके घंटा नाद से असुर वाहिनी मूर्च्छित और मृतप्राय हो गई। देवी के पाश से अनेक असुर बाँधे गए, वे गदा और मूसल की चोट से आहत एवं क्षत-विक्षत हो गए। असुरों का शरीर कट-कटकर गिरने लगा। कितनों के मस्तक कट गए और उनके कबंध नाच-नाच कर गिरने लगे जिससे धरती पर रक्त की नदी बहने लगी। जैसे अग्नि से तृण और काष्ठ भस्म हो जाते हैं, वैसे ही असुरों की सेना क्षण भर में नष्ट हो गई। देवी का सिंह भी असुरों के प्राण हरता रहा। देवी के गण भी महादैत्यों को नष्ट करने में समर्थ हुए। देवताओं को इससे परम तृप्ति का सुख मिला।"

37

पार्वती मौन भाव से अपनी ही क्रिया शक्ति की महागाथा सुन रही थीं, शिव द्वारा स्तुतिभाव से कही गई बातों से उन्हें संकोच भी हो रहा था और पूर्वकाल के घटित इस युद्ध के स्मरण से उनके मुख पर लालिमा का भी संचार हो रहा था। उन्होंने उस समय अपने महादेवी रूप को प्रच्छन्न ही रखने का बलपूर्वक प्रयत्न किया।

शिव बोले—"देवताओं की शक्ति जब संघनित होती है तो वह महाशक्ति का आवाहन करती है। अत: एकता ही विजय है और बिखराव ही पराजय। देवगण जब अपने स्वरूप का स्मरण रखते हैं तो उनमें अहंकार भी आ जाता है, इस अहंकार को मिटा देने से देवगणों का तेज कल्याणकारक हो जाता है। महाशक्ति का आविर्भाव इसी कल्याण-भाव के लिए होता है।"

परम शिव आनन्द भाव से अंबिका में निहित महाशक्ति-तत्त्व के आख्यान में निमग्न थे तभी भक्त प्रवर देवर्षि नारद वहाँ आ पहुँचे। दूर से ही वीणा की संगीत-स्वर-लहरी ने बता दिया कि देवर्षि का पदार्पण वहाँ होने ही वाला है। नारद ने सभी पूज्यजनों को और समस्त गणों ने देवर्षि को प्रणाम किया और उन्हें आसन दिया। नारद को वातावरण सम्मोहक लगा, उन्हें ज्ञात हो गया कि परम पिता के श्रीमुख से जगदंबिका की विश्रुत कथा का पुन: स्मरण हो रहा है। वहाँ वक्ता भी सुदुर्लभ था और नारद जैसा श्रोता भी दुर्लभ था। किन्तु आज यह संयोग घटित हो गया।

नारद ने प्रश्न किया—"प्रभो! आप और महाशक्ति रूपा पार्वती दोनों ही परमतत्त्व के दो रूप हैं। आप कूटस्थ ब्रह्म हैं और माता क्रियात्मिका और फलदायिनी हैं। देव! आप अव्यक्त, अदृश्य और अचल ब्रह्म हैं तो महामाया दृश्य, चल एवं नाम और रूप से व्यक्त सत्ता हैं। वे शक्ति नटी के रूप में आपके विराट वक्षस्थल पर अनंत कोटि ब्रह्मांडों के रूप में सृष्टि, स्थिति एवं संहार के रूप में लीलामयी

होकर नृत्य करती हैं। आप महानट हैं तो शिवा भी 'शिव नर्तकी' कही गई हैं। आप दोनों वैसे ही अभिन्न हैं, जैसे सूर्य और उसकी किरणें, अग्नि और उसकी दाहिका शक्ति, दुग्ध और उसकी उज्ज्वलता। आपकी आराधना ही शक्ति की आराधना है और शक्ति की उपासना ही आपकी उपासना है। आपकी तुलना रुद्र से करते हुए आपको पुरुष और जगदंबा उमा को स्त्री कहा गया है। रुद्र ब्रह्मा हैं तो उमा सरस्वती हैं, रुद्र विष्णु हैं तो उमा लक्ष्मी हैं, रुद्र सूर्य हैं तो उमा छाया, रुद्र सोम हैं तो उमा तारा, रुद्र दिवस हैं तो उमा रात्रि, रुद्र यज्ञ हैं तो उमा वेदिका हैं, रुद्र अग्नि हैं तो उमा स्वाहा हैं, रुद्र वेद हैं तो उमा शास्त्र हैं, रुद्र वृक्ष हैं तो उमा लता, रुद्र पुष्प हैं तो उमा सुगन्ध, रुद्र लिंग है तो उमा पीठ। आप दोनों सबके लिए नमस्य हैं प्रभो! मैं भी आपको भवानी सहित प्रणाम करता हूँ।"

शिव और पार्वती दोनों नारद के वाक्यों से प्रसन्न हो गए। शिव ने कथाक्रम को आगे बढ़ाते हुए कहा, "जगदंबा दुर्गा ने सेनापतियों के साथ महिषासुर का वध किया था। स्त्री शक्तियाँ जब युद्ध के लिए समरांगण में प्रवेश करती हैं तो उसका परिणाम सदैव उनके अनुकूल ही होता है। महिषासुर और भगवती का युद्ध एक महान रोमांचक घटना थी। देवी का स्वरूप उदयकालीन सूर्य की भाँति था। वे लाल रंग की रेशमी साड़ी बाँधे, गले में मुंडमाल धारण किए, वक्ष पर रक्त चन्दन का लेप लगाए, अपने हाथों में जपमाला, विद्या, अभय और वर नामक मुद्राएँ धारे त्रिनेत्रों से शोभित मुखारविन्द वाली अति सुन्दर प्रभा भास्वर लग रही थीं। उनके मस्तक पर चन्द्रमा के साथ मुकुट सजा था, कमलासन पर विराजमान वे सबके लिए प्रणम्य थीं। दैत्य सेना का विनाश देखकर असुर सेनापति चिक्षुर भयंकर क्रोध दिखाता हुआ माता को ललकारने लगा। महादेवी उठ खड़ी हुईं जैसे समुद्र की विक्षुब्ध लहरें अकस्मात् गगनचुम्बी हो जाती हैं, वैसे ही उन्होंने क्रोध-मुद्रा में भयंकर गर्जना की। चिक्षुर रणभूमि में देवी के ऊपर बाणों की वर्षा कर रहा था। देवी ने बड़ी सहजता से उसके सभी बाण काट डाले। उसके धनुष-रथ-सारथी और ध्वजा को काट डाला और चिक्षुर के अंगों को अपने तीखे बाणों से बींध दिया। फिर भी उसी अवस्था में वह असुर ढाल-तलवार लेकर देवी की ओर दौड़ा, देवी पर आघात करते ही उसकी तलवार दो टूक हो गई। उसके शूल को देवी ने अपने शूल से नष्ट कर दिया, शूल के साथ ही महादैत्य चिक्षुर का भी प्राणान्त हो गया। चिक्षुर के विनाश के बाद देवताओं का पीड़क शत्रु चामर हाथी पर चढ़कर युद्ध करने आया। जगदंबा ने उसे अपने हुंकार मात्र से पृथ्वी पर गिरा दिया। देवी का सिंह उछलकर चामर से युद्ध करने लगा और बड़े वेग से उसने अपने पंजों की चोट से चामर का सिर धड़ से अलग कर दिया।

क्रुद्ध होकर उदग्र नामक असुर देवी पर आघात करने दौड़ा पर देवी के शिला प्रहार से वह मारा गया। यही दशा कराल नामक दैत्य की भी हुई। देवी ने

गदा की चोट से उद्धत का विनाश कर दिया। उन्होंने अपने अस्त्रों से वाष्कल और बाणों से ताम्र और अन्धक के प्राण ले लिए। दैत्यों की विराट वाहिनी का वे बड़ी तीव्रता से नाश करने लगीं। उन्होंने त्रिशूल से उग्रास्य, उग्रवीर्य और महाहनु नामक राक्षसों को मृत्यु के घाट उतार दिया। राक्षस विडाल भी उनकी तलवार के वार से मारा गया।

महिषासुर ने जब अपनी सेना का विनाश होते हुए देखा तो वह अत्यंत क्रुद्ध और उत्तेजित होकर भैंसे के रूप में देवी के गणों पर सींग से आक्रमण करने लगा। उसकी सीगें, पूँछ, मुख का अग्रभाग, उसका वेग और गर्जन सब भयानक दृश्य उपस्थित कर रहे थे। उसने गणों को बड़ी हानि पहुँचाई। देवी के सिंह को मारने के लिए उद्यत होकर वह अपने खुरों से धरती खोदने लगा और विशाल सींगों की मार से पर्वतों को तोड़ने लगा। उसकी विशाल काया पृथ्वी को हिलाने लग गई। देवी चंडिका जब उसका मस्तक काटने को हुईं तो वह खड्गधारी पुरुष बन गया। देवी के बाणों की वर्षा से जब उसका वह रूप नष्ट हुआ तो वह महान गजराज बन गया। उसका गर्जन बढ़ता जा रहा था। देवी ने तलवार से उसकी सूँड़ काट डाली तो वह मायावी दैत्य पुन: भैंसे के रूप में प्रकट हो गया। देवी ने मधु पान कर उसकी उन्मत्तता का नाश करने के लिए उछलकर उस महिषासुर को अपने चरणों से दबा दिया, शूल से कंठ में आघात होते ही वह असुर महिष के रूप से बाहर आने का प्रयत्न करने लगा और उस स्थिति में भी वह युद्ध कर रहा था, तब देवी ने तलवार से उसका मस्तक काट डाला। उसकी मृत्यु होते ही दैत्य सेना हाहाकार करती हुई भाग चली। सभी देवता और ऋषि प्रसन्न हो गए। गन्धर्वों ने गीत गाए और अप्सराओं ने हर्ष मनाते हुए नृत्य किया।

नारद! महिषासुर राक्षस रूप, मनुष्य रूप और पशुरूप के एकत्र योग का उदाहरण था। राक्षसी माया महामाया के समक्ष टिक नहीं पाती। अम्बा ने पशुवृत्ति को परास्त किया। पशु बुरे नहीं होते, वे तो जीव हैं, मनुष्य की तरह अन्न खाद्य पानीय के जीव! पर, पशुता बुरी है। क्षण-क्षण रूप बदलने, स्वभाव परिवर्तन करने वाली वृत्ति ही हमें पशुता की ओर ले जाती है। महिषासुर की कथा इसी पशुता के वध की कथा है।"

नारद बोले—"महादेव! इसीलिए आप भी तो पशुपति हैं, त्रैलोक्य पूजित हैं, पशुता के पाश से मुक्त करने के कारण ही हम पशुपति के रूप में आपको नमस्कार करते हैं।"

"यह सत्य है देवर्षि! महिषासुर के वध से राक्षसी सेना का नाश और उनके अत्याचारों का शमन हो गया।" इसके पश्चात् सभी देवगण आभार स्वरूप माता अंबिका के समक्ष उपस्थित होकर उनकी प्रसन्नता पाने के लिए स्तुति करने लगे।

38

देवताओं ने जया नाम की दुर्गा का ध्यान किया जो सिद्धि प्रदायी हैं। उनके अंगों की नील श्यामल कांति कृष्णवर्णी मेघदल की भाँति थी। उनके अपांग कटाक्ष से शत्रुओं में भय व्याप्त हो जाता था। उनके मस्तक पर चन्द्रमा, हाथों में शंख, चक्र, कृपाण और त्रिशूल थे। उनके त्रिनेत्रों में आकर्षण और चमक थी। वे सिंह स्कंध पर विराजमान तीनों लोकों को अपने तेज से प्रकाशित कर रही थीं।

समस्त देवताओं ने उनसे विनम्र प्रार्थना की—"सम्पूर्ण देवों की शक्ति के समुच्चय से ही आपका स्वरूप बना है, आप पूजनीया और प्रणम्य हैं। आपके अतुलित तेज और प्रभाव का वर्णन नहीं हो सकता। पुण्यात्माओं के यहाँ आप लक्ष्मी रूप में और पापियों के घर दरिद्रता रूप में, शुद्ध हृदय में बुद्धि रूप में, सत्पुरुषों में श्रद्धा रूप में तथा कुलीन व्यक्तियों में लज्जा रूप में निवास करती हैं। आप ही विश्व के पालन में समर्थ हैं। इस जगत् की उत्पत्ति का कारण-तत्त्व भी आप हैं, आप में सत्व, रज और तम इन तीन गुणों का मेल है पर आप दोष रहित हैं। आप यज्ञ में स्वाहा रूप में, पितरों की तृप्ति के कारण भूत रूप में हैं, अत: सभी आपको स्वधा भी कहते हैं। आप ही पराविद्या हैं। आप ऋक् साम यजुः की त्रयी में निवास करती हैं। शास्त्रों का सार और मेधा शक्ति भी आप ही हैं। आप ही महालक्ष्मी, ब्रह्माणी और गौरी हैं। आपकी मुस्कान और आपका क्रोध दोनों अपूर्व और अद्भुत हैं। महिषासुर की विशाल सेना को आपने अपने क्रोध से क्षण भर में नष्ट कर दिया।

आप कल्याणमयी बुद्धि देती हैं, दुःख, दारिद्र्य और भय हरती हैं। आपका दयार्द्र हृदय दूसरों पर सदैव करुणा ही करता है, आप शस्त्रों के आघात से शत्रु राक्षसों को मारकर एक प्रकार से उन्हें पवित्र करके मुक्ति देती हैं। आपकी वरदायिनी शक्ति समस्त शूलों से हमारी रक्षा करे। आप सभी दिशाओं से हमारा कल्याण करें।"

देवी ने देवताओं के पूजन से प्रसन्न होकर वर माँगने को कहा—देवताओं ने महिषासुर से त्राण देने के लिए महादेवी का सबसे बड़ा वरद आभार माना और यह भी कहा कि "आप स्मरण, स्तुति से हमारी मनोभिलाषाएँ पूर्ण करती रहें।" भद्रकाली देवी 'तथास्तु' कहकर अन्तर्धान हो गईं। हे नारद! हे गणो! माता गौरी आपके समक्ष विराज रही हैं और मन्द स्मिति से मेरी ओर देख रही हैं। ये जितनी ही कोमल और करुणामयी हैं उतनी ही उदग्र, भीम और भयानक भी। जगन्माता का यह स्वरूप अभयकारक है, जीव को सद्बुद्धि की ओर ले जाता है और बताता है कि पशुता ही राक्षसत्व है, दुर्बुद्धि ही विनाश का कारण है।

शिव देवी दुर्गा के मध्यम चरित्र की कथा समाप्त ही करने वाले थे कि ब्रह्मा

अपनी पत्नी सावित्री के साथ हंस पर और विष्णु महालक्ष्मी के साथ गरुड़ पर पधारे। सबने एक-दूसरे से प्रणत भाव से कहा—

"देवाधिदेव! हम अपने-अपने लोकों में आपके द्वारा कही जा रही जगदंबा की पुण्यकथा का श्रवण कर रहे थे, पर उत्तर कथा जो सरस्वती रूपा है और गौरी रूप में ही माता ने शुम्भ-निशुम्भ आदि भयानक राक्षसों का संहार किया है, उस दिव्य कथा को हम माता गौरी के सामने ही सुनने का लोभ संवरण नहीं कर सके। जिनके साथ हमारा नाद सम्बन्ध होता है, उनसे हम बिन्दु सम्बन्ध भी जोड़ना चाहते हैं। जो भगवती की उग्र संहारिणी शक्ति है उस रूप के साथ-साथ समक्ष बैठी महिमामयी माता गौरी की प्रसन्न दृष्टि को देखना भी एक अद्भुत अनुभव होगा। हम कोमलता और कठोरता को एक साथ देखने आए, लास्य और तांडव के लीला विलास का आनन्द लेने और श्रद्धा भाव से विस्मित होने चले आए हैं। हमें उत्तर कथा का श्रोता बनने की पात्रता प्रदान करें और इस कथा-यज्ञ में सम्मिलित होने का कृपापूर्वक आदेश प्रदान करें।"

शिव सहज ही प्रसन्न हो गए। बोले—"यह बड़े आनन्द की बात है कि त्रिलोक के तेजोमय विग्रह के रूप में साक्षात् ईश्वरीय शक्तियाँ यहाँ भगवती को मान दे रही हैं। मुझे धन्यता का अनुभव हो रहा है। अब मैं श्री दुर्गा की उत्तर कथा का संकेत करता हूँ जो श्रवण और मनन योग्य है।"

महारुद्र शिव ने आगे कहना प्रारम्भ किया—"देवी के उत्तर चरित्र के देवता के रूप में महासरस्वती का स्मरण किया गया है। सरस्वती वाक् देवता और नदी देवता हैं। सरस्वती मूलतः शुतुद्रि (सतलज) की सहायक नदी थीं जो कालान्तर में विपाशा (व्यास) में मिल गई। तो सरस्वती दूसरी धारा में बहती रहीं। माता सरस्वती का वेगवान रूप राजस्थान के समुद्र में जाकर मिल जाता था। प्रयाग की त्रिवेणी में भी इसकी लुप्तधारा की चर्चा है। इसी सरस्वती और दृषद्वती के मध्य का क्षेत्र ब्रह्मावर्त कहलाया है जो वैदिक ज्ञान और कर्मकाण्ड के लिए विख्यात है। माता सरस्वती का देवी रूप पवित्रता, शुद्धता, समृद्धि और शक्ति प्रदायक है। अन्य देवों पूषा, इन्द्र और मरुत् से भी ये संबद्ध हैं। वैदिक सूक्तों में ये इड़ा और भारती के रूप में वन्दित हैं। यही विद्या हैं, यही कला हैं। इनके कृपा-प्रसाद से ही जीवन मनोरम होता है। ज्ञान, बुद्धि, कला और सौन्दर्य की देवी सरस्वती ही संसार की कला-चेतना की वाहिका हैं। भगवती सावित्री, जो ब्रह्मा की पत्नी हैं, बुद्धि और विवेक प्रदान करती हैं।

प्राचीन काल में महाप्रतापी शुम्भ-निशुम्भ नामक दैत्यों ने इन्द्र से त्रिलोक का राज्य छीनकर उन पर अपना अधिकार जमा लिया। सभी देवताओं का अधिकार छीनकर वह और भी प्रमत्त हो गया। तब पुनः देवताओं ने जगदंबा का स्मरण किया और विष्णु की स्तुति करने लगे। महादेवी, शिव, प्रकृति, भद्रा, रौद्रा, नित्या,

गौरी, धात्री, ज्योति, चंडरूपिणी एवं सुख स्वरूपा देवी को उन्होंने नमस्कार कहा। देवताओं ने दुर्गा के कई रूपों को उद्घाटित किया, उनमें दुर्गपारा, सारा, सर्वकारिणी, ख्याति, कृष्णा, धूम्रा आदि हैं। जीवनचर्या में आवश्यक गुणों, शक्तियों और प्रवृत्तियों को भी देवताओं ने चेतना, बुद्धि, निद्रा, क्षुधा, छाया, शक्ति, तृष्णा, शान्ति, जाति, लज्जा, स्वाहा, कान्ति, लक्ष्मी, वृत्ति, स्मृति, दया, तुष्टि, मातृभाव, भ्रांति, व्याप्ति, आदि रूपों में नमन किया है। पार्वती के ही शरीर कोश से अंबिका का आविर्भाव हुआ है इसलिए वे 'कौशिकी' नाम से प्रसिद्ध हुईं। 'कौशिकी' के प्राकट्य के बाद पार्वती कृष्ण वर्ण होकर कालिका नाम से ख्यात हुईं। कालिका या काली प्रथम महाविद्या और आद्यशक्ति हैं। चार हाथ, नरमुंडों की माला व्याघ्रचर्म का वस्त्र और मस्तकशून्य शव इनका वाहन है।

शक्ति की आठ मातृकाओं के अतिरिक्त काली की गणना हुई है। शक्ति को देवी या भवानी ही कहा जाता था। प्राय: उनकी चार भुजाएँ खड्ग, दैत्य का सिर, वरद मुद्रा और अभय मुद्रा को व्यक्त करती हैं। कानों में मृतकों के कुंडल, गले में मुंडमाल, जिह्वा बाहर निकली हुई, कटि में दैत्यों के कटे हाथों की करधनी, मुक्तकेशी एवं रक्तपान करती हुई दिखाई देती हैं। वे एक पाँव मेरी छाती पर और दूसरा पाँव मेरी जंघा पर रखकर खड़ी होती हैं। काली पूजा में वैष्णव भाव भी जुड़ा हुआ है। वैष्णवी, काली, चंडिका ये सभी रूप, देवी के स्वरूप को पूर्णता प्रदान करने में सहायक होते हैं।"

महाप्रभु विष्णु ने प्रश्न किया—"भगवती पार्वती आपकी प्रिया हैं, आपसे अधिक उन्हें कौन जान सकता है? उनके दिव्य और अन्तरंग रूप से हमें आप परिचित कराने की कृपा करें।"

शिव ने सस्मित उत्तर दिया—"जैसे जल विविध आकारों और रूपों से कभी बिन्दु तो कभी सिन्धु कहलाता है, वैसे ही पार्वती परा, परात्परा, परमेश्वरी, परमा के रूप में एक ही हैं। कूर्म पुराण भगवती को ज्ञान स्वरूपिणी, व्योमसंज्ञा, पराकाष्ठा और माहेश्वरी कहता है। वे मेरे समीप ही क्रीड़ा करती हैं, यह जगत् उन्हीं का कार्य है। वे विश्वेश्वरी, भोग्या और नीललोहित शिव भोक्ता हैं। ब्रह्मांड पुराण बताता है कि पुराकाल में त्रिपुरा, ललिता और महालक्ष्मी ने तीन अंडों की रचना की। उनमें से एक अंड से पार्वती और विष्णु, दूसरे से लक्ष्मी और ब्रह्मा और तीसरे से सरस्वती और मेरा आविर्भाव हुआ।

हे महान देवताओ! आपकी उपस्थिति में पार्वती का चरित्र-विन्यास मुझे भी आनन्दित कर रहा है। अंबिका के मनोहर रूप को शुम्भ-निशुम्भ के चंड-मुंड नामक दो भृत्यों ने देखा और उन्होंने शुम्भ से उसके रूप की चर्चा की। इन्द्रासन और देवलोक का राज्यसुख भी उसके अपूर्व सौन्दर्य के आगे व्यर्थ है, यह जानकर शुम्भ ने महादैत्य सुग्रीव को दूत बनाकर देवी के पास भेजा। दूत ने शुम्भ की वीरता का

वर्णन कर देवी को प्रभावित करने की भरपूर चेष्टा की, पर जगत् को धारण करने वाली देवी मन ही मन मुस्कुराईं और गम्भीर भाव से बता दिया कि अल्पबुद्धि काल में उन्होंने प्रतिज्ञा कर ली थी—जो उन्हें संग्राम में परास्त करेगा वही उनका पति होगा। इसलिए शुम्भ या निशुम्भ स्वयं आएँ, आकर मुझे जीत लें और पाणिग्रहण कर लें, इसमें विलंब की क्या आवश्यकता है? अंबिका की बातें शुम्भ के हृदय में शूल की तरह चुभीं और उसने कुपित होकर धूम्रलोचन नामक दैत्य को अंबिका को केश पकड़ घसीटते हुए लाने का आदेश दिया। असुर धूम्रलोचन तीव्र गति से देवी को बलपूर्वक पकड़ने दौड़ा और देवी ने तत्क्षण 'हुं' शब्द के उच्चारण मात्र से उसे भस्म कर दिया। सम्पूर्ण दैत्य सेना छिन्न-भिन्न हो गई। देवी के वाहन सिंह ने भी अनेक दैत्यों का संहार कर दिया। शुम्भ ने अत्यंत क्रोधित होकर चंड और मुंड नामक दैत्यों को चतुरंगिणी सेना के साथ हिमालय पर स्थित देवी को पकड़कर लाने का आदेश दिया। भगवती का क्रोध जाग्रत हो उठा, उनकी भृकुटि टेढ़ी हो गई और एक विकराल मुखी काली का प्राकट्य हो गया। उनके हाथ में खट्वांग था, चीते के चर्म की साड़ी लपेटे, नरमुंडों की माला से भूषित थीं। कालिका देवी ने चंड-मुंड की सम्पूर्ण सेना को रौंद डाला। चंड को मृत देख मुंड वेग से दौड़ा। उसे भी देवी ने मार गिराया। वे चंड और मुंड के कटे हुए सिर लेकर चंडी के पास गईं। चंडी ने काली से मधुरतापूर्वक कहा—'तुम चंड-मुंड को लेकर मेरे पास आई हो, अतः संसार में 'चामुंडा' नाम से तुम विश्रुत होओगी।' "

ब्रह्मा ने कहा—"देवी की कथा में रक्तबीज नामक भयानक राक्षस की कथा भी अद्‌भुत है—जिसमें रक्त की हर बूँद के गिरते ही एक नया रक्तबीज उत्पन्न हो जाता था। हे शिव, इस कथा को शीघ्र आगे ले चलें।"

शिव बोले—"विधाता! सब आपकी रहस्यमयी सृष्टि के उदाहरण हैं। वरदानों और मायावी शक्तियों से असुर अधिक शक्तिशाली होते रहे हैं, पर यह दर्प ही उनके विनाश का कारण भी रहा है। दुष्टता और राक्षसत्व कभी न समाप्त होने वाले व्यापार हैं। वह दुर्दम एषणाओं, महत्त्वाकांक्षाओं और लोभ-लालसाओं का फल है। रक्तबीज वध में देवी का ध्यान करते हुए कहा गया है कि माता भवानी अष्टसिद्धियों से सेवित हैं, शरीर का रंग लाल है, नेत्रों में करुणा का अपार पारावार है और हाथों में पाश, अंकुश, बाण, और धनुष सुसज्जित हैं।

महाबली रक्तबीज के साथ बड़े-बड़े योद्धा युद्ध के लिए चले, उनमें उदायुध नामक छियासी दैत्य सेनापति, कम्बु नामक चौरासी सेनानायक, कोटि वीर्यकुल के पचास और धौम्रकुल के सौ असुर सेनापति अपनी विशाल सेना लिए चल पड़े। कालक, दौर्हृद, मौर्य, कालकेय आदि असुर भी उनका साथ दे रहे थे। चंडिका ने उन्हें आता देख धनुष की टंकार से धरती-आकाश को हिला दिया। उनका सिंह भी दहाड़ उठा, अंबिका के घंटे के नाद से सारी दिशाएँ गूँज उठीं। राक्षसों की सेना

का उत्तर उन्हीं की शैली में दिया गया। इन्द्रादि देवों की समस्त शक्तियाँ उन-उन देवताओं के स्वरूप में ही प्रकट हुईं। ब्रह्माणी, शिवा, वैष्णवी, नारसिंही आदि शक्तियाँ एकत्र हो गईं। तब हे प्रजापति! मेरी ही आज्ञा से उग्र चंडिका शक्ति प्रकट हुईं। उनका स्वर अत्यंत भयानक था। उस अपराजिता देवी ने मुझे शुम्भ के पास दूत बनाकर भेजा कि मैं शुम्भ को समझाने का अन्तिम प्रयत्न करूँ। इसीलिए वे देवी 'शिवदूती' नाम से प्रसिद्ध भी हुईं। पर शुम्भ नहीं माना। अन्ततः कात्यायनी, काली, ब्रह्माणी, वैष्णवी, इन्द्रशक्ति, वाराही, नारसिंही आदि शक्तियों ने दैत्य सेना को छिन्न-भिन्न कर दिया। तब प्रचंड योद्धा रक्तबीज युद्ध के लिए आया। उसके रक्त की एक बूँद पृथ्वी पर जैसे ही गिरती उसकी ही आकृति और शक्ति का एक नया रक्तबीज उत्पन्न हो जाता। देवशक्तियों के अस्त्र-शस्त्र, गदा, चक्र सब व्यर्थ सिद्ध हो रहे थे तभी चंडिका से काली ने कहा—'चामुंडे, तुम अपना मुख विस्तृत करो और मेरे शस्त्रों की चोट से जो रक्त बिन्दु गिरें उनका पान करो।' सभी उत्पन्न होने वाले महादैत्यों का भक्षण काली ने कर लिया फिर नए दैत्य उत्पन्न नहीं हो पाए। काली ने रक्तबीज का रक्त पी लिया और शस्त्रों से आहत, रक्तहीन और मृत होकर वह महादैत्य गिर पड़ा। रक्तबीज-वध से देवता प्रसन्न हो गए तथा सबके उत्साह में वृद्धि हो गई।

रक्तबीज एवं अन्य समस्त दैत्यों का संहार हो गया, इससे शुम्भ-निशुम्भ के क्रोध की सीमा न रही। निशुम्भ अपने पराक्रमी सैनिकों के साथ क्रोधाविष्ट होकर देवी को मारने दौड़ा। चंडिका ने अपने बाणों की वर्षा से शुम्भ और निशुम्भ दोनों पर आक्रमण कर दोनों को चोट पहुँचाई। निशुम्भ ने देवी के वाहन सिंह पर आघात किया तो देवी ने क्षुरप्र बाण से निशुम्भ की तलवार काट डाली और ढाल को खंडित कर दिया। उसके द्वारा चलाई गई शक्ति को देवी ने चक्र से काट डाला। उसके शूल को देवी ने अपने मुष्टिप्रहार से चूर्ण कर दिया। उसकी गदा देवी के त्रिशूल के आघात से भस्म हो गई। देवी के बाणों की चोट से निशुम्भ मूर्च्छित हो गया। भाई को मूर्च्छित देख शुम्भ अपनी आठ भुजाओं से समूचे आकाश को ढँकता हुआ सामने आया। भगवती ने शंख और धनुष की प्रत्यंचा से दुःसह नाद किया, घंटे की ध्वनि से दैत्य सेना का तेज नष्ट कर दिया। सिंह की दहाड़ से युद्ध-क्षेत्र प्रकंपन से भर गया। शुम्भ ने अग्नि ज्वाल से धधकती शक्ति चलाई, उस अग्नि पर्वत को भी देवी ने नष्ट कर दिया। चंडिका के शूल के आघात से शुम्भ मूर्च्छित होकर भूमि पर गिर पड़ा। निशुम्भ की चेतना जैसे ही लौटी उसने धनुष-बाण के प्रहार से सिंह और महाकाली दोनों को क्षति पहुँचाई। भगवती ने अपने प्रबल बाणों से उसके सभी अस्त्र-शस्त्र निष्फल कर दिए। निशुम्भ गदा उठाकर देवी के वध को उद्यत हुआ तो देवी ने बड़े वेग से शूल को चलाकर उसकी छाती विदीर्ण कर दी। उसकी छाती से एक दूसरा महाबली राक्षस निकल पड़ा जिसका मस्तक देवी ने सरलता से काट

डाला। उसके विनाश के बाद शेष राक्षसों को देवी की सभी सहायक शक्तियों ने मिलकर नष्ट कर दिया। काली, शिवदूती, कौमारी, ब्रह्माणी, माहेश्वरी, वाराही, वैष्णवी के आघात से असुर नष्ट होते चले गए।"

39

प्रिय विष्णु और ब्रह्माजी! भगवती शिवस्वरूपा ही हैं। वे तप्त स्वर्ग के समान सुन्दर, सूर्य, चन्द्रमा और अग्नि के नेत्रवाली, हाथों में धनुष-बाण, अंकुश, पाश और शूल धारण करने वाली कामेश्वरी हैं, जिनके मस्तक पर अर्धचन्द्र सुशोभित रहता है। निशुम्भ को मृत और सारी सेना का संहार होते देख शुम्भ ने दुर्गा के प्रति कुवचन बोलते हुए उनकी सहायिका शक्तियों की निन्दा की। महाशक्ति दुर्गा ने इन्हें अपनी विभूतियों के रूप में परिचय दिया जो अन्ततः उन्हीं में समाहित थीं। शुम्भ देवी की इस ऐश्वर्य लीला को नहीं समझ सका। दोनों में युद्ध छिड़ गया। यह बड़ा भयानक लोमहर्षक युद्ध था। अंबिका के अस्त्र शुम्भ काटता तो शुम्भ के भी अस्त्र-शस्त्र अंबिका द्वारा काट दिए जाते। देवी अंबिका ने अपने तीखे बाणों से उसकी चमकती ढाल और तलवार को काट दिया। फिर वह भयंकर युद्ध आघात-प्रतिघात में बढ़ रहा था। दोनों का युद्ध आकाश में होने लगा जो सबके लिए अत्यंत विस्मयकारी था। देवी ने अपने त्रिशूल से उसका वक्षःस्थल विदीर्ण कर दिया, तब उसके प्राण-पखेरू उड़ गए और समस्त त्रिलोक को कँपाता वह भूमि पर गिर पड़ा। उसके प्राणान्त होते ही सम्पूर्ण विश्व स्वस्थ प्रसन्न हो गया। आकाश स्वच्छ हो गया, नदियाँ प्रसन्न रूप से प्रवाहित होने लगीं। देवताओं ने फूल बरसाए, गन्धर्व आदि सभी देवताओं ने मिलकर भुवनेश्वरी की अभय मुद्रा का स्मरण-वन्दन किया।

देवताओं को ज्ञात हो गया था कि शरणागति में ही कल्याण है। सबने मंगलमयी शक्तिभूता सनातनी देवी की, नारायणी रूप में अभ्यर्चना की। महादेवी की समस्त विभूतियाँ, समस्त शक्तियाँ ही मिलकर जीवन को पूर्णता प्रदान कर सकती हैं, अभीप्सित वर प्रदान कर सकती हैं। रोग, शोक, भय और समस्त बाधाओं का नाश हो सकता है। भगवान् और भगवती दोनों का वचन है कि जब-जब दैत्य बाधा होगी, धर्म हानि होगी तब-तब उनका अवतार अवश्यंभावी है। सप्तशती के अन्तिम भाग में भगवती ने भक्तों को अभयदान दिया है, बाधाओं से मुक्त किया है और युद्ध में पराक्रम और विजय का वर दिया है। भक्ति यदि सच्ची हो तो व्यक्ति अकेला नहीं रहता, उसे ईश्वरीय साथ निश्चय ही मिलता है। त्रयोदश और अन्तिम अध्याय राजा सुरथ को उसका खोया हुआ राज्य और समाधि वैश्य को ज्ञान का

वरदान प्रदान करता है। अंबिका सदैव वरदायिनी हैं, युद्ध और बाधाएँ जीवन की विकास-यात्रा के मार्ग में निरन्तर आती हैं, पर इनसे सतत संघर्ष करने की शक्ति की सीख भी हमें प्राप्त होती है।"

शंकर यह कहकर क्षणभर मौन हुए। ब्रह्मा, विष्णु, इन्द्रादि देवताओं एवं सभी श्रोताओं को माता की महाशक्ति का प्रत्यक्ष अनुभव हुआ। वे रोमांचित और गद्‌गद तो थे ही, पार्वती के प्रति शरणागति भाव से उनका हृदय आपूरित हो गया। सभी हाथ जोड़कर खड़े हो गए, सबकी आँखें स्नेहस्निग्ध थीं।

विष्णु ने मौन भंग करते हुए कहा—"महाशक्ति उमा और परमशिव का आख्यान अनंत है, यह भगवद्‌लीला और उनका क्रीड़ा विलास है। सब कुछ सुनियोजित और विधाता के काल-संकेत पर आधारित है। हे शिव! पराशक्ति की अन्य लीलाओं का भी हम श्रवण करना चाहते हैं। हम भारत की दिव्यभूमि में अपनी ही सृष्टि को देख-सुनकर आनन्द-भाव का अनुभव करना चाहते हैं जो महाशक्ति सृष्टि की नियंता शक्ति हैं, हम उनकी ही क्रीड़ा देखना चाहते हैं। वे एक पल में शत्रुओं का संहार कर सकती हैं, दृष्टि निक्षेप मात्र से कोटि-कोटि दैत्यों का नाश कर सकती हैं, उन्हें भी मानवीय क्रियाओं की तरह उद्योग करना पड़ता है, युद्ध करना पड़ता है, अस्त्र-शस्त्रों का प्रत्युत्तर देना पड़ता है। यह क्रिया ही जगत् के परिचालन और उसके विकास का रहस्य है। पृथ्वी पर देवता की भाँति नहीं हमें भी मनुष्य की भाँति ही आचरण करना होगा, यही मर्त्यलोक की मर्यादा भी है।"

ब्रह्मा भी बोले—"हे रुद्र, हे शिव, आज उपयुक्त अवसर आ गया है, जब आपके मुखारविन्द से हम भगवती की लीला का, उनकी तेजोमयी विग्रह-शक्ति का नाद रूप में दर्शन करें। आज गंगा की शीतल जलधारा को स्पर्श करके बहने वाली वायु आपका श्रम परिहार कर रही है। आपके मस्तक पर विराजित चन्द्रमा अपने अमृत कणों से निरन्तर आपका अभिषेक कर रहा है, आपके गणों ने नाना प्रकार के फलों और दिव्य रसों से हमारा सत्कार किया है, आम्र, धूप और चन्दन गन्ध से सम्पूर्ण वातावरण अत्यंत पवित्र हो गया है। मेरा निवेदन है कि आप जगन्माता उमा के अन्य लोकोपकारक कृत्यों का वर्णन कर हमें तृप्त करें।" ऋषियों ने भी दोनों हाथ जोड़कर उनका समर्थन कर यही प्रार्थना दुहराई। सभी जीव पुनः समुत्सुक हो गए।

शिव ने मन्द स्मिति और भक्तिमय आवेश के साथ कथाक्रम को आगे बढ़ाते हुए कहा—

"महाअसुर हिरण्य के वंश में एक दुर्गम नामक भयंकर आकृति वाला महान दैत्य था। उसे मालूम था कि देवताओं का बल वेद है। अगर वेद, ब्राह्मण और ऋषि नष्ट हो जाएँ तो देवता स्वतः बलहीन होकर नष्ट हो जाएँगे। उसने ब्रह्मा का ध्यान कर कठोर तप करना आरम्भ किया। तप से उसका प्रखर तेज सर्वत्र व्याप्त

हो गया। ब्रह्मा प्रकट हुए। उस समय दुर्गम समाधि में लीन था। ब्रह्मा ने जब वर माँगने के लिए कहा तो वह सजग होकर उठ बैठा। उसने कहा कि मुझे चारों वेद दें, वे सभी मेरे पास आ जाएँ और ऐसा बल दें कि मैं देवताओं को परास्त कर सकूँ। ब्रह्माजी ने तथास्तु कह दिया। यह कहना था कि वेद लुप्त हो गए, यज्ञ-जप आदि सारी क्रियाएँ नष्ट हो गईं। पृथ्वी पर हाहाकार मच गया। देवताओं का हवि भाग बन्द हो गया। सभी दुर्बल, क्लान्त, थकित और मृतप्राय से हो गए। सभी देवता, ब्राह्मण आदि परमेश्वरी पार्वती का ध्यान, उपासना और स्तुति करने लगे। उन्होंने चिद्रूपा कूटस्थ रूपा भुवनेश्वरी का स्मरण किया। वे भुवनेश्वरी और माहेश्वरी रूप में प्रकट हुईं। उनका मुख कज्जल पर्वत-सा दमक रहा था, नीलकमल से नयन, उच्च स्कंध, विशाल वक्ष, हाथों में बाण, कमल पुष्प, शाक, फल आदि खाद्यान्न भी उनके हाथों में सुशोभित थे। उनकी अनंत करुणा उनकी आँखों से बरस रही थी। समस्त सृष्टि इस जलधारा से स्नात हो गई। समस्त औषधियाँ, नदियाँ, सागर, सब जैसे तृप्त हो गए। शाकंभरी और शताक्षी रूप में उन्होंने सृष्टि को अन्न-जल से प्रपूरित कर दिया, पृथ्वी का रसा नाम सार्थक हो गया।"

नारद ने प्रश्न किया—"प्रभो! अब हमें इस दुर्गम राक्षस के वध की कथा सुनाएँ जिसके वध से दुर्गा नाम सार्थक हुआ था।"

40

कथाक्रम को आगे बढ़ाते हुए शिव बोले—"अपने दूत से समाचार पाकर दुर्गम नामक दैत्य देवताओं और ऋषियों को चारों ओर से घेरकर बड़ी सेना लेकर आ गया। सब ओर कोलाहल मच गया। सर्वत्र त्राहिमाम् की पुकार उठने लगी। दुर्गम दैत्य और देवी में युद्ध आरम्भ हो गया। दुर्गम दैत्य एक अक्षौहिणी सेना लेकर आया था। उसकी सेना के रथों के चलने से जो धूल ऊपर उड़ी उसने सम्पूर्ण आकाश को ढककर पृथ्वी बना दिया और पृथ्वी पर चलती हुई सेना के काले-काले हाथियों से मेघों का भ्रम होने लगा जिससे पृथ्वी आकाश की तरह दिखने लगी। भगवती के स्वरूप से उस समय अनेक शक्तियाँ प्रकट हो गईं, कालिका, त्रिपुरा, भैरवी, बगला, मातंगी, त्रिपुर सुन्दरी, कामाक्षी, छिन्नमस्ता, गुह्यकाली आदि चौंसठ से भी अधिक अगणित शक्तियों का प्राकट्य एक साथ हो गया। दस दिनों तक यह युद्ध चलता रहा। दुर्गम की सम्पूर्ण सेना नष्ट हो गई तब वह रक्त वस्त्र, रक्तमाल और रक्त चन्दन से चर्चित होकर जगदंबा से युद्ध करने आया। सभी दैवी शक्तियों के साथ मिलकर जगदंबा ने उस दुर्गम राक्षस का वध कर दिया और वेदों को मुक्त कर देवताओं को प्रदान कर दिया। दुर्गम का

वध करने के कारण भी पार्वती दुर्गा कहलाईं। देवता हर्षित हो गए। उन्होंने देवी के अनंत अक्षिमय रूप को भक्तिभाव से नमस्कार किया, मुनियों ने उन्हें 'शताक्षी' नाम से पुकारा। अनावृष्टि दूर कर समस्त लोगों को अपने शरीर से शाक, फल देकर पुनर्जीवित किया, इसलिए सबने उन्हें शाकंभरी कहा। उनकी प्रार्थना में कई नाम उच्चरित हुए, जैसे—महाबला, योगनिद्रा, विश्वमाता, 'अनंतकोटि ब्रह्मांडनायिका, परमेश्वरी, सूर्यचन्द्राग्निलोचना आदि। जगदंबा ने तब कहा था, "जैसे बछड़े को देखकर व्यग्र गोमाता उसकी ओर दौड़ती है उसी प्रकार मैं भी व्याकुल होकर भक्तों की ओर दौड़ पड़ती हूँ।" यह समस्त जगत् और इसके प्राणी मेरी ही सन्तति हैं। पार्वती को वेदों, ऋषियों और ब्राह्मणों ने भावाकुल होकर अनेक नामों से पुकारा है, उनमें कुछ हैं—अजरा, अनघा, अमरा, करुणानिधि, कांतिदायिनी, देव देवेशी, भक्तिसुलभा, महातांडवसुप्रीता, माधवी, मोददायिनी आदि। गिरिजा ने ही शुम्भ-निशुम्भ का वध किया था। उन्हें गिरिसुता, शंकरमान्या, शिवरूपा, उत्पलधारिणी, पाटला, रंभा, विश्वकाया, श्री आदि सहस्त्रों नामों से पुकारा गया।"

शिव ने कहा—"हे नारद! मैंने जब काली कहकर कभी उनका उपहास किया था तो गौरवर्ण प्राप्त करने के लिए पार्वती ने कठोर तप किया था। उन्होंने अपने कृष्णवर्ण कोश अथवा त्वचा को त्याग दिया था, उसी कोश से वे कौशिकी, काली, मायात्मिका, योगनिद्रा आदि नामों से विख्यात हुईं।

ब्रह्मा ने वाहन रूप में उन्हें सिंह प्रदान किया तथा विन्ध्य पर्वत पर वे विन्ध्यवासिनी कहलाईं। उस समय ब्रह्मा ने अजा, आद्यशक्ति, परमेश्वरी, सनातनी आदि नामों से उनका स्तवन किया था। उनके कृष्णकोश से उनका कात्यायनी रूप भी उत्पन्न हुआ। इन्द्र ने स्वयं को कौशिक कहकर इन्हें अपनी भगिनी के रूप में आदर दिया था।

एक बार लीलाभाव से जब मैं जगन्माता पार्वती से अक्षक्रीड़ा कर रहा था तब उस समय हमें प्रेमालाप करते चंड और प्रचंड नामक राक्षसों ने देख लिया। वे हमारे गणों को आहत कर हमारे पास पहुँचने की चेष्टा करने लगे तब देवी ने मुद्गर धारण कर उनका वध कर दिया था। तब मैंने कहा था कि 'हे चंडी, तुमने दुष्ट दानवों का वधकर मेरा—'हर' का कार्य सिद्ध किया है। अतः तुम 'हरसिद्धि' नाम से जानी जाओगी।' हे देवताओ! तभी से पार्वती महाकाल वन में हरसिद्धि गौरी के रूप में पूजित हैं।"

नारद बोले—"हे करुणावतार, हे शिव! आप ब्रह्मस्वरूप तीनों महादेवता यहाँ सौभाग्यवश एकत्र हैं। ब्राह्मी कथा चल रही है। वातावरण पवित्र और चित्त के लिए सुरम्य तथा ईश्वराराधन की ओर सहज ही प्रवृत्त करने वाला बन गया है, पर मेरे मन में एक प्रश्न बार-बार उठ रहा है, आपको तथा सभी त्रिदेवों को ज्ञात है कि राक्षसी वृत्तियाँ कम नहीं होतीं, उनका बार-बार मूलोच्छेद करना पड़ता है पर

जैसे जंगली घास हवा, धूप और वर्षा के स्पर्श मात्र से चारों ओर फैल जाती है और पृथ्वी पर कहीं भी पाँव रखने तक स्थान नहीं बचता, कोई दूसरा वृक्ष वहाँ पनप नहीं पाता वैसे ही दानवों की संख्या हर युग में बढ़ती रहती है, वे देवताओं से भी प्रबल, घातक और शक्तिशाली बन जाते हैं। उनमें धर्म-चेतना नहीं होती, करुणा और दया नहीं होती, पर वे तपस्या कर लेते हैं, सैकड़ों-हजारों वर्षों तक योगियों की तरह ध्यान और समाधि में लीन हो जाते हैं, इतना कठोर तप करते हैं कि ब्रह्माजी को कमलासन से उतरकर उन्हें वरदान देने और तृप्त करने के लिए भागना पड़ता है। पूज्य पिता ब्रह्माजी हर समय कमंडल सम्भवत: इसलिए भी रखते हैं कि पता नहीं कब अंजलि में जल भरकर कहाँ किसे वर या शाप देना पड़ जाए! सृष्टि के आरम्भ से अब तक दुष्टों को सबसे अधिक वरदान तो पूज्य पितामह ब्रह्मा जी ने और सदाशिव प्रभो, आपने ही दिया है। आपकी प्रसन्नता और आपका क्रोध दोनों जगत् प्रसिद्ध हैं। आप तो आशुतोष ठहरे, जब जी में आया तुच्छ को महिमामंडित कर दिया, लघु को महान बना दिया। दैत्यों को प्रबल बना दिया और जब वे अत्याचार और उत्पात करने लगे तो उनके वध के लिए भी प्रयत्नवान हुए। ऐसा क्यों होता है? आप सर्वज्ञ हैं। क्या हो रहा है और क्या होगा सब आपको विदित है फिर भी दुष्टों के लिए भी आपकी दयालुता प्रकट हो ही जाती है। हाँ, आप त्रिदेव कह सकते हैं कि यह तो मात्र आपकी लीला है पर ऐसी लीला जिससे संसार में अत्याचार बढ़ जाए, लोक जन सब त्राहि-त्राहि कर उठें, वह लीला कितनी कल्याणकारी है?"

"प्रिय देवर्षि! तुम्हारी चिन्ता विश्व-कल्याण की है, इसलिए उचित है। पर स्मरण रखो, ब्रह्म निर्लेप होता है। ब्रह्म की विभूतियाँ और उनकी सत्ता पूर्णत: निर्लिप्त, निर्लेप होती हैं। विराट समुद्र में बुद्बुद के अस्तित्व की तरह यह विश्व निरन्तर जन्म ले रहा है और निरन्तर मर रहा है। प्रत्येक क्षण संसार आन्दोलित है। दु:ख, पीड़ा व्याघात और आघात से जीव विचलित होता ही रहता है। जगत् की विशेषता उसका स्पंदन है। जब स्पंदन होगा तो निरन्तर होगा, तो उसमें अनुभूतियाँ भी होंगी—उसमें राग-द्वेष के बन्धन भी होंगे, इस मायाजाल से देवता भी बच नहीं सकते। वे भी पृथक् नहीं रह जाते, चूँकि वे अमर हैं इसलिए उन्हें ही अपने प्रकृत रूपों में बार-बार यह दु:ख झेलना पड़ता है। उनका अमरत्व और दीर्घायुष्य ही उनकी पीड़ा का कारण है। हम त्रिदेव उनके स्तोक वाक्यों, प्रार्थनाओं और विविध नामावलियों से ही प्रसन्न होकर उनकी सहायता के लिए बाध्य नहीं होते बल्कि करुणा में बने रहना हमारा स्वभाव है। नारद! तुम गंगाजल या हिम का स्पर्श करोगे तो तुम्हें शीतलता का ही अनुभव होगा पर यदि तुम यज्ञ-कुंड में हाथ डालोगे तो ताप और ज्वलन की ही अनुभूति होगी। हम अपनी करुणा को रोक नहीं सकते। किसी की भी पुकार सुनकर उसकी अवहेलना नहीं कर सकते। देव हो, दानव या

मनुष्य या पशु-पक्षी, पूजा, जप, तप, प्रार्थना और तप पर सबका अधिकार है। जो भी अन्तःकरण से हमारा स्मरण करेगा, वह हमें अवश्य पाएगा।"

इतना कहकर सदाशिव शान्त हो गए। उनके मुख पर लालिमा थी, हृदय में दिव्यता का भाव था और उनका कर्पूर गौर शरीर कुन्द पुष्पों की तरह चमक रहा था। नारद जी ने शीश नवाकर प्रणति की और कहा—हमारा समाधान हो गया है प्रभो! कथा में विघ्न के लिए हमें क्षमा करें और माता पार्वती के द्वारा दैत्यों की विनाशलीला से हमें परिचित कराने की कृपा करें।

शिव के नयन अर्धनिर्मीलित हो गए और उन्होंने एक बार पार्वती की ओर सस्मित दृष्टि से देखकर पुनः कहना प्रारम्भ किया—

"जगत प्रभो एवं परमप्रिय अतिथि देवो! भगवती शब्द का जब प्रयोग होता है तो उसमें पार्वती, लक्ष्मी, और ब्रह्माणी तीनों का सम्पुट होता है। ये शक्तियाँ अभिन्न हैं और परोक्ष रूप से सभी एक-दूसरे में सन्निहित हैं। अनेक देवों की सहस्त्र नामावली प्राप्त होती है—दुर्गा, काली, गायत्री, पार्वती, त्रिपुरसुन्दरी, बगलामुखी आदि रूपों के भी सहस्त्र नाम प्राप्त होते हैं।

महिषासुर और शुम्भ-निशुम्भ के वध की भाँति देवी ने समय-समय पर अनेक असुरों का वध किया। एक समय हालाहल नामक दैत्य प्रजाति बड़ी शक्तिशाली हो गई। अपने अपार बल और ब्रह्माजी के वरदान से त्रिलोक पर अपना आधिपत्य स्थापित कर लिया। उनकी महत्त्वाकांक्षा इतनी प्रबल हो गई कि उन्होंने वैकुंठ और कैलास को घेर लिया। विष्णु के साथ मैंने भी उनसे युद्ध करना आरम्भ किया, हम दोनों ने उन असुरों को तो मार गिराया पर हमने भगवती की अवहेलना की। हमें लगा कि हमीं सर्वसमर्थ हैं। हम हैं तो यह विश्व है। हमारी उपेक्षा से हमारी महागौरी और महालक्ष्मी दोनों दुखी हुईं और हमसे भिन्न होकर अन्तर्धान हो गईं। तेजहीन होकर हम अत्यंत असहायता का अनुभव करने लगे। जैसे सूर्यास्त होने पर चारों ओर अन्धकार छा जाता है वैसे ही हमारा प्रभाव मन्द हो गया। हमारी विवेक बुद्धि शिथिल हो गई। तब ब्रह्माजी घोर चिन्ता में पड़ गए और हम दोनों के लिए अनेक ऋषि-मुनियों ने भगवती भुवनेश्वरी की आराधना कर उन्हें प्रसन्न किया, तब भुवनेश्वरी ने कहा कि मैं दक्ष के यहाँ सती रूप में और क्षीरसागर में महालक्ष्मी के रूप में प्रकट होऊँगी। मेरी प्रेरणा से ये शक्तियाँ अपने-अपने पतियों को प्राप्त होंगी तब उनकी समस्त प्रसुप्त शक्तियाँ पुनः जाग्रत हो जाएँगी और ऐसा ही हुआ, हम पुनः अपने स्वरूप में स्थित हुए।

देवर्षि! आपने एक बार जलंधर नामक दैत्य के समक्ष पार्वती का रूप वर्णन कर दिया था। उससे प्रभावित जलंधर ने अपने दूत को मेरे पास भेजा कि शिव तो योगी हैं, उन्हें स्त्री से क्या लेना-देना? उस कामासक्त ने पार्वती को प्राप्त करने की इच्छा प्रकट की।

जलंधर और मेरे युद्ध में जलंधर ने मुझे गांधर्वी माया से सम्मोहित कर दिया और स्वयं मेरा वेश बनाकर वह पार्वती के समक्ष पहुँचा। पार्वती की आज्ञा से ही विष्णु ने जाकर जलंधर की पत्नी का पातिव्रत्य भंग किया तभी जलंधर मारा जा सका।

पार्वती एक बार काशी के ज्येष्ठा नामक स्थान पर कन्दुक-क्रीड़ा कर रही थीं। ऐसी ही स्थिति में आकाश मार्ग से जाते समय दिति के पुत्र दो मायावी दैत्य बिदल और उत्पल ने उन्हें देखा। ब्रह्माजी के वरदान से दोनों दैत्यों का दृप्त अहंकार उनकी हर क्रिया से झलकता था। उन्होंने शाम्बरी माया से अपना स्वरूप शिव पार्षदों के समान बना लिया और कामातुर होकर माता पार्वती के पास पहुँच गए। पर मैंने उन्हें पहचान लिया और मेरे संकेत मात्र से पार्वती ने अपने कंदुक से दोनों पर आघात किया जिससे वे पृथ्वी पर ऐसे गिर पड़े जैसे कोई फल हवा के झोंके से टूटकर गिर जाता है। वहाँ कन्दुकेश्वर लिंग के रूप में मेरा स्वरूप अवस्थित हुआ।"

कथा की समाप्ति पर सभी देवगण कृतकृत्य होकर लौटे, देवताओं के मन में नवीन उत्साह का संचार हो रहा था। शिव ने स्नेहपूर्वक विष्णु और ब्रह्मा को समुचित आदर देकर उन्हें विदा किया।

41

जीवन की कथा आनन्द और तृप्ति देती है तो प्रश्न भी उठाती है।

अभी-अभी शिव ने पार्वती के दुर्गा रूप की लम्बी कथा सुनाई थी। उन्होंने मार्कण्डेय ऋषि की दुर्गासप्तशती के सभी अध्यायों में किए गए युद्ध वर्णन की कथा कही थी, सभी अतिथियों के विदा लेने के बाद शिव और पार्वती एकान्त में बैठे! पार्वती ने पूछा—

"देव! आप बहुत थक गए होंगे, आपने तनिक भी विश्राम नहीं लिया।" यह कहते हुए पार्वती ने अपने आँचल से शिव के माथे का पसीना पोंछा। प्रेम शिव के हृदय में उमड़ा पर वे मौन ही रहे। पार्वती ने पुनः प्रश्न किया—"मेरे मन में बार-बार यह प्रश्न क्यों उठ रहा है कि क्या सृष्टि के विकास की कथा केवल युद्ध की कथा है? शत्रु का संहार ही जीवन का मूल उद्देश्य रह गया है?"

"भगवति! विपरीत परिस्थितियों के विरुद्ध खड़ा होना ही युद्ध है। यह युद्ध केवल अस्त्र-शस्त्रों से ही लड़ा जाए, यह आवश्यक नहीं। मन में भी युद्ध चलता है, शरीर में भी रक्तकण परस्पर टकराते हैं, विचार भी स्थिर और शान्त नहीं रहने देते, उनमें भी पहले मैं, पहले मैं की धक्का-मुक्की मची रहती है। सबकी यही इच्छा होती है कि पहले मेरी इच्छा पूरी हो, मेरा लक्ष्य मुझे पहले मिल जाए। सर्वश्रेष्ठ होने की यह कामना एक बड़े संघर्ष की नींव रख देती है।"

"किन्तु महादेव! जो देवताओं के साथ हो रहा है वही तो मानव जाति, पशु-पक्षी आदि के वर्गों में भी दिखाई दे रहा है। सब लड़ना चाहते हैं, क्या युद्ध उनका स्वभाव बन गया है?"

"सृष्टि की घटनाएँ एक गति चक्र की तरह चल रही हैं। वे स्थिर पर्वत की तरह नहीं हैं, वे उनमें प्रवाहित होने वाली निर्झरिणी की तरह हैं। वे शान्त नहीं बैठ सकतीं। हर जीवित वस्तु में एक सूक्ष्म प्रतियोगिता चलती रहती है। कोई भी हारना नहीं चाहता, इसलिए जीतने की प्रबल इच्छा युद्ध को जन्म देती है।"

"किन्तु महादेव! मेरा दुर्गा रूप जितनी सरलता से देवताओं के कल्याण के लिए निर्मित हुआ, उनकी संघशक्ति ने मेरी रचना की। मेरे अंग-प्रत्यंग बने, सबने दिव्य, अस्त्र-शस्त्रों से मुझे सज्जित किया, यहाँ तक कि संहार मुद्रा में मैं त्रिनयन रूप धारिणी हुई, किन्तु मैं मनुष्यों के लिए उतनी सुलभ कहाँ हूँ? दुखी मनुष्य अपनी पीड़ाओं से छटपटाता हुआ सिर पटकता रहता है। पर, मैं उससे सहसा नहीं मिल पाती। मेरे मन में यह विचार भी आता है कि ऋषि-महर्षियों ने मेरे और आपके लिए हजारों वर्ष तपस्या की तब कहीं इच्छित वरदान मिला, पर सौ वर्षों से भी कम आयु वाला मनुष्य हमें पाने के लिए कितनी तपस्या कर पाएँगे? यह सोचकर मेरे हृदय में मनुष्य-जाति के लिए दया उमड़ती है। प्रभो! आप मेरी चिन्ता का निवारण करें।"

"देवि! हम देव वर्ग के हैं इसलिए विष्णु, ब्रह्मा, इन्द्र, वायु, अग्नि, सूर्य, चन्द्र, आदि हमारे ही स्वरूप हैं, परन्तु मनुष्य देवताओं की तरह अमर नहीं, वह क्षणभंगुर स्वरूप लेकर आया है, पर उसमें अपार सम्भावनाएँ हैं। उसमें देवत्व प्राप्त करने की महान अभीप्सा होती है, यह मनुष्य जाति बँधी-बँधाई लीक को सदैव तोड़ती रहती है। नियम बनाना और नियम तोड़ना दोनों उसकी प्रवृत्ति की विशेषताएँ हैं। वह ऐसे धावक की तरह है जो कम-से-कम समय में अधिक से अधिक दूरी तय करने में कुशल होता है। इस दीन-हीन मनुष्य को आप तुच्छ और साधारण नहीं समझें। कोई तो कारण है जिससे देवगणों को पृथ्वी पर बार-बार अवतरित होना पड़ता है। आप पृथ्वी को देवताओं की अवतरण भूमि ही समझें।"

"फिर भी प्रभो! असुर जाति से देवजाति का संघर्ष कब कम होगा? समस्त वेद पुराण मुख्यतः युद्ध कथा के रूप में व्यक्त होते दीखते हैं। रामायण हो या महाभारत इस युद्ध से कहीं पीछा नहीं छूटता।"

"महादेवि! युद्ध के कई कारण होते हैं। भोग, लिप्सा, अहंकार की पराकाष्ठा, दमनात्मक नीति, महत्त्वाकांक्षा की मार से व्याकुल व्यक्ति या जाति युद्ध का बीज-वपन कर देती है। कुछ और, कुछ और पाने की यह उद्दाम लालसा उसे दुर्दान्त बना देती है। सब कुछ प्राप्त करने की भोग-लालसा देवताओं में है तो असुरों में भी है। इस दृष्टि से दोनों एक-दूसरे से किस बात में कम हैं? बल्कि कभी-कभी असुरों

पर दया भी आती है, उनका वध करते समय अनेक बार यह इच्छा आप में और मुझमें उत्पन्न हुई है कि मेरे या आपके हाथों मारे जाने के बाद वे स्वर्ग में जाएँ या मेरे-आपके स्वरूप में लीन हो जाएँ! हम उन्हें परम गति देने के इच्छुक हो जाते हैं।"

"महादेव! आपकी बातों से मेरी अनेक शंकाओं का समाधान होता जा रहा है। अगर हम उदार दृष्टि से देखें तो असुर जाति एक प्रकार से उचित अधिकारों से वंचित की गई जाति है। सामाजिक संघर्ष और प्रतिक्रियाओं ने उन्हें राक्षस, असुर, दैत्य या दानव बना दिया। ऋषि विश्रवा के पुत्र रावण, कुंभकर्ण इसके उदाहरण हैं। आपका भक्त रावण पंडित, विद्वान् और शास्त्रज्ञान में प्रवीण था पर अहंकार और महात्त्वाकांक्षा ने उसे असुर बना दिया। सीधा तात्पर्य है जो सुर नहीं बन पाता वह असुर बनने को बाध्य हो जाता है—असुरत्व एक अभाव है, एक अपूर्णता ही तो है। देव! अब मुझे अनुभव हो रहा है कि देव-दानव और मनुष्य एक साथ जब ब्रह्माजी के पास ज्ञानोपदेश पाने की अभिलाषा से गए तो ब्रह्मा कुछ देर मौन रहे और उनके मुख से केवल 'द' अक्षर निकला। इस एक अक्षर-ब्रह्म से ही तीनों देव, दानव और मनुष्य सन्तुष्ट हो गए। देवताओं को लगा ब्रह्मा ने दमन अर्थात् इन्द्रिय-दमन की शिक्षा दी है, असुरों को लगा ब्रह्मा उन्हें दया की शिक्षा दे रहे हैं, हमारी कठोरता, उग्रता और अराजकता कम होनी चाहिए, सम्भवत: इसी में हमारा कल्याण है। मनुष्य ने 'द' का अर्थ दान से लिया। हम स्वार्थ के लिए नहीं, परमार्थ के लिए जिएँ। हम नदियों की तरह जल दें, वृक्षों की तरह फल बाँटें, उर्वरा पृथ्वी की तरह अन्न दान करें, हम समस्त जग को तृप्त करें, हम अकेले नहीं हैं, यह सम्पूर्ण सृष्टि ही हमारा कुटुम्ब है। कुटुम्ब-भाव ही दान की महिमा समझ सकता है। इस प्रकार सबके उचित कार्य-व्यापार के लिए नियम निर्धारित हैं, पर इनका संयमपूर्वक पालन नहीं होने से ही अहंकार आदि दुष्प्रवृत्तियाँ पनपती हैं और युद्ध की भूमिका बन जाती है।"

"देवि! अभी मैंने आपके दुर्गा रूप की जो कथा सुनाई है, उसमें आपके कृत्य पृथ्वी का भार ही तो हल्का करते हैं। मधुकैटभ वध की कथा आपकी महामाया की चित् शक्ति को व्यक्त करती है तो देवताओं की एकता और शक्ति से आपके सगुण स्वरूप का सृजन होता है, आप अति दिव्य रूप में अवतरित होकर राक्षसी सेना का संहार कर डालती हैं। महिष नामक असुर की प्रचंड मायावी शक्ति का नाश कर आप महिषमर्दिनी कहलाती हैं। आप देवताओं की प्रार्थना स्वीकार करती हैं, उन्हें उचित कर्म का सन्देश देती हैं। आपके दुर्गा रूप की उत्तर कथा महासरस्वती के आवाहन की कथा है जिसमें आप नील सरस्वती के उग्र रूप में प्रकट होकर धूम्राक्ष, चंड, मुंड और महाप्रतापी राक्षस रक्तबीज का वध करती हैं। आपकी समस्त सहायक शक्तियाँ काली, चामुंडा, वैष्णवी, ब्रह्माणी आदि का सहयोग आपको प्राप्त होता है। अन्तत: आपके हाथों शुम्भ-निशुम्भ जैसे महाबलशाली राक्षसों का संहार होता

है। युद्ध की संहार कथा के साथ आप विमल भक्ति स्वरूपा बनकर मानव-जाति के कल्याण का मार्ग बताती हैं। आपके दुर्गा स्वरूप की कथा मनुष्य-जाति और देव-जाति दोनों के कल्याण की कथा है।"

"प्रभो! मेरा हर कर्म आपके संकेत पर होता रहा है। मेरे मन में भेद-बुद्धि नहीं है, मैं जितनी देव-जाति की चिन्ता करती हूँ, उतनी ही चिन्ता मेरे मन में मनुष्य-जाति के लिए भी है। दोनों में अन्तर स्पष्ट है। मनुष्य में देने की प्रवृत्ति है, देवताओं में लेने की, उनमें स्वार्थ की अधिकता है तो दैत्य दमनकारी हैं। तपस्या तीनों करते हैं, इसकी शक्ति संचय करने की बुद्धि तीनों में है पर उसका उपयोग ही उन्हें एक दूसरे से पृथक् कर देता है।"

अभी शिव-पार्वती की यह वार्ता और चलती पर तभी नन्दी ने आकर प्रार्थना की कि संध्यावन्दन का समय हो गया है, अतः प्रभु माता के साथ चलने की कृपा करें। इस प्रकार यह वार्ता पूर्ण होते हुए भी कई प्रश्न उपस्थित कर गई।

42

आज कैलास की अलग ही छटा थी। मानसरोवर के हंस उड़-उड़कर आ-जा रहे थे। उनकी कलरव ध्वनि से सम्पूर्ण वायुमंडल गूँज रहा था। उनको देखकर वटवृक्षों और आम्र वृक्षों पर बैठे पक्षी उत्सुकता और उत्साहपूर्वक अपने पंख फड़का रहे थे। हंसों के श्वेत पंखों से उड़े मानसरोवर के जल के छींटों ने उन्हें सब ओर से भिगो दिया था। पक्षी दलों को बिना मानसरोवर में डुबकी लगाए ही स्नान और मार्जन का फल मिल रहा था। कई हंसों के जोड़े मुख में कमल नाल का पाथेय दबाए आ गए थे, ऐसा प्रतीत हो रहा था मानो वे किसी यात्रा की तैयारी कर रहे हों या किसी महत् यात्रा का पूर्वाभ्यास कर रहे हों। तभी भगवान् के नन्दीश्वर महावृषभ वहाँ प्रकट हुए। आज उनकी सज्जा देखते ही बनती थी, उनका श्वेत रंग सूर्य किरणों में और भी उज्ज्वल लग रहा था। स्वर्णाभूषणों के श्रृंगार से वे मंडित थे। उनके सुपुष्ट स्कन्धों के उच्च भाग से लेकर पृष्ठ के पुच्छ भाग तक एक बड़ी स्वर्ण मेखला लिपटी हुई थी। उनकी ग्रीवा में स्वर्ण मौक्तिक और हीरक से सुसज्जित बड़ा हार झूल रहा था और उसके निम्न भाग में लगी हुई स्वर्ण घंटिका की रुनझुन ध्वनि का कोमल स्वर वातावरण में तैर रहा था। उनके सिर पर मुकुटमणि सुशोभित थी जिसका स्वर्ण तारों से मंडित स्थूल भाग आकर्ण लंबित नीचे मुख और नासिका के ऊपरी भाग तक आबद्ध था। उनके पैरों में भी स्वर्ण झुनझुने बँधे थे जो चलते समय मोहक ध्वनि उत्पन्न कर रहे थे। उनकी पीठ पर अत्यंत कोमल और मसृण आवरण का आसन पड़ा

था, वह यह घोषित कर रहा था कि आज शिव और शिवा युगल रूप में उनकी पीठ पर आसनस्थ होने वाले हैं। महादेवी पार्वती का वाहन सिंह भी अपनी पूँछ को कभी समेटता, कभी उठाता उद्विग्न चित्त से चंचल हो रहा था। उसे ज्ञात था माता पार्वती और प्रभु शिव जब मधुर भाव से प्रीतिपूर्वक प्रसन्नमना यात्रा करते हैं तो वे इस महान वृषभ नन्दीश्वर पर विराजते हैं पर मुझ पर माता तभी सवारी कसती हैं, जब वे युद्ध के लिए प्रस्थान करती हैं, बार-बार सोचता, मैं मांसाहारी हूँ, वन्यजीव मेरे आहार हैं, सम्भवतः मेरी हिंसक प्रवृत्ति को ही लक्षित कर माता मेरा उपयोग राक्षसों के विनाश के लिए करती हैं, मुझे भी तो शत्रु सेना के संहार में प्रवृत्त होना पड़ता है। हम सभी तो माता के संकेत पर ही कोई कृत्य कर पाते हैं। यह सोचकर सिंह श्रद्धाभाव एवं प्रसन्न मन से वृषभेश्वर नन्दी की ओर निहारने लगा। आसपास फैले गणों, जीव-जन्तुओं, वृक्षावलियों, उड़-उड़कर अपना नील पंख चमकाते मयूरों, सबको यह अनुभव हो रहा था कि भगवान् आज माता पार्वती के साथ किसी सहयात्रा पर जाने वाले हैं।

पार्वती और शिव के भवन से बाहर निकलते ही जय-जयकार की महाध्वनि हुई। चिड़ियों के चंचु भी खुल गए, सिंह ने गर्जना की, बैठे हुए वृषभराज जम्हाई लेते उठ खड़े हुए। वे सचेत होकर हुंकार की ध्वनि कर रहे थे। वातावरण शान्त था, हवा अनुकूल थी और सूर्य तथा सूर्य किरणों का ताप मधुर लग रहा था। कैलास की बर्फीली चोटियों पर सूर्य किसी रक्तिम ध्वज की तरह चमक रहा था और उसके प्रकाश में चोटियाँ और भी धवल होकर ध्यानस्थ शिवमूर्ति-सी लग रही थीं।

शिव और शिवा आकर वृषभारूढ़ हुए। नन्दी अति हर्षित और वेगवान थे। क्षणमात्र में वे इच्छानुसार किसी भी पुष्पक आदि विमान से भी तीव्र गति से चल सकते थे। वे जब आकाश में विचरण करते तो उनके पाँव के खुरों की चोट से उड़ते हुए पुष्कर, आवर्तक और संवर्तक कुल के श्रेष्ठ मेघों के दल फट जाते थे और जहाँ कहीं अनियत वर्षा भी कर देते थे। पवन की गति को भी लज्जित करने वाले नन्दीश्वर अत्यंत वेग से चल पड़े। उनके श्वेत रूप के पास उड़ते हुए श्वेत मेघदल ऐसे प्रतीत हो रहे थे मानो वृषभराज ने अपने दोनों विशाल श्वेत पंख खोल दिए हों।

प्रभु ने आज्ञा के स्वर में नन्दीश्वर की मत्त और तीव्र गति को संयमित करते हुए कहा—"प्रिय नन्दी! हम आज समस्त सृष्टि का निरीक्षण करने निकले हैं। त्रिलोक नापते हुए हमें मर्त्यलोक पर विशेष ध्यान देना है। हम सुन्दर और प्रिय स्थलों का निरीक्षण सूक्ष्मता के साथ कर सकें, इसके लिए कभी-कभी गति-संकोच आवश्यक होगा।" वृषभेश्वर को तत्काल यात्रा का उद्देश्य समझ में आ गया। उन्होंने संयम से काम लिया और कभी तीव्र तो कभी मंथर गति से चलने लगे। उन्हें इस आज्ञा से

भान हुआ कि जब हम लोक-यात्रा में हों, संसार में रहें, जिएँ और चलें तो हमारा प्रवाह प्रसन्न होना चाहिए। सिर्फ दौड़ना-भागना लक्ष्य न हो, हम चलें तो थोड़ा रुकें, ठहरें, तभी यह जीवन देखा भी जा सकता है और समझा भी जा सकता है।

शिव के वामांग में विराजित पार्वती आज अत्यंत उत्सुक थीं। वे देखे हुए को पुनः देखना चाह रही थीं। वास्तव में जो देखने योग्य वस्तुएँ होती हैं, उन्हें हम बार-बार देखना चाहते हैं। तृप्ति ही हमारा रस नहीं है, साध्य नहीं है, अतृप्ति भी रस है। अतृप्ति की यही विकलता जीवन में आकर्षण का भाव भरती है। किसी भी वस्तु या व्यक्ति को एक बार ही नहीं जाना जा सकता। ज्ञान एक सतत अभ्यास है, हम जितना माँजते हैं, शस्त्र उतना ही चमकता है।

पार्वती ने आज अपने प्रिय लाल रंग का वस्त्र पहना था, उसकी किनारी पीले रंग की थी, जिसमें सोने के तार जड़े थे। उनके गले में मोतियों की उज्ज्वल माला थी, जिसके निचले छोर पर वैदूर्य मणि चमचमा रही थी। भगवान् शिव की तरह पराम्बा भी आज त्रिनेत्रमयी थीं। उनके तीसरे नेत्र में आज क्रोध की लालिमा नहीं एक मंगल भाव था। यह तीसरी आँख सिर्फ जलाती नहीं, प्राणदायिनी ऊष्मा का भी संचार करती है। इस अग्नि में दाहकता के स्थान पर द्रावकता थी। उनकी करुणापूरित आँखों में वात्सल्य और ममत्व छलछला रहा था। वर-मुद्रा में उठा हुआ उनका हाथ सबको सुख प्रदान कर रह था।

भगवान् शिव भी आज श्रृंगार मुद्रा में आसीन थे। उन्होंने कटि में पीतवस्त्र धारण किया था। वस्त्र के ऊपर मृग-चर्म भी लिपटा हुआ था। दोनों बाहुओं पर फण काढ़े सर्प विराजमान थे। माथे पर एक विशाल सर्प की मणि मुद्रा सुशोभित थी। चन्द्रमा की कला और गंगा की धारा भी प्रवहमान थी। वहाँ विष भी था, अमृत भी था। यह संकेत था कि जो जिला सकता है, उसे ही मारने का भी अधिकार है। जो जीवन दे, वही जीवन ले। जन्म से संहार तक की महागाथा के सूत्र वहाँ विराजमान थे। गले में वनपुष्पों की लम्बी माला पड़ी थी, जिसकी गन्ध से सर्प भी प्रमत्त लग रहे थे। प्रमत्तता ही तो शिव-भक्ति का प्रसाद है। वहाँ तो समीप जाते ही शिवत्व प्राप्त हो जाता है। शिव की यह यात्रा जैसे घोषित कर रही थी कि शिव अकेले नहीं रम रहे, उनके साथ वन्य जीव भी चल रहे हैं, पूरा वन प्रदेश, सम्पूर्ण लोक के चर-अचर सभी जीव और तत्त्व उनके सहभागी हैं। वे चल रहे हैं तो सभी पंच महाभूत भी यात्रा में साथ-साथ अग्रसर हैं।

पार्वती ने शिव से प्रश्न किया—"नाथ! मुझे ऐसा क्यों अनुभव हो रहा है कि आप सम्पूर्ण त्रिलोक के तो हैं ही पर आपको मर्त्यलोक सम्भवतः अधिक प्रिय है! क्या देवता आपको नहीं सुहाते? सर्व समर्थ महाशक्तियाँ विष्णु, ब्रह्मादि, इन्द्रादि देवताओं के बीच रहकर भी आप उतने सन्तुष्ट नहीं दीखते जितने आप मर्त्य मानवों के बीच रहते हैं? जो मरणशील हैं, मरणधर्मा हैं, निश्चित है कि उन्हें मरण

प्राप्त होगा, उनके प्रति यह संवेदना क्यों? आप तो संहारकर्ता रुद्र हैं क्या इसीलिए मरणधर्मा मनुष्य आपको प्रिय हैं?

शिव के मुख पर मुस्कान उभर आई—"देवि! आप उत्तम प्रश्न करती हैं। सभी देवता अमर हैं, शक्ति-सम्पन्न हैं, वे जब चाहें एक से दूसरे लोक तक आ-जा सकते हैं पर आप यह तो मानेंगी कि देवता स्वार्थी होते हैं। जब विपत्ति पड़ती है तभी वे ब्रह्मा, विष्णु या मेरे पास दौड़े आते हैं। लम्बे स्तोत्र पढ़ते हुए, स्तोक वाक्यों से रिझाते हुए वे मुझे भी वशीभूत कर लेते हैं। प्रार्थना प्रशंसा ही तो है। और अपनी प्रशंसा सुनना भला किसे पसन्द नहीं? मैं भी यह सब सुनकर प्रसन्न हो ही जाता हूँ। सम्भवत: यह मेरा स्वभाव हो गया है।"

"हाँ प्रभो! तभी सारा जग आपको भोले भंडारी कहता है, आशुतोष मानता है। आपके शिवलिंग पर कोई चढ़ भी जाए तो आपको प्रतीत होता है, लोग चरण दबा रहे हैं। हर क्रिया आपके लिए सेवा बन जाती है। आपके लिए तो 'जहँ जहँ डोलूँ तहँ परिकरमा' की स्थिति बन जाती है। मैं उलूक ध्वनि से मोहित हो जाती हूँ और आप बम-बम के दीर्घ उच्चारण से प्रफुल्लित हो जाते हैं, कोई गाल बजा दे या नाक बजाए या उलूक ध्वनि करे आपको उसमें संगीत ही दृष्टिगत होता है। आपकी रीझ-खीज का मुझसे बड़ा प्रमाण भला और कौन होगा? पर आप भक्तों से कभी नहीं खीजते। भक्त कहीं भी एक बार पुकार दे तो आप वहाँ पहुँचकर उसका क्लेश मिटा देते हैं।"

"प्रिये! मैं भक्तों से दूर कहाँ हूँ। मैं तो उनके हृदय में ही रहता हूँ, वे जहाँ मेरा नाम लेते हैं, गायन-वादन करते हैं वहाँ मैं सहज रूप से निवास करता हूँ। कैलास में निवास तो मेरी एक स्थिर मूर्ति की भाँति है, पर मैं अणु-अणु में व्याप्त हूँ, पुष्प में गन्ध बनकर, हवा में प्राण बनकर, गंगा में जल बनकर मैं ही तो प्रवहमान हूँ। देखो देवि! देवता और मनुष्य जाति में एक बड़ा अन्तर है। देवता अमर हैं, मनुष्य मरणशील है। देवता असुरों के भय से सदा भीत हैं पर मनुष्य शक्ति लेकर उत्पन्न नहीं होता, उसे शक्ति अर्जित करनी पड़ती है, इसलिए वह निर्भय होता है। वह संघर्षों की अग्नि में पकता है तब कहीं संसार के लिए कल्याणकारी सिद्ध होता है। मनुष्य नित्य नैमित्तिक यज्ञ करता है। यज्ञ भी इसलिए कि हे अग्नि! यह सारा होम द्रव्य सब कुछ तुम्हारे लिए है, मेरे लिए कुछ भी नहीं है। और यदि कुछ है भी तो वह सबका सब तुम्हारा है। यह उत्कृष्ट समर्पण भाव ही मानव जाति का अप्रतिम वैशिष्ट्य और गुण है। मनुष्य में मननशक्ति है मननात् इति मनुष्य: इसलिए वह सत्य-असत्य के भेदों को समझ लेता है।"

"पर योगेश्वर! जिस संसार-यात्रा पर हम निकले हैं, वह तो दु:खों की खान है। हर व्यक्ति इच्छा के अधीन है, दु:ख के पाश से किसी न किसी चिन्ता से वह ग्रस्त है। आधि और व्याधि से पीड़ित इस मनुष्य जाति का दु:ख क्या कभी कम हो सकता है?"

"हाँ, प्रिये! दु:ख कभी बढ़ता और कभी घटता रहता है। दु:ख मात्रात्मक होता है। मानव जीवन भी नित्य तरंगित नवनवोन्मीलित है। वह आज शिशु है तो कल युवा, पुन: आगे प्रौढ़ और वृद्ध फिर निश्चित मृत्यु की प्राप्ति। वर्द्धमान होना मनुष्य का भी गुण है, और इस विराट् प्रकृति का भी। हम जो हैं, वह रह नहीं जाते। एक आत्मिक अन्वेषण जीवन में सदैव चलता रहता है। हम कौन हैं? कहाँ से आए हैं, कहाँ जाएँगे? इन प्रश्नों का समाधान अन्तत: मोक्ष में ही मिलता है। इसलिए खोजना मनुष्य का स्वभाव बन जाता है। इस खोज से अतृप्ति पैदा होती है, अतृप्ति अनेक इच्छाओं और महत्त्वाकांक्षाओं को जन्म देती है। जैसे तरंगित समुद्र अन्त में शान्त हो जाता है वैसे ही मनुष्य की अशान्ति एक प्रशान्त स्थिरता में स्वत: परिणत हो जाती है। पर यह सौभाग्य उन्हें मिलता है जो इसके उचित पात्र होते हैं।"

"तो यह पात्रता कैसे प्राप्त होती है प्रभो!"

"पात्रता का सम्बन्ध विवेक से है। मनुष्य की छनी हुई बुद्धि ही विवेक है। बुद्धि में तर्क की प्रधानता होती है, कल्पना-जल्पना छल और छिपाव का छद्म जाल भी सम्भव है पर विवेक पारदर्शी सत्य तक पहुँच जाता है, जैसे स्वच्छ जल-धारा में तैरती हुई मछली दीख जाती है। यही तो जीवन की समस्याओं का वास्तविक मत्स्य-वेध है।"

पार्वती ने प्रश्न किया—"प्रभो! मेरे कृपालु प्रियतम! हम आज मर्त्यलोक में भारतवर्ष की दिव्य भूमि की परिक्रमा कर रहे हैं। मैं आपके द्वादश ज्योतिर्लिंग का रहस्य जानना चाहती हूँ। मुझे ज्ञात है आप ब्रह्म हैं, महेश्वर हैं, यह श्रीशक्ति ज्योतिर्लिंगों के रूप में विभक्त होकर सम्पूर्ण देश में प्रतिभासित हो रही है। मुझे आपके इन ज्योतिर्लिंगों के दर्शन की इच्छा है। मैं जानती हूँ, परात्पर ब्रह्म ही मेरा प्राणप्रिय प्रियतम है, सदैव मेरे साथ ही है पर क्या दर्पण में ही अपने स्वरूप और उसकी बाँकी झाँकी को देखकर आनन्द नहीं मिलता?"

"हाँ, प्रिये! स्वयं को देखना किसे प्रिय नहीं होता? मेरे द्वादश—ज्योतिर्लिंग देश के अलग-अलग भू-भागों में फैले हुए हैं पर मेरा नन्दी पलक झपकते ही हमें वहाँ-वहाँ पहुँचा देगा, जहाँ-जहाँ हम जाना चाहते हैं। लोक और शास्त्र की प्रसिद्धि के अनुसार इन बारह ज्योतिर्लिंगों की गणना की गई है, मैं उसी क्रम से आपको उसका अवलोकन कराना चाहूँगा। मेरे नन्दीश्वर इसमें अवश्य सहायक होंगे।"

वृषभदेव नन्दी ने प्रसन्नतापूर्वक हामी भरकर अपनी सींग-पूँछ हिलाई, उनके गले की घंटियों का मधुर रव गूँज उठा।

शिव ने कहा—"सर्वप्रथम मैं आपको सोमनाथ की यात्रा पर ले चलता हूँ। यह प्रभास क्षेत्र में स्थित है। आप जानती हैं, सती के पिता दक्ष प्रजापति की सत्ताईस कन्याओं का विवाह चन्द्रमा से हुआ था, चन्द्रमा रोहिणी से अधिक प्रेम रखते थे।

दक्ष ने क्रुद्ध होकर चन्द्रमा को क्षयी होने का शाप दे दिया। चन्द्रमा निस्तेज हो गए। उन्होंने मेरी आराधना की, तब मैंने चन्द्रमा को अमरत्व प्रदान कर हर मास में क्रमशः क्षीण और क्रमशः पूर्ण होने का वर दिया। तबसे सोमनाथ के रूप में मैं इस क्षेत्र में विराजता हूँ। यह प्रभास क्षेत्र वही पुण्य प्रदेश है, जहाँ द्वापर युग में भगवान् श्रीकृष्ण को एक व्याध का तीर लगा था और उन्होंने अपनी लीलाओं का संवरण किया था।

पार्वति! हम ज्योतिर्लिंगों के क्रम के अनुसार यात्रा कर रहे हैं। मेरा दूसरा ज्योतिर्लिंग मल्लिकार्जुन है। भारत के दक्षिणी क्षेत्र तमिलनाडु की पाताल गंगा कृष्णा नदी के तट पर पवित्र शैल पर्वत उपस्थित है। यह दक्षिण दिशा का मेरा प्रिय कैलास है। देखिए, यह ज्योतिर्लिंग आपके और मेरे नामार्थ का वाचक है, मल्लिका आप हैं और अर्जुन मैं। यहाँ आपके जगदम्बा रूप का भी विग्रह है, यहाँ आप 'भ्रमराम्बा' कहलाती हैं। हम दोनों के प्रिय पुत्र कुमार कार्तिकेय के स्नेह से विवश होकर ही मैं यहाँ स्थापित हुआ हूँ।

पार्वति! अब हम क्षिप्रा या शिप्रा नदी के तट पर तृतीय ज्योतिर्लिंग महाकालेश्वर के समीप पहुँच रहे हैं। यह सप्त मोक्षदायिनी पुरियों में एक अवन्तिका है, जो उज्जयिनी के नाम से भी प्रथित है और प्रमुख शैव क्षेत्र के रूप में प्रतिष्ठित है। यह पुरी भोग और योग दोनों की नगरी है, इसलिए मुझे प्रिय है। मैंने पाँच वर्ष के एक गोप बालक श्रीकर की भक्ति से प्रसन्न होकर यहाँ स्थिर रूप लिया था। यहाँ मेरे साथ आप, गणेश, और कार्तिकेय भी विराजते हैं। हमारे प्रिय नन्दी की प्रतिमा तो सर्वत्र द्वार पर स्थापित है। यह सुनकर नन्दी की प्रसन्नता का पार नहीं रहा।

मेरा चतुर्थ ज्योतिर्लिंग श्री ओंकारेश्वर या ममलेश्वर है जिसे अमरेश्वर भी कहा जाता है। हम मालवा में नर्मदा नदी के तट पर आ पहुँचे हैं। यहाँ प्रसिद्ध मान्धाता पर्वत पर ओंकारेश्वर और अमलेश्वर के रूप में मैं पूजित हुआ। मेरे भक्त मान्धाता ने अपने तपोबल से मुझे प्रसन्न किया था। मेरे ओंकार रूप के दर्शन यहाँ आपको सहज ही हो रहे होंगे।

भगवति! अब हम पुनः पर्वतराज हिमालय के केदार शृंग की ओर चलेंगे। मेरे पाँचवें ज्योतिर्लिंग का क्रम इसी प्रकार गण्य है। केदार पर्वत के पूर्व अलकनन्दा के तट पर बदरी नारायण हैं और पश्चिम में मन्दाकिनी के तट पर केदारनाथ या केदारेश्वर के रूप में मेरा ज्योतिर्लिंग अवस्थित है। यहाँ सत्ययुग में उपमन्यु ने, द्वापर में पांडवों ने तपस्या की थी।

देवि! हमारी यह यात्रा स्थान और मार्ग की भिन्नता के साथ हो रही है। मेरे प्रिय नन्दीश्वर इच्छामात्र से यह दूरी क्षण मात्र में पूर्ण कर लेते हैं। मेरा छठा स्वरूप भीमशंकर ज्योतिर्लिंग भीमा नदी के तट पर सह्याद्रि पर्वत पर स्थित है। भीमक

नामक सूर्यवंशी राजा की तपस्या से मैं प्रसन्न होकर यहाँ अवस्थित हुआ। भीमशंकर ज्योतिर्लिंग का एक स्वरूप असम के कामाख्या क्षेत्र की ब्रह्मपुत्र पहाड़ी पर भी है। देवि! कामाख्या में आपका भी एक स्वरूप भगवती कामाख्या के रूप में अत्यंत पवित्र और प्रसिद्ध है।

मेरा सप्तम ज्योतिर्लिंग मोक्षदायिनी काशी में विश्वेश्वर के रूप में पूजित है। काशी को ध्यानपूर्वक देखिए, यह भारतवर्ष की अत्यंत प्राचीन नगरी है। यह पुरी मेरे त्रिशूल पर स्थित है और प्रलयकाल में भी इसका नाश नहीं होता। यह जीव के लिए मोक्षभूमि है। यहाँ मरणोन्मुख व्यक्ति के कानों में मैं राम-नाम का तारक मंत्र प्रदान करता हूँ।

मेरे अष्टम ज्योतिर्लिंग त्र्यम्बकेश्वर का अवलोकन करें। यह भारत के महाराष्ट्र क्षेत्र के नासिक में अवस्थित है। यहाँ समीप में ही ब्रह्मगिरि पर्वतमाला से पवित्र गोदावरी नदी का उद्गम हुआ है। दक्षिण की गोदावरी को प्रणाम कीजिए, यह उत्तर की प्रवाहिनी गंगा की भाँति पवित्र है। गोदावरी नदी का प्रवाह ऋषिवर गौतम की तपस्या की परिणति है। भगीरथ की भागीरथी की भाँति गौतम ऋषि द्वारा लाई गई यह नदी गोदावरी कहलाती है। यह गौतमी गंगा है। गौतम ऋषि को निष्पाप होने का वर मैंने यहाँ प्रदान किया। मैंने गंगा को यहाँ प्रवाहित होने का आदेश दिया तो गंगा ने मुझे भी सपरिवार लोकोपकार के लिए रहने के लिए विवश किया, तबसे मैं त्र्यम्बकेश्वर ज्योतिर्लिंग के रूप में यहाँ निवास कर रहा हूँ।

मेरा नवम ज्योतिर्लिंग वैद्यनाथ है। हम अब उत्तर-पूर्वी क्षेत्र की बिहार (झारखंड) भूमि के पास वैद्यनाथ धाम में हैं, यहाँ वैद्यनाथेश्वर ज्योतिर्लिंग अत्यंत पावन और मनोभीष्ट प्रदायक है। रावण ने मेरी भक्ति की और वर में मुझे लंका में प्रतिस्थापित करना चाहा। मैंने भी रावण को एक शिवलिंग देकर कहा कि इसे लेकर अनवरत अथक यात्रा करना, इसे मार्ग में कहीं भूमि पर नहीं रखना। यदि ऐसा नहीं हुआ तो जहाँ मुझे रखोगे वहीं मैं स्थायी रूप में स्थापित हो जाऊँगा, रावण शिवलिंग लेकर चला पर मेरी माया से वह लघुशंका के लिए मार्ग में रुका, शिवलिंग उसने एक गोप कुमार के हाथ में दे दिया पर वह गोप कुमार उस शिवलिंग का भार नहीं सह सका और उसने उसे पृथ्वी पर रख दिया। वहीं अचल रूप से मैं वैद्यनाथ के रूप में प्रसिद्ध हुआ।

भगवति, अब हम द्वारका के समीप श्री नागेश्वर ज्योतिर्लिंग के समीप पहुँच रहे हैं। यहाँ एक दारुका नाम की राक्षसी आपसे ही वरदान प्राप्त कर अपने पति दारुक के साथ एक वन की देखभाल करती थी। उसके उत्पात से प्रजा त्रस्त थी। दारुक ने आपके वरदान से उस वन को समुद्र में प्रस्थापित कर दिया। वहाँ दारुक ने बहुत सारे मनुष्यों को बन्दी बना लिया था। उसी में सुप्रिय नामक एक भक्त सदैव मेरी प्रार्थना में दत्तचित्त लगा रहा। उसी की प्रार्थना पर मैं नागेश्वर ज्योतिर्लिंग

के रूप में प्रकट हो गया। देवि! आपने भी भक्तिमती दारुका के प्राणों की रक्षा की। इस प्रकार हम दोनों नागेश्वर और नागेश्वरी के रूप में वहाँ स्थापित हुए।

देवि! मेरा एकादशवाँ ज्योतिर्लिंग सेतुबंध रामेश्वर है। भगवान् श्रीराम के दिव्य कर कमलों से इसकी स्थापना हुई है। श्रीराम ने समुद्र तट पर बालुका से एक शिवलिंग का निर्माण कर उसका पूजन किया। संसार के कल्याण के लिए मैंने वहाँ निवास करना स्वीकार किया।

प्राणाधिके! अब हम घुश्मेश्वर या घुसृणेश्वर जिसे कभी घृष्णेश्वर भी कहा जाता है, ज्योतिर्लिंग के समीप आ गए हैं। यह भारत के दक्षिण भाग की दिशा में स्थित है। यह भक्तिचित्तमयी घुश्मा की अपूर्व शिवभक्ति का प्रताप था, जिसने मुझे यहाँ स्थिर होने के लिए बाध्य कर दिया। अपने ज्योति रूप में प्रकट होकर मैंने घुश्मा से कहा था कि मैं तुम पर प्रसन्न हूँ। तुम्हारे पुत्र को तुम्हारी दुष्टा सौत सुदेहा ने मार डाला था, वह अब जीवित हो गया है। तुम्हारी अविचल सेवा से मैं सन्तुष्ट और तृप्त हूँ, वर माँगो! तब घुश्मा ने मुझसे यही वर माँगा कि उसकी ज्येष्ठ बहन सुदेहा को प्रभु क्षमा का वर दें। मैंने पुनः घुश्मा को वर माँगने के लिए कहा तो उसने लोगों की रक्षा के लिए मुझे यहीं निवास करने की प्रार्थना की। उसी के नाम के साथ मैं यहाँ घुश्मेश्वर के रूप में पूजित हूँ।

देवि! यही मेरे द्वादश ज्योतिर्लिंग हैं, जिनका आपने मेरे साथ पुनः अवलोकन और भ्रमण किया है। पार्वती ने अविलंब कहा—देव! मैं कृतकृत्य हूँ, मैंने अवलोकन नहीं, दर्शन किया है। आपके सहस्र रूपों के इन विशेष रूपों के दर्शन से मैं आज गद्गद हूँ। आप ब्रह्म भी हैं, लोक देवता भी हैं, आप लोकेश्वर हैं, और लोक कल्याण ही आपका लक्ष्य है, यह मैं अच्छी तरह समझ गई हूँ।

भगवति! आज आप नन्दीश्वर के सहयोग से मेरे द्वादश ज्योतिर्लिंगों के समीप गईं, दर्शन और ध्यान किया। आज हमारे प्रिय नन्दी ने हमारे साथ एक प्रकार से सम्पूर्ण भारत देश की ही परिक्रमा कर ली है, हमें अपनी तीव्र गति और इच्छा शक्ति एवं भक्ति का प्रभाव दिखा दिया है। किसी अन्य दिन मैं आपकी ही दिव्य शक्तियों के दर्शन कराऊँगा, स्वयं भी दर्शन-लाभ लूँगा और आपके सभी प्रमुख शक्तिपीठों जिन्हें कभी-कभी इक्यावन या बावन, बहत्तर या एक सौ आठ शक्तिपीठों तक गिना जाता है, की चर्चा करूँगा। मुझसे कितनी विराट् और कितनी महान आप हैं, यह वाणी से तो व्यक्त नहीं हो सकता पर भारत देश से भी अधिक उसे अपने हृदय-देश में अनुभूत किया जा सकता है।

देवि! अब हम अपने कैलास के सुरम्य क्षेत्र में पहुँच रहे हैं। हम सभी अब विश्राम करने चलेंगे। नन्दी प्रणाम की मुद्रा में सिर झुकाकर बैठ गए और शिव-पार्वती अपने विश्रामागार की ओर चल पड़े।

43

अभी-अभी ऋषभ राज नन्दी पर शिव-पार्वती पृथ्वी की लोकयात्रा से लौटे थे। पार्वती ने हठ ठान लिया था कि वे पृथ्वी की यात्रा करेंगी, विशेषकर भारतवर्ष के इलावृत्त क्षेत्र को समीप से देखना चाहेंगी। पृथ्वी की करुण पुकार से वे कभी-कभी विकलता का अनुभव करती थीं और सोचने लग गई थीं कि या तो मनुष्य जाति स्वभाव से ही दुखी जाति है या उसका प्रारब्ध ऐसा है कि उसे सुख के क्षण कम मिलते हैं और दुःख अधिक भोगना पड़ता है। तो सत्य क्या है? पृथ्वी की खोज-खबर लेने वाला कौन है? क्या उसके कृत्य का लेखा-जोखा धर्मराज यम और चित्रगुप्त बैठे-बैठे करते हैं? पार्वती के मन में ऐसे अनेक प्रश्न घूम रहे थे, इसलिए उन्होंने स्वयं मनुष्य जाति के दुःख-दर्द को देखने-समझने का प्रयास किया।

संध्याकाल में जब शिव-पार्वती एकान्त में बैठे तो पार्वती ने शिव से पूछ ही दिया—"आज हम दोनों ने मनुष्य जाति को समीप से देखने का प्रयत्न किया। आपको यह मर्त्यलोक कैसा लगा?"

"देवि! मैं जानता था कि अनेक दिनों से आपका मन संसार के कल्याण की चिन्ता के कारण चिन्तित हो रहा है, हमारा कैलास भी इस पृथ्वी का ही एक अंग है। सूर्य, चन्द्र एवं अन्य ग्रह-उपग्रह ये सभी पृथ्वी के मनुष्य की पहुँच से बाहर नहीं हैं। दूर से कोई भी वस्तु आकर्षक हो सकती है पर समीप जाते ही उसके दोष प्रत्यक्ष दिखाई देने लगते हैं। आप संसार को दुःखमय समझती हैं, स्वयं संसारी लोग भी अपने दुःख की पीड़ा से सदैव दुखी रहते हैं। हाँ, यह सत्य है कि देवताओं को इस दुःख का प्रत्यक्ष अनुभव नहीं होता। उन्हें तो मृत्यु में भी एक खेल और आनन्द का अनुभव होगा। मैंने भी देखा कि संसार अनेक कष्टों से कराह रहा है, पर विचार करने की बात यह है कि मानव शरीर ही क्षणभंगुर है तो उसमें उत्पन्न हुए दुःख और भी क्षणभंगुर होंगे। इसलिए संसार में जीने के लिए एक क्रीड़ा-भाव या नाट्य-भाव आवश्यक है। जब हम लिप्त होंगे तब दुखी होंगे, इसलिए निर्लिप्तता ही सुख की कुंजी है।"

"किन्तु मैंने यह भी तो जानना चाहा है कि मनुष्य के कृत्यों का लेखा-जोखा तो नरक के अधिपति यमराज ही करते हैं पर देवताओं के कृत्यों का लेखा-जोखा कौन करता है। मैंने तो यही अनुभव किया कि सृष्टि में जितनी भी वस्तुएँ हैं वे सब देवशक्तियों में गिनी गई हैं। वहाँ पृथ्वी भी माता है, नदी भी माता है, इसी प्रकार प्रत्येक पदार्थ में वहाँ देवत्व ढूँढ़ लिया जाता है। मेरे मन में उठा दूसरा प्रश्न यह भी है कि लक्ष्मी, सरस्वती और मेरा स्वरूप अत्यंत व्यापक है। हमारे अनेक अवतार हैं, हमारी अंशभूत अनेक देवियाँ हैं पर अन्य जो देवगण, जैसे—इन्द्र, वरुण, अग्नि,

मरुत एवं अन्य कई कोटियों में विभाजित देवगण की पत्नियों की विशेष चर्चा नहीं मिलती? जबकि मनुष्य जाति के छोटे से जीवन में ही अनेक सम्बन्धों की सृष्टि होती है। रक्त सम्बन्ध में माता-पिता, पितामह-पितामही, प्रपितामह-प्रपितामही आदि एवं माता-मातामह, मातामही, प्रमातामही आदि अनेक कोटियाँ दिखाई पड़ती हैं। मानव सम्बन्धों का मायाजाल यहीं तक नहीं रुकता। वह मित्रवर्ग और शत्रुवर्ग का भी सृजन कर लेता है, पर देवता तो मित्रवर्ग और शत्रुवर्ग तक ही सीमित होते हैं, ऐसा क्यों है?"

"देवि, ऊँचाई से देखने पर यह पृथ्वी भी आपको घरौंदों का समुदाय लगेगी। छोटे-छोटे घर, उसमें एक निश्चित समय-सीमा में रहने वाले लोग छोटी-छोटी आकांक्षाओं का भंडार—यही तो है मनुष्य और मनुष्य जीवन का सौन्दर्य। देवताओं की बड़ी संख्या इसलिए भी है क्योंकि तत्त्वों और पदार्थों को भी गिना गया है—जो भी है सुन्दर है, देवरूप है। देवता अजर-अमर हैं। यही उनकी विवशता भी है और शक्ति भी। वृक्ष भी एक होता है पर अपने सम्पूर्ण रूप में वृहत् होता है, अनेक शाखाएँ, अनेक पत्ते, अनेक फूल-फल, उसी प्रकार देव जाति भी अनेक रूपों में प्रकट होती है—जैसे किसी मनुष्य को अनेक सन्तानें होती हैं, सब में भिन्नता भी होती है, पर उनकी गणना एक कुल-गोत्र में की जाती है।

जिसे हम देव जाति या मनुष्य जाति के जीवन का संघर्ष कहते हैं वह केवल असन्तोष के कारण उभरता है। असन्तुष्टि भी युद्ध की भूमिका बनती है, इसलिए स्वर्गलोक में देवासुर संग्राम चलता रहता है और मनुष्य लोक में इच्छाओं की पूर्ति का संघर्ष चलता रहता है। इस दुःख का मूल स्वरूप एक ही है पर स्वरूप-भेद से दोनों में अन्तर दिखाई पड़ता है।"

अभी यह वार्ता कुछ और चलती पर शिव ने देखा तुन्दिल गणेश अपने मूषकराज पर और कार्तिकेय अपने वाहन मयूर पर बैठे चले आ रहे थे। आनन्द की बात यह थी कि दोनों के पीछे नन्दी भी दौड़ लगाते चले आ रहे थे। शिव को यह समझने में देर नहीं लगी कि तीनों के वाहन दौड़-प्रतियोगिता जैसा खेल खेल रहे हैं। आज गणेश का मूषक विशाल शरीर वाला अत्यंत शक्तिशाली लग रहा था, उसकी पूँछ हवा में हिल रही थी, उसने अपनी पूँछ ऊपर उठा रखी थी। कुमार का वाहन मयूर भी कम शक्तिशाली नहीं था पर वह पर्वत मालाओं पर उड़ता हुआ चल रहा था। नन्दी प्रसन्नता के आवेग में दौड़ तो लगा रहे थे पर उन्होंने अपनी चाल धीमी रखी थी कि स्वामी से आगे न कहीं बढ़ जाएँ, तीनों तेजी से भागते हुए शिव-पार्वती के पास पहुँच गए। थोड़ी देर में शान्त हुए तो माता पार्वती ने पूछा—"आज तुम लोग कहाँ गए और कहाँ से आ रहे हो?"

"माता! हम लोग यात्रा का आनन्द ले रहे हैं। मयूर और मूषकराज के पीछे-पीछे मैं अपना स्वर्ण दंड उठाए दौड़ रहा हूँ। मुझे तो आपके आदेशानुसार अनुशासन बनाए रखना है!" नन्दी बोले।

"पुत्र नन्दी! अनुशासन ही तो जीवन को संयमित करता है। हर वस्तु के पीछे कोई क्रियाशक्ति छिपी हुई है। अनुशासन ही मर्यादा है। इसी से नदी, समुद्र, पर्वत, जीव-जन्तु सभी संचालित होते हैं। यही तो संचालिका शक्ति है। इसी से सबको अपना इच्छित आकार मिलता है। तुम सब हमारे सहयोगी हो। इसी पारस्परिकता पर तो भक्त और भगवान् का भी सम्बन्ध परिपुष्ट होता है।"

44

काल का अनंत चक्र भले ही गतिमान रहता है पर उसमें आनन्द के कुछ क्षण उसको ठहरने पर बाध्य कर देते हैं।

प्रत्येक वर्ष आता है शिवरात्रि का पावन मुहूर्त। भगवती पराम्बा पार्वती और शिव के मिलन के शुभ संयोग की घड़ी। अनादि शिव के विवाह की यह अनादि वर्षगाँठ थी। उत्सव की हिलोर कैलास वासियों के मन में ब्राह्ममुहूर्त से ही उठने लगी थी। शिव के प्रमुख गण वीरभद्र ने आज अनोखा कार्यक्रम रखा था। सूर्य के उदित होने के पूर्व ही वीरभद्र अपने समस्त गणाध्यक्षों और गणों के साथ कैलास पर एकत्र होने लगे। एक विशाल पर्वत खंड जो अनेक योजनों में फैला हुआ था, वहीं वीरभद्र ने समस्त सेवकों के साथ मिलकर शिवरात्रि का उत्सव मनाने का कार्यक्रम आयोजित किया था। वीरभद्र ने सबको लक्षित कर कहना आरम्भ किया—"भगवान् शिव के सभी सेवक सुनें, आज शिवरात्रि है। परम पुनीत दिन। आज नृत्य, गीत, नाट्य और महोत्सव से हम अपने आराध्य को रिझाएँगे, उन्हें प्रसन्नता प्रदान करेंगे। हमें तो कभी-कभी यह अवसर मिल पाता है जब स्वामी और सेवक के सम्बन्ध की दूरी मिट जाती है। हम एक आसन पर एक ही बिन्दु पर खड़े मिलते हैं। आज क्रोध और घृणा का नहीं, प्रेम वितरित करने का दिन है। हमारे भैरव हमें दिशा-निर्देश करें।"

इतना सुनना था कि भारी कोलाहल मच गया। कानाफूसी बढ़ गई, स्पष्ट और अस्पष्ट स्वर सुनाई देने लगे। वीरभद्र ने ऊँचे स्वर में गरजकर कहा—"जिसे जो कहना है, सामने आए, अपना परामर्श दे, इस तरह कोलाहल नहीं होना चाहिए।"

इतना सुनते ही अग्निमुख, ज्वालकेश और ब्रह्मराक्षस जैसे मुख्यगण शिखर-मंच तक आ गए। बोले—

"यह तो परमानन्द की बात है। पर हमारी विकृत और दलित योनि की शक्तियाँ रात्रिकाल में प्रचंड होती हैं। हम दिन के तेज प्रकाश में अपनी शक्तियों का प्रदर्शन नहीं कर सकते। आप सब जानते हैं, हमारी पीड़ित और एक प्रकार से शापित, संसार से निर्वासित योनि में आनन्द के क्षण कभी-कभी ही आ पाते हैं। हम क्रोधी

हैं, भयंकर रक्तपिपासु हैं, हममें न दया है, न सहानुभूति! हम एक रसहीन ठूँठ—एक स्थाणु की तरह जड़ हो गए हैं। हमारे भगवान् शिव और माता पार्वती हमें पुत्र की तरह स्नेह देते हैं। हम जो भी हैं, जैसे भी हैं, उन्हें रुचते हैं। हमारी ऊँची-नीची चेष्टाएँ कभी हास्य का सृजन करती हैं, कभी हमारी विकृत अनुकृतियों पर देवगण आनन्द लेते हैं, कभी हम युद्ध में असुरों से भयानक युद्ध करते हैं, मरते और मारते हैं। वीभत्स हमारा रस है, भयानक हमारा स्वरूप, अद्‌भुत हमारा कर्म और हास्य हमारी जीवनी शक्ति है। हम स्वयं भी आनन्द लेते हैं और दूसरों को भी आनन्द प्रदान करते हैं। भगवान् भोलेनाथ को तो हमसे इतना प्रेम है कि उनका भी एक नाम स्थाणु है जो ठूँठ वृक्ष का ही वाचक है। हम पृथ्वी वासियों और देवताओं के लिए कुपूत और त्याज्य भले हों पर माता पार्वती के हम सपूत और ग्राह्य हैं। हमें विश्वास है कि हमारे भी पाप-ताप कटेंगे और हम पुन: संसार की लोक-यात्रा में सम्मिलित होंगे। हम घृणा के नहीं, प्रीति के पात्र बन जाएँगे।"

ब्रह्मराक्षस बोला—"हम चाहते हैं कि दिन में नाट्य और उत्सव भी पूरी तैयारी कर ली जाए और संध्याकाल के बाद जैसे ही सब ओर सूचिभेद्य प्रगाढ़, अन्धकार छा जाए, हमारा विकट नर्तन आरम्भ हो। हमारी सुप्त शक्तियाँ जाग जाएँगी और हम सबका मनोरंजन करेंगे।"

भृंगी, रिटि और अशनि बड़े विदूषक स्वभाव के गण थे, उन्हें छेड़छाड़ या उपद्रव में ही आनन्द आता था, कभी-कभी जब वे अनुशासन तोड़ते तो उन्हें विकृतानन और केकराक्ष आँखें नचाकर सावधान करते, ऐसा नहीं करना है—वैसा नहीं करना है। जैसे मत्त गजराज पर महावत अंकुश मारता है वैसे ही केकराक्ष और विकृतानन उनकी प्रमत्तता को कम कर देते थे।

वीरभद्र ने कहा—"आप लोगों का कहना सत्य है। शिवरात्रि जागरण का ही उत्सव है, अत: हम पूरी रात जागेंगे और हमारे कार्यों से शिव और माता पार्वती का नामोच्चार ही होगा। सूर्य के ढलने तक हमें आज का सारा कार्य निश्चित कर लेना है और सबको अपना-अपना कार्य-भार सँभाल लेना है। रात्रि व्यतीत होने तक आप सबों को न तो मदिरा पीनी है, न सोम रस ग्रहण करना है, न भाँग-धतूरा का मीठा पेय तैयार कर पीना है। कार्यक्रम में कोई भी बाधा नहीं आए, इसका दायित्व आप सबको वहन करना है।"

वीरभद्र की बातों से गहमागहमी और खुसुर-फुसुर बढ़ गई। कोलाहल से लग रहा था, इस निर्णय से सभी सन्तुष्ट नहीं हैं।

"क्या बात है? क्या कोई कठिनाई है? कोई उलझन, कोई प्रश्न?

—वीरभद्र ने पूछा।

विदूषक भृंगी, रिटि और अशनि ने प्राय: एक स्वर में कहा—"हे भद्र! हम कुछ पिएँगे नहीं तो जिएँगे कैसे? हिमालय के सोमरस पर पहला अधिकार तो हमारा

ही है। हम जब पर्वत के वन खंडों में निकलते हैं तो सोमलताएँ हमारी ओर अपांग चितवन से देखती हैं, मानो कह रही हों—हम यहाँ हैं, हम तुम्हारे बिलकुल समीप हैं। हमारा रस लो। वे सुन्दर नायिकाओं की तरह हमें प्रमत्त कर देना चाहती हैं। हम तो उस समय भगवान् शिव के तीसरे नेत्र का स्मरण करते हैं, सोमलता की सुन्दर अप्सराएँ उनका नाम लेते ही ओझल हो जाती हैं।"

वीरभद्र ने तनिक क्रुद्ध दृष्टि से भृंगी और रिटि की ओर देखा—"यह विनोद का समय नहीं है और न नायक-नायिका भेद समझाने का समय है। आप सब काम की बात करें।"

भैरव ने बात की कमान अपने हाथ में ली। बोले—"हमारा उत्सव रात्रि के दो घड़ी बीतते ही आरम्भ होगा और सम्पूर्ण रात्रि तक चलेगा। मेरा परामर्श है कि डाकिनियों और शाकिनियों का समुदाय अप्सराओं के वेश में सज्जित होकर अतिसुन्दर रूप धारण करें। आज का दिन कुरूपता और रक्त की प्यास का दिन नहीं, बल्कि प्रीति का दिन है। वेश भी प्रीति में सहायक होता है। नाट्य में इसीलिए आहार्य अभिनय अर्थात् वेशभूषा से युक्त अभिनय को महत्त्व दिया गया है। डाकिनी, शाकिनी, भूत और प्रेतात्माओं का स्वरूप कुत्सित रूप में ही गढ़ा गया है पर उनमें इच्छानुसार रूप धारण करने की क्षमता भी तो है। वे हर समय कुरूप और विकृत क्यों रहें? वे भी सजे-सँवरें, मनुष्य योनि की शिक्षा का स्मरण करें। भद्दे होंठ, बाहर निकले दाँत और भय उत्पन्न करने वाली भयानक आँखों को वे भूल जाएँ, सुन्दर बनें तभी दूसरों के हृदय में सुन्दरता जगेगी। सुन्दर स्वरूप हमारी आन्तरिक कुरूपता को मिटा देता है। डाकिनी, शाकिनी या चुड़ैल कोटि की स्त्रियों को अप्सराओं का रूप-विन्यास करना है, सुन्दर वस्त्राभूषण और सुगन्ध का उपयोग करना है। यही तो अन्तर है देवयोनि और विकृत योनियों में—देवता सुगन्ध से आकर्षित होते हैं और भूत-प्रेत-पिशाच और चुड़ैल दुर्गन्ध, रक्त, पीव पसन्द करती हैं। आज एक अवसर है स्वयं के परिवर्तन का। इसलिए स्वरूप परिवर्तन करें। स्मरण रखें कभी-कभी स्वरूप बदलते-बदलते स्वभाव भी बदल सकता है, क्षुद्रता उच्चता में परिणत हो सकती है। ये सभी अप्सरा रूपधारीगण भारतवर्ष में विविध क्षेत्रों के नृत्य प्रस्तुत करें। जिसे जो कला आती है, उसका वह प्रदर्शन करे। बस, इतना स्मरण रखें कि महामंच पर दुलहा-दुलहिन के वेश में भगवान् शिव-पार्वती विराजमान रहेंगे। इसलिए कोई भी—किसी प्रकार की भी त्रुटि नहीं होने पाए।"

वीरभद्र बोले—"एक परामर्श मैं भी देना चाहता हूँ। सभी गण मिलकर शिव की पुनः बारात निकालें और सूर्य डूबते ही पारियात्रा पर्वत से वह बारात चलकर कैलास तक आए। सम्पूर्ण बारात का स्वागत नगाधिराज हिमालय करें। सभी बाराती अपने-अपने वस्त्रों, अपने-अपने देश-काल या स्वभाव की वेशभूषा में नाचते-गाते, आनन्द मनाते, कोलाहल करते उन्मुक्त भाव से आएँ। यह अभिव्यक्ति की स्वतंत्रता

की संध्या होगी। जिसके मन में जो हो वो वही करे—'परम स्वतंत्र न सिर पर कोऊ' आज कोई रोक-टोक नहीं। आप सब बाराती रहेंगे, नृत्य करने, गीत गाने, नमः शिवाय का घोष करने और कोलाहल करने का आपको पूरा अधिकार है।

उस समय भाँग-धतूरा के प्रेमी गण उसका किंचित् उपयोग कर सकते हैं। बस वे मर्यादा का अतिक्रमण नहीं करें।"

वीरचन्द्र ने बारातियों को संयमित रहने और उनकी सुविधा-असुविधा और देखभाल के लिए कोमल स्वभाव वाले गण चन्द्रतापन, कुंडी, सुमंत्रक और मधुपिग को नियुक्त किया। इसी विचार-विमर्श और कार्यभार के वितरण में अपराह्ण का समय बीत गया।

संध्याकाल के कुछ ही क्षणों के बाद भगवान् शिव और पार्वती के आगमन का सन्देश मिला। आगे-आगे श्री गणेश, स्वामी कार्तिकेय अपने-अपने वाहनों पर चल रहे थे। पीछे-पीछे वृषभराज पर सवार शिव और पार्वती अत्यंत कोमल मसृण महीन रक्तपीत वस्त्रों में सुसज्जित चले आ रहे थे। सबके आगे शृंग नाद का स्वर हो रहा था। शिव-पार्वती के साथ जया, विजया और माधवी जैसी अन्तरंग सखियाँ चल रही थीं। भगवान् के प्रवेश करते ही वहाँ जयकार की तुमुल ध्वनि हुई। समस्त गणों में एक अद्भुत उत्साह की लहर दौड़ गई। सब प्रभु के दर्शनों के लिए व्याकुल हो रहे थे। शिव-पार्वती उच्चासन पर आसीन हुए। रात्रि का अन्धकार फैल रहा था पर शिव, गणेश और माता पार्वती के मस्तक पर विराजित चन्द्र कलाओं के प्रकाश से सम्पूर्ण वातावरण प्रकाशमान था। इस कारण सब ओर दुग्धस्नात चन्द्रिका फैली हुई थी। उस पर गणों का विशाल समुदाय एक रहस्य लोक की सृष्टि कर रहा था।

उस गम्भीर कोलाहल में मधुर-वीणा विनिंदित स्वर ने सबको चौंका दिया। यह स्वर कहाँ से आ रहा है? सबके कान सजग हो गए। क्या कीचक वन के वंश वृक्षों में हवा गूँजकर बाँसुरी का स्वर उत्पन्न कर रही है या किसी मायामय गोलोक से कृष्ण की वंशी की तान सुनाई दे रही है? सबने ध्यान से सुना। यह वंशी नहीं, यह तो वीणा का ही वाद्य संगीत है? क्या यह ब्रह्मलोक से महासरस्वती का वीणावादन हो रहा है? तब वीरभद्र ने कोलाहल करते भूत-प्रेतों को डाँटा—"आप शान्त रहें। यह हमारे पूज्य देवर्षि नारद जी का वीणा वादन है, वे अवश्य यहीं पधारने वाले हैं।"

इस स्वर को सुनकर माता पार्वती ने बताया—"प्रभो! मैंने ही उन्हें आमंत्रित किया था कि वे अवश्य पधारें। इस हिम पर्वत मंडल से उन्हें विशेष रुचि रही है और मुझ पर तो बाल्यावस्था से ही उनकी विशेष कृपा रही है।"

तनिक देर बाद ही वीणा का स्वर स्पष्ट सुनाई देते हुए समीप आ गया। वे देवर्षि नारद ही थे।

नारद ने शिव-पार्वती के चरणों में साष्टांग लेटकर प्रणाम किया। वे बहुत देर तक उसी दशा में पड़े रहे। शिव समझ गए, नारद में भाव-भक्ति का वेग प्रबल

है। उन्होंने वीरभद्र को संकेत किया। वीरभद्र ने नारद को उठाया, उनकी अभ्यर्थना की। पाद्यादि आचमन जल, चन्दन पुष्प से सम्मानकर उन्हें आसन पर बिठाया।

नारद की उँगलियाँ वीणा के तारों पर फिर रही थीं, उनका स्वर मन्द नहीं हुआ था। शिव ने कहा—"नारद जी! कुछ सुनाएँ!" नारद ने सभक्ति प्रणाम कर कुछ देर तक केवल वीणा वादन किया। वीणा के मंत्रमुग्ध करने वाले स्वर वातावरण को स्वर्गीय अनुभव करा रहे थे। उस दीर्घ सन्नाटे में स्वर मधुर आकृतियों की तरह कभी गन्ध बनकर, कभी फूल और चन्दन बनकर सबको सुवासित कर रहे थे। यह संगीत की सुगन्ध थी जिसने सबका हृदय शुद्ध कर दिया।

शिव की अभ्यर्थना में उन्होंने शिव पंचाक्षर—नमः शिवाय के स्तोत्र को वीणा पर बजाया—नागेन्द्रहाराय त्रिलोचनाय-भस्मांगरागाय महेश्वराय/ नित्याय शुद्धाय दिगंबराय तस्मै नकाराय नमः शिवाय/ मन्दाकिनी सलिल चन्दन चर्चिताय/ नन्दीश्वर प्रमथनाथ महेश्वराय/ मन्दार पुष्प बहुपुष्प सुपूजिताय/ तस्मै मकाराय नमः शिवाय/ शिवाय गौरी वदनाब्ज वृंद/ सूर्याय दक्षाध्वर नाशकाय/ श्री नीलकंठाय वृषध्वजाय/ तस्मै शिकाराय नमः शिवाय/ वशिष्ठ कुंभोद्भव गौतमार्य/ मुनीन्द्र देवार्चित शेखराय/ चन्द्रार्क वैश्वानर लोचनाय/ तस्मैवकाराय नमः शिवाय। यक्ष स्वरूपाय जटाधराय/ पिनाक हस्ताय सनातनाय/ दिव्याय देवाय दिगंबराय/ तस्मै यकाराय नमः शिवाय।

45

नारद का गायन-वादन चल ही रहा था कि देवलोक से देवराज इन्द्र अपने सहकर्मियों मरुत, वरुण और अग्नि के साथ आते दिखे। उन्होंने विलंब के लिए क्षमा माँगी। आज देवलोक में भी देवगुरु बृहस्पति के आदेशानुसार भगवान् शिव और शिवा के विवाहोत्सव की धूम थी, वहाँ देवगुरु ने एक देवयज्ञ का आयोजन किया था। यह देवयज्ञ एक प्रार्थना यज्ञ था जिसमें ब्रह्मा और विष्णु भी सम्मिलित हुए थे। देवराज इन्द्र को माता पार्वती का आमंत्रण स्मरण था, इसलिए वे यज्ञ पूरा होते ही चल पड़े।

मंच सज गया था। सब यथास्थान बैठ चुके थे। वीरभद्र के निर्देशन में आनन्दोत्सव का कार्यक्रम प्रारम्भ हुआ। शिव के मुखमंडल के तेजोमय प्रकाश से वातावरण जगमगा रहा था। शिवगणों ने अग्नि की ऐसी सुन्दर व्यवस्था की थी कि उसके प्रकाश में मंच के साथ दूर-दूर तक पूरा वनप्रान्त चमक रहा था। वीरभद्र ने यह कार्य अग्निमुख, ज्वालकेश और कपालीश का सौंपा था। ये सभी गण अत्यंत उग्र और अग्नि फैलाने की माया में पटु थे। गंगाजल के वितरण की व्यवस्था तालकेतु और कूष्मांड की थी। किसी को स्थान आदि प्राप्त करने में कष्ट नहीं हो, यह कार्य

सुमंत्रक और संवाद नामक गण को दिया गया था। सोमरस, भंग एवं दिव्यौषधियों को गोदुग्ध में मिलाकर बनाए गए मधुर पेय का वितरण कार्य भृंगी, रिटि, अशनि पर्पट, चटक तथा चष्क को था। ये सभी आनन्द में झूमते हुए अपने-अपने कार्य का सम्पादन कर रहे थे। सबके ऊपर वीरभद्र और नन्दी अपना स्वर्णदंड लेकर चारों ओर सजगता से गतिमान थे, सहस्त्रों की अनगिनत संख्या में बैठे, नाचते-गाते गणों को मर्यादित बनाए रखना नन्दी के जिम्मे था। नन्दी अपनी विशाल सींगों को नचाते हुए चारों ओर सतर्क दृष्टि से देखते फिर रहे थे। आज भी उनके शृंग स्वर्ण मंडित थे, आज उनकी सज्जा देखते ही बनती थी। किसी बड़े सम्राट् के सिंहासन की तरह उनका वृषभासन सजा हुआ था वे यही मानकर चल रहे थे कि कभी भी भगवान् शिव और पार्वती उन्हें साथ चलने का आदेश दे सकते हैं। वे उसी तत्पर मुद्रा में कान खड़े कर सजग भाव से कभी चलते और कभी बैठ जाते थे।

मंच पर कार्यक्रम आरम्भ हुआ। सबसे पहले नांदी पाठ सभी अभिनेता गणों ने सुन्दर कंठ से शिव के गीत गाए। ब्रह्मराक्षस ने वेदमंत्रों का गान किया। डाकिनी, शाकिनी गणों ने अत्यंत मोहक वेशभूषा धारण कर उर्वशी और रंभा के रूप में नृत्य प्रस्तुत किया, उनके उत्तेजक सौन्दर्य और मधुर हाव-भाव में इतना आकर्षण था कि देवराज इन्द्र थोड़ी देर के लिए बौखला उठे। वे अभी-अभी स्वर्गलोक से सीधा वहाँ पहुँचे थे। वे सोचने लगे कि इन अप्सराओं ने तो वहाँ भी यज्ञ पूर्ण होने पर अद्‌भुत नृत्य किया था और वहाँ से यहाँ बिना उनके आदेश से वे दोनों अप्सराएँ आकर नृत्य कर रही हैं, इस बात से वे भीतर-भीतर क्रुब्द्ध हो रहे थे। जिस वस्त्र, परिधान और मंडन में वे स्वर्ग में नृत्य कर रही थीं, उसी परिधान में वे यहाँ आ गईं और उनसे आदेश लेने की उन्होंने आवश्यकता भी नहीं समझी, इस बात से वे उद्वेलित और क्रुब्द्ध हो रहे थे।

अग्नि, वायु और वरुण ने उन्हें शान्त किया। धीरे से बुदबुदाए—"हम सब कैलास पर हैं, शिव के दरबार में बैठे हैं, अभी हमें शान्त रहना चाहिए। उर्वशी का नृत्य पूरा हो जाने दें, इस पर विचार और निर्णय बाद में भी सम्भव है।" इस पर इन्द्र का क्रोध तनिक शान्त हुआ। कई गणों ने मुख से कई वाद्यों के स्वर निकाल कर सबको चमत्कृत कर दिया। विदूषक रिटि और शृंगी ने तो समवेत रूप से मुख से केवल श्वास से इतनी मोहक बाँसुरी बजाई कि सब मुग्ध हो गए। अप्सरा वेश धारण कर डाकिनियों ने लास्य आदि अनेक प्राचीन शैलियों के नृत्यों का प्रदर्शन किया। अन्त में वीरभद्र ने शिव के चरणों में प्रणाम कर उनका आदेश प्राप्त कर एक लघु तांडव नृत्य प्रस्तुत किया, साथ-साथ नन्दी, ब्रह्मराक्षस और भैरव ने पूजावसान के समय दशवक्त्र रावण रचित शिवतांडव स्तोत्र का पाठ किया। यह सारा कार्यक्रम अनेक रूपों में सम्पूर्ण रात्रि चलता रहा। शिव और माता पार्वती—शिवा के जयघोष से कैलास गूँज रहा था। गणेश और कुमार कार्तिकेय के नृत्य और वाद्य ने और भी

माधुर्य घोल दिया। कैलास रंगमय हो उठा। नाद, नृत्य, गीतस्वर और अलंकरण से वह देदीप्यमान हो रहा था।

नृत्य-गीत के कार्यक्रम की समाप्ति कर वीरभद्र और नन्दी ने घोषणा की, सभी अपने मायामय रूप का परित्याग कर अपने वास्तविक रूप को धारण कर लें, अब ब्राह्ममुहूर्त की वेला आरम्भ होने वाली है, डाकिनी, शाकिनी आदि भी देवलोक की अप्सराओं का वेश त्यागकर अपने स्वाभाविक रूप में आ जाएँ।

इस घोषणा को सुनने पर देवराज का भ्रम दूर हुआ, वे मन ही मन बड़े लज्जित थे। जिन्हें वे उर्वशी और रंभा समझकर उनकी उपस्थिति को अपने आदेश की अवहेलना समझकर क्षुब्ध हो रहे थे, यह तो सब शिव गणों की लीला थी।

शिव और पार्वती दोनों देवराज इन्द्र की आन्तरिक उलझन को समझ गए थे, वे बोले—

"देवराज! ये गण बड़े दुखी और तप्त जीव हैं, इन्हें भी कुछ देर आनन्दित होने का अधिकार है। ये मायामय लोक के स्वामी हैं, सब अपने-अपने क्षेत्र के क्षेत्रपाल हैं, हमने इन्हें स्वतंत्रता दी है कि जब वे प्रसन्न हों तो पूरी तरह प्रसन्न हों। प्रसन्नता आन्तरिक वस्तु है, वह हृदय को परिपूर्ण करती है और दूसरों को भी परिपूर्ण बनाती है। ये कुचली हुई आत्माएँ यमलोक के ताप से दूर हमारे वात्सल्य की अधिकारिणी हैं। आपके देवगणों की उपस्थिति मात्र से, आपके शरीर के स्पर्श से बहने वाली वायु के स्पर्श मात्र से देखिए इनका पाप, ताप और शाप कैसे समाप्त हो गया है, ये कैसे उल्लसित हैं, बालकों की तरह उछल-कूद कर आनन्द मना रहे हैं। इस समय इन पीड़ितों के मन में इतना आनन्द है कि वे अपना मूल स्वभाव भूल गए हैं, ये पिशाच, ब्रह्मराक्षस, डाकिनी, कपालीश केकराक्ष आदि रक्त पीकर प्रमुदित होने वाले लोग आज सामान्य मनुष्यों की तरह आनन्दित हो रहे हैं, इनका सुख देखकर हमें भी सुख का अनुभव हो रहा है।"

इन्द्रादि देवताओं ने श्रद्धापूर्वक शिव-शिवा का नमन किया, वैवाहिक तिथि पर अपना प्रणाम अर्पित करते हुए इन्द्र ने कहा—"देव! मैं अपनी भूल पर लज्जित हूँ और मैं अपना खेद प्रकट करता हूँ। इन जीवों में भी इतनी महान कला छिपी हुई है, यह जानकर मुझे बड़ी तृप्ति हुई है। आपके स्नेह की छाया में ही यह चमत्कार सम्भव था।" शिव-शिवा ने अपने वरद हस्त उठाए और सबको स्नेहपूर्वक विदा किया।

46

कैलास पर्वत की उपत्यका में एक विशाल हिमखंड पर समाधिस्थ शिव की समाधि का काल पूर्ण होते ही धीरे-धीरे उनके नेत्र खुले।

कितनी अवधि के पश्चात् सूर्य का प्रभामंडल दिखाई दिया जो सामने के हिमखंडों पर चमक रहा था। वनवृक्ष दोलायित हो रहे थे, पवन मन्द गति से संचरित हो रहा था। शिव ने देखा महिमामयी भगवती पार्वती पूजन का थाल लिए प्रतीक्षारत हैं। सामने नन्दी प्रसन्नता के आवेग से लम्बी जम्हाई लेता किलक रहा था। बालक गणपति के पीछे-पीछे मूषकराज दौड़ लगा रहे थे। कार्तिकेय हवा में बाणों को उछाल रहे थे, उनका वाहन मयूर पंख छितराए नृत्य मुद्रा में आ गया था। सब ओर जैसे प्रसन्नता का आवाहन, एक आनन्दोत्सव का भाव व्याप्त हो गया। जैसे मन्दिर के पट खुलते ही देवता के दर्शन मिलने पर मन कृतकृत्य हो जाता है, आँखें जुड़ा जाती हैं, कुछ वैसी ही स्थिति इस समय कैलास की थी।

भगवान् शिव के अन्तरंग रंगमहल से सभी गणदूत एकत्र हो रहे थे। सबको ज्ञात था भगवान् को भेरी और मृदंग के स्वर बहुत रुचते हैं, वैसे ही वाद्य बजने प्रारम्भ हो गए। यह इस बात की जैसे घोषणा थी कि भगवान् शिव अपनी अन्तर्मुखी यात्रा से बाहर लौटे हैं, उनकी सहज समाधि अभी-अभी टूटी है। यही समाधि तो चित्त की एकतान दशा है जिसमें वस्तुओं का पर-प्रत्यक्ष होता है, विश्व का अन्तर्दर्शन होता है। साधारण व्यक्ति निद्रा में स्वप्नशील होते हैं, वे वर्तमान और अतीत के वात्याचक्र में डोलते हैं, उनके स्वप्न उनकी कामना के पूरक और परिणाम होते हैं, पर सन्त, ऋषि और परमात्मा की समाधि कालातीत होती है। उसमें सामान्य जीवन की हलचल या व्यवहार का प्रमाद नहीं होता। एक परम शान्ति का अनुभव होता है। ध्यान धारणा से असम्प्रज्ञात समाधि तक वे आत्मलीनता का अनुभव करते हैं। ब्रह्म की आत्मलीनता भी निजी नहीं होती, वह परचिन्ता का ही उपशमन करती और उसका समाधान ढूँढ़ती है।

भगवती ने शिव की अर्चना की, उनकी बिखरी केशराशि को सँवारा, उस अलकजाल में उलझी गंगा के स्पर्श से वे पुलकित, कुंठित और स्तंभित भी हुईं पर देवाधिदेव के स्पर्शालिंगन के सुख से वे तृप्ति का अनुभव भी कर रही थीं। उन्होंने भगवान् के बन्द पड़े तीसरे नेत्र को सहलाया। यह त्रिनेत्र रूप ही तो दोनों को मिलाता है। दुर्गा के भी तीन नेत्र हैं। यह त्रयता ही दोनों को जोड़ती है। उनका संहारक भाव जब प्रकट होता है तो इसकी बारी आती है। असुर ताप से दग्ध धरा को भी तो शान्ति चाहिए—दुःख विनिर्मुक्ति चाहिए।

भगवती पार्वती का विकराल सिंह आखेट मुद्रा में वन के आखेट से लौट रहा था, दूर से ही उसकी दहाड़ सुनाई दे रही थी पर हिमपर्वत के पास आते-आते उसकी मुद्रा बदल गई। उसकी प्रसन्नता, उसकी किलक देखते ही बनती थी। वह अपनी पूँछ पटक रहा था, गर्दन के हिलने से उसकी डाढ़ हिल रही थी, उसके पीताभ केश तिर्यक छटा बिखेर रहे थे, मानो वे नृत्यशील हों। उसकी मुद्राएँ उसे पशु से मनुष्य बना रही थीं। सचमुच मनुष्यता भी एक विशेष मुद्रा है, एक द्रवणशील मनोदशा,

जहाँ द्वैत नहीं रह जाता, बच जाता है केवल अद्वैत। साक्षात् ब्रह्म की उपस्थिति में क्षुद्र अनुभव वैसे ही विलीन हो जाते हैं जैसे सूर्य की प्रखर ऊष्मा से जल की छोटी उपधाराएँ सूख जाती हैं।

शिव जब तक समाधिस्थ थे, ब्रह्म थे, अनादि ब्रह्म! जहाँ कोई दूसरा नहीं रह जाता पर जब वे अपने कैलास परिवार में जगे तो उनका मानुषी भाव प्रत्यक्ष हो गया। मानुष भाव मूलत: परिवार भाव ही है। यों तो सभी देवी-देवताओं की शक्तियों की परिकल्पना हुई है, कम ही देवता हैं जो अकेले हैं, प्राय: सबके परिवार हैं, सबके पास पृथ्वी के वायुमंडल के अनुसार अपने स्वरूप को ढाल लेने की क्षमता है। यह पृथ्वी कई विरोधी तत्त्वों का मिश्रण है। यहाँ अग्नि, जल, वायु, हवा, आकाश, सबका महत्त्व है। यही उसका विस्तार भी करते हैं और उसकी सीमा रेखा भी तय करते हैं। इस पृथ्वी में लचीला करने की क्षमता है। देवता भी पृथ्वी पर उतरते हैं तो वे स्वर्ग के नियमों का अनुसरण नहीं करते उन्हें पृथ्वी के अनुसार ढलना पड़ता है। अग्नि यज्ञ में भी जलती है और भोजन निर्माण के चूल्हे में भी, वायु प्राण भी है और बाह्य साधन भी। इसी प्रकार आवश्यकतानुसार अन्य पदार्थ भी अपना स्वरूप ढूँढ़ लेते हैं।

शिव का मंगलमय रूप देखकर सभी हर्षित थे। आज प्रभु क्रोधाविष्ट नहीं हैं, आज कोई तांडव नहीं होगा, आज स्वामी बहुत दिनों बाद गृह लौटे हैं तो गायन वाद्य होना ही चाहिए। शिव भी सबको अंगीकार करते जा रहे थे। वनपुष्पों से उनका शृंगार हुआ। उनके जटाजूट हवा में लहराए, गंगाजल से स्नापित होकर वे धूप में ऐसे चमक रहे थे जैसे विशाल पर्वत पर मेघ के टुकड़े झूल रहे हों। उनकी जटिल जटाओं में लिपटे सर्प नीचे जा गिरे थे। माता पार्वती ने उन्हें अपने आँचल से पोंछा, शिव की बाँहों में बाजूबन्द की तरह लिपटे सर्प यह दुलार देख ईर्ष्या से भरे नीचे उतरकर माता के पाँव पलोटने लगे। माता ने सबको समान प्रीति दी। यहाँ तक कि जटाजूट में विराजने वाली गंग लहर के प्रति वे सदा सपत्नीभाव रखती थीं, आज उन्होंने बढ़कर उनका आलिंगन किया। इस स्नेह स्पर्श से माता का रोम-रोम भीग गया। शिव इस लीला का शान्ति से अवलोकन कर रहे थे। उनकी प्रशान्ति ऐसी गहन गम्भीर थी कि वहाँ सारे तर्क समाप्त हो जाते हैं, जैसे पृथ्वी में एक बड़ा गहरा छिद्र हो जाए तो बहता हुआ सारा जल उसी में जाकर विलीन हो जाता है। तभी तो नदी भी निम्नगा है—पानी का स्वभाव है वह नीचे ही जाएगा। देवताओं की कल्पना सर्वदा ऊँचाई पर की गई है, वे स्वर्गलोक, वैकुंठलोक, गोलोक, शिवलोक आदि लोकों में रहते और रमण करते हैं पर मनुष्य के लिए वे सुलभ हैं क्योंकि उनकी करुणा बहाकर उन्हें नीचे उतरने पर विवश कर देती है।

अब मध्याह्न का सूर्य थोड़ा तप रहा था, कैलास की खुली चट्टानों पर जमे हिमखंडों में भी कठोरता कम हो गई थी, वे थोड़े मृदु हो गए थे। उस पर गज चर्म

और मृगचर्म बिछाकर शिव-पार्वती परस्पर संवाद कर रहे थे। पार्वती ने एक मधुर अपांग चितवन से शिव की ओर देखते हुए प्रश्न किया—"प्रभो! आप परमेश्वर हैं, कृपालु हैं, लोक पक्ष आपको आशुतोष मानता है, शास्त्र आपकी विरुदावली संहारक देवता के रूप में गाते हैं, पर मैं तो पाती हूँ कि आप लीलामय हैं, लीलावपु हैं, आपका नाट्य समझ में नहीं आता? यह क्या रहस्य है?"

"सुनो देवि! इस विराट् विश्व के रंगमंच पर हम सब नाट्य ही तो कर रहे हैं। अन्तर इतना ही है कि अभिनय करने वालों का आवागमन लगा हुआ है, कोई आ रहा है, कोई जा रहा है, किसी का जीवन, किसी की मृत्यु, कहीं रुदन, क्रंदन, कोलाहल कहीं हर्ष, आवेग और आनन्द। हम तो सूत्रधार हैं, द्रष्टा भर ही हैं। हमारी कठोरता और करुणा दोनों सकारण है। जब कोई हमारी अकारण भक्ति करता है तो हमारी करुणा भी अकारण ही प्रकट हो जाती हैं। हम चाहें या न चाहें, हम भक्त के हाथों विवश हो जाते हैं।"

"पर प्रभो, आप सर्वज्ञ हैं, पंचदेवताओं में अत्युच्च स्थान के अधिकारी हैं, आपकी इच्छामात्र से त्रिभुवन आन्दोलित हो सकता है, इस देवत्व की शक्ति से आप भला क्या नहीं कर सकते?"

"सत्य है देवि, देवत्व एक उत्तरदायित्व का नाम है। हम तिल भर भी मर्यादा का अतिक्रमण नहीं कर सकते। इस मर्यादित महाशक्ति को ही देवत्व की संज्ञा दी गई है।"

"फिर भी देव, ब्रह्म का नाना रूपों में अवतरित होना, मनुष्य की तरह आचरण करना और तो और पशु और अन्य जीवों के रूप में पृथ्वी के कल्याण की योजना बनाना कहाँ तक उचित है।"

"ठीक है कि देवत्व में एक स्थायित्व होना चाहिए पर सृष्टि भी तो एकरस नहीं, अपंग नहीं, वह वर्द्धमान है। वहाँ कुछ न कुछ निरन्तर घटित हो रहा है। संकुचित और बद्ध होने का नाम प्रकृति या सृष्टि नहीं, मुक्त होने का नाम प्रकृति है। प्रकृति निरन्तर अपने ऊपर पड़े आवरणों को उठा रही है। प्रतिदिन उसका उद्‌घाटन हो रहा है। यही नूतनता प्रकृति की जीवंतता का रहस्य है। मुझे भी आवश्यकतानुसार अपने स्वरूप का परिवर्तन करना पड़ा है जिसकी कथा मैं आपको बाद में बताऊँगा पर मैं सृष्टि में मनुष्य की पीड़ा से पूर्णतः परिचित हूँ। आपको ज्ञात है हमारे परिवार में सब तरह के जीव-जन्तु हैं, जिन पर पृथ्वी के कवियों ने कई काव्य रच डाले हैं। वे यहाँ तक प्रचारित करते हैं कि मेरा घर जैसे तबेला है, जहाँ हरदम बावेला मचा रहता है। आपका वाहन सिंह सदैव मेरे वृषभ पर झपटने को आतुर है तो कुमार कार्तिकेय का वाहन मयूर की कुदृष्टि मेरे सर्पों पर रहती है, सर्प मूषक पर दृष्टि गड़ाए रहता है। बात यहीं नहीं थमती, कुछ तो इस दुष्प्रचार में हैं कि बाघाम्बर ओढ़े शिव के पास तो कुछ है ही नहीं, पत्नी नवदुर्गा, दशदुर्गा के रूप में विराजती

हैं, कार्तिकेय के छह मुख हैं, गणेश महोदर हैं उस पर नन्दी अन्य वाहन, भूत-प्रेत पिशाचगण, उनके घर का तो खर्च तक चलना कठिन है—फुंकरत मूषक को दूषक भुजंग तासों/ जंग करिबे की झुक्यो मोर हदहेला में/ आपस में पारषद कहत पुकारि कछु/ रारि-सी मची है त्रिपुरारि के तबेला में।"

पार्वती के होंठों पर ईषत् मुस्कान आ गई, "आप तो भोले भंडारी ठहरे! आपकी रीझ-खीज दोनों पर मैं न्योछावर हूँ। पर एक प्रश्न मेरे मन में उठता है कि आपका मधुर रूप सब नहीं जानते, आपके धधकते हुए क्रोध से ही सब परिचित हैं। क्या जाने कब आपका तीसरा नेत्र खुल जाए और सारा विश्व भस्म हो जाए! आपसे विवाह क्या हुआ यह तो देवताओं की योजना ठहरी पर आपने कामदेव को मेरे सामने ही भस्मीभूत कर दिया। उसका भला दोष ही क्या था? वह तो देवलोक का अनुचर, आज्ञानुवर्ती ठहरा। उसकी पत्नी रति का विलाप आज भी मेरे हृदय को बेधे डालता है। क्या माधुर्य सौन्दर्य और जीवन का आनन्द विरति की वस्तुएँ हैं, क्या जीवन की चरितार्थता विरक्ति और संन्यास में है। आप तो परम योगी हैं पर संसार तो मैथुनी सृष्टि से बना है, भोग की अभीप्सा ही मिट जाए तो क्या करणीय शेष रहेगा?"

"आपके प्रश्न में भावानुकूलता का पुट है प्रिये! पर संसार के कार्य नियमों पर आधारित हैं। कुछ नियम प्रत्यक्ष हैं कुछ परोक्ष। कुछ बन्धन दीखते हैं, कुछ नहीं दीखते। यह सत्य है कि देवताओं को भिन्न-भिन्न असीमित अधिकार प्रदान किए गए हैं पर मर्यादा की देहरी लाँघना ही शाप का कारण बनता आया है। अधिकार, आत्माभिमान को जन्म देता है और यह अहंकार अधिकार-प्रमत्तता में बदल जाता है। मेरा रोष कामदेव पर नहीं उसकी अधिकार प्रमत्तता पर हुआ। समाधि की उच्चावस्था में लीन मधुमती भूमिका से भी ऊँची स्थिति में पहुँचे आत्मलीन यति पर आम्रमंजरी के पुष्पबाण चलाकर कामदेव ने भूल की थी, इसी का दंड उसे झेलना पड़ा। फिर भी मेरे वरदानस्वरूप उस समय वह अनंग रूप में रहा। वह शरीर से नहीं पर मन से विचरता रहा। मैंने उसे पुनर्जीवन दिया। मानव जाति से लेकर सृष्टि के सभी प्राणी उसकी काम-भावना के अधीन हैं—यह क्या कम बड़ी बात है?"

"देव, पर मैं तो यह कहूँगी कि देवताओं की लीला सत्य नहीं होती। वह केवल मृग-मरीचिका है। उसकी लीला का संसार पर तो असर होता है। पर उन पर कोई असर नहीं होता? इसका तो यह भी अर्थ हुआ कि उसका व्यवहार और अभिनय सात्त्विक नहीं है। तो क्या सभी देवता छली ही होते हैं, उनकी लीला क्या छलमात्र है?"

"प्रिये, ध्यान से देखिए तो पृथ्वी पर जो भी है मरणशील है। कुछ भी सत्य नहीं पर सत्य का आभास ही इसका सौन्दर्य है। मनुष्य जानता है वह नहीं रहेगा फिर भी पुरुषार्थ करता है, धन-सम्पत्ति जोड़ता है, विवाह, पुत्र, घर बसाता है और सब कुछ पाकर फिर सब कुछ यहीं छोड़कर चल देता है। इसी को वैदिक शास्त्र 'तेन त्यक्तेन भुंजीथा' कहते आए हैं।"

"प्रभो, आपकी विजय गाथा के गीत केवल गन्धर्व-किन्नर ही नहीं गाते, सम्पूर्ण पृथ्वीवासी इस महान सत्य से परिचित हैं। आपकी शक्ति का त्रिकोण ही त्रिपुर है। मेरुदंड रूपी पर्वत के सिरे पर उसी का एक प्रदेश कैलास है। मेरुदंड का ऊर्ध्व क्षेत्र ही कैलास है जो आज्ञाचक्र है। इस कैलास पर ही अलकापुरी है। आपके मित्र धनपति कुबेर इस अलकापुरी के राजा हैं। कैलास की गोद में बसी अलका में शिव का साक्षात् निवास जानकर बाहर से कामदेव को अपना भौंरों की डोरीवाले धनुष को काम में लाने का साहस नहीं था। हमारे हिमालय की किन्नरियाँ आपके इसी त्रिपुर विजय के गीत गाती हैं।"

"हाँ देवि! कुबेर हमारे मित्र हैं, वे विश्रवा के पुत्र और रावण के भ्राता हैं। कुत्सित शरीर धारण करने के कारण भले ही इन्हें कुबेर कहा गया हो, भले ही आठ दाँतों, तीन पाँवों की विकलांगता इनमें है पर ये सर्वत्र निधि स्थान के देवता के रूप में पूजित हैं। यक्षों के अधिराज देवयोनि के हैं। दान, द्योतन और द्यु स्थान में होने के अर्थ में इन्हें देखा गया है। वैदिक धारणा में देवताओं के तीन विभाग हैं। द्यु अर्थात् ऊपर के उच्चाकाश में रहने वाले, दूसरे अन्तरिक्ष स्थानीय मध्य आकाश में विचरने वाले और तीसरे पृथ्वी पर रहने वाले। देवि, परिवार क्रम से देवों के तीन वर्ग हैं—बारह आदित्य, ग्यारह रुद्र और आठ वसु—इनमें आकाश और पृथ्वी को जोड़ने पर तैंतीस मुख्य देवता होते हैं। फिर वृद्धि क्रम में इनकी संख्या तैंतीस करोड़ क्या असंख्य हो जाती है।"

"प्रभो, आप महाकालेश्वर हैं, हम सबके महानायक हैं। आपमें योग, भोग, जीवन, संहार, संगीत, नृत्य, वरदान, पाप, शाप, क्रोध, शान्ति, विष, अमृत का अद्‌भुत मिश्रण है।"

"हे नटराज! मुझे भलीभाँति स्मरण है जब आपने गजासुर का वध करने के बाद उसके रुधिर से गीली खाल को अपनी ऊँची भुजाओं पर लपेटकर तांडव नृत्य किया था, तब आपकी नृत्यशील फैली हुई भुजाओं की रोमराजि के वृत्ताकार वृक्षों के जंगल पर मेघदल भी गजचर्म की तरह लिपट गए थे। आपके तांडव नृत्य की ताल से दिशाएँ हिल गई थीं, प्रकृति विक्षुब्ध हो गई थी, केवल हलचल, महारोर और महानिनाद से ब्रह्मांड में कोलाहल हो रहा था। आपके महाकाल रूप की कठोर भंगिमा से सम्पूर्ण विश्व तरंगित हो गया था। आपको तांडव निरत देख, मुझे मधुर भाव वाला लास्य नृत्य करना पड़ा था, तब कहीं आपके दोलायित नृत्यशील चरण रुके थे, कोलाहल थमा था और आपके रक्तिम मुखमंडल पर असीम स्वेद प्रवाह के बीच मुस्कान की रेखा उभरी थी, आपकी वह स्नेह-दृष्टि आज भी मेरे मन में तरंग पैदा कर देती है।"

"हाँ देवि, हमारे-आपके दाम्पत्य का यही तो चिर राग-भाव है जो विश्व को भी दाम्पत्य जीवन की शिक्षा के साथ माधुर्य का संकेत करता है। आचार्य मानते

हैं, शरीर की रेखाएँ रूप कहलाती हैं। रूप की इस चमक को 'प्रेमा' कहा गया है। प्रसन्न दृष्टि का आकर्षण ही राग है। सुभगे, हृदय को छू लेने वाली कोमलता सौन्दर्य का आभिजात्य गुण है। अंगों के सम्मिलन की मधुर चेष्टाएँ ही विलास कहलाती हैं। शरीर की प्रभा और कांति से झरने वाले प्रभाव को लावण्य कहते हैं और प्रिया की व्यावहारिक क्रियाएँ छाया कही गई हैं। इन सबके मिश्रण से जो सहज सौन्दर्य प्रवाहित होता है वही स्त्रियों का सौभाग्य है, वही रस दाम्पत्य-भाव को समृद्ध करता है। स्त्री-जाति रूप से इन दस सीढ़ियों को पार कर सौभाग्य तक पहुँचती है, तभी दाम्पत्य सुखद होता है। आपको तो स्मरण होगा गिरितनये, कि आपने मुझे पाने की इच्छा से जो कठोर तपश्चर्या की थी उस समय आपने भी तो माना था कि अकेला रूप प्रीति-प्राप्ति में कृतकार्य नहीं होता है। रूप प्रीति का संवर्धक भर है। तब आपने रूप की हृदय से निन्दा करते हुए माना था कि सच्चा सौन्दर्य तो प्रिय की सौभाग्य प्राप्ति के फल में ही है। (प्रियेषु सौभाग्य फला हि चारुता)।"

"हाँ, प्रभो, मुझे सब स्मरण है। आप रूप पर नहीं रीझते। आप आन्तरिक सौन्दर्य और चारुता चाहते हैं। आप यह भी तो कहते हैं कि शुद्ध सौन्दर्य कभी पाप की ओर प्रवृत्त नहीं होता। अवध्य रूपता और तप से ही यह प्रेम पाया जा सकता है।"

"प्रियतमे! प्रेम मूलत: स्त्री चित्त में ही आकार लेता है। स्त्री में धारण करने की शक्ति है, पुरुष में विस्तार की कला। यह माना गया है कि स्त्री के भीतर निहित प्रेम और आकर्षण तथा उसका प्रथम प्रणय वचन वाणी से नहीं अपितु आंगिक चेष्टाओं और हावभावों से प्रकट होता है। आप जानें, प्रेम के वृक्ष की जड़ें प्रियतमा के सौन्दर्य वर्णन को कानों से सुनकर आशा के रूप में जाग्रत होकर बद्धमूल हो जाती हैं। प्रिय दर्शन के बाद जो राग का भाव उत्पन्न होता है वह उस वृक्ष के पत्तों के रूप में चमक उठता है। प्रियतमा के हाथों में स्पर्श से उठे हुए रोमांच उसके फूल बन जाते हैं, और उसके संयोग का सुख इस प्रणय के वृक्ष का फल है जिसके लिए प्रेमी इच्छुक रहते हैं। यह संयत प्रेम बन्धहीन दुर्धर्ष प्रेम से अधिक महान होता है।"

"परमेश्वर! क्या यह प्रेम दाम्पत्य-भाव में ही परिपुष्ट होता है?"

"हाँ, देवि! दाम्पत्य प्रेम में स्वकीया भाव है। जहाँ पति प्रेमी रूप में प्रिया को अपना दूसरा प्राण—'जीवितम् मे द्वितीयम्' मानता है। इसका आधार है गृहस्थ जीवन का कुटुम्ब भाव। मैं अकेला नहीं, सभी मेरे हैं, मैं ही इनमें व्याप्त हूँ, ये मुझमें समाए हुए हैं। यह अंगीकार वृत्ति दाम्पत्य और कुटुम्ब की आधारशिला है। इस रमण वृत्ति से ही जीवन में रमणीयता पैदा होती है। तब समस्त जीवन एक क्रीड़ा-भाव, लीला-समूह में बदल जाता है। हमारा कैलास भी तो क्रीड़ास्थान ही है—'केली नाम समूहः कैलम्' अर्थात् मेरी क्रीड़ाओं का नाम ही कैलास है।

पति-पत्नी का दाम्पत्य प्रेम परस्पर निर्भर और सापेक्ष होता है, उसमें गाढ़ प्रीति के कारण निर्भयता होती है। उससे एक परिवार और स्वस्थ समाज का निर्माण होता

है। उसमें केवल शरीर-भाव नहीं सामाजिक मंगल-भाव की भी प्रधानता होती है। दाम्पत्य प्रेम में भी क्रीड़ा और मनोविनोद के अवसर ही अवसर होते हैं। रूठना, मनाना और प्रेमालाप के कई मधुर प्रसंग होते हैं, जीवन में सरसता का संचार होता है, आत्म-दर्शन के साथ जगदर्शन, प्रकृति दर्शन होता है। काल की दीर्घता और अन्य सभी प्राणियों के साथ सहभागिता होती है।"

"हाँ, नाथ, तभी तो आपके साथ वृषभ पर यात्रा करते हुए हम समस्त स्त्री जाति के सौभाग्य के प्रतीक और प्रेरणातीर्थ बन जाते हैं। फिर मैं गौरी-कात्यायनी बनकर मनोभीष्ट फल प्रदान करती हूँ। मुझे ज्ञात है, आपके हृदय देश में ही यह समस्त विश्व स्पंदित हो रहा है।"

भगवती की बातों से परमशिव का अकस्मात् पति-प्रेम उमड़ आया। उन्होंने कहा—"अब तुम मेरे वामांग में विराजो। हम अर्द्धनारीश्वर हो जाएँ। ऐसा होगा तभी हम एक-दूसरे के पूरक होंगे। अर्द्धता हमारी चुनौती है, जो हमें पूर्ण बनाती है।

अर्द्धनारीश्वर का स्वरूप ग्रहण करते ही शिव परमानन्द में लीन हो गए। उनके तन-मन में एक कोमलता व्याप्त हो गई। सुगन्ध और आकर्षण से वातावरण ज्योतित हो गया। दोनों का अभेद रूप एक रहस्यमय आलोक और आनन्द की सृष्टि कर रहा था। पुरुष के मन में नारी की चेतना का प्रवेश मरुस्थल को उर्वर बना देता है, बंध्या पृथ्वी हरित-भरित हो जाती है, शुष्कता तरलता में बदल जाती है, उग्रता में धीरता, कठोरता में कोमलता और त्वरा में स्थिरता का प्रवेश हो जाता है। ऐसा ही भगवान् शिव के साथ हुआ। वे अलौकिक प्रभामंडल से दीप्त हो गए। उनकी शक्ति सहसा शतगुणित हो गई। स्त्री के आत्मतेज से पौरुष और भी प्रदीप्त हो उठा।

शिव-पार्वती जहाँ विश्राम की मुद्रा में लेटे थे वहाँ की चट्टान थोड़ी रुखड़ी और सूखी थी जो चर्मवेष्टित होने के बाद भी खुरदरी प्रतीत होती थी। शिव के वाम भाग में पार्वती का आधा शरीर था, दाएँ भाग में पथरीली चट्टान से कहीं चुभन न हो, इस कारण शिव पूरी रात्रि दाईं करवट ही लेटे रहे। पत्थर चुभें तो उन्हें चुभें, उनकी प्रिया को नहीं।

पार्वती को प्रात:काल यह सत्य ज्ञात हुआ। वे भावविह्वल थीं। वे जानती थीं कि शिव प्रीति के भंडार हैं और प्रीति शब्द-व्यापार नहीं केवल एक अनुभव है और वह भी लेने-देने की वस्तु नहीं, उसे तो प्राणों से ही अंगीकार किया जा सकता है।

47

ब्रह्मा ने ऐसा क्रीडनक—ऐसा रस-संवलित लीला भाव से भरे सभी वर्णों के लिए पंचम वेद रूप नाट्य की रचना की जिसका लक्ष्य आत्मरंजन

और लोकरंजन दोनों था। उन्होंने ऋग्वेद से पाठ्य, सामवेद से गीति-तत्त्व, यजुर्वेद से अभिनय तथा अथर्ववेद से रसों का समन्वय करके नाट्य वेद तैयार किया। यह नाट्य मानव-जीवन की विविध अवस्थाओं की अनुकृति के रूप में प्रकट हुआ। इसमें अभिनय और क्रीड़ा का भाव प्रमुख था। अभिनय के चार अंग उसमें कलात्मक रूप से प्रकट हुए थे। सात्त्विक, वाचिक, आंगिक और आहार्य। उचित सत्व प्रधान भावों की अभिव्यक्ति के साथ वाणी के सन्तुलित भावमय प्रयोग का रुचिर समन्वय किया गया, अंग-चेष्टाओं और अनुकूल-मुद्राओं द्वारा अभिव्यक्ति सशक्त हुई, आहार्य या वेशभूषा के समुचित उपयोग से पात्र और देश-काल को वास्तविक और यथार्थ रूप देने का प्रयत्न हुआ।

नटराज शिव ही नाट्य विद्या के आदि सर्जक हुए। यह नाट्य वेद सर्वजन सुलभ था। ब्रह्मा जी ने भरतमुनि को प्रेरणा दी और उन्होंने अपने पुत्रों और अप्सराओं के सहयोग से दो नाटकों का मंचन किया। उनमें प्रथम था अमृत मंथन और द्वितीय था त्रिपुरदाह।

ब्रह्मा ने यह ज्ञान अपने प्रिय देवर्षि नारद को देते हुए बताया कि "शिव प्रदोष काल में डमरू वादन करते हुए जब उल्लास और आनन्द से उच्छ्वसित रूप में नृत्य करना आरम्भ करते हैं तो उस समय महाकाल के मन्दिर में भी दीपमालाओं की भव्य आरती का आयोजन होता है। मृदंग और नगाड़ों के डिंडिम नाद से ऐसा गुरु गम्भीर स्वर उठता है कि आकाश के मेघ भी गर्जन कर उसके साथ ताल से ताल मिलाने के लिए व्यग्र हो उठते हैं। नारद! उज्जयिनी अवंती मंडल की राजधानी है। क्षिप्रा के तट पर स्थित यह नगर ज्योतिर्लिंग महाकाल शिव का वास-स्थान है। आगे चलकर यही उज्जयिनी अवंतिका, विशाला, अवंतीपुर, पुष्पकरंडिनी और मोक्षदायिनी पुरी के रूप में विश्व प्रथित होगी।"

ब्रह्मा कहते गए—"पुत्र! इस उज्जयिनी में शक्ति और कुंडलिनी का जागरण होता है। यहाँ सौन्दर्य और विलास के बीच चेतना का ऊर्ध्वारोहण होता है। यह उज्जयिनी ऊर्ध्वरेतस होना सिखाती है क्योंकि काम के बीच ही इन्द्रियों को जीता जा सकता है। महाकाल शिव में योग, भोग, जीवन-संहार, संगीत, नृत्य, वरदान और शाप, क्रोध और शान्ति, विष और अमृत का अद्भुत मिश्रण है।

नटराज के मूर्त प्रतीक के साथ सूक्ष्म अन्तर्निनाद ध्वनि के स्थूल रूप में डमरू का घनिष्ठ सम्बन्ध है। यह डमरू नाद-तान का मूर्त रूप है। यह नाद या ध्वनि-प्रणव नाद ब्रह्म का शिव-तत्त्व पर आरोप है। ब्रह्म और वाक् दोनों एक ही हैं यही वाक् स्वरूप ब्रह्म प्रणव है। यह नटराज ही जगत् नाट्य के प्रवर्तक हैं एवं सृष्टि-संगीत के गायक हैं।

बाह्य जगत् का जो नटराज है वही अन्तर्जगत् का नर्तक आत्मा है। यदि नटराज का नृत्य दृश्य जगत् के रंगमंच पर होता है और यदि चर-अचर नटराज के नृत्य

के दर्शक हैं तो इन्द्रियाँ ही नर्तक-आत्मा के नृत्य की दर्शक हैं।

नटराज की नृत्य-मुद्राएँ एक सौ आठ प्रकार के नृत्यों के रूप में बताई गई हैं। नटराज का नृत्य अनादि, अनंत और अखंड है। शिव नटराज के रूप में प्रदोष नृत्य, तांडव नृत्य और नादान्त नृत्य करते हैं। प्रथम की पृष्ठभूमि कैलास है, द्वितीय की श्मशान-भूमि और तृतीय की पृष्ठभूमि ब्रह्मांड का केन्द्र-बिन्दु 'चिदम्बरम्' है। प्रदोष नृत्य कोमलता का, तांडव कठोरता का और नादान्त अनुग्रह और शान्ति का प्रतीक है। प्रदोष शृंगार-मूलक और माधुर्य पूर्ण है तो तांडव श्मशान-भूमि में भैरव रूप को प्रकट करता है। दिशाएँ प्रकंपित होती हैं, चराचर संत्रस्त हो जाता है। नटराज की विलक्षण मुद्रा में मानो भयानक, अद्‌भुत, वीर, रौद्र रस एकत्र हो जाते हैं। शिव के तांडव नृत्य में एक सौ आठ करण बनते हैं। पुन: दो करण के योग से नृत्तमात्रिका बनती है और क्रमश: एक-एक करण के योग से कलापक, मंडन और संघातक बनते हैं। इनमें नौ करणों के योग से निर्मित अंगहार नृत्त सर्वाधिक महत्त्वपूर्ण हो जाता है। अंगहार के साथ तीन प्रकार के रेचक लगते हैं, जिन्हें पाद रेचक, कटि रेचक और कंठ रेचक कहा जाता है। ये रेचक आध्यात्मिक भाव-दशा में ले जाते हैं।"

नारद ने प्रश्न किया—"प्रभो! तांडव नृत्य और लास्य नृत्य का अन्तर समझाने की कृपा करें!"

"प्रिय नारद! शिव के तांडव नृत्य से दिशाएँ हिल जाती हैं, सम्पूर्ण प्रकृति में एक विक्षेप उत्पन्न हो जाता है। महाकाल की कठोर भंगिमा से सारा विश्व आन्दोलित हो उठता है। तांडव निरत शिव को प्रसन्न और शान्त करने के लिए पार्वती को मधुर भाव वाला लास्य नृत्य करना पड़ता है।"

"हे पिता! दो प्रकार की नृत्य संरचना कब-कैसे हुई?"

"पुत्र! शिव ने ही पार्वती के साथ विवाह के पश्चात् अपने शरीर में ही तांडव और लास्य नृत्य नामक दो विभाग किए। तांडव शिव का उद्धत पर आकर्षक नृत्य है। लास्य नृत्य पार्वती का है—कोमल, सुकुमार और मधुर। नृत्य के अतिरिक्त 'नृत्त' ताल-लय पर आश्रित होता है 'नृत्तं ताललयाश्रयम्।' उसके सम्पादन की क्रिया अंगहारों से होती है। अंगहार में करण सहायक होता है। हस्त और पद-संचालन के सम्यक् योग से करण व्यक्त होता है।

शरीर के ऊर्ध्वभाग और अधोभाग का सन्तुलन ही करण में प्रधान होता है। ये करण भी एक सौ आठ प्रकार के हैं जिनमें प्रथम करण की संज्ञा 'तलपुष्पपुट' है और अन्तिम करण की संज्ञा 'गंगावतरण' है। इन करणों से युक्त अंग विक्षेप प्राय: बत्तीस प्रकार के होते हैं, उनमें प्रथम अंगहार को स्थिरहस्त और अन्तिम अंगहार को अर्धनिकुट्टक कहते हैं। इसमें रेचक का वलन या हिलाने की गति-प्रक्रिया होती है। ऐसे चार रेचक हैं—पादरेचक, कटि रेचक, कर रेचक और कंठरेचक।

शिव का तांडव प्रदोष में हुआ था जिसमें डिंडिम, गोमुख, पणव आदि अनेक वाद्यों का प्रयोग हुआ। शिव के एक प्रधान गण 'तंडु' ने इस तांडव का प्रसार किया। अनेक ऋषियों ने तो 'तंडु' और नन्दी को एक ही माना है। त्रेतायुग में लंकापति रावण ने शिव की आराधना में भक्तिभाव से 'शिव तांडव स्तोत्र' की रचना की जो जगत् प्रसिद्ध रहेगी।

हमारे शिव नटराज हैं, सम्पूर्ण भुवन उनका शरीर है, सभी वाङ्मय उनके वाक् हैं, चन्द्र-तारे उनकी वेशभूषा, ऐसे सात्त्विक शिव सबके लिए नमस्य हैं। शिव सृष्टि की भी चिन्ता करते हैं, वे तांडव करते समय अपने तीनों नेत्र बन्द कर लेते हैं कि कहीं सृष्टि जलकर नष्ट नहीं हो जाए। सभी दिशाओं तक फैल जाने वाली अपनी भुजाओं को वे नृत्य के समय किंचित् समेटकर ही रखना चाहते हैं ताकि उसके आघात से पृथ्वी का कोई भाग ध्वस्त न हो जाए! अपने उद्दाम नृत्य काल में भी शिव करुणामय, आत्मसंयमी और कल्याणकारक बने रहते हैं।

नटराज शिव के नृत्य में उनके एक हाथ में सृष्टि का प्रतीक डमरू विद्यमान है तो दूसरे हाथ में प्रलय सूचक अग्नि ज्वाला है। ये दोनों क्रमशः रजोगुण और तमोगुण के वाचक हैं। उनका ऊपर उठा पाँव जीव के लिए मुक्ति प्रदायक है और वरद हस्त 'मा भैः' —मत डरो का अभयदान देता है। इस सम्पूर्ण सृष्टि का स्पंदन ही नटराज का नृत्य है। शिव नर्तक बनकर जड़-चेतन मय विश्व में शक्ति का संचार करते हैं और उन्हें जीवित, जाग्रत, स्पंदित और नृत्यशील रखते हैं। यह नृत्य शिव की पंचक्रियाओं सृष्टि, स्थिति, संहार, तिरोभाव और अनुग्रह के जैसे पर्याय हैं। आठों दिशाएँ जैसे आठ भुजाएँ हैं, तीनों ज्योति—सूर्य, चन्द्र और अग्नि उनके तीन नेत्र हैं। सृष्टि और जीव का शरीर शिव की रंगशाला है जिसमें वे सदैव नृत्य-मुद्रा में होते हैं। शिव केवल सृष्टि का ही संहार नहीं करते अपितु मनुष्य के बन्धनों और पाशों का भी उच्छेद करते हैं। ये पाश ही पशु हैं, जिन पाशों को वे काट डालते हैं। इसीलिए वे पशुपति हैं। वे श्मशानवासी इसलिए हैं कि श्मशान में अहंकार, माया और समस्त कर्म भस्म हो जाते हैं। यह श्मशान भी उनकी नृत्यभूमि या रंगभूमि है। इस ब्रह्म की उपासना जब मातृरूप में होती है तो महाकाली का श्मशान नृत्य प्रारम्भ हो जाता है। मनुष्य जीवन में जब भी अहंकार और माया, ममता, वासना की चिता जलेगी तो महाशिव या महाकाली के नृत्य का आरम्भ अवश्य हो जाएगा।"

"पिताश्री! शिव द्वारा जीवों की पाशमुक्ति कैसे होती है? यह मुझे समझाएँ!"

"नारद! शिव शास्त्र या शैवगणों में कहा गया है कि जीव पशु है, इसे विद्या, क्रिया, योग और चर्या, व्यवहार के तत्त्व-ज्ञान से बन्धनों का नाश करना चाहिए। भगवान् पशुपति की कृपा से ही यह पाशछेदन हो पाता है और जीव को मुक्ति मिलती है। यह संसार कई पाशों से घिरा है, जिनमें चार मुख्य हैं—मल, रोध, कर्म और माया। इस पाश में अज्ञानता, शक्ति का अनियंत्रित होना, कर्म के नाम पर

अधर्म करना और मायापाश के द्वारा प्रलय में विनष्ट हो जाना तथा सृष्टि-काल में पुनः सृजित हो जाना मुख्य लक्षण है। इसलिए नारद! नृत्य कोई भी हो शिव के लिए वह आनन्दोत्सव और लीला-विलास है, वह एक साथ विक्षोभ है, उल्लास है, सृष्टि है, प्रलय है।"

48

शिव एक दिन प्रातः वेला में समाधि से जगे, आँखें खोलते हुए सूर्य देवता के दर्शन हुए, परस्पर सर्वप्रथम दृष्टि-अभिवादन हुआ फिर शिव की प्रलंब भुजाओं ने मिलकर नमन किया, उनके हाथों में गंगा की धार इस तरह बरसी कि सूर्यार्घ्य का अर्चन भी पूरा हो गया। चतुर्दिक् वनप्रान्तर भाँति-भाँति के पक्षियों के कलरव से निनादित था। सबकी ध्वनि एक साथ मिलकर ओंकार का गुंजार कर रही थी। कैलास की वनराजि में बड़े-बड़े विशालकाय वटवृक्ष और सुमधुर आम्रफलों वाले आम्र वृक्षों की सहस्रों पंक्तियाँ थीं। वहाँ के वन्य पशु भी अधिकतर फलों को अपना आहार चुनते थे। वृक्षों के पत्तों पर हिमकण फैले हुए थे और उन पर सूर्य किरणें इन्द्रधनुष के रंगों का वितान तान रही थीं। उसी समय भगवान् शंकर के कानों में वीणा का मधुर स्वर आ टकराया। शिव तत्काल समझ गए यह देवर्षि नारद के वीणा वादन का ही मधुर स्वर है। तब तक देवर्षि का प्रवेश हुआ। प्रणाम और शिष्टाचार की यथोचित रीति के बाद नारद ने अपना स्थान ग्रहण किया। उन्होंने वीणा वादन बन्द कर दिया था पर वीणा के तार धीरे-धीरे अभी भी हिल रहे थे और बहती हुई मन्द वायु उसमें तरंग पैदा कर रही थी।

नारद ने देखा शिवजी का डमरू उनके अन्य अस्त्रों के साथ सुशोभित हो रहा है, उसमें स्वरों का मृदु कंपन भी हो रहा है। उनके मन में सहज जिज्ञासा उत्पन्न हुई—"प्रभो! डमरू आपका प्रिय वाद्य है, आपके नृत्त, नृत्य की ताल और मधुर गीत-संगीत की रचना में निरन्तर आपका सहयोगी है। यहाँ तक कि जब सृष्टि का पर्यवसान होता है आपका भयंकर रुद्र रूप, समूची पृथ्वी को जलावगाहित कर देता है। उस मृत्यु के रौरव रूप में भी आपका डमरू बजने लगता है, मैं आपके इस प्रिय वाद्य डमरू का स्वरूप जानने के लिए अचानक व्यग्र हो उठा हूँ, कृपया मुझे इसके विषय में बताएँ!"

शिव बोले—"देवर्षि! डमरू केवल मेरा प्रिय वाद्य ही नहीं यह मूल नाद का भी प्रतीक है। यह डमरू आनद्ध वर्ग का वाद्य है, इसे कापालिक भी धारण करते हैं। स्वरूप और आकार की दृष्टि से इसका मध्य भाग क्षीण एवं दो त्रुटिकाओं पर आधारित होता है। मेरे डमरू वादन से चौदह माहेश्वर सूत्रों की रचना हुई है। समुद्र

मंथन से निर्गत चौदह रत्नों की भाँति ये चौदह माहेश्वर सूत्र भी मानव जाति की पहचान हैं और वाग्देवी की साधना के सहायक तत्त्व हैं।

नटराज शिव आनन्द मुद्रा में विराजमान थे। धीरे-धीरे उनमें ऊष्मा का संचार हो रहा था और उनकी नृत्यशील मुद्रा जग रही थी। पाँवों की उँगलियों में एक सिहरन, एक अद्‌भुत थरथराहट का अनुभव हो रहा था। शरीर में कंप और कई-कई मोड़ आ-जा रहे थे। उन्होंने श्वासों का संयमन करते हुए ध्यान-मुद्रा में स्वयं को स्थिर किया। हाथ में वीणा लेकर 'वीणा दक्षिणा मूर्ति' का ध्यान रूप उन्हें प्रिय था। कभी ये हाथ में वीणा लिए शिव वृष और पार्वती के साथ खड़े होते तो कभी वीणा लिए नृत्य आरम्भ कर देते और कभी मातृकापट्टी पर वीणा वादन करने लगते। शिव का यह आनन्द स्वरूप नृत्य और नाट्य कला के रूप में प्रकट होता रहता था। निश्चित विषय को प्रकाशित करने के लिए अपने अंग-संचालन द्वारा वे नाट्य या नटन करते, इसी अभ्यास से वे त्रिलोक में नट कहलाए। नटराज शिव की श्रद्धा पदवी है। सम्पूर्ण विस्तृत ब्रह्मांड ही उनकी रंगशाला है। उनके चरणों की थाप और नृत्य झंकार से सारा विश्व हिल्लोलित हो उठता है और नृत्य के विराम के बाद सभी आत्मानन्द में डूब जाते हैं। नटराज का नृत्य सृष्टि, स्थिति, संहार, तिरोभाव और अनुग्रह जैसे पाँच ईश्वरीय क्रियाओं का कारण बनता है।

शिव ने जब-जब तांडव नृत्य किया, उल्लास के अतिरेक से जो उत्ताल नर्तन हुआ उससे दिशाएँ चरमरा उठीं। उनके ताने-बाने टूटने लगे। शिव ने त्रिपुर-वध के उपरांत आनन्द में ऐसा तांडव किया कि पृथ्वी आन्दोलित हो उठी। शिव भूल गए थे कि त्रिपुर-वध का मूल उद्‌देश्य सृष्टि का रक्षण था पर उनकी विभुता से सारा संसार विक्षुब्ध हो गया, पर शिव ठहरे निर्बंध, सर्वतंत्र स्वतंत्र वे बिना रुके निर्बाध नाचते रहे। सृष्टि को अस्त-व्यस्त देख पार्वती ने लास्य-नृत्य किया। लास्य में रसभाव और कोमलता का पुट था। परस्पर दो विरोधी धाराएँ ही सृष्टि प्रपंच का विस्तार करती हैं। उग्रता और माधुर्य, कठोरता और कोमलता, तेज और ताप के साथ शीतलता और शान्ति भी चाहिए। शिव के इसी तांडव नृत्य का अनुकरण तंडु मुनि ने किया, इस कारण भी यह शिव तांडव हुआ। शिव इसके आदि प्रवर्तक हैं और तंडु उसके प्रथम परिचायक। शैवागम में तांडव के सात प्रकार बताए गए हैं—आनन्द तांडव या ललित तांडव, संध्या तांडव, कालिका तांडव, त्रिपुर तांडव, गौरी तांडव, और संहार तांडव। शिव जब भी नर्तमान होते सरस्वती का वीणा वादन होता, इन्द्र बाँसुरी और विष्णु मृदंग बजाते। शिव के ताल में सभी ताल मिलाते, तब संगीत और भी सध जाता—"तत्र भावी समग्रः।"

नटराज शिव ने भगवती गौरी को रत्नमय सिंहासन पर आसीन कर सांध्य काल में यह नृत्य किया। उन्होंने अपनी चतुर्मुखी मुद्रा में बायाँ पैर ऊपर उठाया। जटाभार को संयमित किया, विविध रत्नों से अंगों को अलंकृत किया, उनकी केशराशि का

कुछ भाग बँधा था कुछ नृत्य के आवेग से खुलकर हवा में त्रिभंगी मुद्रा में हिल रहा था। उनके जटाजूट में विराजती गंगाजल प्रवाह का उच्छलन करती खिलखिला रही थीं, सर्प जटाजूट के साथ लिपटा हुआ डोल रहा था, चन्द्रमा भी अपने नियत स्थान से बार-बार विच्युत हो रहा था। तांडव की भिन्न-भिन्न मुद्राओं में उनकी सज्जा भी भिन्न होती रहती थी। कभी स्त्रीमुद्रा, कभी पुरुष मुद्रा, कभी कर्णाभूषण, कभी रत्नराजित मेखला, कभी डमरू का डिमडिम घोष तो दाहिने हाथ की अभयमुद्रा।

संगीत कला के अन्तर्तत्त्व को जानने के कारण उन्हें 'महाभिषक' भी कहा गया है। नटराज शिव का यह तांडव नृत्य रचनात्मक और विनाशक दोनों हैं। प्रलयकाल आने पर यही विध्वंसक बनता है और सृष्टि के सहज संचालन में पृथ्वी को हरा-भरा और उर्वरा भी करता रहता है। नटराज का तांडव थमते ही उनके हाथ में बजते हुए डमरू से चौदह बार निनाद हुआ जिससे पाणिनीय व्याकरण के माहेश्वर सूत्रों की रचना हुई और ये शिव के शब्द ब्रह्म रूप के द्रष्टा बने।

नैमिषारण्य के पावन तीर्थ में ऋषि-समुदाय का विमर्श चल रहा था। ब्रह्मर्षि लोमश ने शिव के शब्द रूप ब्रह्म के महत्त्व पर वार्ता आरम्भ करते हुए कहा—

"भगवान् शिव अनादि बोध और सर्वसत्ता के स्वरूप हैं, इसलिए उन्हें विद्यातीर्थ महेश्वर कहा गया है। उनमें ज्ञान, इच्छा और क्रिया का अद्‌भुत समन्वय है। उनका सही स्वभाव शिव-तत्त्व है। वेदों के छह प्रधान अंगों में व्याकरण शास्त्र एक महत्त्वपूर्ण अंग है, जिसकी सहायता से वेदादि का अध्ययन पूर्ण होता है। पाणिनीय व्याकरण इसीलिए 'वेदांगव्याकरण' भी कहा जाता है।" शिव की कृपा से ही शब्द-ब्रह्म की उपासना भारतवर्ष में हुई है। प्रयाग में अक्षयवट के नीचे मुनि पाणिनि कठोर तपश्चर्या कर रहे थे, वहीं उनके समक्ष शिव प्रकट हुए और उल्लसित होकर तांडव नृत्य करने लगे।

उस समय उनका तांडव नृत्य संहार-भाव को नहीं उनके आनन्द भाव को व्यक्त कर रहा था। नृत्य करते हुए शिव ने अपने डमरू वाद्य का निर्घोष किया। डमरू का यह नाद चौदह बार गूँजा और वह चौदह माहेश्वर सूत्रों के रूप में व्यक्त हुआ। ये माहेश्वर सूत्र शिव-सूत्र के नाम से भी प्रसिद्ध हुए—ये सूत्र ही व्याकरण-सूत्र हैं। इन सूत्रों में वर्णों का विन्यास है जिसे वर्ण साम्नाय कहते हैं। शिव के मुख से नि:सृत इन सूत्रों को कुमार कार्तिकेय ने अपने वाहन प्रिय मयूर के पंखों में लिखा था। इनके कौमार व्याकरण की चर्चा पुराणों में मिलती है।

ऋषिगणो! चौदह माहेश्वर सूत्रों के आधार पर पाणिनि मुनि ने अपने ग्रंथ अष्टाध्यायी में प्रत्याहार बनाए हैं, जिनका प्रयोग आदि से अन्त तक उन्होंने अपने सूत्रों में किया है। वे माहेश्वर सूत्र हैं—अइउण, ऋलृक्, एओङ्, ऐऔच्, हयवरट्, लण्, ञमङणनम्, झभञ्, घढ़दष्, जबगडदश्, खफछठथचटवतव् कपय् शषसर् हल्।

शिव-कृपा से पाणिनि को डमरू वादन से नाद रूप से निकले स्वर अक्षरों

के रूप में सुनाई और दिखाई दिए थे। इसलिए यह शास्त्र या व्याकरण शास्त्र भी शिव-शास्त्र ही है।

"ऋषिगण! हमारे शिव अनंत हैं। उपनिषदों ने स्वीकार किया है—वही ब्रह्मा हैं, वही शिव हैं, वही इन्द्र हैं, वही अक्षर-अविनाशी परमात्मा हैं, वही विष्णु हैं, वह काल हैं, वह अग्नि हैं, वह चन्द्रमा, हैं, वही भूत, वही भविष्य हैं, वही सब कुछ हैं, यही सनातन-तत्त्व मुक्ति की ओर ले जाता है। उपनिषद् सदाशिव के स्वरूप को समझाते हुए आत्मबोध कराते हैं—मैं अणु से भी अणु हूँ, वैसे ही मैं महान से भी महान हूँ यह अद्‌भुत विश्व मेरा ही स्वरूप है—मेरा ही लीला-विलास है। मैं शिव, मैं पुरातन पुरुष, मैं ईश्वर, मैं हिरण्मय पुरुष शिव स्वरूप हूँ।"

ऋषि लोमश ने आगे बताया—

"माहेश्वर सूत्रों की रचना शिव और शक्ति के मेल से हुई है। शास्त्रों में प्रथम सूत्र 'अइउण' की व्याख्या करते हुए कहा गया है कि 'अ' निर्गुण ब्रह्म 'इ' जिसे माया या 'चित् शक्ति कहते हैं के साथ होते ही 'उ' अर्थात् सगुण ब्रह्म का रूप ले लेता है। सृष्टि के विकास के पीछे शिव और शक्ति की एकता ही तो है। शिव और शक्ति के योग से ही देवनागरी आदि लिपियों में युग्म अक्षरों और शब्दों की रचना हुई।"

लोमश ऋषि इस ज्ञान-चर्चा और शब्द-ब्रह्म के स्वरूप का वर्णन कर शिव के स्वरूप-चिन्तन में लीन हो गए।

49

कैलास पर्वत के सुरम्य शिखर पर आसीन शिव अर्धनिमीलित दृष्टि से अपनी प्रिया पार्वती को निहार रहे थे। कीचक वनों से मृदु मन्द उठता हुआ संगीत वातावरण को मुखरित कर रहा था। शिव के रोमहर्षण से एक विद्युत तरंग की तरह प्रणव-ध्वनि का उच्चार होने लगा। सम्पूर्ण प्रकृति को एक स्वर में निनादित और प्रवाहित करने वाले ओम् की मधुर वर्ण-झंकृति प्रारम्भ हो गई। दिव्य रूपा पार्वती इस महामंत्र का प्रत्यक्ष अनुभव कर रही थी। उनका चित्त महदाकाश में स्थिर हो गया था। वायु कंप, निर्झर-नाद, पक्षियों के कलरव और कीचक वन का सांगीतिक सुर सब इसे प्रणव-यज्ञ के होता बन गए थे। चित्त में कोई विकार नहीं था जैसे यज्ञ की धूम रहित अग्नि का उत्प्लवन होता है वैसे ही पार्वती का चित्त इस वैदिक मंत्रोच्चार की अनुगूँज से एकत्र हो गया था।

पार्वती ने प्रश्न किया—"प्रिय महारुद्र! आपने मुझे प्रणव सहित मंत्र राज का उपदेश दिया है। अब मैं प्रणव का स्वरूप जानना चाहती हूँ, आप मुझे उसके विषय में बताएँ।"

“देवि! प्रणव की गूढ़ विद्या को जानने का अर्थ है मुझे जानना। यह सभी विद्याओं का बीज है। जैसे वट-बीज का स्वरूप देखने में लघु और सूक्ष्म होता है पर उसी के भीतर तो विशाल वटवृक्ष समाहित होता है। तीन गुणों से अतीत, सर्वस्रष्टा शिवस्वरूप में मैं ही उस ओंकार में स्थित हूँ। जगत् की सभी वस्तुएँ व्यष्टि या समष्टि रूप में प्रणव-भाव को ही व्यक्त करती हैं। देवि! यही अक्षर ब्रह्म है। शिव ही प्रणव है और प्रणव ही शिव है। मैं एकाक्षर ओंकार रूप ब्रह्म हूँ। परमात्मा की पराशक्ति से चित्‌शक्ति जागती है और इस चैतन्य शक्ति से आनन्द शक्ति, फिर इच्छाशक्ति और इच्छाशक्ति से ज्ञानशक्ति और ज्ञानशक्ति से क्रियाशक्ति उत्पन्न होती है। देवि! आप परमात्मा दुर्गा हैं, आप ही मेरी क्रियाशक्ति हैं, जो मेरे स्वरूप को व्यापक और अपरिसीम बना देती हैं। इन्हीं शक्तियों के मिलने से जगत् का निर्माण होता है। चिदानन्द शक्ति से नाद और बिन्दु उत्पन्न हुए हैं। इच्छाशक्ति से मकार, ज्ञानशक्ति से उकार और क्रियाशक्ति से अकार स्वर उत्पन्न हुआ है। इनसे ही प्रणव की सृष्टि हुई है।”

“मुझे प्रणव के वर्णों का रहस्य समझाएँ।”

“देवि! आपका यह प्रश्न मैं लीला-भाव से ग्रहण कर रहा हूँ। आप स्वयं नित्यशक्ति, क्रियारूपा भगवती हैं, पर नाट्य ही सही! ज्ञान भी तो एक प्रकार से जाने हुए को जानना है, नाट्य ही है। प्रणव में तीन वर्ण हैं। इनमें प्रथम अ स्वर वर्ण का प्रथम अक्षर है। अकार का अतिगोपनीय तत्त्व मैं बता रहा हूँ। यह शरत् चन्द्र के समान प्रकाशमान और सदा पंचकोणमय है। यह वर्ण पंच देवता तथा तीनों शक्तियों से संबद्ध है। यह निर्गुण होकर भी तीनों गुणों से जुड़ा स्वयं मूर्तिमान कैवल्य है। इस वर्ण को बिन्दु तत्त्वमय और स्वयं प्रकृति रूपा शक्ति कहा गया है।

महाब्राह्मी, ब्रह्माणी आदि के साथ-साथ कई देवताओं की भी यह निवास भूमि है। ‘उ’ प्रणव का दूसरा अक्षर और स्वर वर्ण का पंचम अक्षर है। तंत्र ग्रंथों में इसका तांत्रिक महत्त्व बताया गया है। देवि, उकार स्वयं अध:कुंडली है। पीले चंपक के समान इसका रंग है। यह सर्वदा पंचदेवमय है। पंच प्राणमय तथा धर्म, अर्थ, काम, मोक्ष चार पुरुषार्थों का प्रदाता है। तंत्र ग्रंथों में इसे शंकर, वर्तुलाक्षी, कल्याणवाचक, वह्निवासिनी, कामघ्न, मोहिनी आदि शक्तियों के रूप में देखा गया है। कल्याणि! ओम् के अ उ म् में म व्यंजन वर्णों के पंचम वर्ग का पाँचवाँ अक्षर है। तंत्र में इसका स्वरूप बड़ा व्यापक है।”

“देव! इसे प्रणव नाम से क्यों कहा गया?”

“भद्रे! प्रकृति से उत्पन्न संसार-सागर के लिए नवम अर्थात् नौका रूप है इसलिए भी पंडितजन इसे प्रणव कहते हैं। दूसरे, जिसको जपने से संसार नहीं रह जाता, प्रपंच मिट जाता है वह प्रणव है अथवा प्रकृष्ट रूप से मोक्ष की ओर ले

जाने वाला प्रणव है। जीव के पाप, ताप, शाप और कर्मजन्य बन्धनों को काटकर यह दिव्य ज्ञान प्रदान करता है। जब जीव में माया नहीं रहती तब वह 'नूतन' हो जाता है। नवीन शुद्ध रूप प्रदान करने के कारण इसे प्रणव की संज्ञा दी गई है।"

"देवेश्वर! हमारे पुत्र कार्तिकेय ने भी 'हंस मंत्र' में प्रणव की प्राप्ति की पुष्टि की है।"

हंस मंत्र के प्रतिलोम 'सोऽहं' मंत्र से प्रणव की प्राप्ति होती है, व्यंजन (हल्) 'स'कार और हकार के वर्णन से ओम् परमात्मा का वाचक स्थूल अक्षर होता है।

पार्वती बोलीं—"प्रभो! यही प्रणव तो तारक मंत्र है जिससे प्राणी मोक्ष प्राप्त करते हैं। आप मृत्यु के समय जीवों को मुक्ति हेतु यही मंत्र तो प्रदान करते हैं। आपने स्वयं मुझे बताया है कि जीव ब्रह्म ऐक्य से आप ही इसके मूल विषय हैं। हमारे कुमार ने वामदेव को कहा था कि मैं दक्षिण भुजा उठाकर शपथपूर्वक कहता हूँ कि यह सत्य है, सत्य है। प्रणव प्रधानत: शिव का ही वाचक है। यही बात श्रुति, स्मृति, शास्त्र-पुराण और आगमों में भी बतलाई गई है। जिसका वैराग्य दृढ़ हो जाए वह स्वत: इसका अधिकारी हो जाता है।"

शिव ने इसकी पुष्टि करते हुए कहा कि "प्रणव नाद से बिन्दु तक ही यात्रा है। पतंजलि आदि ऋषियों ने इसे आत्म-साक्षात्कार और आत्मस्वरूप की प्राप्ति का साधन माना है। यह ओंकार ध्वनि-तत्त्व का विस्फोट है, जो हमारी बद्ध चेतना को खोल देता है, जीवन्मुक्त होने के सारे बन्द द्वार खुल जाते हैं। यह नाद भीतर भी गूँजता है और बाहर भी।

यह एक अन्तर्वर्ती सूक्ष्म प्रकाश पिंड की खोज है। हम कितने गहरे जा सकते हैं, हमारे अन्त:तल में कौन बैठा हमें आदेश दे रहा है, कौन हमें बाँध रहा है, कौन खोल रहा है? इस ज्योतिष्क चित्त के जगत् में कौन हमारे साथ रमण कर रहा है? यह दिव्य बोध प्रणव देता है। यह चित्त की एक समस्वर अवस्था है, जहाँ विक्षुब्ध तरंगें शान्त होती हैं, हृदय किसी महत् अनुभव का साक्षी हो जाता है। चेतना का यह रूपान्तरण साधक में शिवत्व की अनुभूति जगा देता है। सोऽहम् के मंत्र जप में 'सो' में श्वास भीतर प्रवेश करता है और 'हं' में वह निश्वास के रूप में बाहर आता है। अपने अन्तर्मन की यात्रा इससे निर्विघ्न पूरी होती है। यह प्रणव प्राण-तत्त्व का मंगल अभिषेक और परिचय है। आत्म रीगा, आत्मसंगम और आत्म ज्ञान की अन्तिम परिणति शिवत्व में अर्थात् मुझमें होती है। इस नाद ब्रह्म में मैं ही व्याप्त हूँ। मेरा साक्षात्कार इस आत्मबोध से सहज ही सम्भव हो जाता है।"

"देव! यह बताएँ कि प्रणव आत्मा की खोज है या परमात्मा की या वह सम्पूर्ण सृष्टि में व्याप्त आपकी शक्ति का वाचक है?"

"देवि! आपने गूढ़ किन्तु सुन्दर प्रश्न पूछा है। प्रणव चेतना का गुंजार है। जीव अपनी सीमित शक्तियों से बहुत कुछ पाना चाहता है। इसमें इच्छा, ज्ञान और क्रिया

से सहायता मिलती है। ईश्वर की पहले जिज्ञासा होनी चाहिए, उसे पाने की तीव्र इच्छा उत्पन्न होनी चाहिए, फिर समस्त जगत् में उसका अनुभव होना चाहिए, यह अनुभव ही ज्ञान बनता है और उसे परमात्मा में लय होने की अथवा उस परमात्मा को अपने भीतर समाहित करने की चेष्टा क्रिया बन जाती है। इन तीनों के योग से भी प्रणव का बोध सरलतापूर्वक किया जा सकता है।"

"देवि! मैंने ब्रह्मा और विष्णु से कहा था कि ओम्कार मेरे मुख से उत्पन्न होने के कारण मेरे ही स्वरूप का बोधक है। यह वाच्य है, मैं वाचक हूँ। यह मंत्र मेरी आत्मा है। इसका स्मरण मेरा ही स्मरण है। मेरे उत्तर की ओर के मुख से अकार, पश्चिम के मुख से उकार, दक्षिण के मुख से मकार, पूर्व के मुख से बिन्दु और मध्य के मुख से नाद उत्पन्न हुआ है। मेरे पाँचों मुखों से निर्गत इन ध्वनियों से यह ऊँ एकाक्षर ब्रह्म प्रकट हुआ है। यह सम्पूर्ण विश्व, भूत समुदाय, वेद आदि इसी मंत्र से व्याप्त हैं और यह विश्व तथा शक्ति का बोधक है। इसी प्रणव मंत्र से नमः शिवाय मंत्र भी उत्पन्न हुआ है। यह प्रणव मेरी और जीवात्मा की एकता को प्रत्यक्ष करता है। इसका स्थान है आधार, मणिपूर चक्र, हृदय, विशुद्धचक्र, आज्ञाचक्र, शक्ति और शान्ति, ये कलाक्रम से प्रणव के स्थान हैं।

"देवि! प्रजापिता ब्रह्मा ने एक बार नारद को सम्बोधित कर कहा था—"पुत्र! भगवान् विष्णु के साथ मैं शिव स्वरूप का चिन्तन कर रहा था, हम दोनों अहंकार शून्य और निर्लेप भाव से ज्योतिर्लिंग के दर्शन कर रहे थे। उस लिंग से अकार का नाद ध्वनित हुआ। उत्तर भाग से उकार, मध्य भाग से मकार और अन्त में ओम् नाद उच्चारित हुआ। ये सभी वर्ण दिव्य आभा से प्रदीप्त हो रहे थे। उनमें सूर्य का तेज, अग्नि का वर्ण और मध्य भाग के मकार में चन्द्रमंडल की अपूर्व शीतलता थी। उनके ऊपर स्फटिक मणि की तरह देदीप्यमान, तुरीयातीत, अभेदरूप, सत्य और आनन्द के आश्रयभूत अमृत स्वरूप परब्रह्म महाशिव विराजमान थे। प्रणव के तीनों वर्णों में हम तीनों समाहित थे। अकार में मेरा रूप था, उकार में विष्णु और मकार में नीललोहित शिव थे। यजुर्वेद ने दुहराया है कि ज्योतिर्लिंग शिव ने ओम् का प्रणव नाद गुंजरित किया। भगवान् शिव की कांति कर्पूर धवल थी, पाँच मुख और दस भुजाएँ शोभा पा रही थीं।" ब्रह्मा कहते रहे—

"पुत्र! समस्त स्वर और व्यंजन वर्ण शिव के डमरू नाद से ही निःसृत हुए हैं। उकार कर्ण है, ऋकार कपोल, लृकार नासिका के छिद्र, एकार ऊपरी दोनों दंतपंक्तियाँ हैं, अं और अः शिव के तालु हैं। क वर्ग उनके दाहिने पाँव-हाथ, चवर्ग बाएँ पाँव-हाथ हैं। टवर्ग और तवर्ग उनके पैर, प वर्ण उदर, फ वर्ण दाहिना पार्श्व, ब वर्ण बायाँ पार्श्व, भ स्कंध और मकार हृदय है। 'य' वर्ण से लेकर दंत्य स तक के सात अक्षर शिव की सात धातुएँ हैं, हकार उनकी नाभि और सकार उनकी नासिका है। वे शब्द ब्रह्ममय हैं, ऐसे देहधारी ब्रह्म का दर्शन ईशान शिव

के पुरातन पुरुष हृदय को प्रकाशित करता है। हमने अनुभव किया कि वही शिव है—'तत्त्वमसि'—अर्थात् वही तुम हो।"

शिव बोले—"ब्रह्मा द्वारा प्रणव चिंतन मेरे ही स्वरूप का चिंतन है। गुणभेद से सृष्टि कार्य, पालन कार्य और संहार रूप प्रलय के रूप में मैं ही ब्रह्मा, विष्णु और रुद्र के रूप में विभक्त हूँ। पर मूलत: मैं निष्कल हूँ? जो मैं हूँ, वही रुद्र हैं। जैसे स्वर्ण के टुकड़े में एक ही वस्तु-तत्त्व रहता है पर वही आभूषण के रूप में अलग-अलग नामों से जाना जाता है, पर उनमें वस्तु-तत्त्व की भिन्नता नहीं होती। यह सम्पूर्ण दृश्यमान जगत् मेरा ही लीला-विलास है।"

50

कमलनाल पर विराजमान ब्रह्माजी सुमधुर वेद ध्वनि में मग्न थे तभी देवर्षि नारद पिता को प्रणाम करने पहुँचे। पिता से आशीर्वाद प्राप्त कर नारद ने पूछ लिया—"हे स्रष्टा! मेरे मन में जिज्ञासाएँ नदी-तरंग की तरह उठती रहती हैं, आज यह जानने की इच्छा है कि भगवान् शिव ने क्या कभी लीलाभाव से अपना स्वरूप परिवर्तन किया था? मुझे यह तो ज्ञात है कि वे ब्रह्मचारी ब्राह्मण के रूप में तपोनिरत पार्वती की परीक्षा लेने पहुँचे थे और माता ने उनका हृदय जीत लिया था। वैसे तो अन्य अनेक स्वरूप हैं, पर किसी अन्य विलक्षण वन्य रूप के विषय में बताएँ।"

ब्रह्मा मुस्कुराकर बोले—"नारद! मैं तुम्हारे विनोदी स्वभाव से परिचित हूँ। तुम सर्वज्ञ हो, पर फिर भी यह प्रश्न मुझे रुचिकर लगा है। शिव ने द्वापर युग में पाशुपत अस्त्र की प्राप्ति के लिए तपोनिष्ठ अर्जुन के लिए किरात का रूप धारण किया था। अर्जुन आदि पांडव बन्धु इन्द्रप्रस्थ में राज्य कर रहे थे पर छली दुर्योधन और प्रपंची शकुनि के षड्यंत्र से द्यूत-क्रीड़ा में सब कुछ हारकर वे सब कुछ खो बैठे। द्यूत का यह कुपरिणाम तो उन्हें भोगना ही था। फिर बारह वर्षों के वनवास में अर्जुन पाशुपत अस्त्र के लिए वन में घनघोर तपस्या करने लगे। पांडवों की पीड़ा, द्रौपदी का दु:ख, दुर्योधन का छल, शकुनि का दाँव, महायुद्ध की आशंका और वनवास में अर्जुन की कठोर तपस्या से ही पाशुपत अस्त्र की प्राप्ति हुई।"

नारद ने हाथ जोड़कर प्रार्थना की—"कृपया लोकरंजन के लिए ही सही संक्षेप में द्वापर का यह करुण पृष्ठ पलटकर बताएँ कि सब कुछ कैसे घटित हुआ? कैसे पाशुपतास्त्र की प्राप्ति हो पाई? यह किरातार्जुनीयम् की कथा संक्षेप में सुनाने की कृपा करें।"

ब्रह्मा बोले—"द्वापर में महाभारत के युद्ध की भूमिका बन रही थी। इन्द्रप्रस्थ

में पांडवों का साम्राज्य स्थापित हो चुका था और कौरव सम्राट् धृतराष्ट्र हस्तिनापुर के सिंहासन पर विराजमान थे। मामा शकुनि के साथ मिलकर दुर्योधन द्यूतक्रीड़ा का प्रपंच रच रहा था। उसे ज्ञात था कि बिना एक बूँद रक्त बहाए भी कपट द्यूत से बड़े राज्य भी जीते जा सकते हैं। वैशम्पायन जी ने जनमेजय को महाभारत की कथा सुनाते हुए बताया कि धृतराष्ट्र के मन, वचन और कर्म में भेद था। वे पुत्र-मोह से इतने ग्रसित थे कि उनका अन्धत्व सार्थक हो गया था। अपने प्रधान सचिव विदुर की भी बात की उन्होंने अवहेलना की। धृतराष्ट्र समझ गए थे कि क्षत्रियों के क्षय का विनाशकारी काल सन्निकट है, पर पुत्र प्रेम से वे परवश हो गए थे। उन्होंने निश्चित कर लिया कि पांडवों के साथ कौरवों की द्यूतक्रीड़ा होगी।

हस्तिनापुर की 'तोरण स्फटिक' नाम की सभा में धृतराष्ट्र के आदेश से आयोजित द्यूतक्रीड़ा में पांडव मामा शकुनि, दुर्योधन, दुःशासन, विविंशति, चित्रसेन, राजा सत्यव्रत, पुरुमित्र, जय आदि भयानक और मायावी खिलाड़ियों के जमघट के प्रपंच में वे फँस चुके थे। क्षत्रियोचित राजधर्म के कारण वहाँ एक प्रदर्शनकारी विवशता थी। उस द्यूत में गांधारराज शकुनि ने पासा फेंका और युधिष्ठिर सब कुछ हारते चले गए। धर्मराज युधिष्ठिर जानते थे कि जुआ छल और पाप का मूल है, न इसमें क्षात्रियोचित वीरता का प्रदर्शन है, न इसकी कोई निश्चित नीति है। पहले सुवर्ण के सारे आभूषण, मणिमय हार आदि गए। फिर मुद्राओं से भरी थैलियाँ अक्षय धन-भंडार दाँव पर लगा, इसे भी शकुनि ने जीत लिया। फिर खजानों की बारी आई। महात्मा विदुर के समझाने, रोकने, टोकने पर भी किसी ने ध्यान नहीं दिया। वह समय उन्मत्तता, महत्त्वाकांक्षा, अहंकार और द्यूत-कौशल के प्रदर्शन की प्रमत्तता का था। शकुनि ने युधिष्ठिर को और उत्तेजित किया तो युधिष्ठिर ने अपने असंख्य धन-भंडार को अयुत, प्रयुत, पद्म अर्बुद, खर्ब, शंख, निखर्व, महापद्म आदि के रूप में उन्हें भी दाँव पर लगा दिया। शकुनि के पासे ने उन्हें भी जीत लिया। जुए का यह दाँव प्रतिपल रक्त में ज्वार बनकर उठ रहा था। चारों ओर एक गहमागहमी, हार-जीत का द्वन्द्व और लालसा का वेग था। युधिष्ठिर ने एक-एक कर अपने सभी भाइयों को दाँव पर लगाया और हार गए। अन्त में युधिष्ठिर ने स्वयं को भी दाँव पर रख दिया और वे स्वयं को भी हारकर निस्तेज, निष्प्रभ और म्रियमाण से बैठ गए। शकुनि ने उनकी दुर्बलता को सहलाते हुए कहा, "अभी तुम्हारी प्रिया द्रौपदी बाकी है।" युधिष्ठिर की उत्तेजना चरम पर थी, वे विवेकशून्य की तरह खेल रहे थे। अन्ततः शकुनि के हाथों वे अपनी प्रिया द्रौपदी को भी जुए में हार गए।

कौरव सभा में दुर्योधन ने महात्मा विदुर को दासी द्रौपदी को लाने के लिए कहा। विदुर अत्यंत क्रोध और क्षोभ से बोले—"द्रौपदी दासी नहीं हो सकती। युधिष्ठिर ने अनधिकार उसे दाँव पर लगाया है। यह जुआ महाभय और विनाश की सृष्टि करने जा रहा है। मरणासन्न व्यक्ति अपने हित और अहित का ज्ञान नहीं रखता।

दुर्बुद्धि सबसे बड़ी मृत्यु है। दुर्योधन! तुम अपने शब्दों से मर्मांतक पीड़ा पहुँचा रहे हो। तुम पांडवों का अपमान कर रहे हो, यह कौरवों के महाविनाश की सूचना है।"

दुर्योधन ने विदुर को धिक्कारते हुए प्रातिकामी को आदेश दिया कि वह द्रौपदी को सभा में ले आए। प्रातिकामी ने यह संवाद द्रौपदी तक पहुँचाया—'साम्राज्ञी! सम्राट् युधिष्ठिर जुए में सब कुछ हार चुके हैं, अब दाँव पर लगाने को उनके पास कुछ नहीं बचा है। अब आप दुर्योधन की जीती हुई वस्तु की भाँति हैं।"

द्रौपदी बोली—"संसार में धर्म ही श्रेष्ठ है। तुम सभा में जाकर धर्मात्माओं से पूछो कि ऐसी स्थिति में मुझे क्या करना चाहिए? युधिष्ठिर एक हारे हुए जुआरी हैं, उन्होंने मुझे कैसे जुए में दाँव पर लगा दिया। मैं पाँच पांडवों की पत्नी हूँ, उनका एकाधिकार मुझ पर कैसे चल सकता है? यह कौन-सा धर्म है, जो व्यक्ति-सत्ता की अवहेलना करता है। स्त्री-जाति की हीनता का समर्थन धर्म कैसे कर सकता है? इतना बड़ा अघटित कांड घटित हो गया और मेरे वीर पति पंच पांडव नतमस्तक बैठे सब देख-सुन रहे हैं? उनका वेगवान पुरुषार्थ कहाँ गया? क्या अर्जुन का गांडीव, भीम की गदा सभी दाँव पर लग गए? वीर और बुद्धि सम्पन्न नकुल और सहदेव से किसी ने उनकी इच्छा तक नहीं पूछी? मुझे मेरे प्रश्नों का उत्तर मिलना चाहिए। मैं साम्राज्ञी हूँ, मैं सामान्य मानुषी या अबला नहीं। प्रतिकार मेरा स्वभाव है, दाहकता मेरा गुण। मैं यज्ञाग्नि के कुंड से तप्त स्वर्ण की तरह उत्पन्न हुई हूँ। इतना बड़ा अनाचार मैं कैसे सह सकती हूँ? मानव संस्कृति के सत्ययुग और त्रेतायुग के बाद द्वापर का यह महान प्रतिभाशाली बौद्धिक युग आया है। इसमें अचानक स्त्री इतनी तुच्छ कैसे हो सकती है? मैं अपनी मर्यादा को इस प्रकार धूलिसात् नहीं होने दूँगी।" द्रौपदी के होंठ क्रोध, दुःख और अवसाद से थरथरा रहे थे। वे इस आकस्मिक आघात से अत्यंत विचलित हो रही थीं। उन्हें लग रहा था जैसे महाभारत का महायुद्ध आरम्भ हो गया हो और वे शत्रुओं के मध्य एकाकी, शस्त्रहीन, रथहीन, कवचहीन कौरवों की चतुरंगिणी सेना के बीच निहत्थी खड़ी हैं। क्रोध और दुःख के आवेग से उनकी आँखों से अश्रु-बिंदु झरने लगे।

द्रौपदी की बातों का कोई उत्तर प्रातिकामी के पास नहीं था, वह उलटे पाँव सभा में लौट आया। उसने द्रौपदी का पूछा गया प्रश्न दुहराया पर सभी सभासद मौन हो गए, उनके सिर झुके थे, वे सबके सब किंकर्तव्यविमूढ़ हो गए थे। सभी पांडव भी हततेज-निश्चेष्ट दासमुद्रा में बैठे थे। तभी इस स्थिति का लाभ उठाकर दुर्योधन ने अपने भ्राता दुःशासन से द्रौपदी को भरी सभा में किसी भी प्रकार लाने के लिए भेजा।

दुःशासन ने द्रौपदी से कहा—"कृष्णे! तुझे हमने जीत लिया है, अब तू हमारी दासी है, मेरे साथ चल और हमारी सेवा कर।" द्रौपदी आर्तभाव से माता गांधारी के अन्तःपुर में जाने को दौड़ी पर दुःशासन ने उसके नीले घुँघराले लम्बे केशों को

पकड़ लिया। कुछ समय पहले ही राजसूय यज्ञ में अवभृथ स्नान के समय मंत्रपूत जल से जो बाल धोए गए थे उन्हें क्रूर दु:शासन बलपूर्वक पकड़कर घसीटता हुआ ले चला। एकवस्त्रा द्रौपदी का रोम-रोम काँप रहा था। दु:शासन के घसीटने से द्रौपदी के केश बिखर गए। लज्जा, दु:ख और पीड़ा से वह वीर क्षत्रियों के पतन को धिक्कारती रही। द्रोण, भीष्म, विदुर जैसे महात्माओं के बीच उसका तिरस्कार होता रहा। उसे दासी कहकर पुकारा गया। कर्ण, शकुनि, दुर्योधन सभी इस क्रूर कर्म पर प्रसन्नता ही व्यक्त कर रहे थे।

द्रौपदी ने कुरुवंशियों को ललकारते हुए कहा—"धूर्तता, छल और कपट से यह द्यूतक्रीड़ा हुई है। स्वयं को हारकर मेरे पति महात्मा युधिष्ठिर ने किस अधिकार से मुझे दाँव पर लगाया?" धृतराष्ट्र के एक अन्य पुत्र विकर्ण ने सभासदों को सम्बोधित कर कहा कि "हमें द्रौपदी के किए गए प्रश्न का समुचित उत्तर देना ही चाहिए अन्यथा हम पाप के भागीदार होंगे।" पर विकर्ण के प्रश्न का कोई उत्तर किसी के पास नहीं था।

विकर्ण ने क्षुब्ध होकर कहा—"कौरव समाज के महान सभासद! मैं औचित्य का पक्षधर रहूँगा। आप्त पुरुषों ने राजाओं के चार दोष गिनाए हैं—शिकार, शराब, जुआ और स्त्री में आसक्ति। यह मनुष्य को पतनोन्मुख बना देता है। द्रौपदी पर केवल युधिष्ठिर का ही नहीं अन्य पांडवों का भी तो अधिकार है। मेरी दृष्टि में स्वयं के हारने के बाद युधिष्ठिर को द्रौपदी को दाँव पर लगाने का कोई अधिकार नहीं था। अत: मेरा मत है कि द्रौपदी जुए में नहीं हारी गई।"

सभा में विकर्ण की प्रशंसा और शकुनि की निन्दा होने लगी। पर कर्ण ने विकर्ण का हाथ पकड़ लिया, बोला—"विकर्ण! तू धर्म से अनभिज्ञ अनुभवहीन है। तू अरणि से उत्पन्न अग्नि की तरह अपने ही वंश को मिटाना चाहता है। द्रौपदी रजस्वला हो या एकवस्त्रा या वस्त्रहीना, उसे सभा में लाना उचित है।" कर्ण ने द्रौपदी के पाँच पतियों को लक्षित कर 'वेश्या' जैसे अपशब्द तक का प्रयोग कर डाला। सम्पूर्ण सभा धिक्कार और हाहाकार के स्वर से गूँज रही थी। कल के सम्राट् आज दास भाव से सिर झुकाए बैठे थे।

महाबली भीम ने दु:शासन के निंदित आचरण पर भरी सभा में प्रतिज्ञा कर डाली और शपथ ली—"देश-देशान्तर के नृपतिगण सुनें, मैं रणभूमि में भरतकुल के कलंक दुरात्मा दु:शासन की छाती फाड़ डालूँगा, उसका गरम खून पीऊँगा और उसके रक्त से द्रौपदी के बाल धोऊँगा।" दु:शासन के दुष्कृत्य के लिए सबके मन में धिक्कार का भाव तो था, पर दुर्योधन के भय से सब चुप साधे बैठे रहे। दु:शासन जब द्रौपदी के वस्त्र खींचकर उसे नग्न करने का प्रयत्न करने लगा तो द्रौपदी ने अति आर्तभाव से कृष्ण का स्मरण किया। उसकी पुकार से कृष्ण ने अलक्ष्य रूप से सुन्दर वस्त्रों से द्रौपदी के शरीर को चीर-हरण से सुरक्षित कर दिया। हजारों

हाथियों के बल वाला दु:शासन द्रौपदी को नग्न करने के उद्देश्य से वस्त्र खींचता जाता और वस्त्रों का ढेर लगता जाता। यहाँ तक कि वह थककर चूर होकर बैठ रहा। भगवान् कृष्ण ने अपनी प्रिय सखी कृष्णा की लाज रखी। सभा में घटी इस अद्‌भुत घटना से सभी चमत्कृत रह गए।

दुर्योधन धर्मराज युधिष्ठिर की मौन और करुण दशा का लाभ उठाने के उद्‌देश्य से बोला—"धर्मराज! तुम्हीं उत्तर दो, क्या तुम ऐसा समझते हो कि द्रौपदी जुए में नहीं हारी गई?" दुर्योधन अहंकार मद से प्रमत्त हो रहा था। उसने यह कहकर अपने सखा कर्ण की ओर देखा और भीमसेन को लज्जित करते हुए उपहास भरी मुद्रा में उसने अपनी बाईं जाँघ की ओर इशारा किया।

भीमसेन उग्र होकर रोष में बोले—"दुर्योधन! महायुद्ध में तेरी यह जाँघ मैंने यदि अपनी गदा से नहीं तोड़ दी तो मेरे पितरों को तृप्ति और सद्‌गति नहीं मिले।"

द्रौपदी की आर्त दशा देख धृतराष्ट्र और राजमाता गांधारी का हृदय भी कुरुकुल के दुर्भाग्य की कल्पना से भयभीत हो उठा। धृतराष्ट्र ने अपनी आत्मग्लानि और पश्चात्ताप की मुद्रा में विनीत स्वर में द्रौपदी की दुर्दशा पर खेद व्यक्त किया। द्रौपदी से कोई भी वर माँगने को कहा। द्रौपदी ने अपना राज्य एवं पतियों की दासता मुक्ति की कामना की। धृतराष्ट्र ने खोया हुआ राज्य युधिष्ठिर को लौटा दिया और दासत्व से भी उन्हें मुक्त कर दिया।

धृतराष्ट्र ने अजातशत्रु युधिष्ठिर से भी क्षमा माँगते हुए कहा—"पुत्र! तुम्हारा कल्याण हो! तुम इस द्यूत का अपना सारा हारा हुआ धन लेकर लौट जाओ और अपने राज्य का पालन करो। मुझ वृद्ध की यह आज्ञा स्वीकार करो। उत्तम पुरुष किसी से वैर नहीं करते। वे विरोध को भुला देते हैं और कभी भी मर्यादा का उल्लंघन नहीं करते। माता गांधारी और मुझ वृद्ध का मान रखो और दुर्योधन का दुर्व्यवहार भूल जाओ। मैं अन्धा हूँ, मैंने पहले भी द्यूत का निषेध किया था। फिर मेलजोल और पुत्रों का बलाबल देखने के लिए द्यूत को क्रीड़ा मानकर खेलने की आज्ञा दे दी थी। तुम्हारे जैसा शासक, शान्त चित्त धर्मराज, सौजन्य मूर्ति और विदुर जैसा नीतिज्ञ मंत्री पाकर कुरुकुल धन्य हो गया है।" धर्मराज युधिष्ठिर ने नम्रता और शिष्टाचार का पालन करते हुए अन्धे धृतराष्ट्र से अनुमति ली और सपरिवार इन्द्रप्रस्थ को प्रस्थित हो गए।

51

कालचक्र की गति कभी कुंठित नहीं होती। घटनाएँ घटती हैं और वे बद्धमूल होकर इतिहास का रूप ले लेती हैं।

पांडवों को इन्द्रप्रस्थ का राज्य लौटा देने के बाद दु:शासन और दुर्योधन का चित्त अत्यंत खिन्न हो गया। वे चाहते थे कि जुए में जीती गई अथाह धनराशि से अन्य देशों के राजाओं को अनुकूल बनाकर महायुद्ध की तैयारी की जाए, क्योंकि पांडव बलशाली हैं, वे राज्य सभा में द्रौपदी का भयंकर अपमान कभी नहीं भूल सकते। साथ ही भीम ने कई प्रतिज्ञाएँ कर रखी थीं। ऐसी स्थिति में आज नहीं तो कल महायुद्ध अवश्यंभावी है। राजा धृतराष्ट्र को दुर्योधन और दु:शासन ने मिलकर सुझाव दिया—"क्यों न पुन: द्यूतक्रीड़ा आयोजित हो और इस बार जो हारे वह कृष्ण मृगचर्म पहनकर बारह वर्षों तक वनवास करे और उसके बाद एक वर्ष तक अज्ञात वास करे। अगर सैनिकों से उनका पता चल गया तो पुन: बारह वर्षों तक वनवास करना आवश्यक होगा। हमें अपने शकुनि मामा के चातुर्य और छल पर पूरा भरोसा है।"

धृतराष्ट्र अन्धबुद्धि के स्वामी थे। उन्होंने बिना विचारे स्वीकृति दे दी और कहा—"अभी पांडव अधिक दूर नहीं गए होंगे, उन्हें दूत भेजकर बुला लो। वे आ जाएँ तो इसी शर्त पर यह खेल खेला जाए।"

धृतराष्ट्र की बात से भीष्म, द्रोण, कृपाचार्य, विदुर कथमपि सहमत नहीं थे पर पुत्र स्नेह के मारे धृतराष्ट्र ने उनकी सम्मति नहीं मानी। माता गांधारी ने भी दुर्योधन को कुल-कलंक मानते हुए ऐसा नहीं करने की सलाह दी। उन्होंने धृतराष्ट्र से स्पष्ट कहा कि—"प्रमाद न करें। शान्ति, धर्म और मंत्रियों की सम्मति पर चलें क्योंकि क्रूरकर्मा व्यक्तियों के हाथ में पड़कर राज्य लक्ष्मी उसी का सर्वनाश कर देती है।" पर धृतराष्ट्र अपने हठ पर अड़े रहे—"युद्ध से कुल के नाश को मैं नहीं रोक सकता पर दुर्योधन और दु:शासन की इच्छा पूरी हो, यह मैं अवश्य चाहता हूँ। पांडव लौटकर आएँगे और मेरे पुत्र फिर उनके साथ द्यूत-क्रीड़ा करेंगे।"

युधिष्ठिर को प्रातिकामी द्वारा धृतराष्ट्र का सन्देश मिला। पुन: द्यूतक्रीड़ा के आदेश को वे नहीं ठुकरा सके। दैव के अधीन सभी प्राणी अपना शुभ-अशुभ फल भोगते ही हैं, इस दैव धारणा और शकुनि छली हैं यह जानते हुए भी धृतराष्ट्र की आज्ञा को मान लेना युधिष्ठिर की सरल चित्तता का प्रमाण था। शकुनि ने द्यूतक्रीड़ा के पूर्व अपनी शर्त सुनाई—"यदि हममें से कोई कौरव या पांडव द्यूत में हारता है तो उसे कृष्ण मृगचर्म धारण कर बारह वर्षों तक वन में रहना होगा और तेरहवें वर्ष में अज्ञातवास करना होगा यदि उस समय कोई पहचान ले तो पुन: बारह वर्ष वन में ही रहना होगा। इस प्रकार तेरह वर्ष बाद हम या आप कौरव या पांडव पुन: अपना-अपना राज्य ले लेंगे। इसी शर्त पर हम पासे खेल रहे हैं।" युधिष्ठिर जुए का परिणाम जानते थे पर वे कौरवों के विनाश की निकटता का भी अनुभव कर रहे थे। अत: उन्होंने हामी भर दी। शकुनि ने छल से पासे फेंके और जीत प्राप्त कर ली। सब ओर पुन: हाहाकार मच गया। आज सम्राट् पुन: भिक्षुक हो गया। पांडवों

ने कृष्ण मृगचर्म धारण किया और चल पड़े। पांडवों ने अपनी-अपनी प्रतिज्ञाओं का स्मरण किया और कुरुकुल के विनाश की पक्की नींव पड़ गई।

विदुर जी नीतिज्ञ और धर्मपरायण थे। उन्होंने महामना युधिष्ठिर को लक्ष्य कर कहा—"धर्मराज! आप धर्म के मर्मज्ञ हैं, भीम शत्रुहंता, अर्जुन वीर और पराक्रमी, नकुल धनसंग्रह में प्रवीण और सहदेव शत्रुओं को वश में करने वाले हैं, पतिव्रता द्रौपदी धर्म और अर्थ की रक्षिका हैं। आपके निर्मल चरित्र में शान्ति और सन्तोष है। संसार में आप लोकप्रिय हैं। हिमालय पर मेरुसावर्णि, वारणावत में व्यास जी, भृगुतुंग पर्वत पर परशुराम जी और दृषद्वती नदी के तट पर महादेव जी से आप धर्म का ज्ञान प्राप्त कर चुके हैं। अंजन पर्वत पर आपने असित महर्षि से और कल्माषी नदी के तट पर भृगुमुनि से उपदेश ग्रहण किया है। जीवन की विषम परिस्थितियों में यही ऋषिवाणी और देववाणी हमारा संरक्षण करती है। आप पृथ्वी से क्षमा, सूर्य से तेज, वायु से बल और समस्त जीवों से आत्मिक शक्ति प्राप्त करें। आपकी यह वन-यात्रा आपके किसी पाप का परिणाम नहीं अपितु प्रारब्ध का ही खेल है।"

वार्धक्य के कारण माता कुंती धृतराष्ट्र और गांधारी की आज्ञा से राजभवन में ही रोक ली गईं। माता कुंती ने भी द्रौपदी और पांडवों को स्नेहाशीष प्रदान किया, वे करुण क्रंदन करने लगीं, पांडवों ने उन्हें प्रणाम कर विदा ली और वन की ओर चल पड़े।

कौरव कुल की कथा का उपसंहार भाग मानो विधाता द्वारा लिखा जा रहा था। पांडवों का वनगमन एक अघटित घटना और दुःस्वप्न के समान थी। उनके प्रति प्रजा का प्रेम और वात्सल्य उमड़ रहा था। पाँचों पांडव अपने अस्त्र-शस्त्र और पत्नी द्रौपदी के साथ वन की ओर निकल पड़े थे। हस्तिनापुर की जनता शोक से विकल हो उठी। दुरात्मा दुर्योधन, कपटी शकुनि और नराधम दुःशासन के प्रति उनके मन में अपार घृणा का भाव भर गया था। हस्तिनापुर की प्रजा अपने भविष्य की चिन्ता से त्रस्त हो गई—"पापी राजा के राज्य में कुल मर्यादा, आचार-विचार, धर्म और शील-मर्यादा का संरक्षण भला कैसे हो पाएगा? क्या इस पृथ्वी का सर्वनाश होने वाला है? पांडव दयालु, जितेन्द्रिय और धर्मनिष्ठ हैं, वन में जहाँ वे रहें, हमारा वहीं पर रहने में कल्याण है।

काम्यक वन से पांडव द्वैतवन में आकर निवास करने लगे। उन्हें बारह वर्षों का कठिन समय व्यतीत करना था। उन्हें ऐसा वन चाहिए था जहाँ जल हो, पर्वत हो, गुह्यगृह हों, पक्षियों का कलरव, हरित वृक्षावलियाँ हों। द्वैतवन ऐसा ही वन था। एक दिन महर्षि मार्कंडेय वहाँ पधारे। उन्होंने युधिष्ठिर से कहा—"आप पांडवों का वनवास देखकर मुझे भगवान् राम के वनवास का स्मरण हो रहा है। श्रीराम सर्वशक्तिमान प्रभु थे पर पिता की आज्ञा से उन्होंने चौदह वर्षों का वनवास स्वीकार किया।" पांडवों का द्वैतवन का निवास मंगल वेदध्वनि और ब्राह्मणों-मुनियों के यज्ञधूम से सुगन्धमय हो उठा। उस समय युधिष्ठिर के धर्मचित्त और यशस्वी रूप का

समादर ऋषि याज्ञवल्क्य, नारद, वेदव्यास, परशुराम, पृथुश्रवा, इन्द्रद्युम्न, भालुकि, हारीत, अग्निवेश्य आदि ब्राह्मणों ने किया।

द्वैतवन में युधिष्ठिर और द्रौपदी के संवाद जीवन-यात्रा के परिवर्तन के संवाद थे। क्षमा बड़ी है या क्रोध? द्रौपदी का स्पष्ट तर्क था—"कौरवों का लोभ और निरन्तर किए जाने वाले अपराध क्षमा के योग्य नहीं, वे क्रोध के ही पात्र हैं।"

युधिष्ठिर का तर्क था—"मनुष्य को क्रोध के वश में न होकर क्रोध को ही अपने वश में करना चाहिए। क्रोध में वाणी का संयम चला जाता है, करणीय-अकरणीय का ज्ञान नहीं रह जाता, आवेश प्रबल हो जाता है। क्रोध के दोष अगण्य हैं। पर क्षमा सबसे बड़ा बल है। तेजस्वी पुरुष में क्रोध नहीं होता। क्रोध में रजोगुण है, इसलिए उसका परिणाम मृत्यु है। दुखी व्यक्ति अगर दूसरे को भी दुखी ही कर दे तब धर्म कहाँ रह जाता है? महात्मा काश्यप ने कहा है—'क्षमा ब्रह्म है, क्षमा स्वाध्याय है, क्षमा पवित्रता है, इस क्षमा ने ही जगत् को धारण कर रखा है।' "

द्रौपदी के मन में पांडवों की निर्बलता के लिए शोक का भाव रह-रहकर जग जाता था। धर्मराज की विपत्ति और दुर्योधन के प्रपंच से अर्जित सम्पत्ति को देखकर दुःख का अनुभव होता था। युधिष्ठिर ने उन्हें समझाने का प्रयास किया—"दान और यज्ञ मेरे लिए धर्म है इसलिए वे मेरे लिए करणीय हैं। मैं धर्म के फल के लिए धर्म नहीं करता। धर्म पर कोई शंका नहीं की जा सकती। लौकिक वस्तुएँ सत्य नहीं होतीं। जैसे समुद्र पार जाने के इच्छुक व्यापारी के लिए जहाज ही आश्रय है, वैसे ही पारलौकिक सुख पाने वालों के लिए धर्म ही जहाज है।"

द्रौपदी कर्म के पक्ष में तर्क दे रही थीं, "बिना कर्म केवल जड़ पदार्थ जी सकते हैं, चेतन प्राणी नहीं। कर्म से थकना उचित नहीं। भाग्य पर भरोसा कर बैठने वाले लोग हठी हैं। जो अकर्म में जीते हैं, वे जल में पड़े कच्चे घड़े की तरह गल जाते हैं। धीर पुरुष सदा कर्मशील रहते हैं। धीर पुरुष को अपनी बुद्धि के अनुसार देश, काल, शक्ति और उपायों का ठीक-ठीक विचार करके अपना कर्तव्य करना चाहिए।"

महाबली भीमसेन ने भी युधिष्ठिर से मानवीय कर्तव्य पर विमर्श किया—"मनुष्य में भले सभी गुण हों पर धन न हो तो धर्मराज नहीं हो सकता। क्षत्रिय तो पराक्रम से ही धन प्राप्त करता है। जैसे शलाका से आँखों में लगाया जाने वाला अंजन धीरे-धीरे एक दिन समाप्त हो जाता है, वैसे ही मनुष्य की आयु क्षीण हो रही है। आप जगत् प्रसिद्ध हैं, जैसे सूर्य छिपकर आकाश में विचरण नहीं कर सकता, वैसे ही आप कहीं न कहीं प्रमाणित हो जाएँगे। हम पाँच भ्राता और यह साध्वी द्रौपदी कैसे छिपेगी? हमारा तेज ही साक्षी दे देगा। इसलिए आप युद्ध करें, शत्रुओं का विनाश करें।"

युधिष्ठिर ने केवल साहस को नहीं, विचारपूर्वक किए गए कार्य को ही प्रयास माना। दूसरे, वे शत्रुओं के बल को यथार्थ रूप में जानने का परामर्श दे रहे थे। इसी वार्ताक्रम में व्यास जी का आगमन हुआ। महर्षि वेदव्यास ने मूर्तिमान सिद्धि

रूप 'प्रतिस्मृतिविद्या' का उपदेश दिया और उस विद्या को अर्जुन को भी प्रदान करने की आज्ञा दी।

व्यास ने कहा—"अर्जुन महाभागवत है, वह भगवान् कृष्ण का सखा और सहचर है। वे नारायण हैं तो अर्जुन साक्षात् नररूप है। तुम्हें भी तपस्वियों की तरह किसी दूसरे वन में निवास करना चाहिए। तुम इस वन से अब काम्यक वन में निवास करो।"

सरस्वती नदी का तटवर्ती काम्यक वन बड़ा ही रमणीय और शान्त प्रदेश था। धर्मराज युधिष्ठिर ने महर्षि व्यास के आदेशानुसार अर्जुन को प्रतिस्मृति विद्या का उपदेश दिया, जिसके प्रयोग से सब जगत् स्पष्ट रूप में दिखाई देने लगता है। इस मंत्र की सिद्धि के लिए अर्जुन अपने धनुष, बाण, कवच, खड्ग लेकर उत्तर दिशा की ओर चल पड़े। युधिष्ठिर ने संकेत किया कि "वृत्रासुर से युद्ध के समय सभी देवताओं ने अपने अस्त्र-शस्त्र इन्द्र को सौंप दिए थे। अतः इन्द्र की शरण में जाकर तुम्हें अस्त्र-शस्त्र प्राप्त करने हैं। इसके लिए तुम्हें इन्द्रकील पर्वत पर जाना होगा।"

52

इन्द्रकील पर्वत की उपत्यका प्रकृति के सौन्दर्य का जैसे उपमान थी। अर्जुन ने देखा, गोधूलि वेला में चरागाहों से लौटती गायें तेजी से अपने गोष्ठ में लौटना चाहती थीं, उनके गले में रुनुक-झुनुक घंटियों का स्वर भी तेज हो जाता था, पर पृथ्वी पर वे इसलिए तेज नहीं दौड़ पाती थीं कि उनके हृदय में उन बछड़ों को देखने की बहुत उत्कंठा थी, जो स्वयं भी अपनी माँ को देखने के लिए उत्सुक और चंचल हो रहे थे, उन दौड़ती गायों के पुष्ट थनों से स्वतः दुग्ध-धारा छूट रही थी। इन्द्रकील पर्वत प्राकृतिक सम्पदा से पोषित, वृक्षावलियों से आवृत और रजतधार-से प्रवाहित फेनिल निर्झरों से शीतल हो रहा था। अर्जुन कृषकादि जनों से युक्त पृथ्वी के पास उसी तरह गए जैसे कोई नायक प्राप्त यौवना प्रेयसी के पास जाता है। उस वनभूमि पर कलहंस उसी तरह कूजन कर रहे थे जैसे किसी नायिका की करधनी झनझना रही हो और उसके पके धान्य की पांडुता नायिका के गौरवर्ण की झलक दे रही थी। सब कुछ सुन्दर, दर्शनीय और हृदयावर्जक था।

अर्जुन तीव्र गति से बिना रुके गन्धमादन पर्वत पर आए फिर अनथक चलते हुए वे अपने लक्ष्य स्थान इन्द्रकील पर्वत पर पहुँच गए। इन्द्रकील पर्वत पर अर्जुन व्यास के द्वारा भेजे गए गुह्यक के साथ पहुँचे। उनकी कठिन तपस्या से डरकर इन्द्र ने अप्सराओं को अर्जुन की तपस्या भंग करने के लिए भेजा, पर अर्जुन का

व्रत भंग नहीं हुआ। वहाँ उन्हें एक तीव्र स्वर सुनाई दिया—"खड़े हो जाओ।" वहाँ उन्हें एक वृक्ष की छाया में बैठा हुआ एक तपस्वी दिखाई पड़ा। उसके मस्तक पर दिव्य तेज था। उस जटाधारी तपस्वी ने पूछा—"तुम कौन हो? यह तपोभूमि है। यहाँ धनुष-बाण, कवच और तलवार का क्या काम? यहाँ साधक ऋषि-मुनियों का निवास है। अपना धनुष फेंक दो।"

किन्तु अर्जुन पर इसका कोई प्रभाव नहीं पड़ा। अर्जुन अविचल रहे। तब तपस्वी ने हँसते हुए कहा—"अर्जुन! मैं इन्द्र हूँ। तुम इच्छानुसार मुझसे वर माँग लो।"

अर्जुन ने उन्हें प्रणाम करते हुए कहा—"भगवन्! मैं आपसे सम्पूर्ण अस्त्र-विद्या सीखने का इच्छुक हूँ, कृपया मुझे यही वर प्रदान करें।"

"तुम अस्त्र-विद्या क्यों सीखना चाहते हो? समस्त सुखोपभोग और महत् ऐश्वर्य क्यों नहीं माँग लेते?"

"मैं स्वर्गीय सुख की लालसा में अपने भाइयों और अपनी पतिव्रता पत्नी को वन में नहीं छोड़ सकता। लोभ, काम, सुख और अमरत्व मुझे विचलित नहीं कर सकते। मैं अस्त्र-विद्या सीखकर पुन: अपने परिवार के पास वन में लौट जाऊँगा।"

इन्द्र प्रसन्न होकर बोले—"तुम्हें जब भगवान् शिव के दर्शन होंगे तब मैं तुम्हें सारे दिव्यास्त्र प्रदान कर दूँगा। तुम उनके दर्शन के लिए तप करो, तभी तुम कृतार्थ हो सकोगे।"

अर्जुन वीर और पराक्रमी होने के साथ-साथ साहसी भी थे। वे अपने अग्रज युधिष्ठिर की वह शिक्षा कभी नहीं भूलते थे कि हमें किसी भी कार्य में जल्दबाजी नहीं करनी चाहिए, बिना सोचे-समझे कोई काम करने से अनेक विपत्तियों का सामना करना पड़ता है। जो व्यक्ति सोच-विचार कर काम करता है, उसके गुणों से आकृष्ट होकर सम्पत्ति स्वयं उसके पास चली आती है। अर्जुन को यह भी स्मरण था कि वीर पुरुष को अपने प्रतिपक्षी पर विजय प्राप्त करने के लिए क्रोध के अन्धकार को दबाकर प्रभु शक्ति, मंत्र शक्ति और उत्साह शक्ति का संचय करना चाहिए। जो व्यक्ति ऐसा नहीं करता, वह इन तीनों शक्तियों से उसी प्रकार हाथ धो बैठता है, जैसे कृष्ण पक्ष का चन्द्रमा अपनी कलाओं से।

हिमालय की पर्वत श्रृंखला के एक कंटकाकीर्ण वन प्रदेश में अर्जुन तपस्या के हेतु निश्चय के साथ पहुँच गए। जंगल में सब ओर हरीतिमा व्याप्त थी। शून्यता का साँय-साँय स्वर सब ओर प्रतिध्वनित हो रहा था। हवा की गति मंथर थी और पेड़ों के पत्ते बहुत धीमे डोल रहे थे मानो वे यात्रा से परिश्रांत अर्जुन को व्यजन झल रहे हों, लताओं के आवेष्टन ने एक कुंजवन का रूप ले लिया था, जहाँ अद्भुत शान्ति विराज रही थी। वहाँ सूर्य की किरणों की चमक ऐसी लग रही थी जैसे अर्जुन की तपस्या की कांति फैल रही हो या ऐसा प्रतीत हो रहा था मानो तपस्या के संकल्प मात्र से ही उसका दिव्य फल प्राप्त हो गया हो। वीरवर अर्जुन ने मन

में प्रसन्नता का अनुभव किया, उनका एकाकीपन सहसा वन्यवृक्षों के सान्निध्य में आते ही समाप्त हो गया।

अर्जुन ने अपना कुशासन लगाया, कृष्ण मृगचर्म वस्त्र की तरह लपेटा, दंड और कमंडल धारण कर भगवान् शिव को प्रसन्न करने के लिए कठोर तपस्या में स्थिर हो गए। प्रथम मास में वे तीन दिनों के अन्तराल पर पेड़ों से गिरे सूखे पत्ते खाते रहे। दूसरे मास में छह दिनों के उपराम पर और तीसरे मास पंद्रह-पंद्रह दिनों के अन्तराल पर पत्ते चबाकर रहने लगे। चौथे मास में ऊर्ध्वबाहु होकर पाँव के अँगूठे की नोक के बल निराधार खड़े होकर अत्यंत कठिन तप किया। उनकी जटाएँ गंगाजल और हिम के निरन्तर स्पर्श से पीली पड़ गई थीं। अर्जुन का तप निरन्तर उग्र होता जा रहा था। उसके प्रभाव से दिशाओं का रंग धूमिल हो गया।

शिव के मन में भी लीला की तरंग उठी। उन्होंने वन्य परिधान में एक तेजवान किरात का रूप धारण किया। उनके साथ भगवती पार्वती और अन्य गण आदि सभी किरातों की वेशभूषा में आए। शिव ने सुन्दर और शक्तिशाली धनुष उठा रखा था, उनके तूणीर में कई सर्पाकार बाण शोभा पा रहे थे। इसी बीच एक मूक नामक मायावी दैत्य अर्जुन को मारने के लिए जंगली शूकर का रूप धारण कर सहसा टूट पड़ा। भगवान् शिव ने किरात वेश में अर्जुन की रक्षा के लिए बाण का संधान किया। अर्जुन ने भी मूक नामक दानव को शूकर रूप धारण करते देख लिया था। उन्होंने भी अपने धनुष पर बाण साधा। किरात और अर्जुन दोनों के बाण एक साथ छूटे। अर्जुन का बाण शूकर को मारकर पृथ्वी में घुस गया और दोनों बचे हुए बाण और अपने शिकार पर अधिकार के लिए विवाद करने लगे।

अर्जुन ने कहा—"तू कौन है? अपनी मंडली के साथ यहाँ क्या कर रहा है? मैंने पहले ही शूकर रूपधारी दानव को देखकर मारने का निश्चय कर लिया था फिर तुमने इसका वध करने का साहस कैसे किया? अब मैं तुम्हें भी जीवित नहीं छोड़ूँगा।"

बलशाली किरात भी उद्दंड और उद्धत मुद्रा में बोला—"यह शूकर मेरा शिकार है। इस पर मैंने तुमसे पहले प्रहार किया। मैंने इसे मारने का विचार भी तुमसे पहले किया था। विचार और कर्म दोनों से भी मैं तुमसे तेज गति वाला सिद्ध होता हूँ। तुम तनिक रुको। मेरे तीक्ष्ण बाणों को सह सको तो सहकर दिखाओ या मैं युद्ध के लिए तत्पर हूँ, तुम भी मुझ पर प्रहार कर सकते हो। किरात की बातों से अर्जुन क्रुद्ध हो गए। वे किरात पर अपने अमोघ बाणों की वर्षा करने लगे। अर्जुन के तीखे बाण किरात तक आते-आते निष्क्रिय हो जा रहे थे। किरात उन्हें खेल-खेल में पकड़ रहा था, तोड़ रहा था और यह देख अर्जुन की उत्तेजना बढ़ती जा रही थी, उनका क्रोध सँभाले नहीं सँभल रहा था। किरात वेशधारी लीलावपु शिव अर्जुन का उपहास करते जा रहे थे—"मुझ पर और तीव्र गति से प्रहार करो, अर्जुन! क्या तुम्हारी बुद्धि कुंठित हो गई है? क्या इसी वीरता पर तुम्हें अभिमान है? इन्हीं

बाणों के प्रहार से तुम गांडीवधारी, सव्यसाची आदि नामों से विश्व विश्रुत हो? क्या गुरुद्रोण की शिक्षा तुम्हें विस्मृत हो गई? या तुम्हारे तूणीर में बाण नहीं बचे?" यह सुनकर उत्तप्त अर्जुन ने किरात पर बाणों की वर्षा कर दी पर जैसे जल बिदुओं से पर्वत का कुछ नहीं बिगड़ता, वैसे ही किरात की कोई हानि नहीं हुई। वह सहज बना रहा पर वन्य शैली में उछलता-नाचता अर्जुन को ललकारता रहा। अब बारी किरात की थी। किरात ने धनुर्धर को अपने तीरों से शरीर के कई अंगों पर बाणों की चोट की, रक्त की धार बह निकली।

अर्जुन का शरीर लड़ते-लड़ते शिथिल हो रहा था। वे समझ नहीं पा रहे थे कि उनके बाणों ने क्षिप्रता कहाँ खो दी? उनके तीर निशाने पर क्यों नहीं लग रहे? अन्त में अर्जुन के बाण समाप्त हो गए। उन्होंने किरात पर धनुष की नोक से चोट की, पर किरात ने उनका धनुष छीन लिया। अर्जुन तलवार लेकर दौड़े और किरात पर आघात किया पर तलवार के दो टुकड़े हो गए। अर्जुन के आश्चर्य की सीमा नहीं रही।

इसी बीच अर्जुन किरात के बरसते हुए बाणों की नदी के सामने निकलकर उसी तरह उछला जैसे बड़े वेग से कोई मगर गंगा के पानी को चीरकर सतह के ऊपर उठ आता है और उसने तीन आँखों वाले शिव के सोने की शिला के समान दृढ़ और विस्तीर्ण वक्षस्थल पर दोनों हाथों से भरपूर प्रहार किया। अस्त्र-शस्त्रों के चुक जाने पर दोनों महाबली मल्लयुद्ध पर उतर आए।

अर्जुन ने किरात रूपी शिव को परास्त करने के लिए मल्ल विद्या के दाँव का प्रयोग करते हुए जैसे ही शिव के पाँव पकड़कर गिराना चाहा, भगवान् भोलेनाथ अपनी सम्पूर्ण भगवत्ता के साथ प्रकट हो गए। सारा वन प्रान्त उनके तेज की ज्योतिर्मय आभा से जगमगा उठा। माता पार्वती, नन्दी एवं अन्य गण भी अपने-अपने दिव्य स्वरूप में प्रकट हो गए। अचानक वह शान्त वन-प्रदेश धन्य हो उठा। परमवीर अर्जुन की वीरता से शिव प्रसन्न हो गए, उन्होंने "जय जय रिपु लोकं—जाओ, अपने शत्रुओं को जीतो" का आशीर्वाद देकर जयलक्ष्मी का वरदान और अपना प्रिय पाशुपतास्त्र अर्जुन को सस्नेह प्रदान किया।

अर्जुन ने शिव की श्रद्धापूर्वक स्तुति करते हुए कहा—"प्रभो! आप देवों के स्वामी महादेव हैं। संसार के उपकार के लिए ही आपके कंठ में नील विष प्रतिच्छवित हो रहा है। आपके सिर पर जटाजूट, जटाओं से लिपटा सर्प, जटा से उतरती मधुर कल्लोलिनी पापनाशिनी गंगा प्रवहमान है। आप त्रिनेत्र हैं, आप ही विष्णु, ब्रह्मा, अद्धय हैं। हे भक्त वत्सल! मैं आपके चरणों में विनत हूँ। मैंने अज्ञानवश आपसे युद्ध करने का दुस्साहस किया, इसे मेरी अज्ञानता समझिए। इसे अपराध नहीं मानिए, मैं आपका शरणागत हूँ, मुझे क्षमा करें।" यह कहते हुए अर्जुन शिव के चरणों में दीन भाव से लोट गए। शिव हँसे, "ठीक है, क्षमा किया।" फिर प्रभु शिव ने अर्जुन को गले लगा लिया।

शिव बोले—"अर्जुन! तुम नारायण के अंश नर हो। विष्णु और तुम्हारे तेज के साम्य से यह विश्व गतिमान है। आज मैंने माया से क्रीड़ावश किरात का रूप धारण किया। तुम्हारा तरकस, धनुष-बाण सब मैं तुम्हें लौटा रहा हूँ। तुम्हारा शरीर भी पूर्णत: नीरोग और पूर्ववत् स्वस्थ हो जाएगा। मैंने जो तुम्हें पाशुपतास्त्र दिया है, मंत्रवाहित होने पर इसमें से हजारों त्रिशूल, भयंकर गदाएँ और सर्पाकार असंख्य बाण निकल पड़ते हैं। इस अस्त्र से तुम किसी भी महायोद्धा से लड़कर विजयी हो सकते हो, क्योंकि तुम उसके धारण, प्रयोग और उपसंहार के उचित अधिकारी हो।" महादेव ने उस दिव्य अस्त्र की सारी विधियाँ अर्जुन को बताईं। लौटते समय मार्ग में शिवकृपा से प्रेरित होकर वरुण ने अपना वरुणपाश, यमराज ने अपना दंड और कुबेर ने अन्तर्धान नामक अनुपम अस्त्र प्रदान किया, जिसे शिव ने त्रिपुरासुर को नष्ट करते समय इसका प्रयोग कर दैत्यों को भस्म कर डाला था। भगवान् शिव के चरण-कमल में नत अर्जुन तपस्या में सिद्धि और शत्रु को परास्त करने वाला महान पाशुपत अस्त्र लेकर उस वनप्रदेश में आ गए जहाँ युधिष्ठिर रह रहे थे। उन्होंने युधिष्ठिर को प्रणाम किया और सबने शिव की वन्दना की।

53

सृष्टि की रचना के बाद दीर्घकाल तक संसार के क्रियाव्यापार सन्तुलित होने का प्रयत्न करते रहे। वैदिक काल के पूर्व समस्त सृष्टि विकास की गति पर संचालित होती रही। देवर्षि नारद पृथ्वी और आकाश के मध्य जोड़े गए सम्बन्ध की तरह थे, उनका संचरण सभी देवलोकों, अन्तरिक्ष, आकाश और पृथ्वी पर निरन्तर होता रहता था। अथर्ववेद ने देवर्षि नारद का नामोल्लेख अनेक बार किया। ऐतरेय ब्राह्मण में हरिश्चन्द्र के पुरोहित सोमक माहदेव्य के शिक्षक तथा आम्बष्ठ्य एवं युधाश्रौष्टि को अभिषिक्त करने वाले के रूप में नारद पर्वत से युक्त चित्रित हुए। मैत्रायणी संहिता में वे आचार्य के रूप में तो सामविधान ब्राह्मण में बृहस्पति के शिष्य के रूप में स्वीकार किए गए। छान्दोग्य में वे सनत्कुमार के साथ उल्लिखित हुए। नारद संगीत विद्या के आचार्य, वीणा वादन में प्रवीण देवर्षि के रूप में सदैव पूज्य रहे। महाभारत में मोक्षधर्म की नारायणीय कथा में नारद की उत्तर क्षेत्रीय यात्रा का वर्णन किया गया, जिसमें उन्होंने नर-नारायण को तपस्यारत देखकर प्रश्न करते हुए पाँचरात्र धर्म का ज्ञान प्राप्त किया। नारद पुराण वैष्णव पुराण है, जहाँ नारद भागवत धर्म के वाहक दिखाई दिए। भागवत पुराण पर आधारित 'नारद भक्तिसूत्र' में भक्ति-तत्त्व का सूक्ष्म विवेचन हुआ।

एक बार नारद देवपुरुष और मानवीय रूप तथा भाव के प्रतिनिधि के रूप में

पिता ब्रह्मा के समीप पहुँचकर शान्त भाव से प्रणाम कर स्थिर खड़े रहे। ब्रह्मा को आश्चर्य हुआ, आज नारद मौन क्यों प्रतीत हो रहे हैं? वाचाल व्यक्ति मौन हो जाए तो आश्चर्य होना तो स्वाभाविक है। न तो आज वीणावादन हुआ, न कोई पदचाप सुनाई पड़ी, उनकी खड़ाऊँ भी नि:शब्द भाव से चलती रही। ऐसा क्योंकर हुआ? ब्रह्मा अपने मानस पुत्र नारद की लोकोपकारक प्रवृत्ति से परिचित थे। उन्हें यह भी ज्ञात था कि नारद जब उत्साह में होते हैं तो देवों, दैत्यों या मानवों को आपस में लड़वाने से नहीं चूकते। वे सतत यात्री हैं, यायावर हैं। सन्तों और साधुओं की तरह न तो उनका कहीं निश्चित ठौर-ठिकाना है, न कोई जमात है।

ब्रह्मा जानते थे कि नारद निश्छल भी हैं, छली भी, सरल भी हैं, वक्र भी। उनकी गति सर्वत्र है, वे बेरोकटोक सर्व तंत्र स्वतंत्र अजर-अमर हैं, जो नारायण की मानसिक, वाचिक और कर्मणा पूजा में सदा संलग्न रहते हैं। सदैव चलते रहना ही उनकी परिक्रमा है, सदैव नारायण का नाम स्मरण ही उनकी पूजा और प्रार्थना है, ध्यान ही उनकी समाधि है, भाव ही उनका आश्रय है और लोकोपकार ही उनकी सहज प्रवृत्ति है।

आज भी नारद किसी मनोव्यथा से पीड़ित और चिंतित दिखाई दे रहे थे। वे समस्त पृथ्वी का परिभ्रमण कर ब्रह्मा के पास पहुँचे थे। उन्हें यह अनुभव दु:ख दे रहा था कि प्रजापति द्वारा रची गई यह पृथ्वी—यह मर्त्यलोक सुन्दर तो बहुत है पर क्षणिक है, इसके गन्धमय पुष्प ठहरते नहीं, तुरत ही झड़ जाते हैं। मनुष्य रोग, शोक, दु:ख और दैहिक, दैविक, भौतिक तापों से पीड़ित रहता है।

सृष्टि में जितना आनन्द है, उससे अधिक तो त्राहि-त्राहि मची हुई है। सब ओर मृत्यु है, क्षणभंगुरता है, अशक्तता है। क्या यही सत्य है? क्या इस दारुण सत्य का अनुभव देवजनों को हो पाता है? देवताओं का एक छोटा-सा अतिलघु काल-खंड मनुष्य की परमायु बन जाता है, इसका अनुभव देवलोक को भला कैसे होगा? काल खंड का यह अन्तर कितना पीड़ादायक है। देवताओं के कुछ दिन और मनुष्य की शतायु—उसके जीवन जी लेने की चरम अवधि इन दोनों के बीच की यह खाई तो कभी पट ही नहीं सकती। कहाँ दु:ख, पीड़ा, व्याधि और मृत्यु से भिन्न देवजीवन और कहाँ दीनहीन गलितांग वाले मनुष्य? ऐसा प्रतीत होता है मानो वे मरने के लिए ही बने हैं। तो क्या मर्त्यलोक, मनुष्य लोक सिर्फ़ मृत्युलोक है? क्या यह मृत्यु टल नहीं सकती। मनुष्य के कुछ दिन और जीने की तृषा कैसे शान्त हो सकेगी? मानव जीवन में उल्लास किसी बहती नदी की जल-तरंग की भाँति या रंगमय बुद्‌बुद की ही भाँति तो है, एक क्षण के लिए सब कुछ मधुर, ग्राह्य, सुन्दर, अवलोकनीय और क्षण भर बाद ही बुलबुले का टूटना—किसी मधुर स्वप्न के एकाएक भंग हो जाने की ही भाँति त्रासदायक ही तो है!

नारद के मन में जो विचार तरंगें उठ रही थीं वे सबकी सब ब्रह्मा के चित्त में

स्पष्ट रूप से दृश्यमान हो रही थीं। अन्तर्यामी ब्रह्मा सब समझ गए। बोले—"नारद! तुम्हारी चिन्ता लोककल्याण के लिए है। तुम मरणशील संसार की दुःखमुक्ति के इच्छुक हो। तुम्हारे हृदय की यह करुणा नारायण की करुणा-क्रीड़ा के प्रभाव के ही कारण है।"

"किन्तु, पिताश्री! मर्त्यलोक को इस मृत्यु कष्ट से कम-से-कम आकस्मिक मृत्यु भय से मुक्ति पाने का कोई तो उपाय होगा? मुझे ज्ञात है, शरीरधारी की मृत्यु निश्चित हैं, अवस्था पूरी होने पर या ग्रहगोचर की दशा में या दैव के कोप से कभी दुर्घटना या कभी आकस्मिक मृत्यु-भय उपस्थित हो जाता है, जो सर्वाधिक पीड़ादायक होता है। इस कष्ट का शमन कैसे सम्भव है?"

ब्रह्मा बोले—"मृत्युंजय त्र्यम्बक शिव मनुष्य को मृत्यु-भय से या त्रिताप के कष्ट से या रक्षा करने में समर्थ हैं। उन्होंने मृत्यु पर विजय प्राप्त की है, वे चिदानन्द स्वरूप हैं, वे मृत्युंजय हैं, उनका सम्पुटित महामृत्युंजय मंत्र इस भव-बाधा और मृत्यु-बाधा के निवारण में सहायक है।"

"तात! आप मुझे यदि पात्र समझें तो लोककल्याण हेतु उस दिव्य मंत्र की दीक्षा देने की कृपा करें।"

"वत्स! तुम सत्पात्र हो और लोक-मंगल की कामना भी तुममें है। महामृत्युंजय शिव का वह सम्पुटित मंत्र इस प्रकार है—'ऊँ हौं जूँ सः। ऊँ भूर्भुवः स्वः। ऊँ त्र्यम्बकं यजामहे सुगन्धिं पुष्टिवर्धनम्। उर्वारुकमिव बन्धनान् मृत्योर्मुक्षीय मामृतात स्वः भुवः भूः ऊँ। सः जूँ हौं ऊँ॥' इस महामंत्र का जप तो फलदायक है ही, मृत्यंजय शिव का ध्यान अमृतत्व के स्वरूप के साथ चित्त को एकलय कर देता है। वह ध्यान इस प्रकार है—"त्र्यंबक देव शिव अष्टभुज हैं। उनके एक हस्त में अक्षमाला और दूसरे में मृगमुद्रा है, दो हाथों से दो कलशों में अमृत रस लेकर वे अपने मस्तक को आप्लावित कर रहे हैं और दो हाथों से उन्हीं कलशों को थामे हुए हैं। शेष दो हाथ उन्होंने अपने अंक पर रख छोड़े हैं और उनमें दो अमृत पूर्ण घट है। वे महाशिव श्वेत पद्म पर विराजमान हैं, उनके मुकुट पर बालचन्द्रमा शोभा पा रहा है, ललाट पर तीन नेत्र शोभायमान हैं। ऐसे देवाधिदेव कैलासकान्त शिव की मैं शरण ग्रहण करता हूँ।"

हस्ताभ्यां कलशद्वयामृत रसैदाप्लावयन्तं शिरो,
द्वाभ्यां तौ दधतं मृगाक्षवलये द्वाभ्यां वहन्तं परम्।
अंकन्यस्त करद्वयामृत घटं कैलासकान्तं शिवं,
स्वच्छाम्भोजगतं नवेन्दुमुकुटं देवं त्रिनेत्रं मजे॥

"वत्स नारद! मृत्युंजय शिव की महा अवस्था को साधना के द्वारा मनुष्य भी चाहे तो पा सकता है। वे शिव प्रत्यक् चैतन्य के नाम से विख्यात हैं, उस पर पूर्ण निर्भरता और विश्राम का अभ्यास ही मुक्ति की ओर ले जाता है। जो समस्त पदार्थों

के आश्रय स्थल हैं, निर्विकल्प चिन्मय, सत्स्वरूप आत्मा के रूप में जीवन धारण करते हैं, वही जीवनमुक्त हैं। बाह्य जगत् के क्रमशः त्याग से चित्त शान्त होता है, यही शान्ति चित्त का नाश कहलाती है। प्रत्येक चेतन में स्थित होना भी यही है। वहाँ पुनर्जन्म की आशंका नहीं रह जाती है और अमरत्व की प्राप्ति होती है। आत्मा की इसी दृढ़ धारणा से मृत्यु पर विजय प्राप्त होती है। उपनिषदों ने घोषणा कर रखी है कि अशब्द, अस्पृश्य, अरूप, अव्यय, रसरहित, नित्य, अगन्धवत्, अनादि, अनंत और बाह्य प्रपंच के अन्दर अवस्थित, नित्य वस्तु को जानकर मनुष्य मृत्यु के मुख से मुक्त हो जाता है। इस भाव में स्थित होने को ही मृत्युंजय शिव रूप में अवस्थान होना कहते हैं और यही सबका चरम उद्देश्य भी है। ये शिव परम अहं, निराकार, निर्विकल्प रूप हैं, सारी इन्द्रियों के स्वामी, सर्वव्यापी हैं, न बन्धन, न मुक्ति, न किसी प्रकार का भय। शिव तो चिन्मय आनन्द स्वरूप हैं—

अहं निर्विकल्पो निराकार रूपो
विभुत्वाच्च सर्वत्र सर्वेन्द्रियाणाम्।
न चा संगतं नैव मुक्तिर्नमेय:
चिदानन्द रूप: शिवोऽहं शिवोऽहम्॥

शिव के अनंत रूपों का ध्यान अनेक रूपों में साधकों द्वारा होता है। हृदयदेश में महेश्वर का, नाभिकमल में सदाशिव का, ललाट में चन्द्रचूड़ का, भ्रूमध्य में शिवशंकर का तथा मूर्धा में शिव का ध्यान कर शिवानुभूति की जाती है।

शुक्राचार्य ने दधीचि को महामृत्युंजय मंत्र की विधि बताई—"यह महामृत्युंजय मंत्र यजुर्वेद में भी वर्णित है। हम त्रिलोकी के पिता त्रिनेत्रधारी, सूर्य, सोम और अग्नि के पिता तथा सत्त्व, रज, तम त्रिगुणों के स्वामी महेश्वर का पूजन करते हैं।" जैसे पुष्पों में उत्तम गन्ध है वैसे ही शिव सम्पूर्ण भूतों, त्रिगुणों, समस्त कृत्यों, इन्द्रियों, अन्य देवताओं और गणों में आत्मा रूप में व्याप्त हैं। वे सुगन्धयुक्त सम्पूर्ण देवताओं के ईश्वर हैं। वे सबके पुष्टिवर्धन हैं। वे रुद्र हैं, अमृत स्वरूप हैं। जो अपने पुण्यकर्मों से, स्वाध्याय, मनन, चिंतन, तप, योग और ध्यानपूर्वक उनकी आराधना करता है, उन्हें वे प्राप्त हो जाते हैं। जैसे ककड़ी फल का पौधा अपने फल से स्वयं ही लता को बन्धन में आबद्ध किए रहता है और परिपक्व होने पर स्वयं ही उसे बन्धनमुक्त कर देता है, वैसे ही बन्धन और मोक्षवाही सदाशिव अपने सत्य से जगत् के समस्त प्राणियों को मृत्यु-पाश रूपी सूक्ष्म बन्धन से मुक्त कर देते हैं। हे दधीचि! इस मंत्र—संजीवनी मंत्र से अभिमंत्रित जल का पान और शिवमूर्ति या लिंग के समक्ष ध्यान करें तो कभी मृत्यु का भय नहीं होगा।"

"पुत्र नारद! दधीचि ने तप कर शिव को प्रसन्न किया था और वर रूप में अपनी हड्डियों को वज्र बना देने की प्रार्थना की थी। शिव ने तथास्तु कहकर उनकी मन:

मंगलकामना को पूर्ण किया। आगे चलकर मुनि दधीचि के शरीर हड्डियों से ही इन्द्र का वज्र निर्मित हुआ और महाप्रतापी दैत्य वृत्रासुर का वध सम्पन्न हो सका।"

देवर्षि नारद ने पितामह ब्रह्मा द्वारा संकेतित और दधीचि की कथा द्वारा निर्दिष्ट महामृत्युंजय की मंत्र-शक्ति का वर्णन किया—"शुक्राचार्य की यही संजीविनी विद्या शिव को प्रसन्न कर आयु के मध्य में उत्पन्न होने वाली समस्त पीड़ाओं और बाधाओं का शमन करती है। यह देवमंत्र एक प्रकार से लोकमंत्र है। जो मनुष्य के दैहिक, दैविक और भौतिक त्रितापों को नष्ट कर देता है, आयु में बल, वीर्य, बुद्धि और शक्ति का समावेश करता है।"

ब्रह्मा बोले—"पुत्र! यह चित्त में जिजीविषा जगाता है। तुम जीवन जीने की इच्छा तो करो! ध्यान इसलिए करो कि तुम्हारी बिखरी हुई शक्तियाँ एकत्र हो जाएँ और तुम अपनी आत्मा के साथ-साथ अन्य जीवात्माओं के साथ भी लोकोपकार कर सको। यह शक्ति और जीवन का मंत्र है, तप के कठिन क्लेश को सहकर ही यह पुनर्नवता और आयु की सिद्धि प्राप्त की जा सकती है।"

देवर्षि नारद ने प्रणत होकर पिता ब्रह्मा की स्तुति की और प्रसन्नचित्त होकर हरि गुण गाते वहाँ से आगे की यात्रा के लिए चल पड़े।

54

चैत्र शुक्ल नवमी का प्रथम प्रहर। माता पार्वती के आदेश से ब्राह्ममुहूर्त से ही कैलास पर हलचल शुरू हो गई थी। शिव का सारा गण समुदाय गंगा और मानसरोवर के जल में स्नान कर परम पवित्र अनुभव कर रहा था। कुछ गण पुष्प-चयन में लगे थे, कुछ पुष्पलावियाँ दूर पर्वतों की वन राजि से नए-नए रंग-बिरंगे फूलों का चयन कर रही थीं। कुछ गण सुदूर वन कुंजों से श्यामवर्णी तुलसी की खोज में व्यस्त थे। कुछ को आश्चर्य इस बात का था कि तुलसी के पत्तों की आवश्यकता क्यों, किसलिए आ पड़ी। कैलास के चारों ओर बिल्व वृक्षों की भरमार थी पर तुलसी पत्तों की आवश्यकता यदा-कदा विशेष अवसरों पर पड़ती, तो माता पार्वती या जगत् पिता शिव के विशेष आदेश से गणवृन्द लाया करते थे। मानसरोवर से रक्त और नीलकमल पुष्पों का भंडार जमा हो गया था। कुछ पुष्प चयनिकाएँ फूलों की माला गूँथने में लग गई थीं, सब ओर कार्यभार पूरा करने का उत्साह था पर किसी को भी यह ज्ञात नहीं था कि इस तैयारी का तात्पर्य क्या है? वीरभद्र को विशेष आदेश था कि वे नर्मदा नदी से दो शालग्राम शीघ्रातिशीघ्र लेकर रखें। वीरभद्र ने सूक्ष्म शरीर से जाकर यह कार्य भी पूरा कर दिया था।

दिन का प्रथम प्रहर बीतते ही शिव और पार्वती अपने कक्ष से निकलकर

प्रस्तर-खंड की यज्ञ-वेदिका के पास पहुँच गए। वहाँ विस्तृत भूमि पर यज्ञ का आयोजन था। कुछ ही क्षणों के बाद पुनः सभी ब्रह्म स्वरूप देवगण उपस्थित होने लगे। सबसे पहले ब्रह्मा और विष्णु अपने-अपने वाहनों पर सपत्नीक आए फिर शची के साथ और अन्य समस्त शक्ति के विग्रह देव गणों से यज्ञभूमि भर गई। यक्षपति कुबेर एवं अन्य यक्षराज, पार्षदगण, गन्धर्व, किन्नर भी पधार गए। रंभा, उर्वशी आदि अप्सराओं ने आते ही अपना नृत्य-गीत प्रस्तुत करना प्रारम्भ कर दिया। भाँति-भाँति के मृदंग, पटह, वंशी, मादल, वीणा आदि वाद्य बजने लगे।

माता पार्वती ने सबको सम्बोधित कर कहना प्रारम्भ किया—"पूज्य देवगण! आज दिव्य वेला में इस श्री यज्ञ में हम एकत्र हुए हैं। आज हमारे आराध्य श्रीराम का जन्मदिन है, आज चैत्र शुक्ल नवमी की मंगलमयी तिथि है।" यह सुनते ही सब हर्षित हो गए। जय श्रीराम की जयकार ध्वनि से सम्पूर्ण कैलास मुखरित हो उठा। प्रभु शिव के प्रिय आराध्य, प्राणप्रिय नाथ रघुनाथ का जन्मदिन एक स्मरणीय अवसर है। सबको अचानक सुख मिला जैसे पृथ्वी में गड़ी पूर्वजों की सहेजकर रखी-छिपाई धनराशि मिल गई हो।

शिव बोले—"सभी आ गए बस हमारे एक आराध्य हमारे ही मूर्त विग्रह आ रहे हैं, वे हैं भक्त प्रवर हनुमान जी। हनुमान मेरे स्वरूप, एकादशवें रुद्र हैं, वे हैं, तो राम हैं, राम हैं, तो वे हैं। दोनों में ही परस्परेष्टि भाव है।" अचानक वनवृक्षों के ऊपर आकाश से हनुमानजी उतरते दिखाई दिए। सभी देवगण, दूतभूत प्रणिपात हुए। हनुमान जी ने अपनी गदा कन्धे पर रखी, सभी श्रेष्ठ जनों के चरणों पर गिरे। ब्रह्मा, महेश एवं सभी माताओं को प्रणाम किया, अन्त में महाविष्णु और महालक्ष्मी के चरणों में जाकर बैठ गए। प्रणाम किया। आँखों में अश्रु छलक आए। भगवान् विष्णु में उन्हें अवतार रूप राम के और माता लक्ष्मी में भगवती सीता के दर्शन हो रहे थे। विष्णु ने उन्हें उठाकर गले लगा लिया ठीक उसी तरह जैसे रामावतार में भगवान् राम ने उन्हें अपने गले से लगा लिया था और दोनों की आँखों में अश्रुबिन्दु आ गए थे। माता के अजर-अमर सुत हनुमान श्री सीताराम का नामोच्चार करते हुए भावावेश में नृत्य करने लगे। कुछ देर बाद जब यह मिलन पूरा हुआ तो यज्ञ की तैयारी शुरू हुई। भगवान् ब्रह्मा पुरोधा बने, बाकी देवगण ऋत्विज और होता के रूप में 'ऊँ रां रामाय नमः ऊँ नमो नारायणाय' का मंत्र उद्घोष करने लगे। इस बीच शिव, पार्वती, गणेश और कुमार कार्तिकेय ने पूजन-कार्य समाप्त कर लिया था। गणेश के हाथ में मोदक का थाल था। प्रसाद बाँटने का कार्य कुमार का था। पूजन और प्रसाद के बाद माता पार्वती ने उपस्थित देवगणों को सम्बोधित किया—

"आज श्री रामनवमी की दिव्य तिथि पर श्री सीताराम को प्रणाम और स्मरण करते हुए, श्री हनुमंत लालजी को नमन करते हुए मैं अपने स्वामी और जगत्पिता शिव के उस रूप का वर्णन करना चाहती हूँ जिसका उद्देश्य लोकोपकार है। एक

दिन भगवान् शिव ने मेरे स्वरूप का वर्णन किया था, दुर्गा, काली आदि-आदि रूपों का तथा मेरे द्वारा कल्याण हेतु किए गए असुरों के संहार का वर्णन किया था पर आज मैं उस अधूरी कथा में कुछ जोड़ते हुए उसका विस्तार कर रही हूँ। मैं और प्रभु शिव अभिन्न हैं, बिना शिव के शिवा अपूर्ण हैं, इसलिए आज मैं भगवान् शिव द्वारा विश्व कल्याण के लिए किए गए राक्षसों के संहार का संकेत मात्र करूँगी, इसे मेरा भृकुटि विलास मानकर आप दोनों कथासूत्रों को जोड़कर ऐक्य का अनुभव करेंगे। भगवान् ने अनेक असुरों का संहार किया था—उनमें त्रिपुरासुर, जलंधर, शंखचूड़, अन्धकासुर, बाणासुर, गजासुर आदि राक्षसों के अत्याचार का शमन हुआ। शिव संहार भी करते हैं तो उसके पीछे विश्व-कल्याण की ही अभीप्सा होती है। केवल 'पत्रं, पुष्पं, फलं तोयं' से सभी महान देवगण तृप्त होते रहते हैं। शिव भोले भंडारी हैं, बिल्वपत्र और जल के अभिषेक से ही सहज तृप्त होने वाले प्रभु लीलामय हैं। युद्ध भी उनकी एक लीला है, इस लीला में मानव भाव है, मर्त्यलोक और देवलोक की सन्धि-वेला में यह कल्याण-भावना प्रकट हुई है।"

55

पार्वती ने शिव की वन्दना करते हुए कहा—

"देवलोक अमरावती में हलचल और कोलाहल का स्वर तभी सुनाई देता है जब मदोन्मत्त असुर ब्रह्मा, विष्णु या महेश से वर पाकर विलासी देवताओं पर आक्रमण कर देते हैं, तब सभी देवता पर्वतों की कंदराओं, गुहाओं में छिपकर शरण लेते हैं अथवा त्रिदेवों में से किसी के पास जाकर प्रार्थना करने लग जाते हैं। देव सृष्टि में अपार सम्पदा है, कल्पवृक्ष से मनचाहा पा लेने—माँग लेने का अधिकार है, हीरा, मोती, पन्ना, नीलम और मरकत मणियों के अंबार के साथ कभी जीर्ण न होने वाले वस्त्र, अम्लान मालाएँ, भोग और भोज्य पदार्थों का भंडार भर देने वाले अनेक दैवीय अक्षय पात्र सुन्दर और सभी स्थितियों में सुन्दर रहने और सुन्दर लगने वाली दिव्य अक्षय यौवना अप्सराएँ, इच्छानुसार रूप बदलने का सामर्थ्य, अष्ट सिद्धियों और नवनिधियों का अपार सुख इतना सब कुछ बिना किसी परिश्रम, बिना स्वेद बहाए अगर प्राप्त हो जाए तो देवत्व का अभिमान तो होगा ही। असुरों की दृष्टि सदैव अमरावती की इसी चकाचौंध पर टिकी रहती है। कैसे इन्द्रासन का सुख प्राप्त हो, यही उन असुरों का एकमात्र लक्ष्य होता है।"

शिव के द्वारा असुरों के संहार की कथा को पार्वती ने पुनः कहना प्रारम्भ किया—"हे महाभाग! शिव त्रिपुरारि और त्रिपुरध्वंसी के नाम से भी प्रसिद्ध हैं। ऋषि सनत्कुमार से सुनकर ब्रह्मा ने यह कथा मुझे सुनाई थी। हमारे पुत्र कार्तिकेय

ने तारकासुर का वध कर दिया तो त्रिलोक में शान्ति छा गई। उसके तीन पुत्रों तारकाक्ष, विद्युन्माली और कमलाक्ष ने घोर तप आरम्भ कर दिया। उनकी कठोर तपस्या ने प्रकृति के कोप और प्रभाव को भी कम कर दिया। धूप, वर्षा और शीत आदि सभी ऋतुओं में वे अत्यंत धीरतापूर्वक तपश्चर्या में लगे रहे। ब्रह्मा ने प्रकट होकर वर की याचना के लिए प्रेरित किया तो उन दैत्यों ने अन्य पूर्व तपस्वी दैत्यों की तरह अवध्यत्व और अमरत्व माँगा।"

"अमरत्व तो भूतल पर जन्मे प्राणियों को मिल नहीं सकता मृत्यु का अतिक्रमण कोई नहीं कर सकता," ब्रह्मा बोले।

"तो आप ऐसे तीन नगरों का निर्माण कराकर हमें प्रदान करें जो अभेद्य हों, अद्भुत हों, सभी दैवी सम्पत्तियों से युक्त, दुर्गम और अनतिक्रमणीय हों। हमारे ये तीन पुर स्वर्णमय, रजतमय और लौहमय हों। तीनों पुर एक के ऊपर एक रहें, लोग उन्हें देख नहीं पाएँ। हम यदि धर्म का अतिक्रमण कर बैठें तभी कोई देवता युद्ध सामग्रियों के साथ दिव्य रथ पर किसी असंभाव्यै बाण से हमारे पुरों का भेदन कर सकेगा।" दैत्यों ने विचारपूर्वक ऐसा असम्भव कृत्य वर के रूप में माँगा। ब्रह्मा ने तथास्तु कह दिया।

वे त्रिपुर कैलास पर्वत की भाँति मनोहर और विराट् थे। सारी सुविधाओं से युक्त, वीर सैनिकों से रक्षित और पूर्णतया सुरक्षित थे। यह सब पाकर दैत्यों का मनोबल बढ़ गया और उनका अत्याचार भी पराकाष्ठा पर पहुँच गया। सभी देवता फिर हमारे देवाधिदेव शिव के पास पहुँचे। देवताओं ने अपनी समवेत प्रार्थना में शिवजी को सभी रूपों में सर्वश्रेष्ठ मानकर उनसे अपनी पीड़ा निवेदित की। शिव को ज्ञात था कि त्रिपुरासुर का वध दुःसाध्य है। त्रिपुर के वध के लिए विष्णु के आदेश से देवताओं ने यजन किया। यज्ञकुंड से शक्ति, शूल, गदा आदि धारण किए हजारों भूत समुदाय प्रकट हो गए। वे सब कालाग्नि की तरह प्रज्वलित थे पर त्रिपुर में प्रवेश करते ही सबके सब भस्म हो गए। त्रिपुरासुर एवं त्रिपुर में रहने वाले दैत्य पापी थे पर वे रुद्र की अर्चना भी करते थे, अत्याचारी होकर भी उनमें शिवभक्ति का बल था, इसलिए सहज ही वे अपने पापों से मुक्त हो जाते थे। तब विश्वकर्मा ने रुद्रदेव के सर्वलोकमय दिव्य रथ का निर्माण किया। सुवर्ण निर्मित यह रथ अद्भुत असंभाव्य था। सूर्य-चन्द्र इनके चक्र बने, बारह आदित्यों के आरे और चन्द्र की सोलह कलाओं के भी आरे लगे थे। नक्षत्र वामभाग के चक्र की शोभा बढ़ा रहे थे। छहों ऋतुएँ उसकी नेमि, महामेरु उसका अधिष्ठान हुआ। संवत्सर रथ का वेग था, मुहूर्त उसके बन्धन और कलाएँ उसकी कलियाँ थीं। स्वर्ग और मोक्ष की ध्वजाएँ, समस्त इन्द्रियाँ रथ के चारों ओर के आभूषण और श्रद्धा रथ की गति थी।

ब्रह्मा शिव के उस रथ के सारथी हुए। त्रिपुरासुर जैसे राक्षस के पुर को ध्वस्त

करने के लिए समस्त शक्तियाँ एकत्र हुईं। शिव ने सभी देवताओं के साथ मिलकर युद्ध की तैयारी की। पृथ्वी का रथ, चन्द्र-सूर्य इसके दो पहिए बने, मन्दर पर्वत इसकी धुरी बना, चारों वेद अश्व बने, छहों शास्त्रों की लगाम कसी गई, सुमेरु धनुष बना, शेषनाग धनुष की प्रत्यंचा और विष्णु बाण बने। महादेव ने घनघोर युद्ध कर विष्णु रूपी बाण पर पाशुपतास्त्र को चढ़ाकर उन्होंने दैत्यों सहित त्रिपुरों का नाश कर दिया। इसलिए शिव 'त्रिपुरान्तक' या 'पुरान्तक' नाम से भी प्रसिद्ध हुए।

शिव ने विघ्ननाशक गणपति का पूजन, स्मरण कर त्रिपुर संहार के लिए पाशुपत अस्त्र का ध्यान किया। उस पापनाशक अग्नि फलक से युक्त सर्वशक्तिशाली बाण ने त्रिपुर में रहने वाले दैत्यों को दग्ध कर दिया। त्रिपुर की राख उड़ रही थी और सहस्रों दैत्य क्षणमात्र में भस्मीभूत हो गए थे। जैसे कल्प के अन्त में जगत् नहीं रह जाता वैसे ही त्रिपुर भी पूरी तरह विनष्ट हो गया और हमारे आराध्य शिव लोकपीड़ा का हरण कर 'त्रिपुरारि' के नाम से प्रसिद्ध हुए।

कथा का वेग अपने उत्कर्ष पर था—"शिव की नेत्राग्नि से समुद्र के पुत्र के रूप में जलंधर का प्राकट्य हुआ था। कभी इन्द्र पर किए गए क्रोध से शिव के तीसरे नेत्र की ज्वाला को शिव ने क्षार समुद्र में प्रक्षिप्त कर दिया। वह दिव्य तेज एक शक्तिशाली बालक के रूप में परिणत हो गया। उस बालक के रुदन से पृथ्वी प्रकंपित होने लगी। समुद्र ने अपने उस पुत्र के संस्कार के लिए ब्रह्माजी को आहूत किया। अचानक उस बालक ने ब्रह्माजी का कंठ पकड़ लिया। ब्रह्मा छूटने के लिए जितना जोर लगाते उसका बन्धन कसता जाता। अन्ततः ब्रह्मा के नेत्रों से जल टपकने लगा। किसी प्रकार ब्रह्मा उस समुद्र पुत्र के हाथों से छूटे। उन्होंने समुद्र को लक्षित कर कहा—"इस बालक ने मेरे नेत्रों से निकले जल को धारण किया है, इसलिए यह बालक जलंधर नाम से प्रसिद्ध होगा। यह संग्राम में सबको परास्त करेगा और ऐश्वर्यशाली होगा। रुद्र के अतिरिक्त यह अन्य सभी से अवध्य होगा। इसकी पत्नी कालनेमि की पुत्री वृन्दा होगी जो अति सुन्दर, महान पतिव्रता और शीलवती होगी।"

कथा के विराम में नारद बोले—"मातः! देवताओं को आपने उचित मार्ग-निर्देश किया है। देवलोक को चाहिए कि वह मनुष्यलोक की भी चिन्ता करे।"

देवराज इन्द्र बोले—"महादेवि! मैं सभी देवताओं की ओर से आपको आश्वस्त करता हूँ कि हम देवलोक के साथ-साथ मनुष्यलोक की भी चिन्ता करेंगे। हम सब अपने ही रुदन पर नहीं, अखिल मानवता की पीड़ा को भी दूर करने का प्रयत्न करेंगे।"

देवि ने कहा—"मैं सन्तुष्ट हुई देवराज! अब शेष कथा में हम सब प्रवृत्त हों। हमारे आराध्य शिव जब भी दैत्यों से युद्ध के लिए तत्पर होते थे प्रायः उनके साथ युद्ध में मैं स्वयं अपने अन्य रूपों में सहभागिनी बनती थी। इसके अतिरिक्त आवश्यकतानुसार अनेक गण भी सहयोगी होते थे, उनमें विशेष रूप से वीरभद्र,

चंडेश्वर, नन्दी, महाकाल, वृष, भृंगी, पुष्पदंत एवं विघ्नेश गणपति और कुमार कार्तिकेय भी साथ देते थे। शिवजी का युद्ध जलंधर के साथ आरम्भ हो गया। गणेश, कार्तिकेय आदि के साथ कालनेमि तथा निशुम्भ जैसे राक्षसों का घोर युद्ध होने लगा। महापराक्रमी वीरभद्र भी सहस्त्रों भूत-प्रेत-पिशाचों को लेकर दौड़े। उनके साथ कूष्मांड, भैरव, वेताल, योगिनियाँ, डाकिनियाँ आदि गण भी चल रहे थे। उन लोगों के समवेत रूप से किलकिला शब्द, घर्घर स्वर, डमरू नाद, सिंहनाद के स्वर से पृथ्वी निनादित हो उठी, उस वज्र सदृश निर्घोष से आकाश प्रकंपित हो गया और उल्कापात-सी ध्वनि सुनाई देने लगी। दैत्यगण धराशायी होने लगे। जलंधर के दोनों सेनापति शुम्भ-निशुम्भ और दैत्यगण कालनेमि भी पराजित होकर गिर पड़े। जलंधर के बाणों से भूलोक और द्युलोक दोनों पट गए। कार्तिकेय की शक्ति से आहत होकर विदीर्ण देह वाला जलंधर पृथ्वी पर गिर पड़ा पर फिर तुरंत वह क्रोध में उठ खड़ा हुआ और उसने गदा उठाकर कार्तिकेय के हृदय पर प्रहार किया। उस समय गणेश ने अपने परशु से जलंधर की वह गदा काट दी।"

"नारद! जलंधर अत्यंत शक्ति-सम्पन्न और पराक्रमी था, रुद्रांश से उत्पन्न होने तथा ब्रह्मा के वचन तथा लक्ष्मीजी के अनुसार उसका वध विष्णु नहीं कर सकते थे। विष्णु उसकी वीरता से प्रसन्न हो गए। जलंधर के वर माँगने पर वे उसके कथनानुसार नगर में विवश भाव से बस गए। जलंधर दिनानुदिन प्रमत्त होता गया और उसका कुपरिणाम था भगवान् शिव से युद्ध।

रौद्ररूप धारण किए शिव जलंधर से युद्ध करने के लिए रणभूमि में आ गए। सभी गणों में उत्साह छा गया। उन्हें देखते ही क्रोध से होंठ चबाते कालनेमि, खड्गरोमा, बलाहक आदि दैत्य उनकी ओर दौड़ पड़े। शिवजी ने बाणों की वृष्टि से सभी दैत्यों पर भीषण आघात किया। उन्होंने परशु से खड्गरोमा का सिर धड़ से अलग कर दिया, खट्वांग से बलाहक दैत्य के दो टुकड़े कर दिए। घस्मर नामक दैत्य उनके त्रिशूल से मारा गया। जलंधर अपने सेनानायकों की मृत्यु से अत्यंत क्रोधित हो उठा। उसने अद्भुत गांधर्वी माया से शिवजी को भी मोहांध और वशीभूत कर दिया। फिर वह शिवजी का ही वेश बनाकर मेरे पास आया। मेरे द्वारा पहचाने जाने पर उसके सभी अंग जड़ हो गए और मैं भी उत्तर मानसरोवर भाग में अन्तर्धान हो गई। वहाँ मुझे न देख वह पुनः रणक्षेत्र में पहुँच गया। मैंने जलंधर की माया का उत्तर माया से देने और उसकी पापवृत्ति का दंड देने के लिए विष्णु से प्रार्थना की कि वे जलंधर की पत्नी वृन्दा को स्वप्न के द्वारा मोहित कर जलंधर का रूप बनाकर उसका पातिव्रत्य भंग कर दें। विष्णु ने यही किया। पर अन्त में उन्हें सती वृन्दा का शाप झेलना पड़ा। वह सती अपने पति के विछोह में अग्नि में प्रवेश कर गई। वृन्दा का तेज मेरे ही भीतर समा गया। रणभूमि में जलंधर बड़े वेग से शिवजी पर आक्रमण कर रहा था।"

शिवजी ने रौद्र रूप धारण कर शुम्भ और निशुम्भ नामक राक्षसों से कहा—"तुम्हारा वध मेरी भार्या पार्वती के हाथों निश्चित है। अत: मैं तुम दोनों का वध नहीं करूँगा।" "प्रिय नारद! ये शुभ-निशुम्भ ही थे जिनका वध मैंने दुर्गा रूप में किया था। शिव से युद्ध करते हुए जलंधर क्रोध और दर्प की मूर्ति बनकर अत्यंत आवेश में कुवचन कह रहा था। रुद्र ने अत्यंत क्रोध में सुदर्शन नामक चक्र से वेग के साथ जलंधर के सिर को काट डाला। पूरी पृथ्वी डगमगा उठी। कृष्ण पर्वत की तरह जलंधर का विशाल शरीर दो भागों में उसी प्रकार विभक्त हो गया जैसे विद्युत् गिरने से कोई महावृक्ष फट जाता है। उसके बहते रक्त से पृथ्वी लाल हो गई। उसके शरीर का तेज भगवान् शिव में प्रविष्ट हो गया। दिशाएँ प्रसन्न हो गईं। देवगणों ने पुष्प वृष्टि की। एक महाराक्षस के अन्त से पृथ्वी का भार हट गया।"

56

बहुत काल के पश्चात् नारद मुखर हुए, बोले—"मात:! मैं आपकी मधुर वाणी के मधुर रस में अवगाहन कर रहा था। हमारे परमाराध्य शिव की अनंत लीलाओं का रसास्वाद नवधा भक्ति की स्मरण और कीर्तन भक्ति है, हम देवलोक वासियों का तो परम सौभाग्य है कि हम इनकी नवधा भक्ति के नवों रूपों का आनन्द ले सकते हैं। यह हिमालय, यह कैलास आनन्द की उच्चतम पराकाष्ठा है। उच्चता की अनुभूति ही तो आनन्द है। हम क्षुद्रताओं को पीछे छोड़ आते हैं, भगवान् शिव, विष्णु और ब्रह्मा के सान्निध्य में शुद्ध-बुद्ध हो जाते हैं। मात:! यहाँ सभी देवगण एकत्र हैं। दैत्यों की आक्रामक प्रवृत्ति तो कभी कम नहीं होगी, सभी कथाएँ असुरों के अत्याचार और उनकी महत्त्वाकांक्षाओं को व्यक्त करती हैं। अग्नि, वायु, सूर्य, चन्द्र, वरुण ये सभी महान देवगण शक्तिशाली हैं पर अचानक उनमें इतनी दुर्बलता क्यों और कहाँ से आ जाती है? क्या सुख-भोग की लालसा अपराध है? क्या समृद्धि भार है? अधिकार क्या कंटकों का किरीट है? ऐसा क्या है जो देवत्व सदैव लांछित और निन्दित होता रहता है?

पार्वती की मुद्रा गम्भीर हो गई—"वत्स! सद्गुण और पुण्य जब एकत्र होते हैं तो देवत्व पनपता है, देवता उच्च हैं, शुद्ध हैं, वे पवित्र कर्मों का फल प्राप्त करते हैं। पुण्य जब क्षीण होता है तभी देवयोनि से मनुष्य योनि या अन्य किसी योनि में जाकर जन्म लेना पड़ता है—'क्षीणे पुण्ये मर्त्यलोकं विशन्ति'। बस, सभी देव स्पष्ट रीति से मेरी बात सुनें। आपके दु:खों का कारण स्वयं आप हैं। आपको सारा सुख पूर्व जन्मार्जित पुण्य से या देवलोक के नियमानुसार सहज ही प्राप्त हो जाता है,

बस यह सुलभता ही आपको दु:ख पहुँचाती है। आपको मनुष्य जाति से प्रेरणा लेनी चाहिए। आपको शरीर की व्याधि नहीं सताती पर संसार तो दु:खों का कारखाना है, वहाँ मृत्यु है, जरा, व्याधि, मोह, शोक, लोभ, क्रोध, ताप-परिताप, ईर्ष्या-द्वेष सब प्रकार के मत्सर और कष्ट भरे पड़े हैं। आप अपनी शक्तियों का उपयोग कर मानव-जाति की सेवा क्यों नहीं करते? आप मरते हुए व्यक्ति को अमर नहीं बना सकते पर उसे सांत्वना दे सकते हैं, जीवन जीने की शक्ति प्रदान कर सकते हैं।" पार्वती कहती गईं—

"सृष्टि का प्राणी विशेषकर मनुष्य जो एक जीवित जाग्रत देवसत्ता का ही अंश है, वृक्ष से टूटे हुए पत्ते की तरह आपसे बहुत दूर, बहुत नीचे चला गया है, उसे आपके सन्मार्ग की, आपके स्नेहमय स्पर्श की आवश्यकता है। आप इतना तो श्रम करें। स्वर्ग के नीचे भी उतरें। इस पाप-ताप और शाप की दुनिया की धधकती आग पर चलकर तो देखें। मनुष्य की सेवा करें, यही आपका सच्चा श्रम होगा, यही आपका कठोर तप होगा, तभी आपका देवत्व भी सार्थक होगा। पीड़ित मानवता के अश्रु पोंछकर उसके दु:ख पर शान्ति का लेप चढ़ाकर उसकी डबडबाई आँखों का जब आशीर्वाद ग्रहण करेंगे तो वह हमारे और परम प्रभु शिवजी के वरदान से कम प्रभावशाली नहीं होगा। वही शक्ति आप सबों के हाथों में शक्तिशाली ज्वाला बन जाएगी और सभी विरोधी असुर शक्तियाँ उसी तरह जलकर नष्ट हो जाएँगी जैसे दीपक पर पतंगे जल जाते हैं।"

इतना कहते-कहते पार्वती का मुख रक्तिम हो गया, उनमें तनिक क्रोध, तनिक उत्तेजना और अमर्ष के साथ-साथ देव जाति के कल्याण की कामना भी स्पष्ट झलक रही थी।

पार्वती ने पुन: आगे की कथा का क्रम जोड़ा—"हे समादृत देवगणो! ऋषिवरो! भगवान् शिव ने दानवों के दु:सह अत्याचार के शमन के लिए रुद्र रूप में सदैव शस्त्र उठाकर संहार की मुद्रा में युद्ध किया है। विष्णु भी राक्षसों का विनाश करते रहे हैं। राम और कृष्ण के अवतार के रूप में इस पृथ्वी को उन्होंने दैत्य विहीन किया है। जिसे हम सृष्टि कहते हैं, उसके कुछ व्यावहारिक नियम हैं। जो श्रम करता है उसे उसका मीठा फल अवश्य मिलता है। देव जाति के लोग हों या दैत्यवर्ग के, यदि वे विशुद्ध चित्त से किसी लक्ष्य प्राप्ति के लिए कठोर तप करते हैं, ब्रह्मा हों या विष्णु या हमारे शिव उनको तो रीझना है और उनके तप के तेज से, मंत्र शक्ति के आकर्षण से विद्ध होकर उन्हें पृथ्वी पर उतरना और उन्हें वर देकर सन्तुष्ट करना ही है। कर्मफल का यह नियम अटूट है।" पार्वती यह कह जैसे ही एक क्षण के लिए मौन हुईं, नारद ने विनम्र भाव से प्रश्न किया—

"मात:! यह तो उचित ही है पर हमारे प्रभु भी जानते हैं कि उग्र तप का उद्‌देश्य क्या है? यदि उद्‌देश्य है केवल स्वर्ग पर अधिकार करना, देवताओं को पीड़ित

करना, सब ओर त्राहि-त्राहि, सब ओर हाहाकार और चीत्कार, तो ऐसे दैत्यों को केवल उनके वेश और स्वार्थजनित उद्देश्य पर प्रसन्न होकर मनोभीष्ट वरदान दे देना कहाँ तक संगत है? मात:! दैत्य अराजक कर्म वाले आतंक के पर्याय, दूसरों का सर्वस्व लूटने वाले लुटेरे हैं, आक्रान्ता हैं, हृदयहीन, कठोर, निर्मम कर्म करने वाले दुष्ट हैं, वे दया के अधिकारी कैसे हो सकते हैं।"

"पुत्र! तुम्हारा कथन ठीक है, पर देवता भी तो अपने मूल कर्तव्य का पालन नहीं करते। हम सबों को सोचना चाहिए कि जब भी प्रलय हुआ देव-संस्कृति नष्ट और ध्वस्त हो गई। सब कुछ फिर नए रूप में सृष्ट हुआ। देवगणों को विशेष शक्तियाँ प्राप्त हैं जो लोकोपकार के लिए हैं, अति और दुखी जनों के कल्याण के लिए हैं, पर देवता तो अपने सुखोपभोग में इतने लिप्त हो जाते हैं कि स्वर्ग की चहारदीवारी से तभी बाहर निकलते हैं जब उन पर विपत्ति आती है, शत्रुओं का आक्रमण होता है या वे भय से पलायन करते हैं। देवगण पृथ्वी पर क्यों नहीं दुखी जनों तक पहुँचते? क्या अग्नि देवता का कार्य केवल यज्ञवेदिका में प्रकट होकर हवि ग्रहण करना भर है? क्या उन्होंने पृथ्वी के वासियों के घरों में देखा कि निर्धन मनुष्यों को भोजन निर्माण के लिए अग्नि है या नहीं, साधन हैं या नहीं? क्या वायुदेव ने सोचा कि उनकी तीव्र गति और झंझावात से कितने घर नष्ट हो जाते हैं, कितनों का प्राणान्त हो जाता है? क्या इन्द्रदेव ने अपने दुर्दान्त संवर्तक-आवर्तक कुल के धारासार वृष्टि कर पृथ्वी पर प्रलय-सा दृश्य उपस्थित करने वाले मेघों को समझाया कि वृष्टि की भी मर्यादा होनी चाहिए। जितनी अनावृष्टि घातक है उतनी ही अतिवृष्टि भी। हर समय कृष्ण अवतार लेकर गोकुल में गोवर्धन पर्वत उठाकर ग्रामवासियों की रक्षा कैसे कर सकते हैं?"

पार्वती बोलती रहीं—"देवता भी परमात्मा के कार्यों को पूर्णता प्रदान करने वाले सहयोगी हैं। वे यदि भोग-लिप्सा में ही प्रवृत्त रहेंगे तो सृष्टि का दु:ख-दैन्य कैसे दूर होगा? नारद! यह ध्यान में रखो कि जीवन सरल और सीधी रेखा पर नहीं चलता, उसमें वक्रता होती है, इसलिए विरोधी शक्तियाँ हर युग में प्रबल होती रहती हैं। राक्षस कुल भी सृष्टि के सन्तुलन के लिए है। सृष्टि के परिचालन में जितना प्रेम और शृंगार सहायक है उतना ही क्रोध और घृणा का भी अपना महत्त्व है। मधुर के साथ अम्ल, तिक्त कषाय आदि भी रस ही हैं। इसलिए देवलोक को भी अपने कर्तव्यों का ज्ञान होना चाहिए व उन्हें विचार करना चाहिए कि उनके लिए भी नियम हैं, उनके भी कुछ कर्तव्य हैं। इसलिए उन्हें पृथ्वी के मनुष्यों, पशु-पक्षियों, वृक्षों, नदी, सागर के साथ समस्त प्रकृति की सुरक्षा करनी है। प्रकृति की सत्ता भी तो पुरुष की सत्ता को पूर्ण करती है।"

"मात:! मेरे चित्त में सन्तोष का अनुभव हुआ। हमारे यहाँ उपस्थित सभी देवगण भी अपने कर्तव्यों को समझेंगे। यह अवश्य अनुभव करेंगे कि केवल अधिकार

व्यक्ति को प्रमत्त बना देता है पर कर्तव्य वह सीमा-रेखा और अंकुश है जो किसी को संयत रहने में सहायक होता है।"

"ठीक है पुत्र! तुम्हारे मन में जो प्रश्न उठे हैं वे हर युग में उठे हैं और उठते रहेंगे। सत्ययुग में ऐसे प्रश्न कम थे, मनुष्य और देवताओं का प्रत्यक्ष सम्बन्ध था, एक आवाहन और पुकार पर एक मंत्र के उद्घोष पर देवता प्रकट हो जाते थे, प्रकृति के इस मिथक में सब अभिन्न थे, पर धीरे-धीरे त्रेता, द्वापर और कलियुग तक यह स्थिति सदैव परिवर्तनीय रही है और आगे भी रहेगी। अब मैं तुम्हें और सबको शिवजी द्वारा किए गए अन्य असुरों के संहार का संकेत करूँगी, जिसका उद्देश्य है, अधिकार-प्रमत्तता और अवध्य होने, अमर होने और सब पर शासन करने की लालसा का भयानक अन्त।"

57

"प्रिय नारद! विधाता की यह सृष्टि अत्यंत रहस्यमयी है। ऋषियों और ब्राह्मणों के कुल में भी महाराक्षसों की उत्पत्ति देखी गई है। ऋषि विश्रवा का पुत्र रावण, कुंभकर्ण प्रसिद्ध ही हैं। ब्रह्मा के मरीचि नामक पुत्र के पुत्र कश्यप मुनि हुए। उन्हें दक्ष ने तेरह कन्याएँ प्रदान की थीं, उनमें दनु नामक कन्या के कई बलवान पुत्रों में एक विप्रचित्ति नामक दानव पुत्र महाशक्तिशाली था। पर उनके 'दंभ' नामक पुत्र को कोई सन्तति नहीं हुई। उसने बड़े दीर्घकाल तक कृष्ण मंत्र का जप कर नारायण को प्रसन्न किया। उसके तप:-तेज से संसार संतप्त होने लगा तो विष्णु प्रकट हुए। दंभ ने महापराक्रमी, त्रिलोकजेता पुत्र माँगा। उसे शंखचूड़ नामक पुत्र हुआ।

दैत्यराज शंखचूड़ की कथा भी अत्यंत विस्मयकारी है। शंखचूड़ ने भी एक महर्षि जैगीषव्य के उपदेश से ब्रह्मा को प्रसन्न करने के लिए घोर तप किया। ब्रह्मा ने उसे दिव्य श्रीकृष्ण कवच और 'जगन्मंगल' नामक विजय प्रदाता अस्त्र दिया। ब्रह्मा की ही आज्ञा से शंखचूड़ ने बदरी विशाल के क्षेत्र में जाकर धर्मध्वज की कन्या तुलसी से विवाह किया। तुलसी अत्यंत सुन्दर और शुभ लक्षणों से युक्त पतिव्रता थी।

दैत्यों के कुलगुरु शुक्राचार्य ने शंखचूड़ को दानवों का अधिपति-पद प्रदान किया। उसने अपने प्रताप से स्वर्ग पर अधिकार कर लिया। देवता गिरि-कंदराओं में जा छिपे थे। शंखचूड़ ने अन्य देवताओं के अधिकार छीन लिए और वह मनुष्य, देव, गन्धर्व, नाग, किन्नर सबका शासक बन बैठा। उसके राज्य में प्रजा सुखी थी, सब ओर शान्ति थी। केवल देवता अशान्त थे और वे सब मिलकर विष्णु की शरण में प्रार्थना करने लगे थे। शंखचूड़ की मृत्यु शिव के त्रिशूल से होनी थी और देह-त्याग

के पश्चात् उसे श्रीकृष्ण का पार्षद बनना था क्योंकि पूर्वजन्म में भी वह कृष्ण का एक प्रिय पार्षद सुदामा था, जो राधाजी के शाप से असुर योनि में उत्पन्न हुआ था। सभी देवताओं ने शिवजी से शंखचूड़ के वध की प्रार्थना की। शिव ने शंखचूड़ को समझाने और देवताओं को उसका राज्य लौटा देने के लिए अपने पुष्पदंत नामक दूत को भेजा पर शंखचूड़ शिवजी से युद्ध के लिए उतावला था, उसकी बुद्धि भ्रष्ट हो गई थी। काल के संकेत को जानकर शिवजी ने शंखचूड़ से युद्ध के लिए अपने गणों के साथ प्रस्थान किया। वीरभद्र, क्षेत्रपाल, अष्टभैरव, नन्दी, महाकाल, सुभद्रक, विशालाक्ष, पिंगलाक्ष, विकम्पन, विरूप, विकृति, मणिभद्र, दीर्घदंष्ट्र, ताम्रलोचन, बलीभद्र, कालजिह्व, दुर्जय आदि असंख्य गण रणोन्मत्त होकर चल पड़े।

रिपुंजयी मुद्रा में शंखचूड़ भी पूरी तैयारी के साथ असुरों की अगणित वाहिनी लेकर युद्ध के लिए प्रस्तुत हो गया। इसी प्रकार महादेव के प्रिय सेवकगण वीरभद्र, वृषभ, विरुपाक्ष, सनातन, लोकान्तक, दैत्यान्तक, अशनि, भानुक, कंकाल, काल आदि महाबली शंखचूड़ के वध के निमित्त रुद्राक्ष, भस्म धारे, हार, कुंडल, मुकुट से शोभित शिव स्वरूप देदीप्यमान होकर पहुँचे। वे सर्वत्र आ-जा सकते थे, वे अबाधित, अभेद्य और अपूर्व बलशाली थे। आठों भैरव, महाभयानक एकादश रुद्र, अष्टवसु, इन्द्र आदि भी वहाँ पहुँच गए। भगवती भद्रकाली अपनी शतभुजाओं से युक्त महाभयंकर लग रही थीं। रक्त वस्त्र, रक्त चन्दन, रक्त माल्य और तुरत-तुरत पिए हुए रक्ताक्त ओष्ठों को कराल जिह्वा से चाटती हुई भद्रकाली के तेजोमय रूप को सह पाना अत्यंत कठिन था। वे सब प्रकार के दिव्यास्त्रों वारुणास्त्र, वायव्यास्त्र, नारायणास्त्र, ब्रह्मास्त्र, गरुड़ास्त्र, महानलास्त्र, महेश्वरास्त्र, सम्मोहनास्त्र आदि से युक्त थी। उनके साथ योगिनियों और विकट डाकिनियों का भयंकर तुमुलनाद युद्ध के मृत्यु-पर्व को और भी भयंकर बना रहा था।

शंखचूड़ अपनी पतिव्रता पत्नी तुलसी से विदा लेकर युद्ध के लिए उद्यत हुआ। उसे ज्ञात हो गया था कि पूर्वजन्म में वह कृष्ण का पार्षद और सखा था पर राधाजी के शाप के कारण उसे दैत्ययोनि प्राप्त हुई थी, सब कुछ जानकर भी वह असुर जाति के प्रति कृतघ्न नहीं था। वह युद्ध समस्त मित्रों के लिए भयकारक था। परमवीर कार्तिकेय आदि के साथ युद्ध करते हुए शंखचूड़ ने अपनी वीरता का अद्भुत प्रदर्शन किया। भगवान् शिव के साथ जब युद्ध आरम्भ हुआ तो शिवजी ने उसके सैनिकों का वध करना आरम्भ किया। युद्ध अपने प्रकर्ष पर था कि तभी देवताओं को यह ज्ञात हुआ कि जब तक शंखचूड़ की पत्नी तुलसी का सतीत्व अक्षय है, तब तक उसकी मृत्यु सम्भव नहीं है। देवताओं ने पुनः विष्णु से प्रार्थना की। विष्णु विवश भाव से शंखचूड़ के रूप में तुलसी के पास पहुँचे। उनके सम्मोहन से तुलसी ने आत्मसमर्पण कर दिया पर नारायण के मूलस्वरूप विष्णु को तुलसी ने पहचानते ही उन्हें कठोर, निर्दय और प्रस्तर-सा हृदय वाला कहकर शाप दे दिया कि आप

प्रस्तर के समान निर्दय हैं अतः आप पाषाण हो जाएँ। तुलसी की पीड़ा से व्यथित विष्णु ने शिव का स्मरण किया।"

शिव ने कहा—"तुलसी! संसार में हर व्यक्ति अपना कर्मफल ही भोगता है। अब तुम शरीर-त्याग के पश्चात् महालक्ष्मी रूप में नारायण के साथ नित्य लीला विहार करोगी। तुम्हारी यह व्यक्त काया पुण्य स्वरूपा गंडकी नदी कहलाएगी और तुम तुलसी वृक्ष के रूप में उत्पन्न होगी। विष्णु के पाषाण रूपी शालग्राम शिला के सिर पर तुम सदैव अधिष्ठित रहोगी। तुलसी ही विष्णु पूजा का प्रतीक बनेगी। शालग्राम और तुलसी के संयोग से ही विष्णु की यह पूजा पूर्ण होगी।"

पार्वती बोली—"तुलसी के पुण्यक्षय के बाद शिव ने विजय नामक त्रिशूल को उठाया, यह मध्यकालीन सूर्य और प्रलयाग्नि की तरह अग्निज्वाल से असह्य था, उस त्रिशूल ने क्षिप्र गति से शंखचूड़ को क्षणमात्र में भस्म कर दिया। हे नारद! तबसे शंखचूड़ की अस्थियों से शंखजाति का उद्भव हुआ। यह शंख विष्णु, लक्ष्मी एवं कृष्ण को अत्यंत प्रिय है पर शिवजी को प्रिय नहीं है। शंखचूड़ का अन्त कर शिव और हम सभी अपने कैलास पर लौट आए। सर्वत्र देवों का दुन्दुभि नाद होता रहा, नन्दनवन के पुष्पों की वर्षा से सम्पूर्ण कैलास जैसे सुगन्धित हो उठा।"

58

"देवगण! जिस कथा को मैं सुनाने वाली हूँ यद्यपि आप सभी उससे परिचित हैं, पर सुने हुए को फिर सुनने से शब्द और वाक्य हृदय में घर कर लेते हैं, उसका महत्त्व स्थायी हो जाता है। यह कथा मेरे एक स्नेह पात्र पुत्र अन्धक की है। उसकी उत्पत्ति अत्यंत विचित्र परिस्थितियों में हुई थी। एक दिन प्रभु शिव के साथ मैं मन्दार पर्वत पर विचरण कर रही थी। वहीं सहज हास-परिहास में मैंने भगवान् शिव के नेत्रों को अपने करतलों से बन्द कर दिया। उसी समय समस्त विश्व में चारों ओर अन्धकार छा गया। शिवजी के तीसरे नेत्र के ताप से मेरे हाथों से स्वेद जल टपकने लगा, शिव के ललाट के ताप तप्त जल के साथ संयोग होते ही वहाँ एक भयानक मुखवाला विवर्ण, अत्यंत क्रोधी प्राणी उत्पन्न हो गया। मेरे भयभीत होने पर शिवजी ने कहा—इसे तुमने मेरे नेत्रों को मूँदकर उत्पन्न किया है। मैंने भयभीत होकर शिवजी के नेत्र खोल दिए जिससे चारों ओर पूर्ववत् प्रकाश छा गया। उस प्रकाश में वह और भी डरावना, और भी भयंकर लगने लगा। तब शिवजी ने मुझसे कहा—यह अन्धक है जिसकी उत्पत्ति तुम्हारे कारण हुई है अतः तुम इसकी रक्षा करने का प्रयत्न करो। तब से मैं पुत्रवत् उसका संरक्षण करने लगी। उसी समय हिरण्यकशिपु का भाई हिरण्याक्ष नामक राक्षस पुत्र-प्राप्ति के लिए

उग्र तप कर रहा था। उसे इस बात का दुःख था कि वह तो पुत्रहीन है पर उसके भाई राक्षसराज हिरण्यकशिपु के प्रह्लाद आदि पाँच-पाँच पुत्र हैं। वह सोच-समझकर दुखी होता था कि पुत्र ही पुं नामक नरक से उद्धार करता है, उसका राज्य, उसकी अपार सम्पत्ति का भोग किसे होगा? भगवान् शिव ने अन्धक को हिरण्याक्ष की गोद में दे दिया। हिरण्याक्ष प्रसन्न होकर लौट गया। समय बीतने के साथ अन्धकासुर प्रचंड, उग्र अत्याचारी और मदान्ध होता गया। विष्णु द्वारा वाराह रूप में पृथ्वी की रक्षा के लिए जब हिरण्याक्ष का वध हो गया तो अन्धकासुर और भी उन्मत्त हो गया। काम और माया के चक्र में स्त्री के प्रति उसकी आसक्ति बढ़ती जा रही थी। एक बार कैलास पर्वत पर उसने मुझे देखा और मुझे ही पाने की चेष्टा करने लगा। उसकी सद्-असद् की निर्णायिका विवेक बुद्धि नष्ट हो गई थी, अन्धक को प्रह्लाद आदि सात्त्विक भक्तों ने समझाने का बहुत प्रयत्न किया पर अन्धक को मेरे मातृ रूप का स्मरण नहीं रह गया था।

अन्धक से अपनी रक्षा के लिए मैंने अपने समान ही सौ देवियों को उत्पन्न कर दिया। जिससे अन्धक भ्रमित हो गया। उसके लौट जाने पर मैंने उन शतरूपिणी देवियों से कहा कि तुम यथेच्छ स्थानों पर विचरण करो, मनुष्यों द्वारा पूजित होकर पृथ्वी पर, वनस्पति वृक्ष, औषधि और उद्यानों के रूप में निवास करो—क्योंकि वृक्ष भी मेरे लिए सन्तानवत् हैं। वृक्षों की लताएँ, गुल्म, वल्लरी, पत्र, पुष्प, फल और शाखाएँ सब देवियाँ हैं, सब मेरी ही अंशभूता हैं। जो वृक्षों से प्रेम करेगा, वह मेरा भी प्रियपात्र होगा। अन्धक कामान्ध होकर शिवजी के पास भी मुझे माँगने पहुँच गया, शिव तो उसे पुत्र-भाव से ही देख रहे थे, वे जानते थे कि यह सब कुछ भगवती की इच्छा का ही विलास है, वह जो चाहेंगी, वही तो होगा।

शिव के साथ अन्धक का युद्ध छिड़ गया। अन्धक के शरीर से गिरते रक्त बिन्दुओं से अनेक अन्धक उसी की तरह पराक्रमी और बलशाली रूप में प्रकट होने लगे। मैंने दुर्गा रूप में जिस रक्तबीज का वध किया था, वही शक्ति अन्धक के रक्त बिन्दुओं में थी। देवी रूप में अन्धक के रक्त बिन्दुओं का पान मेरी ही शक्तियों ने कर लिया, रक्त सूख जाने पर वह दैत्य अकेला हो गया पर फिर भी वह युद्ध करता रहा। अन्धक उस युद्ध में समझ गया कि वह शिव को कभी परास्त नहीं कर सकेगा तो उसने शिव के क्षत-विक्षत स्वरूप का बाना धारण कर मेरे पास पहुँचने का यत्न किया। मैंने तुरन्त उसके राक्षस रूप को दिव्य दृष्टि से देख लिया और मैं सखियों सहित वहाँ से निकलकर उद्यान के श्वेत वर्णी आक के पुष्पों में प्रविष्ट होकर स्थित हो गई। उस समय वह निराश वहाँ से लौट गया। पुनः शिव के साथ उसका युद्ध हुआ तो शिवजी ने उसे अपने तीक्ष्ण बाणों से वेध डाला। तब अन्धक को अपनी भूल का बोध हुआ। शिव ने बताया कि अन्धक मेरा ही पुत्र है। अन्धक दुःख, ग्लानि और पश्चात्ताप से विकल होकर हम दोनों के चरणों पर गिर पड़ा।

उसने बार-बार मुझसे और शिवजी से क्षमा-प्रार्थना की। उसने भक्तिपूर्वक कई नामों से मेरी स्तुति की। अन्धक ने कालरात्रि, गोविन्दजननी, जनयित्री, त्रैलोक्यमाता, दया, धरित्री, भवानी, महामाया, माता, लोकधात्री, सदापावनी, सर्वभूतार्चिता, स्कंदमाता, सर्वदेवार्चिता आदि अनेक रूपों में मेरा स्तवन किया। मेरे साथ ही वह भगवान् शिव की भी वन्दना करता रहा। अन्ततः करुणामय प्रभु शिव ने उसको क्षमा कर गाणपत्य पद प्रदान किया। इस निर्णय से सभी देवताओं ने शिवजी की कृपालुता से प्रसन्नतापूर्वक जयध्वनि की।

पार्वती का हृदय पुरानी स्मृतियों में डूब-उतरा रहा था। उनके शिव का जीवन कितना अद्‌भुत और विषमताओं में सामरस्य स्थापित करने वाला था। वे विश्वात्मा परम प्रभु, कल्याण और संहार दोनों के देवता, मधुर और उग्र, प्रेमी हृदय और भयंकर योद्धा दोनों ही थे। श्रृंगार और वीर में कितना सीधा सम्बन्ध है, यह वसुन्धरा तो वीरभोग्या ही है। पार्वती कहती गईं—

"शिव तो यह सिद्ध करते हैं कि एकरसता तो कथमपि नहीं चाहिए, अनुराग भी हो, वैराग्य भी हो, भोग हो तो त्याग भी हो, बन्धन हो तो मुक्ति भी हो। यह जीवन बन्धन को स्वीकार करके पुनः मुक्त होना सिखाता है। शिव ने राक्षसों का वध किया, देवताओं और मनुष्यों का कल्याण किया, हर गाँव, हर नगर में उनके मन्दिर इस बात के प्रतीक हैं कि ईश्वर को मनुष्य के सीधे सम्पर्क में रहना है, उसके दुःख-दर्द में सम्मिलित होना है, उसके अश्रु पोंछने हैं, उसे जीवन जीने की कला सिखानी है।

शिव, हनुमान, गणेश, सीता और राम, राधा और कृष्ण आदि अनेक देवता मनुष्य की पकड़ से बाहर नहीं हैं। वे मार्ग में चौराहों पर नगरों के मध्य में प्राण बनकर रह रहे हैं। माता पार्वती ने सोचा मेरे शिव पर केवल स्वर्ग के देवताओं या ब्रह्मलोक के ब्रह्मा या वैकुंठ के विष्णु या गोलोक धाम के कृष्ण का ही अधिकार नहीं है, वे तो सबके हैं, वे लोक देवता हैं, मनुष्य जीवन की लीला ही उन्हें रुचती है। संसार के त्राण के लिए उनका लीलामय जीवन राक्षसों से युद्ध करता रहा है, युद्ध इसलिए कि सब ओर शान्ति रहे, सभी स्वस्थ रहें, सुखी रहें। सबकी प्रसन्नता ही शिव के कल्याण विग्रह का लक्ष्य है।"

उपस्थित श्रोतृ समुदाय को लक्ष्य कर पार्वती बोलीं—"पूर्व काल में मैंने महादानव महिषासुर का वध किया, उस दुर्दान्त दैत्य के भय से सम्पूर्ण त्रिलोक भयातुर था जिसके वध का प्रसंग प्रभु शिव ने आपको मेरे दुर्गा रूप का वर्णन करते हुए सुनाया है। महिषासुर एक पशु राक्षस था, उसकी पशुता के अनेक रूप थे, वह महिष था, गज था, और मनुष्य वेश में भयानक राक्षस भी था। मायावी मनुष्य कभी विश्वासपात्र नहीं होता। माया छलना है, वह एक कृत्रिम आवरण है, एक मुखौटा, जिसके भंग होते ही व्यक्ति का असली स्वरूप प्रकट हो जाता है। उसी

दुर्दम राक्षस महिषासुर का पुत्र गजासुर था, जो अपने पिता के विनाश और वैर का स्मरण कर वन में तपस्या करने चला गया और ब्रह्मा को लक्ष्य कर घोर तप करने लगा। उसकी मनोकामना ही उसके वर के रूप में प्रकट हुई कि मैं कामी पुरुषों या स्त्रियों से सदा अवध्य रहूँ—काम के वशीभूत लोग मेरा कुछ न बिगाड़ सकें। उसने शरीर, मन, इन्द्रियों को वश में करके दारुण तप किया। उसके तप के प्रभाव से संसार जलने लगा, नदी समुद्र का जल सूख गया, तप की अग्नि ने सर्वत्र एक विरल ताप फैला दिया। देवताओं को संत्रस्त देख ब्रह्मा ने उसे इच्छित वरदान दे दिया। फिर तो दैवी शक्तियों को पाकर वह और भी उन्मत्त हो उठा। उसने त्रिलोक को जीत लिया। मनुष्य, इन्द्र, अन्य देवगण, गन्धर्व, गरुड़ आदि सबने उसकी अधीनता स्वीकार कर ली। वह विषयी सारे भौतिक और ऐन्द्रिय सुख भोगता हुआ ऐश्वर्यशाली, अहंकारी और स्वच्छंद होता चला गया। अपने पिता महिषासुर के वध का स्मरण कर वह देवताओं, ऋषियों को और भी कष्ट पहुँचाने लगा। गजासुर का बल और प्रताप इतना बढ़ गया था कि उसके चलने से पृथ्वी प्रकंपित हो जाती थी, उसके चरणों के विक्षेप से वृक्षों की डालियाँ चरमराकर टूट जाती थीं, उसके प्रबल भुजदंड शिखरों से टकराकर उन्हें चूर्ण-विचूर्ण कर देते थे, उसके मुकुट के संघर्ष से आकाश के मेघों में विद्युत की वृष्टि होने लगती थी, उसके श्वास-प्रश्वास से समुद्र भी आन्दोलित हो जाता था, नदियाँ तरंगवती हो जाती थीं, ऐसे गजासुर के साथ मेरे स्वामी और जगत्पति शिवजी का अद्‌भुत युद्ध आरम्भ हो गया। उसके बाणों को शिव ने सहजता से काट गिराया। गजासुर खड्ग लेकर शिव की ओर दौड़ा तब त्रिशूलधारी शंकर ने त्रिशूल से उसे वेध दिया। त्रिशूल से आहत गजासुर शिव की प्रार्थना करने लगा—आप ही कामदेव को भस्म करने वाले महादेव हैं। मैं आपको पहचान गया हूँ। हे त्रिपुरान्तक! आपके हाथों मेरा वध मेरे लिए कल्याणकारी और मोक्ष प्रदायी है।

शिव बोले—गजासुर! मैं प्रसन्न हूँ, अपने योग्य वर मुझसे ले लो।

गजासुर बोला—हे महादेव! हे दिगम्बर! आप यदि मुझ पर प्रसन्न हैं तो अपने त्रिशूल की पवित्र अग्नि से पवित्र मेरे इस देहचर्म को नित्य धारण करें। आपके लिए मैं कोमल स्पर्श वाला और सुखद हो जाऊँ, मेरी कठोरता टूक-टूक होकर विनम्रता में परिवर्तित हो जाए, मेरा यह शरीर चर्म सदा सुगन्धमय, सदैव, अति मसृण, निर्मल और शोभन हो। किसी भी अग्नि में, धूपताप वर्षा या किसी आघात से यह देहचर्म न कभी भस्म हो, न कभी नष्ट हो। मैं सदा आपके शरीर से लिपटा रहूँ, मेरा शरीर आपकी सेवा में रहे, आपके काम आए। हे शिव! यदि आप मुझ पर प्रसन्न हैं तो मुझे दूसरा वर यह दीजिए कि आज से आपका नाम 'कृत्तिवासा' हो। शिव ने उस मुक्तिदायिनी काशी में उसके विस्तृत चर्म को अपने शरीर पर धारण कर लिया और कहा—"अब तुम्हारा यह पवित्र शरीर सबके लिए मुक्ति दायक,

महापापों का नाशक, समस्त श्रेष्ठ लिंगों में मुख्य, मुक्ति प्रदाता 'कृत्तिवासेश्वर' नामक लिंग के रूप में पूजित होगा। वह समय संसार के सुखी होने का समय था। अनेक राक्षसों का नाश तो एक बड़ी घटना थी ही पर अनेक राक्षसों का हृदय-परिवर्तन भी हुआ और अन्त में सबने शिव की शरणागति स्वीकार कर श्रेष्ठ भक्ति का उदाहरण भी प्रस्तुत किया। इसलिए हमारे जगत्पिता हमारे प्रभु शिव की संहार-लीला भी कल्याण-लीला ही है, जिसमें बद्ध जीव बन्धनों से उसी प्रकार मुक्त हो जाता है जैसे पर्वतों की कारा में बन्द निर्झर का प्रवाह प्रस्तर-खंड को तोड़कर उन्मुक्त होकर निकल पड़ता है। यही मुक्ति किसी भी जीव का अन्तिम लक्ष्य और साध्य है।"

शिवप्रिया पार्वती ने कथा की समाप्ति की। मंगल अभिषेक और जय-ध्वनि के साथ भगवान् शिव, ब्रह्मा और विष्णु की महाआरती सम्पन्न हुई। सम्पूर्ण कैलास घृत-कर्पूर की पवित्र सुगन्ध से सुवासित और आह्लादित हो गया। सबने प्रसाद ग्रहण किया और सभी देवता, सभी आगत अतिथि और गण अपने-अपने निवास की ओर प्रस्थान कर गए।

59

पार्वती ने पुनः कहना आरम्भ किया—

"हमारे प्रभु शिव शत्रु संहारक हैं, अनेक दैत्यों का समय-समय पर वध होता गया है पर दुष्टता और राक्षसी वृत्ति जंगली घास की तरह होती है, उसे फैलते देर नहीं लगती। प्रभु के लीला-काल में अनेक ऐसी घटनाएँ घटी हैं जिन्होंने इनकी उदार वृत्ति और करुणा की प्रवृत्ति को झकझोर कर रख दिया था।

एक समय शकुनि नामक दैत्य जो वृकासुर के नाम से जाना जाता था। उसने कहीं से सुना कि शिव ही ऐसे देवता हैं जो ब्रह्मा और विष्णु की अपेक्षा शीघ्र प्रसन्न हो जाते हैं। उसने शिव को प्रसन्न करने के लिए अत्यंत घोर तप किया, उसमें कष्ट सहन की अपार क्षमता थी, बस करुणावतार शिवजी का हृदय पसीज गया और प्रकट होकर उससे वर माँगने को कहा। भस्मासुर दुष्ट प्रकृति का दैत्य था। उसने कहा—"हे शिवजी! यदि आप प्रसन्न हैं तो मुझे वरदान दें कि जिस किसी के माथे पर मैं अपना हाथ रखूँ, मेरे हाथ रखते ही वह भस्म हो जाए।"

शिवजी ने 'तथास्तु' कहा और चल पड़े। शिव से प्राप्त वर से उन्मत्त होकर वृकासुर भस्मासुर हो गया। उसने स्वर्ग, मर्त्य और पाताल सभी लोकों में भयंकर उत्पात मचा दिया।

शिव के वरदान की सत्यता की परीक्षा के साथ-साथ उसके मन में यह कुबुद्धि

भी पैदा हो गई कि वह क्यों न पार्वती का अपहरण कर ले। इस बुरे उद्देश्य से वह शिव को ही भस्म करने की कुचेष्टा में लग गया।

इधर भस्मासुर के मन में यह शंका जगी कि शिवजी ने वरदान तो दे दिया है पर वह कितना सार्थक है, इसका ज्ञान भी तो कर लेना आवश्यक है। अगर यह वरदान सही है तब तो मेरा भस्मासुर नाम सार्थक हो जाएगा। नाम भस्मासुर और काम सिर पर हाथ रखते ही भस्मीभूत करना। कितना अच्छा संयोग है! पर शिवजी के विदा लेने से पूर्व इस वरदान की सत्यता की परीक्षा कर लेनी चाहिए—प्रत्यक्ष से बड़ा तो कोई प्रमाण नहीं होता? यह सोचकर वह विनम्रता से बोला—"प्रभो! आपने मुझ भक्त पर असीम कृपा की और मुझे इतनी बड़ी शक्ति प्रदान की कि जिसके सिर पर हाथ रखूँ, हाथ रखते ही वह भस्म हो जाए। देवता ऋषि-मुनि सिर पर हाथ रखकर लम्बे-चौड़े आशीर्वाद देते हैं और मेरा हाथ रखते ही सामने वाला भस्म हो जाएगा यह तो बड़ा आनन्ददायक दृश्य होगा, पर प्रभो, मेरी एक इच्छा और भी है कि मैं इस वरदान की परीक्षा कर लूँ। आपने मुझे वर दिया है, क्यों न मैं आप पर ही यह प्रयोग करके सत्य-असत्य का परीक्षण कर लूँ? सिर पर हाथ रखते ही यदि आप भस्म होते हैं तो यह वरदान सत्य सिद्ध हो जाएगा, नहीं हुआ तो अभी आप भी यही हैं और मैं भी यहीं हूँ।" यह कहकर दुष्ट भस्मासुर अपना हाथ आगे बढ़ाए भगवान् के मस्तक पर उसे रखने के उद्देश्य से दौड़ा। परम प्रभु शिव को ऐसी आशा नहीं थी, वे भी उस दैत्य से बचने के लिए भागे। वे आगे-आगे भाग रहे थे और पीछे-पीछे वह भस्मासुर हाथ आगे बढ़ाए उन्हें खदेड़ रहा था। यह दृश्य अद्भुत भी था, दु:खद भी, रोचक भी। न हँसते बनता था, न रोते। अपने ही वरदान की शक्ति से भगवान् भागे-भागे फिर रहे थे। वे दौड़ते हुए विष्णुलोक गए। विष्णु अचानक उन्हें पाकर चौंक गए। शिवजी ने कहा—

"रक्षा करें भगवन्! मैं अपने ही दिए वरदान के मायाजाल में उलझ गया हूँ। दुष्ट दैत्य भस्मासुर अब मुझे ही अपने कर-स्पर्श से भस्म करने पर उतारू है। आप ही अपनी मोहिनी विद्या से मेरी रक्षा कर सकते हैं।"

विष्णु अपना हास्य नहीं रोक सके। बोले—"आप तनिक भी चिन्ता न करें। मैं भस्मासुर से आपकी रक्षा के लिए प्रयत्न करता हूँ।"

विष्णु ने अपनी मोहिनी माया से अत्यंत सुन्दर युवती का रूप धारण किया और मार्ग में खड़े हो गए। भस्मासुर बड़े वेग से चला आ रहा था। मार्ग में एक मोहिनी बाला को देखकर सहसा रुक गया। उसने पूछ ही लिया—"हे अनिंद्य सुन्दरी! तुम कौन हो, इस निर्जन में क्या कर रही हो?"

"वीरोत्तम! मैं सुन्दरी नायिका नृत्यांगना अप्सरा हूँ, आपके सुदृढ़ बलिष्ठ शरीर के सौन्दर्य को देखकर मैं प्रभावित हुई और आपको देखने के लिए रुक गई।"

"सुन्दरी! तुम सुन्दर हो, मैं बलिष्ठ हूँ, यह जोड़ी तो उत्तम प्रतीत होती है, पर

तुम नृत्यांगना हो और मुझे नृत्य बिलकुल नहीं आता, बस मुझमें यह तो कमी है।"

"हे युवा! ज्ञान तो सीखने की वस्तु है। तुम सीखना चाहो तो मैं सिखा सकती हूँ।"

"क्यों नहीं सुन्दरी! तुम्हें पाने के लिए मैं यह विद्या भी सीख ही लूँगा।"

"देखो वीर! नृत्य विद्या अनुकरण से आती है, मुझे देखो, मैं जैसा करूँ वैसी ही अनुकृति करो।"

यह कहकर मोहिनी ने नृत्य मुद्रा में पहले हस्त-संचालन सिखाया। भस्मासुर आनन्दित होता हुआ भयानक स्वर में अट्टहास करते हुए मोहिनी की देखा-देखी नृत्य करने लगा। जैसे ही मोहिनी का अनुकरण करते हुए उसका हाथ उसके अपने सिर पर गया, क्षणमात्र में भीषण आर्तनाद करता हुआ वह दुष्ट भस्मासुर अपने ही हाथों भस्म हो गया। भस्मासुर की इस कथा में हमारे शिव चिन्तित होकर त्रिलोक में जो भागते फिरे उस चिन्ता का मूल कारण उनका भोलापन ही था। इससे हमारे भीतर जो हास्य जगा, वह हास्य हम सबों की रक्षा करे, यही मेरा मंगल भाव है। इस कथा ने यह सिद्ध किया कि भस्मासुर जैसी आसुरी वृत्ति स्वयं अपने नाश का कारण बनती है।

शिव द्वारा दुष्ट राक्षसों के वध की कथा का समापन करते हुए शिवा ने सभी श्रोताओं को सस्नेह विदा किया। शिव की लोक-कल्याणकारी वीरता की कथा से सभी अभिभूत थे।

60

किसी ऋषि का चिन्तन सामाजिक कल्याण की प्रस्तावना बन जाता है। एक बार महर्षि शौनक के हृदय में ज्ञान-यज्ञ और धर्म-चिन्तन के लिए किसी बड़े तीर्थ स्थल के अन्वेषण की इच्छा उत्पन्न हुई। उनकी आराधना से विष्णु ने प्रसन्न होकर एक चक्र प्रदान किया और आदेश दिया कि चलते जाओ जहाँ इस चक्र की नेमि (परिधि) गिरे उस स्थान को पवित्र मानकर वहीं आश्रम और ज्ञान सत्र प्रारम्भ करना। महर्षि शौनक अपने अठासी हजार शिष्यों के साथ चल पड़े। गोमती नदी के तट पर वह दिव्य चक्र भूमि में प्रविष्ट हो गया। चक्र की नेमि गिरने से वह क्षेत्र नैमिष के नाम से प्रसिद्ध हुआ। इस नैमिषारण्य तीर्थ में देवर्षि नारद पहुँचे। महर्षि और देवर्षि के पारस्परिक सम्मान के पश्चात् नारद ने साम्ब सदाशिव के प्रतीक शिवलिंग के अर्चन की जिज्ञासा कर दी।

शौनक ने कहा—"देवर्षि! भगवान् शिव ही लिंग रूप में व्यक्त हैं। अव्यक्त अथवा अमूर्त सत्ता का स्थूल प्रतीक ही लिंग है। इस माध्यम से हम अव्यक्त सत्ता

का ध्यान करते हैं। शास्त्रों में शिवलिंगों के प्रति श्रद्धा भक्ति प्रदर्शित हुई है। ऋग्वेद में 'शिश्न देवा:' शब्द मिलता है। यह लिंग शिश्न नहीं यह ज्योति का प्रतीक है। भगवान् शिव के अष्टवर्गों में लिंग की गणना की गई है। यह शिवलिंग निश्चल, स्थिर और दृढ़ ज्ञान-स्कंध का प्रतीक है। इसी परम्परा में शिव के द्वादश ज्योतिर्लिंगों की गणना की गई है।" महर्षि शौनक कहते गए—

"भगवान् शिव के त्रिपुर-दहन के पश्चात् सभी देवों को अनुभव हुआ कि यह सम्पूर्ण जगत् लिंगमय है। सब कुछ लिंग में प्रतिष्ठित हैं और आत्मसिद्धि का साक्षात्कार इसी से सम्भव है। विश्वकर्मा ने ब्रह्मा की आज्ञा से विविध प्रकार के लिंग अलग-अलग देवों की पूजा के लिए रचे। वे लिंग प्रकाशमान विग्रह की तरह देदीप्यमान थे। उनके चारों ओर स्वर्णच्छटा विच्छुरित हो रही थी। विष्णु ने नीलकांत मणि से निर्मित लिंग की पूजा की तो इन्द्र ने पद्मराग से निर्मित लिंग की, विश्वदेवों ने रजत लिंग की तो वायु ने आरकूट पीतल निर्मित लिंग की, कुबेर ने स्वर्ण निर्मित लिंग और अश्विनी कुमारों ने पार्थिव लिंग की पूजा की।"

शौनक ऋषि ने आगे बताया—"लिंग की वेदी साक्षात् माता अम्बिका हैं, इसके मूल में ब्रह्मा, मध्य में विष्णु और शीर्ष भाग में स्वयं सदाशिव, महादेव प्रतिष्ठित हैं। इस लिंग की उपासना बाह्य और आभ्यन्तर दोनों रूपों में होती है। शिव बाहर भी हैं और भीतर भी।

ओम् शिव का एकाक्षर मंत्र है, नम: शिवाय: के पंचाक्षर समूह से मिलकर यह षडाक्षर मंत्र हो जाता है। यह मोक्ष की ओर ले जाने वाला द्वार है। शिवलिंग के समक्ष किया गया यह जप-यज्ञ सब प्रकार के अनुष्ठानों से श्रेष्ठ माना जाता है।

उसी समय नैमिषारण्य के पवित्र तीर्थ में परम तेजस्वी ऋषि सूतजी ने भी साम्ब सदाशिव के लिंगपुराण की कथा सुनाई। उन्होंने ऋषियों को शिवलिंग के उद्भव, उसकी उपासना के साथ पाशुपत योग का वर्णन किया। भगवान् शिव का तांडव नृत्य, उनके श्मशान वास और शिव की समस्त कथाओं का वर्णन किया। शिव रुद्र हैं, वे जब दयालु होते हैं तो प्राणियों का कल्याण करते हैं। उनकी कृपा से इस लोक में धर्म, ज्ञान, वैराग्य और ऐश्वर्य प्राप्त होते हैं।"

सूतजी ने ऋषियों को सम्बोधित कर पुराकाल में घटित महाप्रलय में ब्रह्मा द्वारा बताए गए शिवलिंग के प्रादुर्भाव का संकेत किया—महाप्रलय वेला में हजारों अग्नि ज्वालाओं से व्याप्त, आदि-मध्य-अन्त सहित दीप्तिमान लिंग प्रकट हुआ था। उसके दिव्य प्रकाश से सभी देव मोहित हो गए, वह अतुलनीय और अवर्णनीय था। वह एक विराट् अग्नि-स्तंभ की तरह प्रदीप्त था। न इस लिंग का आदि था, न अन्त। उस लिंग से ओंकार की कोमल ध्वनि निकल रही थी। देवताओं के स्तुतिवाचन से प्रसन्न हो शिव दिव्य शब्दमय रूप में प्रकट हो गए। उनके पार्श्व में भगवती उमा विराजमान थीं। उसमें से गायत्री आदि अन्य अनेक मंत्रों का घोष हो रहा था।

सभी देवों को अनुभव हुआ कि समग्र जगत् को अपने भीतर लय करने के कारण ही लिंग है और लिंग वेदिका के रूप में पार्वती और लिंग रूप में साक्षात् शिव प्रतिष्ठित हैं। इस लिंग में लयता का भाव है। भगवान् शिव साधना के लक्ष्य हैं, उनका चिन्तन ही ध्यान और मोक्ष ही जीवन का प्रयोजक है। इसी विधि से शिव को पाया जा सकता है।

भगवान् शिव ओंकार के रूप में दिव्य-शब्द-मंत्र रूप में अपने लिंग में प्रकट हुए। उनका स्वरूप इस प्रकार था—

"अकार उनका मस्तक, दीर्घ आकार उनका ललाट, दाहिना नेत्र इकार, बायाँ नेत्र ईकार, दाहिना कर्ण उकार, बायाँ कर्ण ऊकार, दायाँ कपोल ऋकार, बायाँ कपोल दीर्घ ॠकार, लृ तथा ॡ क्रमशः दाहिने बाएँ नासापुट, एकार ऊपर होंठ, ऐकार निचला होंठ, ओकार तथा औकार क्रमशः ऊपर तथा नीचे की दंत पंक्ति, अं तथा अः ऊपर और नीचे के तालु के रूप में प्रकाशित थे। कवर्ग के पंचाक्षर उनके दाहिनी ओर के पाँच हाथ थे, चवर्ग के पाँच अक्षर बाईं ओर के पाँच हाथ, टकार आदि पाँच अक्षर दायाँ पैर, तकार आदि पाँच अक्षर बायाँ पैर, प वर्ग का पकार उनका उदर, फकार उनका दाहिना पार्श्व, बकार बायाँ पार्श्व, भकार स्कंध और मकार महायोगी शिव का हृदय था। यकार से लेकर सकार पर्यन्त सात वर्ण शिव के सप्त धातु (रस, रक्त, मांस, मेद, अस्थि, मज्जा और शुक्र) बने, हकार उनकी आत्मा तथा क्षकार उनके क्रोध के रूप में प्रकट हुआ।

प्रलय समुद्र में जब यह शिवलिंग, महास्तंभ के रूप में प्रकट हुआ तो उसका ओर-छोर जानने के लिए विष्णु ने श्वेत वाराह का रूप लिया और ब्रह्मा हंस बनकर, ऊपर-नीचे का छोर ढूँढ़ने चले पर पार न पा सके। कहते हैं, केतकी ने ब्रह्मा के कहने पर झूठी गवाही दी कि लिंग के अग्रभाग का पता चल गया है। तभी शंकर द्वारा केतकी का पुष्प इस अपराध से शापित हुआ और शिवलिंग की पूजा में केतकी पुष्प को वर्जित माना गया। तभी से ब्रह्मा का एक नाम 'हंस' और विष्णु श्वेत वाराह रूप कल्प माने गए।

शिवलिंगों की रचना बाणलिंग, स्वर्ण आदि से होती है। इसके अतिरिक्त पुराणों में गन्ध लिंग, पुष्प लिंग, रजोमय लिंग, गोधूम शालिज लिंग, सितालिंग, लवण लिंग, धान्यज, स्फटिक आदि लिंग वर्णित हैं। पर ताम्र सीसक, रक्त चन्दन, शंख, काँसा लोहा आदि द्रव्यों के लिंग कलियुग में वर्जित माने गए हैं।

शिवलिंग सामान्यतः अंगुष्ठ प्रमाण के होते हैं। लिंग से दो गुनी वेदी और उसका आधा योनिपीठ होता है। पारद लिंग की महिमा में माना गया है कि प विष्णु, आ कालिका, र शिव और द ब्रह्मा के प्रतीकाक्षर हैं। नर्मदा आदि नदियों के पाषाण लिंग अथवा नर्मदा रज से निर्मित शिवलिंगों की भी महिमा गाई गई है। अनेक स्थानों पर काशी के विश्वेश्वर लिंग को प्रथम, केदारेश्वर दूसरे, मल्लिकार्जुन तीसरे, भीमशंकर

चौथे,कश्मीर क्षेत्र के ओंकारेश्वर या अमरेश्वर या अमरनाथ पाँचवें, उज्जयिनी के महाकालेश्वर छठे, सोमनाथ सातवें, बिहार (झारखंड) चिताभूमि के वैद्यनाथ आठवें, नागनाथ नवें, घुश्मेश्वर दसवें, ब्रह्मगिरि में त्र्यंबक रूप में ग्यारहवें और सेतुबन्ध रामेश्वर बारहवें रूप में परिगणित हैं।"

महर्षि लोमश और सूतजी द्वारा शिवलिंग के स्वरूप और माहात्म्य का वर्णन चल रहा था और कैलास पर बैठे-बैठे उसे सुनकर भगवती उमा के मुख पर महादेव ने मन्दास्मिति की झलक देखी। उन्होंने पूछा—"देवि! देवगण, ऋषिगण, ब्रह्मा, विष्णु तक मेरे इस मूर्त-अमूर्त, सगुण-निर्गुण स्वरूप का भाँति-भाँति से आख्यान करते हैं, इस गम्भीर विमर्श में सृष्टि का आदि कारण और उसके लय होने तक की कथा समाहित है पर आप सहज भाव से प्रसन्न तो हैं पर, सम्भवत: आपका मन किसी अन्य विचार में निमग्न है?"

उमा मुस्कान नहीं छिपा सकीं। बोलीं, "प्रभो! संसार के देवतागण, ऋषि-महर्षि, विचारक और दार्शनिक आपके जिस महिमामय लिंग स्वरूप को लय-प्रलय से जोड़ रहे हैं, मैं उसमें किसी अन्य महाभाव का अनुभव कर रही हूँ। आपका यह महान लिंग मेरे और आपके—शिव और शिवा के एकत्र ज्योतिर्लिंग विग्रह का ही प्रतिरूप हैं। क्या यह हमारे अर्द्धनारीश्वर रूप का संकेत नहीं? आप मुझमें और मैं आपमें समाहित हूँ। यही तो लय-भाव है। एक सूत्रता और एकात्मकता ही तो लय है। हम दोनों की अभिन्नता और एकरूपता ही इसमें दृष्टिगत होती है। यही तो प्रकृति और पुरुष का मिलन है। हम जब भी विराट् को देखने का प्रयत्न करते हैं तो स्थूल आँखों से उसे देख नहीं सकते, अपनी बाँहें फैलाकर उसे बाँध नहीं सकते। हम सीमित हैं, वह ब्रह्म असीम है। सीमा और असीमता की यही क्रीड़ा विश्व है। यह विश्व इसलिए गतिशील और परिवर्तनशील है कि आपका नर्तन सदैव चल रहा है।

हमारा यह पूज्य शिवलिंग आपके महद् रूप को ही सूचित करता है। यह अनेकविध और अनेक रूपात्मक है। आपकी क्रीड़ामूर्ति और नृत्य-मुद्रा की तरह कभी यह पारद रूप में, कभी नीलमणि, कभी पद्मराग में तो कभी लौह-काष्ठ, प्रस्तर पार्थिव रूपों में प्रकट होता है, मानो प्रकृति के सभी पदार्थों में हमारा यह प्रेम प्रकट हो रहा हो। यह मनोजगत् की उच्चता का प्रमाण है, यह रहस्यमय और गोपन स्वरूप वाला है, इसलिए विज्ञानमय है और भक्त का चित्त जितना ही भावनामय है उतना ही यह आनन्दमय है। आपके त्र्यंबक रूप की ज्वलंत बह्नि को शीतल जलधारा सदा शान्त करती रहती है। देव! आप अग्निरूप हैं, मैं जल रूप हूँ। जब हम अर्द्धनारीश्वर रूप में होते हैं तो हमारा यह प्रगाढ़ प्रेम विश्व को एक साथ भक्ति और आनन्द की अनुभूति करा देता है।"

अति प्राचीन वैदिक देवता रुद्र शीघ्र ही देवताओं, मनुष्यों और सम्पूर्ण त्रिलोक में चर्चित हो गया। इस रुद्र की उत्पत्ति ब्रह्मा के मुख अथवा भ्रू-मध्य से हुई थी। जन्म के समय यह रोया, क्योंकि उसमें चिल्लाने-तेज स्वर करने की क्षमता थी। वह एक साथ भयंकर और सौम्य था, उसकी आँखों में विध्वंस की छाया थी तो स्वास्थ्य और कल्याण की भावना भी। जन्म के समय उसका रंग लाल था जो उसके भीतर के ताप और विनाशकारी अग्नि का सूचक था। पर धीरे-धीरे वह उज्ज्वल-कर्पूरगौर होता गया, क्योंकि उसकी दृष्टि कल्याणमयी होती गई। उसने अपना महत्त्व स्वयं प्राप्त किया। वह प्रकृति के उस भाव का सूचक था जिसमें विनाश और भूकंप आते हैं, पृथ्वी हिलती है, आकाश गर्जन-तर्जन करता है, जल और विद्युत की चोट से देव जाति और मनुष्य जाति द्वारा सँवारी गई यह दुनिया क्षण भर में नष्ट हो जाती है।

वैदिक काव्य में रुद्र और इन्द्र को अनेक बार समान रूप में देखा गया। दोनों को वज्रबाहु भी कहा गया। रुद्र के द्वारा हुए विध्वंस के बाद एक गम्भीर शान्ति का वातावरण स्वत: उत्पन्न हो गया। शिव की कल्पना एकादश रुद्रों के साथ की गई। वे अनन्त और विराट् घोषित किए गए। पुराणों में उनके मधुर और उग्र रूप के उदाहरण दिए जाते रहे, पर शिव मूल रूप से एक लोकोपकारक देवता थे, प्रेमी थे, जीवों के रक्षक और आश्रयदाता थे। उनकी सबसे बड़ी विशेषता थी उनका लचीलापन। वे जितनी सरलता से कैलास या शिवलोक के अध्यात्म जगत् में रह सकते थे उतनी ही सरलता से पृथ्वी के ताप तप्त प्राणियों तक भी पहुँच सकते थे। यह गति ही शिवत्व की परिचायिका थी।

देवराज इन्द्र भी अपनी शक्ति से परिचित थे। उनके पास वज्र था, स्वर्ग का राज्य था, उनके अधीन काम करने वाले अनेक देवता थे, जो सभी मिलकर सृष्टि के संचालन में सहयोग करते थे। देवराज के मन में भी प्रश्न उठता रहता था कि ब्रह्मा, विष्णु और महेश यदि तीनों एक हैं तो इनमें रुद्र कौन है? वैदिक शास्त्र भी शिव के अंग हैं। वे अपने प्रश्नों के समाधान के लिए ब्रह्मा के पास पहुँचे और उनसे जिज्ञासा की कि रुद्र कौन है? ब्रह्मा ने उत्तर दिया—"शिव संकल्प का सुन्दर उदाहरण है यजुर्वेद की रुद्राष्टाध्यायी। रुद्र वही है जो दु:खों को मिटाता है। सत् ही रुद्र है, उसी में विष्णु, शिव और मेरा स्वरूप भी अन्तर्निहित माना गया है। यही रुद्र ब्रह्म है। यही स्वयंभू लिंग है और यही शिव है। शिव की शक्ति के सार को शुक्ल यजुर्वेद में रुद्राष्टाध्यायी के रूप में संगृहीत किया गया है। जीवन जीने के जितने मार्ग होते हैं, ज्ञान और वैराग्य के क्षेत्र होते हैं, प्रार्थना और शान्ति कामना की जो इच्छा होती है वो इसमें व्यक्त हुई है। रुद्र की उपासना का अर्थ है अपने

भीतर छिपी हुई शक्तियों को समझना।"

"पितामह! रुद्राभिषेक का स्वरूप समझाने की कृपा करें।"

"इन्द्र! गणेश का स्मरण शिव संकल्प सूक्त आदित्य के आदि के साथ रुद्र सूक्त के श्लोकों में महामृत्युंजय की भी रचना हुई है। नमक-चमक के द्वारा नमो भाव और 'च' 'मे' के द्वारा महारुद्र शिव की स्तुति की गई है। देवराज शिव संकल्प सूक्त जीवन जीने की कला सिखाता है—यह मन का जागरण है। संकल्प ही हमारे स्वरूप का निर्माण करता है। हम हर कर्म को अनुष्ठान समझें, हमारी बुद्धि सदैव जाग्रत रहे, हमारा मन हमारे वश में हो तभी तो संकल्प सिद्ध हो सकता है। इसमें बताया गया है कि ज्ञान, चित्त और धैर्य के रूप में मन किसी ज्योति पिंड की तरह चमकता रहता है। ऐसे मन को कल्याणमय संकल्प से जोड़ना ही शिव संकल्प है। इस मन की विशेषता है कि वह समय का अतिक्रमण कर सकता है। भूतकाल में, वर्तमान काल में या भविष्यत् काल में जा सकता है। ऐसा ही मन शिव संकल्प करता है। जैसे रथ के चक्र की नाभि में तीलियाँ जुड़ी रहती हैं, जैसे किसी वस्त्र में धागे निहित होते हैं। जैसे किसी घोड़े की लगाम किसी कुशल सारथी के हाथ में होती है और उसकी इच्छाओं के संकेत पर ही रथ दौड़ता और नियंत्रित होता है, वैसे ही मन शिव संकल्प के योग्य होता है। शिव का आवाहन, पूजन, अभिषेक, उत्तर पूजन और बिल्व पत्रों का समर्पण साधक को रुद्र से जोड़ देता है।"

इसी क्रम में ब्रह्मा ने नारद को रुद्र के विषय में बताया—

"वेद और शिव में कोई भेद नहीं, इसी प्रकार शिव और विष्णु में भी कोई अन्तर नहीं और प्रिय पुत्र! यही बात मेरे सम्बन्ध में भी कही जाती है। हम तीनों ही मूलतः एक ही हैं। रुद्र रुत वाचक है जो दुःखों को दूर करता है, संताप हर लेता है। इस रुद्र में हम सभी समाहित हैं। रुद्राष्टाध्यायी को तुम वेदों का मथा हुआ नवगीत समझो। इससे विषयासक्त संसार को वास्तविक ज्ञान और सद्गति मिलती है। गणेश के आवाहन के साथ पुरुषसूक्त, आदित्यसूक्त, वज्रसूक्त, रुद्रसूक्त, आरण्यक श्रुति और अष्टम अध्याय में नमक चमक का विनियोग हुआ है। षष्ठ अध्याय में महामृत्युंजय मंत्र की रचना हुई है। शिवलिंग का रुद्राभिषेक प्राणियों को बाधामुक्त करता है। इस शिवलिंग को अग्नि स्तंभ, ऊर्जा स्तंभ, प्रकाश स्तंभ आदि भी कहते हैं।"

"ज्ञाननिधे! शिवलिंग के मूल स्वरूप का परिचय भी दें।"

"पुत्र नारद! शिवलिंग शिव और शक्ति का एकत्र रूप है। यह प्रकृति और पुरुष की एकता का भी प्रतीक है। लिंग प्रतीक और चिह्न है जो वास्तविक ऊर्जा का केन्द्र है। यह लिंग अव्यक्त और अमूर्त सत्ता का स्थूल प्रतीक है। इसके माध्यम से अव्यक्त सत्ता का ध्यान और अनुभव किया जा सकता है। रुद्र विध्वंसक और कल्याणकारी रूप में व्यक्त होते हैं जिनका स्वरूप शिवलिंग में देखा गया है। सृष्टि

के बीज की रचना करने वाले लिंग रूप शिव अपनी प्रकृति रूपा शक्ति से संयुक्त होते हैं, तब सृष्टि की उत्पत्ति होती है। शिव अपनी तेजोमयी प्रकृति को धारण कर उससे आच्छादित होकर व्यक्त होते हैं, अन्यथा उनका व्यक्त होना कठिन है। प्रकृति और पुरुष का यह मेल यज्ञ है? लिंग ही सृष्टि को व्यक्त करता है और इसका अर्थ यह भी है कि सब कुछ इसी में लय भी हो जाता है। इसी से ज्योति एवं प्रणव की उत्पत्ति होती है। इस प्रणव में अकार में ब्रह्म रूप से मैं स्थित हूँ, उकार विष्णु हैं और मकार शिव हैं। उस रुद्र को ही शास्त्रों ने सुख स्वरूप शिव कहा है।"

"पिताश्री! जब हम एक रुद्र की बात करते हैं तो वह शिव है और जब अनेक रुद्र की चर्चा होती है तो उसमें असंख्य जीवात्माओं का बोध होता है।"

"हाँ, पुत्र! रुद्र परमेश्वर है। वही संहर्ता है। जगत् स्रष्टा भी है। वेदों में रुद्र और अग्नि की समानता मानी गई है। इस रुद्र का रंग सुनहरा और भूरा माना गया है। यही रुद्र महादेव हैं जो लौकिक भी हैं, अलौकिक भी, सगुण भी हैं, निर्गुण भी। उन्हें अपनी अन्त:स्थ शक्ति से भी पाया जा सकता है।"

देवर्षि नारद को रुद्र स्वरूप की जो झलक मिली, उससे उन्हें कृतार्थता का अनुभव हुआ और हर्षित मन से लौट पड़े।

62

कैलास की शिखर पट्टिका में जब-जब कोई उत्सव होता है तो उदयकालीन सूर्य की तेजोद्दीप्त रश्मियों का सौन्दर्य ही कुछ भिन्न होता है, शीतल पवन के मन्द झकोरे चित्त को उत्फुल्ल करते हैं, वे केवल निर्विचार ही नहीं करते, निर्विकार भी कर देते हैं। हिमधवल शिखरों पर सूर्य किरणों का स्पर्श अद्भुत होता है, बर्फ चमकती है, पिघलती है, कठोर से कोमल होती है लघु प्रस्रविणी निर्झरिणी भी बन जाती है। सूर्य का प्रकाश इस रूपान्तरण में सहायक होता है। इस प्रकाश में कोई रहस्य या प्रच्छन्न अन्धकार नहीं रह जाता, जहाँ गुह्येश्वरों के ईश्वर निवास करते हों वहाँ कुछ भी गुप्त रहस्यमय नहीं रह जाता। रहस्य और माया के सारे आवरण भंग हो जाते हैं, ऊपर पड़े हुए पंच कंचुकों के बन्धन शिथिल हो जाते हैं और जीवनमुक्त होने का मार्ग प्रशस्त हो जाता है।

आज भी उत्सव का ही दिन था। आज दीपावली पूर्व चतुर्दशी की प्रात:कालीन वेला थी। आज भगवान् शिव के ग्यारहवें रुद्र हनुमान का जन्मदिन था। शिव स्वरूप हनुमान शिव के ही पुत्र रूप, तेजोरूप, अग्निरूप में आविर्भूत हुए थे। उनमें भी त्रयात्मक शक्ति थी, वे शंकर सुवन, केसरी नन्दन और पवन पुत्र के रूप में प्रकट हुए थे। शक्ति का कोई एक स्रोत नहीं होता। किसी एक अंग के सुदृढ़ होने से शरीर

का बल नहीं बढ़ता। अंगों का उचित विन्यास और शक्ति की मात्रा ही दृढ़ता और तेज प्रदान करती है। हनुमान शक्ति के इसी दिव्य पुंज और दैवी चेतना के प्रतीक थे।

इधर नारद पिता ब्रह्मा के पास पहुँचे और उनके मन में रुद्रावतार हनुमान के सम्बन्ध में कई जिज्ञासाएँ थीं। नारद ने प्रश्न किया—"जगत् प्रभो! हनुमान रुद्रावतार हैं, वे ग्यारहवें रुद्र हैं। कृपाकर रुद्र-तत्त्व का हमें ज्ञान दें।"

ब्रह्मा ने उत्तर दिया—"वत्स नारद! प्रलयकाल में शिव की समाधि की तरह या उस तुरीय स्वरूप में केवल एक रुद्र ही था। रुद्र के रूप में वह महेश्वर अपनी शक्ति उमा के साथ व्यक्त हुआ। 'उमा सहायं परमेश्वरं प्रभु, त्रिलोचनं नीलकंठं प्रशान्तम्' वह उमापति रुद्र ही सभी प्राणियों के शरीर और मन में निवास करता है। रुद्र रुद् से व्युत्पन्न है, जिसका अर्थ है चिल्लाना। रुद्र का अर्थ चमकना और लाल होना भी होता है। रुद्र प्रकृति की संहारक और विकासात्मक दोनों शक्तियाँ रखते हैं। प्रकृति का विक्षोभ, झंझावात, धारासार वृष्टि, विद्युत का गर्जन-तर्जन, मेघों का प्रचंड वर्षण, पवन का वेग और अप्रतिम भयंकर रूप रुद्र की ही देन हैं। रुद्र का प्रशान्त और सौम्य रूप भी वैदिक ऋचाओं में व्यक्त हुआ है। ध्वंस, विनाश और शक्ति-प्रदर्शन के साथ रुद्र कल्याणकारी और जगत् के लिए स्वास्थ्यकर लाभदायी शक्तियाँ भी रखते हैं। हम त्रिदेवों में शिव के रूप में ही उनकी गणना है। वे साक्षात् शिव स्वरूप ही हैं। उन्हें मरुतों का भी पिता कहा गया है। रुद्र का स्वरूप धनुष-बाणधारी स्वर्णाभूषणों से मंडित, स्वास्थ्य-बाधा को दूर करने वाले, चिन्ता जनित बाधाओं को शमित करने वाले शक्तिशाली देवता के रूप में अंकित हुआ है। इन्द्र की भाँति उन्हें भी 'वज्रबाहु' कहा गया है पर वे सदैव वज्र धारण नहीं करते। विद्युत का चमकना, मेघों का वर्षण-कार्य एवं मेघ-गर्जन इन्द्र का कार्य है पर वज्रपात जनित मृत्यु के कारण रुद्र ही माने गए हैं।

रुद्र का आयुध विध्वंसक रूप में ही अधिक देखा गया है। पर हर विध्वंस अन्त में एक अद्‌भुत प्रशान्ति में परिणत हो जाता है। विध्वंस के पूर्व और पश्चात् यह शान्ति स्वत: आ जाती है। इसीलिए संसार में शिव लोकोपकारी और कल्याणभाव के देवता के रूप में परिगणित हुए। वैदिक ऋचाएँ रुद्र को एक और अनेक दोनों रूपों में वर्णित करती हैं। रुद्र एक ही है दूसरा कोई नहीं है। असंख्य सहस्रों रुद्र इस भूमि पर हैं। एक रुद्र परमात्मा का वाचक है। ज्ञानियों को वह परमात्मा हृदय में प्राप्त होता है। अत: एक रुद्र परमात्मा है और अनंत रुद्र जीवात्मा का वाचक है। जैसे नर नारायण बनता है, वैसे ही रुद्र भी महारुद्र कहलाता है। वह रुद्र, वह महादेव मृत्यु भी है, रक्षक भी है। पुत्र नारद! जैसे गीता में कृष्ण का विश्वरूप वर्णित है वैसे ही रुद्रसूक्त में रुद्र का विराट् रूप लक्षित होता है।"

नारद ने प्रश्न किया—"प्रभो! त्रेतायुग में हनुमान ही एकादशवें रुद्रावतार हैं?"

"हाँ, पुत्र! हनुमान साक्षात् परमेश्वर रुद्र माने गए हैं—वे वानराकार विग्रह

पुरारी हैं। उन्हें तुमने भी—'साक्षात् देवो महेश्वरः' माना है। उपनिषदों ने भी उन्हें 'एकादश रुद्र' की संज्ञा दी है। प्रणव मंत्र और ओम् के परब्रह्म रूप में मकार तृतीयाक्षर हनुमान ही हैं। (मकराक्षर संभूतः शिवस्तु हनुमान स्मृतः) सर्वकार्य सिद्धि के लिए ऋषियों ने सदैव रुद्र रूप हनुमान का आवाहन किया है। हनुमान शत्रु के संहारक हैं और परम कल्याण रूप साक्षात् शिव हैं।"

नारद ने पुनः प्रश्न किया—"देव! हनुमान शिवपुत्र कहे गए हैं, इसकी क्या कथा है?"

ब्रह्मा ने उत्तर दिया—"कभी शिव विष्णु का मोहिनी रूप देखकर मुग्ध हो गए। श्रीराम का कार्य सम्पन्न हो, इस भाव से उनके स्खलित तेज को सप्तर्षियों ने पत्ते में रखकर माता अंजनी के कर्ण मार्ग से प्रविष्ट करा दिया। उसी वीर्य से वानर शरीरधारी हनुमान शिव का अवतरण हुआ। हनुमान 'त्र्यंबकसम्भव' हैं। यहाँ तक कि शिव के वृषभ नन्दी हनुमत अवतार ही कहे गए हैं। तंत्र शास्त्र में भी हनुमान का कराल रूप—'हं हनुमते रुद्रात्मकाय हुं फट्' तथा 'हं पवननन्दनाय स्वाहा' के रूप में परिलक्षित हुआ है। नारद! 'हं' वर्ण रक्षात्मक है और 'हुं' वर्ण शत्रु विनाशक। श्रीराम के अनन्य हनुमान रूप में शिव की ही रामभक्ति प्रकट हुई है। रुद्र रूप हनुमान के रूप में शिव ही अवतरित हुए हैं।"

पितामह ब्रह्मा से संलाप के बाद नारद का प्रश्नाकुल मन शान्त हो गया। वे समझ गए कि हनुमान रुद्रावतार हैं और वे शक्ति और भक्ति के समुच्चय हैं। इसके बाद नारद वीणा वादन करते प्रसन्न मुदित मन से क्षणमात्र में कैलास पहुँच गए।

कार्तिक कृष्णपक्ष की चतुर्दशी के मध्याह्न में भगवान् शिव और उमा के सान्निध्य में रुद्रावतार हनुमान की वन्दना हुई, पूजन हुआ और पाद्य, अर्घ्य, आचमनीय, स्नान से लेकर धूप, दीप, नैवेद्य तक उनके और श्री महादेव के चरणों में अर्पित किया गया। नन्दीश्वर ने आगे बढ़कर नारद मुनि के साथ पूजन कार्य सम्पन्न किया। शिव-नन्दी दोनों के ही मुख पर सहज मुस्कान थी। क्योंकि दोनों जानते थे कि वे भी रुद्र के अंश हैं। मूलतः शिव, हनुमान और नन्दी में कोई भी अन्तर नहीं है। नन्दी पशु योनि के वृषभ देव हैं, हनुमान वानर रूप में मानवीय और ईश्वरीय शक्तियों के आगार हैं और शिव तो साक्षात् महारुद्र परमेश्वर ही ठहरे।

कृष्णपक्ष की चतुर्दशी कैलास पर एकत्र महाशक्तियों के तेज से जगमगा रही थी। शिव, पार्वती और हनुमान की उपस्थिति से सम्पूर्ण वातावरण तेजोमय हो उठा था। शिव अपने ही रुद्रावतार हनुमान को देखकर भावविभोर हो रहे थे, पार्वती के मन में एक अद्भुत आकर्षण और स्नेह का भाव जग रहा था—बुद्धि, बल, यश, धीरता, निर्भयता, वाक्पटुता और दृढ़ता का एकत्र सन्निवेश वहाँ उनके समक्ष प्रस्तुत था। उनके हनुमान इस बात के प्रतीक थे कि भक्ति का अधिकार केवल देवता, मनुष्य और दानवों को ही नहीं, सब प्रकार के जीवों में समान अधिकार के रूप में व्याप्त है।

शिव ने हनुमान को लक्षित कर कहा—"हमारे प्रिय हनुमंत लाल जी आप मनुष्यता के सारे गुणों के प्रतीक हैं। दास्य भक्ति के द्वारा आपका चरित्र उच्चता के शिखर पर पहुँचा है। आपकी उपासना यद्यपि उग्र है पर उसके भीतर भक्ति की तरलता छिपी हुई है। हनुमान जी! आप सम्यक् ब्रह्मचर्य के पालन, शत्रु-निग्रह, काम-विजय, कार्यसिद्धि और लक्ष्यसिद्धि के अपूर्व उदाहरण हैं। कोई बाधा आपको रोक नहीं सकती। भूमि, आकाश, अन्तरिक्ष, स्वर्ग और पाताल सब आपके चरणों के नीचे हैं। आप समस्त लोकों को जानने वाले ज्ञानी हैं।"

हनुमान शिव और पार्वती के चरणों के पास बैठ गए। भावावेश के कारण उनका मन द्रवित हो रहा था। शिव और पार्वती ने अपना हाथ अत्यंत स्नेह से उनके मस्तक पर रखा। हनुमान जी की आँखों से अश्रुधारा बहने लगी, वे बोलना चाहकर भी कुछ बोल न सके।

शिव ने कहा—"हनुमान जी! आप हमारे हृदय में निवास करते हैं, क्योंकि हमारे हृदय में श्री सीताराम अवस्थित हैं। राम मेरे आराध्य हैं और आपके भी और उस पर आप मेरे अंश भी ठहरे। इसलिए हर दृष्टि से यह हमारा सम्बन्ध अत्यंत दृढ़ है। मैं जानता हूँ, आप सेवा के आदर्श प्रतिमान हैं। पृथ्वी से लेकर समस्त ब्रह्मांड तक, जल-पर्वत और त्रिलोक तक आपकी गति अबाध है। अपने पिता पवन की तरह आप सर्वत्र व्याप्त हैं। कार्तिक कृष्णपक्ष की चतुर्दशी तिथि को स्वाति नक्षत्र और मेष लग्न में माता अंजना के गर्भ से आपका प्राकट्य हुआ है। इसी बहाने हमने आज आपका स्मरण किया है। आपके स्मरण करने का अर्थ है, श्रीराम का स्मरण। आपके एक गुण हों तो बताऊँ? आपने माता सीता का दुःख दूर किया। श्रीराम के नाम और वैभव को प्रकट किया, सोने की लंका जलाई और रावण की कीर्ति-पताका को ध्वस्त कर राक्षस राज का अन्त किया। किसी अन्य देवता के यजन और भजन से कोई एक वर प्राप्त हो सकता है पर आप बुद्धि-बल, कीर्ति, धैर्य, निर्भीकता आदि बहुत सारे सद्गुण प्रदान कर देते हैं। आप में एक ओर अपने को शाखामृग या वानर कहकर विनम्रता का भाव भरा है तो दूसरी ओर युद्ध के प्रांगण में खड़े होकर महान बलशाली होकर अकेले ही सम्पूर्ण राक्षसी सेना के लिए पर्याप्त होने का वीर भाव है, तभी तो वाल्मीकि रामायण में आपने घोषणा की कि "चारों ओर से राक्षसी सेना से घिरा हुआ मैं सम्पूर्ण राक्षसों के बल का मर्दन कर सकता हूँ, आपमें विनम्रता और आत्मशक्ति का अद्भुत मेल है।"

पार्वती बोलीं—"हनुमान जी! आपने समुद्र के जल को लाँघा और सीता की शोकाग्नि से ही लंका जला दी तथा लक्ष्मण को प्राणदान दिया।"

हनुमान सिर झुकाए माता पार्वती और प्रभु शिव की बातें सुनते रहे। तभी नारद जी ने हाथ जोड़कर उनकी स्तुति की—"हनुमान महाशक्ति के धारक हैं, वे श्रीराम के द्वारा छोड़े गए अमोघ बाण की तरह समुद्र लाँघ गए। उनके पास राम की

मुद्रिका थी, हृदय में राम का नाम था, तो समुद्र लाँघना कैसे असम्भव होता? वेद आपको 'अग्निदूत' कहते हैं। आप दैत्यवन को जलाने वाले दाहक अग्नि की तरह हैं। स्वर्ण पर्वत की तरह चमकता हुआ आपका शरीर, जितेन्द्रिय मन और ज्ञान के अतुलित भंडार बनकर आप सभी लोकों के लिए कल्याणकारी हैं। धैर्य, बुद्धि, सूझ और कुशलता के कारण ही आपको कार्यसिद्धि मिली है। तभी तो माता सीता ने आपको अजर-अमर होने और अष्ट सिद्धियों और नौ निधियों का दाता बनने का आशीर्वाद दिया था।"

हनुमान ने विनम्र भाव से कहा—"हमारे शिव और माता पार्वती से बड़ा कोई शास्त्र नहीं, कोई ज्ञान नहीं, वे असीमता के वाचक हैं, जो दिव्य होते हैं उनकी कथा भी दिव्य ही होती है। आप सबों की प्रशंसा मेरे लिए आशीर्वाद स्वरूप ही है। पर मैं तो श्री सीताराम का सेवक, एक अबोध शिशु, उनके वात्सल्य का अधिकारी और आप सबके स्नेह का पात्र मात्र हूँ। आपकी करुणा ने ही मुझे इतनी शक्ति दी कि मैं प्रभु श्रीराम की कथा का एक सहायक पात्र बन सका। प्रभो! आप सब मुझे शक्ति दें कि मेरी भक्ति श्री सीताराम में बनी रहे और मैं इस भूमंडल पर संसार के कल्याण के लिए आर्तजनों की पीड़ा हर सकूँ।" यह कहकर हनुमान शिव-पार्वती के चरणों में झुक गए। सबके मुख से 'साधु-साधु', 'धन्य-धन्य' की ध्वनि निकल रही थी।

हनुमत् पूजन के अन्त में हवनादि कर्म सम्पन्न हुए। पवित्र अग्नि में स्वाहा के साथ जिन-जिन देवों को आवाहित किया गया सबने उस साकल्य और प्रसाद का हवि ग्रहण किया। संध्या तक यह देवकार्य सम्पन्न हुआ। और सभी अपने-अपने विश्रामागार की ओर चल पड़े। श्री शिव, उमा और देवर्षि के साथ-साथ उपस्थित सभी गणों ने भी हनुमान जी का मन ही मन श्रद्धापूर्वक ध्यान किया।

"हनुमान श्री सीताराम के चरणानुरागी सतत जाग्रत, सतत सेवी भक्त हैं। हनुमान का मुख दिव्य तेज से युक्त है, वे लाल (महावर) के रंग के समान अरुण वर्ण के हैं, शरीर की लालिमा और कांति ज्वलित स्वर्ण की भाँति है, वे काल और यम की तरह भयंकर भी हैं और उनके मुख पर माधुर्य और राम के भक्ति-रस की कोमलता है, वे समर्पित भी हैं और उग्र भी। उनका तेज ज्वलित अग्नि के समान है। वे विजयशील तथा कोटि सूर्यों के सदृश तेजस्वी हैं। वे साक्षात् रुद्र स्वरूप हैं। उनका सिंहनाद शत्रुओं के लिए प्राणघातक बन जाता है। उनका शरीर ब्रह्मांडव्यापी और विराट है। उनके दर्पपूर्ण हुंकार से दशों दिशाएँ प्रकम्पित हो रही हैं। उनके मस्तक का मुकुट चमक रहा है। उसमें जटित नीलमणि का प्रकाश जगमग कांति बिखेर रहा है, माथे पर श्रीराम-सीता के स्वरूप का प्रतीक पीत रक्त चन्दन अंकित है, कानों में झूलता कुंडल-ग्रीवा में स्वर्णहार और स्वर्णिम बाजूबन्द दोनों कलाइयों पर स्वर्ण कंकण, पाँवों में स्वर्ण-बन्धन और ग्रीवा से वक्षःस्थल पर झूलती श्वेत पुष्पों की दिव्य अम्लान माला, वामभाग में स्वर्णिम गदा, बायाँ हाथ जानु पर और दायाँ

अभय मुद्रा में तथा शोभाशाली हवा में हिलते पुच्छभाग की अद्वितीय आभा सबके लिए कल्याणकारी और मंगलदायिनी सिद्ध हो रही है।" श्रीराम-लक्ष्मण-सीता के पाद-पद्मों में हाथ जोड़े, अश्रु बोझिल शिवरूप हनुमान का स्मरण सबके हृदय में शान्ति का संचार कर रहा था।

63

सम्बन्ध इकहरा नहीं होता, वह दो से अधिक प्राणियों के भावनात्मक आदान-प्रदान का नाम है। यह सम्बन्ध और भी प्रगाढ़, और भी व्यापक तब होता है जब सम्बन्धों का क्षेत्र बड़ा हो जाता है। आज पार्वती का मन जीव और परमात्मा, मनुष्य और देवता, समस्त दृश्यमान प्रकृति, उसके वन-वृक्ष, फल-फूल, पशु-पक्षी, कीट-पतंग आदि प्राणियों के विषय में ही सोच रहा था।

हिमालय क्षेत्र के गन्धमादन पर्वत पर सूर्य की चमकीली किरणें अब रक्तिम होने लगी थीं, मगर उसकी लालिमा में अभी ताप बाकी था। ठंडी हवाओं में पंख फड़काते पक्षी भाँति-भाँति के स्वर में बोल रहे थे। मयूर की आँखों में प्रेमरस उतर रहा था, उनकी आँखों की कोर में लालिमा आ गई थी, वह इस आशा से आकाश के मेघों की ओर आशा भरी दृष्टि से देख रहा था, कि कब काले मेघ उमड़ेंगे, कब वह पंख फैलाकर नृत्य करेगा और कब नाचते-नाचते नृत्य के आवेश से उसकी आँखों से अश्रु-मद छलक जाएगा और उसकी मयूरी उसे पीकर गर्भ धारण कर लेगी।

समय के इसी मधुर उत्ताप में पार्वती अपलक अपने शिव को देखे जा रही थीं। वे स्पष्ट देख रही थीं कि जैसे-जैसे सूर्य का तेज फीका पड़ेगा, शिव के जटाजूट पर विराजने वाली चन्द्रकला की शीतल और तरल मुस्कान बढ़ती जाएगी। पार्वती ने शिव से पूछ ही लिया—"स्वामी! कहाँ गन्धमादन का यह शान्त किन्तु उल्लसित प्रदेश और कहाँ सुदूर नीचे पृथ्वी की पीड़ित मनुष्य जाति? पृथ्वी का सब कुछ इतना छोटा, इतना तुच्छ, इतना क्षणिक क्यों है? एक शिशु का जन्म होता है, वह क्रीड़ा करता है, फिर ज्ञान-प्राप्ति के लिए ब्रह्मचारी बनकर उसे तपस्या भाव से सब कुछ सीखना पड़ता है। प्रौढ़ावस्था और वृद्धावस्था के बाद आती है एक गहरी शून्यता! प्राय: हर जन्म में यही प्रक्रिया, इसी रूप में नित्य दुहराई जाती है। सब कुछ स्मरण रखना, फिर सब कुछ भूल जाना, सब पाना और सब खो देना यह भी भला कोई जीवन है? इससे तो भली आपकी देवयोनि है जिसमें यक्ष, गन्धर्व, किन्नर, भूत, नाग, आदि जीव स्थायित्व का अधिक आनन्द लेते हैं। वहाँ न जरा है, न मृत्यु, न कोई दु:ख न कोई शोक!"

पार्वती की बातों से शिव आह्लादित हो गए, क्योंकि वार्ता भी सुख देती है। पूरा

संसार ही उसमें विचार का विषय बन जाता है। शिव ने मुस्कुराते हुए उत्तर दिया—

"आपने मुझे स्वामी कहकर सम्बोधित किया, मैं भी तो आपको स्वामिनी कहता हूँ। इस सम्पूर्ण त्रिलोक में प्राण बनकर आप व्याप्त हैं, आपको सब कुछ ज्ञात है, पर आप मुझसे 'शब्द क्रीड़ा' कर रही हैं। जीवन और मृत्यु का खेल ही संसार की नूतनता का रहस्य है। एक विराट समुद्र में कौन-सी बूँद, कौन-सी लहर, कहाँ से आई और उसे कहाँ तक जाना है—इसके निर्णय का अधिकार किसी के हाथ में नहीं होता। यह एक स्वतः सम्भवी क्रिया है। न दुःख स्थायी है न सुख, न जीवन सत्य है न मृत्यु। यह सम्पूर्ण प्रकृति एक विशेष तालछंद और लय में व्यक्त हो रही है। इसी अभिव्यक्ति को हम जीवन की संज्ञा देते हैं।"

"किन्तु मेरा मूल प्रश्न तो अभी ज्यों का त्यों है। देवता और मनुष्य में दूरी क्यों है? मैं अनुभव कर रही हूँ कि दोनों की दूरी बढ़ती जा रही है, और एक दिन ऐसा भी आएगा, जब देवलोक एक कल्पित मनोलोक, स्वर्ग या नरक, सुख-दुःख भोगने के कल्पित लोक बनकर रह जाएँगे। देवताओं की कथाएँ पुराण कथाएँ बन जाएँगी। और आने वाली पीढ़ियों के लिए ईश्वर तर्क का विषय बन जाएगा। उसके होने और न होने के सम्बन्ध में विवाद होंगे और तपस्या जीवन से पलायन करने वालों की वृत्ति बनकर रह जाएगी। यदि ऐसा होगा तो क्या यह दुर्भाग्य की बात न होगी?"

"गिरि तनये! सृष्टि का विकास तो निरन्तर होता है, पर नियत नहीं होता। अनिश्चय से ही तो जीवन में रुचि पैदा होती है और अनियत काल ही हमारा भविष्य कहलाता है। हम जो हैं, उसे जानने में ही मानो पूरा जीवन बीत जाता है। यह जीवन भी समुद्र की थाह पाने जैसा कठिन है। मनुष्य अपार सम्भावनाओं का कोश है, तभी तो देवता भी मनुष्य बनने को अपना परम फल मानते हैं। महान ऋषियों ने भी अपने क्रोध से ऐसे-ऐसे शाप दिए हैं कि देवता मनुष्य-जीवन प्राप्त कर दुःख भोगने पर विवश हो जाते हैं। सृष्टि की विकास प्रक्रिया का यह एक अद्‌भुत रहस्य है कि मनुष्य जिस छिपे हुए खजाने की खोज में, सुख पाने की होड़ में पूरा जीवन दाँव पर लगा देता है, वह सारा सुख उसी के भीतर छिपा दिया गया है। इस अन्तर्वर्ती सत्य के समाधान में ही जीवन की चरम सार्थकता है। जिस दिन मनुष्य को ज्ञात होता है कि बाहर दिखाई देने वाला विश्व उसका कुटुम्ब है, हर वृक्ष उसका सखा है, हर लता और हर टहनी उसकी सखी है, नदियाँ मातृभाव से बह रही हैं, आकाश पिता की तरह माथे पर छत्र ताने खड़ा है—यह बोध ही उसे बड़ा बनाता है और इस अनुभव के बाद उसका देवत्व सहसा प्रकट हो जाता है।"

"प्रभो! सृष्टि के आरम्भ से ही सत्ययुग, त्रेता, द्वापर, सबमें देवता और मनुष्य में सहभागिता और सौहार्द का भाव था। मंत्रों द्वारा देवताओं को यज्ञ- भाग दिया जाता था और वे उसे आकर ग्रहण करते थे। कहीं कोई न बाधा थी, न दूरी। परस्पर का सौमनस्य ही देव और मनुष्य जाति की एकता और मित्रता का प्रमाण था, पर

कलियुग आते-आते यह दूरी बढ़ती ही जाएगी। क्या वे स्वर्णिम दिन नहीं लौटेंगे? क्या मनुष्य और देवताओं की दूरी कम नहीं होगी?"

"प्रियतमे! कलियुग बुद्धि और विज्ञान के चरमोत्कर्ष का युग होगा। जब बुद्धि शिखर पर होती है तो उसी समय, हृदय, भक्ति और प्रेम की आवश्यकता पड़ती है। पृथ्वी के अन्याय, कोलाहल, युद्ध अहंकार और प्रपंच की वृद्धि के साथ-साथ अलौकिक शान्ति की भी आवश्यकता अनुभूत होगी। इसमें आपका मातृत्व सहायक होगा। मनुष्य जाति अपनी भूलों पर पश्चात्ताप करेगी, अपनी भूलों से ही सीखेगी और उसका छिपा हुआ देवत्व प्रकाशित होगा। मनुष्य में देवत्व का आविर्भाव ही सच्चा अवतार होगा।"

"प्रभो! आपसे संलाप करके सृष्टि के वास्तविक विकास के प्रति मेरी आशावादिता में वृद्धि हुई है। आप शिव हैं, कल्याणकारी हैं अत: विश्व का कल्याण भी निश्चित ही होगा।"

इतना कहकर पार्वती ने श्रद्धा भाव से सिर झुकाया, शिव के अधरों पर मुस्कान की रेखाएँ थीं।

64

एक दिन ब्रह्मा ने अपने मानस पुत्र नारद को लक्ष्य कर कहा—पुत्र! तुमने कुछ समय पूर्व मुझसे समुद्र-मंथन के समय शिव द्वारा किए गए विषपान को जानना चाहता था, आज मैं तुम्हें उसका संकेत कर रहा हूँ—"वह भी समय था जब समुद्र पहले की तरह ही गरज रहा था। सृष्टि के आरम्भिक काल में देव और दानव प्रबल थे। उस समय राजा बलि का शासन था। दैत्यों के गुरु शुक्राचार्य संजीवनी विद्या में प्रवीण थे। वस्तुत: स्वर्ग का राज्य शक्तिशाली व्यक्तियों को ही मिलता है। इन्द्र के शक्तिहीन होने पर दैत्य प्रभुत्व सम्पन्न हो जाते हैं और यही हुआ। विष्णु के परामर्श से देवताओं ने दैत्यों के साथ मैत्री का प्रस्ताव रखा। वे इस निष्कर्ष पर पहुँचे कि विशाल क्षीरसागर को मथकर अमृत निकाला जा सकता है और देव-दानव एक-दूसरे का सहयोग कर अमृत का पान करके अमरत्व पा सकते हैं। राजा बलि एवं अन्य दैत्यों ने मिलकर समुद्र-मंथन का निर्णय ले लिया—यह एक विराट् कल्पना थी, जिसमें मन्दराचल पर्वत को समुद्र में स्थापित कर उसकी मथानी बनाई गई और वासुकि नाग को मंथन की नेति बनाया गया। इस महत् कार्य में विष्णु ने भी सहायता की और उन्होंने कच्छप अवतार की भूमिका में मन्दराचल पर्वत को अपनी पीठ पर स्थापित कर लिया। वासुकि के मुख्र का भाग दैत्यों ने और पूँछ का सिरा देवताओं ने पकड़कर समुद्र-मंथन का कार्य आरम्भ किया।

जैसे-जैसे समुद्र-मंथन होता गया मन्दराचल पर्वत की मथानी घूमती गई। उस पर्वत की चोट से क्षीरसागर की एक-एक बूँद मथी जा रही थी। सर्वत्र कोलाहल था। सबकी उत्सुकता चरम पर थी। न जाने कब क्या होगा? पर्वत के घर्षण से समुद्र के जल में बड़वाग्नि पैदा हो रही थी। पानी में आग लगी हुई थी, सर्वत्र एक धुआँ उठ रहा था। उसमें बलशाली दैत्यों और दानवों के मुख से निकलता हुआ कोलाहल, हर्षोन्माद में प्रकट होते हुए उत्साहवर्द्धक स्वर, घोर श्रम और सब ओर स्वेद से लथपथ परिश्रमी शरीर जैसे समुद्र को चुनौती दे रहे थे। सब ओर एक महाघर्षण का नाद प्रवाहित था, कभी वासुकि नाग के फणों से निकलती हुई विष की फुहार, कभी उस भयंकर नाग के नथुनों से निकलते श्वास में दूर-दूर तक मार करती अग्नि-ज्वाला और उससे बचने का प्रयत्न करता हुआ दैत्य समुदाय। यद्यपि देवताओं ने वासुकि नाग की पूँछ पकड़ रखी थी पर क्रोध और कष्ट से तिलमिलाते हुए वासुकि द्वारा पूँछ फटकारने पर सहस्रों देवताओं का ठोकर खाकर समुद्र में गिरना, कभी मन्दराचल से टकराना एक बड़े भय की सृष्टि कर रहा था। वहाँ केवल कर्म हो रहा था और किसी को परिणाम का पता नहीं था। क्षीरसागर से उठती हुई बड़वाग्नि में देवता और दैत्य बार-बार झुलस रहे थे, किन्तु अमृत पीने का उत्साह नवजागृति का संचार कर देता था। ऐसा अनेक दिनों तक होता रहा।

एक दिन जब सभी उत्साहित होकर अपने-अपने बल का प्रदर्शन कर रहे थे, अचानक समुद्र से एक भीषण ज्वाला उठी जिसमें पहले धुआँ ही धुआँ था और बाद में धधकती हुई प्रचंड आग समुद्र से आकाश तक व्याप्त हो गई। सबके हाथ रुक गए, जो जहाँ था, वहीं स्तब्ध, विजड़ित और त्रस्त हो गया—अमृत के बदले यह भयानक आग? अमरता के बदलते मृत्यु का उपहार यह आग तो मानो त्रिलोक को जलाकर ही छोड़ेगी! आग का एक बड़ा गोला वज्रनाद करता हुआ ऊपर उठता हुआ चारों ओर फैलता जा रहा था। इसकी दाहकता से सृष्टि छटपटा उठी। वनों में दावाग्नि फैल गई। अचानक जैसे सृष्टि का सन्तुलन बिगड़ गया। ब्रह्मा चकित आश्चर्यित! क्या समुद्र-मंथन प्रलय का कारण बन जाएगा? समय के पूर्व प्रलय के ये चिह्न नहीं होने चाहिए थे? सब कुछ अस्त-व्यस्त, अतर्कित लग रहा था। यही स्थिति अन्य देवताओं की भी थी। आग किसी दमनचक्र की तरह ऊपर उठ रही थी, धुएँ का एक विशाल गोला भी उसके साथ समूची पृथ्वी को छेंकने की तैयारी कर रहा था। सभी देवता शिव के समीप गए—'त्राहिमाम् शरणागतम्' हम आपकी शरण में हैं। समुद्र मंथन से अमृत के बदले क्या विष निकल आया? विष्णु बोले—"हमसे कहाँ चूक हुई महादेव?"

शिव शान्त थे। बोले—"यह कालकूट हलाहल विष है।" समूची सृष्टि को निगल जाने वाला रौद्र विष।"

"आप ही रक्षा करें भोलेनाथ! आप रुद्र हैं, इस भयानक विष से संसार जल रहा है, इसका उपाय ढूँढ़ें प्रभो!"

"यह कालकूट विष त्रिलोक को भस्म करने की शक्ति रखता है। क्षीरसागर का यह आक्रोश सहज ही नहीं थमेगा। यह पृथ्वी की रोषमुद्रा है—उसका दबा हुआ विक्षोभ। निर्दलन सदैव विस्फोट के ही रूप में व्यक्त होता है जनार्दन! मुझे तो कोई दूसरा मार्ग नहीं सूझता। इस कालकूट विष का पान मुझे ही करना पड़ेगा।"

"आप? महादेव?" यह तो स्वयं को हानि पहुँचाने का प्रयत्न होगा! यह संहारक विष अत्यंत भयंकर अत्यंत वृहद् है।"

"देव! विष कितना भी बड़ा और व्यापक हो वह ईश्वर नहीं हो सकता। ईश सदैव विष से बड़ा होता है। हम पर संसार की रक्षा का भी तो दायित्व है। संहारक मैं भी हूँ पर संहार की एक विशेष परिस्थिति होती है, एक समय होता है। मैं इस कालकूट को पी जाऊँगा।"

यह कहकर शिव ने ध्यान की स्थिति में आसन लगाया और त्रिलोक तक फैलते जा रहे कालकूट विष का संयमन किया और उसे एकत्र कर पीना प्रारम्भ कर दिया। वह जलता हुआ नीलवर्णी विष जैसे ही शिव के मुख से लगा उसका वेग कम होने लगा। शिव ने उसे अपने कंठ तक लाकर सीमित कर दिया। सम्पूर्ण त्रिलोक, सभी देवगण नीलकंठ रुद्र के इस अनोखे रूप का दर्शन कर रहे थे। कहते हैं कि उस महा गरल की कुछ बूँदें जो नीचे गिरीं वही सर्प, बिच्छू के रूप में प्रकट हुईं। वह ज्वलित विष शिव के कंठ तक जाकर अवस्थित हो गया था। शिव के उज्ज्वलवर्णी कर्पूर कांति में ग्रीवा में पड़ी विष की नील रेखाएँ पारदर्शी रूप में झलक रही थीं, मानो अग्नि की ज्वलित नील धाराएँ बह रही हों।

शिव के विषपान करते ही सृष्टि पर छाया हुआ संकट दूर हो गया। देव-दानव सभी सुरक्षित हो गए। यह एक अपूर्व और अघटित घटना थी जिसने शिव को सृष्टि का कल्याणकर्ता महानायक बना दिया था। समुद्र मंथन का यह प्रथम चरण अत्यंत घातक सिद्ध होने वाला था पर शिव ने सृष्टि को बचा लिया। सब ओर प्रशंसा, कृतज्ञता और जय की ध्वनि गूँज रही थी।

विषपान करने के बाद शिव पर्वत के शिखर पर एक चट्टान से टिककर बैठ गए। इनका शरीर जल रहा था, सब ओर भयंकर प्रदाह। अग्नि जैसे शरीर की हर शिरा से फूटकर बाहर निकल आना चाहती थी। शिव के माथे पर स्वेद कण छलछला रहे थे। उन्हें सब ओर से उनके प्रियजनों और गणों ने घेर रखा था। युवा शिव ने अपनी आँखें बन्द कर लीं। वे ध्यान में बैठ गए। भगवती गंगा के शीतल स्पर्श से उन्हें शान्ति मिल रही थी। नन्दी उनके चरणों के पास नतमस्तक बैठे थे, वे कभी उन्हें स्पर्श करते, कभी कुछ बोलना चाहते, नन्दी की आँखों में अश्रु थे, उनमें एक गर्व का भी भाव था—"स्वामी ने संसार की रक्षा के लिए यह कालकूट हलाहल पी

लिया। यह कार्य हमारे प्रभु शिव ही कर सकते थे। केवल शिव ही कर सकते थे।"

कालकूट विष से फुंकारती हुई मृत्यु की अग्नि ने विष्णु को झुलसा दिया और सम्भवतः इसी कारण गौरवर्ण के विष्णु श्यामल हो गए। तभी ब्रह्मा ने वह परामर्श दिया था कि इस प्रचंड अग्नि को पीने का सामर्थ्य रुद्र में ही था। हलाहल पीने के बाद नीलकंठ शिव की शरीर-कांति और भी बढ़ गई। उस समय ब्रह्मा ने उनके लिए कई स्तुतिवाचक नामों का प्रयोग किया था जिनमें कुछ थे—वज्रहस्त, तापस, कराल, उग्र, विरूप आदि। शिव के इसी कंठगत विष से पार्वती ने अपने केवल एक अंश से अर्द्धनारीश्वर शिव के शरीर में प्रवेश किया और उस विष से रुद्र शिव के तीसरे नेत्र से कालिका प्रकट हुईं।

उस युग में दारुक नामक एक प्रचंड दैत्य अपने उत्पात से त्रिलोक को पीड़ा पहुँचाने के कारण अत्यंत कुख्यात था। वह बली और भयानक होने के साथ-साथ ऋषियों का वध करता रहा। महारुद्र शिव ने अपनी प्रिया पार्वती से उस दारुक नामक दैत्य के संहार की प्रार्थना की। रुद्र का आदेश मिलते ही भयंकर गर्जना करती हुई कालिका अवतीर्ण हुईं। उनका क्रोध समस्त सृष्टि को जला रहा था। उन्होंने बड़ी सहजता से दारुक दैत्य का वध कर दिया। वध के बाद भी कालिका का क्रोध शान्त नहीं हुआ, उनकी विकट गर्जना से संसार वधिर जैसा हो गया। तब रुद्र ने महाश्मशान में एक शिशु का रूप धारण कर रुदन आरम्भ किया। उस रुदन को सुनकर कालिका की मातृत्व-भावना जाग गई और उन्होंने भूख से रोते शिशु को गोद में उठाकर अपना स्तनपान कराना प्रारम्भ किया। रुद्र ने अपने शिशु रूप में ही कालिका का समस्त क्रोध पी लिया। वे शान्त और सौम्य हो गईं। श्मशान में रहते हुए शिव ने अपने मुख से चौंसठ क्षेत्रपालों की सृष्टि की जिसमें ऊर्ध्वकेशी, विरुपाक्ष, अपकुंभ आदि प्रमुख थे। ये सब श्मशानवासी थे, महारुद्र को भी श्मशान प्रिय हो गया था। शिव अपने मूल स्वरूप में आकर आनन्दमत्त होकर तांडव नृत्य करने लगे तब कालिका ने भी तांडव में उनका साथ दिया और अन्ततः वे पुनः पार्वती के शरीर भाव में स्थित हो गईं।

नीलकंठ शिव के हलाहल-पान का यह प्रसंग नारद के लिए लोमहर्षक और अपूर्व था, वे शिव की अपार करुणा से अभिभूत हो गए।

65

राजा भगीरथ अब राजा नहीं रह गए थे। वे अपना राज्य, धन सब कुछ अग्निहोम यज्ञ में लुटाकर किसी उन्मत्त की तरह सब कुछ त्यागकर चल पड़े थे। उनके कानों में एक ही स्वर गूँज रहा था गंगा-गंगा मातः गंगे। गंगा

का अवतरण पृथ्वी पर कैसे होगा? यह तो स्वर्ग को पृथ्वी पर उतारने जैसा दुरूह कृत्य है! इसी चिन्ता में भटकते हुए भगीरथ महर्षि त्रितल के आश्रम के समीप पहुँच गए। त्रितल सर्वज्ञानी महात्मा थे। उन्होंने कहा—

"वत्स भगीरथ! अपने पितरों के उद्धार की पीड़ा ही तुम्हारे दु:ख का कारण है और इस पीड़ा को दूर करने का मार्ग भी सरल नहीं है। मुझे महर्षि और्व ने तुम्हारे सूर्यवंश की इस पीड़ा से अवगत कराया था। तुम्हारे कुल में एक बाहुक नाम के राजा हुए, शत्रुओं से परास्त होकर वे वन में आ गए। वृद्धावस्था में जब उनकी मृत्यु हो गई तो उनकी पत्नी चिता पर उनके साथ सती होना चाह रही थीं। महर्षि और्व को यह ज्ञात था कि रानी गर्भवती है, इसलिए महर्षि ने उन्हें सती होने से रोक दिया, पर बाहुक की दूसरी पत्नियों के मन में इतनी ईर्ष्या जगी कि उन्होंने भोजन के साथ गर अर्थात् विष दे दिया पर उस विष का कोई प्रभाव नहीं पड़ा और वह बालक विष के साथ उत्पन्न हो गया इसलिए 'सगर' कहलाया। तुम्हारे प्रपितामह राजा सगर चक्रवर्ती और यशस्वी सम्राट् थे। उन्होंने यवन, शक और हैहय जैसी बर्बर जाति के लोगों को परास्त कर दिया। उन्हीं के अश्वमेध यज्ञ का श्यामकर्ण घोड़ा जब छोड़ा गया तो इन्द्र ने उसे चुराकर महर्षि कपिल के आश्रम में बाँध दिया। राजा सगर के साठ हजार पुत्र घोड़े की खोज में पूरी पृथ्वी को छान रहे थे। अन्त में उन्हें वह घोड़ा कपिल मुनि के आश्रम में दिखाई दिया। घोड़े को देखकर वे इतने उत्तेजित हो गए कि उन्होंने कपिल मुनि के लिए अपशब्दों का प्रयोग करना आरम्भ कर दिया। वे चिल्ला रहे थे। हमारे घोड़े को चुराने वाला यही चोर है, इस पापी को मार डालो। इन्द्र ने उन राजकुमारों की बुद्धि हर ली थी, उनका अन्त निकट आ गया था। कपिल मुनि ने जैसे ही आँखें खोली, उनके तेज से सगर के सारे पुत्र भस्मसात् हो गए। यह कपिल मुनि के क्रोध का परिणाम नहीं था बल्कि सभी राजकुमारों की पापबुद्धि का फल था। सगर की दूसरी पत्नी केशनि का पुत्र असमंजस भी अत्यंत दुराचारी था। उसका पुत्र अंशुमान अपने दादा सगर की सेवा में तत्पर रहता था। वह अपने चाचाओं को ढूँढ़ने निकला तब उसने कपिल मुनि के आश्रम में राजसूय यज्ञ के घोड़े को चरते हुए देखा। अंशुमान की ही प्रार्थना पर कपिल मुनि ने बताया कि यह घोड़ा तुम्हारे पितामह का ही है। यज्ञ पशु है और तुम्हारे मृत सम्बन्धियों का उद्धार केवल स्वर्ग में बहने वाली गंगा के जल से ही सम्भव है।

भगीरथ यह कथा जानते थे पर पुन: महर्षि त्रितल द्वारा अपने पूर्वजों की प्राचीन कथा सुनकर वे शोकमग्न हो गए। उन्हें देखकर त्रितल ने कहा—"भगीरथ, यह संसार तो मृत्युपथ है। नि:सार वस्तु के लिए शोक व्यर्थ है। तुम्हारे पितामह राजा अंशुमान और तुम्हारे पिता दिलीप ने गंगा के अवतरण के लिए लम्बी तपस्या की पर उन्हें सफलता नहीं मिली। इसलिए जाओ तुम पुन: उद्योग करो, तुम्हारे तप से ही तुम्हें सिद्धि मिलेगी।"

"किन्तु ऋषिवर जिस कार्य को मेरे पूर्वज पूरा नहीं कर सके उसे मैं अकेला कैसे पूरा कर सकूँगा? मेरे मन में अपार प्रेम और श्रद्धा है पर स्वर्ग की गंगा को पृथ्वी पर उतारने जैसा दुरूह कार्य क्या मैं कर सकूँगा?"

"हाँ पुत्र! तुम कर सकोगे, तुम्हारे भगीरथ प्रयत्न से सब कुछ सम्भव हो जाएगा।"

ऋषि की बातों से उत्साहित होकर पुनः भगीरथ हिमालय की ओर चल पड़े। उनके मन में आत्मविश्वास था और आँखों में चमक थी। उन्होंने हिमालय के हिममंडित पर्वत पर बैठकर कठोर तपस्या आरम्भ की। उन्होंने प्राणवायु को एकत्र कर ध्यानयोग से गंगा का स्तवन करना आरम्भ किया। तब से बहुत समय बीत गया, ऋतु परिवर्तन होता रहा और वर्ष भी बीतते रहे, एक दिन उनकी तपस्या से प्रसन्न होकर भगवती गंगा प्रकट हुईं। बोलीं—

"वत्स! वर माँगो। क्या चाहते हो? अपनी इच्छा निःसंकोच कहो।"

"मातः! आप मेरे साथ मर्त्यलोक चलें। आप पृथ्वी पर अवतरित हों। समस्त जगत् के लिए कल्याणकारी हों। यही मेरी प्रार्थना है।"

"मैं मर्त्यलोक में उतरना चाहती हूँ, पर जब मैं पृथ्वी पर अवतीर्ण होऊँगी उस समय मेरे प्रबल वेग को कौन सँभालेगा? अगर मुझे किसी ने नहीं सँभाला तो मैं सीधे पाताल लोक में समा जाऊँगी। मेरी दूसरी कठिनाई यह है कि मैं मर्त्य जीवों की मलिनता और उनके पाप-ताप को धो दूँगी पर लोगों के उस पाप-ताप के भार को मैं कब तक कैसे ढोती फिरूँगी? पाप केवल पाप नहीं होते, वे अपना स्वरूप निरन्तर परिवर्तित करते रहते हैं।"

"देवि! पृथ्वी पर अनेक महात्मा और शुद्ध हृदय ऋषियों का वास है, सांसारिक कामनाओं और भोग-लिप्साओं से परे महान जीवनमुक्त साधकों के स्पर्श से आप पर सन्तप्त और पापी जनों के पाप का कोई कुप्रभाव नहीं पड़ेगा, आपकी पवित्रता अक्षुण्ण रहेगी। मातः! महारुद्र शिव ही आपके महान वेग को धारण कर सकते हैं, जैसे अनेक धागों से वस्त्र बुना जाता है, वैसे ही रुद्र समस्त विश्व के ताने-बाने में व्याप्त हैं।"

गंगा को आश्वस्त कर भगीरथ शिव की तपस्या में लीन हो गए, उनके मन में महाराज सगर के साठ हजार पुत्रों के उद्धार के साथ समस्त जगत् के कल्याण की कामना जाग उठी थी। पुनः भगीरथ उग्र साधना में तत्पर हुए। महारुद्र उनकी प्रार्थना अवश्य सुनेंगे, यह लोक-चिन्ता उन्हें गंगा के वेग को सँभालने की स्वीकृति देने पर अवश्य विवश कर देगी। आशुतोष शिव ने प्रकट होकर जैसे ही 'तथास्तु' कहा, भगीरथ आनन्द विह्वल हो गए।

गंगावतरण का समय आ गया। ज्येष्ठ शुक्ल दशमी के दिन भगीरथ ने गंगा का आवाहन किया। शुभ्र वसना गंगा प्रकट हुईं, वे उच्चाकाश में स्थित थीं। उनकी उज्ज्वल साड़ी की किनारी में गुलाबी और पीले रंग की बुनावट थी। उनके मस्तक

पर स्वर्ण मुकुट चमक रहा था, जिसके मध्य में रक्तिम मणि का प्रकाश फूट रहा था। उनकी चार भुजाएँ थीं, जिनमें दो भुजाओं में भरे हुए कलश थे, एक हाथ आशीर्वाद और अभय मुद्रा दिखा रहा था और चौथे हाथ में दिव्य रक्त-कमल सुशोभित था। उनके गले में मौक्तिक और स्वर्ण मालाएँ थीं, कानों में बड़े-बड़े कर्णभूषण सजे थे, कमर में चौड़ी स्वर्ण-मणियों से मंडित करधनी और पाँवों में नूपुर थे, हाथों में अनेक स्वर्ण चूड़ियाँ चमक रही थीं। वे मकर के आसन पर विराजमान, जलधार से आप्लावित प्रसन्न मुद्रा में थीं। उन्होंने कहा—"वत्स, मैं तैयार हूँ तुम आगे-आगे चलकर मेरा पथ-निर्देशन करो।"

भगीरथ के लिए एक वेगवान रथ वहाँ प्रस्तुत था। यह एक अत्यंत कठिन किन्तु आनन्दित करने वाला क्षण था। भगवान् महारुद्र शिव ने अपना विराट रूप दिखलाया। वे पृथ्वी से आकाश तक विस्तृत होकर विश्वरूप की मुद्रा में आ गए थे। उनकी जटिल जटाएँ सम्पूर्ण आकाश में छितरा गई थीं। एक विराट दृश्य वहाँ उपस्थित था। वहाँ सब कुछ महत् सब कुछ विराट ही था। आकाश से स्वर्गगंगा पृथ्वी पर अपनी सहस्र जलधाराओं से टूट पड़ने को उद्यत हुईं और एक महानाद के रूप में वे तीव्र, अनाहत सहस्रधारा के रूप में बड़े वेग से अन्तरिक्ष से नीचे उतरीं, वे पिनाकपाणि रुद्र के पिनाक से एक साथ छूटे हुए सहस्रों बाणों की तरह उतरीं, उनमें महानाद था, कंपन था, पृथ्वी को हिला देने की सामर्थ्य थी, जैसे विशाल पर्वत टूटकर गिरे वैसे ही वे उन्मत्त विद्युत् वेग की तरह उच्छल जलधाराओं के रूप में नीचे बह चलीं! उनके नीचे उतरते ही महारुद्र शिव ने उन्हें अपनी जटाओं के जटिल जाल में जकड़ लिया। गंगा ने चाहा कि सारे बन्धनों को तोड़कर वे उन्मुक्त हो जाएँ, पर पशुपति का पाश इतना कठोर और अभेद्य था कि वे उन जटाओं के मार्ग में ही उलझकर रह गईं। वे चाहती थीं कि शिव को अपने प्रवाह में बहाकर पाताल तक ले जाएँ पर उनके गर्व को जानकर शिव ने उन्हें अपनी जटाओं में ही आबद्ध कर लिया। बहुत दिनों तक प्रतीक्षा के बाद जब गंगा पृथ्वी पर नहीं उतरीं तो भगीरथ ने पुनः शिव की वन्दना की। शिव पुनः प्रसन्न हुए। गंगा महादेव के मस्तक से सात स्रोतों से भूमि पर उतरीं। ह्लादिनी, पावनी और नलिनी नामक तीन प्रवाह पूर्व की ओर बहे और वङ्क्षु, सीता तथा सिंधु नामक तीन प्रवाह पश्चिम की ओर गए, शेष बचा हुआ एक प्रवाह भगीरथ के द्वारा निर्देशित मार्ग से चला। आगे-आगे भगीरथ तीव्रगामी रथ पर चल रहे थे और पीछे-पीछे गंगा का पावन प्रवाह चल रहा था। भगीरथ की अनुगामिनी होने के कारण ही गंगा 'भागीरथी' कहलाईं।

गंगा के प्रवाह-मार्ग में एक वन के आश्रम में राजर्षि जह्नु यज्ञ के तपः कार्य में लीन थे, उसी समय गंगा का तीव्र प्रवाह वहाँ आ गया, यज्ञ कार्य की इस बाधा से जह्नु ने गंगा का वेग रोक दिया और उन्हें अपनी गोद में समा लिया। पुनः भगीरथ की प्रार्थना पर उनके दाहिने कर्ण और उनके जानु देश द्वारा गंगा पुनः प्रकट हुईं।

इस कारण उन्हें 'जाह्नवी' और 'जह्नुनन्दिनी' भी कहा गया। गंगा अनेक तीर्थों, नगरों को पार करती हुई गंगासागर तीर्थ में जा मिलीं, जहाँ राजा सगर के साठ हजार पुत्र भस्मीभूत हुए थे। गंगाजल के पावन स्पर्श से सभी मुक्त हुए। भगीरथ ने अपने कठिन श्रम और प्रयत्न से अपने प्रपितामह का उद्धार कर दिया।

भगीरथ अपने प्रयत्न में सफल हो गए थे, उन्होंने पुण्य सलिला गंगा को पृथ्वी पर उतार लिया था। वे लौटते समय मार्ग में पुनः महर्षि त्रितल से मिले।

ऋषि ने उन्हें देखते ही अपने हृदय से लगा लिया। बोले—"वत्स! तुमने यह महान कार्य समस्त सृष्टि के कल्याण के लिए किया है। यह गंगा हिमालय की ज्येष्ठ पुत्री कहलाएगी। देखो पुत्र! यह परम पवित्र गंगा भगवान् का ही अपना स्वरूप है। —'स्रोतसामस्मि जाह्नवी'। यह साक्षात् ब्रह्मदेव है। यह विष्णु के बाएँ चरण के अँगूठे के नख स्रोत से निकली कही गई है। यह महान कार्य तुम्हारे यश को स्थायी बनाएगा।"

भगीरथ प्रणतिपूर्वक विदा लेकर चल पड़े।

66

देवर्षि नारद अपने प्रदक्षिणा-क्रम में पिता ब्रह्मा के पास नियमानुसार पहुँचे। पूजन और प्रणाम के बाद गणनायक गणेश और देव सेनापति कुमार कार्तिकेय का स्मरण हो आया। उन्होंने करबद्ध प्रार्थना करते हुए ब्रह्माजी से कहा—"तात! भगवान् गणपति और कुमार कार्तिकेय की बाल-लीला का रसास्वादन हमने किया है, अब उनके विवाह की सुन्दर कथा आप अपने श्रीमुख से सुना दें।"

ब्रह्मा ने कहा—"प्रिय पुत्र नारद! भगवान् शिव और शिवा के दोनों पुत्र शुक्ल पक्ष के चन्द्रमा की भाँति बढ़ रहे थे। बाल्यकाल की मधुर लीलाओं से उन्होंने अपने माता-पिता को बड़ा आनन्द प्रदान किया। शिव के मस्तक पर चमकता चन्द्रमा उनके लिए सबसे अधिक आनन्द और कौतूहल का विषय था। शिव तनिक-सा कन्धा झुकाते तो दोनों भाइयों में ही होड़ मच जाती थी कि कौन पहले चन्द्रमा को छुए, चूमे, उसके शीतल स्पर्श का आनन्द उठाए। वहाँ कैलास पर सब कुछ शीतल और सुखदायक था। पर्वतों पर फैला हिम, मस्तक पर चमकीला चन्द्रमा, गंगा की शीतल धवल धार सब तो शीतलता का अनुभव कराते। कभी वे चन्द्रमा से खेलते, कभी शिव की फैली लम्बी-लम्बी जटाओं को पकड़ झूल जाते, कभी सर्पों के फण सहला देते, कभी उन्हें पकड़कर नाचते, दौड़ते, पीछा करते। उनकी क्रीड़ाएँ प्रतिदिन मौलिक होती थीं। कभी दोनों भ्राता शिव के खुले नेत्रों को दोनों हाथों से बन्द करने का प्रयास करते। आँखें बन्द होते ही अचानक त्रिलोक में अन्धकार छा

जाता, वे भयभीत होकर हाथ हटा लेते। कभी दोनों में से कोई त्र्यम्बक के तीसरे नयन को बन्द करने या मूँदने का नाट्य करता तो उसमें से निकलती ज्वालाएँ उन्हें इतना ताप तप्त कर देतीं कि दोनों उतरकर भागते और सीधा माता पार्वती के आँचल में जा छिपते। माता के आभूषणों को बजाने, हिलाने में उन्हें सदैव आनन्द आता। वे खेल-खेल में माता की बँधी केश राशि को बिखेर देते, खूब हँसते, खिलखिलाते और जब माता ताड़न का नाट्य करतीं तो वृषभराज नन्दी जिसे वे ऋषभ भी कहते थे की पीठ पर आसीन हो जाते। नन्दी को भी इस खेल में आनन्द आता, वे बिना बताए सहसा उठ खड़े होते तो दोनों बालक उनके पुष्ट कन्धों को पकड़कर सींगों पर लटक जाते। उनके पीछ-पीछे कार्तिकेय का वाहन मयूर और गणेश का वाहन मूषक भी उन्हीं का अनुकरण करने का प्रयास करता पर कभी-कभी नन्दी की बड़ी-बड़ी आँखों के भय से दोनों वाहन मौन भाव से अपने स्थान पर बैठ जाते। नन्दी के हाथों में हर समय सोने का एक दंड रहता था, जिससे वे अन्य गणों को आदेश देते तथा अनुशासित रखते थे। उस मंडप में चंडी, भृंगी, रिटि आदि बहुत से गण बालकों की क्रीड़ा का आनन्द लेते रहते थे। जैसे वर्षाकाल की जल बूँदों से पृथ्वी हरित वर्ण की हो जाती है, वैसे ही बालकों की क्रीड़ा से सबका मन प्रसन्न और तृप्त होता रहता था।"

"पुत्र नारद! धीरे-धीरे समय बीतने लगा। दोनों युवा हुए और शिव-शिवा परस्पर विचार करने लगे कि दोनों पुत्रों का विवाह कब, कैसे, कहाँ किया जाए, माता-पिता की इच्छा जानकर दोनों पुत्रों में पुनः होड़-सी लग गई। दोनों ने कहा, पहले मेरा विवाह होना चाहिए। दोनों भ्राताओं में मीठा विवाद छिड़ गया। शिव-शिवा दोनों यह सुनकर आनन्दित और चकित हुए। पर उन्होंने दोनों को बुलाकर कहा—'प्रिय पुत्रो! हमने एक बड़ा सुखद आनन्ददायक नियम बनाया है, तुम दोनों पुत्र हमें परम प्रिय हो। तुम दोनों के कल्याण के लिए हमने एक प्रतियोगिता रखी है कि मेरा जो भी पुत्र सम्पूर्ण पृथ्वी की परिक्रमा कर पहले चला आएगा, उसी का शुभ-विवाह पहले किया जाएगा।"

ब्रह्माजी ने इस रोचक प्रसंग को आगे बढ़ाते हुए कहा—"तात! माता-पिता के ये वचन सुनते ही महाबली कार्तिकेय अपने दिव्य वाहन मयूर पर सवार होकर अतिशीघ्रता से सम्पूर्ण पृथ्वी की परिक्रमा करने घर से निकल पड़े।"

भगवान् कार्तिकेय का एक नाम स्कंद था, स्कंद अर्थात् सुन्दर। वे मन, वचन और कर्म से शुद्धात्मा थे। उनमें तेज और पौरुष का उद्दाम वेग था। शरीर शक्तिशाली, चित्त निर्मल और दृढ़ निश्चय के वे प्रतीक थे। जो सोचते, तत्क्षण कर लेते। शक्ति के साथ बुद्धि और कर्मठता का योग ही उन्हें दिव्य बनाते थे। यही योग भगवत्ता की प्राप्ति में सहायक भी होता है। कार्तिकेय ने जन्म के बाद छह मातृकाओं और स्वयं माता पार्वती का दुग्धपान किया था। माता ने उन्हें हृदय से लगाकर अपनी

दैवी शक्तियाँ उन्हें प्रदान की थीं। वे जब स्कंद के छहों मुखों को चूमती थीं, तो ऐसा प्रतीत होता था मानो सभी दिशाओं से बहने वाले मन्द और शीतल गन्धमय वायु के झोंके स्पर्श कर रहे हों। माता पार्वती उन्हें दुलारकर अघाती नहीं थीं और स्कंद भी पार्वती की गोद से क्षण भर भी उतरना नहीं चाहते थे। स्कंद का सुन्दर मुख ऐसा प्रतीत होता था मानो एक कमल नाल में छह कमल पुष्प खिल गए हों। जैसे सूर्य किरणों के स्पर्श से कमल के दल पूरी तरह खिल जाते हैं, वैसे ही माता के चुम्बन-स्पर्श से स्कंद के छहों मुख पूरी तरह उत्फुल्ल हो जाते थे। माता के माथे का तिलक ऐसा लगता था मानो उन कमलों के पराग-कण वहाँ एकत्र हो गए हों। पार्वती के केशों की उड़ती हुई लट जब कुमार के मुख पर आ जाती तो लगता भ्रमरों का कोई दल रसपान करने के लिए मँडरा रहा है। कभी माता पार्वती ऐसी लगतीं मानो आकाश गंगा हों और स्कंद स्वर्ण कमल की तरह उसमें तैर रहे हों या ऐसा भी लगता कि सुमेरु के स्वर्ण शिखर पर सूर्य की रक्तिम किरणों में स्नात माता पार्वती ऐसी शोभाशाली प्रतीत होतीं मानो कोई स्वर्णिम लता फैली हो और उनकी गोद में कुमार किसी स्वर्ण फल की तरह उद्भासित हो उठे हों।

कुमार कार्तिकेय स्कंद और सुब्रह्मण्य के नामों से प्रसिद्ध थे। इनकी कान्ति सिन्दूर के रंग की एवं पीत वर्ण युक्त थी और मुखमंडल चन्द्रमा सदृश आह्लादक तथा रमणीय था। इनके शरीर पर दिव्य आभूषण केयूर, हार, कुंडल, वलय आदि शोभित थे तथा हाथों में दिव्य कमल, अभय शक्ति तथा कुक्कुट धारण किए हुए इनके वस्त्र और अंगराग सभी रक्तिम सज्जा में थे। ये सुखकारक और अभयकारक थे। स्कंद की इतनी कथा सुनाकर ब्रह्मा ने गणेश की चर्चा प्रारम्भ की।

67

बुद्धिमान

गणेश शान्तात्मा थे, वे एकाग्रचित्त होकर विचार करने लगे कि क्या करना उचित होगा? वे सोचने लगे, "मेरा तुन्दिल शरीर, महोदर रूप, शुंड-भार से युक्त हस्तिमुख और मेरा वाहन मूषक, जिसकी दौड़ सीमित होती है। असीमित बुद्धि वाले बाहरी भाग-दौड़ में प्राय: सीमित रहते दिखाई देते हैं। मैं अधिक चल नहीं सकता। यह भाग-दौड़ कठिन है। ध्यान, धारणा, समाधि आदि से मुझे अवकाश कहाँ है? मेरे चित्त और चिंतन की गति तो तीव्रतम है, वाहन और मेरे शरीर को बाहरी यात्रा में रुचि नहीं है, ऐसी स्थिति में मैं पृथ्वी की परिक्रमा करके कौन-सा सुख प्राप्त कर लूँगा?" यह विचार कर उन्होंने स्नानादि से पवित्र होकर पीतवस्त्र, स्वर्ण मुकुट, स्वर्णाभूषण धारण किए, माथे पर द्वितीया का चन्द्रमा शोभित हुआ, यज्ञोपवीत की भाँति नाग करधनी की तरह सज गया, गले

में पवित्र रुद्राक्ष की माला डाली, हाथ में मोदक और चन्दन-पुष्पादि पूजन सामग्री लेकर माता-पिता पार्वती और शिव के समीप आ गए।

माता-पिता आश्चर्य में पड़ गए—"तुम्हें तो पृथ्वी की परिक्रमा करनी थी, तुम अभी यहीं हो। स्कंद तो यात्रा पर निकल चुके।"

गणेश बोले—"तात! मुझे आप दोनों की पूजा करनी है, आप मेरे द्वारा बिछाए गए आसन पर विराजें और मेरी इच्छा पूरी करें। गणेश की बात मानते हुए माता-पिता आसन पर बैठ गए। गणेश ने विधिवत् पूजन किया, उनकी सात बार परिक्रमा की और प्रणाम किया। बुद्धिसागर गणेश ने कहा—हे पित:! आप दोनों ही त्रिलोक रूप, सृष्टि रूप, पृथ्वी रूप हैं, सारा विश्व आप में ही समाहित है। प्रकृति पुरुष के अद्वय रूप में आप दोनों ही स्थित हैं। मैंने एक बार नहीं, सात बार आप दोनों की परिक्रमा कर पृथ्वी की परिक्रमा का ही फल प्राप्त कर लिया है। वेद शास्त्र सभी एकमत हैं कि जो माता-पिता का पूजन कर उनकी परिक्रमा कर लेता है वह अति विशाल, सात द्वीपों, सागरों, पर्वतों और वनों से युक्त सम्पूर्ण पृथ्वी की ही परिक्रमा कर लेता है। आपके चरण कमल ही मेरे तीर्थ हैं। आप दोनों धर्म के मूर्तिमान विग्रह हैं। अतः सम्पूर्ण पृथ्वी की परिक्रमा का कार्य मैंने ही पहले पूरा कर लिया है, अतः मेरा ही विवाह पहले होना चाहिए।" यह कहकर वे मौन भाव से स्थिर बैठ गए।

शिव और शिवा ने विलक्षण बुद्धि वाले अपने प्रिय पुत्र गणेश की निर्मल बुद्धि की प्रशंसा करते हुए उनकी बातों का समर्थन किया—"किसी भी परिस्थिति में बुद्धि का संयत रहना ज्ञानी व्यक्ति की पहचान है। बुद्धि सूर्य की भाँति है जिसके उदित होते ही अज्ञान का अन्धकार नहीं रह जाता। बुद्धिमान ही वास्तव में बली होता है। तुमने उचित रीति और नीति से वेदशास्त्र पुराणोक्त धर्म का पालन किया है, ऐसा कार्य सम्भवतः अन्य कोई नहीं कर सकता। हम तुम्हारी बात और तुम्हारे उचित तर्क से सहमत हैं। अतः तुम्हारे विवाह को ही प्राथमिकता प्राप्त होगी।"

ब्रह्मा ने कहा—प्रजापति विश्वरूप को शिव और शिवा के इस निश्चय को जानकर बड़ी प्रसन्नता हुई। उनकी दो पुत्रियाँ सिद्धि और बुद्धि अत्यंत सुन्दरी दिव्य रूप-गुण सम्पन्न थीं। शिव-पार्वती ने बड़े स्नेह से अपने पुत्र गणेश का सिद्धि और बुद्धि दोनों से विवाह कर दिया। उस विवाह समारोह में सभी देवता और ऋषिगण सम्मिलित हुए। दोनों धर्मपत्नियों को पाकर बुद्धिशाली गणेश बड़े सुखी हुए। उन्हें दिव्य पुत्रों की प्राप्ति हुई। सिद्धि से क्षेम नामक पुत्र और बुद्धि से लाभ नामक पुत्र उत्पन्न हुआ। इनसे भगवान् गणेश को अनंत और अचिन्त्य सुख प्राप्त हुआ। यह इस बात का द्योतक था—सिद्धि अगर प्राप्त हो तो क्षेम अर्थात् जगत् के कल्याण के लिए हो और अगर बुद्धि प्राप्त हो तो उससे निश्चय ही लाभ प्राप्त हो सकता है।

इधर कुमार कार्तिकेय बाल्यकाल से ही माता-पिता के समस्त सुखों के अधिकारी हो गए थे। अपनी इसी अपूर्व तेजस्विता के कारण वे देवों के सेनापति बनाए गए।

विधाता की योजना से ही तारकासुर के वध के लिए उनके जन्म का एक वृहत् घटनाक्रम बुना गया। देवों के धैर्य और लम्बी प्रतीक्षा के बाद कार्तिकेय का जन्म अभूतपूर्व स्थितियों में हुआ और उन्होंने महादैत्य तारकासुर का विनाश किया।

आज एक पराक्रमी नव युवा स्कंद की प्रसन्नता का पार नहीं था। वे माता-पिता की आज्ञा से एक बड़े अभियान पर निकले थे। 'जो सम्पूर्ण पृथ्वी की परिक्रमा कर सबसे पहले लौटेगा, वही विवाह का प्रथम अधिकारी होगा।' यह वाक्य एक आदेश था, एक खुली चुनौती और शक्ति-परीक्षा थी, इससे भी अधिक उसमें माता-पिता की इच्छा सन्निहित थी, उससे भी अधिक उसमें काल की दीर्घता थी, सम्भवतः शिव और शिवा की हार्दिक भावना यह रही हो कि उनके दोनों पुत्र कुमार और गणपति सम्पूर्ण संसार का अवलोकन कर लें, संसार के सुख-दुःख से परिचित हो लें, प्रकृति के सौन्दर्य का सीधा साक्षात्कार कर लें। देखें तो सही, विधाता की इस मनोहारिणी सृष्टि के कितने रंग हैं? सूर्य, चन्द्रमा, आकाश, अन्तरिक्ष तो सुन्दर, रहस्यमय और दैवीय हैं ही, पर मर्त्यलोक भी तो कम आकर्षक नहीं है! पृथ्वी, पर्वत, नदियाँ, समुद्र, वन्यभूमि, वृक्ष, लता-पुष्प, कुंज-निकुंज दूर तक फैले कीचक वन, आम्र, वट, पीपल, देवदारु जैसे वृक्षों की शृंखलाएँ मनमोहक हैं। कुमार को आम्रकूट पर्वत पर के आम्रवन के शिखर पर चमकीले मेघ ऐसे लगे जैसे मध्यभाग में काला और बाकी के विस्तृत भग में उर्वरा पृथ्वी का उभरा हुआ वक्ष चमक रहा हो! वे सौन्दर्य-मुग्ध भाव-दशा में अपने वाहन मयूर पर उड़े जा रहे थे।

68

स्कंद अपने वाहन मयूर पर उड़ते समय आकाश और पृथ्वी के बीच एक सेतु की तरह लग रहे थे। उन्होंने देखा कि बड़े-बड़े काले मेघ ऐसे उड़ रहे थे मानो हवा पहाड़ों की चोटी को ही उड़ाए लिए जा रही हो। उन्होंने सूर्य किरणों के स्पर्श से आकाश में चमकते सप्तरंगी इन्द्रधनुष का समीप से अवलोकन किया। उनका मयूर मेघों को देखकर मतवाला हो रहा था, जब भी काले मेघ गर्जन करते या जल के छींटों से उसे भिगोते मयूर के पंख खुल जाते और वह नृत्य मुद्रा में आ जाता, कभी-कभी क्षणभर के लिए स्कंद किसी पर्वत पर रुककर मयूर का मत्त नृत्य देखकर प्रसन्न भी हो जाते, यही उनके क्षणिक विश्राम का पल होता था। इन्द्रधनुष के मध्य में उड़ते हुए वे ऐसे प्रतीत होते थे, जैसे प्रकृति ने स्कंद के गले में सात रंगों की माला डाल दी हो, कभी ऐसा प्रतीत होता था मानो उड़ते हुए मेघ कृष्ण की तरह हों और उन्होंने अपने माथे पर मयूर पंख लगा लिया हो।

स्कंद ने विंध्य पर्वत की सात कुल श्रेणियों के दर्शन किए, वे थे—महेंद्र, मलय,

सदय, शक्तिमान, ऋक्षपर्वत, विंध्य और पारियात्र। स्कंद पहाड़ों, नदियों, ग्रामों, नगरों, आम्रवनों, जंबुवनों, राजप्रासादों, ग्राम-क्षेत्रों, खेतों-खलिहानों और समुद्रों को लाँघते, द्वीपों और पृथ्वी के अन्य भागों, समुद्र तटों से होते हुए चल रहे थे। उन्होंने सोचा, माता-पिता ने देशाटन और विश्व-परिभ्रमण के बहाने उन्हें लोक-शिक्षा का एक महान अवसर प्रदान किया है। देवताओं की काल-गणना की दृष्टि से यह सब कम से कम समयावधि में घटित हो रहा था पर पृथ्वी के मानवीय व्यवहार में यह दीर्घकाल की ही यात्रा थी। उन्हें अब ज्ञात हुआ कि कैलास की भूमि नीरव प्रशांति, साधना की एक तपःस्थली है, जहाँ मौन में भी सब कुछ पाया जा सकता है, जहाँ अन्तर्मुखता ही दिव्यता की ओर ले जाती है पर संसार का गतिमान चक्र निरन्तर नएपन को उद्घाटित करता है, यहाँ कोलाहल है, यंत्रणाएँ हैं, अवसाद, दुःख-सुख का आवागमन है जो जन्म-मरण के आवागमन का अनुभव कराता है।

कुमार आह्लादित भाव से अपनी यात्रा पूर्ण कर अब शीघ्रातिशीघ्र कैलास माता-पिता के पास पहुँचना चाहते थे, अपने अनुभवों का आनन्द वितरित करना चाहते थे। वे जब कैलास पहुँचे तो वहाँ का दृश्य उन्हें थोड़ा परिवर्तित लगा। ज्ञात हुआ कि भ्राता गणेश तो बहुत पहले शर्त जीत चुके हैं, उनका विवाह सिद्धि और बुद्धि से हो चुका है और उन्हें क्षेम और लाभ नामक दो पुत्रों की प्राप्ति भी हो चुकी है। यह समाचार इतना आकस्मिक और अकल्पनीय था कि कुमार हतप्रभ होकर पर्वत पर ही बैठ गए। वे स्वयं उस पर्वत की तरह पीड़ित लग रहे थे जिसके पंख इन्द्र ने कभी अपने वज्र से काट डाले थे, वे दुखी और स्तब्ध थे। उनके आने का समाचार क्षणभर में पूरे कैलास प्रदेश में फैल गया। शिव-पार्वती-गणेश सभी स्नेहवश उनके अभिनन्दन के लिए बड़ी ही शीघ्रता से पहुँचे। माता के सम्बोधित करने पर भी कुमार ने कोई उत्तर नहीं दिया, वे निर्वाक् बैठे रहे।

शिव ने कहा—"पुत्र! तुम और गणेश दोनों ही मेरे प्रिय हो, तुमने भी मेरी आज्ञा का सहर्ष पालन किया, गणेश ने हमारी अभ्यर्चना करके हमारी सात बार प्रदक्षिणा कर ली और वेदसम्मत तर्क से हमें निरुत्तर कर दिया। इसलिए हमने उसे विवाह योग्य प्रथम अधिकारी..."

अभी पिता शिव की बात पूरी भी नहीं हुई थी कि कुमार का क्रोध उबल पड़ा—"तात! आप हमारे माता-पिता हैं, इस शरीर पर आपका पूर्ण अधिकार है पर मेरे पास विचार करने वाला एक चित्त, एक अनुभूति-प्रवण हृदय, एक आत्मा भी तो है, जिसमें कितनी आकांक्षाएँ दबी पड़ी हैं। क्या मैं केवल देवसेना के सेनापतित्व के लिए उत्पन्न किया गया? क्या मैं हवन की आहुति का हवि मात्र था कि कह दिया गया, 'इदमग्नये, इदं न मम'—यह केवल अग्नि के लिए है, मेरे लिए नहीं। मातः! आपने तो सोचा होता कि मेरे मन में क्या है? बाल्यकाल से ही मुझे जैसे रथ में घोड़े जोत दिए जाते हैं, वैसे मुझे युद्ध में झोंक दिया गया। देवताओं ने शीश

झुकाया, अपने मुकुट मेरे चरणों पर रखे, उनके मुकुटों में नन्दनवन के पुष्प के पराग भी मेरे चरणों पर रक्त-पीत वर्ण में झरते रहे। यह सब हुआ पर मात:! मेरा जन्म ही क्यों हुआ, भगवान् शिव परात्पर ब्रह्म की लीला से उनका ऊर्ध्वरेतस् ओज अधोरेतस् होकर निकला—माता का गर्भ उसे सँभाल नहीं सका, अग्नि तक उसकी ज्वाला से प्रपीड़ित हो गया, उसने उस रेतस् को गंगा में डाल दिया, माता गंगा की शीतलता भी तब मेरे ज्वलित रूप को शीतल न कर सकी। मुझे उनकी तीव्र तरंगों ने सरकंडों के वन में फेंक दिया। वहाँ भी मैं अकेला नि:सहाय आर्त पड़ा रहा। छह कृत्तिकाओं के कारण मेरे प्राण बचे, मैं षडानन हो गया। मेरे छहों मुखों में उन माताओं—छह मातृकाओं ने अपना दुग्ध पिलाया। मैं अगर सृष्टि के लिए जन्मा तो फिर मैं जीवन भर उपेक्षित, लांछित, प्रताड़ित क्यों रहा? माँ, मेरा इसमें अपराध क्या था? क्या मैं जगत् पिता और जगन्माता अंबिका का पुत्र था सिर्फ इसलिए? आप संसार की माता हैं! पिता! आप संसार के पिता हैं, तो आप मेरे भी तो माता-पिता हैं? आपने मेरा ध्यान क्यों नहीं रखा? आपने सृष्टि की चिंता की, पर मेरी चिंता, मेरे आत्मसम्मान, मेरे स्वाभिमान की चिंता क्यों नहीं की? मैं अकेला, निर्वासित जैसा क्यों हो गया?"

यह कहते-कहते कुमार की वाणी अवरुद्ध हो गई। उनकी आँखों में अश्रु जल छलक आए, उनके देदीप्यमान सौन्दर्य से स्वर्णिम और क्रोध से तमतमा रहे रक्तिम मुख पर अश्रु बिन्दु ऐसे लग रहे थे जैसे तेज धूप में अचानक वर्षा हो रही हो। शिव और शिवा ने उन्हें बहुत शान्त करने की चेष्टा की पर उनके क्रोध का ताप शीतल न हो सका और उनके अश्रु भी नहीं रुके। महापराक्रमी और महान व्यक्ति की आँखों में यदि अश्रु आ जाएँ तो वे भी प्रलय से कम नहीं होते! शिव और शिवा के मनाने पर भी कुमार कार्तिकेय नहीं माने और घर त्यागकर चलने को उद्यत हो गए।

जिन महावीर देव सेनापति भगवान् कार्तिकेय के द्वारा महान दैत्य तारकासुर के संहार के समय स्वर्गलोक से अप्सराओं ने नन्दन वन के पारिजात पुष्पों की वर्षा की थी तथा आकाश गंगा की उज्ज्वल जलधार से उनका मंगल अभिषेक किया था, अभिषेक के जल के छींटों से उनका मुख भीग गया था—आज अचानक यह समाचार सुनकर वे स्तब्ध थे। अभिषेक-जल के स्थान पर उनके मुख पर आँखों से टपके अश्रुजल थे। वे पिता शिव और माता पार्वती के तर्क से सहमत नहीं हुए, उनकी दृष्टि में माता-पिता की पूजा, सेवा, अभ्यर्थना और परिक्रमा शास्त्रीय, वेदोक्त और पूज्यभाव से तो ठीक भी है पर सम्पूर्ण पृथ्वी की परिक्रमा एक निश्चित शर्त थी जिसका पूरी निष्ठा के साथ पालन कुमार ने ही किया था। उनके कठोर श्रम और कर्म को महत्त्व न देकर भाव-भक्ति और तर्क को महत्ता दी गई थी, इस बात ने कुमार को अत्यंत पीड़ित कर दिया। वीर अस्त्र-शस्त्रों के आघात से अधिक सम्मान की कमी से मरते हैं। अत्यंत दुखी हृदय और क्रोधाग्नि में भीतर तक जलते हुए

कुमार ने माता-पिता को प्रणाम कर निवास छोड़ देने का दृढ़ संकल्प कर लिया। माता-पिता रोकते-मनाते रह गए पर हठी स्कंद नहीं माने, वे कैलास छोड़कर दक्षिण क्रौंच पर्वत पर रहने चले गए। कहा जाता है कि उस दिन से कुमार कार्तिकेय आजीवन अविवाहित रहे और फिर कभी वापस नहीं लौटे।

नारद! ब्रह्मवैवर्त पुराण में यह प्रसंग आया है कि प्रजापति ने अपनी रत्नाभरण भूषित परम सुन्दरी शीलवती कन्या देवसेना जिसे शिशुओं की रक्षा करने वाली माता महाषष्ठी भी कहते हैं का पूर्ण वैवाहिक विधि के अनुसार कार्तिकेय के साथ विवाह किया था, पर यह पौराणिक कथन ही माना गया।

नारद! यह सत्य है कि कृत्तिका नक्षत्र युक्त कार्तिक पूर्णिमा की तिथि में कुमार के दर्शन सभी पाप-ताप हर लेते हैं और मनोवांछित फल प्राप्त होता है।

स्कंद के वियोग से माता पार्वती दुःख और पीड़ा से आर्त हो गईं, उन्होंने शिव से निवेदन किया जहाँ हमारा पुत्र रहेगा, हमें भी वहाँ निवास करना चाहिए। इसी कारण शिव का मल्लिकार्जुन ज्योतिर्लिंग वहाँ स्थापित है और शिव-पार्वती उनके साथ पुत्र-प्रेम से बँधे निवास करते हैं। कुमार का हठ, क्रोध और दुःख इतना अधिक था कि ज्योतिर्लिंग भी स्थापित होने पर वे वहाँ से प्रायः तीन योजन दूर हटकर निवास करने लगे। यह प्रचलित है कि अमावस्या को शिव और पूर्णिमा को पार्वती उनके स्थान पर अवश्य जाते हैं ताकि कुमार कार्तिकेय के हृदय की पीड़ा कम हो और उन्हें शान्ति मिले। इससे यह सिद्ध हुआ कि देव-जगत् में भी माता, पिता और पुत्र का प्रेम मानवीय भाव से भिन्न नहीं होता।

परिशिष्ट

[समय—कलियुग का प्रथम चरण, स्थान—भारत, दिनांक-वसन्त पंचमी, ईस्वी सन्-2018]

परम ज्योति रूप सदाशिव और भगवती पार्वती वरदराज नन्दी पर विराजे। उन्होंने नारद को लक्ष्य कर कहा—"नारद! मेरे दो ही रूप हैं या तो मैं ध्यान योग में जाकर समाधि में लीन होता हूँ, अन्तर और बाह्य में मुझे कोई भेद नहीं लगता, मैं आत्मस्थ होता हूँ या फिर मैं भगवती के साथ लोकजीवन में लीलाभाव से विचरता हूँ। मैं सबको देखता हूँ, पर सब मुझे नहीं देख सकते। तुम भी अपनी शक्ति भर मुझे बाहर ढूँढ़ने का प्रयत्न तो करो, कहीं न कहीं मैं तुम्हें मिल ही जाऊँगा। लोग सृष्टि में प्रेम अपनापन ढूँढ़ते हैं, मुझे भी तो ढूँढ़ें। मैं उनके पास हूँ, किसी हवा के हल्के स्पर्श की तरह मैं उन्हें छूकर निकल जाता हूँ, बिल्वपत्र जब हवा में हिलें तो समझो मेरी उँगलियों का संकेत तुम्हें मिल रहा है, जब-जब जवा पुष्प खिले, मेरी छवि मेरे प्रिय सभी फूलों में तुम्हें दिखाई देगी, गंगाजल को स्पर्श कर देखो मेरे तीसरे नेत्र की ज्वाला तुम्हें कभी भयभीत नहीं करेगी। ऊँचे पर्वत तुम्हें मेरी भुजाओं की तरह दिखेंगे, मेघों के श्याम दल मेरी खुली जटाओं की तरह उड़ते मिलेंगे, मलय पर्वत मेरे माथे पर चन्दन लेप की तरह लगा होगा और कैलास की बर्फीली चोटियाँ बुलाएँगी आओ, मेरा स्पर्श करो, मैं यहाँ भी विद्यमान हूँ।"

नारद ने चलने को उद्यत शिव से पूछा—"हे देव! मेरी एक शंका का तो समाधान करते जाएँ। वेद, उपनिषद्, पुराण आदि सारे शास्त्रों में ब्रह्म की स्तुति, प्रार्थना सिर्फ हारे हुए या स्वर्ग से च्युत किए गए देवताओं द्वारा ही की गई है, उनमें मनुष्य कहीं दिखाई नहीं देते। आप देवताओं के लिए कितने सुलभ और मनुष्य के लिए कितने दुर्लभ हैं। ऐसा क्यों है?

आप दृष्टि के एक निमेष में सम्पूर्ण सृष्टि को देख लेते हैं, आपसे बड़ा द्रष्टा कौन है, पर देवताओं की संख्या से मनुष्य जाति की संख्या तो बड़ी है। आखिर कलियुग में संख्या बल का तो कुछ महत्त्व है? देवता यदि तैंतीस करोड़ हैं तो केवल भारतवर्ष में ही मनुष्य जाति की संख्या सवा सौ करोड़ के पार पहुँच गई

है, उस पर भूत, प्रेत, पिशाच बनकर घूमती आत्माएँ, भटकती हुई जनजातियाँ, पीड़ित-कुचली दुरात्माएँ, सारे संसार की मनुष्य जाति भी तो आप लोगों की ही रचना है। आप उनके जीवन और संहार का पूरा-पूरा हिसाब रखते हैं। प्रायः छह-सात अरब मनुष्य, उसके बाद पशु-पक्षी, अन्य जीव-जन्तु, कीट-पतंग, अन्य दृश्य-अदृश्य कीटाणु-जीवाणु उस पर चौरासी लाख योनियाँ! कहाँ तक गिनती की जाए, आखिर उनका क्या अपराध है? सौ वर्ष से भी कम जीने वाले मनुष्यों की पीड़ा और प्रार्थना का कोई शास्त्र क्यों नहीं मिलता? आप तक कैसे पहुँच पाएगी इन दीन-हीन लोगों की पीड़ा?"

नारद ने भक्तिभाव से प्रभु को प्रणाम कर बोलना जारी रखा—"प्रभो! आप भले लुकाछिपी का खेल खेलें पर आपके आदेश से ही मैं आपको ढूँढ़ने निकल रहा हूँ। तो, अब कहाँ मिलेंगे आप? आकाश, अन्तरिक्ष और सभी सात लोकों में तो भ्रमण करता ही हूँ, पृथ्वी भी मेरी प्रिय भूमि है, क्यों न पहले पृथ्वी पर शिव को ढूँढ़ूँ!" नारद चले। पहले वे भारत के उत्तरी भाग के हिम पर्वत के खंडों में गए। वहाँ उन्हें मिले सीधे-सादे पहाड़ के लोग। छह महीने तक जीविका पाने को जंगल से लकड़ियाँ काटते लोग, घर के ईंधन के लिए कुल्हाड़ी से पेड़ से सूखी डालियाँ काटते लोग और अपने धनुष-बाण से जंगली जातियों के साथ वन्य जीवों का अपने पाशुपतास्त्र से आखेट करते लोग। फिर शिशिर, शरद और हेमंत ऋतु में खाने-पीने का सामान किसी प्रकार इकट्ठा कर बर्फ और ठंड के भय से शिव की समाधि की तरह घर का दरवाजा बन्द कर भीतर ही दुबक कर बैठने वाले लोग! जो तेज ठंडी हवाओं से छिपे बैठे थे। नारद जी ने कई दरवाजों की साँकल खटखटाई पर किसी ने द्वार नहीं खोला।

तो फिर शिव कहाँ गए? वे तो बाघाम्बर ओढ़े और हाथी का चर्म लपेटे दिगंबर बने घूमते हैं, श्मशानवासी हैं, तो कहाँ ढूँढ़ा जाए?

नारद जंगलों की ओर निकले। अब भारत में तो ढूँढ़ने से ही जंगल मिलेंगे! जनजातियों में जाने पर नंगे-अधनंगे लोग दिखाई पड़े। उनके गाँवों और घरों के पास कई जानवर, भेड़ और सूअर जैसे जीव बँधे थे, कुछ पालतू पशु खुले घूम रहे थे। भैरव कोतवाल का कुत्ता भी दरवाजे पर रोटी की आस में जीभ निकाले बैठा था। जनजाति की एक स्त्री किसी तरह आधा शरीर ढके अपने स्कंद और गणेश को दूध पिला रही थी। उसके सूखे स्तनों में दूध नहीं था और दोनों बच्चे चिल्ला रहे थे। नारद का मन दुखी हो गया। आँखें भर आईं। 'नारायण'! 'नारायण' कह वहाँ से भी चल पड़े। अब कहाँ ढूँढ़ूँ अपने प्रियतम को? अपने आराध्य शिव को? क्या श्मशान में जाऊँ? वे तो श्मशानवासी हैं। काशी उनकी प्रिय जगह है—'काशी मरणान्मुक्तिः'। नारद पलभर में काशी के अस्सीघाट और मणिकर्णिका घाट पर जा पहुँचे। इसी मणिकर्णिका में तो शिव के कान का मणिकुंडल गिरा था। वहाँ

हजारों शवों की आवाजाही लगी थी। डोम सरदार और उसके तैनात लोग शव लाने वालों से जबर्दस्ती मनमाने पैसे वसूल रहे थे—वह डोम सरदार अच्छा-खासा हृष्ट-पुष्ट शरीर वाला समृद्ध लग रहा था। बाघाम्बर पहने कोई कहीं नहीं दिखा। था तो बस कोलाहल, रुदन, हाहाकार, और था मृत्यु के बाद शरीर-मोक्ष के लिए लगने वाला शुल्क। अब नारद जी को लगने लगा शिव सम्भवतः बाहर नहीं मिलेंगे। वे अगर हैं तो कहीं भीतर ही हैं। उन्हें अपने भीतर ही ढूँढ़ना होगा। बाहर का दुःख तो सिर्फ द्वार है, जन्म-मृत्यु से परे इनमें मृत्यु भी एक द्वार ही है। इनके भीतर जाने पर ही मोक्ष है, आनन्द है, पूर्णता है और वहीं स्थिर हैं शिव, उन्हें वहीं देखना सम्भव होगा!

अब नारद सोचने लगे—लोग शिव को भला क्यों भजते हैं? सम्भवतः इसलिए कि वे विलक्षणताओं से भरे हैं, वे अघोर हैं, वे घोर हैं, अघोरी हैं, त्र्यम्बक हैं, भोले-भाले भंडारी हैं, श्मशान उनकी नृत्य लीलाभूमि है। कैलास एक विराट ऐश्वर्यशाली मनोलोक है, वे ऊर्ध्व रेता, ऋषि, तपस्वी, ध्यानस्थ, समाधिस्थ योगी, तांडव लास्य के नर्तक, शिवनर्तकी पार्वती के साथ नृत्यरत, सृष्टि-संहारक, कल्याणकारी, प्रेमी मर्यादावादी पति, मधुर दाम्पत्य के प्रतीक, मंत्रद्रष्टा, असुर संहारक, चिता-भस्म से पुलकित, सर्पाभरणों से वेष्टित, चन्द्रकला से युक्त, जटाओं में गंगा का वेग सँभाले शृंगार, रौद्र, भयानक, बीभत्स, करुण, वात्सल्य, वीर, हास्य आदि रसों के सर्जक, नाट्यमूर्ति, नृत्यकला के नटराज लीलामय हैं। इतने छिद्र, इतनी पूर्णता, इतना विष, इतना अमृत अब और भला कहाँ मिलेगा?

लोग शिव को इसलिए भी भजते हैं, क्योंकि वे भूत, प्रेत, पिशाच, डाकिनी, शाकिनी आदि संसार से ठुकराए स्वर्गीय सुख से वंचित अति दलित, पीड़ितों और दीन-हीन जनों के शरणदाता हैं। साधारण से साधारण, दरिद्र से दरिद्र, अति सम्पत्तिशाली व्यक्ति भी शिवलिंग के सामने शीश झुकाकर एक कतार में बैठे हैं, काँवर उठाकर दौड़ रहे हैं, बम-बम का स्वर ही उनका मंत्र है, यही नाद ब्रह्म है। यह भक्त जो गाल बजा रहा है, भाँग-धतूरा चढ़ा रहा है और शिव हैं कि रीझ रहे हैं, प्रमत्त और आनंदित हो रहे हैं। संसार को शिव इसलिए भी चाहिए कि पाप और पुण्य, रोग-शोक, दुःख-परिताप, माधुर्य, आनन्द जैसे विरोधी तत्त्व भी अपना विरोध भूलकर मनुष्य को मनुष्य बने रहने की शक्ति प्रदान करें। ओम् नमः शिवाय! अन्त में नारद ने वीणा बजाते हुए प्रीतिपूर्वक गाया—शिवोऽहं-शिवोऽहम्।

मनोबुद्ध्यहंकार चित्तानि नाहं
न च श्रोत्रजिह्वे न च घ्राण नेत्रे।
न च व्योमभूमिः न तेजो न वायुः
चिदानन्द रूपः शिवोऽहं शिवोऽहम्॥

न च प्राण संज्ञो न वै पंचवायुः
न वा सप्त धातुर्न वा पंचकोशः।
न वाक् पाणिपादौ न चोपस्थपायुः।
चिदानन्दरूपः शिवोऽहं शिवोऽहम्॥

न मे द्वेषरागौ न मे लोभमोहौ
मदो नैव मे नैव मात्सर्य भावः।
न धर्मो न चार्थो न कामो न मोक्षः
चिदानन्द रूपः शिवोऽहं शिवोऽहम्॥

न पुण्यं न पापं, न सौख्यं न दुःखं
न मंत्रो न तीर्थो, न वेदाः न यज्ञाः।
अहं भोजनं नैव भोज्यं न भोक्ता
चिदानन्द रूपः शिवोऽहं शिवोऽहम्॥

न मृत्युर्नशंका न मे जातिभेदः
पिता नैव मे नैव माता न जन्म।
न बंधुर्न मित्रं गुरुर्नैव शिष्यः
चिदानन्द रूपः शिवोऽहं शिवोऽहम्॥

अहं निर्विकल्पो निराकार रूपो
विभुत्वाच्च सर्वत्र सर्वेन्द्रियाणाम्।
न चासंगतं नैव मुक्तिर्न मेयः
चिदानन्द रूपः शिवोऽहं शिवोऽहम्॥

ॐ शान्तिः शान्तिः शान्तिः॥

✪✪✪